LA DEMOISELLE
DU MISSISSIPPI

Alexandra Ripley

LA DEMOISELLE
DU
MISSISSIPPI

Traduit par Myrtha BELL

belfond

216, boulevard Saint-Germain
75007 Paris

Cet ouvrage a été publié sous le titre original
New Orleans Legacy
par Macmillan Publishing Company, New York.

Si vous souhaitez recevoir notre catalogue
et être tenu au courant de nos publications,
envoyez vos nom et adresse, en citant ce livre,
aux Éditions Belfond,
216, bd Saint-Germain, 75007 Paris.
Et, pour le Canada, à
Edipresse Inc., 945, avenue Beaumont
Montréal, Québec H3N 1W3.

ISBN 2-7144-3102-X

A John

Jour après jour, la jeune femme venait s'asseoir sur la haute berge herbue du fleuve aux eaux boueuses. Un bébé dormait dans un couffin à côté d'elle.

De temps à autre il remuait, et la jeune mère se penchait sur le couffin pour arranger ses couvertures ou simplement regarder son visage et ses mains minuscules. Puis elle reprenait le stylo et le papier et se remettait à écrire.

« Je n'arrive pas à croire que j'ai été aussi jeune et aussi sotte, confia-t-elle au bébé. Et pourtant... Jamais je ne te mentirai, pas à toi. »

Elle écrivait l'histoire de sa vie pour que, en grandissant, l'enfant sache qui était sa mère. Rien ne laissait supposer qu'elle ne serait plus là pour la narrer elle-même à sa fille dans les années à venir. Mais elle avait appris que la vie était pleine de surprises et que certaines d'entre elles recelaient des dangers.

Au bas de chaque page, elle écrivait : « Je t'aime. »

Livre Premier

1

Le coffret était une énigme et, par conséquent, le plus merveilleux cadeau que Mary eût jamais reçu.

Ses amies le contemplèrent, puis se regardèrent, ne sachant que dire.

«Ouvre-le, Mary, s'exclama l'une d'elles, s'efforçant de paraître enthousiaste.

— Pas tout de suite.» Mary caressa amoureusement le vieux bois usé et noirci. Dans sa main gauche, elle serrait la précieuse lettre qui accompagnait le présent. Les feuilles frémissaient entre ses doigts, signe de son émotion.

«Lis-la, Sue, dit-elle, la tendant à sa meilleure amie. J'ai la voix qui tremble.»

Dévorée de curiosité, Sue lui arracha littéralement la missive.

«Ma très chère Mary, lut-elle à voix haute. Ce coffret est un cadeau de ta mère.» Elle leva les yeux sur les autres filles, tout comme elle frappées de stupeur. Tout le monde savait que Mme MacAlistair n'écrivait jamais à Mary. Sans même parler de cadeaux. C'était son père qui envoyait des friandises raffinées et des livres magnifiquement illustrés, même s'ils étaient interdits au couvent. Sue retourna avec empressement à sa lecture.

«Très chère Mary, répéta-t-elle. Ce coffret est un cadeau de ta mère, pas de moi. Je n'ai jamais vu son contenu. C'est là, m'a-t-elle dit, que les femmes de sa famille gardent leurs trésors secrets. Elle l'a reçu de sa mère, qui l'a reçu de la sienne et ainsi de suite, de génération en génération. La tradition veut qu'il soit remis

13

à la fille aînée le jour de ses seize ans et qu'il reste en sa possession jusqu'à ce que sa propre fille atteigne le même âge. »

Sue pressa la lettre sur le tablier amidonné de son uniforme. « C'est d'un romantique ! N'as-tu pas envie de l'ouvrir, Mary ? Tu as presque seize ans. Ton anniversaire, c'est demain. »

Perdue dans sa rêverie, Mary n'entendit même pas la question de son amie.

Elle rêvait souvent. Très jeune, elle découvrit que l'on pouvait vivre dans un monde de joie et de beauté alors qu'autour d'elle, tout était laid et triste. Dans son monde à elle, tous ses rêves se réalisaient un jour ou l'autre, et le mal était oublié aussitôt.

A présent, elle était en train d'ouvrir en imagination le coffret avec sa mère, impatiente de partager ses secrets avec elle. Sa mère était toujours la même femme belle et parfumée que Mary idolâtrait. Mais elle n'était ni distante ni réprobatrice. Elle aimait Mary. Elle avait simplement attendu ses seize ans pour le lui prouver.

Mary toucha le coffret. Ce n'était pas un rêve. Il était solide, palpable, preuve de l'amour maternel. Elle appuya sa joue contre lui, le caressa des deux mains, oubliant pour une fois de cacher ses doigts si singuliers dont l'auriculaire était aussi long que l'annulaire.

Sue agita la lettre. « Mary ! » Elle avait l'habitude de tirer Mary de son « ahurissement », ainsi qu'elle appelait ses rêveries. « Mary, dois-je lire la suite ? »

Mary s'assit, les mains sur les genoux. « Oui, s'il te plaît. C'est de plus en plus intéressant. »

« La tradition veut également, lut Sue, que le mari ne sache pas ce qu'il y a à l'intérieur. Je sais que ta mère y a rajouté son propre trésor avant notre mariage. Voici quelques billets, au cas où tu voudrais acheter le tien. Je te promets de ne jamais te questionner sur l'usage que tu en auras fait.

« Signé : ton père qui t'aime. »

Sue jeta un coup d'œil sur l'argent contenu dans l'enveloppe. Ses yeux et sa bouche s'arrondirent de surprise.

« Mary, suffoqua-t-elle, mais tu es riche ! Ouvre cette boîte, je t'en supplie. Elle doit être remplie de diamants. »

Les autres pensionnaires se joignirent en chœur à ses supplications. Leurs cris tirèrent Mary de ses pensées.

Ils alertèrent également sœur Josepha qui s'approcha, plissant son front d'ordinaire serein.

«Allons, les filles, les admonesta-t-elle. C'est peut-être votre dernier jour demain, mais aujourd'hui, vous êtes encore tenues de respecter le règlement. Cette heure est réservée au silence et à la méditation.

— Mais, ma sœur, Mary a une énigme...» Huit voix excitées contèrent à la jeune religieuse l'histoire du cadeau de Mary. Elle réussit enfin à les calmer, mais, lorsque Mary accepta d'ouvrir le coffret, elle joignit ses exclamations aux leurs.

Mary ôta le couvercle. Le coffret exhala une odeur vieillotte, comme celle de pétales de rose séchés. Quelque chose scintilla à l'intérieur.

«De l'or!» s'écria Sue.

Mary souleva une lourde chaîne en or aux maillons emmêlés. Elle la tint à bout de bras afin que chacune pût voir le gros pendentif incrusté de pierreries. Des «Oh!» admiratifs fusèrent de toutes parts.

Elle ne voulut pas en montrer davantage. Les perles et les rubis du médaillon formaient un monogramme compliqué. Elle l'examina de près, puis secoua la tête. «Je n'arrive pas à le déchiffrer. Mais je suis presque sûre que les perles dessinent un M. Peut-être ma grand-mère s'appelait-elle Mary elle aussi.

— Demande à ta mère... Montre encore.»

Mary posa soigneusement la chaîne et le médaillon à côté du coffret. Puis elle sortit un grand éventail et le déplia avec précaution.

Sœur Josepha elle-même ne put réprimer un soupir. C'était un chef-d'œuvre de fragile beauté. Ses branches d'ivoire, délicatement ciselées, étaient tendues de dentelle transparente comme de l'écume dont le motif reproduisait des feuilles de vigne. Personne n'avait jamais vu un aussi grand éventail, et pourtant il paraissait aussi léger qu'une aile de papillon. Retenant son souffle, Mary le replia et le posa à côté du médaillon.

«Je vois d'autres dentelles, dit Sue. Allons, ne sois pas aussi lente.»

Mary sortit une paire de gants jaunis bordés de larges manchettes de dentelle.

Ils la fascinèrent bien plus que l'or. «Regardez, chuchota-t-elle, regardez comment ils sont faits.» Elle glissa sa main droite dans l'un des gants qu'elle lissa de la main gauche. «Regardez.» Le

15

petit doigt du gant était aussi long que son voisin. Elle sourit à ses amies. «J'ai dû hériter mes doigts d'araignée de ma grand-mère ou arrière-grand-mère, ou arrière-arrière-grand-mère.» Des larmes de bonheur brillaient dans ses grands yeux sombres. Elle embrassa le gant difforme.

«Fais voir le reste, Mary!»

Mary retira le gant antique avec une lenteur exaspérante.

Les autres objets déçurent ses amies. C'étaient des souvenirs, rien de plus. Il y avait une petite bourse en cuir contenant la pointe d'une flèche indienne, comme celles qu'elles ramassaient par douzaines dans leur enfance. Il y avait aussi une touffe de filaments gris enveloppée dans un morceau de dentelle jaunie.

«On dirait ces horribles fausses barbes dont nous nous affublons pour le spectacle de Noël, renifla Sue. Il doit y avoir autre chose, Mary.

— Non, il n'y a rien d'autre.

— Fais voir.» Sue repoussa Mary et inclina le coffret pour mieux en éclairer les angles. «Seulement de la poussière», grommela-t-elle. Puis: «Attends. Il y a encore quelque chose. C'est gravé dedans.» Elle frotta l'intérieur du couvercle avec le bord de son tablier. «M... A... R... C'est sûrement un message pour toi, Mary. Viens voir!»

Mary se pencha plus près. A l'aide de son mouchoir, elle nettoya la crasse incrustée dans le bois. «C'est marqué ''Marie... Marie Duclos''. C'est du français. Je dois être en partie française. Avant d'entrer ici, j'avais une gouvernante qui m'a appris un peu de français. Elle disait que je me débrouillais bien. Ce doit être mes origines. Il y a autre chose... Toujours en français: ''Couvent des Ursulines. La Nouvelle-Orléans''.

— Ta grand-mère était peut-être nonne, Mary», pouffa l'une des pensionnaires.

Sœur Josepha eut un haut-le-corps.

«Oh, pardon, ma sœur, fit l'effrontée, horrifiée. J'avais oublié que vous étiez là.

— Vous allez vous consacrer maintenant à la prière et à la méditation», décréta sœur Josepha, fronçant à nouveau les sourcils.

Le soleil n'était pas encore levé lorsque Mary s'éveilla le lendemain matin. Trop heureuse pour se rendormir, elle se drapa dans la courtepointe et traversa sans bruit le long dortoir jusqu'aux fenêtres ouvertes à l'autre extrémité. En ce début de juin, l'air était encore glacé car le couvent se trouvait dans les Alleghanys, dans le massif montagneux des Appalaches.

Accroupie sur le plancher froid et nu, le menton sur le rebord de la fenêtre, elle guetta impatiemment le lever du jour. Lève-toi, jour, ordonna-t-elle mentalement. C'est le plus beau jour de ma vie, et j'ai hâte qu'il commence. J'ai seize ans maintenant. Finie l'école. A moi la vraie vie !

Elle sentait son cœur, tiède et immense, à l'intérieur de son corps. Elle posa la main sur sa poitrine pour percevoir ses battements, souriant à l'absurde idée qu'il pourrait exploser de joie.

Dire que, deux jours plus tôt, elle redoutait son anniversaire et la fin de ses études ! Le couvent était sa maison ; les religieuses et les pensionnaires, sa famille. Elle vivait là depuis cinq ans, même pendant les vacances, car chaque été ses parents entreprenaient un voyage en Europe. Noël était le seul moment de l'année où elle quittait la montagne pour se rendre dans la grande propriété près de Pittsburgh, et même alors le couvent lui manquait car la maison était pleine d'étrangers, d'invités que son père et sa mère recevaient pendant les fêtes. Mary s'y sentait étrangère. Elle n'était chez elle qu'au couvent et craignait d'en partir.

Jusqu'à ce jour. A présent, son bonheur n'avait pas de limites. Sa mère viendrait avec son père assister à la cérémonie de remise de diplômes, elle en était sûre ; le coffret lui promettait une nouvelle vie d'intimité et de secrets partagés. Elle avait remporté le prix de diction qui lui serait remis à la cérémonie. Sa robe aussi était la plus jolie. Chaque pensionnaire avait confectionné elle-même sa longue robe blanche, ultime examen des aptitudes acquises auprès des religieuses. Les points de Mary étaient les plus fins et les plus réguliers ; ses fleurs brodées étaient exquises. Elle avait également brodé des mouchoirs pour son père et sa mère. Enveloppée dans la courtepointe, elle imagina leur surprise et leur plaisir lorsqu'elle allait leur offrir son «cadeau de fin d'études».

Comme pour confirmer ses espérances, le soleil émergea des cimes, striant le ciel de rose et d'or.

«Je sais qu'ils accepteront», murmura Mary. Elle avait écrit à son père pour lui faire part de ce qu'elle désirait pour son anniversaire et la fin de ses études. «S'il vous plaît, emmenez-moi en Europe avec vous et maman.»

La lumière emplit la fenêtre et envahit la pièce. Mary entendit ses camarades bouger en maugréant.

« Assez ronchonné, lança-t-elle en souriant. C'est une belle, une merveilleuse journée. »

Après le petit déjeuner, sœur Josepha arrêta Mary dans le couloir pour la prier de se rendre chez la mère supérieure. C'était la coutume : avant de quitter le couvent, chaque pensionnaire était conviée à un bref entretien particulier avec la directrice afin de lui faire ses adieux et de recevoir sa bénédiction avant l'effervescence de la journée.

« Quelle belle journée, ma sœur. »

La jeune religieuse fondit en larmes. « Je suis vraiment désolée, Mary », sanglota-t-elle, ouvrant la porte du parloir.

« Entrez, mon enfant, et asseyez-vous. » La mère supérieure se tenait sur le pas de la porte, les bras tendus vers Mary. Elle ne souriait pas.

Mary sentit son cœur se serrer d'appréhension.

« Qu'y a-t-il, ma mère ?

— Entrez. Asseyez-vous. Il faut que vous soyez très courageuse, Mary. Votre père vient de mourir dans un accident.

— Non ! » cria Mary. Elle refusait de le croire, cherchant refuge dans son monde imaginaire où ces choses-là n'arrivaient jamais. Elle repoussa les mains de la mère supérieure, hurlant : « Non, non, non, non. » Puis elle aperçut ses yeux bleus délavés disparaissant dans les rides, et la compassion qu'elle y lut lui fit comprendre l'inéluctable. Un gémissement d'animal blessé lui échappa.

La supérieure passa un bras autour de sa taille pour la soutenir. « Le Seigneur nous envoie la force de surmonter nos peines. Vous n'êtes pas seule, mon enfant. » Elle conduisit Mary vers un fauteuil.

Le coussin de crin comportait de gros boutons en métal noir. L'un d'eux s'enfonça dans l'omoplate gauche de Mary. Je ne devrais pas me soucier d'un bouton dans mon dos, pensa-t-elle, alors que mon père est mort. Que m'arrive-t-il ? Curieusement, cet inconfort minime lui permit d'entendre et de comprendre ce que lui disait la mère supérieure.

Elle avait appris la nouvelle par un messager, un clerc du notaire de M. MacAlistair. Il était arrivé tard dans la nuit, chargé d'une épaisse liasse de papiers.

Ces papiers, expliqua la supérieure, constituaient la raison pour laquelle Mary n'avait pas été avertie plus tôt. Le visage de la vieille religieuse était pâle et inhabituellement sombre. En fait, le père de Mary était mort depuis six jours. Il était déjà enterré, sans que sa fille eût pu assister aux funérailles. Tels étaient les ordres de Mme MacAlistair.

La mère supérieure prit la main de Mary dans les siennes. Il y avait autre chose, ajouta-t-elle, plus douloureux encore que le décès de son père.

« La femme que vous considériez comme votre mère n'a aucun lien de parenté avec vous, mon enfant. Votre mère est morte à votre naissance. Votre père est venu s'installer à Pittsburgh où il s'est remarié quelques mois plus tard. Mme MacAlistair est votre belle-mère. Dieu me pardonne, c'est une femme cruelle, sans cœur. Elle a fait dire que vous n'aviez plus rien à faire dans la maison de votre père. La propriété lui appartient à présent, comme tout le reste de ses biens. J'ai vu moi-même le testament. Il y est écrit : ''Tous mes biens à mon épouse Alice qui prendra soin de ma fille Mary.'' Vous êtes sans le sou, Mary, et sans logis. Nous ne savons même pas qui sont vos parrain et marraine. Vous avez été baptisée avant que votre père déménage à Pittsburgh. Votre mère était catholique : c'est elle qui a souhaité que vous soyez élevée au sein de l'Église. L'Église est votre seule famille maintenant. Vous n'en avez pas d'autre. »

Les doigts glacés de Mary s'étaient crispés entre les mains de la supérieure. Son visage était de marbre ; ses yeux secs fixaient le vide. La religieuse s'alarma. Peut-être aurait-elle dû faire venir un docteur avant d'annoncer la nouvelle à Mary. Elle scruta anxieusement la jeune fille silencieuse.

Celle-ci sourit subitement, et la religieuse en fut choquée.

« Mais si, j'ai une famille, ma mère. Ma véritable mère me l'a laissée en héritage. Il suffit de la retrouver.

— De quoi parlez-vous, Mary ?

— De mon coffret, mon cadeau d'anniversaire.

— C'est votre père qui l'a envoyé, il y a plusieurs semaines déjà. Il nous a demandé de le garder jusqu'à la veille de votre dernier jour ici.

— Mon père peut-être l'a envoyé, mais il me vient de ma mère. Ma propre mère qui m'aimait. Je pars pour La Nouvelle-Orléans. Ma maison est là-bas. »

2

«C'est si romantique, soupira sœur Josepha.

— Si insensé, répliqua sœur Michael. La supérieure a fait son possible pour l'en dissuader, mais cette fille est têtue comme une mule.

— Ne soyez pas aussi dure, ma sœur», fit sa cadette. Pour la dernière fois, elle agita la main en direction de la carriole qui emportait deux religieuses et Mary MacAlistair vers Pittsburgh. «Mary n'est pas têtue, elle est tenace. Elle a toujours réussi tout ce qu'elle entreprenait. Rappelez-vous le temps qu'elle consacrait à la déclamation. Et la broderie! Elle reprenait ses points des dizaines de fois jusqu'à ce que le motif soit parfait. Le travail ne lui fait pas peur, et elle ne supporte pas d'échouer.

— Je crains que l'art oratoire et la broderie ne lui soient pas d'un grand secours. Elle a la tête dans les nuages. Croyez-moi, cette chasse aux alouettes ne lui vaudra que des ennuis.

— Dieu protège les innocents. Il veillera sur Mary.»

La plus âgée des deux religieuses ouvrit la bouche pour répondre. Elle regarda le visage lumineux de sœur Josepha et serra les lèvres pour étouffer sa riposte.

Mary aperçut la main levée de sœur Josepha, mais avant qu'elle pût réagir la route tourna brusquement et le couvent disparut à sa vue. Peu importe, se dit-elle, tout cela est du passé. Je vais à La Nouvelle-Orléans. Dans ma vraie famille.

Elle rit tout haut, jetant un coup d'œil sur ses compagnes de voyage. Leurs yeux rougis reflétaient la souffrance et l'appréhension. Toutes deux se rendaient à Pittsburgh pour se faire arracher des dents malades. Mary esquissa une moue compatissante et détourna la tête. Rien, décida-t-elle, ne pourrait lui gâcher cette journée.

Un instant, elle se souvint du jour de son anniversaire qui avait vu s'écrouler tous ses espoirs. Pour oublier la douleur encore trop vive, elle s'absorba dans la contemplation des fleurs sauvages qui s'accrochaient au flanc rocailleux de la montagne. Son esprit se concentra sur une image qui chassa toutes les autres : l'image de sa mère.

Elle devait se prénommer Marie, comme elle, mais en français. Elle était sûrement ravissante ; la peau claire et douce, les cheveux blonds, les yeux d'un bleu limpide, elle ressemblait au plus bel ange de la Nativité qui ornait le mur de la chapelle. Et elle veillait sur sa fille, Mary en était certaine. Elle la regardait du ciel, rayonnante, heureuse de savoir qu'elle allait retrouver les siens, sa famille, où ses curieux doigts d'araignée étaient une marque d'hérédité, non un objet de honte. Les gants du coffret étaient un signe que sa mère lui envoyait. Mary joignit ses mains. Elle en était fière à présent. Perdue dans ses rêves, elle ne remarquait ni les cahots de la voiture, ni l'inconfort de la banquette en bois, ni les heures qui s'égrenaient interminablement.

Une main lui effleura l'épaule, la ramenant sur terre. Sa voisine pointa le doigt sur le paysage qui se profilait en contrebas. «Pittsburgh», marmonna-t-elle à travers la compresse imprégnée d'essence de girofle.

«Oh ! C'est magnifique. » Oubliant toute prudence, Mary se pencha par-dessus le bord de la carriole. La vue de larges cours d'eau miroitant au soleil lui remit en mémoire les leçons de géographie au couvent. Elle murmura tout haut les noms mélodieux des rivières : «Allegheny... Monongahela... Ohio...» Rubans étincelants, elles serpentaient sous ses yeux à travers la campagne verdoyante pour confluer au milieu d'un groupe de maisons, de cheminées et de clochers. «Oh !» cria-t-elle à nouveau. Au confluent des rivières, on apercevait un kaléidoscope de couleurs, jupes, chemises et bonnets des minuscules silhouettes qui grouillaient sur les berges, et des bateaux-jouets qui laissaient échapper des ronds de fumée noire.

«Je vais manquer mon bateau, gémit Mary. Nous sommes si loin encore ! Plus vite, je vous en supplie, plus vite. »

Mais la carriole bringuebalante poursuivit cahin-caha sa route, et bientôt la ville et les rivières furent hors de vue. Mary réprima l'envie de sauter à terre et de courir. Elle se mordit la lèvre et se pencha en avant, bandant ses muscles pour communiquer aux roues sa volonté d'aller plus vite.

Après une éternité, la route émergea entre deux amas rocheux sur un promontoire qui dominait le point de confluence. Les bateaux étaient toujours là. A présent Mary entendait les bruits : cris, sifflets et appels rauques des cornes se fondaient en une cacophonie générale. Avec un soupir de soulagement, elle se laissa aller contre le dossier de la banquette. Dans l'excitation du moment, elle oublia la raideur de ses muscles endoloris ; son rêve se matérialisait devant elle. L'un de ces bateaux l'emporterait sur la rivière miroitante vers sa famille, vers La Nouvelle-Orléans.

« Nous allons vous accompagner au bateau, Mary », dit l'une des religieuses quand la carriole s'arrêta à l'entrée de l'embarcadère.

Mary secoua la tête. « Je me débrouillerai parfaitement, ma sœur. Allez chez le dentiste, qu'il vous arrache cette dent. Vous vous sentirez tellement mieux après.

— Mais la mère supérieure a dit...

— La mère supérieure n'a pas mal aux dents. Je n'ai pas besoin d'aide, je vous assure. Tout ira très bien.

— Vous en êtes sûre ?

— Oui, ma sœur. Certaine. » Mary tirait déjà sur la courroie qui maintenait ses bagages au dos de la carriole. Elle n'avait pas grand-chose, juste un sac de voyage avec ses uniformes, sa robe blanche et ses affaires de toilette. Ainsi que son coffret.

« Regardez, je peux tout porter moi-même. » Elle était déjà à terre, ses bagages à la main. « Au revoir, mes sœurs. » Et elle se dirigea vers l'entrée pavoisée de l'embarcadère.

« Que Dieu vous garde, Mary. » Elle leur sourit par-dessus son épaule.

Elle est très en beauté aujourd'hui, pensa l'une des sœurs. Voilà pourtant un mot qui ne pouvait guère s'appliquer à Mary Mac-Alistair. Elle était plaisante à regarder, toujours soignée, ses cheveux châtains nattés et retenus en chignon au bas de sa nuque. Mais elle était petite et, bien que mince, solidement charpentée comme un garçon. Le trait le plus frappant de son apparence, c'étaient ses joues rouge vif. A une époque où la peau de porcelaine était de rigueur, son teint vermillon la desservait considérablement. Sans lui, ses grands yeux bruns couleur cognac auraient presque pu être beaux. Malheureusement, ses joues rouges étaient ce que l'on remarquait en premier. Comme c'est curieux, pensa la religieuse, elles flamboient moins que d'ordinaire. En fait, elles vont très bien avec son sourire radieux. Moi aussi je pourrai sourire quand je serai débarrassée de cette dent. Elle fit signe au cocher d'avancer.

Mary franchit le portail d'un pas leste et se figea, éblouie. Jamais je n'ai vu pareille animation, songea-t-elle. Une activité fébrile régnait sur l'immense embarcadère. Calèches et cabriolets se croisaient en un va-et-vient incessant ; les cochers s'égosillaient, se disputant les places près des marches en pierre où ils pourraient débarquer leurs passagers. Fourgons et charrettes étaient chargés et déchargés. Trois orchestres différents jouaient en même temps ; entre les musiciens, enfants et jeunes gens dansaient en gambadant. Mary les regarda, se dandinant d'un pied sur l'autre, prête à se joindre à eux. Bouche bée, elle contempla les Noirs qui chargeaient les bateaux en manipulant d'énormes caisses. Elle n'avait encore jamais vu un Noir ; leur vue la fascina et l'interloqua. Élevée par de fervents abolitionnistes, elle ne comprenait pas comment ces hommes pouvaient rire et chanter. Elle chercha du regard leurs chaînes et n'en vit point. Soudain elle aperçut un homme blanc à cheval près des fourgons, une cravache à la main, et détourna les yeux en frissonnant.

Trois bateaux étaient amarrés au quai, plus majestueux les uns que les autres. Leurs cheminées étaient cerclées d'or ; les boiseries sculptées des ponts étaient également dorées. Le plus grand des trois comportait trois ponts, avec des cloches et des rambardes en cuivre étincelant, des portes ornées de dorures et une ville aux tours dorées peinte parmi des fleurs aux couleurs éclatantes au-dessus de sa gigantesque roue à aubes. Sous la peinture s'étalait en lettres d'or le nom du bateau : *Ville-de-Natchez*.

Grisée par le spectacle, Mary tournait la tête de gauche à droite pour ne pas en perdre une miette. «Dégagez», criait-on de toutes parts : cochers, débardeurs, jeunes garçons qui portaient les bagages des passagers pressés. «Dégagez», entendit Mary derrière elle. L'instant d'après, elle fut heurtée par une charrette à bras chargée de malles, de valises et de cartons à chapeaux.

La douleur irradia à travers son épaule, mais elle s'en moquait.

C'était la vraie vie, le monde avec son animation, sa gaieté, ses couleurs, et elle en faisait partie. Rajustant le coffret qu'elle serrait sous le bras, elle plongea dans la cohue.

« S'il vous plaît, où puis-je acheter un billet ? » Elle s'adressa à une demi-douzaine de personnes, mais tout le monde se hâtait, et sa petite voix polie se perdit dans le bruit de la foule.

Tant pis, décida-t-elle, j'achèterai mon billet à bord. La bousculade l'empêchait d'avancer ; le bord du coffret lui sciait les côtes ; le sac de voyage pesait sur son bras, et elle eut peur de fondre en larmes. Tout à coup elle aperçut une petite bâtisse rouge ; au-dessus de l'entrée, une pancarte blanche proclamait en lettres d'or : « Billets et titres de fret. » La voie était libre. Mary se mit à courir ; son sac cognait contre ses jambes, et le coffret vacillait dangereusement sous son bras.

Une fois à l'intérieur, elle cligna les yeux pour s'adapter à la pénombre. Là aussi, il y avait foule, mais elle paraissait plus disciplinée. Trois files d'attente menaient vers un comptoir au fond de la salle. C'était le seul élément statique au milieu de l'agitation ambiante.

Des bancs en bois s'alignaient le long des murs. Voyant une femme se lever, Mary murmura : « Dieu merci. » Elle déposa le sac et le coffret sur la place qui venait de se libérer et s'essuya le visage et les mains avec un mouchoir. Ensuite elle ajusta ses mitaines, lissa sa jupe froissée, redressa sa coiffe et se sentit tout de suite mieux. Quelle dinde elle était de s'être laissé impressionner par tout ce remue-ménage ! Elle se dirigea vers la file d'attente la plus courte.

« Si j'étais vous, je ne laisserais pas traîner mes affaires, lui dit une femme qui se tenait à proximité. Ce ne sont pas les voleurs qui manquent dans les parages. »

Mary retourna précipitamment vers le banc. Elle tendit la main vers le coffret, mais ses genoux fléchirent, et elle s'assit brusquement. Son entrain et sa détermination semblaient l'avoir désertée. Elle se sentait seule et désemparée. Qu'ai-je fait ? se lamenta-t-elle silencieusement. Pas un instant je n'ai songé aux voleurs. Je n'ai pensé à rien. Je ne sais que faire. Jamais je n'ai voyagé seule de ma vie. La supérieure avait raison : c'est une entreprise insensée. Je voudrais être rentrée au couvent. On se croirait dans une maison de fous, ici.

Une cloche sonna sur l'embarcadère pour attirer l'attention des passagers. Mary regarda fébrilement autour d'elle. Elle vit des

24

couples élégamment vêtus, des hommes au regard dur et à la peau tannée, portant des vestes en daim à franges, des hommes et des femmes aux pieds nus et aux habits rapiécés, des enfants de tout âge courant à travers la foule ou cramponnés à une main d'adulte. Tout le monde paraissait savoir exactement ce qu'il fallait faire. Tout le monde sauf elle.

Les cloches tintèrent à nouveau. Mary tira par la manche sa voisine, une femme replète aux cheveux grisonnants. « Excusez-moi, cette cloche signifie-t-elle que le bateau va partir ? »

La femme se retourna, la fusillant du regard. Mais quand elle vit le visage affolé de Mary, sa coiffe nette et son uniforme gris, son expression se radoucit. « Normalement oui, mais il n'y a pas à s'inquiéter. Il leur arrive de faire embarquer tout le monde à onze heures, puis d'attendre qu'on ait fini de charger jusqu'à quatre heures de l'après-midi. C'est votre premier voyage par bateau, hein ? »

S'efforçant de sourire, Mary hocha la tête.

« Toute seule ?

— Oui, madame. » Elle se rappela soudain la mise en garde de la mère supérieure. Les femmes d'un certain âge voyageaient seules, bien que rarement, mais les jeunes personnes, jamais. Il n'y avait guère que les créatures de mauvaise vie qui se déplaçaient non accompagnées.

« Mon père vient de mourir, s'empressa-t-elle d'expliquer, et je vais chez ma grand-mère à La Nouvelle-Orléans. Je n'ai plus qu'elle au monde. Ma mère est morte depuis longtemps.

— Pauvre biquette. » La voix de la femme était chargée de compassion. « Vous n'avez qu'à rester avec moi. Mon nom, c'est Mme Watson. Je connais les méandres de ce fleuve aussi bien que n'importe quel capitaine. Et ce que j'ignore, M. Watson le sait. Il est là-bas, au comptoir, pour essayer de nous avoir les meilleures places. Donnez-moi l'argent du billet, je le lui porterai. Il veillera à ce que vous ne vous fassiez pas escroquer. Et ensuite, il nous accompagnera à bord.

— Merci infiniment, madame Watson. » Mary fouilla dans sa poche et en sortit la liasse de billets que son père lui avait envoyée avec le coffret. Elle les tendit à sa voisine. « Je ne connais pas le prix du billet.

— Bonté divine, mon enfant, il ne faut pas donner tout votre argent à des inconnus. D'ailleurs, c'est beaucoup trop. Je dirai à M. Watson de mettre le reste de côté pour vous. »

Non loin de là, une femme outrageusement empanachée se détourna d'un air dégoûté. « Voilà une poulette bien dodue, prête à être plumée, marmonna-t-elle entre ses dents, seulement j'arrive trop tard. »

3

Mme Watson prit Mary par les épaules : son châle marron bordé d'une frange fournie ressemblait fort à l'aile d'une opulente mère perdrix.

« Faites ce que je vous dis, mon petit, et tout se passera bien. J'ai l'habitude des filles ; j'en ai élevé cinq moi-même, ainsi que quatre garçons. Comment vous appelez-vous, mon enfant ?

— Mary MacAlistair. »

C'étaient les seuls mots que Mary réussit à placer depuis plus d'une heure. Mme Watson parlait sans interruption.

Elle lui présenta M. Watson et, pendant que l'homme maigre et taciturne souriait à Mary, elle lui conta la triste histoire de la jeune fille. Puis, dans un même souffle, elle décrivit à Mary le florissant commerce qu'ils tenaient à Portsmouth dans l'Ohio, et les bonnes affaires que M. Watson concluait avec les grossistes de Pittsburgh lors des voyages qu'ils effectuaient chaque trimestre pour s'approvisionner en articles dernier cri.

Prenant Mary par le bras, elle l'entraîna à travers la cohue derrière M. Watson, chargé comme un baudet, lui criant à l'oreille qu'elle n'avait pas à s'inquiéter pour ses bagages. « M. Watson est très fort et très soigneux. Il peut porter vos affaires et les nôtres. »

Quelle ne fut pas la déception de Mary lorsqu'elle se rendit compte que M. Watson les conduisait vers le plus petit des bateaux. Vu de près, sa peinture s'écaillait, et ses dorures étaient ternies.

« Nous prenons toujours le *Cairo Queen*, beugla Mme Watson. Le propriétaire est un bon ami de M. Watson, et on nous y traite aux petits oignons. Faudrait me payer cher pour monter sur un de leurs bateaux tout neufs. Il n'y a que des richards à bord, et c'est à qui arrivera le premier. Pas plus tard que le mois dernier, deux de ces bateaux ont explosé, et ceux qui n'ont pas péri dans les flammes sont morts noyés. Alors que ce bon vieux rafiot met le temps qu'il faut, mais arrive toujours à bon port. Et je ne vous parle pas de la table ! »

Plus tard, au déjeuner, Mary put constater que ce jugement était justifié : la cuisine était excellente, et Mme Watson y fit honneur avec enthousiasme. Mais, entre-temps, il y eut quantité de merveilles que cette dernière voulut lui faire admirer.

Tout d'abord, elle emmena Mary dans la cabine réservée aux dames. Elle essaya les matelas, choisit deux couchettes côte à côte et montra à Mary comment tirer les rideaux si elle souhaitait s'isoler. Elle attira son attention sur les oreillers moelleux, le tapis à fleurs, les brocs et les bassines décorés de motifs floraux dans le cabinet de toilette adjacent. Les hommes dormaient dans une cabine plus grande, expliqua-t-elle, trente-cinq lits contre vingt chez les dames, et ne bénéficiaient pas du même confort. M. Watson lui avait tout raconté.

Il lui avait narré aussi ce qui se passait une fois que les dames s'étaient retirées après le dîner. Mary était trop jeune pour entendre parler de cigares, de boissons et de jeu. Il lui suffisait de savoir que le matin, au petit déjeuner, mieux valait ne pas ouvrir la bouche ni faire trop de bruit avec ses couverts.

Mary tenta d'imaginer Mme Watson la bouche fermée, mais elle n'en eut guère le loisir. Sa compagne lui fit visiter le salon, vaste pièce centrale où l'on servait les repas et où les passagers se retrouvaient pour se distraire. « Vous verrez, Mary, le service est d'un chic ! On a du mal à soulever les fourchettes en argent tellement elles sont lourdes, et les serveurs mettent des gants pour faire passer les plats. On allume les lustres qui brillent de tous leurs feux. Regardez-les, comme ils sont splendides. Et ces tentures de velours rouge aux franges dorées ! Et la moquette, si épaisse qu'on s'enfonce dedans ! Je parie que vous n'avez jamais rien vu de pareil. »

En effet. Mary était habituée à la beauté austère, immaculée, du couvent. Le velours rouge était élimé, et les dorures effacées par endroits. Elle ravala des larmes soudaines. Quelle horrible erreur était-elle en train de commettre ? Peut-être ferait-elle mieux de descendre...

Le mugissement de la sirène annonça le départ. Mme Watson poussa Mary sur le pont pour regarder s'éloigner l'embarcadère.

Mais Mary le vit à peine. Émerveillée, elle contemplait l'énorme roue à aubes qui tournait à l'arrière dans un jaillissement de gouttelettes irisées. Laissant derrière lui un sillage d'écume blanche, le bateau quitta le rivage avec la majestueuse aisance d'un cygne. La brise vint caresser le visage enflammé de Mary. Elle rit. En un éclair, tout avait changé. Le rafiot au décor clinquant était devenu un vaisseau magique qui l'emportait vers des contrées enchantées.

Mme Watson ne lui laissa guère le temps de savourer le bonheur retrouvé. « Ne restez pas là, la tança-t-elle, vous allez attraper la mort. »

Deux heures plus tard, elle se promenait toujours sur le pont, décrivant par le menu à la jeune fille les maladies successives qui avaient frappé ses enfants.

« Pourquoi nous arrêtons-nous ? » parvint à glisser Mary. Le bateau avait ralenti l'allure et se dirigeait vers la berge ombragée.

Mme Watson changea aussitôt de conversation. « Pour charger ou décharger quelque chose ou quelqu'un. Il y a des petites villes tout au long de la rivière, et le *Queen* s'arrêtera partout du moment que ça rapporte de l'argent. »

Elle se pencha par-dessus la rambarde sculptée, révélant ses jupons amidonnés et des bottines montantes à talons plats. « Ohé ! Vous là-bas... Quel est le nom de cet endroit ? »

Sur le pont inférieur, un Noir leva les yeux. « Aucune idée, m'dame. Moi je charge et je décharge à toutes les escales, sans demander leur nom. »

Mais Mme Watson ne se décourageait pas facilement. « Si vous ne savez pas, demandez à quelqu'un qui sait, glapit-elle. Je veux connaître le nom de cette ville. »

L'homme haussa les épaules et s'éloigna.

Mme Watson se redressa, le visage congestionné. « Je me demande ce qui m'a prise de m'adresser à un moricaud ! »

Scandalisée par ses paroles, Mary n'en éprouva pas moins le vif désir de voir un esclave de près. Lorsqu'une voix cria d'en dessous : « Nous sommes à Rochester, m'dame », Mary s'approcha du bastingage.

L'homme était très grand et très noir. Oubliant ses bonnes manières, Mary le dévisagea, les yeux arrondis.

Il sourit ; ravie, elle lui rendit son sourire. Elle allait lui adresser un signe de la main lorsque soudain elle se souvint qu'elle avait affaire à un inconnu. Sa main retomba. Écarlate, elle se mit à tripoter l'une des boules en bois qui ornaient le garde-corps, comme pour justifier son geste. A sa consternation, la boule se détacha et roula sur le pont.

Maudissant sa maladresse, Mary s'élança à sa poursuite.

« Pour l'amour du ciel, gloussa Mme Watson, que se passe-t-il, Mary ? »

Par chance, elle n'avait pas remarqué son incartade. Mary ramassa la boule et la remit sur son support. « Je l'ai effleurée, et elle est tombée, madame Watson.

— Dans ce cas, vous feriez mieux de vous éloigner de la rambarde. Mettez-vous là. D'ici vous pourrez voir l'embarcadère. C'est Rochester, le nom de cette ville. »

Mary resta auprès de Mme Watson, mais au bout de quelques minutes, sa curiosité la poussa vers l'avant du bateau. La proue heurta mollement la berge. De lourdes amarres furent jetées du pont inférieur et rattrapées par de jeunes garçons qui se bousculaient, excités, pour les fixer aux bornes du quai.

Une foule d'hommes, de femmes et d'enfants se pressait sur la berge. Elle s'éparpilla tandis qu'on abaissait deux passerelles.

Il s'ensuivit un branle-bas de combat : les hommes criaient, les cloches sonnaient, la sirène mugissait, les garçons montaient et descendaient en courant le long des passerelles et quelque part une vache protestait en meuglant.

Une voix puissante couvrit le vacarme. « Du calme. Je suis responsable du fret et c'est moi qui donne les ordres ici. »

Le colosse noir franchit la passerelle, portant deux énormes fûts sur ses épaules. Il était suivi d'un homme vêtu d'une veste à boutons de cuivre et d'une casquette, qui consultait un papier. « Deux barriques de clous pour Hinkle. Avancez. »

Un homme se fraya le passage dans la foule. « Ma mule refuse de s'approcher de cette vache énervée, se plaignit-il.

— Je la comprends, fit le Noir. Où est votre charrette, monsieur Hinkle ? Je vais y charger vos clous. »

La foule s'écarta pour le laisser passer.

Il revint rapidement et remonta à bord. Hinkle échangea quelques pièces d'argent contre le papier que l'homme en uniforme tenait à la main.

L'assistance reporta son attention sur la vache qui rechignait à monter sur la passerelle. Les mains dans les poches, l'homme en uniforme s'adossa à un tronc d'arbre sans se préoccuper de l'agitation ambiante. Pendant ce temps, chacun y allait de son conseil, de son encouragement ou de son sarcasme. Mary pouffait de rire. Mme Watson discourait interminablement sur ce qu'il aurait fallu faire.

Des hommes descendirent du bateau pour se joindre aux spectateurs. Mary vit le grand Noir qui riait avec trois autres.

Elle remarqua également trois hommes blancs en habit de daim à franges. Elle se contorsionna pour mieux voir : oui, ils portaient aussi des mocassins. Elle soupira en silence. Malgré la désapprobation des sœurs, elle avait, comme toutes ses camarades, dévoré *Le Tueur de daims* et *Le Dernier des Mohicans*.

Mme Watson soupira à son tour. «Quel ennui ! Venez, Mary, rentrons. C'est inouï. Nous faire attendre à cause d'une vache.

— J'aimerais rester encore un peu, s'il vous plaît. Je vous rejoindrai tout à l'heure.

— Quoi ! Moi, laisser une jeune fille seule au milieu d'un tas d'étrangers ? Ce n'est pas le genre de Muriel Watson. S'il y a une chose qu'on ne peut pas me reprocher, c'est de manquer à mon devoir. Une fois, je me souviens...»

Bercée par les réminiscences de Mme Watson, Mary s'absorba dans le spectacle qui se déroulait sous ses yeux. A présent, l'un des trappeurs essayait de faire avancer l'animal. Un bras autour du cou de la vache, il la tirait en avant.

— Il va me tuer ma vache ! cria une voix de femme.

Le fonctionnaire en uniforme se détacha de son arbre. «Arrêtez ça tout de suite ! hurla-t-il. Cette marchandise doit être chargée à bord et non transformée en ragoût.» Il se dirigea vers la vache, et l'homme vêtu de daim lâcha prise.

«Ça marche avec les Indiens», observa-t-il. Ses compagnons éclatèrent de rire.

Le fonctionnaire se tourna vers le Noir. «Joshua ! Viens t'occuper de la cargaison.»

Le colosse s'approcha de la vache. «Écoute, vache, déclama-t-il. Tu te rappelles ce qui est arrivé à Jéricho, hein ? Tu n'as pas envie de t'écrouler toi aussi, j'imagine. Alors on y va.» Il saisit la corde nouée autour du cou de l'animal et en serra l'extré-

31

mité entre ses dents. Avant que quiconque pût deviner ses intentions, il empoigna les pattes arrière de la vache et, les maintenant fermement, les souleva de terre. Le visage fendu d'un large sourire, il avança vers la passerelle, poussant la vache devant lui.

« Regardez, s'exclama Mme Watson. Comme une brouette. Ça alors ! »

La foule applaudissait en riant. Les garçons sifflaient et tapaient des pieds. Mary frappa dans ses mains. La vache désemparée monta en titubant sur la passerelle, meuglant pitoyablement.

Un éclair attira le regard de Mary. Quelque chose brilla à côté de l'homme en daim qui n'avait pas réussi à faire bouger la vache. Il leva le bras. « Tu te moques de moi, sale nègre ! » Un tomahawk, pensa Mary. Avec un manche emplumé, comme dans les romans.

Oh, mon Dieu, il va le lancer en direction du Noir.

« Joshua, attention ! » cria-t-elle. Elle trouva à tâtons la boule qui surmontait la rambarde, l'arracha et la projeta sur la lame étincelante du tomahawk.

Il y eut un bruit sourd : la boule avait atteint l'homme à la tête. « Oh non, gémit-elle, qu'ai-je fait ?

— Qu'avez-vous fait, Mary ? s'écria Mme Watson. Venez vite, avant qu'on s'aperçoive que c'était vous. » Agrippant Mary par le bras, elle la traîna le long du pont, à travers le salon, dans la cabine des dames.

« Je ne voulais pas lui faire mal, sanglotait Mary. Il allait lancer...

— Chut, mon enfant. N'en parlons plus. Laissez donc ces brutes régler leurs querelles entre eux. Venez plutôt vous laver la figure. C'est bientôt l'heure du dîner : il est temps de nous faire belles. » Le bavardage de Mme Watson eut un effet apaisant. Elle questionna Mary sur sa garde-robe, décréta que sa robe blanche ferait parfaitement l'affaire, expliqua que tous les bagages se trouvaient regroupés dans un placard près de la cabine du capitaine, escorta Mary jusque-là et ordonna à une femme de service noire de repasser sa robe, ainsi que celle de Mary, et de les rapporter immédiatement dans leur cabine. « C'est la robe préférée de M. Watson. Je l'emporte toujours en voyage : cela donne un air de fête aux dîners à bord. Prenez vos escarpins... Dieu, quelles petites choses fragiles ! Je vais vous aider à vous recoiffer ; vous verrez, vous serez la reine de ce bateau. »

« N'est-ce pas qu'elle est mignonne ? claironna Mme Watson. Et orpheline par-dessus le marché, c'est une bien triste histoire. Mary, dites bonjour au capitaine. Il va sûrement vouloir nous installer à côté de lui. Une orpheline qui prend le bateau pour la première fois de sa vie... Ciel, capitaine, que cette table est donc élégante ! Qu'est-ce que je vous disais, Mary ? Le service sur le *Queen* est une vraie merveille. Mon mari, M. Watson, connaît bien le propriétaire... l'un des propriétaires, car ils sont plusieurs, hein... rappelez-vous, capitaine. M. Watson et moi-même prenons toujours le *Queen* pour Pittsburgh. »

Le capitaine marmonna à travers ses épais favoris qu'il se souvenait parfaitement de Mme Watson. Puis il entreprit de servir le potage de la soupière placée devant lui. Les serveurs prenaient les bols et les posaient devant les vingt-six convives assis à la longue table installée au milieu du salon. Les cabines du *Cairo Queen* étaient à moitié vides ; la plupart de ses bénéfices provenaient du transport des marchandises et des passagers qui s'abritaient entre les caisses et les barriques sur le pont inférieur réservé à la cargaison pour dix cents par jour.

La nourriture, comme Mme Watson l'avait promis, était excellente et servie en abondance. Au bout de vingt minutes, Mary comprit que personne n'allait évoquer l'incident de la boule qu'elle avait lancée. L'homme n'était donc pas blessé, conclut-elle, savourant le poulet en sauce accompagné d'une jardinière de légumes et de petits pains au maïs.

Elle prit également plaisir à converser avec sa voisine de table. « J'ai quatre-vingt-sept ans, déclara celle-ci, et encore toutes mes dents. Depuis le temps que j'entends parler de ces bateaux, j'ai voulu en essayer un avant de mourir. Je suis montée à Rochester avec ma vache pour aller jusqu'à Crown City. Ce n'est pas la porte à côté ! »

A droite de Mary, Mme Watson mastiquait gloutonnement.

La dernière miette engouffrée, elle retrouva l'usage de la parole. « Et maintenant, Mary, nous pouvons faire connaissance avec les autres passagers. Je parle des dames, naturellement. Les hommes n'ont qu'une envie : nous voir quitter la table pour allumer leurs cigares et pouvoir faire tranquillement leurs bêtises. » Elle roula des yeux langoureux en direction du capitaine. Il sourit avec effort, mais néanmoins se leva à la hâte pour tirer la chaise de Mme Watson et lui permettre de sortir de table.

De retour dans la cabine, Mme Watson se chargea de la présenter à leurs douze compagnes de voyage. « Une brave petite orpheline, expliqua-t-elle en désignant Mary, qui va à La Nouvelle-Orléans, chez sa grand-mère qu'elle n'a jamais vue. »

Les autres femmes s'exclamèrent, compatissantes. Avant que Mme Watson accaparât à nouveau la parole, Mary en profita pour les questionner sur La Nouvelle-Orléans. « Je ne connais pas cette ville, bredouilla-t-elle. Je ne sais même pas si c'est loin d'ici. »

Très loin, lui répondit-on, si loin qu'aucune de ces dames n'y était jamais allée. Quant à la distance, les estimations variaient entre deux mille et huit mille kilomètres.

« Et combien en avons-nous parcouru jusqu'à présent ?

— Presque cent soixante. »

Mary était atterrée. Je vais vieillir sur ce bateau, au milieu de ces vieilles femmes, pensa-t-elle. Avec Mme Watson qui jacassera du matin au soir.

« M. Watson connaît le propriétaire, disait celle-ci, si bien que nous voyageons toujours à bord du *Queen*. Nous descendons à Pittsburgh quatre ou cinq fois par an. M. Watson tient un commerce à Portsmouth dans l'Ohio et... »

Cette nuit-là, Mary resta éveillée longtemps après que les autres se furent endormies derrière leurs rideaux tirés. Elle croyait vaguement entendre des rires en provenance du salon et sentir la fumée de cigare. Les habits de son père étaient toujours imprégnés d'une imperceptible odeur de tabac. Elle finit par s'endormir, le visage baigné de larmes.

Elle fut abruptement tirée de son sommeil, sans savoir ce qui l'avait réveillée. Le clapotis rythmique de l'eau lui rappela où elle était. Soudain, au loin, elle entendit une musique, irréelle comme un rêve.

Mary dressa l'oreille. La musique se rapprochait. Elle se leva et se dirigea à pas de loup vers le hublot au fond de la cabine. Écartant le rideau, elle jeta un coup d'œil au-dehors. La lune faisait briller les cuivres du bastingage d'un éclat doré. Au-delà, elle vit le fleuve, noir et mystérieux, traversé d'un sillon argenté qui menait vers la berge obscure.

La musique devint plus distincte, et une vision magique apparut devant ses yeux. C'était le grand steamer blanc et or qu'elle avait vu à Pittsburgh. Les fenêtres de ses trois ponts étaient brillamment illuminées, et la lumière se reflétait, étincelante, dans ses dorures. Tandis qu'il dépassait le *Queen* qui avançait à une allure d'escargot, la musique parut envelopper Mary. Elle entendit des éclats de rire et vit des hommes et des femmes qui dansaient sous de grands lustres en cristal.

En un éclair, ce fut terminé. Mary écouta les sons qui s'éloignaient et contempla le sillage blanc du bateau jusqu'à ce que l'eau redevînt noire, scintillant seulement au clair de lune.

Loin sur la berge, les arbres au feuillage argenté glissaient sans bruit, spectacle étrange et féerique. Mary poussa un soupir. En cet instant, elle souhaitait que ce voyage durât éternellement.

La vie à bord du *Cairo Queen* ne ressemblait à rien de ce qu'elle avait connu. Le temps paraissait suspendu. Les distances ne signifiaient plus rien. Seul demeurait le fleuve, large, mouvant, changeant de coude en coude, d'île en île, de ville en ville. Mary prit possession d'un banc à la proue du bateau, à l'abri de la cabine du pilote. De là, elle regardait le fleuve, les autres bateaux, les immenses trains de flottage, les péniches avec leur cargaison de fûts ou de bétail, où l'on apercevait parfois une famille entière réunie autour d'une collation. Elle vit des hommes agiter un drapeau blanc du rivage pour signaler au *Queen* qu'il y avait des marchandises à charger. Et elle ne se lassait pas d'observer l'effervescence sur l'embarcadère quand la proue du bateau se tournait vers la berge.

Lorsque des passagers descendaient, postée près du bastingage, elle leur adressait un signe d'adieu. Mme Watson ne manquait pas de la présenter aux nouveaux passagers à qui elle racontait encore et encore sa « triste histoire ». Les dames compatissaient et promettaient invariablement de lui servir de mère tant qu'elles seraient à bord.

De celles qui venaient la rejoindre sur son banc, Mary apprit que l'une des rives du fleuve était l'Ohio et l'autre la Virginie de l'Ouest. La Pennsylvanie était loin derrière eux. Les jours, les kilomètres, les escales défilaient : en face de l'Ohio, ce fut le Kentucky. Bientôt les Watson durent quitter le bateau. M. Watson lui rendit son argent en s'inclinant avec raideur. Mme Watson l'étouffa dans une étreinte larmoyante et la confia aux soins de Mme Ohlandt.

35

Stout, Wrightsville, Aberdeen, Higginsport, Neville, Cincinatti où ils attendirent une journée et une nuit l'arrivage d'une importante cargaison de viande de bœuf en saumure.

Quelques heures plus tard, ils quittaient l'Ohio. De l'autre côté, c'était toujours le Kentucky et, en face, l'Indiana dont la première escale fut Rabbit Hash. Mme Ohlandt remit Mary entre les mains de Mlle Dickens, « célibataire et ravie d'avoir eu le bon sens de le rester ».

Les villes se succédaient ; les femmes venaient parler à Mary sur son banc, mais aucune d'elles n'avait jamais mis les pieds à La Nouvelle-Orléans.

A Louisville, une famille de cinq enfants en bas âge monta à bord, et la tranquille torpeur qui régnait sur le *Queen* fut momentanément perturbée. « Oui, je suis allé en péniche jusqu'à La Nouvelle-Orléans, confessa le père harassé, mais j'étais jeune à l'époque, et ce que j'ai vu là-bas n'est pas fait pour les oreilles d'une jeune demoiselle. »

Deux jours plus tard, le *Queen* fit escale à Evansville. La famille descendit, et les passagers purent jouir à nouveau du calme rétabli. Mais, bien après que la nouvelle cargaison fut solidement arrimée, le bateau restait toujours à quai. Les cheminées fumaient doucement, indiquant que les machines étaient en marche, mais la grande roue était immobile.

« Qu'attendons-nous, bonté gracieuse ? se plaignit Mlle Dickens. La nuit va tomber bientôt. Le dîner aurait dû être annoncé depuis une heure.

— Peut-être les personnes qui arrivent dans cette voiture, hasarda Mary. Regardez, mademoiselle Dickens, elle file comme une flèche. »

La voiture noire et brillante était tirée par deux magnifiques chevaux blancs lancés au galop. Le cocher noir était vêtu d'un haut-de-forme et d'un habit noir d'où s'échappaient les dentelles immaculées d'un jabot. Il dut se lever pour arrêter les chevaux à l'extrémité de l'embarcadère. Mary vit les rênes disparaître dans ses mains gantées de blanc.

Malgré cette arrivée tumultueuse, les occupants de la voiture ne semblaient guère pressés de descendre. Les portières demeuraient closes tandis que le cocher déchargeait les valises et les cartons à chapeaux empilés sur le toit. Il dut effectuer quatre voyages pour transporter tous les bagages à bord. Après quoi, il alla ouvrir la portière en inclinant le buste.

36

La femme qui en sortit était la créature la plus élégante que Mary eût jamais vue. Elle portait une tenue de voyage, une robe en soie marron que les rayons du soleil couchant teintaient de reflets moirés. Les manches ballon et le bas de la robe s'ornaient de ruchés de dentelle noire. Un chapeau de paille marron, avec deux larges rubans de soie bleue noués sous le menton, complétait sa toilette. Lorsqu'elle descendit sur le marchepied, Mary entrevit brièvement des jupons en camaïeu de bleu.

Tandis qu'elle se dirigeait vers la passerelle, une autre femme émergea de la voiture. Elle était vêtue d'une robe de soie grise, avec un petit tablier de dentelle blanche plus ornemental que fonctionnel. Deux anneaux d'or étincelaient à ses oreilles. Sa peau paraissait d'autant plus foncée qu'elle portait une coiffe blanche en forme de turban.

Elle repoussa le cocher qui tentait de lui prendre la mallette de cuir rouge qu'elle tenait à la main et se hâta de suivre sa maîtresse.

« Ma parole, dit Mlle Dickens, j'en ai vu, des oiseaux exotiques, mais comme celui-là, jamais. »

« Jamais je ne me pardonnerai, capitaine, de vous avoir fait attendre aussi longtemps, entendit Mary en entrant au salon.

— Moi non plus », chuchota Mlle Dickens, délibérément fort.

Mary rougit, gênée. Haussant les sourcils, la belle inconnue se tourna vers elles.

Le capitaine se racla la gorge. « Madame Jackson, permettez-moi de vous présenter deux de vos compagnes de voyage. Voici Mlle Dickens, et cette jeune fille, c'est Mary MacAlistair. Elle est avec nous depuis Pittsburgh et elle va jusqu'à La Nouvelle-Orléans. »

Mme Jackson sourit à Mary et lui tendit une main dans un gant parfaitement ajusté. « Ravie de vous rencontrer, mademoiselle MacAlistair. Moi aussi j'habite La Nouvelle-Orléans. »

Mary saisit la main offerte et la serra avec un enthousiasme malhabile. « Je suis si contente que nous vous ayons attendue », s'écria-t-elle.

4

« Vous êtes une jeune femme très courageuse, Mary », dit Mme Jackson. Au début, elle s'était montrée polie mais glaciale lorsque Mary l'avait bombardée de questions sur La Nouvelle-Orléans. Cependant, quand elle sut que Mary était seule au monde, elle commença à se dégeler. Et lorsque Mary lui avoua qu'elle ignorait le nom de sa grand-mère et même si elle était encore en vie, Mme Jackson lui prit la main pour lui exprimer son admiration. Mary s'épanouit.

« J'ai beaucoup de chance de vous avoir pour amie, madame Jackson. Vous êtes si gentille, si belle, si élégante ! J'aurais tant aimé vous ressembler.

— Voilà un charmant compliment, ma chérie. » Mme Jackson avait une voix à nulle autre pareille, douce et lente, aux consonnes brouillées et aux voyelles chantantes comme des notes de musique. Son sourire, tout aussi lent, naissait d'un simple tressaillement de lèvres, relevait les coins de sa grande bouche et, enfin, révélait une rangée de dents nacrées qui se chevauchaient légèrement sur le devant. Elle avait les cheveux blonds, et des yeux d'un bleu profond, à demi cachés sous de lourdes paupières. Lorsqu'elle parlait, ses sourcils se levaient, et ses yeux s'ouvraient grand, dévoilant son regard magnétique.

Tout le monde à bord succomba à son charme, y compris Mlle Dickens. Mary nageait dans le bonheur : Mme Jackson fit clairement comprendre qu'elle préférait sa compagnie à toutes les autres. Après le dîner, lorsque les dames se furent retirées dans leur cabine, elle suggéra à Mary de l'accompagner sur le pont. « Ce serait dommage de manquer le coucher de soleil. Les couleurs sont si belles quand elles se reflètent dans l'eau. »

Mme Jackson, décida Mary, était la créature la plus poétique du monde. Comme ma mère, certainement, pensa-t-elle. Elle avait dû être aussi jolie, avec la même voix musicale. C'était comme si elle n'était pas morte, comme si elle revenait de loin, très loin, pour m'emmener chez les siens.

« Est-ce beau, La Nouvelle-Orléans ? » demanda-t-elle. Au fond d'elle-même, elle n'en doutait pas puisque c'était la ville de Mme Jackson. Et de sa mère.

« Comme un conte de fées. Les maisons sont de toutes les couleurs, avec des balcons semblables à de la dentelle noire. Et chaque maison possède son jardin secret fleuri à longueur d'année.

— Ce doit être magnifique, souffla Mary.

— En effet. Je suis sûre que cela vous plaira. J'aurais voulu être là pour assister au plaisir de la découverte. »

Le cœur de Mary se serra. « Vous ne serez pas là ? Pourtant vous allez à La Nouvelle-Orléans, vous aussi ?

— Oui. Mais pas par ce bateau. Il est trop lent et trop inconfortable. Nous sommes à quelque trois cents kilomètres de Cairo, dans l'Illinois. Et du Mississippi. Je changerai de bateau là-bas.

— Je vois. » Il ne faut pas que je pleure, se dit Mary. A cet instant, Mme Jackson prononça les paroles qu'elle désirait le plus entendre.

« Si vous changiez aussi, Mary ? Nous pourrions voyager ensemble. Pour ma part, j'en serais ravie. »

« Je dois rêver ! » Étourdie de bonheur, Mary virevolta pour faire tournoyer ses jupes. Mme Jackson sourit lentement. Elle avait métamorphosé la jeune fille.

« Vous ne pouvez continuer à porter l'uniforme du couvent, chérie, avait-elle déclaré. Il fera de plus en plus chaud ; vous allez souffrir le martyre. Je demanderai à ma femme de chambre de transformer une de mes robes pour vous. Elle est très habile de ses mains. »

La robe de linon blanc léger comme de la gaze était incrustée de dentelle par-dessus les ruchés de soie bleue. En dessous, Mary était moulée dans un corset de soie blanche qu'elle portait avec trois jupons de soie bordés de dentelle mousseuse. Lorsqu'elle fut habillée, la femme de chambre de Mme Jackson lui brossa les cheveux, les coiffa au fer à friser et rassembla les bouclettes au-dessus de ses oreilles, les maintenant avec deux rosettes de soie bleue.

«Vous êtes jolie comme un cœur, chérie, décréta Mme Jackson. Tenez, voici des mitaines blanches et une ombrelle. Allez dire au revoir au capitaine et à tous vos amis. Nous approchons du quai. »

«Que Dieu vous garde, mon enfant. » Mlle Dickens se tamponna les yeux avec un mouchoir. «Je vous souhaite tout le bonheur du monde.

— Merci, mademoiselle Dickens. » Mary avait les yeux humides, elle aussi. Elle fit ses adieux aux passagers, puis s'en fut trouver le capitaine sur le pont.

«Vous allez nous manquer, dit-il. C'était un plaisir de vous avoir à bord. »

«Au revoir, mam'zelle, fit la femme de service. Vous avez l'air d'une princesse.

— J'ai l'impression d'en être une, répliqua Mary. Je n'ai jamais été si heureuse de toute ma vie. »

Elle suivit presque en courant Mme Jackson sur la passerelle. Devant elles, il y avait un superbe steamer, drapeaux au vent. Une joyeuse musique flottait sur le pont. Sur le quai, Mary se retourna pour un dernier signe d'adieu. Le grand Noir responsable du fret la salua. Mary le gratifia d'un sourire radieux. «Au revoir, Joshua. » Et elle se hâta de rejoindre Mme Jackson.

A l'aide de la fine tige en verre du bouchon, Mme Jackson appliqua quelques gouttes de parfum derrière les oreilles de Mary. Puis elle pressa sa joue contre celle de la jeune fille. «J'ai toujours rêvé d'avoir une fille, murmura-t-elle, douce et tendre comme vous, Mary. Puisque vous n'avez plus de mère, voulez-vous être ma fille ? »

Mary se jeta au cou de Mme Jackson. «Plus que tout au monde», chuchota-t-elle.

Mme Jackson l'embrassa sur les deux joues avant de se dégager de son étreinte. «Vous m'en voyez enchantée, chérie. Vous allez vous installer chez moi, et nous nous mettrons à la recherche de votre famille. Mais avant, je vais faire de vous une vraie fille du Sud. Pour commencer, vous allez m'appeler Mlle Rose au lieu de Mme Jackson. Rose, c'est mon prénom.

— J'aurais dû m'en douter. Vous ressemblez à une rose, et vous sentez aussi bon. »

Mme Jackson esquissa un sourire. « Mais vous aussi, ma chère. Votre teint frais fait plaisir à voir. Néanmoins, un peu de poudre de riz sur le front et le menton empêcherait votre peau de briller. »

Elle s'affaira, et Mary s'abandonna à ses doigts experts. Elle avait déjà donné son cœur.

Le *Memphis Belle* était un de ces « palaces flottants » qui faisaient la fierté du Mississippi. Ses passagers disposaient de cabines individuelles avec d'énormes lits à baldaquin aux lourdes tentures de soie. Les grandes fenêtres aux rideaux de soie donnaient sur les vastes ponts encaustiqués, et les tapis étaient moelleux comme du velours.

Long d'une soixantaine de mètres, le salon était décoré de miroirs au cadre doré et de lustres dont les pendeloques de cristal dégringolaient en cascades étincelantes. Le dîner, servi à huit heures, se composait de sept plats accompagnés de cinq vins différents dans des verres couleur rubis. Derrière chaque chaise tendue de brocart se tenait un steward noir en gants blancs, prêt à prévenir la moindre envie du convive. Les hommes portaient un habit de soirée ; les femmes aux épaules dénudées étincelaient de pierres précieuses. Un quatuor à cordes jouait doucement durant le repas. Ensuite on repoussait les tables pour faire place aux danseurs. Les femmes n'avaient pas besoin de se retirer. Il y avait des fumoirs, des salles de jeu et de billard sur le pont supérieur.

« Je ne sais pas danser, confessa Mary. Puis-je regarder, tout simplement ?

— Évidemment, chérie. Nous allons nous asseoir sur ce canapé et écouter la musique. Demain je demanderai à l'un des officiers de vous donner une leçon de danse. » Mme Jackson enveloppa Mary d'un regard affectueux. Un fichu de dentelle lui couvrait les épaules et la poitrine. Elle s'était sentie trop nue dans la robe du soir que Mme Jackson lui avait donnée.

Trois jours plus tard, vêtue d'une robe de mousseline rose aux impressionnantes manches gigot, Mary battait le rythme du pied. Elle mourait d'envie de danser. Mlle Rose lui enseignait l'art d'être une vraie jeune fille de La Nouvelle-Orléans. Jouant avec

41

l'éventail de dentelle noire dont elle se servait pour cacher ses soudaines rougeurs, Mary se sentait très femme du monde.

A l'autre bout de la salle, un homme paria cent dollars que son compagnon ne réussirait pas à faire danser «la petite fille en rose».

Son ami refusa de relever le défi. «Sa mère ne laisse approcher personne en dessous de soixante-dix ans. D'ailleurs, les jeunesses innocentes m'ennuient, et cette petite m'a l'air d'une authentique oie blanche. Je tenterais bien ma chance auprès de la mère, mais elle n'est pas du genre commode, qu'en penses-tu?»

Mme Jackson les toisa avec une froideur hautaine. «Brrr», fit l'un des hommes. Les deux amis s'éloignèrent en riant.

Mme Jackson sourit au capitaine. Il se dirigea vers elle. «Mary chérie, je crois bien que le capitaine va vous prier de lui accorder cette valse.»

Mary agita son éventail avec une vigueur redoublée. Elle avait assez souvent dansé avec le capitaine pour se laisser intimider. Elle s'efforçait plutôt de se rafraîchir le visage et le cou. Depuis qu'ils avaient quitté l'Illinois pour traverser le Tennessee, la température ne cessait de monter.

Tout en valsant, elle confia ses impressions au capitaine. «Je sais bien que nous sommes en juillet, mais j'ai toujours passé l'été en montagne, voyez-vous, et je n'ai guère l'habitude de la chaleur. Je crains d'être un fardeau pour Mlle Rose... Mme Jackson. Sa femme de chambre a dû me friser les cheveux quatre fois aujourd'hui.»

Le capitaine sourit. La candeur de Mary le surprenait agréablement: dans le Sud, les jeunes filles étaient des coquettes accomplies bien avant son âge.

«Si je demandais à Mme Jackson la permission de vous accompagner toutes deux sur le pont? offrit-il. Il y a une brise fraîche qui souffle sur l'eau.»

Mary acquiesça avec enthousiasme. Mme Jackson accepta l'invitation, mais non sans condition.

«On attrape facilement froid après avoir dansé. Mary, voulez-vous faire un saut dans notre cabine pour nous apporter un châle à chacune?»

Restée seule avec le capitaine, Mme Jackson lui sourit. «Nous avançons à une bonne allure, semble-t-il.» Sa voix était plus brusque qu'à l'ordinaire. «Combien d'argent perdriez-vous si vous alliez droit à La Nouvelle-Orléans?

— Sans faire escale à Natchez ? C'est hors de question.

— Capitaine, j'ai un rendez-vous très important le soir du 4 juillet. Il faut absolument que je sois sur place. »

Le capitaine regarda Mme Jackson en riant. « Je suis un homme exigeant, madame. »

Elle joignit son rire au sien. « Vous m'étonnez, capitaine. Maintenant stupéfiez-moi. Dites votre prix. »

La réponse lui fit hausser les sourcils. « Vous étiez censé me stupéfier, monsieur, non m'assommer. Quatre bateaux comme le vôtre ne suffiraient pas à contenir la cargaison qui pourrait vous rapporter une telle somme. Je vous en offre la moitié. »

La négociation fut brève et amicale. Quand Mary revint, l'affaire était conclue. Mlle Rose et le capitaine semblent très contents d'eux, pensa-t-elle. Ce serait merveilleux s'ils tombaient amoureux l'un de l'autre. Je pourrais être témoin à leur mariage. Son jeune cœur romanesque se désolait à l'idée que Mlle Rose était veuve et décidée à ne plus jamais se remarier.

Durant la promenade sur le pont, elle marcha plus vite pour que le capitaine pût être seul avec Mlle Rose.

Puis elle cessa de songer à eux. C'était une nuit sans lune, et le ciel était parsemé d'étoiles. « Elles paraissent si proches, fit Mary à voix haute, et si différentes. Chaudes et lumineuses, alors que chez nous elles sont froides et brillantes. »

Mme Jackson la prit par la taille. « Nous sommes dans le Sud, ma chère enfant. Tout est différent ici. Et beaucoup plus beau. »

Le lendemain matin, Mme Jackson réveilla Mary plus tôt que d'habitude. « Vite, habillez-vous. J'ai quelque chose à vous montrer. Nous prendrons le café sur le pont. »

Mary oublia complètement de boire son café. Elle était trop éblouie pour songer à une chose aussi triviale que le petit déjeuner. Le *Belle* longeait un chenal près du rivage, fendant une nappe de brouillard que le jour naissant teintait d'or pâle. Les arbres semblaient enveloppés de nuages gris argenté qui oscillaient entre les écharpes de brume montant du fleuve. L'air était imprégné d'une douceur indicible, de la douceur du chant de milliers d'oiseaux et la délicate fragrance de milliers de petites fleurs en forme d'étoiles qui tapissaient le sol et s'enroulaient autour des troncs.

Prise de vertige, Mary se cramponna à la rambarde. Elle sentait la douceur de l'air sur sa peau, étrange et grisante comme une caresse.

Il y avait une clairière entre les arbres étoilés, une jetée en bois patinée par les ans et luisante d'humidité. Au-delà, Mary vit une allée blanche bordée de hauts arbres aux feuilles sombres et brillantes avec des fleurs blanches d'une taille quasi irréelle. Au bout de l'allée se dressait un temple, blanc, avec des colonnes soutenant un toit pointu au-dessus d'une grande fenêtre en ogive illuminée par les rayons du soleil levant.

« C'est une maison de planteur, fit Mme Jackson doucement, tout près de l'oreille de Mary. Ces arbres, ce sont des magnolias ; les plantes grimpantes du chèvrefeuille, et les châles gris sur les arbres, ce que nous appelons ici la mousse d'Espagne. Nous sommes en Louisiane.

— C'est merveilleux », murmura Mary.

5

Mary refusa de quitter le pont. Toute la matinée, elle regarda défiler le paysage, et même lorsque le chenal mena le *Belle* au milieu du fleuve et que les rives ne furent plus que deux lointaines bandes de verdure, elle continua à les fixer, plissant les yeux contre la réverbération du soleil dans l'eau.

En vain Mme Jackson chercha à la persuader de venir déjeuner dans le salon ombragé. Mary insista pour rester dehors. «J'ai l'impression ainsi de mieux connaître ma mère, mademoiselle Rose, et je ne veux rien perdre du décor dans lequel elle a vécu.»

Finalement, elles parvinrent à un compromis. Si Mary mettait un chapeau à large bord, si elle s'installait à l'ombre, si elle acceptait de boire un verre de citronnade et de manger un morceau de poulet froid, Mme Jackson la laisserait tranquille. «Vous allez vous abîmer la peau, mais je suppose que c'est pour la bonne cause.»

Perdue dans le monde de ses rêves, Mary oublia toute notion du temps. Le jour commençait à baisser, et la surface de l'eau était parcourue d'une légère houle. Exalté par la chaleur de la journée, le parfum de la terre se fit plus entêtant. Mary frissonna. Un bonheur fiévreux avait pris possession de son être.

Mme Jackson qui venait de sortir sur le pont se hâta vers elle. «Tout va bien, Mary? Vous n'êtes pas malade? J'espère que vous n'avez pas attrapé une insolation.» Elle posa sa main sur le front de Mary. Tout à coup, elle tourna la tête et se précipita vers la rambarde, mettant ses mains en visière pour scruter le rivage.

« Nous allons faire une escale. Ça ne va pas du tout. Je ne le permettrai pas. » Et elle partit en trombe sans un coup d'œil pour Mary.

Une escale ! Mary courut vers la proue. Elle pourrait voir les arbres, les fleurs et la terre de près. Elle tremblait d'excitation. La sirène mugit, et elle se sentit vibrer avec elle.

Le bateau se rapprocha du rivage. Il n'y avait pas de jetée, juste un mur tapissé d'herbe qui longeait le fleuve à la hauteur du pont sur lequel se tenait Mary. Lorsque la proue le heurta, elle se retrouva à moins de cinq mètres de l'homme qui attendait debout sur le mur.

Loin derrière lui elle aperçut une maison de planteur comme celle qu'elle avait déjà vue, blanche, à colonnes, noyée dans une végétation luxuriante. Dans la lumière déclinante, elle ressemblait à une vision magique, un mirage. Et l'homme semblait faire partie de ce mirage. Il correspondait parfaitement à l'idée que l'on pouvait se faire d'un habitant d'une pareille demeure.

Il était vêtu d'un habit de cavalier, veste noire et culotte de drap blanc. Ses bottes étincelaient, aussi noires que sa chevelure de jais. Ses yeux sombres croisèrent le regard de Mary, et ses lèvres bien dessinées ébauchèrent un sourire. Il porta sa cravache à son front en signe de salut et s'inclina. Hypnotisée, Mary fut incapable d'esquisser le moindre geste.

Le grincement de la passerelle la ramena brutalement sur terre. Il faut que je tourne la tête, pensa-t-elle, que je regarde ailleurs. Mais elle n'en eut pas la force.

L'homme baissa les yeux sur la passerelle qui frôlait l'herbe à ses pieds. Avant qu'elle ne fût complètement immobilisée, il bondit et disparut sur le pont inférieur.

Sa disparition sortit Mary de transe. Soudain elle eut conscience de tout ce qui l'environnait. La brise qui soulevait les cheveux frisottés échappés de sa coiffure. Le parfum enivrant des fleurs, de l'herbe écrasée par la passerelle. L'eau qui clapotait sous la coque du bateau. Entendant la voix de Mme Jackson, elle se retourna, contrite. Elle était seule sur le pont, et les voix furent couvertes par le hennissement de chevaux et les cris des hommes. Mary se précipita vers la porte de la coursive qui menait à sa cabine, fuyant l'émotion inconnue, terrifiante, qui s'était emparée d'elle.

La voix de Mme Jackson provenait du pont inférieur. Elle était en train d'apostropher le capitaine, le sommant d'appareiller sur-le-champ et de reprendre la route de La Nouvelle-Orléans.

L'homme qui venait de monter à bord éclata de rire. «Ce ne sera pas long, Rose. Le temps de charger deux de mes chevaux, et nous repartirons.»

Rose Jackson pivota vers le nouvel arrivant. «Bonjour à vous, monsieur Saint-Brévin, répliqua-t-elle d'un ton cassant. Je voyage à titre privé; soyez donc gentil de m'appeler Mme Jackson.» Elle foudroya le capitaine du regard. «Si nous n'arrivons pas à La Nouvelle-Orléans à l'heure prévue, monsieur, vous pourrez dire adieu à votre prime.» Elle repoussa Saint-Brévin et se dirigea d'un pas raide vers les escaliers.

Son attitude changea à l'instant où elle pénétra dans la cabine. «Ma chère enfant, s'écria-t-elle, que faites-vous recroquevillée dans l'ombre? Vous ne vous sentez pas bien?» Elle s'assit à côté de Mary et la prit dans ses bras. «Allons, murmura-t-elle, Mlle Rose est là. Je vais prendre soin de vous. Qu'est-ce qui ne va pas?»

Mary se détendit dans le cercle réconfortant de ses bras.

«Rien, mademoiselle Rose. Je me sens un peu bizarre, voilà tout.»

Mme Jackson lui caressa le front. «C'est la chaleur, chérie. Vous n'y êtes pas habituée. Dieu merci, vous n'avez pas de fièvre. Je vais vous rafraîchir le visage avec un linge mouillé, et ensuite nous irons prendre une légère collation.

— Oh non, je ne peux pas!» Plutôt mourir que d'affronter le séduisant inconnu de la plantation. Il a dû me prendre pour une parfaite idiote, pensa Mary.

Mme Jackson rit et la serra contre elle. «Il le faut, Mary. Ma femme de chambre va venir préparer nos bagages. Nous sommes presque arrivées. Songez que vous n'aurez guère le temps de manger une fois que nous serons à La Nouvelle-Orléans. Et comment peut-on s'amuser, l'estomac vide? Car nous allons nous amuser follement. Je ne vous l'ai pas dit, car je n'étais pas sûre d'arriver à temps. Maintenant je peux vous le dire. Nous sommes le 4 juillet, jour de la fête nationale, au cas où vous l'auriez oublié. Chez nous, à La Nouvelle-Orléans, on le célèbre toute la journée et toute la nuit. Il y a des feux d'artifice. Des bals de rue. Et des fêtes partout. Moi-même j'en organise une tous les ans. La maison sera décorée ; tous mes amis seront là. J'ai hâte de vous les présenter, Mary. Je leur dirai : "Voici la perle rare que j'ai dénichée dans le Nord." Tout le monde vous aimera, Mary, et vous accueillera à bras ouverts dans votre nouvelle maison. »

Mary oublia son embarras, ses craintes, ses émotions indomptées. Sa nouvelle maison. A La Nouvelle-Orléans. Des amis qui l'attendaient, comme une nouvelle famille.

« Je vais me laver le visage. » Elle étreignit Mme Jackson de toutes ses forces. « Je vous aime, mademoiselle Rose. »

A la place du dîner, un buffet fut servi au salon pour que les passagers pussent se restaurer à leur guise. Mary s'attarda devant la grande table. Elle n'avait encore jamais vu un buffet et ne savait que choisir.

Elle était si absorbée qu'elle ne vit pas Saint-Brévin entrer avec deux autres hommes. Il salua Mme Jackson. Elle inclina la tête et détourna les yeux.

Les trois hommes s'arrêtèrent devant une table sur laquelle trônait une énorme coupe en argent remplie de glace pilée et de bouteilles de champagne. « Nous prendrons une bouteille et des verres, dit Saint-Brévin au steward qui se tenait derrière la table. Montons, suggéra-t-il à ses compagnons. J'accepte votre invitation pour une partie de cartes.

— Nous n'en avons plus le temps, Monty. Dans une demi-heure, nous serons à La Nouvelle-Orléans. »

Valmont Saint-Brévin haussa ses sourcils noirs. « Dites plutôt dans un quart d'heure, vingt minutes. Mais ceci n'a rien à voir avec cela. Une fois à quai, le bateau y restera. Le champagne aussi. Nous jouerons jusqu'à ce que nous en ayons assez... ou jusqu'à ce que j'aie vidé vos poches. » Il s'inclina avec panache, invitant ses compagnons à le précéder, la bouteille à la main.

Personne n'eût pu les confondre, les deux Américains et le créole français, natif de La Nouvelle-Orléans. Bien qu'il parlât l'anglais couramment, l'accent de Saint-Brévin trahissait ses origines. Tout comme l'habit de soirée qu'il portait. Il s'était changé à bord : les gentlemen créoles s'habillaient toujours pour le dîner, et celui-ci faisait montre d'un raffinement particulier. Sa chemise de soie s'ornait d'un jabot de dentelles ; son gilet de satin blanc était brodé d'or. A l'auriculaire de la main gauche, il portait une chevalière en or. Tout en lui, la coupe de son habit, les chaussures, la coiffure, frisait la perfection.

Les deux Américains portaient leurs habits de tous les jours, coûteux et élégants, mais sans cette distinction qui, dans la tenue du créole, dénotait une griffe parisienne. A côté de lui, ils faisaient figure de rustauds.

En haut, dans le fumoir, ils disposèrent des sièges autour d'une table. Saint-Brévin servit le champagne, et du doigt s'adressa au steward. «Un jeu de cartes non entamé pour mes amis, avant que je les déleste de leur argent.» Il étendit ses longues jambes et s'enfonça dans le fauteuil de cuir noir. «Dites-moi, mes amis, dois-je conclure que vous allez assister au steeple-chase de dimanche? Je fais courir deux de mes chevaux. Qui veut parier? Je suis sûr de mon pronostic.

— J'ai vu vos bêtes de labour, répondit le plus jeune des deux Américains. Comment pouvez-vous être si sûr...?

— Attendez, fit l'autre. Avant d'aller plus loin, j'aimerais poser une question. Monty, qui est cette dame que vous avez saluée dans le salon? J'essaie de lier conversation avec elle depuis Paducah, mais sans grand succès.

— Il fallait lui parler de votre compte en banque, sourit Saint-Brévin. Cette élégante s'appelle Rose Jackson. Elle tient l'établissement le plus chic de La Nouvelle-Orléans, et donc de tout le pays.

— Une maquerelle! Qui l'aurait cru?

— Je vous emmènerai chez elle, si vous le désirez. Je fais partie des clients réguliers. Ses vins sont excellents, et ses lits incomparables.

— Et les filles? Celle que j'ai vue en sa compagnie semble débarquer tout droit d'un cours de catéchisme.

— C'est la spécialité de la maison, rit Valmont. Toutes les filles de Rose ont l'air de sortir de l'œuf. Mais ce sont de vraies virtuoses. Elles savent faire des choses dont vous n'avez jamais entendu parler. C'est pourquoi ça coûte aussi cher. Vous avez l'impression d'être le premier et l'unique inspirateur de toutes leurs petites gâteries.

— Quel est le prix?

— Cela dépend. Cinquante dollars pour une passe ordinaire. Plus si vous souhaitez un traitement spécial.

— Cinquante dollars, mais c'est inouï! La meilleure prostituée du Kentucky n'en prend pas plus de dix.»

Le plus jeune des trois hommes, qui jusque-là fumait en silence, se joignit à la conversation. «Qu'entendez-vous par un traitement spécial ?

— Tout ce que vous voudrez. Rien n'arrête Rose. Elle peut même vous procurer une authentique vierge si vous êtes prêt à payer deux cents dollars. Personnellement, cela ne m'intéresse pas. »

En bas, dans le salon, Mme Jackson tendit son verre à Mary. «Buvez, chérie. Nous allons trinquer au 4 juillet, à La Nouvelle-Orléans et à la vie de rêve qui vous attend là-bas... Vous êtes adorable quand vous froncez le nez, Mary. Ces bulles sont un délice. Le goût pour le champagne vient avec le temps ; vous verrez, bientôt vous apprendrez à l'aimer. »

6

Avant même d'arriver à La Nouvelle-Orléans, les passagers virent des chandelles romaines fuser dans le ciel sombre. Tout le monde se pressait sur le pont pour mieux voir. Les stewards se hâtaient d'éteindre les lumières et de tirer les rideaux pour leur permettre de profiter pleinement du feu d'artifice.

Mary étreignit le bras de Mlle Rose. «J'ai l'impression que moi aussi je vais exploser en mille morceaux, rouges, blancs, bleus. Je ne tiens plus. »

Mme Jackson sourit. Elle observait les festivités d'un œil calculateur, attentive à la vitesse du bateau, guettant le moment propice pour gagner le pont inférieur afin de descendre parmi les premiers. Les cheminées du *Belle*, nota-t-elle, crachaient sans discontinuer des cascades d'étincelles. Les machines tournaient à toute vapeur. A n'en pas douter, le capitaine avait pris son avertissement au sérieux.

L'arrivée elle-même se révéla décevante. Mary ne voyait rien du pont inférieur où Mme Jackson l'avait placée. «Pourquoi y a-t-il un mur autour de la ville, mademoiselle Rose ? » Mary se souvint que certaines de ses compagnes de voyage avaient parlé d'alligators.

«Cela s'appelle une digue, Mary, pas un mur. » Mlle Rose se montrait moins patiente que d'habitude.

Elle ne recouvra sa douceur coutumière que dans la voiture de maître venue les attendre sur le quai. Elle s'assit à côté de Mary, et la femme de chambre prit place sur la banquette en face.

Mme Jackson embrassa Mary sur la joue. « Bienvenue à La Nouvelle-Orléans, chère Mary. » Se baissant par-dessus la jeune fille, elle écarta le rideau qui masquait la fenêtre. « Regardez la ville, chérie. Vous ne verrez pas grand-chose dans le noir, mais le feu d'artifice vous permettra de vous faire une idée. » Mary se pencha au-dehors, cherchant un peu d'air frais. Depuis sa descente du bateau, elle avait l'impression de suffoquer dans la chaleur moite. Ce fut encore pire : l'atmosphère était étouffante, et un vacarme étourdissant montait de toutes parts. Des visages se pressaient contre la fenêtre, noirs, rouges, verts, blafards à la lueur des fusées. Les rues étaient envahies par la foule. Tout le monde semblait rire. Ou chanter. Les bouches ouvertes étaient comme des trous béants dans ces masques aux couleurs tapageuses. Mary se rencogna sur son siège.

Mme Jackson lui tapota la main. « C'est un peu bruyant, je vous l'accorde. Mais c'est la fête. Regardez en l'air. Nous tournons dans notre rue. Regardez les balcons. Penchez la tête. Vous voyez ? »

Mary laissa échapper une exclamation. Au-dessus de la cohue, elle entrevit une image empreinte de beauté et de sérénité. Des chandelles dans des lampes en verre éclairaient une table et les quatre personnes assises autour. Deux femmes, un homme et un enfant, tous vêtus de blanc. Le feu d'artifice les baignait d'une clarté rose et bleutée, illuminant les fleurs en pot accrochées à la balustrade du balcon.

Cette vision fugitive suffit à rassurer Mary. Voilà une famille, belle, heureuse... comme la sienne sans doute, lorsqu'elle la retrouverait.

« Êtes-vous sûre d'avoir pris mon coffret, mademoiselle Rose ? » Brusquement, Mary fut glacée d'effroi. Dire qu'elle pouvait perdre son trésor, son seul lien avec sa famille !

« Oui, chérie. Tout est là, votre coffret et votre argent. Bien en sécurité. Vous êtes dans de bonnes mains. »

Mary se détendit. « J'ai beaucoup de chance. Merci, mademoiselle Rose. »

L'équipage ralentit et s'engagea sous un porche voûté. Une soudaine fraîcheur s'engouffra par la fenêtre. Mary inspira profondément. Puis elle poussa un petit cri. Elles venaient de pénétrer dans un jardin enchanté.

« Nous voici arrivées », dit Mme Jackson.

Une ravissante jeune fille en robe bleue à ruchés leur ouvrit la portière. « Bienvenue à la maison, mademoiselle Rose. Nous pensions que vous n'y arriveriez jamais... Tiens, qui est-ce ? Bonsoir, je m'appelle Annabelle.

— C'est Mary, répondit Mme Jackson. Descendez, Mary. »

Une fois dehors, Mary regarda autour d'elle. Elle se trouvait dans une cour intérieure pavée de briques qui formaient des motifs géométriques. Une fontaine gazouillait au milieu. Des lanternes à gaz jetaient une lueur vacillante sur des arbres et des massifs de fleurs. Des jeunes femmes en robes fleuries se mouvaient autour de la fontaine et entre les plantations. « Mademoiselle Rose », appelaient-elles d'une voix flûtée.

Mary se tourna vers Annabelle. « Pardonnez-moi, je suis très impolie. J'ai simplement été surprise de découvrir tant de calme et de fraîcheur. Comment allez-vous ? Mon nom est...

— Plus tard, Mary, l'interrompit Mlle Rose. Tous mes amis voudront faire votre connaissance. Maintenant il est temps de s'habiller. Lucy, conduis Mary dans ta chambre et trouve-lui une belle robe. C'est la première fois qu'elle participe à une fête à La Nouvelle-Orléans. »

Elle avait légèrement accentué ces derniers mots. La jeune femme nommée Lucy hocha la tête d'un air entendu.

« Venez, Mary. Vous devez tomber de fatigue. Je vais vous faire couler un bon bain et vous apporter un rafraîchissement. »

Le goût de la citronnade déplut à Mary. C'était amer ; elle sentit la tête lui tourner. Mais Lucy insista pour qu'elle finît son verre. « Tout à l'heure vous boirez du champagne qui vous fera passer cette sensation. Je suppose qu'on a dû oublier de la sucrer. »

Sa voix parut indistincte à Mary. Sans doute était-ce à cause de l'accent. Les gens du Sud ne parlaient pas ; ils chantaient. Mary s'esclaffa tout haut. « Que m'arrive-t-il ? Je me sens bizarre.

— Vous avez été contaminée par l'esprit de la fête. Allons, levez les bras et passez-les dans ces manches. » Mary obtempéra comme une marionnette. Le visage de Lucy semblait s'enfler, s'éloigner, puis grossir à nouveau devant ses yeux.

Quand elles descendirent, le jardin était rempli de gens qui parlaient et riaient ; un orchestre jouait dans un coin obscur. Lucy prit la main de Mary pour la soutenir. Mme Jackson s'approcha et lui prit l'autre main. «Vous êtes superbe, chérie. Venez boire du champagne avec nous. Ensuite je vais vous présenter quelqu'un.

—Je me sens toute chose», dit Mary. Elle avait toutes les peines du monde à articuler les mots. Sa langue était pâteuse et refusait de lui obéir.

Mme Jackson sourit. «Tenez, mon chou, buvez ceci. Ça va résoudre tous vos problèmes.»

Les bulles chatouillèrent le nez de Mary et lui firent monter des larmes aux yeux. Mlle Rose lui essuya les joues. Puis elle l'installa à une petite table sous un arbuste au parfum capiteux. Sur la table, il y avait un seau en argent avec une bouteille enveloppée dans une serviette. Mme Jackson prit la bouteille et remplit le verre à moitié vide de l'homme assis à la table. Il ôta le cigare de sa bouche pour dire : «Merci, Rose.

— Voici Mary, déclara Mme Jackson. A mon avis, elle a bu assez de champagne pour le moment.»

L'homme roula le cigare entre ses lèvres rouges et humides. «La fumée du cigare ne vous dérange pas trop, Mary?

— Non, monsieur. Mon père avait l'habitude de fumer le cigare.» Son élocution était plus claire. Mary sourit, soulagée.

«Quel joli sourire vous avez là.» L'homme leva les yeux sur Mme Jackson. «Vous vous en tirez toujours, hein, Rose? Je suis prêt.

— Ne voulez-vous pas profiter de la soirée? Mary danse très bien.

— J'avais un rendez-vous. J'allais sortir quand votre message m'est parvenu.» Il se leva pesamment. C'était un homme grand et corpulent. Une lourde chaîne en or brillait sur son ventre proéminent. Il saisit Mary par le poignet. Un gros diamant ornait sa main velue. «Viens avec moi, poulette. Je vais te montrer quelque chose.»

Mary regarda Mlle Rose. Elle ne comprenait pas ce qui se passait. Le sourire de Mme Jackson semblait différent. La lueur des lampions accusait durement les traits de son visage. Une fusée éclata au-dessus de leurs têtes. L'explosion bleue se refléta dans ses yeux. Mary sentit le froid l'envahir.

L'homme la tira de sa chaise. Elle tenta de résister, mais il était trop fort. Elle trébucha. Mme Jackson la retint. «Timide avec ça, fit l'homme. Exactement ce que le docteur avait prescrit.»

Il écrasa Mary sur sa poitrine, lui tordant le bras derrière son dos. Sa bouche humide s'empara de la sienne. Le cigare entre les doigts, il frotta ses seins avec la paume de sa main.

Mary se débattit. Elle voulut crier, mais sa bouche était prisonnière des lèvres de l'homme.

Mme Jackson secoua la tête d'un air réprobateur. «Pas ici, espèce de barbare. Vous connaissez le règlement. Ce patio me tient lieu de salon, et je ne reçois que des gens civilisés. Emmenez-la dans la chambre à côté de la cuisine. Vous ne réussirez jamais à lui faire gravir l'escalier.»

L'homme s'écarta légèrement et plaqua sa main sur la bouche de Mary. Son cigare lui brûla l'extrémité d'une mèche de cheveux. L'odeur âcre lui emplit les narines et perça le brouillard qui obscurcissait son esprit. Il faut que je me sauve d'ici, pensa-t-elle. Et il n'y a personne pour m'aider. Elle entendit l'homme se disputer avec Mme Jackson, mais n'y prêta pas attention. Elle était en train de rassembler toutes les faibles forces de son cerveau drogué. Soudain, elle s'affaissa, se laissant choir à terre. Surpris, l'homme lâcha prise.

«Que diable...?»

Mary se remit péniblement sur ses genoux, puis sur ses pieds. Elle se rua à travers la cour, titubant, gémissant, se frayant un passage parmi les branches épineuses d'un massif de rosiers en fleur. Deux hommes s'étaient engagés sous le porche. Mary passa en courant entre eux. «Serait-ce un nouveau jeu? s'enquit l'un d'eux. On joue au chat perché ou quoi? Ohé, Rose! Que se passe-t-il ici?»

Derrière elle, Mary distingua la voix de Mme Jackson et son rire perlé, cassant. L'instant d'après, elle plongea dans la bruyante cohue de la rue.

Un homme jouait de l'accordéon; tout autour, des couples tournoyaient en désordre. «Viens danser, ma jolie», lança un garçon au torse nu. Mary ne comprit pas; il ne parlait pas anglais. La saisissant par la taille, il la fit virevolter sur la chaussée poussiéreuse. Mary hurla, sanglota et lui martela le visage de ses poings.

Il la gifla si violemment que le sang gicla de son nez. Mary roula au pied d'un mur avec un miaulement de chaton effrayé. Il se pencha sur elle, la main levée pour frapper à nouveau.

«Assez!» Un homme de haute taille sortit de l'ombre, brandissant sa canne à pommeau d'or pour parer le coup.

Furieux, le jeune homme tira un couteau de sa ceinture et s'accroupit, prêt à bondir. Il y eut un déclic, et une lame acérée jaillit à la pointe de la canne. Elle s'immobilisa à un cheveu de la gorge du garçon. Il haussa les épaules et s'enfuit.

« Mademoiselle… » Le bon Samaritain tendit un mouchoir de soie à Mary. Elle leva les yeux sur son visage dissimulé dans la pénombre.

A cet instant, une fusée blanche déchira le ciel. Mary reconnut l'homme de la plantation.

« Oh, merci », murmura-t-elle. Elle prit le mouchoir et le pressa contre son visage ensanglanté.

Valmont Saint-Brévin l'avait reconnue également. « Vous êtes la fille de Rose qui était avec elle sur le bateau, s'exclama-t-il. Que faites-vous ici, au milieu de la populace ? Prenez mon bras, je vais vous raccompagner chez elle. »

Avec un cri, Mary laissa tomber le mouchoir maculé de sang et partit en courant.

Assourdie par le vacarme, bousculée par les fêtards, terrifiée par les visages verts, bleus, rouges aux bouches béantes, elle sentit le goût salé du sang sur ses lèvres et s'étouffa en voulant reprendre son souffle. Elle poursuivit cependant sa fuite éperdue ; elle avait moins peur de continuer que de regarder en arrière.

Un son nouveau lui parvint parmi les autres bruits. Un son de cloches. Elle s'arrêta, cherchant l'église d'où il provenait. Elle vit le haut portail ouvert d'où s'échappait une musique d'orgue. Dieu merci, gémit-elle intérieurement, se frayant frénétiquement un chemin à travers la foule.

Sa force était née de la terreur. Lorsqu'elle pénétra en chancelant dans la cathédrale, les odeurs familières d'encens et de cierges lui firent comprendre qu'elle était en sécurité. Sa main trembla. Elle était trop faible pour esquisser le signe de la croix. Un bref sanglot jaillit de sa poitrine, et elle tomba sans connaissance dans la travée centrale.

7

La vieille religieuse frappa doucement à la porte avant de l'ouvrir.

«Toutes mes excuses, ma mère. J'ignorais que vous aviez de la visite.» Elle battit en retraite.

«Non, ma fille, ne partez pas. Entrez.» La supérieure du couvent des ursulines se tourna vers sa visiteuse. «Vous permettez?

— Mais bien sûr», opina celle-ci. Les trois femmes s'exprimaient en français.

La religieuse se pencha vers l'oreille de la mère supérieure. «Il s'agit de la jeune fille qu'on a trouvée dans la cathédrale hier soir. J'ai entendu son histoire. A mon avis, vous devriez l'entendre aussi.

— Cela pourrait-il attendre?

— C'est une âme en détresse, ma mère.»

La femme assise dans le fauteuil esquissa un geste. «Je ne suis pas pressée, ma mère.» C'était une femme anguleuse au teint pâle et aux lèvres minces que l'on distinguait à peine sous son fin voile noir. Elle était en deuil : robe noire, capote noire, gants noirs. Son nom était Céleste Sazerac. Elle consacrait tout son temps aux œuvres de charité qui dépendaient du couvent. Au moment de l'interruption, la mère supérieure et elle étaient en train de dresser le plan des travaux de rénovation de l'orphelinat placé sous les auspices de la congrégation. Céleste avait offert d'organiser une souscription. Elle-même, naturellement, se proposait de verser une contribution importante. La famille

Sazerac comptait parmi les plus grandes fortunes de La Nouvelle-Orléans.

« La voici, ma mère. » La religieuse revint accompagnée de Mary. Le visage de la jeune fille était horriblement tuméfié ; ses yeux ne formaient plus que deux fentes ; son nez était enflé et difforme. Des marques violacées autour de sa bouche témoignaient de la brutalité de la main qui l'avait empoignée. Son poignet gauche était bandé.

La mère supérieure se leva de sa chaise. « Pauvre petite ! s'exclama-t-elle.

— Elle ne parle pas un mot de français, dit la religieuse.

— Alors nous parlerons anglais. » La supérieure effleura la joue de Mary. « Ma pauvre enfant, que pouvons-nous faire pour vous ? Nous avons de la place à l'hospice... »

Mary secoua la tête. « Je n'ai pas besoin de soins, ma mère. Je suis moins mal en point que j'en ai l'air. Je vous demande simplement de m'aider à retrouver ma famille.

— Retrouver votre famille ? Je ne comprends pas.

— C'est une longue histoire, ma mère. Puis-je vous la raconter ?

— Mais certainement. Asseyez-vous près de moi, mon enfant, pour ne pas vous fatiguer. »

Mary agrippa les accoudoirs du fauteuil et s'assit avec une infinie lenteur. Ses mouvements étaient raides et précautionneux. Mais elle gardait la tête haute et pas un instant elle ne grimaça de douleur. La discipline que les sœurs lui avaient inculquée au couvent, patiemment, affectueusement, excluait tout apitoiement sur soi-même, toute comédie. Ses ecchymoses constituaient une preuve éloquente de ce qu'elle avait enduré. Aussi commença-t-elle son récit d'une voix calme et parfaitement maîtrisée.

« Je vous remercie... Cela remonte au jour de mon anniversaire. Mon père m'a donné un coffret, à peu près de cette taille. » Avec les deux mains, elle esquissa dans l'air les contours imaginaires du coffret. « Je l'ai ouvert et, à l'intérieur du couvercle, j'ai vu un nom et une adresse gravés dans le bois... »

De temps à autre, Mary s'interrompait pour ravaler ses larmes. Aucune maîtrise de soi ne pouvait endiguer longtemps le désespoir qui la submergeait. Elle réussit néanmoins à tout expliquer : la mort de son père, l'ignorance dans laquelle il l'avait tenue quant à l'identité de sa véritable mère, la réaction de sa belle-mère, sa décision de partir à la recherche de sa famille maternelle, sa rencontre avec Mme Jackson et tout ce qui s'en était suivi la veille.

« ... J'ai pu m'échapper, mais mon coffret est resté là-bas. Ainsi que mon argent. Je n'ai pas d'endroit où aller ni personne pour m'aider à les récupérer. Pourriez-vous me dire comment retrouver ma famille ? »

Céleste Sazerac se leva. « Pardonnez-moi, ma mère, fit-elle en français. Mon anglais est pauvre, mais je comprends suffisamment. Le traitement infligé à cette malheureuse enfant me révolte. Cette dénommée Jackson doit être châtiée. Et il faut que la jeune fille puisse recouvrer ses biens. Avec votre permission, je pourrais me rendre de ce pas chez mon avocat pour qu'il prenne les dispositions nécessaires. Cette sordide affaire n'est pas du ressort de la congrégation.

— C'est très généreux de votre part, mademoiselle Sazerac.

— Je ne demande pas mieux que de me rendre utile. Je reviendrai pour vous tenir au courant. » Céleste sortit à la hâte dans le bruissement soyeux de ses jupes. Sous son voile, ses traits étaient crispés de détermination.

« Je n'ai rien compris, dit Mary.

— Mademoiselle va vous aider, répondit la religieuse.

— C'est une femme qui réussit tout ce qu'elle entreprend », observa la supérieure. Un beau sourire éclaira son visage parcheminé. « Elle vous rapportera vos affaires, mon enfant. Je suis très curieuse de voir votre coffret, comme vous dites. Je crois savoir de quoi il s'agit. Chez nous, on appelle ça une cassette.

— Une cassette ?

— Oui, c'est un vieux mot français qui signifie ''boîte, petit coffre''. Votre cassette a une histoire extraordinaire. Voulez-vous l'entendre ?

— Oh oui, s'il vous plaît !

— Mais d'abord, nous allons prendre un café avec des bugnes. Ici, à La Nouvelle-Orléans, on boit beaucoup de café. Et les bugnes, vous verrez, c'est délicieux. Ma fille, voulez-vous avoir la gentillesse... ?

— Tout de suite, ma mère. » La religieuse sortit sans bruit et revint quelques minutes plus tard avec un plateau. Un arôme alléchant emplit la pièce.

A sa surprise, Mary découvrit qu'elle avait très faim. La religieuse versa dans une grande tasse du lait chaud et du café très noir, ajouta trois cuillerées de sucre et posa la tasse sur un guéridon à côté d'elle. En souriant, elle déplia une immense serviette en lin blanc. « Mettez-la sur vos genoux, comme ça le sucre tombera où il veut. » Elle plaça sur la table une assiette remplie de beignets chauds en forme de tortillons, abondamment saupoudrés de sucre glace.

Mary en eut l'eau à la bouche. Mais elle avait surtout soif de savoir.

« Je vous en supplie, ma mère, parlez-moi de la cassette...

— Je parlerai pendant que vous mangerez. Attention, tout est brûlant... C'était il y a plus d'un siècle, en 1718, quand les Français ont fondé La Nouvelle-Orléans. Au début, ils n'étaient qu'une cinquantaine et ils n'ont fait que défricher la forêt. Trois ans plus tard, ils étaient trois cents ; ils avaient tracé des rues, construit une église. Encore deux ans plus tard, la ville comptait près de deux mille habitants. C'étaient en majorité des hommes. Soldats du roi, trappeurs, hommes désireux de se bâtir une nouvelle vie dans le Nouveau Monde. Il y avait aussi quelques femmes, bien sûr. Là où il y a des soldats, il y a toujours des femmes. Le genre de femmes que vous avez rencontrées. La vie était rude et pleine de dangers. La colonie avait une église, mais pas de prêtre. Les soldats ont construit un hôpital, mais ils n'avaient pas d'infirmières. Alors ils se sont adressés au roi Louis, le Bien-Aimé, et il a entendu leur supplique. En 1727, il a dépêché un prêtre et une dizaine d'ursulines pour soigner les malades.

« Nous voulons aussi des épouses, ont dit les soldats, pour fonder des foyers, bâtir une civilisation. Le roi leur a donc envoyé des filles robustes pour leur servir de compagnes et leur donner des enfants. Dans toutes les villes, tous les villages de France, les prêtres allaient voir les familles des futures candidates au départ. Il fallait qu'elles soient courageuses pour traverser l'océan dans une coquille de noix et aller vivre dans une contrée inconnue, au milieu de périls et de privations, sachant qu'elles ne reverraient jamais leurs parents ni leurs proches. Certaines d'entre elles acceptèrent. Pour les en remercier, le roi lui-même leur offrit un trousseau, petit car il n'y avait pas beaucoup de place sur les vaisseaux. Il y avait du linge, des cols, des coiffes, une robe et des bas. Le tout tenait dans une cassette en bois.

« Les premières jeunes filles sont arrivées en 1728. Ensuite, chaque année pendant vingt ans il en est venu d'autres. Et chacune avait son trousseau, offert par le roi Louis, dans un petit coffret en bois. On les a surnommées ''les filles à la cassette''. Leurs enfants, petits-enfants et arrière-petits-enfants ont formé la population de La Nouvelle-Orléans. »

Mary en avait oublié de manger. « J'en suis très fière, déclara-t-elle.

— Et affamée sûrement, répondit la supérieure. Votre petit déjeuner est en train de refroidir. »

Pour la première fois, Mary sourit. Elle avala quelques gorgées et s'écria : « Je n'ai jamais bu d'aussi bon café ! » Elle goûta une bugne, mordit avec délices dans une deuxième, puis dans une troisième.

Ses lèvres tuméfiées étaient blanches de sucre ; ses joues avaient repris des couleurs. « Pourquoi, ma mère, y avait-il l'adresse du couvent sur ma cassette ?

— Toutes les filles à la cassette arrivaient au couvent. Les religieuses prenaient soin d'elles jusqu'à leur mariage. Elles aidaient également à choisir le mari. Chacune de ces jeunes personnes avait une flopée de prétendants. »

Les yeux de Mary s'emplirent de larmes. Mais cette fois, c'étaient des larmes de soulagement. Après toutes ces années au couvent, elle savait que les communautés religieuses tenaient des archives minutieuses et détaillées. Aussitôt que la dame en noir serait de retour avec sa cassette, elle montrerait le nom sur le couvercle à la mère supérieure et saurait ainsi qui étaient les siens.

« Je viens de la part de la jeune femme qui a voyagé avec Mme Jackson sur le *Memphis Belle*, annonça M. Carré. Je suis avocat. Conduisez-moi auprès de votre maîtresse. »

M. Carré était un homme puissant, conscient de son pouvoir. Il respirait l'autorité. « Mme Jackson se repose, répondit le valet. Mais je vais la faire prévenir de votre visite.

— Accompagnez-moi au salon et apportez-moi un café en attendant.

— Deux. » Céleste Sazerac surgit derrière son avocat.

M. Carré fronça les sourcils. Il avait tenté de la dissuader de venir avec lui. Une maison close n'était pas un endroit pour une demoiselle. Mais Céleste était décidée et aucun argument, il le savait, ne pouvait la faire changer d'avis. Il s'effaça pour la laisser entrer.

Bien que luxueux, le salon de Mme Jackson était dépourvu de vulgarité. M. Carré s'en étonna à haute voix. Céleste leva la main pour lui imposer le silence. Elle se tenait près de la porte, tendant l'oreille pour écouter la voix étouffée du valet quelque part dans la maison.

Elle hocha la tête abruptement. «Attendez-moi ici.» Et elle sortit, laissant M. Carré seul.

Elle se dirigea rapidement vers l'escalier, monta à l'étage et s'approcha de la femme de chambre qui parlait d'une voix pressante par une porte entrouverte. Céleste l'écarta, poussa la porte et la referma derrière elle.

«J'ai à vous parler, madame Jackson.» Elle s'exprimait dans un anglais guttural, avec un fort accent.

«Qui diable êtes-vous? demanda Rose. Sortez d'ici ou je vous fais jeter dehors.»

Céleste traversa la pièce. «Cela m'étonnerait.» Elle tira sur un cordon; les rideaux s'ouvrirent, et le soleil entra à flots dans la chambre. Impitoyable, il révéla les poches sous les yeux de Mme Jackson, la peau flasque de son cou et de ses bras. Céleste la considéra avec froideur.

«Vous ne m'expulserez pas car M. Carré peut vous détruire, et vous le savez. Vous avez sûrement acheté la police de cette ville et la moitié du conseil municipal également, mais ils ne vous protégeront pas contre Carré. Ni contre ma famille. Je suis la sœur de Julien Sazerac.»

Mme Jackson ne releva pas la menace. «Que voulez-vous? interrogea-t-elle brièvement.

— Je veux les bagages de la jeune personne que vous avez stupidement amenée dans cette maison hier soir.

— Quels bagages? Quelle jeune personne?»

Céleste rit et, pour la première fois depuis longtemps, Rose Jackson eut réellement peur. C'était un rire satisfait, un rien fébrile. Cette femme est folle, pensa-t-elle. Que faire? Son frère possède la plus grosse banque de la ville. Un mot de lui et je peux me retrouver au cachot.

Céleste interrompit le cours désordonné de ses pensées. «Je vous propose un marché, madame Jackson. Vous me rendez les affaires de la jeune fille, et je m'arrangerai pour que vous ne soyez pas poursuivie.»

Rose fut immédiatement sur ses gardes. L'offre était trop généreuse.

«Comment? s'enquit-elle.

— D'abord, je me débrouillerai pour renvoyer M. Carré.

Ensuite je veillerai à ce que la jeune fille quitte la ville dans les plus brefs délais. Pas de témoin, pas de crime. »

Le regard de Mme Jackson était dur et soupçonneux.

« Et pourquoi donc cet arrangement ? Si crime il y a, bien entendu. Car je récuse cette accusation.

— Je sais. Je sais aussi que vous mentez. Toutefois, il n'est pas dans mon intérêt de vous punir. Je songe avant tout au bien-être de la jeune fille. Mieux vaut éviter le scandale. Elle est orpheline et elle s'est réfugiée chez les ursulines. Pour lui épargner tout embarras, il faudrait qu'elle parte. Elle pourra mener une vie décente sous le toit d'une famille convenable, et elle n'aura pas à revivre cet incident déplorable en retournant sur les lieux de son humiliation. »

Vous, les dames patronnesses, vous aimez bien décider de la vie des autres, pensa Mme Jackson en grinçant des dents. Mais tout haut, elle répondit : « J'accepte.

— J'enverrai chercher son sac et son coffret. Tenez-les prêts. Je vous souhaite le bonjour. »

Céleste Sazerac souriait en quittant la pièce. Si Mme Jackson avait persisté dans son refus, elle l'eût traînée en justice. Mais le coffret eût été perdu à jamais. La précieuse cassette. A sa connaissance, il n'en existait pas d'autre.

Lorsqu'elle rejoignit M. Carré, son expression était grave. « Nous perdons notre temps, déclara-t-elle. Cette petite s'est trompée. Elle a dit qu'il faisait nuit et qu'elle a effectué le trajet du port à la maison en voiture. Cette femme m'a expliqué que Jackson est un nom qu'adoptent communément les créatures de sa profession. Elle en connaît personnellement une bonne douzaine. C'est une honte, monsieur, que vous laissiez subsister ces établissements. Il n'y a pas une rue dans la vieille ville qui n'ait son bordel, si ce n'est deux. Seule la dépravation des hommes rend possible cet état de choses. Savez-vous qui était là hier soir ? Trois conseillers municipaux. Les imaginez-vous témoigner en faveur de cette femme contre une jeune fille innocente ? »

L'équipage de Céleste attendait dehors. Elle reconduisit M. Carré à son cabinet, puis ordonna au cocher de retourner à la maison qu'ils venaient de quitter pour y prendre un sac et un coffret.

En moins d'une minute, le cocher était de retour. Il déposa les bagages sur la banquette en face de Céleste. « Et maintenant conduis-moi chez mes cousins, à l'Esplanade. Chez les Courtenay. »

63

Céleste tira les rideaux. A l'intérieur de la voiture, l'air devint irrespirable, mais elle s'en moquait. Elle avait réussi. Elle avait la cassette. Lentement, elle suivit du doigt le bord du coffret, frotta une tache de graisse, lissa une éraflure.

Puis, arrachant ses gants, elle posa les mains à plat sur le couvercle. Se penchant en avant, elle embrassa le bois noirci. «Tu es à moi», chuchota-t-elle, les lèvres collées contre le coffret. Ses mains glissèrent sur les bords ; dans un mouvement spasmodique, elle saisit le coffret et le serra sur sa poitrine. Rejetant la tête en arrière, elle ferma les yeux et rit, d'un étrange rire fêlé.

Elle berçait le vieux coffret crasseux contre elle, comme un enfant. «A moi, tout est à moi. » Ses yeux noirs brillaient d'un éclat triomphant. «L'éventail, les gants, le médaillon, la flèche. »

Céleste n'avait nul besoin d'ouvrir la cassette pour connaître son contenu. Petite fille, elle avait souvent admiré ces objets pendant que sa mère lui parlait des femmes qui les avaient possédés. Elle avait su qui était Mary à l'instant où celle-ci avait dessiné dans l'air les dimensions du coffret. Elle avait les doigts de la grand-mère de Céleste. Et de son arrière-arrière-grand-mère. Céleste s'était juré alors que jamais Mary ne saurait qui elle était. «Sa mère avait tout, confia-t-elle au coffret qu'elle serrait toujours dans ses bras. Je la haïssais, ma sœur. C'était la plus belle, la plus talentueuse, celle que tout le monde aimait. Nos parents n'avaient d'yeux que pour elle. Elle a eu l'homme que j'aimais. Puis elle s'est enfuie avec un autre en t'emportant avec elle. Mais maintenant, tu es à moi. Tu seras mon trésor caché. Personne ne te verra. Personne ne verra cette fille, la fille de ma sœur. Je vais brûler ses vêtements et enterrer son sac. Quant à l'argent... j'en ferai don à l'orphelinat. »

Et un éclat de rire la secoua de la tête aux pieds.

8

Pourquoi est-ce que je ne ressens rien ? s'étonna Mary. Mon dernier espoir est brisé. J'ai tout perdu. Et je ne ressens rien. Même mes bleus ne me font plus mal. J'ai l'impression d'être une morte vivante.

L'engourdissement s'était emparé d'elle avant même le retour de Céleste Sazerac. Lorsque Mary eut déclaré que le nom gravé sur sa cassette la mènerait jusqu'aux siens, la mère supérieure secoua la tête.

« Hélas non, mon enfant. Les anciennes archives du couvent ont disparu dans l'incendie qui a ravagé la ville en 1788. Les sœurs avaient empilé tous les livres sur la grande place de la cathédrale, croyant ainsi les mettre à l'abri. Elles auraient dû avoir confiance dans le Seigneur. Elles s'en sont souvenues quand le feu s'est rapproché du couvent. Alors elles sont allées à sa rencontre, portant la statue de Notre-Dame et chantant des psaumes. Dieu a envoyé un vent contraire, et les flammes se sont retirées. Notre couvent a été le seul édifice de la ville à avoir été épargné. Mais toutes les archives ont brûlé. »

Mary sentit le feu la consumer à son tour. Qu'ai-je fait ? se lamenta-t-elle intérieurement. Me voici dans un endroit où je ne connais personne, où l'on ne parle même pas la même langue. J'ai vécu dans un rêve qui a tourné au cauchemar. Le désespoir lui brûlait le cœur.

Puis elle cessa de ressentir quoi que ce soit.

Lorsque Céleste annonça qu'elle n'avait aucune chance de récupérer ses affaires, elle ne broncha pas. Céleste continua à parler, mais ses paroles n'avaient aucun sens pour Mary. Même si elle s'était exprimée en anglais, Mary eût été incapable de réagir. Plus rien ne semblait l'atteindre.

« … Je me suis donc précipitée chez ma cousine, Berthe Courtenay. Je savais qu'elle était en ville pour l'anniversaire de son grand-père qui tombe le 4 juillet. ''Berthe, lui ai-je dit, cette malheureuse jeune femme a besoin d'un foyer. J'ai tout de suite pensé à votre plantation. Elle pourrait tenir compagnie à votre Jeanne.'' Souvenez-vous, ma mère, tous les enfants de Berthe ont été emportés par la fièvre, sauf Jeanne. Depuis elle la garde à la campagne, de peur de la perdre elle aussi. Montfleury, leur plantation, est un lieu terriblement isolé. C'est une vie trop solitaire pour une jeune fille. Mary est un cadeau du ciel pour Jeanne. Elle-même sera ainsi soustraite à la menace : les gens qui n'ont pas l'habitude de notre climat succombent très facilement à la fièvre. »

Le plan de Céleste, répondit la mère supérieure, était une réponse à leurs prières. «Vous êtes une chrétienne exemplaire, mademoiselle Céleste. Mary sera très heureuse là-bas. »

Le temps pressait, insista Céleste. Sa cousine était sur le point de repartir dans sa plantation. Mary l'accompagna sans mot dire. Ses mouvements étaient saccadés comme ceux d'un automate. Elle parvint à peine à remercier la mère supérieure de sa bonté.

Dehors tout lui parut nager dans le brouillard. L'air chaud miroitait au-dessus des pavés. Mary suivit Céleste à sa voiture, insensible à la chaleur qui lui brûlait les pieds à travers les fines semelles de ses escarpins de soie. Pendant tout le trajet, elle fixa sans le voir le plancher de la voiture.

Elle ne remarqua pas l'expression horrifiée de Berthe, ni la compassion que cette petite femme boulotte exprima à travers sa poignée de main. Elle était sourde et aveugle à tout ce qui l'entourait.

Elle ne recouvra l'usage de ses sens que quelques heures plus tard, aussi brutalement qu'elle l'avait perdu. Leur berline cahotait sur une étroite route de campagne jonchée de coquillages écrasés. Une longue écharpe de mousse d'Espagne arrachée au passage atterrit par la vitre sur les genoux de Mary.

Quelle est cette chose grisâtre ? Son cerveau émergea des brumes. J'ai déjà vu cela, pensa-t-elle, serrant les boucles spongieuses et emmêlées dans sa main.

C'était dans mon coffret. Je me souviens, j'avais trouvé cela bizarre et très laid. C'est beau pourtant. On dirait des châles sur

66

les arbres. Et les arbres eux-mêmes… si hauts, au feuillage si ver-doyant. Et les fleurs. Malgré mon nez enflé, je sens leur parfum.

J'aime cette Louisiane. Je l'ai aimée au premier coup d'œil.

J'ai eu raison de venir ici. Mon cœur a reconnu ce pays avant même que mon esprit ne le découvre. C'est mon pays. Je n'ai pas besoin de preuves pour le savoir.

Timidement, elle toucha le bras de Berthe Courtenay.

« S'il vous plaît, madame, pourrais-je apprendre à parler français ? »

Livre Deux

9

Bien que la plantation des Courtenay s'appelât Montfleury, Mary ne vit pas la moindre trace d'une colline, pas même un monticule. Rien qu'un talus qui séparait le fleuve d'une immense pelouse.

La maison de maître ne ressemblait en rien aux blanches demeures à colonnades qu'elle connaissait déjà. Massive et trapue, elle ne comptait que deux étages flanqués de larges galeries. A la place des colonnes, des piliers en brique supportaient chaque galerie ; la galerie supérieure était couverte également, abritée par l'avancée du toit.

Mary comprit très vite pourquoi les galeries étaient aussi profondes. Il y avait seulement quelques pas à faire en plein soleil, mais elle fut contente de se mettre à l'abri. L'ombre qui y régnait donnait une illusion de fraîcheur. Mary crut même sentir une brise souffler du fleuve.

Berthe l'introduisit dans un hall ombragé qui traversait la maison de part en part, donnant sur la galerie d'en face. Elle tira sur un cordon de soie dont l'extrémité s'ornait d'un gland. «Nous allons prendre café, déclara-t-elle. Jeanne va arriver.» Le front plissé, elle cherchait anxieusement ses mots.

Il faut absolument que j'apprenne le français, se dit Mary. Il se peut bien que ma grand-mère ne parle pas un mot d'anglais. Apparemment, ce n'est pas rare à La Nouvelle-Orléans.

«Madame, fit-elle d'une voix pressante, y a-t-il ici un dictionnaire ou un livre de grammaire que je pourrais étudier?»

71

Berthe leva les mains et secoua la tête pour signifier qu'elle n'avait pas compris.

Mary fouilla sa mémoire à la recherche de mots français appris dans son enfance. «Parler français», dit-elle. Berthe sourit et ouvrit la bouche pour répondre. «Moi», ajouta Mary. Elle ne se rappelait plus rien qui pût lui être utile. «Je veux apprendre, poursuivit-elle en anglais, désespérée. Je veux apprendre.

— Oui, opina Berthe. Jeanne vous apprendre français. Vous lui apprendre américain. Jeanne va arriver.

— Qui est Jeanne?»

Un sourire radieux illumina le visage de Berthe. «Jeanne, c'est ma fille.»

A peine avait-elle fini sa phrase que Jeanne fit irruption dans le hall, se jeta à son cou et se mit à jacasser en français.

La fille de Berthe était la créature la plus ravissante que Mary eût jamais vue. Elle était de la même taille que Mary, mais la ressemblance s'arrêtait là. Jeanne avait déjà un corps de femme, poitrine ronde et taille de guêpe sanglée dans une tenue d'amazone. La jaquette noire et le jabot blanc mettaient en valeur sa chevelure et ses yeux sombres, et son teint de lys. Elle avait un visage en forme de cœur, une fossette au menton, des lèvres pulpeuses. Mais le plus beau de ses attraits, c'était son long cou gracile : Mary songea à la tige d'une fleur dont le charmant visage animé était la corolle.

Jeanne écoutait sa mère, la tête penchée sur le côté comme un oiseau intrigué. Puis elle frappa dans ses mains et courut vers Mary. La lourde traîne de sa jupe tournoyait autour de ses chevilles. «May-rie, s'écria-t-elle. Vous serez mon amie, d'accord?» A la stupeur de Mary, elle l'empoigna par les épaules et déposa deux baisers sonores sur ses joues. «Papa m'a donné des tas de professeurs américains, mais tous vieux et barbants. J'apprends très mauvais. Vous m'apprendrez très bon parce que amies, n'est-ce pas?

— Oui», souffla Mary. Elle eût acquiescé à n'importe quoi. Jeanne l'avait ensorcelée par sa beauté, sa vivacité, son affection spontanée.

Elle parla très vite à sa mère ; Berthe hocha la tête. Prenant Mary par la main, Jeanne l'entraîna vers le grand escalier. Mary dut s'écarter d'un bond pour ne pas marcher sur sa traîne. Jeanne rit, se baissa et ramassa sa traîne pour l'accrocher sur son bras. «Venez, ordonna-t-elle. On va vous trouver jolie robe. La vôtre est trop vilaine.»

72

Mary regarda sa robe. Jusque-là elle n'y avait pas vraiment prêté attention. C'était un cadeau des ursulines, une sorte d'aube, foncée et difforme, avec des manches longues et amples et une cordelière en guise de ceinture. Le tout, il fallait l'admettre, était assez laid. Elle se hâta derrière Jeanne dans un vaste couloir ouvert des deux côtés comme le hall du rez-de-chaussée. La chambre où elle pénétra ne pouvait être que la chambre de Jeanne.

L'immense lit à baldaquin avait des rideaux d'un rose nacré attachés aux piliers à l'aide de rubans de soie blanc et bleu. A l'intérieur, la moustiquaire était fixée à des guirlandes de roses en bois peint et sculpté ; les mêmes guirlandes étaient brodées sur le couvre-lit et reproduites sur la tapisserie. Une montagne d'oreillers roses bordés de dentelle recouvrait la partie supérieure du lit. Des coussins assortis s'empilaient dans une chaise longue et dans des bergères tendues de soie à rayures blanches et bleues.

Il y avait des piles d'illustrations découpées dans des revues de mode, une petite étagère avec des romans d'Alexandre Dumas, les *Fables* de La Fontaine et une série de recueils de contes de fées. Deux poupées de cire partageaient une chaise avec une boîte de fils de soie enchevêtrés. Sur un ravissant bureau en bois de rose, il y avait une grammaire anglaise, un encrier en argent avec de l'encre séchée au fond et une coupe en cristal remplie de pétales de fleurs séchés. La coiffeuse était couverte d'un fragile napperon de dentelle blanche ; le miroir au cadre doré reflétait la psyché qui se dressait devant le mur d'en face. Une cravache était accrochée au montant de la psyché. Dans les quatre coins de la pièce, il y avait de hautes armoires décorées de fleurs peintes. Jeanne les ouvrit l'une après l'autre. Elles regorgeaient de vêtements.

« Celle-ci, fit-elle, fourrant une robe dans les bras de Mary. Celle-là... et puis non... ça . quelle horreur... ah, celle-là certainement... »

Une heure plus tard, la chambre croulait sous un amoncellement de robes, de jupes, de camisoles, de jupons et de peignoirs. Jeanne s'était changée trois fois avant d'arrêter son choix sur l'organdi rose. Berthe décida que quatre des robes de coton iraient parfaitement à Mary, à condition de rajuster le corsage. Assise sur un banc près de la porte ouverte sur la galerie, Mary était accablée par la chaleur et par cette profusion de falbalas.

Elle suivit Berthe et Jeanne sur la galerie et dans la pièce contiguë à la chambre de Jeanne. «Vous dormez là, hein, May-rie?

— Oh oui.» La chambre lui plut au premier coup d'œil. Comparée à celle de Jeanne, elle était simple, presque austère. L'étroit lit en bois de pin avait pour seule parure une moustiquaire blanche. Il y avait également une armoire et une petite table avec un fauteuil à oreillettes. Le plancher était nu. Mary s'imagina en train de marcher pieds nus sur les planches cirées. Elle sentait presque leur fraîcheur.

A cet instant, une rafale de vent s'engouffra par la porte donnant sur la galerie. Elle gonfla la moustiquaire et rafraîchit la peau moite de Mary. Mary se retourna, levant le visage pour l'offrir à la caresse du vent. Elle vit alors, au-delà de la balustrade, ce qui lui parut être une muraille d'eau.

Avant qu'elle ait eu le temps de recouvrer ses esprits, la vision s'était évanouie. Seule l'eau ruisselant du toit témoignait de sa réalité. Ainsi qu'une fraîcheur humide dans l'air.

C'était sa première pluie d'été à La Nouvelle-Orléans, une pluie comme elle n'en avait jamais vu. Mais rien ici ne lui était familier. Elle avait beaucoup à apprendre.

Jeanne la gratifia d'un sourire éblouissant. «Voilà, May-rie. Vous avez votre chambre, vos robes, et maman va vous trouver une brosse à cheveux. Maintenant il vous faut une femme de chambre. Vous préférez jeune ou vieille?

— Vous avez des esclaves?» Cette idée n'avait pas encore effleuré Mary. Tout était arrivé si vite. Mais Montfleury était une plantation, et qui disait plantation disait esclavage. Chaînes et traitements inhumains. Sans laisser à Jeanne le temps de répondre, Mary secoua vigoureusement la tête.

«Je ne m'autorise pas à profiter de la misère d'un être humain maltraité et exploité», débita-t-elle fièrement.

Jeanne fronça les sourcils. «Je n'ai rien compris, May-rie. Trop vite et trop de mots compliqués. Vous ne voulez pas de femme de chambre? C'est comme ça chez les Américains? Mais qui vous habille et vous déshabille?

— Je m'habille toute seule.

— Bizarre.» Jeanne haussa les épaules. «Faites comme vous voulez, May-rie. J'espère seulement que Clémentine ne va pas se vexer.

— Qui est Clémentine?

— La femme de chambre de maman. Elle... comment dites-vous… dirige toutes les autres femmes. Je lui demanderai de vous pardonner. »

Mary n'y comprenait plus rien. Comment un esclave pouvait-il pardonner à ceux qui l'avaient asservi ? Et comment un Blanc pouvait-il se soucier des sentiments d'un esclave ? Tout le monde sait, pensa-t-elle, qu'ils battent les esclaves et les font mourir de faim, et qu'ils vendent les enfants pendant que les mères implorent leur clémence. Pourtant, elle aimait bien Jeanne et sa mère, toutes propriétaires d'esclaves qu'elles étaient, et elle se sentait terriblement coupable.

L'apparition d'une femme aux sourcils froncés ne fit qu'accroître sa confusion. Sa peau n'était pas noire mais café au lait. Visiblement elle n'avait jamais souffert de la faim. Elle était très grasse. Elle menaça Jeanne du doigt et la gronda. En français.

Il était parfaitement logique, se dit Mary par la suite, que les esclaves parlent la même langue que les autres habitants de la région. Sur le moment, toutefois, ce fut une surprise de plus. Définitivement dépassée, Mary se laissa tomber dans le fauteuil. Elle avait le fou rire. Elle ignorait pourquoi elle riait : il n'y avait rien de drôle. Son rire était aussi absurde que tout le reste. Et elle ne pouvait plus s'arrêter.

Les autres la dévisagèrent, bouche bée. Puis Jeanne pouffa à son tour. La contagion se propagea, et bientôt elles riaient toutes sans savoir pourquoi.

Ce fut ainsi que Mary fit la connaissance de Miranda, femme de chambre et dragon de Jeanne. Peu de temps après, elle fut présentée à Clémentine, la gouvernante de la maison. Et à Charlotte, qui régnait en despote sur les cuisines. Ainsi qu'à Hercule, le plus impressionnant de tous.

Hercule était un Noir à l'allure extrêmement digne et policée. Il était d'une maigreur telle que Mary eût volontiers cru que les Courtenay ne le nourrissaient pas, si elle n'avait pas déjà rencontré Miranda. C'était le majordome, le commandant en chef de tous les domestiques. Porte-parole du maître, il faisait la pluie et le beau temps dans la maisonnée.

Plus tard dans l'après-midi, Mary rencontra le maître en personne. Elle portait une légère robe de coton et s'était déjà plongée dans la grammaire française que Berthe lui avait dénichée. Elle était très contente de son foyer provisoire.

Mary sourit et fit la révérence en entendant Berthe prononcer son nom. L'imposant vieux monsieur aux cheveux argentés avait eu l'air agacé en la voyant, mais elle pensait qu'en entendant son histoire, il se montrerait aussi gentil que le reste de la famille.

Il laissa échapper une phrase laconique et tourna les talons.

Berthe tenta de traduire, renonça et sollicita l'aide de sa fille. Jeanne riait sous cape.

« Le grand-père dit qu'il déteste les Américains. Il dit : seulement le français à la maison ; ou vous apprenez, ou vous fermez la bouche. »

Berthe prit la main de Mary. « Excusez-le. C'est un vieil homme. Il a les façons d'autrefois. »

J'ai l'intention d'apprendre de toute manière, pensa Mary. J'apprendrai deux fois plus vite, rien que pour lui en remontrer, à ce vieillard aigri. Je ne desserrerai pas les dents, puis, en partant, je parlerai en français à toute vitesse, et il sera obligé de me demander pardon. Je ne resterai pas longtemps, juste le temps que Mlle Sazerac retrouve la trace de ma famille. Et je ne les reverrai plus jamais, lui et ses façons d'autrefois.

Le soir même, elle en sut davantage sur les « façons d'autrefois ». Le mari de Berthe, Carlos Courtenay, arriva pendant le dîner. Il voulait voir le genre de personne que sa femme avait choisie pour tenir compagnie à leur fille.

Il vit une jeune fille au visage tuméfié, aux joues écarlates, qui clignait les yeux pour chasser ses larmes. Elle mâchait et avalait avec une farouche détermination : à l'évidence, elle n'était pas habituée à la nourriture épicée de La Nouvelle-Orléans. Néanmoins elle ne laissa rien dans son assiette. Carlos Courtenay approuva intérieurement.

Après le dîner, il prit Mary à part pour s'entretenir avec elle. Il parlait un anglais affecté mais courant et, en peu de temps, elle en apprit énormément sur sa famille, sur la plantation et sur La Nouvelle-Orléans.

Il était très jeune, expliqua-t-il, lorsque la Louisiane fut rattachée aux États-Unis d'Amérique. En grandissant, il accepta cet état de fait, alors que la génération de son père en voulait aux Américains des changements qu'ils avaient apportés.

Les Américains entendaient convertir La Nouvelle-Orléans à leur propre mode de vie. Ils n'avaient que faire de la langue et de la culture françaises.

Les créoles tels que le grand-père refusèrent de céder.

A présent, dit Carlos Courtenay, La Nouvelle-Orléans était non pas une, mais deux villes.

76

Il y avait la cité d'origine, bâtie en carrés à l'intérieur d'un carré plus grand. Ses rues étaient étroites et rectilignes, ses maisons accolées les unes aux autres. Comme toutes les vieilles cités, elle avait jadis été entourée de remparts, et l'espace devait être exploité au maximum.

Et puis il y avait la ville nouvelle, avec des rues en éventail qui épousaient les méandres du fleuve et les maisons isolées au milieu de pelouses et de jardins.

Une vieille ville, une ville nouvelle ; l'une française, l'autre américaine. Elles étaient séparées par une rue coupée en deux par une promenade plantée d'arbres. Les Français et les Américains l'avaient surnommée le «terrain neutre».

« Un langage de guerre. » Il sourit tristement. «C'est de la folie. Nous, les Français, nous avons perdu. Et nous le savons. Mais nombreux sont ceux qui, comme mon père, vont résister jusqu'au bout. Ils ne veulent pas se rendre à l'évidence. Les Américains sont supérieurs en nombre et ils ont plus d'argent. Les Français seront engloutis. J'ai appris l'anglais parce que je suis banquier et que j'ai des clients américains. Je veux que Jeanne le parle également car c'est la langue de son avenir. Mon père considère que c'est une langue barbare. Il a vendu sa maison et s'est installé à Montfleury pour ne plus l'entendre. Vieux fou idéaliste ! En tant que créole, je l'admire pour cela. Mais ça ne nous empêche pas de nous disputer en permanence.

« A ses yeux, poursuivit Carlos, je passe pour un traître. Non seulement je traite avec l'ennemi, mais par-dessus le marché, je préfère la profession de banquier à celle de planteur. J'aime les affaires et j'aime les Américains parce que les affaires, c'est toute leur vie. Un jour Montfleury me reviendra car je suis l'aîné. Mais c'est mon fils, Philippe, qui dirigera la plantation. Pour le moment, mon père ne tolère pas d'autre autorité que la sienne ; il ne veut même pas entendre parler d'un régisseur. Philippe vit donc à la plantation de l'un de mes frères. Bernard lui apprend à devenir planteur. Et un fils de Bernard travaille dans ma banque. C'est très utile, la famille, comme vous le voyez. »

Mary sauta sur l'occasion. «Moi, je recherche la mienne. Mlle Sazerac est en train de se renseigner pour moi. Dans combien de temps pensez-vous que j'aurai de ses nouvelles ?

— Votre famille habite La Nouvelle-Orléans ? Quel est son nom ?

— Je l'ignore... C'est une très longue histoire.

77

« — Dans ce cas, si vous n'y voyez pas d'objection, je l'entendrai une autre fois. J'aimerais passer une heure avec ma femme et ma fille avant de retourner en ville. Rien ne presse. L'été, il n'y a personne à La Nouvelle-Orléans... hormis les hommes d'affaires comme moi et quelques originaux. Mieux vaut continuer les recherches en automne, quand tout le monde sera rentré. Ne vous découragez pas, mademoiselle MacAlistair. Vous verrez, vous vous plairez à Montfleury. Pour ma part, je suis ravi que ma Jeanne ait une compagne aussi instruite et aussi intelligente. Je vais le dire à Mme Courtenay.

— Merci, monsieur. »

Mary resta à l'autre bout de la galerie tandis que Carlos rejoignait Berthe et Jeanne. Même si elle ne comprenait pas ce qu'ils disaient, il était délicat d'assister à une conversation où il était question de sa personne. Cet homme est charmant, pensa-t-elle. Sa gentillesse compense le caractère mesquin de son père. Même si je m'explique mieux maintenant sa haine des Américains. Heureusement, ce n'est pas le cas dans ma famille, ou ma mère n'aurait jamais épousé mon père.

Carlos Courtenay alluma un cigare. L'odeur du tabac parvint jusqu'à Mary. Elle repoussa l'image de son père et s'efforça de penser à la famille qui à l'automne serait la sienne.

« Mais Mary n'a pas de famille, disait Berthe. Céleste Sazerac m'a raconté son histoire. Elle a été abandonnée tout bébé à la porte d'un couvent de Saint-Louis. Une religieuse lui a parlé de La Nouvelle-Orléans, et la pauvre enfant s'est inventé une famille. Avec le temps, elle a fini par y croire elle-même. Nous ne devons surtout pas la détromper. Elle n'a que sa famille imaginaire au monde. Céleste m'a dit qu'elle a dû venir de Saint-Louis à pied. Elle a marché pendant plusieurs semaines ; quand elle est arrivée, elle était couverte de bleus et à moitié morte de faim. Ses habits étaient en lambeaux, si bien que les bonnes sœurs ont dû la vêtir de pied en cap. »

10

Tant d'émotions, d'impressions nouvelles, finirent par avoir raison de Mary. Ce soir-là, elle s'écroula sur son lit en gémissant de fatigue et de douleur.

Elle était trop épuisée pour lutter contre les souvenirs : ils revinrent en force, plus douloureux que les coups qu'elle avait reçus. Elle revit le couvent, les sœurs, ses amies ; que n'eût-elle pas donné pour retourner là-bas, retrouver la vie simple et ordonnée qu'elle y avait connue ! Le visage de la supérieure surgit devant ses yeux. Elle disait : « Votre père est mort… votre père est mort… votre mère est morte… vous n'avez plus de foyer. »

Ses traits empreints de bonté se transformèrent ; à sa place, Mary vit Mlle Rose, jolie, souriante, câline… puis dure, froide et cruelle. Elle se débattit, tourna la tête de gauche à droite pour chasser le souvenir flou de son bref passage dans le jardin à la beauté trompeuse. Elle sentit l'odeur de ses cheveux brûlés, l'odeur du cigare, le lourd parfum des fleurs. Elle étouffait ; quelque chose de visqueux lui recouvrait la bouche. Il y eut une explosion de couleurs, et des visages monstrueux tourbillonnèrent autour d'elle, rouges, bleus, verts, blancs, violets, percés d'un trou noir au milieu. Elle tombait, tombait… avec le goût du sang dans la bouche.

Le goût du sang était bien réel. Mary retira ses doigts meurtris de sa bouche et éclata en sanglots dans son oreiller.

Un souffle de vent souleva la moustiquaire. Quelque part au loin, une chouette ulula. Mary se glissa hors du lit et sortit sans bruit sur la longue galerie. Elle vit les sombres silhouettes des arbres drapés dans leurs châles fantomatiques, le disque argenté de la lune et les pâles étoiles éparpillées dans le ciel noir. Tout dormait, à part la chouette et elle. Un silence paisible baignait la maison et le parc.

Peu à peu, la paix l'envahit elle aussi. J'oublierai le passé, se promit-elle. Ce pays est le mien. Cette maison est la mienne jusqu'à ce que je retrouve ma famille. Et j'ai l'intention d'être heureuse.

Elle regagna son lit sur la pointe des pieds et ne tarda pas à s'endormir.

Le lendemain matin, elle fut réveillée par Miranda qui lui apporta sur un plateau une tasse de café noir et une rose fraîchement coupée. Une goutte de rosée tremblait sur les pétales de la fleur. Un jour timide filtrait par la fenêtre. Mary voulut demander l'heure, mais ne trouva pas les mots nécessaires en français. Elle se contenta donc d'un simple «merci».

Tout en buvant son café, elle étudia la grammaire française qu'on lui avait prêtée. Elle s'était juré de ne pas perdre une minute. Lorsque Jeanne passa la tête par la porte entrebâillée, elle prononça les phrases qu'elle venait d'apprendre : «Bonjour. Quelle belle journée! J'ai très bien dormi.» En français.

«May-rie, comme vous apprenez si vite si bien!» s'exclama Jeanne.

Dans les jours et les semaines qui suivirent, Mary continua, selon l'expression de Jeanne, à apprendre si vite si bien. Elle n'avait jamais manqué de volonté ni de détermination, et l'idée qu'elle ferait bientôt partie d'une famille créole la poussait à redoubler de zèle.

Les leçons de la gouvernante française de son enfance avaient porté leurs fruits. En peu de temps, Mary fit des progrès fulgurants. Bientôt, elle fut capable de poser des questions et de comprendre les réponses. Et aussi de lire. Une fois par semaine, un bateau accostait à Montfleury pour décharger les vivres commandés à La Nouvelle-Orléans, ainsi que le quotidien local, *L'Abeille*.

Les deux pages extérieures du journal étaient imprimées en anglais. Les deux pages intérieures, en français. Mary s'efforçait de lire l'intérieur, jetant un coup d'œil sur l'extérieur lorsqu'elle avait un problème. Elle persuada Jeanne de corriger son accent pendant qu'elle lisait tout haut le feuilleton publié dans *L'Abeille*. Elle l'obligea à lire à voix haute au moins une colonne de nouvelles brèves en anglais. Ce fut tout ce qu'elle obtint d'elle en sa qualité de professeur d'«américain».

«Je suis très paresseuse, May-rie, expliqua Jeanne. J'aime danser et monter à cheval. Le reste du temps, je ne suis qu'une belle plante.»

La jeune créole exaspérait Mary autant qu'elle la charmait. A son contact, Mary rectifia le portrait imaginaire de sa mère. A présent, elle voyait une beauté brune aux yeux noirs, à la peau de porcelaine comme Jeanne. Comme les peintures sur les murs de Montfleury.

Peut-être avait-elle vécu elle aussi dans une plantation de canne à sucre. Mary ne connaissait pas d'autre endroit aussi beau, aussi idyllique que la plantation. Chaque pièce de la maison était fleurie. Les rideaux de dentelle qui ornaient les hautes fenêtres dansaient au moindre souffle de brise. Et l'air était parfumé en permanence. Grâce aux fleurs du jardin, aux fleurs dans les vases, aux sachets dans les tiroirs et les armoires, à l'eau de toilette dont Jeanne lui avait appris à s'asperger pour se rafraîchir dans la journée. Mary imaginait sa mère au milieu de toutes ces senteurs, se balançant dans un grand fauteuil à bascule sur la galerie et sirotant du café, comme le faisait Jeanne le plus clair de son temps.

Ou bien elle la voyait perchée gracieusement sur la selle, sa jupe d'amazone tombant presque jusqu'au sol ; elle galopait à travers les bois marécageux ou sur la digue, comme Jeanne le matin après le petit déjeuner et le soir avant le dîner. Jeanne avait bien essayé d'initier Mary aux plaisirs de l'équitation, mais, en l'occurrence, Mary manqua de courage. Tous les matins, elle partait avec Jeanne et un palefrenier, mais ces expéditions tournèrent rapidement à la corvée.

Elle parvint à échapper à la promenade de l'après-midi en prétextant qu'elle voulait aider Berthe dans les tâches domestiques. A vrai dire, elle ne lui était d'aucune utilité mais, touchée par son désir de s'intégrer à leur mode de vie, Berthe lui trouva des occupations.

Infatigable, Berthe Courtenay s'affairait du matin au soir, que ce fût nécessaire ou non. Mary la suivait pas à pas tandis qu'elle comptait les draps dans la lingerie, inspectait la glace livrée dans des paillons ou effectuait une visite surprise aux cuisines.

Les cuisines se trouvaient dans un bâtiment séparé au fond de la cour. Mary ne s'y sentait pas à l'aise. C'était le quartier général de tous les domestiques ; il y en avait toujours cinq ou six qui buvaient du café en bavardant autour de l'immense table centrale. A la vue de Berthe, ils se levaient, s'empressaient d'exécuter ses instructions, répondaient jovialement à ses questions sur leur famille et leur santé. A l'évidence, ils l'aimaient et la respectaient.

Mais c'étaient des esclaves. Même s'ils l'avaient détestée, ils n'avaient pas d'autre choix que de lui obéir. Rien n'était simple comme Mary l'avait appris, et elle avait beaucoup de mal à s'y retrouver.

Les esclaves ne travaillaient pas comme des bêtes jusqu'à tomber d'épuisement. Aucun d'eux, visiblement, ne se démenait autant que Berthe, ou que le grand-père qui se rendait aux champs matin et après-midi par n'importe quel temps et qui le soir, après dîner, s'occupait du courrier et de la comptabilité.

Personne ne semblait considérer les domestiques comme des êtres inférieurs. Miranda faisait marcher Jeanne à la baguette. Berthe ne prenait aucune décision sans avoir consulté Clémentine. Hercule dormait dans la chambre voisine de celle du grand-père, et tous les soirs les deux hommes jouaient aux échecs avant d'aller au lit.

Les femmes, cependant, portaient un foulard sur la tête : le port du *tignon* était obligatoire pour toutes les Noires.

Et lorsque Clémentine se rendait en ville pour voir une de ses filles, elle se munissait d'un laissez-passer rédigé par Berthe. A défaut, elle risquait l'arrestation et la prison.

Aucun d'eux ne pouvait quitter la plantation de son propre gré. En revanche, le grand-père pouvait, s'il le désirait, vendre n'importe lequel d'entre eux. Comme un cheval ou un sac de sucre.

L'esclavage était un fléau. Mary en était convaincue. Mais elle avait l'impression d'être la seule à le penser. Même les esclaves ne semblaient pas partager ce point de vue. Et elle n'avait personne à qui confesser son dilemme.

Elle décida donc de l'enfouir dans un coin de sa mémoire et de se consacrer à l'étude du français. Peu à peu, elle s'habitua aux us et coutumes de la plantation et aux «façons d'autrefois» du grand-père.

Le matin, à six heures trente, il récitait la prière qui rassemblait toute la maisonnée, Blancs et Noirs confondus. Tout le monde s'agenouillait sur les tabourets bas éparpillés à travers le salon.

Ensuite, à sept heures, il présidait le petit déjeuner dans la salle à manger.

Il reprenait sa place à la tête de la grande table à midi, à l'heure du déjeuner.

Ainsi que le soir au dîner.

Le dimanche, à la messe, il trônait seul dans un grand fauteuil à côté du banc réservé à la famille dans la chapelle de la planta- tion. Puis il écrasait aux échecs le père Hilaire qui venait déjeu- ner à la maison après l'office.

Le mercredi, le Dr Limoux effectuait sa visite bimensuelle pour soigner les membres de la famille ou les esclaves malades. Après quoi il battait le grand-père aux échecs en un temps record et passait le déjeuner à lui expliquer ses erreurs de tactique.

Le lundi, M. Damien venait de La Nouvelle-Orléans pour la leçon de danse et de piano de Jeanne. Il s'extasiait devant sa grâce dans la valse ou le menuet et s'arrachait les cheveux en l'enten- dant massacrer l'étude de Chopin qu'elle jouait encore plus mal que la semaine précédente. M. Damien ne prenait jamais ses repas avec la famille. Il prétextait des rendez-vous urgents pour ren- trer sur-le-champ à La Nouvelle-Orléans.

Mary le soupçonnait d'avoir peur du grand-père. Elle avait peine à croire qu'on pût résister à la tradition créole qu'elle pré- férait entre toutes : le lundi, on servait toujours le même plat, son plus grand régal, le riz aux haricots rouges.

Mary avait pris goût à l'infinie variété de la cuisine créole. Elle apprit à boire du café à longueur de journée. Mais rien ne valait à ses yeux le riz aux haricots rouges.

A la fin du mois, elle se sentit presque chez elle. Elle se débrouil- lait bien en français et le grand-père entreprit de lui apprendre à jouer aux échecs. Elle s'était si bien adaptée au rythme de vie à Montfleury qu'elle avait l'impression d'être devenue créole.

La seule chose à laquelle elle ne s'habituait pas, c'était la cha- leur suffocante de l'été. Mary serrait les dents et attendait impa- tiemment l'arrivée de l'automne.

A la mi-août, Jeanne et Mary revinrent de leur chevauchée sur la digue pour apercevoir des chevaux étrangers dans la cour de l'écurie. « Il est là, s'écria Jeanne. Mon frère est là avec ses amis. » Elle sauta à terre et courut vers la maison sans même prendre la peine de draper sa traîne autour de son bras. Mary la suivit, plus digne, mais sans dissimuler sa hâte. Jeanne lui avait tant parlé de Philippe qu'elle brûlait d'envie de le rencontrer.

« Il est si beau, May-rie, si séduisant. Et ce qu'il peut être drôle ! C'est le plus merveilleux des frères. Vous verrez, vous tomberez amoureuse de lui au premier coup d'œil. »

11

En approchant de la maison, Mary entendit des rires et des voix masculines. Elle pensa à son visage en sueur, au vieil habit de Jeanne trop étroit pour elle, et s'arrêta. A l'aide de son mouchoir, elle s'essuya la figure, épousseta ses vêtements. Rien n'y fit. Elle était incapable de bouger. Elle avait peur.

Ne sois pas idiote, Mary MacAlistair, se réprimanda-t-elle. Ce sont des êtres humains comme toi. Qui plus est, personne ne fera attention à toi. Allez, en avant, marche !

Ses pieds restaient cloués au sol. Mary avait rencontré très peu d'hommes dans sa vie ; elle ignorait comment se tenir en leur présence. Tout cela est la faute de Jeanne, se dit-elle. A force de l'entendre parler d'amour, de soupirants, de rendez-vous galants, je ne sais plus où j'en suis. Une chose est certaine : si je n'y vais pas tout de suite, je ne pourrai plus marcher du tout. Si seulement je n'étais pas aussi rouge et échevelée !

En dépit de ses craintes, le cœur de Mary battait la chamade. Car elle aussi rêvait de passion, de regards qui se croisent, d'aveux muets. Elle esquissa un pas hésitant, un autre, et traversa rapidement la cour pour gravir les marches qui menaient à la galerie.

Arrivée devant les portes-fenêtres du salon, elle risqua un coup d'œil à l'intérieur. Combien étaient-ils ? Reconnaîtrait-elle Philippe d'après les descriptions de Jeanne ? Et où était Jeanne ? Mary entendit son rire cristallin au milieu du tintement des verres.

Puis elle la vit, non loin de là. Mary inspira profondément. Mais, à l'instant où elle s'apprêtait à entrer, elle aperçut l'homme qui se tenait à côté de Jeanne. Un homme grand et mince, vêtu de jodhpurs blancs et d'une veste de cavalier noire. Il s'était penché vers Jeanne pour mieux entendre ce qu'elle disait. Au moment où le regard de Mary se posait sur lui, il se redressa et, renversant la tête, éclata de rire.

C'était lui. L'homme qu'elle avait vu du bateau, celui qui l'avait secourue lors de cette nuit de cauchemar à La Nouvelle-Orléans. L'homme dont l'image la hantait chaque fois que Jeanne lui rebattait les oreilles d'histoires d'amour.

J'ai des visions, pensa Mary. Mais sa voix grave, frémissante de rire contenu, lui parvint clairement à travers le brouhaha du salon. Elle l'eût reconnue entre mille, même s'il ne lui avait adressé que quelques mots.

Mary s'écarta de la fenêtre. Les jambes flageolantes, elle dut s'adosser au mur. Je ne peux pas y aller. Pas dans cet état. Je ne veux pas qu'il me voie ainsi, sale, gauche et intimidée. Dire qu'il est ici, dans cette maison ! Je pourrai lui parler, savoir son nom. C'est comme un rêve devenu réalité...

Elle ramassa ses jupes et courut le long de la galerie vers l'entrée de service. Une fois dans sa chambre, elle pourrait se laver, se changer, vaporiser un peu d'eau de rose sur ses joues brûlantes.

Entendant des chevaux sur le gravier devant la maison, elle crut un instant que d'autres invités venaient d'arriver. Puis elle distingua des voix, *sa* voix, au-dehors. « Non ! s'écria-t-elle. J'ai presque fini. Attendez. » Elle se précipita sur la galerie pour voir ce qui se passait en bas. Chevaux, cavaliers, palefreniers allaient et venaient dans la confusion générale. Tous les hommes portaient un chapeau. Mary les scruta du regard, incapable de reconnaître quiconque.

Jeanne était là aussi, pendue au bras d'un homme en veste couleur havane. Il secoua la tête et se dégagea. Jeanne tapa du pied. Il lui tourna le dos et enfourcha un alezan.

L'homme que Mary cherchait sortit de la maison et se dirigea vers Jeanne. Un chapeau à large bord dissimulait son visage. Mais Mary n'eut nul besoin de le voir pour l'identifier. Aucun autre homme au monde ne se mouvait avec cette souplesse, cette grâce féline.

Elle ne le quittait pas des yeux, ravie de pouvoir le contempler à son aise sans être vue. Son regard glissa sur son dos et ses épaules, s'arrêta sur ses mains. A l'auriculaire de la main gauche, il portait une chevalière en or. Mary fit tourner une bague imaginaire autour de son petit doigt.

L'homme prit la main de Jeanne et la porta à ses lèvres. Mary eut l'impression de recevoir un coup de poing à l'estomac. Ses doigts se crispèrent violemment sur la balustrade. Il se retourna, saisit les rênes que lui tendait un palefrenier et monta en selle d'un bond.

Mary se détourna pour ne pas le voir partir. Elle sentit quelque chose d'humide dans son cou et s'aperçut que des larmes lui coulaient sur les joues. Elle haïssait Jeanne Courtenay.

« May-rie, je vous cherchais partout ! Que faites-vous dans votre chambre, avec les volets fermés ? Pourquoi n'êtes-vous pas venue saluer Philippe et ses amis ? Vous m'avez manqué. »

Mary se couvrit les yeux pour se protéger de la lumière qui avait pénétré dans la pièce en même temps que Jeanne. Elle eût aimé également se boucher les oreilles. Jeanne était trop exubérante, trop volubile, trop sûre de son amitié.

« Pauvre May-rie. Vous ne vous sentez pas bien ? » Se perchant sur le bord du lit, Jeanne lui caressa le front. « Voulez-vous que je fasse monter du café ? Je vais chercher de la glace pilée. Une compresse froide sur les yeux vous ferait peut-être du bien. »

Mary eut honte de son mouvement de colère et de jalousie. Ce n'était pas la faute de Jeanne si elle était belle, charmante, heureuse. Bien qu'elle eût la gorge nouée, elle se força à répondre : « Tout va bien, Jeanne, je vous assure. J'ai simplement besoin de repos. Vous savez bien que je supporte très mal cette chaleur. » Elle leva le bras, repoussant la main de Jeanne. « Je prendrais volontiers une tasse de café. Allons sur la galerie ; il fait sûrement plus frais dehors. »

La galerie était à l'ombre, mais l'air y était chaud et étouffant. Pour une fois, Mary fut contente. Elle agita un grand éventail en osier tressé, qui cachait son visage pendant qu'elle écoutait Jeanne gazouiller.

« Oh, May-rie, quel dommage que vous ne soyez pas descendue ! Il m'est arrivé quelque chose de merveilleux. Je suis amoureuse. J'ai l'impression de flotter sur un nuage. Comme j'aurais voulu que vous soyez là pour le voir... Valmont Saint-Brévin. L'homme le plus romantique de la terre. Et si riche... On le dit l'homme le plus riche de la Louisiane. Ce n'est pas la première fois que je tombe amoureuse de lui. C'était il y a deux ans, à la fête donnée pour la majorité de Philippe. On m'a permis d'assister au bal, mais seulement pour regarder. Valmont arrivait tout juste de Paris, et tout le monde le pressait de questions. Il a cependant demandé à maman l'autorisation de m'inviter à danser. Il est si beau, May-rie, et il danse comme un dieu. Évidemment, j'ai eu le coup de foudre. Mais je n'étais qu'une petite fille alors. Ce n'était pas sérieux. Aujourd'hui, c'est différent. Je suis vraiment amoureuse. Et je sais que je lui plais. Il se souvenait du bal. Il m'a demandé si j'aimais toujours danser. Il m'a dit que j'étais devenue une jeune femme ravissante. »

Jeanne toucha son visage, ses lèvres, sa gorge. « Et c'est vrai, n'est-ce pas, May-rie ? Je suis belle. Je le vois dans mon miroir. Ma taille est si fine qu'un homme pourrait la tenir entre ses mains. Je suis prête pour l'amour. Et je l'aime. Oh, May-rie, je suis si heureuse ! »

Elle se pencha vers Mary avec un petit sourire conspirateur. « Je vais vous faire un aveu. Quand nous nous promenons à cheval sur la digue, je prends toujours la même direction, celle de sa plantation. Je le fais depuis deux ans, depuis notre première rencontre. J'espérais ainsi le croiser, attirer à nouveau son attention. »

Elle rit et frappa dans ses mains. « Quand je pense à tous ces kilomètres sur la digue, pour rien. Mais cela a fini par arriver. Je l'ai revu aujourd'hui. Et il m'a remarquée. »

Mary agita l'éventail jusqu'à ce qu'elle eût mal au bras. Alors elle changea de main. Jeanne répéta son histoire une bonne douzaine de fois. Chaque fois, elle trouvait une signification particulière dans le moindre regard, la moindre parole de Valmont Saint-Brévin.

Ce soir-là au dîner, Mary fit la connaissance de Philippe Courtenay. Jeanne lui avait si souvent vanté la beauté, le charme irrésistible de son frère que Mary eut peine à croire qu'il s'agissait du même homme. Philippe paraissait plus âgé que ses vingt-trois ans. Ses épais favoris noirs ne masquaient pas ses joues rebondies ni son double menton naissant. Il avait la corpulence d'un homme d'âge moyen, bien installé dans la vie. Son élégant habit de soirée ne parvenait pas à dissimuler sa poitrine étroite, et son gilet de brocart accentuait sa légère brioche.

Il ne ressemblait en rien à l'image que Mary s'en était faite. A son grand soulagement, il parla peu et s'adressa principalement au grand-père. Elle put ainsi se livrer tout entière à son désespoir silencieux.

Jeanne, toutefois, n'était pas contente et elle le fit savoir. «Philippe, déclara-t-elle au beau milieu du repas, tu n'as pas dit un mot intéressant depuis ton arrivée ici. Il n'y en a que pour la canne à sucre, le prix de la canne à sucre, le temps qu'il fera pour la récolte de la canne à sucre. Je te trouve affreux.

— Jeanne, tais-toi, intervint Berthe sèchement. Où sont tes bonnes manières?»

L'air ombrageux du grand-père ne présageait rien de bon.

Mais Jeanne ne désarmait pas. «Votre canne à sucre m'empoisonne la vie, grand-père.» Elle fit la moue et lança un regard implorant au vieil homme.

Il ne broncha pas.

«S'il vous plaît, grand-père, insista Jeanne, dites à Philippe d'être plus gentil avec moi. Juste au moment où je m'amusais tant, il a fait partir tous ses amis. Il les a traînés voir les champs de canne à sucre. Mais moi, il n'a pas voulu m'emmener. Cela m'a brisé le cœur, grand-père.»

Pour la première fois, Mary entendit le vieux M. Courtenay rire. Un râle rauque monta du fond de sa gorge, s'enfla et explosa dans un accès d'hilarité. Philippe et Berthe riaient aussi. Mary sentit ses lèvres frémir, bien qu'elle ne comprît pas ce qu'il y avait de si amusant. Quelqu'un renifla fort peu élégamment à côté d'elle. Jeanne pressait une serviette contre sa bouche pour se retenir de rire.

«Ce n'est pas drôle», hoqueta-t-elle d'une voix étouffée. Puis elle lâcha sa serviette et rit avec les autres.

Plus tard, elle expliqua à Mary qu'elle avait toujours refusé de s'approcher des champs. Elle était convaincue que les hautes tiges vertes cachaient des serpents et des crocodiles venus du marais voisin.

Le lendemain matin, Philippe accompagna Jeanne et Mary sur la digue. Une fois au sommet du talus, Jeanne, selon son habitude, tourna à droite.

«Je vais dans l'autre sens, Jeanne, dit Philippe. Si tu veux, tu peux venir avec moi. Mais je ne te promets pas de t'emmener dans les champs.» Il sourit à sa sœur.

Jeanne rejeta la tête en arrière. «Cesse de te moquer de moi, Philippe. Vous avez assez ri hier. Je préfère aller par là.

— Comme il te plaira.»

Mary s'enhardit alors pour demander : «Puis-je venir avec vous, Philippe ? »

Surpris, il haussa les sourcils. «Je compte parcourir une dizaine de kilomètres.

— Parfait. J'adore les longues promenades», mentit Mary. Elle ne supportait pas l'idée de suivre Jeanne tandis qu'elle partait à la recherche de Valmont Saint-Brévin. Et si jamais elle le rencontrait sur la digue ? Les voir ensemble était plus que Mary ne pouvait endurer.

«Très bien, allons-y, répondit Philippe. Tâche de ne pas te rompre le cou, Jeanne. » Il fit signe au palefrenier qui escortait les jeunes filles. «Suis Mademoiselle et ne la perds pas de vue. » Et il lança sa monture au grand galop.

Mary talonna son cheval, priant pour ne pas se faire désarçonner. Celui-ci s'élança à la poursuite de Philippe comme s'ils étaient sur un champ de courses.

12

« Mon Dieu, jeune fille, vous auriez pu vous tuer ! Imaginez seulement la réaction du grand-père s'il vous arrivait malheur. »

Mary avait réussi à suivre Philippe pendant dix terrifiantes minutes. Puis elle lâcha les rênes et perdit l'équilibre. Elle fut éjectée de la selle et roula sur la pente herbeuse pour atterrir dans un massif de rhododendrons aux fleurs d'un rose éclatant.

A peine eut-elle le temps de rabattre sa jupe déchirée que Philippe surgit à ses côtés. Sa colère déclencha celle de Mary.

« Vous pourriez me demander si je me suis fait mal, avant de crier », glapit-elle.

Il prit immédiatement un air contrit. « Pardonnez-moi. Je suis vraiment désolé. Comment ça va ? Vous n'êtes pas blessée au moins ? »

Bourrelée de remords, Mary n'en fulmina que de plus belle. « Bien sûr que si ! Essayez donc de plonger par-dessus ce talus, et vous verrez dans quel état vous serez à l'arrivée. »

Philippe entreprit de retirer sa veste. « Je vais vous faire un coussin pour la tête et j'irai chercher un chariot pour vous ramener à la maison. Le docteur n'habite pas très loin d'ici. »

Ce fut au tour de Mary d'afficher sa contrition. « Je suis navrée, Philippe. Sincèrement. Je ne crois pas que je sois blessée. J'ai eu peur, c'est tout. Et j'ai honte. »

Elle étira une jambe, puis l'autre, fit pivoter ses chevilles, plia les genoux pour s'assurer qu'il n'y avait ni fracture ni entorse.

Tout occupée à son inventaire, elle ne vit pas que Philippe l'observait d'un air soupçonneux.

La veille, au dîner, il l'avait trouvée plutôt agréable. Contrairement aux autres jeunes filles, elle n'était pas coquette, ne riait pas trop fort à la moindre de ses plaisanteries, ne cherchait pas à attirer son regard. Célibataire, considéré comme l'un des plus beaux partis de la région, Philippe était accoutumé à ce genre de simagrées de la part de la gent féminine.

Mais lorsqu'elle se fut proposée pour l'accompagner, Mary baissa aussitôt dans son estime. Elle était comme toutes les autres filles à marier, pensa-t-il. Et même plus dévergondée encore. Les jeunes filles de bonne famille ne sortaient jamais seules avec un homme.

Elle avait provoqué cette chute pour faire appel à sa galanterie, à ses bons sentiments. D'ailleurs, elle n'allait pas tarder à défaillir dans ses bras, peut-être même à tourner de l'œil.

Il ne s'attendait guère à ses intonations de poissarde. Philippe contempla le visage sale et écorché de Mary, ses cheveux en bataille. Aucune femme qui se voulait séduisante n'eût aimé être vue dans cet état. Il lui tendit les bras.

« Je vais vous aider à vous relever. »

Mary glissa ses mains dans les siennes. « Merci. Je vais probablement gémir et geindre. N'y faites pas attention… Ouille ! »

Une fois debout, elle se dégagea et se baissa pour épousseter ses habits.

« Tout va bien ?

— Oui. Je dois être couverte de bleus, mais au moins je suis entière.

— Parfait. Je vais chercher les chevaux.

— Faut-il remonter à cheval ? gémit Mary. Je préférerais continuer à pied.

— Quand on a été désarçonné, la seule solution est de se remettre en selle tout de suite. J'en ai pour une minute. » Philippe commença à gravir la pente.

Mary le suivit d'un regard morne. C'est ma faute, admit-elle. Je l'ai cherché. Maintenant je suis obligée d'aller jusqu'au bout.

Ils poursuivirent la route au pas tout en conversant. Chacun était surpris de se sentir aussi à l'aise avec l'autre. Curieusement, l'échange de propos désobligeants les avait rapprochés sans susciter la moindre pensée équivoque.

«Pourquoi avez-vous tenu à m'accompagner? demanda Philippe. Visiblement, vous n'aimez pas monter à cheval.

— Vous êtes bien en deçà de la vérité. Je déteste monter à cheval. En règle générale, je déteste tout ce que je ne réussis pas à mener à bien. Seulement, entre les deux maux, j'ai choisi le moindre. Je ne voulais pas être avec Jeanne au moment où elle allait retrouver son héros.»

Sa propre franchise stupéfia Mary. En même temps, elle lui procura un sentiment de réconfort. C'était un luxe que de pouvoir avouer son secret.

«Qui est-ce? s'enquit Philippe, intéressé. Jeanne ne m'a pas dit qu'elle avait un soupirant.

— C'est votre ami Valmont Saint-Brévin.» Mary prononça ce nom sans effort, mais son amère douceur lui brûla les lèvres.

Le rire de Philippe la prit au dépourvu. «Val? Il n'a pas de temps à perdre avec une petite fille comme Jeanne.»

Le sang de Mary ne fit qu'un tour. Elle n'osait croire à ce bonheur soudain. «Jeanne n'est plus une petite fille, Philippe. Et elle est sûre que M. Saint-Brévin... s'intéresse à elle.

— Elle se fait des idées. Mais qu'importe! Demain elle n'y pensera plus.»

La conversation ne pouvait en rester là. Les paroles de Philippe étaient comme un baume pour le cœur meurtri de Mary. «Elle est amoureuse de lui, Philippe. A votre place, je ne prendrais pas ses sentiments à la légère.

— Sottises. L'avenir de Jeanne est tout tracé; elle n'a pas à s'amouracher de Val ni de quiconque. Elle le sait parfaitement. Notre père a prévu de la marier à un riche Américain. Voilà pourquoi elle doit apprendre leur langue.»

Cette révélation laissa Mary sans voix. Philippe se trompait certainement. Le grand-père détestait les Américains. Jeanne ne songeait qu'à l'amour. Elle allait répondre quand son compagnon se pencha et s'empara des rênes de son cheval. «Nous descendrons ici et ferons le reste du chemin à pied.

— Où allons-nous?

— Jeter un œil sur la brèche dans la digue. Je veux la voir de près. Je n'étais pas là au mois de mai, quand c'est arrivé. Vous vous demandez de quoi je parle, hein? Regardez ce fleuve, Mary. Huit cents mètres de large, treize kilomètres à l'heure, il se force un passage entre ces belles rives verdoyantes. Au printemps, en période de crue, il lui manque quelques dizaines de centimètres pour atteindre le sommet de la digue. Le Mississippi est un être vivant, pas seulement un paysage ou une voie navigable pour les bateaux. Il est puissant et perfide. Vous voyez ce terrain, là-bas ? Autrefois, c'était une roseraie avec des arbustes plus grands que vous. Tout a disparu. Emporté par les flots. Ainsi que des chevaux, des vaches, des mulets, des poules. Par miracle, il n'y a pas eu d'autres victimes. L'eau s'est engouffrée par une fissure et a rompu la digue. D'abord, il a dû y avoir une simple fuite ; ensuite la brèche s'est élargie, et c'est devenu un raz de marée. Le temps de colmater la brèche, l'eau avait envahi les terres jusqu'à La Nouvelle-Orléans... à une douzaine de kilomètres d'ici ! »

Le visage rond de Philippe s'était assombri tandis qu'il évoquait la catastrophe. Soudain il sourit. « Le grand-père vous dira que c'était la main de Dieu. Le quartier français n'était pas plus bourbeux que d'habitude. Le quartier des affaires américain, en revanche, était noyé sous trois mètres d'eau. »

Il descendit, puis aida Mary à mettre pied à terre.

« Voulez-vous vous reposer pendant que je vais y jeter un coup d'œil ? Vous devez avoir mal partout. »

Mary secoua la tête. Elle était fourbue, mais pour rien au monde elle n'eût raté l'occasion d'en apprendre davantage sur ce pays magique qui était le sien.

« Je n'aurais su dire où était la brèche, observa Mary sur le chemin du retour.

— Moi non plus. Val m'a expliqué que l'herbe avait repoussé par-dessus, mais je voulais la voir de mes propres yeux. »

Le cœur de Mary manqua un battement. Elle ne s'attendait guère à entendre ce prénom. Sans se douter de l'effet produit par ses paroles, Philippe poursuivit : « Val pense que la seule solution serait de renforcer et de surélever la digue à partir de sa plantation, en passant par Montfleury et par chez Pierre Sautet, où elle s'est fissurée, et tout du long jusque chez les Soniat. Il a déjà parlé à tous les propriétaires. Si le grand-père est d'accord, les autres seront obligés de suivre. » Il éclata de rire. « Le grand-père est près de ses sous ; à mon avis, il espère que je dirai non. Ça va chauffer quand il saura ce que j'en pense.

— Je ne crois pas qu'il écoutera quiconque. Pas même vous.

— Oh, je ne parle pas en mon nom propre, mais au nom de

l'oncle Bernard. Celui qui est en train de me former. C'est le fils préféré du grand-père. Sa plantation rapporte plus que n'importe quelle autre dans cet État. Même celle de Valmont Saint-Brévin. » Philippe souriait. « Le jour où je dirigerai Mont-fleury, oncle Bernard aura un sérieux concurrent. Il n'est pas question qu'une fissure anéantisse mon héritage. Demain je parlerai à Val, et nous ferons venir des Irlandais.

— Quoi ?

— Des Irlandais. On en trouve par centaines à La Nouvelle-Orléans. Nous employons toujours des Irlandais pour ce genre de travail. Les esclaves sont bien trop précieux. Il y a là de quoi achever un homme. Il se transforme en cadavre ambulant avant d'avoir atteint la trentaine, si ce n'est en cadavre tout court. »

Mary leva les yeux sur Philippe. Il ne plaisantait pas. Il n'avait pas non plus l'air d'un monstre. Elle pensa à son père. Il n'était guère plus tendre avec les domestiques. Qui, du reste, étaient irlandais eux aussi. En même temps, c'était un abolitionniste convaincu : il avait souvent fustigé les cruels planteurs du Sud qui possédaient des esclaves.

Elle secoua la tête, tentant de mettre de l'ordre dans ses idées. Tout cela était si embrouillé, si confus...

« Mal à la tête ? » demanda Philippe.

Mary fut trop contente d'oublier un instant les maîtres et les esclaves, la cruauté des hommes et les Irlandais.

« Un peu », opina-t-elle. C'était la vérité. « C'est sûrement le soleil. J'ai perdu mon chapeau en tombant, or la chaleur ne me réussit guère. Je n'y suis pas encore habituée.

— Bon Dieu, je ne m'en suis même pas aperçu. » Philippe arracha son chapeau de paille à large bord et le posa sur sa tête. « Quelle brute aveugle et stupide je suis ! »

Mary se sentit aveugle à son tour. Le chapeau, trop grand, masquait à demi son champ visuel. « Reprenez-le, Philippe, supplia-t-elle. Je n'en ai pas besoin. Nous sommes presque arrivés.

— Bien sûr que vous en avez besoin. Vous pourriez attraper une insolation. Ou, pire, vous brûler la peau. Berthe me tuerait. »

Mary protesta, mais garda le chapeau. Ses joues rouges lui suffisaient ; elle n'avait pas envie de ressembler à une écrevisse. Et son mal de tête empirait.

Deux heures plus tard, elle gémissait de douleur. Elle était brûlante de fièvre.

Tout le monde crut à une insolation. Mary fut mise au lit. On ferma les volets de sa chambre ; deux petites Noires furent chargées de l'éventer, et Jeanne passa des heures à lui humecter le front avec des linges trempés dans un bol d'eau glacée. Berthe venait dans sa chambre quatre fois par jour pour enduire de beurre son visage cramoisi et couvert de cloques.

Mary ne percevait guère toute cette agitation. Elle n'était pas toujours consciente et, quand elle l'était, son cerveau était en proie aux démons de la fièvre.

A l'entendre délirer, Jeanne prit peur et implora sa mère d'envoyer chercher le docteur. Mais Berthe n'était pas inquiète. « Mary n'est pas en danger. Il faut attendre que ça passe, voilà tout. Le Dr Limoux viendra en visite dans dix jours ; d'ici là, elle sera rétablie, tu verras. »

Berthe avait vu juste. Au bout de quatre jours, la fièvre tomba. Mary se réveilla faible et affamée.

Jeanne lui apporta une tasse de bouillon. « C'est tout ce que vous aurez pendant deux jours. Désolée, ce sont les ordres de maman. Philippe est même allé vous chercher de la crème glacée en ville, mais elle ne veut pas que vous en preniez. Cela vous ennuie, May-rie, que je la mange à votre place ?

— Non », croassa Mary. Sa gorge était enflammée ; elle avait la bouche sèche. Elle tenta d'avaler quelques cuillerées de bouillon, mais son estomac se rebella. Elle frissonna et rendit tout. Elle voulut s'excuser, elle avait envie de fondre en larmes, mais elle était trop faible pour parler ou pleurer.

Jeanne courut chercher sa mère. Berthe était introuvable. Le dernier endroit qu'elle inspecta, c'était la cuisine. Berthe n'y était pas non plus. Jeanne se mit à pleurer.

« Calmez-vous, petite. » La cuisinière la berça dans ses bras. « Dites à la vieille Charlotte ce qui ne va pas.

— Mary n'est pas bien du tout, Charlotte. Elle a vomi tout son bouillon. Il faut que maman fasse venir le docteur. Il le faut absolument. Seulement je ne la trouve pas.

— Le docteur va venir, biquette. Il sera là avant la tombée du jour. Vous ne devez pas déranger votre maman pour une petite faiblesse d'estomac. Elle a d'autres soucis. Le vieil Hercule est en train de mourir. Elle et votre grand-père sont à son chevet. J'espère que le prêtre ne va pas tarder. » Charlotte se signa. « Seigneur, faites que le vieil homme parte en paix, sans semer la zizanie dans cette maison. »

Jeanne sécha ses larmes. « Quelle zizanie, Charlotte ?

— Rien qui vous concerne, ma chérie.

— C'est ma maison, donc ça me concerne. Que se passe-t-il, Charlotte ? Je suis perdue. Mon amie est très malade, et maintenant tu parles de zizanie. J'ai peur. Je veux ma mère. Je vais la chercher.

— Vous n'irez nulle part. Il ne faut pas avoir peur. Mary sera sur pied d'un jour à l'autre, et il n'y a pas de zizanie en vue. Le vieil Hercule réclame sa petite-fille. Et elle est trop loin pour l'entendre. C'est tout. Il n'y a pas de quoi faire un drame. »

Les yeux de Jeanne s'étaient arrondis de surprise.

« Tu me prends donc pour un bébé, Charlotte ! Effectivement, il y a de l'orage dans l'air.

— Surtout ne dites rien à personne.

— Pas un mot. Promis. »

Jeanne sortit en courant, se précipita dans la maison et monta quatre à quatre dans la chambre de Mary.

« Oh, May-rie, dépêchez-vous de guérir ! Je viens d'apprendre une nouvelle incroyable. Hercule demande à voir sa petite-fille avant d'être rappelé à Dieu. Les dernières volontés d'un mourant sont sacrées : maman sera obligée de la faire venir. Il faut que vous soyez assez forte pour vous lever, May-rie. Nous ne devons pas la manquer. C'est la maîtresse de papa ; elle vit dans une belle maison qu'il lui a achetée à La Nouvelle-Orléans. J'ai hâte de voir à quoi elle ressemble. »

13

Mary était trop faible pour résister à Jeanne, trop faible aussi pour l'aider. Au bout d'une demi-heure, la jeune créole n'avait toujours pas réussi à l'habiller. Elle était en train de lacer son corset quand la porte s'ouvrit et le Dr Limoux entra dans la chambre, suivi de Berthe.

«Que fais-tu là, Jeanne? s'exclama sa mère. Tu veux provoquer une rechute?»

Jeanne lâcha les lacets et recula d'un bond. «May-rie m'a dit qu'elle voulait se lever, maman. Que cela lui ferait du bien.» Elle esquissa une rapide révérence. «Bonjour, docteur.»

Le médecin la salua d'un signe de tête. «Ouvrez les volets, Jeanne, soyez gentille. Voyons un peu cette insolation.»

A la vue de son visage débonnaire, Mary essaya de sourire. Mais, quand la lumière inonda brutalement la pièce, elle eut l'impression que ses yeux étaient en feu. Elle grinça des dents contre la douleur. Le Dr Limoux lui souleva une paupière. Mary poussa un cri.

«Désolé, mademoiselle.» Il leva le bras droit de Mary, puis son bras gauche, les tourna pour examiner les marques violacées. «D'où ça vient?» Les doigts du médecin se refermèrent sur son pouls.

«Elle est tombée de cheval, la pauvre enfant, répondit Berthe, le jour même où elle a attrapé l'insolation. Elle n'a pas eu de chance.»

Le Dr Limoux reposa la main de Mary avec douceur. Sa paume

98

resta quelques instants sur son front. « Débarrassez cette infortunée jeune fille de son accoutrement et mettez-lui une chemise de nuit confortable. Il faut qu'elle garde le lit au moins une semaine encore avant de se lever. Je ne vois aucune trace d'insolation. Elle est en train de se remettre de la fièvre jaune. »

Berthe laissa échapper un cri perçant, un cri de bête, et tomba sans connaissance.

« Bon sang, vais-je devoir soigner toute la maisonnée ? grommela le docteur, irrité. Jeanne, allez chercher des sels pour votre mère. Et une domestique, pour m'aider à la ramener dans sa chambre. » Il se tourna vers Mary. « Tout ira bien, mon enfant, fit-il sur un ton apaisant. Je vais vous donner du sirop au laudanum contre la douleur. Demandez qu'on vous apporte de la glace pilée dans un linge : vous l'appliquerez sur vos paupières. Très vite, vous n'aurez plus mal aux yeux. Je ne vais pas vous saigner : la crise est passée ; vous êtes en voie de guérison. Reposez-vous et absorbez autant de liquide que votre estomac pourra en accepter. Demain, essayez de manger un peu de soupe et, si le cœur vous en dit, du pain trempé dans du lait. Je repasserai vous voir demain soir. »

Il se pencha sur le corps inerte de Berthe. « Deux doigts de cognac, et il n'y paraîtra plus. Je me demande pourquoi vous, les femmes, vous obstinez à vous comprimer dans ces corsets diaboliques. Ils vous coupent la respiration ; c'est pour ça que vous passez votre temps à vous évanouir. » Il maugréait toujours quand des domestiques vinrent transporter Berthe dans sa chambre.

Mary suivit toutes les instructions du Dr Limoux, excepté le laudanum. Elle en prit une fois et émergea plus malade que jamais du sommeil induit par la drogue. Après cela, elle n'y toucha plus. Quand le médecin revint la voir, elle était assise dans son lit, adossée aux oreillers, et mangeait du gâteau de riz.

« Ah, la jeunesse, dit-il. Si seulement je pouvais la mettre en bouteille et la prescrire à mes patients, je serais le plus grand praticien du monde. Nous n'aurons plus besoin de nous revoir, jeune fille. » Il s'inclina galamment sur la main de Mary. Sa moustache en brosse lui chatouilla la peau. Elle sourit.

Quelques minutes après son départ, Jeanne se glissa dans la pièce. « May-rie ? Mais vous mangez, quel bonheur ! Le Dr Limoux m'avait interdit de vous rendre visite. Je craignais d'avoir aggravé votre état avec mes bêtises. Comment vous sentez-vous ? Puis-je rester un peu ?

— Ça va beaucoup mieux. Je vous en prie. Asseyez-vous sur le bord du lit. J'ai l'impression d'avoir été absente pendant plusieurs semaines. » Mary était ravie de la visite de Jeanne. Elle se rappela la rancœur et la jalousie qu'elle avait nourries à son égard, et ce souvenir l'emplit de remords. «J'ai beaucoup de chance d'avoir une amie comme vous, balbutia-t-elle. Toute votre famille est si bonne pour moi. Je vous en serai éternellement reconnaissante.

— Quel drôle d'oiseau vous êtes, May-rie. C'est nous qui devrions vous remercier d'être venue ici.

— Comment se porte votre mère ?

— Comme d'habitude. Toujours en train de courir, de se faire du mauvais sang pour des broutilles. Ne vous inquiétez pas pour son malaise d'hier. Elle était contrariée par l'histoire de la petite-fille d'Hercule et, quand elle a su que vous aviez la fièvre, elle a craqué.

— Je comprends.

— Cela m'étonnerait. Voyez-vous, ma pauvre maman n'a pas eu une vie bien gaie. Autrefois, May-rie, j'avais quatre frères et quatre sœurs. J'étais la plus jeune. Ils ont attrapé la fièvre et, deux jours plus tard, ils étaient tous morts. J'ai été la seule à ne pas tomber malade. Maman m'a emmenée à la plantation et, depuis, je n'ai plus jamais remis les pieds en ville. Pas une fois. C'était il y a presque douze ans. Elle a une peur bleue que je meure de la fièvre, moi aussi. On dit que les Noirs et les créoles ne l'attrapent jamais. Pourtant mes frères et sœurs en sont morts. Dire que j'ai presque le même âge que l'aîné quand il a disparu. J'aurais tant aimé les connaître. » Les beaux yeux sombres de Jeanne s'embuèrent.

Mary lui effleura la main. «Ne soyez pas triste. Vous avez Philippe. Il n'est pas mort, lui.

— Vous ne savez donc rien, May-rie ? Philippe n'est pas mon frère. C'est le fils de mon oncle François. Son bâtard. Oncle François l'a légitimé. Quand papa a perdu ses fils, il lui a donné Philippe. Ses autres enfants n'étaient pas très gentils avec lui et tante Sophie n'était pas mécontente de s'en débarrasser. Quelle femme a envie d'élever un enfant que son mari a fait à une autre ? »

Mary l'écoutait bouche bée. Fallait-il croire Jeanne ? Son récit ressemblait trop aux romans qu'on lui avait défendu de lire.

Jeanne s'exprimait pourtant avec le même détachement que lorsqu'elle parlait des origines des pur-sang de leur écurie. Mais ce ne pouvait être vrai. Cela ne se faisait pas d'avoir des enfants illégitimes. Mary se força à rire. « Vous êtes coquine, Jeanne. J'ai failli vous croire.

— Vous me vexez, May-rie. Je vous ai dit la vérité.

— Comment pouvez-vous savoir des choses pareilles ? Vous n'aviez que deux ans, vous me l'avez dit vous-même.

— Mais maman parle sans cesse de mes frères et sœurs. Elle a gardé une miniature de chacun d'entre eux, avec leur nom gravé sur le cadre. Je vous les montrerai, si vous voulez. C'étaient de beaux enfants.

— D'accord, vous avez eu des frères et sœurs qui sont tous morts. Mais je refuse de croire que Philippe est... ce que vous avez dit.

— Un bâtard ? Il ne l'est plus, May-rie. Son père l'a légitimé, et papa l'a adopté pour en faire son fils devant la loi. C'est courant. Tout le monde le sait.

— Qui vous en a parlé ?

— Je ne me rappelle plus. J'ai dû l'entendre quelque part. J'entends beaucoup de choses qu'on ne me dit pas. Comme la maîtresse de papa. Je suis censée ne rien savoir. Oh, pourvu qu'elle vienne voir Hercule ! D'après le Dr Limoux, il a eu une attaque d'apoplexie. La prochaine attaque risque de lui être fatale. Maman et le grand-père se sont disputés à ce propos hier soir. Le grand-père veut qu'on exauce le dernier souhait d'Hercule. Maman dit qu'elle ne permettra pas à cette femme de mettre les pieds dans sa maison. Ils se sont bagarrés comme des chiffonniers. Le grand-père criait si fort que le lustre tremblait. Il finira sûrement par gagner. Comme d'habitude.

— J'aimerais me reposer, Jeanne. Laissez-moi un moment, voulez-vous ? »

Jeanne embrassa Mary sur la joue. « Vous savez, May-rie, j'ai parfois l'impression que vous êtes beaucoup plus jeune que moi. C'est exactement ce que mon papa dit des Américains. Ce sont tous des enfants. Dormez bien, petite Américaine. » Mary l'entendit glousser en refermant la porte derrière elle.

Elle réarrangea ses oreillers, ferma les yeux, mais le sommeil ne vint pas. Toutes ces histoires de bâtards et de maîtresses l'avaient troublée. Mary et ses amies couventines rêvaient en soupirant de passion amoureuse, de mariage, de jolis poupons. Mais leur vision de l'amour s'arrêtait au chaste et romantique baiser. Les propos de Jeanne Courtenay, en revanche, son tempérament, sa vibrante curiosité étaient empreints de sensualité. A cause d'elle, Mary se surprenait à éprouver des sensations, des émotions nouvelles, alarmantes et irrépressibles, dont elle avait peine à se convaincre qu'elles étaient le fruit de son imagination.

J'y penserai plus tard, se dit-elle sur le point de s'endormir.

« Psst, May-rie, réveillez-vous, vite ! Je vous ai apporté du café. Avec du lait chaud, bien crémeux, comme vous l'aimez. Réveillez-vous, voyons.

— Que se passe-t-il ? Que voulez-vous ?

— Tenez, voici votre café. Maman sera là d'une minute à l'autre. Oh, May-rie, quel chambardement ! Toute la maison est sens dessus dessous. Maman part chez sa sœur à Baton Rouge. Elle a fait descendre des malles du grenier et y jette tout ce qui lui tombe sous la main. Elle est terriblement pressée. Je ne vois qu'une seule explication : la maîtresse de papa vient à Montfleury. Je sais ce qui va arriver. Elle va me dire de faire mes bagages. Mais je ne veux pas partir, May-rie. Je *veux* voir cette femme. Voilà ce que vous allez faire. Vous allez supplier maman de me garder auprès de vous tant que vous êtes si faible. Moi aussi, je la supplierai. Nous pourrions même verser quelques larmes. Ainsi, elle ne me forcera pas à partir, j'en suis certaine. »

Jeanne se trompait. Peu avant midi, sa mère, elle, deux femmes de chambre, le cocher, quatre chevaux, un cabriolet, deux valets, quatre malles et six sacs de voyage furent embarqués sur le steamer qui avait accosté sur un signal à Montfleury. Mary leur adressa un signe d'adieu de la galerie. Berthe Courtenay l'avait jugée trop faible pour entreprendre un tel voyage. Du reste, se dit-elle en son for intérieur, la dignité de Mary ne souffrirait pas de la venue de Cette Femme. Elle ne faisait pas partie de la famille.

Obéissant aux instructions de Berthe, Mary regagna sa chambre et son lit. Une domestique lui apporta son déjeuner : bouillon, gâteau de riz et un pot de café. Lorsque Mary eut tout terminé, elle avait toujours faim.

C'est absurde, pensa-t-elle. Je ne me sens pas malade et j'en ai assez de rester au lit. Je vais m'habiller et descendre à la salle à manger. Le grand-père est en train de déjeuner; il y en aura sûrement pour moi.

Elle était plus faible cependant qu'elle ne l'avait cru. Il lui fallut beaucoup de temps pour s'habiller et se coiffer. Quand elle entra dans la salle à manger, celle-ci était vide. La table avait été débarrassée et seules des odeurs alléchantes persistaient, témoignant qu'il y avait eu un repas. Elle décida d'aller chercher les restes à la cuisine.

Le soleil dans la cour frappa Mary comme un coup de massue. Elle vacilla, portant une main à ses yeux. Retourne à la maison, remonte dans ta chambre, s'admonesta-t-elle. Mais elle s'était mis en tête de se procurer de la nourriture. Elle se dirigea donc en titubant vers la bâtisse en brique blanchie à la chaux.

« N'y allez pas, mademoiselle! » Un bras fuselé jaillit de sous le figuier pour lui barrer le chemin.

« Qui est-ce? Laissez-moi passer. » Mary scruta la pénombre. Une jeune femme s'avança vers elle. « Il ne faut pas aller là-bas. Le vieil homme est mort, et sa famille le pleure. » Sa voix était dure, froide; son expression, hautaine, presque méprisante. Jamais de sa vie Mary n'avait rencontré une aussi ravissante créature.

Son nez mince et droit était un modèle de perfection; sa bouche délicatement ourlée évoquait par sa couleur une cerise bien mûre. Des cils longs et épais voilaient ses yeux noirs. Ses sourcils finement arqués rehaussaient son teint de magnolia.

Jusque-là, Mary avait tenu Jeanne Courtenay pour la plus belle fille du pays. A présent, elle se rendait compte que Jeanne était seulement jolie. La beauté impliquait une dimension sublime; elle frisait une perfection qui faisait douter de sa réalité. La beauté avait pris les traits de la jeune femme qui se tenait en face d'elle.

Médusée, Mary mit du temps à comprendre. « Mort? Hercule? Je suis vraiment désolée. Il a toujours été très gentil avec moi. » Elle tourna les talons. « Naturellement, je ne veux pas les déranger. »

Une pensée soudaine lui traversa l'esprit. « Savez-vous si sa petite-fille a pu venir? Il tenait énormément à la revoir. Son vœu a-t-il été exaucé? »

La jeune femme ouvrit sa bouche exquise. Mais avant qu'elle pût répondre, Clémentine et une autre femme sortirent de la cuisine. Toutes deux pleuraient à chaudes larmes. Clémentine dut soutenir sa compagne, effondrée de douleur. «Que le Seigneur et la Sainte Vierge me pardonnent, gémissait l'inconnue. Il a demandé après moi, mais je suis arrivée trop tard.

— Ceci répond-il à votre question ? » lança la jeune femme à l'adresse de Mary. Elle traversa la cour d'un pas vif pour prendre la petite-fille d'Hercule dans ses bras.

Elle bouge comme les hautes herbes dans le vent, pensa Mary, et le bruit de sa robe est comme le bruit du vent dans l'herbe.

Elle se força à détourner les yeux du spectacle de la douleur. Elle avait honte car, au fond d'elle-même, elle mourait d'envie de voir la petite-fille d'Hercule de près ; malheureusement, les bras de Clémentine la cachaient à sa vue.

A sa consternation, elle constata aussi qu'elle avait toujours faim.

Puis une autre idée lui vint. Je me demande si cette jeune personne est la fille de la petite-fille. Dans ce cas, elle est la fille du père de Jeanne, la sœur de Jeanne. Assurément, il existe une grande ressemblance entre elles, même si la beauté de l'une éclipse l'autre. Je comprends pourquoi Berthe a voulu éloigner sa fille. Ce serait terrible si elles se rencontraient.

Qu'elle est donc compliquée, la vie sous le ciel tropical de La Nouvelle-Orléans !

14

Les obsèques eurent lieu le lendemain. Mary y assista sur l'ordre du grand-père. « Nous vous soutiendrons, Philippe et moi. Hercule était un brave homme ; tous les Blancs de Montfleury se doivent d'être là pour lui rendre un dernier hommage. »

Dans la chapelle de la plantation, Mary jeta des regards furtifs autour d'elle. Ni la créature de rêve ni sa mère n'étaient là. Clémentine trônait au premier rang, entourée d'hommes, de femmes et d'enfants qui, d'après Philippe, étaient tous les enfants, petits-enfants et arrière-petits-enfants d'Hercule.

« Peut-être même arrière-arrière-petits-enfants, chuchota-t-il. Je suis incapable de retenir les liens de parenté entre tous les esclaves de Montfleury. »

C'était compréhensible ; la petite chapelle était bondée. Il y a au moins trois cents personnes, pensa Mary. J'ignorais qu'ils étaient aussi nombreux. Que font-ils tous, au juste ? Quelle est la superficie exacte de Montfleury ?

De retour à la maison, elle posa la question à Philippe. « Je ne saurais vous répondre avec précision. C'est le grand-père qui tient les livres de comptes et les archives. Il m'a répété des dizaines de fois que j'aurais tout le loisir de les consulter à sa mort. A mon avis, il doit y avoir un peu plus de trois cents hectares, quatre cents avec le marais. Quant aux esclaves, la plupart d'entre eux travaillent aux champs. La canne à sucre demande beaucoup d'entretien. Il y a aussi quelques artisans, forgerons et autres. Une plantation est comme un petit royaume. Elle produit tout ce dont elle a besoin. Hormis le vin pour les messieurs et les chiffons pour les dames. Ceux-là, on les fait venir de France.

— Pourriez-vous me la faire visiter, Philippe ? J'aimerais tout voir moi-même.

— Vous êtes sérieuse ?

— Bien sûr. C'est comme la brèche. J'adore découvrir des choses nouvelles. »

Philippe sourit. « Vous croyez-vous capable de tenir en selle ? »

Mary esquissa une grimace. « Vous croyez-vous capable de vous souvenir que vous n'êtes pas sur un champ de courses ? »

Il lui tendit la main. « Marché conclu. »

Mary la serra. « Marché conclu.

— Mais il faudra d'abord que je demande l'autorisation du grand-père. Ici rien ne se fait sans son assentiment. Et, normalement, les femmes ne s'éloignent guère de la maison. C'est ce que j'aime chez vous, Mary. Vous n'êtes absolument pas une femme normale. » Il la laissa et se dirigea vers le coin de la galerie où le grand-père buvait du punch en compagnie du prêtre.

« Je suppose que c'est un compliment », marmonna Mary, ne sachant si elle devait s'en réjouir ou s'en offusquer.

La grande table de la salle à manger paraissait immense et vide. Mary buvait son café en silence. Elle se sentait seule et perdue. Elle risqua un coup d'œil en direction de Philippe. Elle brûlait de lui demander quand Jeanne et sa mère allaient rentrer de Baton Rouge.

Mais il lisait le journal. Il n'en savait probablement rien. Elle aurait dû interroger le grand-père ; malheureusement, il avait quitté la table au beau milieu du petit déjeuner. Il avait hâte d'inspecter les champs après l'orage qui s'était abattu sur la plantation au cours de la nuit.

Tout le monde avait une occupation. Sauf elle.

A nouveau, Mary regarda Philippe à la dérobée. Il avait un peu de barbe au menton, là où le rasoir l'avait manquée. Elle se demanda ce qu'elle ressentirait si elle la touchait. A cette idée, ses doigts se mirent à picoter.

« Mary ! » La voix de Philippe la fit sursauter. Aurait-il deviné la tournure que prenaient ses pensées ?

« Cessez de bayer aux corneilles, Mary. Je vous parle.

— Eh bien, allez-y. Je vous écoute. » Elle n'osait pas le regarder.

« Je vais faire un tour du côté de la sucrerie. Voulez-vous m'accompagner ? Vous avez l'air de vous ennuyer à mourir.

— Avec plaisir. » La perspective de faire quelque chose dissipa instantanément son humeur mélancolique. « Je monte me changer en vitesse. J'en ai pour deux secondes.

— Prenez votre temps. Je vous attends dans l'écurie. »

Dans les heures et les jours qui suivirent, Mary n'eut plus guère l'occasion de s'ennuyer. Le grand-père avait autorisé Philippe à lui faire visiter la plantation, et elle alla de surprise en surprise, fascinée par ce qu'elle découvrait.

La sucrerie était située à l'autre bout du domaine. Pour s'y rendre, Philippe et Mary durent traverser la « rue » bordée des cases des esclaves, ainsi que les champs de canne à sucre.

Philippe salua un groupe de vieillards assis dans des rocking-chairs à l'ombre d'un grand chêne dégoulinant de mousse.

« Ces crétins d'abolitionnistes prétendent que les Noirs seraient plus heureux s'ils étaient libres, gronda-t-il. Ces esclaves ne travaillent plus depuis des années ; pourtant ils sont toujours nourris, logés et soignés. Livrés à eux-mêmes, ils mourraient de faim. »

Prudemment, Mary s'abstint de répondre.

Quelques instants plus tard, la vue de la canne à sucre la priva réellement de l'usage de la parole. Un mur verdoyant se dressait devant elle ; l'œil se perdait dans son immensité qui semblait s'étendre à l'infini. Le spectacle était impressionnant.

« Par ici, dit Philippe. Je vous conseille de raccourcir les rênes : les chevaux ont horreur de la canne. Prenez garde à ce que le vôtre n'essaie pas de s'échapper. » Et il la précéda dans l'étroit sentier qui s'ouvrait au milieu de l'océan de verdure.

Au bout de quelques mètres, Mary eut elle-même envie de prendre la tangente. La canne bruissait sur leur passage ; ses hautes tiges leur arrivaient à l'épaule. Des nuées d'insectes jaillissaient des feuilles, dérangés par leur intrusion, et Mary dut lutter contre la panique tandis qu'ils lui frôlaient le visage et le cou. Les sabots du cheval s'enfonçaient dans le sol humide avec un bruit de succion. Affolée, elle pensa aux sables mouvants. Au-dessus de leur tête, le soleil dardait ses rayons aveuglants dans un ciel sans nuages. La canne semblait absorber la chaleur, la retenir, l'imprégner de la moiteur qui montait de la terre pour la transformer en un invisible bain de vapeur.

107

« N'est-ce pas magnifique ? lança Philippe par-dessus son épaule.

— Oh oui », répondit Mary.

Elle se rendit compte soudain que c'était véritablement magnifique, toute cette masse verte, vigoureuse, chargée de sève et de vie.

Une vague d'exultation la submergea. Elle s'ébroua pour chasser les insectes, essuya son visage trempé de sueur sur le revers de sa manche et cria : « Magnifique ! » en riant de bonheur.

La sucrerie elle-même se révéla décevante. Après la vitalité de la canne à sucre, la grande bâtisse en brique surmontée d'une cheminée et entourée de terre battue parut froide et désaffectée.

Mary parcourut du regard le vaste entrepôt désert. « C'est un endroit mort, fit-elle en frissonnant. Je crois que je serai mieux dehors.

— Mort ? s'exclama Philippe. Vous voulez rire ? C'est le cœur de la plantation. Venez voir. » Il la saisit par le poignet et la traîna dans la salle adjacente. « Regardez ces marmites. A l'arrivée de l'automne, elles se rempliront de jus de canne. L'air sera chaud et sucré. La presse tournera pour extraire le jus ; les hommes défileront pour empiler la canne à un bout de la pièce pendant que d'autres alimenteront la presse. Jour et nuit, le jus coulera, bouillira dans une marmite après l'autre, jusqu'à ce qu'il se condense et se coagule. Des tonnes de canne et des milliers de litres de sirop. C'est comme une ruche : les hommes travaillent jusqu'à épuisement et chantent et dansent en travaillant. C'est ce que vous appelez un endroit mort ?

— Désolée », dit Mary, conciliante. Elle regarda les énormes marmites, assez grandes pour contenir quatre hommes chacune, et les cylindres colossaux qui servaient à broyer la canne. « Tout est démesuré ici, Philippe. J'imagine mal les hommes faire tourner ces machines. Elles sont faites pour des géants.

— Il faudra revenir au moment de l'extraction du jus. Vous verrez, c'est un spectacle extraordinaire. Et, une fois le travail terminé, c'est la fête à tout casser. Tout le monde est là, le maître, les esclaves, leurs femmes et enfants. Ils chantent, dansent, crient, festoient. Si le grand-père vous permet d'y assister, vous ne serez pas près d'oublier cette fête-là. »

Mary hocha la tête en souriant. A cette époque, je serai dans

108

ma famille, pensa-t-elle. Mais peut-être possède-t-elle également une plantation de canne à sucre. J'aimerais beaucoup voir une fête à tout casser.

Elle insista pour accompagner Philippe chez le tonnelier, à la forge, puis, le lendemain et les jours suivants, chez le charpentier, le tanneur, à la fonderie, au moulin et à la briqueterie.

Pour la première fois, elle se sentit solidaire du grand-père. Si elle avait régné sur un univers aussi passionnant, elle aussi l'eût défendu jusqu'à son dernier souffle.

Tout cela prit fin brusquement : l'aventure, la découverte, les sorties avec Philippe, les bons moments partagés, les conversations qui tournaient autour des projets du futur maître de Montfleury.

Le grand-père buvait un grog sur la galerie lorsque Philippe et Mary émergèrent des écuries. « Christophe, cria-t-il, apportenous du café. Asseyez-vous, tous les deux. Le courrier est arrivé il y a une heure. Vous avez une lettre de Jeanne, Mary. Elle vous annonce sûrement qu'elle rentre demain. J'ai reçu une lettre de son père. Il ramène Berthe et Jeanne à Montfleury. »

Il menaça Philippe du doigt. « Quant à toi, mon garçon, tu ferais mieux de remonter à cheval, et vite. Pendant que tu effectuais l'inventaire de ma propriété, Saint-Brévin est venu te chercher. Les Irlandais sont arrivés. Dépêche-toi de filer chez lui avant qu'ils ne soient trop soûls pour tenir une pelle.

— Hourra ! » s'écria Philippe en s'élançant dans l'escalier.

Mary s'aperçut à peine de son départ. La joyeuse insouciance qu'elle avait connue auprès de lui la déserta à l'instant où le grand-père prononça le nom de Saint-Brévin. Il était là, gémit-elle intérieurement, et je l'ai manqué. Cette fois-ci, je lui aurais adressé la parole. J'aurais joué les jeunes filles de la maison. J'aurais servi le café et offert les petits gâteaux. Puis je lui aurais dit : ''Mille pardons, monsieur, mais nous nous sommes déjà rencontrés. Vous avez été mon chevalier... non, ce n'est pas ça... vous avez été...'' »

« Mary, fit le grand-père, allez-vous, oui ou non, prendre cette lettre ? Je n'ai pas l'intention de la tenir à la main éternellement. »

« May-rie, que je suis heureuse de vous revoir ! » Jeanne descendit en courant de la passerelle, se jeta au cou de Mary et planta deux baisers sur ses joues. Puis deux autres. Et encore deux autres.

« Avez-vous reçu ma lettre ? Désolée de vous avoir écrit quelques mots seulement. Je comptais remplir des pages et des pages, mais un de mes cousins est arrivé et m'a traînée à une réception. Baton Rouge est comme un conte de fées, May-rie. On s'y amuse énormément, et j'ai eu un succès fou. Tante Mathilde disait que la terre serait jonchée de cœurs brisés quand je repartirais. Venez à la maison : nous allons nous raconter nos secrets. Ne vous êtes-vous pas mortellement ennuyée sans moi ? N'étiez-vous pas terriblement seule ? Ne trembliez-vous pas quand le grand-père haussait la voix ? N'êtes-vous pas tombée follement amoureuse de Philippe ? Et lui de vous ? Pourquoi ne dites-vous rien, May-rie ? Vous ne m'aimez plus ? Pourquoi riez-vous... méchante !

— Vous ne m'avez pas laissé le temps d'ouvrir la bouche, Jeanne. Le séjour à Baton Rouge ne vous a pas changée. Ou plutôt si : vous êtes plus jolie que jamais.

— Vous trouvez ? C'est la vie en société. Je dépéris à la campagne, au milieu de tous ces vieillards séniles... Grand-père ! comme vous m'avez manqué ! Je suis si heureuse d'être de retour à la maison. »

Après avoir reçu le baiser majestueux de son grand-père, Jeanne fit signe à Mary et se précipita dans sa chambre. « Aah, aidez-moi à m'extirper de cet horrible costume de voyage. Je le déteste. » Un instant, sa voix se perdit dans les plis de sa robe bleu marine, mais elle ne s'interrompit pas pour autant. Mary ne l'avait jamais vue aussi volubile.

« Par moments je crois rêver, May-rie, et tout cela grâce à vous Figurez-vous que papa a débarqué à Baton Rouge fou de rage. Maman lui avait écrit pour lui dire qu'elle resterait chez sa sœur car il l'avait déshonorée en laissant sa maîtresse venir à Montfleury. J'ai cru qu'il allait la traîner par les cheveux pour l'obliger à rentrer à la maison ! Il y a eu une scène épouvantable. Je n'ai même pas eu besoin d'écouter à la porte : ils criaient si fort qu'on les entendait dans toute la maison. J'ai appris plein de détails croustillants. Quand maman m'a emmenée à Montfleury à cause de la fièvre, elle a dit à papa qu'elle ne lui donnerait plus d'enfants parce qu'elle ne supportait pas de les voir mourir. Peu importe, a-t-il répondu, Amaranthe — c'est sa maîtresse — allait lui donner autant d'enfants qu'il désirait ; d'ailleurs elle l'aimait bien plus que maman ne l'aimerait jamais. Ils ont tout remis sur le tapis... et je ne parle pas des bibelots cassés dans la plus belle chambre d'amis de ma tante Mathilde. C'était un délice ! Tu n'as jamais songé à moi, disait papa. Tout ce que tu voulais, c'était un père pour tes enfants. C'est faux, disait maman, elle l'aimait plus que tout au monde, et pendant toutes ces années à la plantation, elle avait vécu l'enfer — elle a dit ''enfer'', May-rie — parce qu'il venait rarement et qu'elle savait qu'il passait son temps chez Cette Femme. Alors papa s'est mis à hurler : "Que pouvais-je faire d'autre puisque ta porte était toujours fermée à clé ?" Maman a fondu en larmes. Sa porte n'était plus fermée depuis trois ans, a-t-elle répondu, depuis son retour d'âge. Savez-vous ce que cela signifie, May-rie ? Non ? Il faudra que je me renseigne... En tout cas, papa rugissait à faire trembler les vitres : "Tu pleures toujours. Je ne peux pas te parler quand tu pleures." Et maman de sangloter de plus belle. ''Je t'ai écrit une lettre, disait-elle, pour t'annoncer que j'avais compris mon erreur, que je retournais vivre en ville, auprès de toi.'' Papa a crié : "Quoi ?" Maman a expliqué en pleurant qu'elle était restée debout toute la nuit pour lui écrire, mais avant d'avoir fini, elle avait appris que la maîtresse de papa venait à Montfleury. Alors elle avait brûlé la lettre et piétiné les cendres. Papa a répété : "Quoi ?" Et il s'est mis à bramer à son tour. Il y a eu des baisers, des ''mon petit cœur'', des ''mon cher amour'', mais comme ils ne criaient plus, je n'ai pas tout saisi. J'ai cependant entendu le meilleur : papa a promis de faire fouetter Amaranthe et de la quitter pour toujours. Ils ont aussi parlé de vous, May-rie. Quand elle a su que vous aviez la fièvre jaune, maman a compris qu'elle avait eu tort de me cacher pour me protéger, qu'on ne pouvait échapper à son destin. C'est donc grâce à vous, May-rie, que mes parents sont à nouveau ensemble. Il faut les voir se tenir la main en soupirant. A leur âge ! C'est attendrissant. Nous allons déménager à La Nouvelle-Orléans pour la Toussaint. Je ferai mon entrée dans le monde : maman a écrit à Paris pour commander ma robe. Si Baton Rouge était un rêve, imaginez ce que sera La Nouvelle-Orléans ! Je suis folle de joie, et tout cela grâce à vous, May-rie. Vous êtes mon bon ange à moi ! »

15

A la surprise de Mary, septembre se révéla plus chaud encore que le mois d'août. Tout le monde, hommes et bêtes, vivait au ralenti. Même le fleuve immobile semblait avoir succombé à la torpeur générale.

Seuls les orages passagers rafraîchissaient momentanément l'atmosphère. Mais ils ne duraient guère, et l'air saturé d'humidité se réchauffait rapidement au soleil.

Mary renonça à lutter contre le climat. Son dictionnaire de français avait moisi, et elle ne fit aucun effort pour poursuivre les leçons de Jeanne. Elle avait à peine la force de bouger. Elle commençait à croire que l'été ne prendrait jamais fin, que chaque mois serait plus lourd, plus oppressant que le précédent. Jeanne la taquinait impitoyablement. « Ne soyez donc pas aussi américaine. Ne pensez pas à la chaleur, et elle ne vous incommodera plus. » Mary s'efforça de suivre son conseil. Elle l'accompagna même un matin sur la digue.

Ce fut la première et la dernière fois. La vue des ouvriers irlandais la déprimait trop. Elle vit des hommes de tout âge, le dos brûlé par le soleil, les traits figés en un masque déterminé. Ils s'écartaient pour laisser passer les jeunes filles et leur palefrenier. Mary entendait leur souffle saccadé pendant les quelques secondes de répit que durait leur passage. « Personne ne devrait travailler dans une fournaise pareille, déclara-t-elle. Je ne supporte pas de voir ça. »

Jeanne, elle, s'en moquait éperdument. Elle continuait ses promenades sur le remblai. C'était un projet de Valmont Saint-Brévin, rappela-t-elle à Mary. «Tôt ou tard je finirai par tomber sur lui. »

Jeanne ne songeait qu'à l'amour. Elle parlait continuellement des soupirants transis qu'elle avait laissés à Baton Rouge, des flirts qu'elle aurait à La Nouvelle-Orléans. Son égocentrisme commençait à porter sur les nerfs de Mary, durement éprouvés par la canicule.

A la mi-septembre, Philippe retourna au Bayou Teche. Les travaux de la digue pouvaient se passer de lui, disait-il, mais l'oncle Bernard, non. Il l'attendait pour la récolte de la canne à sucre.

Mary regretta son départ. Elle devenait de plus en plus irritable ; à dire vrai, il était difficile de garder son calme alors que tout le monde se disputait autour d'elle.

Aux heures des repas, la salle à manger se transformait en champ de bataille. Le grand-père pestait contre les banquiers, ces parasites qui dépouillaient les planteurs de leurs bénéfices. Carlos Courtenay ripostait que le monde ne s'arrêtait pas aux confins de Montfleury où l'on vivait toujours au XVIIIe siècle. Berthe tentait vainement de les apaiser.

Bientôt, Carlos quitta la plantation à son tour. «Je vous attends à La Nouvelle-Orléans. » Il baisa la main de Mary qu'il appela sa «bienfaitrice» parce qu'elle lui avait rendu sa fille. En dépit des altercations quotidiennes, Mary était triste de le voir partir. En l'absence du grand-père, Carlos Courtenay était un homme charmant. Mince, élégant, cheveux grisonnants et yeux rieurs, il avait l'allure raffinée d'un dandy. L'après-midi, il se joignait aux dames pour une tasse de café sur la galerie. Ses mains soignées ornées de saphirs décrivaient des arabesques tandis qu'il narrait avec humour ses frasques d'adolescent ou les derniers potins de la ville. Il leur parla de la rivalité entre maîtres d'armes qui s'affrontaient en pleine rue devant des spectateurs qui pariaient sur l'issue du combat ; des courses entre steamers qui terrorisaient leurs passagers bi- et quadrupèdes ; des deux frères qui s'étaient battus en duel pour savoir qui avait le meilleur tailleur ; des exploits d'une troupe d'acrobates italiens qui triomphaient dans le quartier américain jusqu'au jour où l'on découvrit qu'ils étaient aussi les cambrioleurs qui pénétraient dans les maisons par les toits. Jeanne et Mary riaient aux larmes, tandis que sa femme le couvait des yeux avec adoration. Elle pleura lorsqu'il monta à bord de la malle et ne se calma que quand le bateau fut hors de vue.

113

Alors elle s'essuya les yeux, se moucha et reprit le chemin de la maison. «Nous avons beaucoup à faire avant notre déménagement en ville, le mois prochain. Il faut descendre les tapis du grenier, les nettoyer, préparer la lingerie pour la couturière qui arrive dans une semaine. Je dois retrouver mes perles pour les faire remonter en rang. Ensuite il faut que je pense à...

— Maman ne changera jamais», glissa Jeanne à l'oreille de Mary.

Les préparatifs énergiques de Berthe insufflèrent une vie nouvelle à toute la maisonnée. A l'approche du mois d'octobre, le grand-père se levait à l'aube pour inspecter les champs et le matériel destiné à la prochaine récolte. Il rentrait d'excellente humeur pour annoncer au petit déjeuner que jamais la production n'avait été aussi abondante. La canne mûrissait au soleil, se gorgeait de sucre, ce sucre qui semblait avoir un effet bénéfique sur le grand-père.

Et pas seulement sur lui. Bien que le thermomètre n'eût pas bougé, Mary était certaine que la chaleur devenait moins oppressante. Tout comme Berthe et Jeanne, elle passait ses journées à rêver de La Nouvelle-Orléans.

Berthe songeait aux travaux qu'il faudrait entreprendre pour redécorer leur vaste demeure de fond en comble, et un sourire de contentement jouait au coin de ses lèvres.

Jeanne s'imaginait entourée d'hommes séduisants se disputant la faveur d'inscrire leur nom dans son carnet de bal et fredonnait joyeusement un air de valse.

Mary se représentait, avec des dizaines de variantes, la scène des retrouvailles avec sa famille et son accueil enthousiaste.

L'orage qui éclata le 2 octobre apporta dans son sillage un souffle d'air froid. Lorsque les nuages se furent dissipés, le ciel était d'un bleu vif et une brise fraîche faisait danser les feuilles des bougainvillées.

Le cœur de Mary dansait aussi. Pour la première fois depuis de longues semaines, elle sentait que l'automne était proche et qu'elle retrouverait bientôt les siens.

Pour remercier les Courtenay de leurs nombreuses bontés, elle s'absorba avec ardeur dans le projet qui accaparait toutes les pensées de Berthe et de Jeanne : l'entrée de Jeanne dans le monde.

114

Mary ne doutait pas que sa famille consacrerait autant d'efforts à ses débuts mondains. Peu importait que pour le moment les robes, les perles, l'attention, tout fût exclusivement réservé à Jeanne. Son tour viendrait un jour. En attendant, tout comme Jeanne, elle écoutait Berthe leur dépeindre l'événement.

« Nous t'emmènerons à l'Opéra. Toute la ville sera là. Nous louerons une loge, bien sûr, et un valet en haut-de-chausses se tiendra dans un coin, près d'un guéridon avec du champagne et des gaufrettes. Nous arriverons bien avant le lever du rideau. Tu prendras place au premier rang, avec papa. Tout le monde pourra te voir, si belle dans ta robe blanche, à côté de ton père, élégant dans son habit de soirée. C'est ainsi qu'on présente les jeunes filles des meilleures familles françaises. Durant les entractes, nous recevrons des visites. La famille et les amis ne viendront pas avant le cinquième ou le sixième entracte ; c'est la coutume. Car les prétendants seront là en premier. Ton papa les accueillera à l'entrée, leur offrira du champagne, puis fera les présentations… »

Berthe sourit, perdue dans ses souvenirs. « C'est tellement excitant ! Les hommes se hâtent de passer d'une loge à l'autre ; tout le monde regarde qui rend visite à qui, combien de temps ils restent, quelle jeune fille reçoit le plus d'admirateurs. Toi, ma chérie, ils tourneront autour de toi comme des papillons autour d'une flamme. Une si ravissante jeune personne, issue de l'une des plus grandes familles, et qui n'a jamais paru en ville ! Tu feras ton entrée le soir de l'ouverture de la saison. La soirée d'ouverture est réservée aux jeunes filles qui peuvent prétendre au titre de la reine de la saison. Cette année, pas de doute, ce sera toi. »

Après une description particulièrement extatique des soirées à l'Opéra, Jeanne se glissa à minuit hors de son lit et se faufila sur la pointe des pieds jusqu'à la chambre de sa mère. Elle poussa la porte et entra sans bruit, un doigt sur les lèvres. Après avoir refermé la porte, elle grimpa sur le lit de Berthe et la serra avec force dans ses bras.

« Je suis si heureuse, maman !

— Moi aussi, trésor.

— Seulement… il y a deux choses.

— Dis-moi tout.

— Ma robe n'est toujours pas arrivée, et l'Opéra, c'est dans trois semaines. »

Berthe caressa doucement la joue satinée de Jeanne. « Trois semaines, c'est long, ma colombe. Ne t'inquiète pas. Tu auras ta robe, je te le promets. Et puis ?

— C'est au sujet de May-rie. Pourra-t-elle venir à l'Opéra avec nous ?

— Bonté divine, je n'y ai pas pensé...

— Elle croit qu'elle vient avec nous, maman. Je ne sais quoi lui dire.

— Dans ce cas, il faudra l'emmener. C'est une brave petite ; nous pouvons bien lui accorder ce plaisir. Nous ne prendrons pas de femme de chambre : Mary pourra s'asseoir au fond, à sa place.

— Merci, maman. »

Jeanne embrassa sa mère et sauta du lit. Cependant, une fois à la porte, elle fit demi-tour et revint auprès de Berthe.

« Maman, que va-t-il advenir de May-rie ?

— Je n'ai pas le temps d'y réfléchir maintenant. Elle pourra se rendre utile à la maison. Il y aura des invitations à rédiger, des remerciements à envoyer, des choses comme ça. Plus tard, je lui chercherai un poste de gouvernante ou de demoiselle de compagnie, comme ici. Mary est une fille intelligente : elle s'apercevra vite que les règles de la vie sociale sont plus strictes à la ville, et elle saura rester à sa place. »

16

Ce jour-là arriva enfin. C'était une belle journée d'automne, fraîche et ensoleillée. Une journée idéale pour voyager, même si Berthe préféra la vieille berline au bateau. Trop excitées pour se tenir tranquilles, Jeanne et Mary tressautaient dans les ornières en gloussant comme deux gamines. Et, quand elles se furent lassées du jeu, elles se mirent à chanter. D'abord les chansons françaises que Jeanne avait apprises à Mary, puis les chansons anglaises que Mary avait apprises à Jeanne. Lorsqu'elles eurent épuisé leur répertoire, la berline s'engageait dans les rues étroites de La Nouvelle-Orléans.

Sourdes aux protestations de Berthe, les jeunes filles se penchèrent au-dehors, chacune à sa portière. Elles ne voulaient rien manquer du spectacle.

«Regardez... oh, regardez!» Elles s'extasiaient devant les maisons, bleues, blanches, vertes, roses, les riches arômes qui s'échappaient de la porte ouverte d'un café, les marchandes ambulantes de fruits et de friandises. L'équipage tourna dans une large avenue bordée d'arbres avec un terre-plein central, et elles admirèrent les superbes manoirs de pierre et de brique qui défilaient de part et d'autre. D'un coup de fouet, le cocher dirigea les chevaux vers un passage voûté au milieu d'une imposante demeure de brique.

«Nous voici à la maison», annonça Berthe.

Sur le terre-plein ombragé, une silhouette en noir se réfugia précipitamment sous un arbre en face de la maison des Courtenay. Céleste Sazerac s'adossa au large tronc pour calmer les battements désordonnés de son cœur. La vue de l'équipage qui s'engouffrait par la porte cochère l'avait surprise ; Carlos recevait rarement et ne se déplaçait jamais en berline. Puis elle aperçut Mary MacAlistair à la portière, et le choc la fit vaciller.

Comment était-ce possible ? Cette misérable créature était censée moisir à la plantation jusqu'à la fin de ses jours. Que faire ? Il existait sûrement un moyen pour se protéger. Pour protéger la cassette.

Elle réfléchit, immobile, durant quelques minutes. Ensuite elle longea vivement l'avenue, tourna et poursuivit son chemin à travers la vieille ville. Ses pas la menèrent jusqu'à une ruelle où peu de gens osaient s'aventurer. Elle se signa furtivement et s'engagea dans le boyau humide et nauséabond.

Quelle dinde suis-je de m'être affolée, pensa Mary. Je n'ai rien à craindre. Tout est parfait. Absolument parfait.

Au premier coup d'œil, la maison Courtenay avait fait resurgir en elle des terreurs enfouies. L'entrée donnait sur un patio et, l'espace d'un éclair, elle se revit le 4 juillet en compagnie de Mlle Rose.

« Vous venez, Mary ! » L'appel de Jeanne dispersa les fantômes du passé. Mary accourut, s'exclama devant la fontaine moussue, les énormes pots en terre avec des hibiscus en fleur, les fougères luxuriantes qui poussaient au pied du mur de brique rose.

Un escalier extérieur en spirale, bordé d'une rampe en fer forgé, menait aux étages. Par les fenêtres, on apercevait les hauts plafonds aux moulures dorées. L'ensemble dégageait une impression de fraîcheur et de légèreté aérienne.

Il y avait également un balcon comme celui où Mary avait entrevu, le jour de son arrivée, une scène de bonheur familial. Une femme de chambre leur servit le café là-bas, et Mary se fondit dans le tableau qui l'avait tant émue. Elle sourit à Jeanne et Berthe, aux équipages qui passaient dans la rue, aux piétons, au marchand de charbon qui égrenait sa rengaine : « *Charbon de Paris, De Paris, madame, de Paris.* »

Après le café, Berthe ordonna à Jeanne de mettre sa capote et sa pèlerine. Elles devaient se rendre au cimetière afin de préparer le caveau familial pour la fête de la Toussaint.

118

Mary eut l'impression qu'un nuage noir obscurcissait brusquement le soleil. Comment pouvait-on penser à la mort en ce jour de joie ? Elle insista cependant pour les accompagner : c'était un aspect de La Nouvelle-Orléans qu'il lui restait encore à découvrir.

Elle découvrit en fait qu'elle se trompait, une fois de plus.

Le cimetière ressemblait à un petit village animé. Mary ouvrait des yeux incrédules. Les tombeaux s'alignaient comme des maisonnettes ; les rues grouillaient de gens, principalement des femmes, qui s'interpellaient en riant comme s'ils étaient à une kermesse. « Je n'ai jamais vu ça, confessa-t-elle à Berthe.

— La coutume veut que le jour de la Toussaint nous rendions visite à nos disparus. Nous apportons des fleurs, symbole de la vie éternelle ; nous leur dédions aussi le travail de nos mains. Dans les jours qui précèdent, nous nettoyons les tombes et les passons au lait de chaux pour offrir un bel écrin à nos fleurs. »

Berthe eut un sourire. « C'est aussi l'occasion de rencontrer des amis et d'échanger les dernières nouvelles. »

Une femme qui venait de franchir le portail jeta un coup d'œil dans sa direction, s'arrêta, regarda de plus près. « Je n'en crois pas mes yeux ! Est-ce bien vous, Berthe ? Je ne vous ai pas vue depuis l'an dernier. C'est donc vrai ce qu'on raconte ? Vous allez vous installer en ville ? Venez que je vous embrasse, chère. Vous m'en voyez ravie. » Elle embrassa Berthe sur les deux joues, puis cria par-dessus son épaule : « Hélène, regardez qui est là ! C'est Berthe Courtenay. Elle est rentrée. »

Berthe se tourna vers Mary. « Nous n'allons pas tarder à nous faire happer. Vous comprendrez, Mary, que seule la famille s'occupe de nettoyer les tombes. Voulez-vous retourner à la maison avec la berline ?

— Merci, madame, mais je préfère rester. Si vous le permettez, je vais faire un tour.

— Bien sûr. Nous vous retrouverons au portail à la tombée du jour. Le cocher reviendra nous chercher... Hélène, mais vous êtes resplendissante ! Comment va votre chère mère ? Est-elle venue avec vous, aujourd'hui ? Voici ma petite Jeanne... Jeanne, Mme Després, l'épouse du cousin de ton père... Bonjour, Agathe... »

Mary flâna dans les allées, regardant les tombes, scrutant les visages, et surtout les mains gantées des femmes qui lavaient, astiquaient, arrachaient les mauvaises herbes. Peut-être apercevrait-elle des mains comme les siennes... Et si sa grand-mère était cette femme, là-bas, avec un tablier de dentelle par-dessus une robe de soie noire... ou cette autre, qui paraissait avoir pleuré... ou alors la dame aux cheveux argentés qui travaillait à genoux en fredonnant un air de Mozart?

Des enfants qui jouaient à chat perché surgirent en courant au détour d'un tombeau de marbre blanc qui ressemblait à un temple grec en miniature. Ils entrèrent en collision avec Mary, s'excusèrent précipitamment et poursuivirent leur course. Mary sourit devant leur gaieté contagieuse, devant la grosse nurse noire qui essayait vainement de les rattraper.

Elle ne se doutait guère qu'elle se tenait à moins d'un mètre de la tombe de son grand-père. Le nom SAZERAC était gravé au fronton au-dessus des colonnes ioniques. Ce tombeau-là n'avait nul besoin d'être nettoyé : Céleste l'entretenait une fois par semaine, comme si chaque dimanche était celui de la Toussaint.

En apercevant le nom, Mary songea à Céleste. A en juger par la blancheur immaculée du marbre, elle avait dû venir plus tôt dans la journée. Elle avait sûrement rencontré des amies, leur avait parlé comme Berthe. Peut-être avait-elle déjà résolu le mystère des origines de Mary.

Un sourire radieux illumina le visage de la jeune fille. Tandis qu'elle continuait sa promenade à travers le vieux cimetière animé, beaucoup de gens lui sourirent en retour. Il était si rare de croiser sur son chemin le bonheur en personne.

Bien des choses qu'elle put observer laissèrent Mary perplexe. Au retour, elle en demanda l'explication à Berthe.

«Pourquoi y a-t-il une barrière en plein milieu du cimetière, madame Berthe? Pourquoi n'ai-je pas vu une seule tombe ordinaire, avec une simple pierre tombale?

— Les protestants sont enterrés à part des catholiques, et les gens de couleur ont une section qui leur est réservée. Mais toutes les tombes sont construites en hauteur. Pensez au fleuve, Mary. Quelquefois, son niveau dépasse celui de La Nouvelle-Orléans. Et nous sommes entourés de marécages. Creusez un trou à cinquante centimètres de profondeur, et il se remplira d'eau. Au début, paraît-il, les colons mettaient leurs morts en terre; ils étaient obligés de rajouter des pierres dans les cercueils pour les empêcher de flotter. La seule solution rationnelle consiste à bâtir des caveaux.»

Pour la première fois, Jeanne ouvrit la bouche. «J'en ai assez d'entendre parler de tombes et de caveaux. Je déteste cet hor-

120

rible endroit. Je ne veux pas mourir. Jamais», pleurnicha-t-elle.

Berthe fit montre d'une sévérité inhabituelle à l'égard de son unique enfant. «Nous mourons tous, Jeanne, conformément à la loi divine. Mais les vivants ne doivent pas oublier leurs morts. Ce que nous faisons pour eux rachète nos fautes vis-à-vis d'eux quand ils étaient de ce monde. Demain, nous finirons le nettoyage. Et après-demain, nous fleurirons les tombes en priant les saints d'accorder la grâce éternelle à nos chers disparus. Tu penseras à prier pour les âmes de tes frères et sœurs, au lieu de bouder comme tu l'as fait cet après-midi.

— Mais, maman, ma robe n'est toujours pas arrivée de Paris. Comment puis-je songer à autre chose ?

— Tu le peux et tu le feras. Je ne le répéterai pas deux fois.» Berthe détourna la tête. «Vous aviez d'autres questions à me poser, Mary ?

— J'ai remarqué beaucoup d'inscriptions "Mort au champ d'honneur". Y a-t-il eu des guerres avec les Indiens, ou bien les hommes de La Nouvelle-Orléans ont-ils combattu en Europe ? Je sais que la Louisiane n'a pas été touchée par la révolution américaine, puisqu'elle appartenait à la France.»

Berthe secoua la tête en soupirant. «Les hommes sont bien moins raisonnables que les femmes, Mary. Surtout les créoles. Ils s'enflamment pour un oui ou pour un non. Le "champ d'honneur" signifie mort en duel. J'ai connu des jeunes gens gâtés par la vie qui ont péri parce que quelqu'un leur avait accidentellement renversé du café sur la manche. Je ne comprendrai jamais cela.»

Jeanne l'interrompit avec son entrain coutumier. «Philippe dit que Valmont Saint-Brévin est de loin le meilleur bretteur de La Nouvelle-Orléans. Il a remporté des tas de duels depuis son retour de France. D'après Philippe, les gens se pressent pour y assister ; c'est mieux que les courses de chevaux.

— Philippe ne devrait pas te raconter de pareilles sottises... Dieu merci, nous sommes arrivées. Je vais m'allonger un peu avant le dîner. L'odeur de la chaux me donne toujours mal à la tête.»

Mary perçut des larmes dans la voix de Berthe. Une boule se forma dans sa gorge. Que ressentait-on en sachant que huit de vos enfants reposaient sous la dalle que vous décapiez ?

«Vous savez, madame Berthe, hasarda-t-elle, j'admire énormément les femmes de La Nouvelle-Orléans. Vous avez toutes

121

des domestiques, mais le plus dur labeur, vous l'accomplissiez de vos propres mains. »

Berthe lui tapota le genou. « Merci, ma chère. Descendons maintenant, voulez-vous ? »

Carlos Courtenay les attendait au salon. « Bienvenue à la maison, ma très chère Berthe. »

Mary vit la tristesse tomber des épaules de Berthe comme un manteau dont on se débarrasse d'un geste. Elle se redressa, et son pas se fit léger tandis qu'elle rejoignait son mari.

Jeanne se précipita vers son père. « Papa ! » Et elle se pendit à son cou.

Carlos chancela. « Que d'effusions ! » Il l'embrassa sur les joues. « Tu as sûrement deviné ce que j'ai rapporté à la maison. La vue d'un vieux banquier fatigué ne peut pas susciter autant d'enthousiasme.

— Oh, papa, elle est arrivée enfin ? Où est-elle ? Où est ma robe ? Je veux la voir. » Jeanne courut vers sa mère. « Maman, j'ai été méchante, je vous demande pardon. Je vous promets de me conduire mieux désormais. Demain, je prierai à m'user les genoux. Puis-je essayer ma robe, maman ? Tout de suite ? »

Qui eût pu lui résister ?

Mary n'avait jamais vu une robe venant de Paris. Elle comprit aussitôt pourquoi Paris passait pour La Mecque de la mode féminine.

Cette robe-là offrait l'image même de la fraîcheur virginale de la jeunesse. La jupe s'évasait comme un nuage de taffetas blanc d'une légèreté arachnéenne. En dessous, les jupons habilement superposés donnaient de l'ampleur à la jupe sans ajouter un millimètre au minuscule cercle de la taille. Chaque jupon, renforcé de crin blanc, était un chef-d'œuvre en soi. Le premier était en dentelle fragile et transparente, au motif composé de brins de muguet. Le suivant, en satin moiré, recouvrait une crinoline ornée d'une cascade de volants. Le dernier volant était de la même dentelle que le jupon du dessus.

Les manches ballon étaient également en dentelle, tout comme le ruché qui bordait l'encolure et les épaules largement échancrées. Le corsage en soie était brodé de brins de muguet dont les fleurs, composées de perles, brillaient d'une douce lueur nacrée.

Il y avait aussi des bas de soie blanche délicatement parsemée de petites feuilles, et des escarpins en soie rehaussés de dentelle que maintenaient deux fines boucles constellées de semence de perles.

Une boîte ovale tendue de brocart blanc contenait un peigne pour les cheveux. C'était une botte de muguet aux feuilles vert tendre, dont les fleurs-perles frémissaient, suspendues aux fils d'argent.

Pour la première fois de sa vie, Jeanne resta sans voix. Elle contemplait la robe et ses accessoires avec un émerveillement incrédule. Puis elle regarda sa mère. Ses yeux étaient remplis de larmes.

Berthe l'étreignit longuement, sans mot dire.

Ensuite elle sonna Miranda et l'envoya chercher de l'eau chaude. «Dis à Clémentine que je veux la voir également. Lavez-vous bien les mains toutes les deux, avant de monter.»

Elle sourit à Jeanne. «Toi aussi, chérie. Ne touche à rien avant d'avoir les mains propres.»

Redevenue elle-même, Jeanne s'empara du peigne et virevolta jusqu'au miroir. «Y aura-t-il quelqu'un pour me coiffer, maman? Pour me faire belle?» Elle planta le peigne dans la couronne de tresses au sommet de sa tête.

«Évidemment. Mais tu ne porteras pas ce peigne. Un ruban blanc à la rigueur, mais rien d'autre. Nous retirerons les fleurs pour les placer au milieu de ton bouquet.»

Jeanne pirouetta sur elle-même. «May-rie, n'est-ce pas la plus magnifique robe du monde? N'êtes-vous pas malade de jalousie? Me pardonnez-vous de l'avoir? Si elle était à vous, jamais, jamais je ne vous l'aurais pardonné.

— Honnêtement, Jeanne, je ne suis pas jalouse, mais très heureuse pour vous. Même si, sans conteste, c'est la plus belle robe et vous êtes la plus jolie fille de La Nouvelle-Orléans.»

Mary était sincère. Son vœu le plus cher serait bientôt exaucé — elle allait retrouver les siens —, alors pourquoi les autres ne verraient-ils pas leurs rêves devenir réalité?

«Je suis merveilleusement, délicieusement, parfaitement heureuse», soupira Jeanne.

«Je voudrais être morte et enterrée au fond de cette horrible tombe, sanglotait Jeanne. Je n'ai jamais été aussi malheureuse.»

La robe ne lui seyait pas.

«Chérie, dit Berthe, ce n'est pas la fin du monde. Regarde,

tout est parfait, sauf la taille qui est un peu trop large. Il suffira de desserrer ton corset et...

— Et j'aurai l'air d'une vache, hoqueta Jeanne.

— Puis-je jeter un coup d'œil ? demanda Mary. Redressez-vous, Jeanne, et ne bougez plus.

— Pour quoi faire ? Ma vie est gâchée.

— Je pense qu'on peut la reprendre, mais je voudrais m'en assurer. »

Berthe se tamponna les yeux. «J'y ai songé, Mary, c'est impossible. Il n'y a qu'une femme à La Nouvelle-Orléans qui soit capable de le faire : c'est Mme Alphande, mais elle croule sous les commandes. »

Mary contourna Jeanne pour l'examiner de près. «Je peux le faire, répondit-elle. J'ai appris à broder chez les sœurs.

— Oh, May-rie ! Vous êtes la meilleure amie du monde. »

Jeanne essuya ses yeux rougis par les larmes. «Quelle chance, n'est-ce pas, maman, que May-rie soit là pour nous aider ?

— Oui, en effet, c'est une chance», opina Berthe. Elle ne croyait pas un instant que Mary pût s'acquitter d'une tâche aussi délicate. Mais elle ne voulait pas contrarier Jeanne. Elle avait répondu machinalement, tout en réfléchissant à la somme d'argent susceptible de convaincre Mme Alphande.

Le lendemain matin, Berthe et Jeanne n'en crurent pas leurs yeux. La robe avait été retouchée ; les modifications étaient invisibles ; le travail de broderie ne le cédait en rien à l'art des couturiers parisiens. Mary y avait passé sa nuit.

«C'est inouï, déclara Berthe. Mary, vous êtes encore plus douée que Mme Alphande. » Jeanne la couvrit de baisers et de remerciements.

Le sourire de Mary masqua les ombres mauves sous ses yeux.

Elles n'échappèrent pas toutefois à l'œil maternel de Berthe qui l'expédia au lit.

Mary sombra aussitôt dans un profond sommeil et n'entendit pas les cris et les invocations qui retentissaient dans la cour.

Carlos sortit sur le palier. «Que se passe-t-il ? Cessez immédiatement ce vacarme ! »

Les domestiques étaient massés en bas, certains à genoux, priant à voix haute, les bras levés vers le ciel.

«Félix, viens ici tout de suite. » Carlos descendit les quatre premières marches.

Félix, son valet, accourut pour lui barrer le passage. «N'y allez

124

pas, Maît' Carlos. » Sa voix chevrotait. « C'est un gris-gris »,
ajouta-t-il dans un souffle.

Berthe, qui avait suivi son mari sur le palier, porta la main
à son cœur et s'évanouit.

Il s'agissait d'un fétiche, preuve matérielle d'une malédiction
vaudou.

17

La jeune femme marchait comme si le trottoir — la *banquette* ainsi qu'on disait à La Nouvelle-Orléans — lui appartenait. La tête haute, elle regardait droit devant elle, foulant avec assurance les briques inégales. Sa démarche souple, le balancement de ses hanches, ses seins provocants démentaient la sage simplicité de sa robe de batiste bleue, boutonnée du col aux chevilles.

Son apparence était frappante à plus d'un titre. Sa peau café au lait trahissait la prépondérance du sang blanc dans ses veines. Ses pommettes hautes, son teint légèrement cuivré témoignaient d'une ascendance indienne. Ses lèvres pulpeuses étaient d'un rouge vermillon. Ses yeux gris étaient étonnamment pâles.

Elle portait de lourds anneaux d'or aux oreilles et un tignon écarlate sur la tête. Un observateur attentif eût noté qu'il était noué de façon à former sept pointes.

Et les spectateurs ne manquaient pas. Mais tous la regardaient à la dérobée ou se retournaient sur son passage pour l'admirer discrètement.

Car cette jeune femme, c'était Marie Laveau. Les sept pointes étaient l'insigne d'un pouvoir redouté. C'était une reine vaudou.

Sa mère, qui se nommait également Marie Laveau, était *la* reine vaudou, reconnue universellement comme la grande prêtresse de l'ancien culte, qui tenait ses pouvoirs de sorcière directement de Zombi, le dieu-serpent. D'aucuns prétendaient cependant que les pouvoirs de sa fille étaient plus grands encore, que quand elle présidait aux cérémonies secrètes, la présence du dieu se faisait plus forte, plus terrifiante, plus hallucinante au cœur du rite orgiaque qui transportait les adeptes au royaume de la divinité.

Tout le monde s'écartait donc à l'approche de Marie Laveau, et seuls les plus intrépides risquaient un regard dans sa direction. Elle disposait de toute la banquette tandis qu'elle longeait Rampart Street.

Lorsqu'elle tourna dans Esplanade Avenue, l'attitude des passants changea imperceptiblement. Les Noirs qu'elle croisait s'effaçaient toujours devant elle avec crainte et respect. Certains Blancs également : une femme saisit son enfant par la main et traversa précipitamment la rue. Mais d'autres femmes la dévisageaient avec curiosité, et deux hommes la déshabillèrent ouvertement du regard.

Indifférente à toutes ces réactions, Marie Laveau s'approcha de la maison des Courtenay et sonna à la porte.

Elle sourit à Firmin, le majordome, qui lui ouvrit. Ses dents étaient petites, régulières et très blanches. « Ton maître m'a demandé de venir. » Une lueur amusée dansait dans ses yeux clairs.

« Bien entendu, je ne crois pas un mot de ce charabia sacrilège à propos d'envoûtements vaudou, déclara Berthe à ses amies. Je n'ai pas caché mon exaspération à Carlos quand il m'a annoncé son intention de se rendre chez cette femme. Mais, comme il l'a fait remarquer, les domestiques étaient dans un tel état que nous aurions bu du café froid et mangé des tartines brûlées s'il ne trouvait rien pour les calmer. Ils sont tellement superstitieux.

— Et qu'a-t-elle fait, Berthe ? Qu'a-t-elle dit ? De quoi a-t-elle l'air ? »

Les invitées se penchèrent vers la maîtresse de maison, pendant que le café refroidissait dans les tasses.

Berthe se força à rire. « Elle a pris le gris-gris. Aucun domestique ne voulait y toucher ou bien nous laisser faire. Elle l'a ramassé et l'a mis dans un simple filet à provisions. Ensuite elle a sorti une poignée de papiers pliés et elle a fait le tour de la maison, ouvrant un papier dans chaque pièce pour déverser toutes sortes de poudres colorées dans les coins. Je suppose que je devrai tout nettoyer moi-même.

— Comment était-il, ce gris-gris ?

— Une simple boule noire. On aurait dit de la cire. »

127

Sur les neuf invitées de Berthe, toutes d'un certain âge et toutes appartenant à l'aristocratie créole, trois fouillèrent dans leur réticule à la recherche de leur flacon de sels, et les six autres effleurèrent le crucifix qu'elles portaient au cou.

Berthe n'ignorait pas non plus qu'une boule de cire noire était le plus puissant des charmes. La boule était censée contenir en son milieu un morceau de chair humaine. Toutefois, pour sauver la face, il était important d'afficher un mépris total pour ces croyances païennes des Noirs. Elle répondit donc, en riant quelque peu nerveusement : « Il faut toujours savoir prendre les choses du bon côté. Je préfère ne pas imaginer la somme que Carlos a dû verser à cette femme, mais je compte bien en avoir pour notre argent. J'ai réussi à la convaincre de coiffer Jeanne pour sa soirée à l'Opéra. Même à Montfleury, j'ai entendu dire qu'elle était la meilleure coiffeuse de la ville.

— Quelle bonne idée, Berthe !

— J'ai essayé de l'engager pour mon Annette, mais elle m'a dit qu'elle était trop occupée.

— Avez-vous entendu parler de la nouvelle soprano de la saison ? La dernière fois qu'elle a chanté à Paris, elle a eu, paraît-il, plus de trente rappels… »

La conversation reprit son tour habituel de bavardage mondain. Dehors, Jeanne referma doucement la porte et monta en courant dans la chambre qu'elle partageait avec Mary.

Elle entra sur la pointe des pieds. Mary était en train de s'habiller.

« Enfin ! Je suis si contente que vous soyez réveillée, May-rie. Tant de choses fabuleuses se sont passées ici pendant que vous dormiez. J'ai hâte de tout vous raconter. »

Les yeux de Jeanne brillaient d'un éclat fiévreux. Elle énuméra les événements de la matinée : la découverte du gris-gris, le départ abrupt de son père, l'arrivée de Marie Laveau.

« Elle est d'une beauté si étrange, May-rie ; je n'ai jamais vu quelqu'un comme elle. Je suis sûre que c'est une sorcière, quoi qu'en dise maman. Ses yeux n'ont pas de couleur propre. Je parie qu'ils peuvent devenir verts ou rouges selon sa volonté. Et elle est au courant de tout. Elle connaissait mon prénom, le vôtre, les noms de tous les domestiques. Si ce n'est pas de la magie, ça… Mais surtout, c'est elle qui va nous coiffer. Elle met sûrement des onguents magiques dans les cheveux ; je lui demanderai de donner aux miens un parfum irrésistible, pour que tous les hommes tombent amoureux de moi. Vous détournerez l'attention de maman, hein, May-rie, pendant que je parlerai à Marie Laveau ? »

Mary était consternée. « A votre place, Jeanne, j'irais réciter le chapelet sans perdre une minute. Tout ceci sent le blasphème. La magie, les sorts, les gris-gris... Vous devriez avoir honte.

— Pouah, May-rie, ne soyez pas si américaine ! Tout le monde croit plus ou moins au vaudou. Miranda m'a raconté...

— Miranda n'est qu'une pauvre esclave ignorante.

— Elle est aussi catholique que vous et moi. Simplement, elle connaît autre chose. Pendant que vous dormiez, je me suis écorché les doigts à frotter les dalles. Maman et moi avons passé des heures au cimetière. Nous avons tout juste eu le temps de nous changer avant l'arrivée des amies de maman. Quand je pense que, désormais, je serai obligée de recevoir toutes ces vieilles femmes ! Je finirai par mourir d'ennui.

— Peut-être viendront-elles accompagnées de leurs fils.

— Bien sûr ! Je n'y avais pas songé. Ils seront tous là, à cause du parfum magique dans mes cheveux.

— Jeanne ! Demain je prierai tous les saints pour vous. »

Ils se rendirent d'abord au cimetière, puis à la messe. A pied. Mary était subjuguée. « Les rues sont comme des rivières de fleurs », s'exclama-t-elle. Partout, dans chaque rue, il y avait des gens, à pied comme eux, les bras chargés de chrysanthèmes blancs. Tous se dirigeaient en procession vers les vieux cimetières de La Nouvelle-Orléans et leurs tombes éclatantes de blancheur. Des torrents de fleurs se croisaient aux carrefours, grossissaient, débordaient sur la chaussée pour se fondre, au portail du cimetière, dans un océan de gerbes et de corbeilles vendues par les marchandes noires.

Une foule joyeuse et bigarrée se pressait à la cathédrale Saint-Louis, baignée de musique et d'encens. Mary avait peine à se concentrer sur la prière. Tout autour d'elle, il y avait des Noirs, hommes, femmes, enfants, mélangés aux Blancs. Ni relégués aux tribunes ni entassés dans les derniers rangs. Et tout le monde trouvait cela normal. Elle ne pouvait s'empêcher de tourner la tête pour mieux voir l'assemblée des fidèles.

Elle se souvint de ce qu'on lui avait raconté, de l'enseignement des religieuses, des conversations entre abolitionnistes à la table de son père. La Nouvelle-Orléans, c'est différent, eût-elle voulu crier. La Nouvelle-Orléans, c'est le paradis sur terre. Ici l'injustice n'existe pas ; ici règnent l'amour et la beauté.

Ici je vais de surprise en surprise.

A la fin de la messe, une nouvelle surprise l'attendait dehors. Sur le parvis de la cathédrale, l'air embaumait le café et une autre odeur alléchante qu'elle ne sut identifier. Des Noires s'affairaient autour de réchauds de cuivre remplis de braises incandescentes. Du café. Du lait crémeux. Et la source des délicieux arômes.

« Calas, chantait la femme qui les confectionnait. Belles calas... Bien chaudes... bien chaudes... belles calas. »

Carlos Courtenay posa la main sur l'épaule de Mary. « Ce sont des gâteaux de riz, un délice. Nous allons en prendre. » De nouveau, Mary remarqua qu'elle était la seule à trouver bizarre de manger debout à la sortie de la messe. La moitié de l'assistance se massait déjà autour des réchauds.

Pendant qu'ils mangeaient et buvaient, des groupes se formaient et se dispersaient ; des amis vinrent saluer Berthe, heureux de la savoir de retour à la ville.

La seule à n'avoir pas été happée par un groupe d'amis fut une femme rousse, à la chevelure flamboyante, qui marchait trop vite pour répondre à quiconque autrement que d'un hochement de tête. Elle contourna la foule et se dirigea vers un édifice en brique sans portes ni fenêtres, juste en face de la cathédrale. Le brouhaha des conversations s'atténua ; tous les regards convergèrent sur elle. Lorsqu'elle eut disparu, les commentaires reprirent de plus belle.

« Qui est-ce, papa ? demanda Jeanne.

— La femme la plus excentrique de La Nouvelle-Orléans, ma chère. La baronne Pontalba. »

Jeanne et Mary fixèrent le bâtiment qui avait englouti la femme rousse. Elles avaient cru jusque-là que les titres de noblesse n'existaient que dans les romans.

Carlos Courtenay ne leur en dit pas davantage. Comme tous les habitants du Quartier français, il connaissait l'histoire de la baronne. Mais il ne la jugeait pas convenable pour les oreilles innocentes des jeunes filles.

18

Michaela Leonarda Almonester naquit en novembre 1795. Son père, un gentilhomme andalou, don Andrés Almonester y Roxas, était arrivé à La Nouvelle-Orléans un quart de siècle auparavant, mandaté par la Couronne d'Espagne qui possédait alors la Louisiane. Sa fortune, considérable au départ, atteignit des proportions colossales lors de son séjour dans la colonie.

Généreux, don Andrés aida à reconstruire la cathédrale après le grand incendie de 1788 ; il lui adjoignit un presbytère et fit bâtir une chapelle pour les ursulines, une léproserie et un nouvel hôpital de la Charité, lorsque l'ancien fut ravagé par un ouragan.

A soixante ans, il épousa la fille d'un colonel français. Dix ans plus tard, une fille naissait de cette union. Don Andrés mourut alors qu'elle avait trois ans.

Michaela était la plus riche héritière que la Louisiane eût jamais connue. Des dizaines de familles briguèrent sa main pour leur fils. Mais la veuve de don Andrés avait d'autres ambitions pour son enfant. Elle fiança Michaela au fils unique d'un aristocrate français qui, tout comme son défunt époux, avait servi le roi d'Espagne et fait fortune en Louisiane avant de rentrer en France. Le futur mari de Michaela se nommait Joseph Xavier Célestin de Pontalba. Surnommé Tin-Tin, c'était le rejeton tyrannique et adoré de ses aristocratiques parents.

Le mariage eut lieu en 1811. Tin-Tin avait vingt ans. Michaela, fraîche émoulue du couvent des ursulines, quinze. Ils ne s'étaient

131

jamais rencontrés, mais lorsqu'il s'agissait d'unir les intérêts de deux grandes familles, les sentiments personnels passaient au second plan.

Accompagnée de sa mère, Michaela suivit son mari en France, et La Nouvelle-Orléans crut ne plus jamais les revoir. Les échos des déboires conjugaux du jeune couple alimentèrent longtemps les ragots. Michaela, disait-on, ne se plaisait guère au château de Pontalba, trop isolé, trop éloigné de la brillante vie parisienne. Connaissant son légendaire tempérament de rousse, il n'était pas difficile d'imaginer les scènes qui faisaient trembler les murailles du vieux château.

Elle ne s'en acquitta pas moins de son devoir d'épouse et donna trois enfants à son mari. Trois fils. Mais, apparemment, la maternité ne l'avait pas adoucie. Ce fut ainsi que l'on apprit le départ de Tin-Tin. C'était à prévoir, disaient les hommes. Michaela n'avait jamais été une beauté ; qui plus est, c'était une forte tête. Tin-Tin, qui était beau garçon, ne manquerait pas de chercher consolation ailleurs. Les femmes de La Nouvelle-Orléans s'accordaient à reconnaître en aparté que les hommes étaient des monstres d'égoïsme et d'indifférence. Tin-Tin était sûrement en train de dilapider la prodigieuse fortune des Almonester avec ses maîtresses, pendant que la mère de ses enfants se languissait entre les murs froids et humides du château.

Il y eut une réconciliation.

Puis Tin-Tin repartit.

Ils se réconcilièrent à nouveau.

Soudain, en 1831, Michaela refit surface à La Nouvelle-Orléans. Le bruit courait qu'elle cherchait à obtenir le divorce. Les visiteurs affluèrent dans la maison de sa cousine qui l'avait hébergée. A trente-cinq ans, découvrirent-ils, Michaela était encore moins jolie que du temps de sa jeunesse. Mais cela n'avait plus d'importance. Elle était extrêmement élégante et, d'opiniâtre, elle était devenue autoritaire. Elle s'intéressait à l'art, à la politique, aux affaires et avait des idées bien arrêtées dans chacun de ces domaines. Elle fascinait et intimidait à la fois.

Personne ne regretta son départ lorsque, après avoir inventorié tous ses biens, elle quitta La Nouvelle-Orléans pour La Havane. Son énergie épuisait son entourage. Et il était tellement plus distrayant de parler d'elle que de parler avec elle.

A son retour en France, officiellement séparée de Tin-Tin, elle s'installa enfin à Paris. Elle vivait sur un grand pied et donnait des réceptions fastueuses, comme en témoignaient ses compatriotes de passage à Paris. Tout semblait aller pour le mieux.

La nouvelle du drame choqua d'autant plus l'opinion. Juste avant Noël 1834, sa cousine, Victoire Chalmette, reçut une lettre au contenu à peine croyable. Incapable d'écrire elle-même, Michaela l'avait dictée à un domestique. Elle était alitée et se remettait des blessures occasionnées par quatre balles reçues en pleine poitrine. Son beau-père avait tiré sur elle avant de retourner son arme contre lui.

Michaela Almonester était à présent la baronne Pontalba. Tin-Tin avait hérité du titre à la mort de son père.

C'était aussi la femme la plus célèbre du tout-Paris. Remise de ses blessures, elle portait la marque indélébile de l'attentat : l'index de sa main gauche avait été arraché, et l'annulaire était atrocement mutilé. C'était la main qu'elle avait tendue vers le baron pour le supplier de ne pas tirer.

Bientôt, La Nouvelle-Orléans fut au courant de ses tentatives pour divorcer de Tin-Tin. L'affaire était si scandaleuse que la presse parisienne publia en détail les nombreuses péripéties du procès. Les journaux décrivirent par le menu le somptueux hôtel particulier qu'elle se faisait construire rue du Faubourg-Saint-Honoré. Elle avait engagé le meilleur architecte de France et fait démolir un vieux manoir pour réutiliser certaines de ses boiseries dans sa nouvelle demeure.

En 1838, le procès et la construction de la maison prirent fin. La «librairie» de Royal Street limita à regret le nombre de ses abonnements aux journaux français. La baronne Pontalba avait multiplié par six le chiffre des ventes.

Puis, en 1846, son nom fut à nouveau sur toutes les lèvres. Elle avait écrit au conseil municipal. Elle désirait, disait-elle, rendre son ancienne splendeur à la place d'Armes, au centre du Vieux Carré.

Son père avait érigé la cathédrale et les bâtiments annexes. Elle, Michaela, entendait restaurer les autres édifices de la place à l'image du Palais-Royal de Paris.

A condition que la ville consentît à l'exempter des taxes foncières sur ses propriétés pour une durée de vingt ans.

Les conseillers municipaux n'hésitèrent pas longtemps. Chaque année, les Américains élevaient des bâtiments de plus en plus imposants de l'autre côté de Canal Street. C'était l'occasion ou jamais de prouver que les Français restaient maîtres en matière de goût et d'élégance, et que le cœur de La Nouvelle-Orléans était toujours la place d'Armes.

Le conseil municipal répondit favorablement à toutes les exigences de la baronne. Et les Français attendirent. Ils attendirent près de deux ans, pendant lesquels la curiosité parvint à son comble.

Lorsqu'elle arriva enfin, ses cheveux roux brillaient d'un éclat artificiel. Elle débordait toujours d'énergie, mais sa taille s'était épaissie et, à cinquante-quatre ans, ses gestes étaient devenus plus lents. Elle était toujours aussi fascinante, intimidante, distinguée, arrogante, autoritaire. La légende qui l'auréolait paraissait en deçà de la réalité. On murmurait même que le vieux baron ne s'était pas suicidé ; que Michaela, baignée du sang qui ruisselait de ses blessures, lui avait arraché le pistolet pour lui tirer deux balles dans la tête.

« Une vraie baronne, vous vous rendez compte, May-rie ! Je regrette de ne l'avoir pas vue de plus près. J'en veux à papa de nous avoir ramenées à la maison tout de suite. Nous aurions pu nous approcher du bâtiment où elle était entrée. J'aurais pu l'apercevoir.

— Vous la verrez peut-être à l'Opéra.

— Mais oui, bien sûr ! Vous pensez à tout, May-rie. Quoique... non, je serai sûrement trop énervée pour la chercher. Croyez-vous qu'il y aura beaucoup de jeunes gens ? Que je serai la plus belle de toutes ? »

Jamais encore Mary n'avait vu Jeanne douter d'elle-même.

« Vous aurez une armée d'admirateurs, l'assura-t-elle. J'en suis absolument convaincue.

— Mais Valmont Saint-Brévin en fera-t-il partie ? S'il ne vient pas dans notre loge, je ne regarderai même pas les autres. »

Mary fut prise au dépourvu. Depuis longtemps elle ne pensait plus à Valmont : elle croyait presque l'avoir oublié. Cependant, lorsque Jeanne eut prononcé son nom, son cœur manqua un battement.

« May-rie ! » Elle se força à repousser l'image des yeux noirs de Valmont, de ses longues mains souples et puissantes, de son sourire nonchalant...

« M. Saint-Brévin sera là, Jeanne.

— S'il ne vient pas, j'en mourrai. Je ne suis qu'une sotte, je sais, et n'importe quel homme qui me fait la cour peut me tourner la tête. Mais Valmont... c'est différent. Je l'aime et l'aimerai toujours. Même les sots sont capables d'aimer. Vous pensez vraiment qu'il viendra ? » Les beaux yeux de Jeanne s'étaient embués de larmes.

Mary la serra dans ses bras. « Votre mère dit que toute la ville assiste à l'ouverture de la saison. Il viendra, j'en suis sûre. Et, quand il vous verra dans votre robe de Paris, il sera le premier à accourir dans votre loge.

— Vous avez raison. » Jeanne la gratifia d'un sourire radieux. « Cette robe me va merveilleusement bien. Grâce à vous, May-rie. » Elle bondit du sofa et se précipita vers l'énorme armoire. « Mais vous, que porterez-vous à l'Opéra ? Nous n'avons pas choisi votre robe. Tenez, que dites-vous de celle-ci ? Je ne l'ai mise qu'une seule fois. Le bleu me donne une mine épouvantable, mais il ira très bien avec vos cheveux. Regardez, au soleil, ils sont presque aussi roux que ceux de la baronne. » Jeanne pouffa de rire. « Je me demande pourquoi papa ne veut pas que je la rencontre. Je sais ! Ce doit être une femme de mauvaise vie. Elle a sûrement un amant. Voilà que je redeviens sotte... je ne pense qu'à l'amour. Pas vous, May-rie ? N'avez-vous donc pas envie de tomber amoureuse ?

— Mais je suis amoureuse, sourit Mary. De La Nouvelle-Orléans. »

C'est la vérité, se dit-elle. Et cela me suffit. A quoi bon penser à... lui ?

Valmont Saint-Brévin pénétra dans l'ouverture qui servait d'entrée au bâtiment en brique donnant sur la place d'Armes. « Michaela, cria-t-il, où diable êtes-vous passée ? Vous êtes censée déjeuner avec moi chez vous, et non inspecter votre satané chantier. Vous me traitiez bien mieux à Paris. »

19

La baronne Pontalba versa le café dans une délicate tasse en porcelaine qu'elle tendit à son invité. « La carafe est à portée de votre main, Valmont. Servez-vous un digestif.

— Merci, je préfère m'en tenir au café. C'était délicieux comme toujours, chère baronne.

— Oui, mon chef ne se débrouille pas trop mal. J'ai dû payer une fortune pour le convaincre de quitter Paris, mais cela en valait la peine. Je ne supporte pas la cuisine créole.

— Moi, je l'aime bien. Je me faisais envoyer des épices en France, mais je n'ai jamais trouvé personne qui sache les utiliser. »

La baronne éclata de rire. « Je m'en souviens. Vous m'en avez apporté un sachet, quand vous êtes venu me voir pour la première fois. Vous étiez d'un provincialisme attendrissant.

— J'étais jeune et j'avais le mal du pays. Vous m'avez très bien reçu, Michaela. Mais jamais vous ne m'avez servi du gombo. » Il sourit, pensant à ses premières semaines à Paris. A l'âge de treize ans, son grand-père, qui l'avait élevé après la mort de ses parents dans l'explosion d'un steamer, l'envoya étudier en France. L'un des fils de Michaela, Alfred, suivait les mêmes cours que lui. Il présenta Valmont à sa mère qui rentrait tout juste de La Nouvelle-Orléans. C'était en 1832.

« A cette époque-là, Val, vous l'auriez recraché. Vous n'avez pas gardé longtemps vos manières provinciales. Alfred était terriblement jaloux de vous. Sa rente ne lui permettait guère d'entretenir une danseuse.

« — C'était une actrice, de la Comédie-Française. Je disais à mes banquiers que j'étais en train d'étudier Molière.

— Canaille ! »

Ils échangèrent un sourire nostalgique. Au fil des ans, l'amitié entre Valmont et Alfred s'était déplacée en une amitié plus forte encore entre Valmont et la baronne. Malgré leurs vingt ans de différence, Valmont et Michaela, tous deux esprits brillants et cultivés, se comprenaient à mi-mot, ce qui n'était pas le cas d'Alfred.

Michaela remplit la tasse vide de son interlocuteur. « Hier j'ai reçu tout un paquet de lettres. Louis-Napoléon tient les socialistes dans une poigne de fer. L'année prochaine, nous pourrons rentrer à Paris.

— Personnellement, la révolution ne m'a point gêné. Tous ces cris, ces tirs, ces drapeaux m'ont rappelé la fête du 4 juillet à La Nouvelle-Orléans. Et aussi qu'il était grand temps de revenir au bercail. J'ai l'intention de rester, Michaela. »

Peu de chose pouvait encore étonner la baronne, mais Valmont avait réussi à la surprendre. Elle le considéra, bouche bée.

« Pourquoi ? Ne m'avez-vous pas dit que vous détestiez cette ville ?

— Oui et non. Je hais les contraintes qu'elle fait peser sur moi. N'importe quel blanc-bec ici cherche à prouver qu'il est un homme en me provoquant en duel. Je suis donc forcé à m'exercer sans cesse pour rester à la hauteur de ma réputation. Je n'ai pas envie de mourir. Et je suis obligé de recourir à toutes les astuces de mon art pour les mettre hors d'état de nuire sans les humilier. Tout cela est extrêmement fatigant. Et puis je dois résister aux assauts des belles. Je ne suis pas un ermite. J'aime l'opéra, les bals, les soupers. Mais je suis un trop beau parti. Les demoiselles se ruent sur moi dans l'espoir de se compromettre et, partant, de se faire épouser. Leurs pères, c'est encore pire. Ils hésitent entre m'avoir pour gendre ou prétexter une quelconque offense à l'égard de leur fille pour me forcer à me battre. Il n'y a pas un endroit dans cette ville où je puisse me détendre, hormis votre salon, Michaela.

— Mais alors, retournez à Paris, grand nigaud. Pourquoi vous obstiner à rester ? »

Valmont étendit ses longues jambes et contempla la pointe de ses bottes comme pour y chercher la réponse.

« Il y a des choses qui me rattachent à ce pays. » Il parlait tout bas, d'une voix songeuse, comme pour lui-même. « A la mort de mon grand-père, je me suis retrouvé propriétaire d'une plantation qui périclitait depuis une trentaine d'années. C'est une sacrée entreprise que de la remettre à flot. Cette fois, je me bats contre les éléments, et c'est la plus grosse bataille que j'aie jamais livrée. Je peux être vaincu par la tempête, par une brèche dans la digue, par le gel. Jamais je n'ai été confronté à un adversaire aussi imprévisible. C'est autrement plus excitant que le tapis de la roulette à Baden-Baden. Mais ce n'est pas tout… Ici, au Quartier français j'entends, les gens savent vivre ; c'est comme s'ils partageaient un secret commun qui leur adoucit l'existence.

— Mon pauvre Valmont ! La vôtre est donc si rude ?

— Épargnez-moi votre condescendance, baronne. C'est difficile à expliquer. Il y a là un mystère que j'ai envie d'élucider.

— Très intéressant. Bien entendu, vous êtes fou.

— Peut-être, sourit-il. Mais cela me plaît.

— Bah, du moment que vous êtes satisfait… Ce ne sera pas la première fois. A propos, avez-vous des nouvelles de la baronne Dudevant ? »

Le sourire de Valmont s'élargit. « Vous êtes une femme perfide, Michaela. Vous savez bien qu'Aurore déteste qu'on l'appelle par son vrai nom.

— Mon cher Valmont, comment, je vous prie, faut-il l'appeler ? Madame Sand ? Monsieur Sand ? Une femme qui porte le pantalon, fume le cigare et signe du prénom ''George'' ses éloges de la promiscuité… Non, trop c'est trop.

— Ce sont des romans, répliqua Valmont en riant. Elle revendique le droit des femmes à l'indépendance. Vous êtes bien placée, Michaela, pour savoir de quoi elle parle.

— L'indépendance ne rime pas toujours avec indécence.

— Aurore se contente de vivre à l'instar des hommes. Un homme ne cache ses maîtresses qu'à son épouse. Comme elle n'a pas de mari, elle n'a pas besoin de cacher ses amants.

— Il est impossible de discuter avec vous, Val. Je suppose que vous êtes toujours amoureux d'elle. La révolution, mon ami, vous a rendu service. Si vous étiez resté avec cette androgyne, votre vie serait fichue. Quand j'y pense ! Elle a le double de votre âge. C'était à mourir de rire.

— J'avais trente et un ans, Aurore quarante-quatre. Personne ne songe à rire d'un homme qui épouse une femme de dix, de vingt ans sa cadette. »

La baronne leva les bras en signe de reddition. «Paix! Je n'ai pas envie de me chamailler avec vous. Parlez-moi plutôt de vos amours du moment. Ce sera sûrement plus drôle.

— Plus que vous ne le pensez, Michaela. Tout le monde ici nous croit amants, vous et moi. Alors, que dites-vous d'un couple où la femme est plus âgée que l'homme?»

La baronne rit aux larmes. «Voyez comme un détail insignifiant peut tout changer! Je suis extrêmement flattée. Mais vous, cela ne vous dérange pas, ce qu'on raconte?»

Valmont baisa sa main mutilée. «Ma superbe baronne de Pontalba, c'est un rare honneur pour moi.»

Michaela l'embrassa brièvement sur les lèvres. «Chevalier, dit-elle, c'est un crime contre la justice qu'un homme soit pourvu d'un tel charme. Je vous remercie du fond de mon cœur endurci. Si seulement j'avais vingt ans de moins... Ou plutôt non, tout bien réfléchi, dix ans.» Elle eut un sourire malicieux de jeune fille. En cet instant, Valmont comprit pourquoi des hommes avaient pu se suicider, écrire des poèmes, conquérir des sommets par amour pour elle.

Mais déjà elle était redevenue la femme fatiguée, vieillissante, aux cheveux teints et au menton fripé.

«Malgré tout le plaisir que j'éprouve en votre compagnie, mon cher, je dois vous laisser à présent. J'ai des lettres à écrire. Si vous voulez attendre un peu, Alfred et Gaston ne vont pas tarder. Ils seront enchantés de vous voir.

— Il faut que je rentre, Michaela. C'est la période de la fabrication du sucre, et je tiens à rester à la plantation. N'était-ce l'obligation de fleurir les tombes de mon innombrable parentèle, je n'aurais pas mis les pieds en ville. Mais je ne regrette pas d'être venu. Vous voir est un bonheur. Je reviens dans quatre jours, pour l'ouverture de la saison lyrique à l'Opéra. Voulez-vous me rejoindre dans ma loge avec vos fils?»

La baronne eut un rire de gorge. «Je crains que cela ne coupe court à la rumeur, mon cher. Une femme qui vit une liaison passionnée n'emmène pas ses fils voir son amant. J'ai moi-même loué une loge. Nous nous saluerons d'un air guindé avant de détourner les yeux. Voilà qui confirmera les soupçons. Je porterai des quantités de bijoux et me farderai le visage comme une vraie Parisienne. Peut-être minauderai-je juste ce qu'il faut en vous apercevant... Je sens que je vais m'amuser comme une folle. Allez, partez maintenant. J'ai à faire.»

En traversant la place, Valmont se retourna pour admirer l'œuvre de Michaela. Elle avait beau prétendre qu'elle dépensait son temps et son argent pour s'occuper durant son exil, il se doutait qu'elle était mue par une motivation plus profonde, plus secrète, qu'elle n'avouerait pas même à un ami.

Le majestueux édifice couronné d'un triple fronton aux fenêtres octogonales prenait tout un côté de la place. Ses trois étages s'ornaient de balcons en fer forgé, aérien contrepoint dans l'harmonie de brique et de granit. Ces arabesques de métal, se dit Valmont, étaient la véritable raison du retour de Michaela à La Nouvelle-Orléans. En leur centre se profilait un monogramme, «A. P.», Almonester-Pontalba. En hommage à son père, bâtisseur des monuments de cette place. Et pour rivaliser avec la munificence de son héritage. Une fois le second bâtiment terminé, l'empreinte de Michaela Almonester serait deux fois plus grandiose que celle de son père. C'était une femme, mais une femme capable de réalisations aussi remarquables qu'un homme. Même un homme de l'envergure de son père.

Rien d'étonnant, songea Valmont, à ce qu'elle condamnât aussi brutalement l'attitude de George Sand. La façon dont l'écrivain affectait les tenues et les mœurs masculines réduisait l'indépendance des femmes à l'état de caricature. Tandis que Michaela avait payé la sienne de quatre balles dans la poitrine et d'une main estropiée.

Elle avait raison, pensa-t-il, mélancolique. Si elle avait eu dix ans de moins, il se serait fait un plaisir de la persuader de rester à La Nouvelle-Orléans. Il avait tant envie d'être amoureux. Ou du moins de faire semblant.

Une jeune fille passa, escortée d'une duègne noire à l'air peu amène. Ses yeux sombres croisèrent le regard de Valmont, puis elle les baissa sagement sur ses minuscules bottines. Elle avait la peau très blanche, la taille très fine. Dieu, qu'elles sont jolies, ces petites créoles, pensa-t-il. Prends garde, mon ami. Tu vas te retrouver à genoux à quémander la douce menotte de l'une de ces mignonnes, si tu ne fais pas attention.

Accélérant le pas, il se dirigea vers la digue où un bateau l'attendait pour le ramener à la plantation. Un souffle de vent glacé éparpilla les feuilles mortes qui jonchaient la place. Il courba les épaules pour s'en protéger. Jamais il ne s'était senti aussi seul.

20

Les quatre jours qui précédèrent l'ouverture de la saison furent particulièrement fébriles. La nuit tombait tôt ; chaque minute de la journée était donc précieuse.

Dès l'aube, Miranda venait réveiller Jeanne et Mary dans leur chambre. Elles buvaient le café tout en s'habillant, puis accompagnaient Berthe et la cuisinière au marché.

Située près de la digue, la longue halle à arcades recouverte de tuiles les accueillait par une orgie de bruits, de couleurs et d'odeurs. Les marchands rivalisaient de boniments pour attirer le chaland. Des oiseaux en cage au plumage éclatant poussaient des cris stridents. Les poules, les canards, les oies, les chèvres, les veaux et les brebis y allaient chacun de son caquètement ou de son bêlement. Le marchandage était de rigueur. Les chercheurs d'or en partance pour la Californie examinaient les pics et les tentes en se récriant devant les prix. Les matelots descendus des bateaux à quai conversaient bruyamment dans une douzaine de langues. Le chant rythmé des débardeurs qui travaillaient de l'autre côté de la digue fournissait un fond musical à ce capharnaüm.

L'arôme de grains de café grillés et de café fraîchement moulu se mêlait aux senteurs piquantes des épices, des longues guirlandes de piments, de têtes d'ail, de fines herbes et d'oignons. Le parfum des fleurs le disputait aux relents de friture et à la fumée des braises, sans oublier l'odeur chaude et sucrée des beignets et des calas.

141

Les marchandes, noires pour la plupart, arboraient des tignons de toutes les couleurs : rouges, verts, bleus, jaunes, violets. Des montagnes de citrons, d'oranges, de prunes, de figues, d'ananas, de goyaves, de noix de coco témoignaient d'arrivages provenant des quatre coins du monde. Les plumes iridescentes du gibier brillaient comme des joyaux ; les écailles des poissons miroitaient au soleil ; les crevettes luisaient dans leur transparence nacrée ; les crabes et les langoustines barbotaient dans des baquets d'eau ; des caisses qu'on eût dites remplies d'éclats de roche s'empilaient à côté d'une table où trois Noirs souriants forçaient de la pointe de leur couteau l'intimité opalescente des huîtres.

A l'entrée du marché, des Indiennes drapées dans des couvertures se tenaient accroupies avec des gourdes de *filé*, ou poudre de sassafras, ingrédient indispensable du gombo, soupe épaisse qui faisait l'ordinaire créole. Non loin de là, une femme armée d'une louche versait le gombo bouillant dans des écuelles pour la consommation sur place. Les ruelles adjacentes étaient encombrées de corbeilles, de brouettes et de tringles regorgeant de vieux chiffons, chapeaux, balais, parapluies, châles, souliers, couverts, casseroles et verroterie de toute sorte.

Mary et Jeanne regardaient avec curiosité autour d'elles pendant que Berthe et la cuisinière choisissaient les provisions et les déposaient dans les paniers que portaient les jeunes filles. «*Lagniappe*», disaient les commerçants en rendant la monnaie. Ils y ajoutaient un petit cadeau : une fleur, un sachet d'herbes, une confiserie. Un extra, en quelque sorte. C'était une coutume propre à La Nouvelle-Orléans. Berthe les remerciait avec grâce et propulsait les jeunes filles vers l'étal suivant. Elles parcouraient le marché au pas de charge puis, sans ralentir l'allure, remontaient Chartres Street, explorant une boutique après l'autre. Ici ou là, Berthe achetait une pièce de soie ou de satin, de l'argenterie ou du bois délicatement incrusté pour décorer la maison. Ces boutiques-là ressemblaient à la caverne d'Ali-Baba ; le lagniappe y était plus exotique, signe d'un commerce florissant avec les pays lointains.

Les après-midi étaient plus calmes. Mary travaillait sur les retouches de la robe que Jeanne lui avait donnée. Elle avait entrepris de broder un motif floral sur son encolure carrée. Assise sur le balcon fleuri, elle cousait en écoutant les bavardages de Jeanne. De temps à autre, celle-ci s'interrompait pour prêter l'oreille aux rengaines des marchands ambulants.

Le vendeur de farine de maïs sonnait dans une trompette en cuivre à chaque carrefour avant de psalmodier : «Farine de maïs fraîchement moulue.»

Le marchand de gaufres faisait tinter son triangle métallique en chantant sur un mode mineur : «Gau-fres!» Il transportait sa délicate marchandise dans une boîte en fer-blanc arrimée sur son dos.

Les cymbales étaient l'apanage du marchand de beignets. Un concert de gazouillis annonçait l'approche de l'oiseleur avec sa longue perche sur l'épaule, où se balançaient des cages en osier. «Ramonez vos cheminées», chantaient les ramoneurs, brandissant leurs balais noirs de suie. «Charbon de Paris», répondait le marchand de charbon.

«Chandelles… pain d'épice… gombo… langoustines… aiguisez vos couteaux… calas… pralines… fromage frais double-crème… eau fraîche, filtrée… Bel pam patate, Pam patate.» Ils défilaient un à un, hommes et femmes, tous souriants ; leurs chansons résonnaient dans l'air doré de l'après-midi d'automne. C'était comme si La Nouvelle-Orléans faisait don à Mary d'un continuel chant d'amour.

Quelquefois, un équipage s'arrêtait devant la porte cochère. Mary tendait le cou pour entrevoir le visiteur ou la visiteuse. Si une dame venait voir Berthe, elle retenait son souffle, s'attendant à apprendre d'une minute à l'autre qu'on avait retrouvé sa famille. Puis elle retournait à sa couture et au babillage de Jeanne. Patience, se disait-elle, il est encore trop tôt. La saison n'a même pas commencé.

Le dîner était servi dans le patio, à la lueur des chandelles. Les pavés rendaient la chaleur qu'ils avaient emmagasinée durant la journée, tempérant ainsi la fraîcheur de l'air. La fontaine fredonnait son éternelle mélodie. Carlos Courtenay se plaignait d'être obligé de manger si tôt mais, à sa manière, il attendait les débuts mondains de sa fille avec la même impatience que Berthe. Ils dînaient de bonne heure car chaque soir à huit heures Marie Laveau venait coiffer Jeanne.

«Nous allons essayer plusieurs styles, avait-elle déclaré à Berthe, et nous choisirons celui qui convient le mieux. Je lui mettrai aussi une pommade pour donner plus d'éclat à ses cheveux.»

Dans une moindre mesure, elle s'occupait également de Berthe et de Mary. A sa demande, Berthe faisait préparer du café très fort qu'elle laissait refroidir. Marie y diluait une poudre fon-

143

cée — pour mieux la faire pénétrer, Madame — et badigeonnait la chevelure de Berthe jusqu'à ce que tous les cheveux blancs redevinssent noirs.

Mary avait droit à un massage dont les vibrations se répercutaient dans tout son corps. Trempant ses doigts agiles et vigoureux dans une épaisse crème verdâtre, Marie frictionnait son crâne pour bien l'en imbiber. «Ça va vous fortifier les cheveux, M'zelle, disait-elle doucement. Ils sont fins comme ceux d'un bébé. » Tout en travaillant, elle murmurait des mots indistincts dans une langue que Mary ne connaissait pas.

Les jours passèrent en un éclair. Et mardi arriva sans crier gare.

«Nous ne sortirons pas aujourd'hui, annonça Berthe. Jeanne doit être fraîche et dispose pour la soirée. Je ne veux pas de paupières lourdes ni d'yeux cernés à l'Opéra. »

Mary fut soulagée. Elle ne se sentait pas très bien. Son estomac se rebellait à l'idée de la nourriture, et elle éprouvait une étrange lassitude, comme si elle était trop faible pour marcher. Ce doit être la surexcitation, pensa-t-elle. Elle acheva la broderie de sa robe, penchée sur le tissu car sa vue commençait à se brouiller.

La cuisine ensoleillée de la maison de Saint Anne Street embaumait les épices. Dans le grand âtre mijotait, dans une marmite en fonte, un savoureux mélange de crabe et de riz, avec une sauce relevée. Sur une table bien astiquée, Marie Laveau broyait en chantonnant des feuilles et des baies dans un mortier en marbre. Un sourire jouait sur ses lèvres.

Encore cinq jours, et la petite Américaine allait passer de vie à trépas. Elle réagissait plus vite que prévu. Marie rit tout haut en pensant aux pièces d'or enfouies dans la cachette sous le plancher. Cette stupide Mlle Sazerac avait payé dix fois le prix normal. Marie l'avait punie parce qu'elle était passée par un intermédiaire au lieu de s'adresser directement à elle. Et aussi pour son arrogance. Son grand plaisir était de soumettre les puissants à son pouvoir, plus redoutable encore.

Elle pourrait sans peine convaincre Mme Courtenay de l'engager pour une semaine de plus. Marie savait tout du rituel de la saison. A l'heure qu'il était, des dizaines d'invitations au bal, à dîner, à des soirées musicales devaient affluer dans la maison d'Esplanade Avenue. La fille voudrait certainement ne rien manquer, et la mère était prête à satisfaire son moindre caprice. La mort de son amie n'empêcherait pas Jeanne Courtenay de s'étourdir de plaisirs mondains. Marie connaissait bien les évaporées de son genre.

Il fallait avouer cependant qu'elle avait de fort beaux cheveux. Nerveux et doux comme de la soie... Marie aimait à les sentir sous ses doigts. Peut-être la coifferait-elle jusqu'à la fin de la saison. Peu lui importait la tête qui se dissimulait sous cette splendide chevelure.

Elle ne se souciait guère de l'aspect moral du problème. C'était son métier, connaître les secrets des plantes et des minéraux que les reines vaudou se transmettaient depuis des siècles. On la payait pour son savoir, qu'elle employait du reste plus souvent pour guérir que pour nuire. L'un ou l'autre, elle s'en moquait. La seule chose qui comptait, c'était le pouvoir que lui conféraient ces secrets.

Elle versa soigneusement la poudre dans un pot de lait caillé et mélangea le tout pour obtenir une pâte crémeuse. Après avoir refermé le pot, elle nettoya avec le plus grand soin le mortier, le pilon et la cuillère qui avait servi à remuer le mélange. Puis elle savonna ses mains et les frotta avec une brosse dure. Elle les sécha à l'aide d'un torchon immaculé et les plongea dans une solution transparente qui avait pour effet de boucher les pores de la peau, afin que le poison ne pénétrât pas dans le sang.

Trois heures et demie, il était temps de partir. L'opéra commençait à six heures, mais la débutante devait être exposée dans sa loge bien avant l'extinction des lumières de la salle.

Elle allait lui relever les cheveux en boucles souples au-dessus des oreilles, pour dégager son joli cou. Marie mit deux fers à friser dans son sac de toile. Elle y ajouta une fiole d'huile parfumée à l'essence de gardénia. Voilà qui devrait remplir l'office de l'« irrésistible potion » dont rêvait la petite. Le fait d'y croire suffirait à transformer le rêve en réalité. Enfin elle déposa doucement le fatidique pot de crème dans un coin rembourré. D'une main experte, elle rassembla ses cheveux sous le tignon rouge, le noua de manière à former les sept pointes et quitta sa maison pour se rendre chez les Courtenay. Elle marchait d'un pas dansant. L'ouverture de la saison à l'Opéra était un événement à ne pas manquer. Comme chaque année, elle avait réservé sa place à l'orchestre. Ce soir-là on donnait *L'Élixir d'amour*. Marie Laveau préférait Donizetti à tous les autres compositeurs.

21

Le soir de l'ouverture de la saison lyrique, une file d'équipages bloqua Orleans Street où se trouvait le théâtre de l'Opéra. Normalement, tout le monde allait à l'Opéra à pied : le Quartier français n'était pas bien grand, et ses rues étroites étaient davantage adaptées aux piétons.

Ce soir-là, cependant, les raisons étaient nombreuses pour recourir à d'autres moyens de transport. Les débutantes n'osaient pas s'aventurer avec leurs robes blanches dans les rues bourbeuses ou poussiéreuses ; même les vieillards et les invalides ne voulaient pas manquer la soirée d'ouverture ; les femmes parées de leurs plus beaux bijoux craignaient les voleurs tapis dans les coins obscurs. Les gens venaient de centaines de lieues à la ronde, s'en remettant au cocher de la voiture de louage pour trouver le théâtre dissimulé derrière les jardins de la cathédrale. Des Américains mélomanes ou simplement parvenus arrivaient de leur quartier situé loin du centre du Vieux Carré.

Ceux qui comme d'habitude étaient venus à pied hochaient la tête en évitant adroitement les tas de crottin et se félicitaient de pouvoir être là à l'heure pour l'ouverture.

Dans la berline des Courtenay, Jeanne trépignait d'impatience. Berthe s'efforçait vainement de cacher son inquiétude. «Je vous en supplie, papa, descendons. Nous sommes tout près, et nous n'avons pas avancé d'un pouce. Je ne supporterai pas d'arriver en retard.

— Tiens-toi tranquille, Jeanne, répondit son père. Tu auras

largement le temps de faire ton entrée. Et toi, Berthe, cesse de te trémousser. Tu es pire que ta fille. »

Jeanne fondit en larmes. «Ne pleure pas, chérie, gémit Berthe. Tu auras des traces sur les joues, et tout le monde saura que je t'ai autorisée à te poudrer le visage. Attends, j'ai un mouchoir quelque part.

— J'en ai un, madame, dit Mary. Tenez, Jeanne. Regardez, nous avançons. Essuyez-vous les yeux ; vous n'allez pas vous montrer avec des yeux rouges. »

Jeanne renifla. «Oh, maman, s'exclama-t-elle soudain, il y a une autre débutante. Là-bas, devant nous, en train de descendre. Elle est en blanc et elle porte un bouquet. Qui est-ce ?

— Ne te penche pas par la portière, Jeanne. Comporte-toi comme il sied à une jeune fille. » Berthe jeta un discret coup d'œil dehors. «C'est Catherine Desmoulins. Bonté divine, je croyais qu'elle avait fait ses débuts depuis des lustres. Je suppose que son père n'était pas prêt à dénouer les cordons de sa bourse. C'est un grigou notoire.

— Berthe, gronda Carlos, ne remplis pas de ragots la tête de Jeanne. Elle serait capable de les répéter.

— Allons, Carlos, à partir de maintenant elle en entendra en permanence. Nous avons reçu des dizaines d'invitations. La saison s'annonce pleine de... Ah, ah, nous voilà arrivés. Rappelle-toi, Jeanne : ton père descend d'abord, m'aide à sortir, ensuite t'aide à descendre, toi. Tiens ton bouquet dans la main gauche et donne la droite à papa. Prends garde à ne pas emmêler tes rubans. Ne tourne pas la tête dans tous les sens, regarde plutôt où tu mets les pieds : les marches sont étroites. » Berthe débita ces instructions d'un trait pendant qu'on ouvrait la portière de la berline. Elle sourit gracieusement au portier et tendit la main à son mari qui avait déjà mis pied à terre.

Mary fut stupéfaite de sa métamorphose. Pendant tout le temps qu'elle s'était occupée de Jeanne, c'était la même Berthe dans une tenue différente. A présent c'était une tout autre femme. Calme, imposante, altière... une vraie femme du monde, en attitude et en apparence. Elle portait une robe de soie lavande, largement décolletée et galonnée de velours parme. Sa cape, également en velours, était doublée et bordée de soie. Sa parure se composait d'une rivière de diamants ornée d'une améthyste grosse comme un œuf de caille, de pendants d'oreilles formés d'améthystes et de diamants et d'une chaîne incrustée de diamants qui enserrait sa taille étroitement corsetée. Un bouquet de violettes de serre rehaussait son chignon noir et brillant, dissimulant presque entièrement la barrette de diamants qui le maintenait en place.

Mary avait été impressionnée par sa toilette, éberluée lorsque Berthe avait ouvert un écrin de velours après l'autre pour choisir ses bijoux. Au fond d'elle-même, elle jugeait cela excessif, inadapté à la femme pressée, harassée qu'elle connaissait. Elle fut moins étonnée de voir Berthe s'affairer autour de Jeanne pour lui mettre un simple rang de perles, ou fourrager dans un coffret rempli de chaînes et de broches en or pour en sortir une rosette en or rouge et jaune qu'elle lui donna. « Gardez-la, avait dit Berthe. En remerciement pour la robe de Jeanne. » Ensuite, comme toujours, toute l'attention fut reportée sur Jeanne. Berthe n'était qu'une mère, rien d'autre.

Mais voilà qu'à présent Mary avait devant elle Mme Courtenay, l'élégante épouse du fringant M. Courtenay, l'un des fleurons de la haute société orléanaise. Sous son regard souverain, Carlos aida Jeanne, puis Mary à descendre ; Mary arrangea prestement la jupe de Jeanne et les longs rubans pastel qui pendaient de son bouquet. Berthe prit ensuite le bras de son mari et pénétra dans le théâtre d'un pas digne, souriante, s'arrêtant pour parler à des amis, saluant les connaissances d'un hochement de tête. Comme si elle n'avait jamais connu le sens du mot « hâte ».

Mary entendait Jeanne grincer des dents d'impatience. Du moins le crut-elle, car la lumière et le bruit paraissaient osciller, s'estomper puis revenir à l'assaut par vagues. Même le plancher tanguait sous ses pieds. Elle trébucha dans l'escalier ; seule la foule compacte qui l'entourait l'empêcha de tomber.

Il y avait dans la loge quatre sièges généreusement espacés. Carlos Courtenay en plaça trois devant et installa Jeanne entre Berthe et lui. Mary était contente de pouvoir rester seule à l'arrière. Elle poussa sa chaise dans une encoignure et s'adossa au mur. Un tremblement incontrôlé la secouait de la tête aux pieds. Les lumières commencèrent à baisser ; les conversations, le froufrou des robes de soie, le bruissement des programmes se turent. La salle fut plongée dans le silence et l'obscurité.

Doux Jésus, s'écria Mary intérieurement, ayez pitié de moi ! Elle croyait être devenue sourde et aveugle.

Soudain la musique retentit, s'enfla, emplit l'espace ; le rideau se leva sur la scène inondée de lumière.

Mary n'était jamais allée au théâtre, n'avait jamais assisté à un concert, jamais vu un opéra. En quelques secondes, elle fut sous le charme. Elle oublia ses peurs, ses malaises, ses compagnons, jusqu'à elle-même. Se tenant au mur pour garder son équilibre, elle se pencha en avant, ensorcelée par l'envolée magique des notes.

Quand le rideau tomba à la fin du premier acte, elle n'entendit ni les applaudissements ni les mouvements dans la loge. La gorge nouée par l'émotion, elle n'avait pas envie de quitter cet univers enchanté.

Sapristi, se dit Valmont Saint-Brévin. L'entracte, déjà. Il va falloir faire la tournée des débutantes, sans quoi je risque de me retrouver avec un duel sur les bras.

Il se leva, rajusta ses manchettes et s'adressa aux amis qui partageaient sa loge : « Messieurs, le devoir nous appelle. Irons-nous réchauffer les jeunes cœurs en masse ou bien nous séparerons-nous ?

— Un pour tous, tous pour un, d'Artagnan, répondit le plus jeune, un cousin qui s'appelait Jean-Luc. Guidez-nous, nous vous suivrons.

— Mais guidez-nous d'abord chez ma tante Athalie, ajouta un corpulent célibataire, Max, le bien-nommé. Elle me tuera si je n'amène pas une foule à ma cousine Caroline. »

Philippe Courtenay ouvrit la porte de la loge. « Peu importe par qui nous commençons, mais n'oubliez pas que ma sœur attend des visites elle aussi. Une sœur a priorité sur une cousine.

— Nous allons les voir toutes, trancha Valmont. Au moins, le champagne sera de premier ordre. »

Dans la loge des Courtenay, le champagne coulait déjà à flots. Les lumières s'étaient à peine rallumées qu'un premier visiteur frappait timidement à la porte. Jeanne, la plus jolie des débutantes, faisait sensation. Un deuxième, un troisième, un quatrième, un cinquième... les jeunes gens se bousculaient pour lui être présentés. Dehors, le couloir s'était empli d'admirateurs. Durant la demi-heure d'entracte, vingt-six d'entre eux défilèrent dans la loge. Cinq ou six attendaient encore à la porte quand la salle commença à s'obscurcir pour le deuxième acte. « Au revoir... au revoir... mes hommages..., disaient les heureux élus en quittant la loge. A bientôt. »

« Maman, chuchota Jeanne, j'ai du succès ! » Elle s'assit, offrant son radieux minois à l'admiration du public.

Mary retrouva avec soulagement sa chaise dans le coin. Ce kaléidoscope de visages, de noms et surtout de paroles l'avait épuisée. Les Courtenay s'étaient fait un point d'honneur de la présenter à tous les admirateurs de leur fille : « Mary MacAlistair, une amie de Jeanne. » Mais leurs yeux rivés sur Jeanne ne la voyaient même pas. Mary n'en prenait pas ombrage : son pôle d'attraction à elle, c'était l'opéra. Elle sirotait le champagne que Berthe lui avait servi d'office ; à sa surprise, il lui éclaircit les idées. Elle pourrait ainsi mieux savourer la musique. D'après le programme, il restait encore quatre actes. Elle soupira d'aise.

Lorsque le rideau retomba, elle joignit ses applaudissements à ceux du public ; elle eût aimé avoir le courage de crier « bravo » comme tant d'autres. Le défilé de jeunes gens recommença, mais elle y prêta à peine attention. La musique continuait à résonner dans sa tête ; elle souriait et répondait machinalement, sans bien savoir ce qu'elle disait.

« Comment allez-vous, mademoiselle MacAlistair ? » fit une voix grave. Mary sursauta. Elle n'avait pas entendu parler anglais depuis si longtemps qu'elle faillit ne pas reconnaître sa langue maternelle.

« Comment allez-vous ? répondit-elle.

— Vous n'avez peut-être pas entendu, dans ce vacarme. Mon nom est Will Graham.

— Comment allez-vous, monsieur Graham ? » Le plaisir qu'elle éprouva à prononcer les mots anglais surprit Mary. Comme la surprirent les yeux bleus de Will Graham. Elle avait oublié qu'il pouvait exister des yeux bleus ou des cheveux autres que noirs. M. Graham avait les cheveux châtains comme elle, légèrement grisonnants aux tempes. C'était un homme de haute taille, aux épaules voûtées — comme s'il ne voulait pas dominer les autres de sa stature —, à la mâchoire carrée et au nez retroussé. Inexplicablement, Mary se sentit proche de lui.

« Aimez-vous l'opéra, monsieur Graham ?

— Puisque vous êtes américaine, mademoiselle, je vous avoue franchement que je préfère une bonne chanson populaire à tout le bel canto du monde. Je n'ai guère eu le temps de me cultiver. Je suis un homme d'affaires, moi. Mais, contrairement au vieil adage, je me crois encore capable d'apprendre des trucs neufs. »

Carlos Courtenay remplaça le verre vide de Graham et en mit

un autre dans la main de Mary. «Je savais que vous seriez contente de bavarder avec un compatriote, Mary, déclara-t-il dans un anglais fortement teinté d'accent français. Comme je vous le disais, Will, Mary enseigne l'américain à ma Jeanne.

— Elle le parle drôlement bien, en tout cas.» Will Graham sourit à Mary. «Vous êtes sûrement un bon professeur. Personnellement, j'ai essayé d'apprendre le français en arrivant à La Nouvelle-Orléans, mais je me suis arrêté à "bonjour" et "merci". J'ai décidé que c'était la faute du professeur. Comme ça, je n'ai pas à admettre que je suis trop obtus pour apprendre.

— Essayez encore, monsieur Graham. Dites-vous que le français n'est qu'un nouveau truc.»

Le rire des deux Américains déconcerta Carlos.

Will Graham s'inclina devant Mary. «J'ai été ravi de vous connaître. Peut-être tenterai-je à nouveau ma chance. Carlos, merci de m'avoir invité.» M. Courtenay prit sa main dans les siennes. «C'est un honneur pour moi et ma famille.»

Mary sourit à M. Graham tandis qu'il sortait de la loge. Son sourire s'élargit. «Philippe!» Il était entré aussitôt que Will Graham avait passé la porte.

«Mary, mon amie, comment allez-vous? Je ne vous avais pas vue d'en bas; vous deviez vous cacher... Mais vous êtes toute pâle. Où sont vos joues roses? Il vous faut un bon coup de soleil. Ou alors un verre de champagne. Permettez-moi de vous resservir.

— Merci, Philippe, mais ne devriez-vous pas aller saluer Berthe et Jeanne? C'est la soirée de Jeanne, après tout.

— Chère Mary, ma délicieuse petite sœur me mordra de ses ravissantes petites dents si je repousse l'un de ses soupirants pour prendre sa place. Regardez-la.»

Mary tourna la tête. Une douleur fulgurante lui déchira la poitrine quand elle vit Valmont Saint-Brévin sourire, penché sur Jeanne. Cette scène l'avait déjà heurtée à Montfleury, mais cette fois la blessure fut encore plus vive. Elle s'était convaincue qu'elle avait dépassé sa ridicule obsession, que cet homme incarnait à ses yeux le type du héros de roman, que l'individu lui-même n'avait rien à voir avec ses émotions. Elle ne bronchait plus chaque fois que Jeanne mentionnait son nom.

Mais le voir en chair et en os, si grand, si séduisant, si fort et si doux à la fois — elle sut qu'il était doux à la manière dont il regardait Jeanne —, c'était plus qu'elle ne pouvait en supporter.

Elle se retourna vers Philippe. « Ne m'avez-vous pas promis du champagne ? J'ai envie de fêter ma première soirée à l'Opéra. »

Je te défends de pleurer, Mary MacAlistair, ajouta-t-elle silencieusement.

« Oh, Valmont, ne soyez donc pas si cruel ! Vous allez me faire pleurer. » Jeanne regarda Max. « N'est-ce pas qu'il est cruel ? Il me rappelle des choses que j'ai faites dans mon enfance et que je préfère oublier. » Sa moue boudeuse mettait en valeur la charmante fossette qu'elle avait au menton et l'exquis dessin de sa bouche.

Ça alors, pensa Valmont, la petite sœur de Philippe fait bafouiller Max. Un vieux garçon comme lui ! Encore un peu, et je vais me mettre à bégayer moi aussi. Elle est charmante, la friponne, et elle le sait. Une vraie jeune fille se doit d'être très pâle et très pure, mais cette petite Courtenay est tout enflammée par son succès, et je parie qu'elle est prête à jeter sa pureté aux orties. Il caressa du regard les seins ronds de Jeanne, ses épaules satinées, sa gorge parfaite.

Elle l'observait, s'aperçut-il soudain. Sa poitrine se soulevait par saccades ; elle s'humectait les lèvres de sa langue rose et pointue.

Elle ne sait même pas ce qu'elle fait ! Il se força à détourner les yeux. Dans les prunelles sombres, immenses, de Jeanne se lisait le désir d'une femme au bord de l'abandon. Mais lui n'était pas prêt à répondre à cette invite, à assumer tout ce qui s'ensuivait : mariage, enfants, perte de la liberté. Pas encore.

« Nous ne devons pas monopoliser la reine de la saison, déclarat-il, maudissant sa voix rauque. Je retire tout ce que j'ai dit à propos de votre enfance, Jeanne. Je m'en voudrais terriblement de vous faire pleurer.

— Je vais pleurer si vous me laissez.

— Mais il le faut. Vos adorateurs se pressent à la porte. Au revoir, Jeanne.

— Valmont ! Vous viendrez nous voir, n'est-ce pas ?

— Avec le plus grand plaisir. »

Et il battit précipitamment en retraite.

Philippe l'intercepta au passage. « Vous n'avez pas bu le champagne. A mon avis, celui-ci est de loin le meilleur. » Il était légèrement éméché.

Prudent, Valmont ne chercha pas à le contredire. Il accepta une coupe de champagne, y trempa ses lèvres, le proclama excellent.

« Connaissez-vous mon amie Mary ? Oui, bien sûr, vous l'avez rencontrée à Montfleury. »

Valmont jeta un coup d'œil sur la jeune personne au teint cireux qui se tenait à côté de Philippe. Elle était en train de vider son verre.

Mon Dieu, faites que j'aille mieux, pria-t-elle. J'ai l'estomac noué, les mains moites et les genoux qui tremblent. Tout recommence à tourner autour de moi. Si jamais je m'évanouis, j'espère que je serai morte avant d'être revenue à moi.

Allons, s'admonesta-t-elle, ce n'est qu'un homme. Et tu lui dois des remerciements pour la fois où il t'a tirée du mauvais pas.

« Nous nous sommes déjà rencontrés », dit-elle. Au même instant, Valmont répliqua : « Nous ne nous sommes jamais vus. »

Philippe cligna les yeux. « Eh bien ? Est-ce oui ou est-ce non ?

— Ce n'était pas à Montfleury, Philippe, s'empressa-t-elle d'expliquer. M. Saint-Brévin ne se souvient certainement pas de moi, mais je ne l'ai pas oublié car il est venu à mon aide alors que je me trouvais dans une situation désespérée. Peut-être même lui dois-je la vie.

— Mais c'est romanesque en diable, Mary. Que vous est-il arrivé ? » Philippe chancela. « Vous êtes tombée de cheval, hein ? » Il rit bruyamment. Valmont tendit discrètement le bras pour le soutenir.

« Je me sens extrêmement niais, mademoiselle. Je n'ai aucun souvenir d'avoir sauvé la vie d'une jeune femme. Tant mieux si j'ai pu vous être utile. Si vous voulez bien m'excuser, je vais me rendre utile une fois de plus et ramener Philippe dans notre loge. »

Pour la première fois, Mary regarda Valmont dans les yeux. Elle y lut une parfaite indifférence. « Je vous en prie, répondit-elle d'une voix blanche. Au revoir, Philippe. » Soudain quelque chose, une détermination farouche, la poussa à faire admettre à Valmont Saint-Brévin qu'elle n'était pas une inconnue, que leurs vies s'étaient croisées, qu'il l'avait tenue dans ses bras.

« Avant que vous ne partiez, monsieur, je vous demande d'accepter ma gratitude. Je me sens redevable envers vous. C'était le 4 juillet. Un goujat m'avait frappée dans la rue, et vous l'avez chassé. Je ne l'ai pas oublié. »

153

Fronçant les sourcils, Valmont la considéra avec plus d'attention. «C'était vous! Seigneur, je n'ai pas fait le rapprochement entre cette querelle et... la manifestation de ce soir. Comment avez-vous connu les Courtenay? Par l'intermédiaire de Philippe?

— Mme Courtenay a eu la bonté de m'héberger sous son toit. Ce jour-là je m'étais réfugiée au couvent, et c'est ainsi que tout s'est arrangé.

— En effet. » Valmont regarda les yeux fiévreux et les mains tremblantes de Mary. Philippe s'affaissa contre lui. Les lumières de la salle commençaient à baisser.

«Il nous faut nous dépêcher. Bonsoir, mademoiselle. »

Juste avant le début du troisième acte, Jeanne se précipita vers Mary et lui saisit la main. «Vous avez vu, May-rie? Il est venu. Je crois que je lui plais. Avez-vous vu, May-rie? Pensez-vous que je lui plais?

— Oui. Oui, j'ai vu et je suis sûre que oui. Retournez vite à votre place; votre mère vous fait signe. » Mary appuya sa tête contre le mur. Elle avait l'impression qu'on lui martelait l'intérieur du crâne. Sa langue était pâteuse; elle avait un goût métallique dans la bouche.

Par bonheur, la magie opéra de nouveau, et la musique lui fit oublier ses maux.

Lors de l'entracte suivant, elle resta assise dans son coin et refusa le champagne. Elle avait une mine de déterrée. Berthe et Carlos Courtenay convinrent à voix basse de faire comme si elle n'était pas là. «Elle paraît très souffrante, mais aucun de nous ne peut partir pour la ramener à la maison. Laissons-la tranquille. »

Les paupières closes, Mary s'abandonna à la musique. Celle-ci l'accompagna à travers les vagues de vertige et de nausées jusqu'à ce qu'elle se sentît mieux. Au milieu du dernier acte, elle put rouvrir les yeux et regarder les dramatiques scènes finales. A la fin, elle applaudit avec les autres tout au long des dix-sept rappels. Elle réussit même à descendre les marches sans trop de difficulté. L'air frais lui fit du bien. De retour à la maison, elle était presque redevenue elle-même.

J'ai dû boire trop de champagne, pensa-t-elle. Dorénavant je n'en prendrai pas plus d'un verre.

Jeanne se contint à peine pendant qu'on la déshabillait. «Va-t'en, Miranda, ordonna-t-elle, et emporte ma robe. Je mettrai ma chemise de nuit toute seule. Laisse-moi.»

Elle tira sur les lacets de son corset qu'elle finit par emmêler. «Oh non!» Et elle éclata en sanglots.

«Chut, dit Mary. Je vais défaire le nœud. Ne bougez pas. Vous avez eu trop d'émotions, voilà tout. Vous étiez la plus belle, vous avez eu des flopées d'admirateurs... il n'y a pas de quoi pleurer.

— Tout est perdu, May-rie.» Jeanne sanglotait avec l'abandon désespéré d'un enfant.

«Mais non, Jeanne. C'est juste un peu emmêlé. J'en ai pour deux secondes... là. Je vais dénouer les lacets. Vous vous sentirez beaucoup mieux quand vous aurez retiré le corset.

— Vous ne comprenez donc pas, May-rie! Il était là. Vous lui avez parlé. Je vous ai vue. Je n'y croyais pas, mais c'est la vérité. Papa va me marier à cet Américain.» Jeanne se jeta dans les bras de Mary en pleurant à chaudes larmes.

Mary la conduisit vers le lit et s'assit à côté d'elle. «Vous divaguez, Jeanne. Votre père ne peut pas vous marier contre votre gré. Levez les bras.» Elle lui enfila sa chemise de nuit, lui fit glisser les bras dans les manches et la tête dans l'encolure. Elle avait la sensation d'habiller une poupée. Jeanne hoquetait convulsivement.

Mary humecta une serviette et la lui apporta. «Essuyez-vous la figure. Vous vous faites du mauvais sang pour rien.»

Jeanne s'exécuta, puis laissa tomber la serviette. «Vous ne savez rien, May-rie, renifla-t-elle. Papa a toujours eu l'intention de me marier à un Américain. Il disait qu'ils allaient gagner, que La Nouvelle-Orléans leur appartiendrait avant que je n'atteigne son âge. Je ne peux rien contre lui. Si je désobéis, il va me déshériter, et plus personne ne voudra de moi. Vous n'êtes pas comme moi, May-rie, vous ne comprendrez pas Moi je préfère épouser un monstre plutôt que de rester vieille fille. Si seulement Valmont m'aimait davantage! Il n'est pas revenu dans notre loge; je croyais pourtant que c'était écrit. Je l'aime tant... et papa ne pourrait lui refuser ma main. Ses terres sont voisines des nôtres et il est aussi riche qu'un Américain. Je croyais que c'était écrit, May-rie. Le jour de la Toussaint, j'ai prié pour en être tout à fait sûre. Peut-être n'ai-je pas prié assez fort.»

Elle leva les bras au ciel. «Sainte Mère de Dieu, Père céleste,

155

Seigneur Jésus... *je Vous en supplie*!» Sa voix monta jusqu'au cri et se brisa au milieu de sanglots désespérés.

Berthe entra de son pas précipité, l'air soucieux. «Qu'y a-t-il, mon trésor? Allons, calme-toi. Viens près de maman.» Elle serra Jeanne contre elle, couvrant sa tête penchée de baisers fébriles. «Savez-vous ce qu'elle a, Mary?

— Elle craint qu'on ne l'oblige à épouser M. Graham. J'ai essayé de lui parler, mais...

— Oh... Jeanne... Écoute maman, mon ange. Je suis censée garder le secret, mais tant pis. Ce soir papa a reçu un message, un billet. Un placeur le lui a apporté dans la loge durant le dernier entracte. C'était signé de Valmont. Il demandait à ton père de le retrouver à la sortie de la représentation au Curtius Club. Il avait, disait-il, quelque chose d'urgent et d'important à lui communiquer.»

Jeanne releva la tête. «Ce soir! Il désirait voir papa ce soir?» Son visage bouffi, inondé de larmes, rayonnait d'espoir.

«Urgent et important, disait-il. Cela m'a rappelé mes débuts. Ton père a arpenté la banquette toute la nuit jusqu'à ce que mon papa s'éveille et qu'il puisse lui demander ma main.»

22

«Je ne supporte pas cette attente, May-rie. Il faut que je sache.»
Jeanne répéta ces mots encore et encore, se promit de veiller toute
la nuit s'il le fallait, jusqu'au retour de son père.

Mais la crise de larmes et les émotions de la journée eurent
raison d'elle. Elle s'endormit au milieu d'une phrase.

Mary avait déjà sombré dans une lourde torpeur, mi-sommeil
mi-inconscience. Elle était très faible.

Carlos Courtenay rentra à trois heures du matin. Il réveilla
sa femme, et ils s'entretinrent anxieusement, à voix basse, pendant près d'une heure. Valmont l'avait averti que l'amie de sa
fille était une ancienne prostituée de chez Rose Jackson.

Le lendemain matin, le petit déjeuner fut servi dans le patio.
Jeanne était furieuse car ni son père ni sa mère n'étaient encore
descendus. «C'est cruel de dormir aussi tard alors que je suis
au supplice. Je ne supporte pas d'attendre. Il faut que je
sache.»

Finalement, Carlos fit son entrée dans le patio. Jeanne bondit, renversant sa chaise avec fracas. «Papa?

— Ta mère voudrait te parler, Jeanne. Va dans sa chambre.

— Oh, papa! Une conversation entre mère et fille... j'y cours.
Oh, papa, je suis si heureuse!» Elle ramassa ses jupes pour pouvoir gravir l'escalier quatre à quatre.

Mary resta clouée sur sa chaise. Elle se préparait à l'annonce
des fiançailles entre Jeanne et Valmont depuis que Berthe avait
parlé du billet. Elle était prête, pensait-elle. Elle maîtrisait par-

faitement ses émotions. Pas un battement de cils ne trahirait le cuisant dépit, la folle jalousie qui la consumaient.

Elle ne s'attendait pas du tout à entendre ce que Carlos Courtenay avait à lui dire.

« Mademoiselle MacAlistair — si tel est votre nom —, vous avez dix minutes pour quitter cette maison, sinon je vous jette nue à la rue. Voici de quoi acheter un billet pour retourner là d'où vous venez. Mon cocher vous déposera à l'embarcadère. »

Il jeta une enveloppe sur la table et tourna les talons. En partant, il ajouta sans la regarder : « Les domestiques sont en train de préparer vos bagages. Tous les habits qu'on vous a donnés ici sont à vous. Je ne veux même pas de leurs cendres dans ma maison. »

Livre Trois

23

Mary resta seule et abandonnée au milieu de la cohue qui régnait sur le quai. Me revoici à la case départ, songea-t-elle avec amertume. Un vent froid soufflait du fleuve. Le ciel bas et gris à l'image de ses pensées pesait comme une chape de plomb. Le port de La Nouvelle-Orléans était bien plus grand, plus bruyant, plus encombré que celui de Pittsburgh. Les bateaux se comptaient par douzaines ; les barriques et les balles s'amoncelaient en attendant d'être chargées à bord.

Mary savait à présent qu'elle devait faire attention à ses affaires. Serrant l'enveloppe avec l'argent dans une main, elle referma les bras autour du sac de voyage qu'on lui avait donné. Derrière elle, elle entendit s'éloigner la berline des Courtenay.

J'aurais dû frapper Carlos Courtenay, pensait-elle. J'aurais dû lui cracher au visage. Comment a-t-il osé me parler ainsi ? Et Clémentine... pas un mot, pas un regard : elle m'a juste empoignée par le bras et m'a poussée dans la voiture. Puis elle m'a jeté le sac et l'enveloppe. Elle ne me les a pas tendus, ne les a pas déposés sur le siège ; elle les a jetés comme on jette un os à un chien. Ils m'ont utilisée pour ensuite se débarrasser de moi. Exactement comme Carlos avec sa maîtresse, la petite-fille d'Hercule. Cet homme est un monstre.

Le choc de son expulsion de chez les Courtenay avait agi sur Mary comme une décharge d'adrénaline. Les pulsations précipitées de son cœur firent circuler dans ses veines le poison de la reine vaudou accumulé sous son cuir chevelu. Elle avait l'impression que sa tête était prise dans un étau. La douleur devenait insoutenable. Son estomac était en feu. Un liquide aigre lui monta au nez et à la gorge : elle comprit qu'elle allait vomir.

Pressant un coin de son sac contre ses lèvres, Mary courut en titubant vers le fleuve, ployée en deux par la douleur. Elle se laissa tomber dans la boue et, penchant la tête par-dessus la levée en bois, fut secouée de spasmes convulsifs.

Les passants faisaient un détour pour l'éviter. Certains pressaient le pas ; d'autres ralentissaient pour la dévisager. Mary était sourde et aveugle au monde extérieur.

Quand elle eut soulagé son estomac malade, elle s'agenouilla, chancelante, en pleurant doucement. Ses membres étaient fourbus ; elle avait un goût exécrable dans la bouche. Elle chercha un mouchoir dans sa poche, s'essuya les yeux et les lèvres. La dentelle du mouchoir se prit dans la broche en or que Berthe lui avait offerte la veille.

Une rage indicible déforma les traits de Mary. Tant de paroles suaves, de cadeaux qu'elle n'avait pas demandés... et elle qui avait été si contente, si reconnaissante. Elle croyait presque faire partie de la famille. Pauvre idiote ! Voilà qui lui servirait de leçon. Les Courtenay l'avaient traitée plus odieusement encore que si elle avait été une de leurs esclaves.

Elle se remit debout et arracha la broche. La colère avait décuplé ses forces. Son bras droit décrivit un moulinet ; un éclair d'or brilla dans l'air, et le bijou tomba dans l'eau boueuse, parsemée de détritus.

Un rire grave résonna derrière elle. Mary pivota sur elle-même, le poing levé, prête à s'en prendre à l'impertinent.

Elle se trouva face à un colosse dont les dents étincelaient dans un visage d'ébène. Sa peau était si noire qu'on eût dit une ombre ayant pris forme humaine. Le bras de Mary retomba. Elle se sentit très petite et vulnérable.

«Je reconnaîtrais ce bras vengeur entre mille, rit l'homme. Comment ça va, M'zelle ? Vous vous souvenez de Joshua ? » Il parlait anglais. Tout d'abord, Mary eut peine à comprendre. Puis le sens de ces paroles parvint jusqu'à elle. Joshua. Le premier bateau qu'elle avait pris à Pittsburgh. Les boules qui se détachaient du bastingage. La vache, l'homme au couteau, la boule en bois qui l'avait heurté à la tête avec un bruit mou.

Elle contempla le grand Noir comme si elle venait de retrouver un ami de longue date. Il appartenait à cette bienheureuse

162

époque où tout était frais et neuf, où elle partait vers une nouvelle vie, le cœur gonflé d'espoir et de confiance, où l'on ne l'avait
pas encore trompée, volée, abusée.

« Ben, voyons, M'zelle, faut pas pleurer comme ça !

— Oh, Joshua, si vous saviez dans quel pétrin je suis ! Pouvez-
vous m'aider ? »

24

«Ah ça, M'zelle, on peut dire que vous êtes dans la panade.» Joshua hocha la tête. Il avait écouté le récit des malheurs de Mary d'un air atterré et compatissant. Mais nullement surpris.

«C'est pas grave, allez! Nous pouvons toujours retrouver cette dame qui est supposée chercher votre grand-mère. La Nouvelle-Orléans, c'est pas vraiment grand, surtout la partie française. N'importe qui nous indiquera où elle habite.

— Vous m'aiderez?

— Pour sûr. Venez, je porterai votre sac.»

Après cinq minutes de marche, ils rencontrèrent une Noire qui vendait des calas au coin de la rue; encore cinq minutes et, suivant ses explications, ils arrivèrent devant la haute maison en brique où habitait Céleste Sazerac. Mary brossa sa jupe, prit une profonde inspiration et, soulevant le lourd heurtoir de cuivre, frappa à la porte. A cet instant, il se mit à pleuvoir. En quelques secondes, elle fut trempée jusqu'aux os.

Le majordome qui ouvrit la porte était vêtu à l'ancienne : livrée, bas et haut-de-chausses; une perruque poudrée encadrait son visage brun. Il posa sur Mary un regard dénué de toute expression. On eût dit une statue.

«J'aimerais voir Mlle Sazerac, fit-elle en français. Dites-lui que Mlle MacAlistair est là.»

Le majordome recula d'un pas, prit un plateau en argent sur un guéridon et le tendit à Mary. «Votre carte, mademoiselle.

— Je n'ai pas de carte de visite ; prévenez-la simplement que je suis là. Je suis mouillée et je voudrais entrer.

— Mlle Sazerac est absente. » L'homme reposa le plateau et voulut refermer la porte.

Mary la retint d'une main. Le désespoir la rendait audacieuse. « Quand reviendra-t-elle ? Elle me recevra, j'en suis certaine. Je peux attendre.

— Mlle Sazerac est partie pour une semaine. Je l'informerai de votre visite. » Le battant se referma.

Mary sentit son courage l'abandonner. Elle s'adossa à la porte et fondit en larmes.

« Allons, ne pleurez pas, M'zelle, dit Joshua. Une semaine, c'est pas bien long. P't-être qu'elle est partie à la recherche de votre famille. »

Mary s'essuya les yeux avec l'extrémité de son châle. Les paroles de Joshua n'étaient pas dépourvues de bon sens. Si elle n'avait pas été aussi malade, aussi mouillée, elle n'eût pas cédé si facilement au découragement. Elle esquissa un pâle sourire. « Je suis désolée. Je ne me sens pas très bien.

— Vous avez l'estomac vide, voilà le problème. Venez, on va acheter des calas au coin. » Joshua s'éloigna lentement. Mary le rattrapa, les jambes flageolantes. Elle ne vit pas le rideau s'écarter à une fenêtre de la maison Sazerac.

« Qui était cette jeune personne, Jacques ? » demanda la femme à la fenêtre. Sa tenue de deuil accentuait sa pâleur, une pâleur non pas mondaine mais exsangue, fruit de la maladie et de la dépression. Ses traits décharnés, les cercles mauves sous ses yeux ne masquaient pas entièrement la beauté qui naguère avait été la sienne. Elle ressemblait à une réplique macabre du portrait qui ornait le mur derrière elle. C'était le portrait d'une femme somptueusement parée, au faîte de la jeunesse et de la beauté ; ses curieux doigts, d'une longueur inhabituelle, serraient un délicat éventail de dentelle blanche.

« Elle a demandé à voir Mlle Céleste, Madame, répondit le majordome.

— Ah bon. » Anne-Marie Sazerac laissa retomber le rideau, et la pièce fut replongée dans la pénombre.

« Combien d'argent avez-vous dans cette enveloppe ? »

Mary avala la dernière bouchée. « Trente dollars. » Avec un

gâteau de riz chaud dans l'estomac, elle se sentait déjà beaucoup mieux. Et il avait cessé de pleuvoir.

«Au moins ils vont ont donné de quoi vous payer une place de bateau. Vous pouvez toujours repartir. Le vieux *Cairo Queen* sera ravi de vous avoir à bord. Et qui sait si je n'aurai pas besoin de vous pour fracasser le crâne d'un type qui m'aura agressé?»

Cette fois Mary eut un sourire spontané. «Merci, Joshua, mais je dois rester. C'est étrange, depuis que je suis arrivée ici, j'ai l'impression d'être chez moi. J'irai à l'hôtel en attendant le retour de Mlle Sazerac. Pourriez-vous m'en conseiller un?

— Y a toutes sortes d'hôtels, les uns chic, d'autres pires que la prison. L'ennui, M'zelle, c'est qu'un hôtel chic n'acceptera pas forcément une jeune femme seule; et même si on vous accepte, vos trente dollars ne vous feront pas la semaine. Avez-vous entendu parler de pensions? C'est moins chic qu'un hôtel, mais tout à fait respectable. J'en connais une par l'un des pilotes du *Queen*; sa sœur y loge en ce moment. Ce n'est pas le genre de vie dont vous avez l'habitude, mais c'est propre, on y mange bien, et vos trente dollars y dureront facilement deux mois. C'est dirigé par une veuve. Une Irlandaise, du nom d'O'Neill.

— Cela me convient parfaitement, Joshua. Où est-ce? Allons-y tout de suite.

— C'est un peu plus haut. Pas très loin d'ici. Mais je peux pas vous y emmener. C'est dans Irish Channel, en plein quartier irlandais, et les Irlandais détestent les nègres. Si je m'aventure dans Adele Street, je suis un homme mort. Je vous conduirai jusqu'à Canal Street et vous chercherai un agent de police pour vous accompagner le reste du chemin.»

Une pensée affreuse traversa l'esprit de Mary. «Oh Joshua, s'écria-t-elle, je vous ai causé un tort terrible. Jamais je n'aurais dû vous demander de venir avec moi. Vous ne pouvez pas me confier à un policier : il vous arrêterait sur-le-champ. Vous n'avez pas de laissez-passer.»

Le colosse noir la gratifia d'un sourire éblouissant. «Un laissez-passer, pour quoi faire, M'zelle? Je suis un homme libre.

— Ici? Dans le Sud? Je croyais que, pour être libre, il fallait partir dans le Nord.

— De ce côté-là, La Nouvelle-Orléans n'a rien à envier à New York, rit Joshua. La moitié des gens de couleur que vous croisez dans la rue sont libres.»

Mary réfléchissait toujours, perplexe, à ses paroles lorsqu'ils atteignirent Canal Street.

C'était la plus large avenue d'Amérique, fait ignoré de Mary mais qu'elle eût pu deviner aisément. Un trottoir spacieux bordé d'arbres longeait une chaussée trois fois plus importante que les rues du Quartier français ; en face, il y avait une bande plantée de gazon et d'arbres avec une allée au milieu et, au-delà, une autre chaussée et un autre trottoir. Des promeneurs élégants flânaient sur les trottoirs ; des équipages luxueux sillonnaient les pavés. Les belles demeures paraissaient toutes neuves. Ce n'était pas du tout la Nouvelle-Orléans que Mary avait découverte avec les Courtenay.

Elle se rappela les paroles de Carlos : Canal Street était la ligne de démarcation entre les Français et les Américains. La promenade centrale devait être le « terrain neutre », un bien joli endroit malgré son nom de guerre.

La Nouvelle-Orléans n'a pas fini de m'étonner. Et elle me réserve sûrement d'autres surprises.

Son attente ne fut pas déçue. Affable, l'agent de police offrit de porter son sac et l'escorta dans une rue qui, expliqua-t-il, s'appelait Magazine Street. Mary l'avait assuré qu'elle était capable de marcher ; au bout de quelques pas, elle commença à en douter. Un kilomètre et demi, avait-il dit. Le trajet lui parut beaucoup plus long.

Au début, la vue des maisons et boutiques du quartier l'intrigua, puis l'enchanta. Les façades accolées les unes aux autres cédèrent la place à de superbes résidences entourées de vastes jardins. La plupart étaient dotées de galeries à colonnes, de balcons et de grilles en fer forgé.

Sur le trottoir, entre-temps, les pavés et les briques furent remplacés par des planches qui rendaient la marche périlleuse. Les rues étaient glissantes de boue et d'autre chose que Mary préféra ne pas examiner de près. Pour traverser, elle devait enjamber des caniveaux chargés de détritus qui dégageaient une odeur nauséabonde.

Enfin ils laissèrent derrière eux Magazine Street et ses planches. « Plus que cinq blocs », annonça le policier, jovial.

Mary essaya de sourire. A chaque pas, elle avait de plus en plus de mal à lever les pieds. La boue collée à ses semelles pesait une tonne ; ses jambes se dérobaient sous elle.

Un bloc. Deux. Nous sommes presque arrivés. C'est la rue qui me déplaît. Les maisons sont jolies. Petites mais agréables. Trois blocs. Quatre. Un cri aigu d'animal monta à ses oreilles. Quelque chose lui heurta les mollets, et elle atterrit sur les mains et sur les genoux, trop surprise pour proférer un son. Elle tourna la tête et se trouva nez à nez avec la face barbichue d'une chèvre.

« Tout va bien, mademoiselle ? » Le policier l'aida à se relever.

« Je suis toute sale, répondit Mary faiblement, incapable de retenir ses larmes.

— Allons, allons, il ne faut pas pleurer ! » Il semblait consterné par le sentiment de sa propre impuissance. Il l'entraîna à vive allure le long de la rue et la laissa avec son sac à la porte de l'unique maison de deux étages du bloc.

« Voilà, tout va s'arranger maintenant, fit-il d'une voix chaleureuse. Mme O'Neill prendra soin de vous. » Il porta deux doigts à son casque et battit en retraite.

Mary frappa à la porte. Elle entendait chanter à l'intérieur. S'il vous plaît, soyez là, implora-t-elle silencieusement. Et soyez gentille avec moi.

La femme qui lui ouvrit était si minuscule qu'au début Mary la prit pour une enfant. Puis elle aperçut des fils d'argent dans les épaisses nattes cuivrées qui reposaient en couronne autour de sa tête, et des pattes d'oie autour de ses yeux bleus quand elle lui sourit.

« Vous êtes la créature la plus dépenaillée que j'aie jamais vue ! Entrez et dites-moi qui vous êtes. Moi je suis la veuve O'Neill.

— Je m'appelle Mary MacAlistair.

— Entrez, Mary MacAlistair. Il y a du feu dans la cuisine et une bouilloire sur le feu. »

Jamais de sa vie Mary n'avait éprouvé pareille gratitude. « Merci. » Elle n'avait rien trouvé d'autre à dire, mais dans ce mot banal elle avait mis tout son cœur.

25

La veuve O'Neill n'entendait pas être payée en remerciements. Une fois Mary installée près du feu, une tasse de thé à la main, l'énergique petite femme alla droit au but.

« Vous me verserez trois dollars par semaine. D'avance, tant que je ne serai pas sûre de vous. Ensuite vous me payerez à la fin de chaque semaine. Je ne vous connais pas, Mary Mac-Alistair : si vous n'avez pas cet argent, buvez votre thé et passez votre chemin.

— J'ai l'argent... » Mary fouilla dans sa poche.

« Parfait. Vous me le donnerez tout à l'heure, quand vous vous serez séchée et réchauffée. Le petit déjeuner est servi à six heures, le dîner à sept. Si vous arrivez en retard, il faudra vous contenter de ce qui reste, c'est-à-dire généralement rien. Si vous voulez que je vous prépare un panier-déjeuner, cela vous coûtera un dollar de plus par semaine. D'accord ? »

Mary hocha la tête. Elle ignorait ce qu'était un panier-déjeuner, mais Mme O'Neill ne lui laissait guère le temps de poser des questions. « Vous pouvez prendre un bain ici, dans la cuisine. C'est moi qui décide de l'heure et qui fournis le baquet. Vous tirez et chauffez l'eau vous-même, et vous nettoyez le baquet quand vous avez fini. S'il n'est pas assez propre à mon goût, vous recommencez. L'usage du baquet et de la serviette vous coûte vingt-cinq cents. Je fournis le savon pour le bain, mais quand vous faites votre lessive, vous utilisez votre propre savon. Il y a une cuve et un fil à linge dans la cour. Vous pouvez également vous servir de mon fer et de ma table à repasser, mais uniquement quand moi je ne m'en sers pas. Les draps sont changés tous les quinze jours ; quant aux oreillers, vous n'en trouverez pas de meilleurs dans toute la ville. Veillez à ce que votre tête soit la seule à s'y poser, autrement c'est la porte. J'ai un salon où vous pouvez recevoir votre homme, si vous en avez un, et la porte ouverte, s'il vous plaît. C'est une maison honnête, et je ne tolère pas d'inconduite sous mon toit. Si vous acceptez ces conditions, Mary MacAlistair, je vais remplir votre tasse pendant que vous sortez l'argent, puis je vous montrerai votre chambre. Aujourd'hui nous sommes mercredi. Vous pouvez me payer un dollar trente pour le reste de la semaine ou bien quatre dollars vingt-cinq jusqu'à la fin de la semaine prochaine. Je ramasse le loyer le samedi, jour de paye, la vôtre et la mienne. »

Mary paya quatre dollars vingt-cinq cents à la veuve O'Neill. En échange, elle reçut un lit étroit dans une chambre exiguë et une série de leçons.

Au couvent, elle faisait son lit tous les jours et, patiemment conseillée par les religieuses, elle s'était confectionné une robe pour la cérémonie de fin d'études. Son expérience des tâches domestiques s'arrêtait là.

Elle fit un brin de toilette, se changea, se brossa les cheveux et alla trouver Mme O'Neill pour lui demander de l'aide. « Pourriez-vous m'apprendre à laver et à repasser mes vêtements ? Ma robe est horriblement sale. »

La veuve leva les yeux de la pomme de terre qu'elle était en train d'éplucher. « Vous apprendre ? Comment cela ?

— Je ne sais pas faire la lessive. On s'est toujours occupé de moi. Avant de venir à La Nouvelle-Orléans, j'étais à l'école. Je recherche ma grand-mère… » Et elle narra ses mésaventures à la veuve.

Pendant qu'elle parlait, Mme O'Neill continua à éplucher les pommes de terre. Ensuite elle entreprit de les couper en tranches. Quand Mary eut terminé, elle les coupait toujours.

Son silence déconcerta Mary. La veuve balaya les rondelles blanches dans une marmite. Lorsqu'elle s'affaira devant l'âtre pour suspendre la marmite à un crochet, Mary, n'y tenant plus, s'approcha d'elle. « Qu'en dites-vous, madame O'Neill ? Ne trouvez-vous pas qu'on m'a traitée d'une manière honteuse ? »

La petite veuve regarda Mary. « Ce que j'en dis, hein ? Je dis que vous êtes la pire des gourdes qui aient jamais mis les pieds dans cette cuisine. Tenez-moi ça pendant que je remonte le crochet. »

Une fois la marmite sur le feu, elle toisa Mary, les mains sur les hanches.

« Vous ne m'avez pas l'air infirme. Donc vous êtes stupide. Qu'attendez-vous de moi, ma fille ? Que je pleure sur votre sort parce que vous avez perdu votre boîte de colifichets ? Que votre vieux papa ne vous a pas laissé une fortune ? Que vous n'avez pas connu votre mère ? Moi, je vois une grande fille qui s'imagine que le Bon Dieu va, toutes affaires cessantes, lui offrir le monde sur un plateau, même si elle le dilapide plus vite qu'Il ne peut le lui livrer. Vous avez déjà eu plus que votre part, Mary MacAlistair. Il est temps que vous vous mettiez au travail. »

Mary resta sans voix. La veuve O'Neill avait vu juste : elle pensait l'apitoyer, et maintenant elle ne savait quelle attitude adopter. « Excusez-moi, dit-elle. Je monte m'allonger quelques instants. Je ne me sens pas très bien. » Consternée, elle se rendit compte que sa voix chevrotait. Je ne vais tout de même pas pleurer devant cette horrible mégère ! Elle sortit de la cuisine, la tête haute, serrant les mâchoires pour empêcher son menton de trembler.

Une fois dans sa chambre, Mary s'aperçut qu'elle n'avait plus envie de pleurer. Elle était trop en colère.

Il n'était pas encore midi, bien qu'elle eût l'impression que la journée avait été interminable. Il restait plus de sept heures avant le dîner. Elle les passa assise avec raideur au bord du lit, sa faim croissante alimentant sa fureur.

Elle commença par Mme O'Neill et ses propos peu amènes, reprocha à Joshua de l'avoir envoyée dans ce lieu inhospitalier, puis s'en prit à Carlos Courtenay, sa famille, ses domestiques, ses amis. Même Jeanne. Surtout Jeanne. Tous ses désirs étaient exaucés. Elle allait épouser Valmont Saint-Brévin. Mary s'en moquait à présent. Ils se valaient, ces deux égoïstes, futiles, superficiels. Valmont n'avait même pas réagi lorsqu'elle avait pris sur elle pour le remercier de l'avoir sauvée lors de cette soirée de cauchemar, sa première soirée à La Nouvelle-Orléans.

Le soir où Rose Jackson l'avait trahie de manière aussi ignoble. A la pensée de Rose, Mary tapa du poing sur le lit. Rose, la pire de tous, qui lui avait extorqué son admiration, voire son affection. Rose, tout sucre et miel, qui avait volé ses seuls biens, y compris son passé familial, et tenté de lui voler son avenir en

171

faisant d'elle l'une des créatures qui peuplaient son jardin faussement paradisiaque.

Oui, Rose était la pire de tous, fausse jusqu'au bout des ongles. Elle avait menti depuis leur première rencontre, menti en paroles et par omission.

Exactement comme mon père.

Mary s'efforça de chasser cette idée. Mais les mots continuaient à résonner dans sa tête. Elle se raccrocha aux débris du monde imaginaire qui lui avait si longtemps servi de refuge : il était trop occupé pour écrire, venir la voir, passer des vacances avec elle ; pour prouver qu'il l'aimait, il envoyait de luxueuses corbeilles de friandises ; il l'avait éloignée sur l'insistance de sa mère ; il était fier de l'exhiber à ses amis qu'il invitait toujours à Noël, quand elle était à la maison.

Ce fut peine perdue. Le charme n'opérait plus.

«Mon père était un menteur», chuchota-t-elle tout haut. Son esprit voguait d'un souvenir à l'autre, cherchant à démentir cette affirmation, à s'abriter derrière l'amour inconditionnel qu'elle lui portait. Mais cet amour-là n'existait pas car l'homme qu'elle aimait n'existait pas. Elle l'avait inventé.

Je ne suis même pas triste qu'il soit mort. Sa femme aussi est morte à mes yeux. Je suis heureuse de ne plus jamais la revoir. C'est une garce. Quelle chance qu'elle ne soit pas ma mère !

Je ne l'ai jamais aimée. Pendant tout le temps où j'étais en adoration devant elle, je ne l'ai pas aimée. Elle mentait également, m'appelait «notre fille», répondait quand je lui disais «mère».

Ils ont tous menti. Tous.

Même moi.

Mary se boucha les oreilles comme pour se protéger des mots qu'elle entendait dans sa tête.

Tu as menti plus que les autres. Chaque fois que tu trouvais une excuse à ton père, tu mentais. Chaque fois que tu te disais : «Je suis heureuse», tu mentais. Chaque fois que tu t'absorbais dans tes rêveries, c'était un mensonge. Tu croyais à leurs mensonges car tu ne voulais pas chercher plus loin, tu avais peur de la vérité. De tous les menteurs c'était toi la pire, car tu trichais avec toi-même.

L'esprit de Mary était comme un kaléidoscope actionné par une main invisible. Les fragments colorés de ses souvenirs se disloquèrent, formèrent un nouveau dessin, et elle vit tout sous un autre jour. La veuve O'Neill avait raison. Je suis une gourde.

La colère contre ceux qui l'avaient trahie se retournait à présent contre elle-même, contre le monde factice qu'elle s'était bâti.

Elle contempla son reflet dans le petit miroir accroché au-dessus du lit. «Tu t'es conduite comme une imbécile, Mary MacAlistair. Maintenant, à toi de jouer. Quoi qu'il t'en coûte, apprends à vivre dans un monde sans rêves. La seule personne sur qui tu puisses compter, c'est toi-même. Débrouille-toi pour qu'elle soit digne de ta confiance.»

A cet instant, elle entendit un tintement de cloche. Jusque-là, les bruits de la maison et de la rue n'avaient pas franchi le seuil de sa conscience. Le son de la cloche fut comme un signal. Elle perçut des voix, des cris, des rires, les chiens qui aboyaient, les roues qui grinçaient, quelqu'un qui chantait.

Mary se leva, s'étira pour se dégourdir les membres. N'était-ce pas excitant? Un monde nouveau, différent, l'attendait dehors. Il était différent car elle n'était plus la même.

Elle ouvrit la porte et sortit à sa rencontre.

26

Pendant que Mary se préparait à affronter sa nouvelle existence, une tempête faisait rage chez les Courtenay.

Le nom de cette tempête était Jeanne.

Elle était montée dans la chambre de sa mère, croyant apprendre que Valmont avait demandé sa main.

Au lieu de quoi, Berthe lui annonça que Valmont avait voulu voir son père pour lui parler de Mary, d'un secret si honteux dans le passé de Mary qu'ils étaient obligés de se séparer d'elle.

« May-rie ? Valmont a vu papa pour parler de May-rie et non de moi ? » Jeanne se jeta en pleurs sur le lit de sa mère.

Berthe fit de son mieux pour la consoler, en vain. Quand Marie Laveau arriva pour coiffer Jeanne invitée à un déjeuner, elle trouva la mère et la fille en larmes.

La raison en était, expliqua Berthe, le départ de l'amie de Jeanne.

« Mademoiselle va abîmer ses beaux yeux, dit Marie. Je vais lui frictionner les tempes et préparer un bain pour ses paupières. Ainsi que pour les vôtres, Madame. » Elle souleva Jeanne sans effort, l'installa sur une chaise et, debout derrière elle, massa son front d'un vigoureux mouvement circulaire en murmurant d'étranges incantations.

Tout en travaillant, elle songeait à Mary MacAlistair. Marie riait secrètement. Mlle Sazerac serait folle de rage quand elle saurait que sa victime avait pris la poudre d'escampette. Tant mieux ; Marie n'aimait pas Céleste et elle n'avait rien contre Mary. La

174

jeune Américaine avait échappé à la mort. Tout au plus souffrirait-elle de quelques migraines, d'une faiblesse passagère dans les membres avant de se rétablir complètement. Quant à Marie, elle avait toujours les pièces d'or. Tout était bien qui finissait bien.

La petite Courtenay s'était enfin calmée. Marie fit signe à la mère, portant un doigt à ses lèvres pour lui imposer le silence, et entreprit de sortir différentes fioles de son sac.

«Faites-vous une compresse avec ceci, Madame, dit-elle à Berthe, et appliquez-la sur vos paupières pendant que vous vous reposez. Je vais dans la chambre de Mademoiselle pour lui baigner les yeux et la coiffer.»

Jeanne la suivit comme une somnambule.

L'agitation s'empara à nouveau d'elle au moment où Marie mettait la touche finale à sa coiffure. «Regardez-moi!» Elle se cramponna au bras de Marie. «Ne suis-je pas belle?

— Très belle, Mademoiselle.

— Alors pourquoi l'homme que j'aime ne veut-il pas de moi? Je suis désespérée. Il y a sûrement quelque chose à faire. On raconte que vous... aidez à résoudre ce genre de problèmes... qu'il existe des sorts... des potions... des envoûtements...»

Marie ôta la main de Jeanne de son bras. «En effet, Mademoiselle. Ça existe.» Elle planta un petit peigne dans les cheveux de Jeanne pour maintenir une longue boucle derrière son oreille gauche.

«Je dois m'en procurer coûte que coûte. Que faut-il faire pour cela?» Jeanne leva sur elle de grands yeux implorants.

«Il est indispensable de connaître la situation, Mademoiselle, le nom et l'adresse de l'homme. De plus, cette magie-là se paie.

— Je n'ai pas d'argent. N'y aurait-il pas autre chose? Mes perles? Ma cape fourrée? Ma robe de Paris? Elle est cousue de perles.»

Marie jeta un coup d'œil sur l'écrin de velours qui contenait le rang de perles de Jeanne. Elles étaient de la plus belle eau, parfaitement assorties, éclatantes. Elles devaient valoir des milliers de dollars, infiniment plus que l'amour de n'importe quel homme. Que les femmes étaient donc stupides! Les hommes aussi, du reste. Leur stupidité avait rapporté une fortune à Marie.

«Il y a un arbre au fond du jardin derrière la cathédrale, déclara-t-elle. Son ombre tombe dans la rue à l'endroit où un infirme vend des gâteaux à la noix de coco. Dans le tronc de cet arbre, il y a un trou de la largeur d'une main. Nouez les perles dans un mouchoir et déposez-les dans ce trou. Je vous apporterai ce qu'il vous faut le lendemain.

— Mais je le veux maintenant. Prenez les perles maintenant.

— Ce n'est pas ainsi que l'on procède, Mademoiselle. Faites ce que je vous dis ou vous n'y arriverez pas.

— D'accord. D'accord. Je ferai tout ce que vous voudrez. Seulement, je vous en supplie, aidez-moi. »

Marie recula pour contempler la coiffure de Jeanne. C'était impeccable. Elle commença à ranger ses lotions et ses pommades dans son sac. « Le nom de cet homme, son adresse ?

— Valmont Saint-Brévin. Il vit dans une plantation sur le fleuve. Sa plantation s'appelle Angélus. »

Marie hocha la tête. Jeanne scruta son visage à la recherche d'un signe d'assurance, d'appréhension, d'avertissement... quelque chose qui indiquerait ses chances de succès. Mais l'expression de Marie Laveau demeurait impénétrable.

Lorsqu'elle fut bien loin de la maison des Courtenay, Marie rit à gorge déployée en se tenant les côtes. Même quand il se mit à pleuvoir et qu'elle dut hâter le pas, elle riait toujours. Son accès d'hilarité dura jusqu'à ce qu'elle arrivât, trempée, dans sa maison de Saint Anne Street.

Située en retrait, chose rare dans le Quartier français, la maison était précédée d'un jardin où poussaient pêle-mêle des plantes grimpantes et des bananiers. Une large feuille chargée d'eau de pluie se vida sur la tête de Marie tandis qu'elle ouvrait la grille percée dans une clôture en bois avachie. Elle jura sans se départir de sa bonne humeur.

Que l'on s'adressât à elle pour jeter un sort à Valmont Saint-Brévin, c'était vraiment trop drôle !

Peu de gens savaient que Valmont et Marie étaient très liés. C'était une étrange amitié, compte tenu de leurs tempéraments.

Valmont considérait les femmes comme des créatures futiles, proies faciles et commodes quand elles étaient de condition modeste, à éviter lorsqu'elles appartenaient à son propre milieu. C'était une attitude communément répandue parmi les hommes et qu'il ne songeait nullement à remettre en cause.

Pour Marie, les hommes étaient des pantins aisément manipulables au gré de ses lubies et pour son plus grand profit.

Chacun d'eux, cependant, respectait, admirait et appréciait

l'autre. Et tenait à son amitié d'autant plus qu'elle semblait improbable.

Ils s'étaient rencontrés une vingtaine d'années auparavant, alors que Valmont, âgé de treize ans, s'apprêtait à partir pour Paris. La vieille nourrice noire qui, avant lui, avait élevé son père l'amena chez la mère de Marie, la reine vaudou. Elle voulait un porte-bonheur, un talisman qui le protégerait en France et le ramènerait à la maison sain et sauf. Le jeune Valmont se montra gêné, mais coopératif. Il adorait sa nounou. Il suivit toutes les instructions de la reine vaudou, se prêta aux onctions, saupoudrages et ingestions au cours d'une longue cérémonie abondamment parfumée à l'encens et accepta une bourse contenant un « bon et puissant gris-gris » avec force gracieux remerciements. Il perdit contenance une seule fois, quand une créature agile sauta sur son dos tandis qu'il longeait en sortant l'allée de bananiers.

C'était Marie, alors âgée de quatre ans. Elle avait tout entendu et le supplia de lui envoyer de France une vraie poupée de cire.

Sa mère libéra Valmont de son étreinte importune et gronda l'enfant. Mais il promit d'envoyer la poupée et il tint sa promesse.

Marie apprit l'alphabet afin de lui écrire une lettre de remerciements. Et de demander des robes neuves pour sa poupée.

Au fil des ans, ils échangèrent ainsi des lettres et des cadeaux épisodiques. Marie avait grandi : ses lettres devenaient pour Valmont la plus distrayante et instructive des sources d'information sur la vie à La Nouvelle-Orléans. Et ses questions sur Paris et la France attirèrent son attention sur des choses qu'il eût de lui-même ignorées. Il lui expédia des livres, des dessins, des journaux. Elle envoya les herbes et les épices indissociables de la cuisine créole, accompagnées de leur mode d'emploi.

Dans cette correspondance, comme il arrive souvent, ils dévoilèrent des pensées et des sentiments que l'on confie rarement de vive voix, même à un proche. Lorsque Valmont rentra à La Nouvelle-Orléans, ils étaient devenus si intimes que même le choc de la rencontre ne put ébranler leur amitié. Ce lien précieux, aucun des deux ne voulut le mettre à l'épreuve en le troquant contre les attaches précaires d'une liaison. Ils préféraient se livrer à un jeu subtil de regards, de paroles et de gestes qui, tout en reconnaissant l'issue possible, leur en défendait l'accès. Leur amitié en sortit renforcée.

Marie connaissait l'âme de Valmont mieux encore que lui-même. Ce serait une énorme plaisanterie que de l'envoûter pour le compte de la petite Courtenay. Si grands, cependant, que fussent ses pouvoirs, ils n'étaient pas illimités. Elle devrait donc se contenter du tour habituel qu'elle jouait aux femmes de la catégorie de Jeanne. Si jamais cela marchait, Valmont s'y laisserait prendre aussi. Bien sûr, elle ne pourrait lui révéler son rôle dans cette affaire, mais elle en rirait jusqu'à la fin de ses jours.

Elle pénétra dans la maison et laissa tomber ses vêtements mouillés sur le plancher. Souriant, chantonnant, nue et belle, elle fit le tour de sa cuisine pour réunir les ingrédients de la potion magique qu'elle échangerait contre les perles de Jeanne.

L'amour était une entreprise hautement rentable. Plus encore que la haine. Elle se promit d'envoyer un mot à Céleste Sazerac pour l'informer du départ de Mary MacAlistair.

Décidément, elle n'avait pas perdu sa journée. Marie se mit à chanter en mélangeant les poudres dans un bol. Elle espérait sincèrement que les migraines de Mary MacAlistair ne la faisaient pas trop souffrir. Dommage qu'elle n'eût pas la possibilité de lui faire parvenir un antidote.

27

En apprenant le départ de Mary, Céleste Sazerac entra dans une rage noire. Elle déchira le billet de Marie Laveau en mille morceaux, qu'elle éparpilla sur le plancher et piétina en gémissant entre ses dents.

Au beau milieu de cet accès de fureur, elle s'arrêta net et s'accroupit, une main sur la bouche, penchant la tête pour mieux entendre les bruits imaginaires. Puis elle se laissa tomber sur les genoux pour rassembler fébrilement les minuscules morceaux de papier, convaincue que quelqu'un pourrait les trouver et l'accuser d'une tentative de meurtre.

Une fois les morceaux réunis en pile devant elle, elle les mangea.

Plus tard, elle descendit prendre le café dans le boudoir de sa mère.

« Comment s'est passé ton séjour au bord du lac, Céleste ? s'enquit vaguement Anne-Marie Sazerac.

— Très bien. Mais le service n'était pas à la hauteur.

— Personne ne va là-bas en hiver. C'est même étonnant qu'ils soient ouverts.

— Ils ont ouvert une suite pour moi. Auriez-vous oublié, maman, que cet hôtel nous appartient ? Le reste de la famille y va généralement en été. Je me demande bien pourquoi. Je n'aime pas le lac en été ; il y a trop de monde. »

Céleste n'aimait le lac ni en été ni en hiver. Elle détestait s'éloigner de la maison de Royal Street où elle régnait en despote. Mais c'était la seule retraite qui lui était venue à l'esprit. Elle ne voulait pas être en ville au moment de la mort et de l'enterrement de Mary MacAlistair. Elle avait trop peur de laisser éclater sa joie.

Apparemment, ces malheureux dix jours à l'hôtel n'avaient servi à rien. Dix jours d'angoisse à l'idée que quelqu'un forçât la serrure de son armoire et découvrît la cassette. Dix jours loin de son trésor. Dix jours sans sa mère et les bribes d'attention qu'elle prodiguait à Céleste. Dix jours d'attente pour retrouver enfin la tranquillité.

Et tout cela en vain.

Jacques entra sans bruit et murmura à Céleste qu'une jeune personne du nom de MacAlistair était à la porte.

Un cri bref échappa à Céleste.

Sa mère leva les yeux du livre qu'elle ne lisait pas.

« Ce n'est rien, maman. » Céleste envoya Jacques chercher du café chaud pour sa mère, à la place du pot auquel elle n'avait pas touché, et se hâta vers la porte.

« Bonjour, mademoiselle Sazerac. Je suis heureuse de vous trouver à la maison. Avez-vous... »

Mary n'eut pas le temps de terminer. « Allez-vous-en, grogna Céleste. Vous n'avez pas de famille à La Nouvelle-Orléans. Allez-vous-en d'ici et ne revenez jamais plus. Je n'ai rien à voir avec vous, vous m'entendez ? Partez, laissez-moi tranquille. » Et elle lui claqua la porte au nez.

Mary grimaça et tourna les talons. Dans la maison d'à côté, une femme de chambre discutait par la fenêtre ouverte avec le marchand de charbon. Tous deux s'étaient tus pour écouter la tirade de Céleste. Ils dévisagèrent Mary avec une curiosité non déguisée.

Elle sourit et hocha la tête. « Au fond, dit-elle, je ne suis pas vraiment surprise. »

Elle avait beaucoup appris durant sa semaine dans Irish Channel. Premièrement, comme disait une nouvelle amie, attends-toi toujours au pire et tu ne seras jamais déçue.

Deuxièmement, ce n'était ni un péché ni un crime que de sortir seule dans la rue. Au contraire, à l'idée de n'avoir de comptes à rendre à personne, Mary éprouvait une grisante sensation de liberté. Maintenant que ses pires craintes s'étaient réalisées, elle en vacillait presque de soulagement. Elle n'avait plus rien à redouter. Son destin était entre ses mains.

Elle tourna dans Dumaine Street et se dirigea d'un pas vif vers le marché. Il était neuf heures passées ; l'affluence matinale était terminée. Mary flâna entre les étals, examinant la marchandise. Son inspection achevée, elle retourna là où l'odeur du gombo lui avait paru la plus alléchante. « Avez-vous du crabe dans votre gombo ? » questionna-t-elle, s'efforçant d'imiter le dialecte noir.

Le marchand qui touillait le contenu de la marmite sourit de toutes ses dents. « Plein de crabe, m'zelle, et plein de langoustines. Vous n'en trouverez pas de meilleur dans toute la Louisiane. »

Mary lui tendit une piécette appelée *picayune*. En échange, elle reçut un bol de terre cuite rempli de soupe épaisse et fumante. Elle mangea avec délectation ; la veuve O'Neill nourrissait copieusement ses pensionnaires, mais les assaisonnements relevés de la cuisine créole lui manquaient.

Elle rendit le bol vide au marchand en le complimentant sur sa recette. Il lui donna une boule de gomme à la noix de coco. « Lagniappe, m'zelle. »

Mary le remercia et poursuivit son chemin en mastiquant le bonbon gluant. Elle avait pris un petit déjeuner consistant et n'avait pas vraiment faim ; pas plus qu'elle ne cherchait à oublier l'accueil de Céleste Sazerac. En vérité, elle avait envie de fêter sa liberté retrouvée, son avenir dont elle serait désormais la seule à décider.

Du haut de la digue, elle contempla les drapeaux qui flottaient au vent sur les mâts des navires. Leurs couleurs vives se détachaient sur le bleu du ciel. La journée était froide et ensoleillée. Une vague d'exultation envahit Mary. Tout était possible à La Nouvelle-Orléans, terre d'aventures et de découvertes.

Elle traversa la place d'Armes, s'arrêtant pour admirer l'œuvre de l'extravagante baronne. Le second bâtiment semblait presque terminé. Mary s'attarda près du canon au centre de la place dans l'espoir d'apercevoir la baronne. Mais les majestueux édifices ne donnaient aucun signe de vie, hormis une porte au rez-de-chaussée à sa gauche. Mary s'en approcha pour jeter un œil à l'intérieur.

C'était la porte d'une boutique. Elle vit quatre comptoirs en acajou massif, un mur tapissé d'étagères avec des capotes, des camisoles, des châles, des mantes. Une jeune femme accourut pour demander en anglais si Mary désirait voir quelque chose en particulier.

Mary aurait voulu tout voir, mais elle n'avait pas d'argent à dépenser. Elle fit non de la tête et se dirigea vers la cathédrale qui dominait la place. Après la lumière du jour, ses yeux ne s'adaptèrent pas immédiatement à la pénombre. Mary attendit quelques instants, se signa, esquissa une génuflexion et se glissa dans une rangée du fond où elle s'agenouilla en murmurant des prières.

« Merci, Seigneur, de m'avoir aidée à trouver le bonheur que je ressens aujourd'hui. »

Elle commença à se lever, se ravisa et s'agenouilla à nouveau.

« Aidez-moi aussi demain, s'il vous plaît, dans la recherche du travail qui me permettra de gagner ma vie. »

En sortant de la cathédrale, Mary se rendit dans Chartres Street qu'elle arpenta de long en large pour regarder les vitrines. Personne ici ne se précipitait à sa rencontre ; il y avait trop de monde. Elle put donc admirer à loisir les articles élégamment disposés sur les présentoirs. Cette occupation lui prit trois bonnes heures.

En arrivant dans Canal Street, elle accéléra le pas. Cette fois, c'était plus sérieux : elle avait des courses à faire. Elle trouva tout de suite l'adresse qu'on lui avait indiquée. Le nom s'étalait en toutes lettres sur le fronton d'un bâtiment : D. H. HOLMES. Le magasin lui parut immense ; il eût pu contenir sans peine toutes les boutiques de Chartres Street. Elle alla d'un rayon à l'autre, d'un comptoir à l'autre, éblouie par l'abondance et la variété de choix.

Elle avait emporté cinq dollars prélevés sur son précieux capital, somme qu'elle dépensa avec parcimonie. A trois heures, elle émergea du magasin, triomphante, les joues en feu. Elle portait un grand paquet qui contenait une solide paire de bottines noires, des gants en laine, cinq mètres d'alpaga couleur chocolat, deux jeux de manchettes et de cols blancs, des boutons et du fil marron, et deux aiguilles. Sur sa tête trônait une capote neuve, avec un espiègle ruban de taffetas à rayures blanches et marron, noué sous le menton.

C'était la première fois qu'elle s'achetait quelque chose toute seule. Elle avait trouvé tout ce qu'elle cherchait. Et il lui restait encore soixante cents.

De quoi acheter des gâteaux pour ses amis de la pension et rentrer en tramway.

« Madame O'Neill, regardez ce que j'ai acheté pour le dessert. » Mary posa la boîte enrubannée sur la table de la cuisine. « J'ai passé une merveilleuse journée ! »

Mme O'Neill défit le ruban, le lissa entre ses doigts et le roula avec soin. Elle le rangea dans une boîte sur une étagère et ensuite seulement ouvrit la boîte de pâtisseries.

« Du chocolat. » Elle effleura un gâteau du bout du doigt et mit une parcelle de glace sur sa langue. « Du vrai chocolat… Ça fait plus de vingt ans que je n'ai pas goûté de vrai chocolat. » Elle s'assit sur un tabouret près du feu. « Faut croire que vous avez retrouvé votre grand-mère, Mary, et qu'elle est aussi riche que vous le pensiez.

— Non, non, absolument pas. Je ne l'ai pas retrouvée. Mlle Sazerac m'a fermé la porte au nez. Dans un sens, tant mieux. Je préfère vivre ma vie comme je l'entends. »

La veuve O'Neill ravala les paroles qui lui montaient aux lèvres. Cette petite apprendrait assez tôt ce qu'était la vie. A sa grande surprise, Mary s'était révélée bonne élève. En une semaine, elle s'était initiée à l'art de la lessive et du repassage ; elle avait appris à balayer, à astiquer, à repérer son chemin dans le quartier et à travers la ville. Elle avait également fait la connaissance des autres pensionnaires et était allée à la confession le samedi, et à la messe le dimanche. Par-dessus le marché, elle n'avait pas joué les grandes dames ni raconté ses malheurs de pauvre petite fille riche. Mme O'Neill s'était presque prise d'affection pour elle. Elle espérait bien la garder comme pensionnaire, aussi longtemps que Mary aurait de l'argent pour la payer, bien sûr.

« Puis-je emprunter votre paire de ciseaux, madame O'Neill ? Je vais me faire une robe pour demain, pour aller chercher du travail. J'ai acheté du joli tissu.

— Vous savez coudre, Mary MacAlistair ?

— Oh oui. Il m'est déjà arrivé de me confectionner une robe.

— Et vous avez l'intention de vous en faire une avant demain ?

— Je suis prête à y travailler toute la nuit, s'il le faut.

— Je vois. Vous aurez besoin de pétrole pour votre lampe.

— Oh ! Je n'y avais pas pensé. Merci beaucoup.

— Avez-vous pensé à acheter une aiguille ?

— Ça, oui. Ainsi que du fil, des boutons et un très joli col avec des manchettes qu'on peut laver séparément. J'ai tout ce qu'il me faut.

— Et des épingles ? »

Le visage de Mary s'allongea.

« Ce n'est pas grave, fit la veuve. J'en ai une boîte que je peux vous prêter. »

Je deviens gâteuse, se dit-elle après que Mary se fut enfermée dans sa chambre pour se mettre au travail.

Jeanne Courtenay lui avait donné une robe de mousseline vert pâle parsemée de petites fleurs roses et boutonnée de haut en bas à l'aide de roses en porcelaine. C'était la robe préférée de Mary, et la plus seyante des cinq. Elle avait donc décidé d'en copier le modèle, à quelques variantes près, en utilisant la mousseline en guise de patron. Il suffisait de défaire les coutures, de découper l'alpaga suivant les contours, et elle aurait deux belles robes, l'une pour l'été, l'autre pour l'hiver. Même à La Nouvelle-Orléans, il faisait trop froid au mois de novembre pour se promener en tenue d'été. Et puis il lui fallait quelque chose de moins frivole que les vieilles robes de Jeanne pour se présenter devant ses futurs employeurs. Elle voulait paraître adulte et responsable.

Son plan, astucieux au demeurant, se révéla moins facile à réaliser qu'elle ne l'avait cru. La robe de Jeanne était bien faite; les coutures étaient solides, et les points difficiles à trouver et à défaire. Mary se débattait encore avec la première couture lorsque le jour commença à baisser. Et, à peine l'eut-elle terminée, qu'elle entendit les pas familiers des autres pensionnaires qui rentraient du travail. Ils étaient quatre : trois hommes et une jeune femme, de deux ans son aînée.

La veuve O'Neill occupait la plus grande maison d'Adele Street. Elle avait quatre pièces par étage, de part et d'autre d'un étroit couloir. La chambre de Mme O'Neill se trouvait au premier; les hommes logeaient dans les trois autres chambres. Mary et l'autre jeune femme dormaient au rez-de-chaussée. L'une des grandes pièces carrées avait été divisée en deux rectangles, de quoi mettre un lit, une table et une chaise. La table servait à la fois de bureau et de table de toilette : elle était pourvue d'un broc et d'une bassine, ainsi que d'une serviette accrochée à une patère. Il y avait d'autres patères derrière la porte, pour suspendre les vêtements.

Le reste du rez-de-chaussée se partageait entre la cuisine, la salle à manger où les pensionnaires se retrouvaient à l'heure des repas et pour se détendre après le dîner, et le salon, orgueil de la maison. A la connaissance de Mary, jamais personne n'y entrait, à l'exception de Mme O'Neill armée d'un chiffon à poussière et d'un balai-brosse. Le cœur de la maison était la cuisine le jour, la salle à manger le soir.

La voisine de Mary frappa et passa la tête par la porte. «Comment s'est passée la journée?

— Très bien, Louisa. Je suis allée chez Holmes comme vous me l'avez conseillé ; c'était absolument fabuleux. J'ai acheté de l'alpaga marron.

— Parfait. Et des bottines ; avez-vous acheté des bottines ? Vos croquenots sont sur le point de tomber en morceaux.

— J'ai les bottines. Et une capote toute neuve. Elle est ravissante, Louisa, il faut que je vous la montre.

— Mary, vous n'aviez pas besoin d'une capote neuve. La vôtre a encore de beaux jours devant elle.

— Mais si, j'en ai besoin. Elle me fait paraître...

— Jolie. Pour Paddy Devlin, eh ?

— Je ne pensais pas spécialement à Paddy Devlin.

— Mais lui, il pense à vous. Tout le temps. Jour et nuit.

— Chut, Louisa ! S'il vous plaît. Il pourrait vous entendre. »

Louisa lui adressa un clin d'œil et disparut. Quelques minutes plus tard, Mary entendit une voix monocorde chanter les gammes. Louisa s'exerçait tous les soirs : une heure avant le dîner et une heure avant le coucher. Elle voulait devenir cantatrice.

Mary était la seule à bien supporter les gammes de Louisa. En revanche, elle supportait mal ses taquineries. Patrick Devlin était son premier soupirant, et Mary ne savait que faire de son adoration ni des plaisanteries qu'elle suscitait.

Lorsque, le premier soir, elle fut présentée aux autres pensionnaires, la réaction de Paddy Devlin fut si spectaculaire que même Mary se rendit compte de l'impression qu'elle avait produite sur lui. Il fit tomber son bol, renversa une chaise en se baissant pour le ramasser, rougit, bafouilla lorsqu'on lui adressa la parole et contempla Mary «comme un veau enamouré», selon l'expression de Louisa.

Mme O'Neill fit comme si de rien n'était, mais les deux autres hommes se montrèrent impitoyables avec le pauvre Paddy. «Passe donc le beurre à Mary, Paddy... Mary attend que tu aies fini avec le sel, Paddy... As-tu dit à Mary quel bon danseur tu étais, Paddy ?... Aurais-tu attrapé un coup de soleil par cette journée pluvieuse, que tu as les joues si rouges, Paddy ?» Et ils riaient bruyamment de leurs propres plaisanteries.

Mary, gênée, baissait les yeux sur son assiette. Les Reilly, père et fils, étaient tous deux massifs, trapus, rougeauds et joviaux. A côté d'eux, Patrick Devlin paraissait très jeune et presque fluet. Son visage était constellé de taches de son qui vont souvent de pair avec les cheveux roux, et sa constitution semblait frêle, à tort car il était fort comme un bœuf.

Les soirs suivants, les Reilly mirent de l'eau dans leur vin. Mme O'Neill leur avait reproché de perturber ses repas. Mais Patrick, toujours aussi épris, n'en rougissait pas moins chaque fois que le regard de Mary se posait sur lui.

C'était une expérience nouvelle et assez grisante, mais Mary n'appréciait guère l'humour de Louisa, surtout quand celle-ci discourait sur le fameux tempérament des rouquins ou les soucis que lui donneraient ses enfants, une fois que Paddy et elle seraient mari et femme.

Mary n'avait nulle envie de songer au mariage. Elle ne voulait se préoccuper que de son indépendance, de son bonheur, de l'exécution du projet audacieux qu'elle avait mis au point pour trouver du travail.

Elle cousit jusque tard dans la nuit. Ses yeux larmoyaient; ses doigts saignaient, piqués par l'aiguille; la lampe dispensait une lueur à peine visible. Sa robe était loin d'être finie.

Elle travailla toute la journée du lendemain. Et du surlendemain. Le vendredi après-midi, ce fut enfin terminé. Elle l'essaya, engourdie par la fatigue et l'appréhension. Ses doigts meurtris tremblaient en cherchant les boutons.

La robe lui seyait à merveille. Elle rendit les ciseaux et les épingles à la veuve, parada dans la cuisine pour faire admirer son travail, puis retourna dans sa chambre, accrocha soigneusement la robe à une patère et grimpa dans son lit pour dormir treize heures d'affilée.

Elle s'éveilla le samedi à cinq heures du matin, avec un agréable sentiment de bien-être, confiante en l'avenir. «A partir d'aujourd'hui, je deviens une femme adulte et autonome, proclama-t-elle dans l'obscurité glaciale de la chambre. Je sens que tout se passera bien.»

28

C'était une journée à redonner confiance à n'importe qui, même à une nature bien moins optimiste que Mary MacAlistair. Une journée radieuse, avec une brise revigorante qui diffusait le parfum des jardins abrités du Vieux Carré dans les ruelles étroites qui embaumaient déjà le café.

Mary descendit du tramway dans sa belle robe, ses bottines étincelantes et sa capote coquine. Elle souriait. Beaucoup de gens lui rendirent son sourire ; certains hommes soulevèrent même leur chapeau. Sa joie de vivre faisait plaisir à voir.

Son assurance la mena plus loin qu'elle ne le pensait. En entrant dans la boutique dont Berthe Courtenay avait parlé, Mary demanda à voir Madame en personne. La vendeuse crut qu'elle était une nouvelle cliente fortunée ; personne d'autre ne pouvait approcher Madame. Elle introduisit Mary dans un luxueux petit salon où quelques rares élues rencontraient la reine de l'élégance, celle qui fournissait les toilettes les plus somptueuses, les plus coûteuses de La Nouvelle-Orléans, la légendaire Mme Alphande.

Une domestique apporta une cafetière en argent et des gaufrettes aux amandes sur un plateau. Mary eut le loisir de déguster une tasse de café avec une gaufrette avant que Madame ne fît son entrée dans le bruissement de ses jupes et jupons de soie.

Mary se leva en souriant. « Madame.

— Bonjour, mademoiselle. » Hautaine mais polie, Madame dosait soigneusement son approche pour intimider la cliente sans l'effaroucher. D'un geste, elle invita Mary à se rasseoir. Ses doigts chargés de diamants laissaient présager les dépenses à venir.

Mary resta debout. On témoignait sûrement la même déférence à son employeur qu'à ses professeurs ; elle n'avait pas d'autres repères. « Je suis venue travailler pour vous », annonça-t-elle joyeusement.

Mary ignorait que seule la stupeur empêcha Mme Alphande d'appeler quelqu'un pour la faire jeter dehors. Tant d'audace l'avait laissée sans voix.

Mais elle n'était pas sourde. Mary lui parla de sa robe qu'elle avait faite en trois jours, énuméra en détail toutes les retouches qu'elle avait apportées à la robe de Jeanne, y compris le délicat travail de broderie.

Madame connaissait la robe de Jeanne ; rien de ce qui touchait à la garde-robe des femmes du monde ne lui échappait, et les débuts de Jeanne avaient mis le Quartier français en ébullition.

« Combien de temps avez-vous passé sur chaque brin de muguet ? » La cupidité lui avait rendu la parole.

« Plus de deux heures. Ils étaient extrêmement compliqués. »

Madame réfléchit rapidement. Sa meilleure brodeuse n'eût pas fait mieux. La saison avait à peine commencé, et elle recevait plus de commandes qu'elle n'en pourrait sans doute honorer. Le ciel lui-même lui envoyait cette fille effrontée.

« Ici, ce n'est pas un couvent, mademoiselle. C'est une entreprise. Le travail est exigeant, et je ne tolère rien d'autre que la perfection. »

Mary opina avec empressement. « Je comprends.

— Les ouvrières arrivent à huit heures précises et travaillent jusqu'à cinq heures du soir, avec une demi-heure de pause pour déjeuner. Le repas est à votre charge.

— Oui, Madame.

— La semaine commence le lundi matin et se termine le samedi soir. Le dimanche l'atelier est fermé, à moins d'une urgence.

— Oui, Madame. »

Elle a l'air robuste, pensait Mme Alphande, et, apparemment, pleine de bonne volonté. Je pourrais la payer moins que les autres, peut-être même deux dollars par jour au lieu des deux cinquante. « Combien croyez-vous valoir, mademoiselle ? »

Mary avait longuement réfléchi à son salaire. Elle prit une profonde inspiration et avança une somme qui lui semblait mirifique : « Je voudrais gagner six dollars par semaine.

188

« — Soyez là lundi à huit heures. Vous entrerez par la porte de service, dans Toulouse Street. Demandez Mlle Annette. Je la préviendrai de votre arrivée. Quel est votre nom ?

— Mary MacAlistair, Madame. »

Mme Alphande pinça les lèvres. « Américaine ? Votre français est étonnamment fluide. Ici vous serez Marie Quatre. Il y a déjà trois autres Marie. Vous pouvez disposer maintenant. C'est la dernière fois que vous utilisez l'entrée de Chartres Street.

— Merci, Madame. » Mary esquissa une révérence. « Je vous suis très reconnaissante et je vous le promets, vous ne regretterez pas...

— Partez. J'ai du travail. »

Mary quitta la boutique d'un pas dansant. Victoire ! Elle savait qu'elle réussirait. Elle serait riche. Six dollars par semaine, alors qu'elle avait acheté tant de choses avec seulement cinq dollars en poche. Y compris des gâteaux au chocolat pour toute la pension. Et il lui restait encore quinze dollars, la moitié de son pécule. Dieu, que la vie était belle !

Je vais descendre jusqu'à l'embarcadère. Le *Cairo Queen* est peut-être là-bas ; ainsi je verrai Joshua. J'aimerais lui annoncer la nouvelle.

Les docks seraient encombrés comme d'habitude. Si Patrick Devlin la voyait avec sa capote toute neuve, il serait capable de lâcher la charge qu'il transportait. Mary pouffa de rire et traversa la rue en sautillant sur les pavés.

Elle ne vit pas, dans le café en face de la boutique de Mme Alphande, Valmont Saint-Brévin qui, debout au comptoir, buvait un « petit noir ». Mais Valmont l'aperçut.

Tiens, la petite fille de Rose est retombée sur ses pieds, on dirait. Très confortablement, si elle fait ses courses chez Alphande. Elle a l'air contente d'elle. J'ai dû lui rendre service en la faisant renvoyer de la respectable maison Courtenay. Je me demande si elle n'aimerait pas me manifester sa gratitude. Elle a sûrement des talents cachés, si elle se fait payer assez grassement pour s'habiller chez Alphande. Je voudrais bien savoir lesquels.

« Un autre petit noir », demanda Valmont. Il lui restait dix minutes avant son rendez-vous avec son banquier. Le message de Julien Sazerac avait été concis, sibyllin, à la limite de l'arrogance. Il demandait à le voir pour une raison urgente et confidentielle. Il valait mieux pour lui qu'elle fût urgente, pensa Valmont, sinon il changeait de banquier... Le rappeler de la plan-

189

tation en pleine saison de la fabrication de sucre ! Sazerac était un banquier compétent, mais Valmont le jugeait totalement dépourvu de sensibilité.

C'était le moment d'y aller. Valmont se dirigea vers la porte mais, apercevant Jeanne Courtenay avec sa domestique sur le trottoir d'en face, recula précipitamment.

Encore une épistolière importune. Dans la semaine, il avait reçu trois missives parfumées de Jeanne : elle le pressait de se rendre aux trois bals auxquels elle allait assister. Jamais encore Valmont n'avait été poursuivi aussi ouvertement. Il n'arrivait pas à savoir si Jeanne était candide comme une enfant, ou bien suffisamment habile pour le faire croire. Il ne savait pas non plus s'il devait prendre le risque de répondre à son invite. Il l'observa de l'intérieur du café. Il fallait reconnaître qu'elle était exquise. Délicieuse de jeunesse et troublante de maturité, alliage irrésistible. Impérieuse, également. Elle parla sèchement à la domestique et, la plantant sur la banquette, pénétra dans la boutique comme si elle était chez elle. Intrépide. Les jeunes filles ne se déplaçaient pas sans chaperon, pas même chez leur couturière. Oui, intrépide. Et sûrement dangereuse. Valmont était intrigué.

Il sortit du café et se hâta vers la banque. Il était en retard. Ponctuel à l'accoutumée, il en voulait à Jeanne de l'avoir retenu.

Il lui en eût voulu davantage s'il avait su la vraie raison de sa visite chez Mme Alphande. Jeanne était venue remettre un nouveau message pour lui à l'une des employées, une Noire qui faisait partie des innombrables acolytes et informateurs de Marie Laveau. Elle allait transmettre le billet à quelqu'un d'autre, que Jeanne ne connaîtrait jamais, qui à son tour le remettrait entre les mains chargées de le donner à Valmont. Faire porter les billets coûtait cher. Jeanne avait commencé à voler de l'argent dans le porte-monnaie de sa mère.

Elle n'aimait pas cela car elle craignait d'être prise en flagrant délit, mais elle n'avait pas le choix. Elle devait absolument voir Valmont pour essayer l'élixir que Marie lui avait donné. Le temps pressait. Son père encourageait les visites de l'Américain, Will Graham. S'il demandait sa main, son sort serait décidé.

Jeanne alla directement dans le salon pour clientes privilégiées. «Apportez-moi du café, dit-elle à la vendeuse. Ensuite vous me montrerez vos mantilles en dentelle blanche. » La bonne qui servait le café était celle qui prenait ses lettres. Tant pis si elle avait déjà deux mantilles. La dentelle était si fragile.

En une semaine, Jeanne avait pleinement compris l'avantage d'être une riche héritière adulée par la haute société. Elle choisit deux mantilles et ordonna à la vendeuse de les faire livrer chez elle. «Vous connaissez l'adresse. Envoyez la note à mon père.

— Mademoiselle désire-t-elle voir les brassières qui nous arrivent tout droit de France ? Ou un bonnet d'intérieur en dentelle ? Nous avons un modèle si ravissant que seul un visage comme le vôtre peut lui faire honneur.

— Non. Je suis rarement à la maison. J'ai trop d'invitations.

— Bien sûr, mademoiselle. Toute la ville sait que vous êtes la reine de la saison.»

Jeanne se radoucit. La vendeuse avait raison, et elle aimait à se l'entendre répéter. «Je veux bien jeter un œil sur les brassières. Et si vous avez un jupon en soie de couleur rose...»

Maman va se récrier, pensa-t-elle, mais pas trop. Ils ont vraiment de belles choses ici. La boutique de Mme Alphande est assurément la meilleure de la ville.

«C'est incontestablement la meilleure boutique de la ville, déclara Mary au dîner. Et je commence à y travailler après-demain.» Elle rayonnait de fierté.

La cuillère de Paddy Devlin heurta son bol et tomba par terre. Mary se mordit la lèvre pour ne pas rire. Elle évita de regarder Louisa. Heureusement que je n'ai pas croisé Paddy sur l'embarcadère, pensa-t-elle. Dieu sait ce qu'il aurait laissé tomber sur ses pieds... ou sur les miens.

Elle regrettait toutefois de n'avoir pas vu Joshua et le dit à Louisa. «Votre frère travaille sur le même bateau. Pourriez-vous lui demander de donner de mes nouvelles à Joshua ?

— Évidemment. Au moins il n'essaiera pas de me caser à un nègre. Tous les hommes du fleuve qui ne sont pas mariés y sont passés. Je vous le dis, Mary, la famille, c'est une vraie plaie.

— Je m'en suis aperçue. L'indépendance, c'est beaucoup mieux.

— J'ai un aveu à vous faire. Quand vous êtes arrivée ici, je ne pensais pas que vous vous en sortiriez. Pas quelqu'un de votre classe.

— Que voulez-vous dire ? Il n'y a pas de classes en Amérique.

— Si vous croyez ça, vous êtes moins futée que je ne le pensais. Mais vous apprendrez vite.»

L'apprentissage commença dès le lendemain.

Lorsque Mary sortit pour se rendre à la messe, Paddy Devlin l'attendait au coin de la rue. «Ça ne vous dérange pas que je marche à côté de vous, mademoiselle Mary?» Il était écarlate et plus gauche encore que d'ordinaire, engoncé dans son costume du dimanche serré aux épaules, aux manches trop longues et au pantalon trop court. Une marque horizontale lui barrait le front quand il ôta son chapeau pour saluer Mary.

«Au contraire, j'en serais ravie, monsieur Devlin.» Mary craignit de rougir à son tour. Pourvu que ses couleurs naturelles pussent dissimuler sa rougeur! Elle était sincèrement contente d'avoir de la compagnie. Louisa se levait tard, et Mme O'Neill avait assisté à la première messe de la matinée.

Le trajet était long jusqu'à Saint-Patrick, l'église catholique du secteur américain. Cinq blocs de la pension jusqu'à Camp Street, puis une quinzaine de blocs le long de Camp. De quoi bavarder longuement, si Paddy ne restait pas obstinément muet. Mary parla toute seule pour combler le silence, s'exclamant sur les maisons et jardins qu'ils dépassaient, sur la vitesse des équipages, leurs cuivres étincelants, devant le spectacle insolite d'une femme qui conduisait elle-même son cabriolet avec, sur la plate-forme entre les roues arrière, un laquais haut comme trois pommes.

Quand ils arrivèrent au portail de l'église, Mary repéra un banc à moitié vide au fond à gauche. «Il y a de la place pour nous là-bas, dit-elle à Paddy.

— Je m'assois avec vous?

— Mais oui, il y a plein de place.»

Si elle avait regardé Paddy, Mary eût constaté qu'il n'était plus rouge, mais pâle d'émotion.

Au début de l'office, elle le vit sortir un chapelet de sa poche et se mettre à prier. Elle le poussa légèrement du coude. «Psst, j'ai mon missel, chuchota-t-elle. Je peux le partager avec vous.» Elle avait déjà connu une mésaventure semblable : ayant oublié son missel, elle n'avait pas pu suivre la messe.

Paddy secoua la tête. «Je ne lis pas.»

Mary contempla son petit livre sans le voir. «... ne lis pas». Qu'entendait-il par là? Qu'il ne savait pas lire? C'était difficile à admettre. Elle s'absorba dans le rituel familier, réconfortant, qui lui rappelait tant ses années au couvent.

Mais pas un instant elle n'oublia la présence de Paddy, le chapelet qu'il égrenait entre ses doigts.

A la sortie de la messe, ce fut au tour de Paddy de se montrer bavard. «Dimanche prochain, il y aura une belle parade. Je serais fier de vous y emmener, mademoiselle Mary. Dans un an ou deux, j'espère participer moi-même au défilé.»

Sur le chemin du retour, il parla avec volubilité de sa vie passée et de ses projets. Arrivé en Amérique deux ans et demi plus tôt, il travaillait enfin à plein temps comme débardeur. Il faisait même des heures supplémentaires, sans être payé, pour apprendre à charger le coton sur les transatlantiques. C'était une tâche délicate exigeant une maîtrise particulière. Il fallait être à la fois fort et adroit pour emballer un maximum de marchandises. Cela s'appelait «rouler le coton» et rapportait jusqu'à cinq dollars par jour. Les rouleurs de coton étaient considérés comme l'élite des débardeurs. C'était leur association qui allait défiler en grande pompe.

Sa mère serait fière, déclara Paddy, de le voir défiler avec un beau tablier de soie bleue frangé d'argent, derrière une fanfare et des drapeaux bleu et argent flottant sur les meilleurs travailleurs du fleuve. Elle le regarderait sûrement de là-haut, heureuse de l'avoir envoyé en Amérique. C'était lui l'aîné, le plus fort. Il devait économiser de l'argent pour faire venir le reste de la famille. Mais il n'en eut guère le temps. Tout le monde fut emporté par la famine avant même que son bateau n'atteignît La Nouvelle-Orléans.

«Mes parents sont morts également, dit Mary.

— C'est bien triste, tout ça... soupira Paddy. Mais vous êtes en vie et en bonne santé; moi de même; et c'est une belle journée, la plus belle de mon existence. Vous serez surprise, mademoiselle Mary, mais quand vous êtes arrivée chez la veuve O'Neill, vous ne m'étiez pas inconnue. Je vous avais déjà vue, une fois. Avant d'être débardeur, j'ai travaillé comme terrassier pour remblayer une digue. Soudain le contremaître nous a crié de nous écarter, et vous êtes apparue, perchée sur un cheval, une énorme bête qui vous obéissait au doigt et à l'œil. Vous étiez magnifique, mademoiselle Mary. Magnifique. Alors, quand je vous ai vue prendre place à la table de la veuve, c'était comme si une princesse était entrée dans la pièce. Je n'en croyais pas mes yeux. Tous les soirs, en rentrant, je pensais ne plus vous trouver; je me disais que j'avais rêvé. Hier soir, quand vous avez annoncé que vous alliez travailler comme n'importe lequel d'entre nous, je me suis fait la leçon. "Paddy, mon vieux, me suis-je dit, tu n'auras qu'à t'en prendre à toi et à ton cœur de lièvre si tu n'adresses pas la parole à Mlle Mary." Ce matin donc, je vous ai attendue ; le plus dur, c'était de vous dire bonjour. Le monde a vu beaucoup de miracles, mademoiselle Mary, mais le plus grand de tous, c'est que vous acceptiez de sortir avec Patrick Devlin. Je suis un homme comblé. »

Mary ne répondit pas. L'éloquence de Paddy, son adoration lui avaient coupé le souffle. Elle le gratifia de son plus beau sourire et ils regagnèrent à pied la pension où les attendait le déjeuner du dimanche de Mme O'Neill. A table, ni l'un ni l'autre ne desserrèrent les dents, repensant aux heures qu'ils venaient de passer.

C'était la première fois qu'on lui faisait la cour, et Mary y prenait un plaisir certain. Elle ignorait le code qui régissait le monde dont à présent elle faisait partie. Quand, dans Irish Channel, une jeune fille marchait sur le trottoir à côté d'un garçon, c'était un aveu. S'asseoir côte à côte à l'église équivalait à une déclaration. Et partager son missel était un geste éminemment intime, même s'il s'était limité à l'offre.

En parlant de sortir ensemble, Paddy Devlin entendait qu'ils étaient pratiquement fiancés.

Mary, elle, n'y voyait qu'une simple promenade.

29

Lundi matin, Mary s'éveilla avant l'aube. Elle avait hâte de commencer la journée, sa première journée de femme indépendante.

Arrivée à la porte de service de la boutique de Mme Alphande, elle dut patienter encore. Elle avait une demi-heure d'avance.

Enfin une femme maigre et sèche s'approcha de la porte, sortit une clé de son réticule et l'introduisit dans la serrure. C'était Mlle Annette.

Mary pénétra à sa suite au royaume de la terreur.

Une douzaine de femmes, treize avec elle, travaillaient dans une petite pièce mal éclairée, l'atelier de Mme Alphande. Il n'y avait ni chauffage ni ventilation : le matin, l'air était froid et humide ; l'après-midi, la chaleur qui se dégageait des corps rendait l'atmosphère suffocante.

Les ouvrières étaient assises sur des tabourets autour d'une table recouverte d'ouate pour protéger les délicates étoffes qu'elles manipulaient. De minuscules peluches volaient dans l'air, pénétraient dans le nez et la bouche.

Mlle Annette était le tyran en chef. Arrivée de Paris vingt ans plus tôt avec Mme Alphande, elle n'avait pas révisé son opinion méprisante de tout ce qui avait trait aux «colonies». Aucun ouvrage, pas le moindre ourlet ne trouvaient grâce à ses yeux.

Si les ouvrières n'avaient pas le droit de parler, Mlle Annette, elle, monologuait du matin au soir, distillant son venin à propos du travail, du caractère et de l'incompétence générale de chacune.

C'était elle qui répartissait les tâches et fixait le délai nécessaire à leur exécution. Et elle ne faisait pas de quartier. Dans la blouse noire qu'elle portait par-dessus sa robe, elle gardait un carnet dans lequel elle notait la moindre infraction. Une aiguille cassée, une épingle tordue, quelques centimètres de fil à la fin d'une couture la plongeaient dans la jubilation. «Ce sera retenu sur votre paye», croassait-elle, brandissant son crayon comme une épée vengeresse.

Les ouvrières l'avaient surnommée «la garce». Mme Alphande était «la grande garce». Ses exigences et ses colères étaient plus redoutables encore que celles de Mlle Annette.

Le premier jour, Mary fut tellement terrifiée que ses mains tremblaient, et tout alla de travers. Postée derrière son dos, Mlle Annette regardait par-dessus son épaule, critiquant chacun de ses gestes. Les larmes empêchaient Mary d'y voir clair.

Elle ne connut pas de répit jusqu'à la pause du déjeuner, quand Annette monta dans les appartements qu'elle partageait avec Mme Alphande. Mary apprit alors les sobriquets haineux dont on les affublait, Madame et elle. Elle découvrit aussi qu'il ne fallait pas compter sur la sympathie des autres femmes. Tant qu'elle harcelait Mary, Mlle Annette les laissait en paix ; le reste, elles s'en moquaient. Il n'existait aucune solidarité entre elles ; chacune jalousait les autres, persuadée qu'elle avait la plus grosse charge de travail. Telle était la tactique de Mlle Annette : entretenir les dissensions entre les ouvrières pour éviter toute tentative de rébellion collective. Une à une, elles étaient faciles à renvoyer et à remplacer.

A l'heure de la pause, Mary tenta de lier amitié avec les autres. Mme O'Neill lui avait préparé un panier-repas, le même déjeuner copieux que pour les pensionnaires hommes. C'était beaucoup trop pour une jeune femme à l'emploi sédentaire. Mary offrit de le partager avec ses collègues. En l'espace de trente secondes, il ne resta presque plus rien pour elle-même. Les femmes mangeaient avidement, la regardant d'un air hostile ; elles lui en voulaient de sa jeunesse, de sa robe neuve, de son repas pantagruélique. Elle semblait ne pas avoir besoin de travailler, alors que pour chacune d'entre elles, la paye hebdomadaire était une condition de survie.

«D'ailleurs, que fait-elle ici ? entendit-elle Marie Trois dire à Marie Deux. Elle et ses airs de grande dame ! Pour qui se prend-elle, pour une duchesse faisant de la tapisserie pour son château ? »

196

Leur animosité exaspéra Mary ; son exaspération lui permit de garder son emploi. Tout l'après-midi, elle travailla avec la parfaite régularité d'un automate. Elle avait décidé d'être aussi froide et indifférente que ces femmes qui avaient repoussé son amitié. Avant la fin de la journée, Mlle Annette reporta son attention sur une victime plus vulnérable. Mary en conçut un ignoble sentiment de triomphe et de soulagement.

Ce soir-là, elle se traîna jusqu'à la pension, ivre de fatigue. Après toutes ces heures sur un tabouret, tous les muscles lui faisaient mal. Et la mort de ses illusions emplissait son cœur d'une douloureuse amertume.

« Très bien », répondit-elle avec un entrain forcé quand on lui demanda comment s'était passée cette première journée.

« Très bien », répondait-elle, épuisée, soir après soir. Son corps et son cerveau étaient trop engourdis pour qu'elle ressentît autre chose que de la fatigue.

Le désespoir l'étreignit à la fin de la semaine, samedi, alors que tout semblait aller mieux. On lui confia un complexe travail de broderie, une joyeuse explosion de couleurs représentant un minuscule oiseau-mouche perché sur un coquelicot écarlate. Ce motif devait orner la poche du tablier d'une cliente férue de jardinage.

Mary prenait plaisir à voir les ailes, les pétales, les feuilles se former sous ses doigts habiles. Elle oublia la tension qui régnait dans la pièce étouffante pour s'absorber dans son travail préféré, celui pour lequel elle était venue ici. Elle ne remarqua pas le regard courroucé de Marie Deux, la plus qualifiée et la mieux payée des ouvrières. La broderie était sa spécialité.

Son ouvrage terminé, Mlle Annette ne trouva rien à y redire. Pour la première fois depuis lundi matin, Mary ébaucha un sourire.

« Emballez-le et allez le livrer », ordonna Annette sèchement. Dehors il faisait froid et il pleuvait.

Elle eût été fâchée d'apprendre avec quelle joie Mary retrouva l'air piquant et les rues bourbeuses.

Ce fut seulement au retour de sa longue marche que la bonne humeur la déserta, laissant place au désespoir. Elle ne supportait ni la pièce oppressante ni l'hostilité des ouvrières. Je hais ce travail, s'avoua-t-elle.

Mais elle n'avait guère le choix. Au moins c'était la fin de la semaine. Elle n'en était plus à une heure près. Mary saisit la poignée de la porte comme si c'était un serpent et replongea dans l'atmosphère fétide, malsaine, de l'atelier.

Pour découvrir qu'en son absence on avait saboté ses épingles et ses ciseaux. Leurs pointes étaient cassées.

Mary protesta véhémentement auprès de Mlle Annette qui lui reprocha sa négligence et son manque de respect. Et qui sortit son carnet, l'œil pétillant.

Lorsque Mary monta dans le tramway pour rentrer chez elle, elle ouvrit la petite enveloppe brune et vida son contenu sur ses genoux. Sa paye de la semaine, cinq dollars et quarante-sept cents. Elle s'attendait à éprouver de la joie, de la satisfaction. Mais la seule chose qu'elle savait en cet instant, c'était qu'elle était fatiguée.

« Louisa, puis-je vous interrompre une minute ? »

Louisa lui fit signe d'entrer pendant qu'elle terminait sa gamme. « Allongez-vous sur le lit, Mary. Vous avez une mine épouvantable.

— Je suis morte de fatigue. Comment faites-vous pour aller travailler tous les jours et avoir le courage de vous exercer à la maison ? N'êtes-vous jamais fatiguée ?

— Bien sûr que si. Jouer du piano à l'école de danse de cet escroc de M. Bassington n'est vraiment pas une sinécure. Mais cela me paie mes leçons de chant et mes sorties à l'Opéra. Mon seul but est d'être cantatrice. Tous les moyens sont bons pour y parvenir. Venez donc avec moi ce soir. Êtes-vous déjà allée à l'Opéra ? »

Mary massa ses doigts endoloris. « Oui, je suis allée à l'Opéra. C'était il y a si longtemps, me semble-t-il.

— Qu'avez-vous ? Vos mains vous font mal ? Oh, vous avez les doigts tailladés. Je vais demander de l'alun à la veuve. Vous les tremperez pour les faire durcir... Mon Dieu, Mary, vous avez de drôles de doigts. Faites voir. » Louisa prit la main de Mary pour examiner sa curieuse ossature. « Avec des doigts pareils, j'aurais été la plus grande pianiste du monde. Est-ce qu'ils vous facilitent la tâche quand vous cousez ? »

Mary considéra ses mains. Depuis longtemps elle ne cherchait plus à les cacher.

« Peut-être. » Cette remarque méritait réflexion. Ses doigts servaient-ils à autre chose qu'à fantasmer sur une famille imaginaire où toutes les femmes auraient eu les mains semblables aux siennes ? Des larmes brûlantes jaillirent de ses yeux.

« Oh, Mary, ce n'est sûrement pas aussi dramatique ! » La prenant dans ses bras, Louisa lui caressa les cheveux comme à une enfant. « C'est dur au début, mais on finit par s'y habituer.

— Je ne m'y habituerai jamais, répliqua Mary d'une voix atone. Regardez. » Elle tira l'enveloppe brune de sa poche, la tendit à Louisa.

Sa triste histoire se résumait en quelques lignes griffonnées au crayon sur l'enveloppe :

Loyer	3	dollars
Panier-repas	1	dollar
Tramway	1,80	dollar

5,80

« C'est ma paye, Louisa. Pour toute la semaine. Cinq dollars et quarante-sept cents.

— Alors là, Mary, vous êtes une grande nigaude. Vous n'êtes pas un débardeur qui trimbale des caisses sur ses épaules. Vous n'avez pas besoin d'un panier-repas. Moi, j'achète toujours du café et quelque chose à grignoter dans la rue. Ça coûte dans les cinq cents. Et vous feriez mieux de marcher à pied au lieu de prendre le tramway. Vous êtes assise toute la journée dans votre atelier de couture. Il faut apprendre à se débrouiller, voilà tout. Allez maintenant vous débarbouiller. Je vous invite à l'Opéra, mais nous devons nous dépêcher. Le dîner pourra attendre ; je sais à l'odeur que c'est du riz aux haricots rouges. Encore. Pour la troisième fois de la semaine.

— J'aime bien le riz aux haricots rouges.

— Tant mieux. Car il y en aura sûrement une bonne platée. »

Lorsque Louisa et Mary arrivèrent à l'Opéra, la représentation avait déjà commencé. La musique leur parvint vaguement à travers les murs tandis qu'elles grimpaient au poulailler. Louisa remuait les lèvres pour former silencieusement les paroles du chœur. « *Le Barbier de Séville*, chuchota-t-elle. Je le connais par cœur, même la partie de basse. M. Bassington m'a offert la partition pour mon anniversaire. »

Livrée à la magie de la musique, Mary oublia sa fatigue et ses soucis. A l'entracte, les lumières de la salle illuminèrent les loges, ces miniscènes, et le spectacle qui s'y déroulait. Mary vit Berthe et Jeanne Courtenay : elles recevaient dans leur loge, et elle eut peine à croire que, quelques semaines plus tôt, elle avait été assise là-bas, à leurs côtés. De sa place, elle ne s'était même pas aperçue alors de l'existence du poulailler.

Elle ne put s'empêcher de chercher des visages connus, de tressaillir de joie lorsqu'elle ne vit pas Valmont Saint-Brévin parmi les hommes qui buvaient à la santé de Jeanne. Les fiançailles n'avaient donc pas eu lieu.

«Il se nomme Tempête de Neige, dit Valmont Saint-Brévin. Splendide, n'est-ce pas ? »

Michaela de Pontalba haussa les épaules. « Il est magnifique, je vous l'accorde. Un landau noir tiré par deux chevaux blancs, c'est très chic quand on se promène au Bois. Mais pour un cheval de course, mon cher Valmont, une bête aussi spectaculaire, cela frise la vulgarité. »

Valmont riait sous cape. « Ne chercheriez-vous pas à me l'acheter par hasard ?

— Loin de moi cette idée. Je vous fais comprendre que je ne me sentirais point offensée si vous vous avisiez de me l'offrir en gage de votre estime.

— Chère baronne, je vous estime plus que n'importe quelle autre femme au monde. Demandez-moi des émeraudes, et elles seront à vous. Mais pas Tempête de Neige. J'en rêve depuis que je l'ai vu courir dans le Kentucky. Mon excellent banquier a su par chance que son propriétaire l'avait perdu au poker. Julien Sazerac, que Dieu le bénisse, m'a prévenu à temps pour que je sois au port au moment où il débarquait. Sinon je n'aurais jamais mis la main sur Tempête de Neige. C'est le cheval le plus rapide, le plus brillant d'Amérique. En janvier, je l'emmène à Charleston : il me rapportera une fortune.

— Vous en avez déjà une dizaine, de fortunes.

— Et vous, quarante. Cela vous empêche-t-il de gagner de l'argent ? C'est une question de défi, vous le savez bien.

— Vous n'avez plus que ce mot-là à la bouche, sourit Michaela. Le défi. Seriez-vous en train de succomber à l'ennui ? Vous devriez tomber follement amoureux. Amour non partagé, bien sûr. Vous feriez bâiller votre entourage, mais au moins, vous auriez de quoi vous occuper l'esprit.

— Je ne demande pas mieux, rit Valmont, mais hélas, c'est impossible. L'amour que je rencontre est toujours partagé avant même que je ne m'aperçoive de son existence. »

Michaela joignit son rire au sien. « Si jamais les dieux vous entendent, vous payerez votre effronterie au centuple, jeune insensé que vous êtes. Allons dans la maison. Votre cheval est superbe, mais je l'ai assez admiré. L'air de la campagne me donne une faim de loup. »

« Vous ne m'avez toujours pas dit à quoi je dois l'honneur de votre visite, déclara Valmont en servant le cognac. Suis-je censé le savoir ? Ou le deviner ?

— J'avais envie de prendre l'air. Mais vous avez raison, j'ai une idée derrière la tête. Mes bâtiments se portent mal, Valmont. Le second est presque terminé, et je n'ai toujours pas de locataires. Pas même dans le premier. En dehors de mes fils et moi, et d'un jeune peintre avec sa femme, tout le reste est désert. C'est une aberration. »

La baronne vida son verre d'un grand trait et le tendit à son hôte pour qu'il le remplît.

« Je vous avais prévenue, Michaela. La vieille garde française est en train de perdre sa suprématie. La Nouvelle-Orléans a déplacé son centre de gravité. Le Vieux Carré est surpeuplé ; il est plus simple de construire dans le Second District ou dans un faubourg comme Lafayette que d'abattre et de reconstruire comme vous l'avez fait. Presque tous les commerces sont au-delà de Canal Street ; les grands magasins sont dans Canal ; les affaires se font dans Camp. Du reste, le mouvement va en s'accélérant. La nouvelle génération créole apprend aussi bien l'anglais que le français. Elle ne veut pas rester parquée derrière la barrière invisible du terrain neutre.

— Espèce de philistin ! fulmina Michaela. Et que faites-vous de la beauté, du charme, de la tradition ? Paris ne vous a donc rien appris sur la civilisation ? Les Américains veulent bâtir une ville anonyme dominée par le quartier des affaires. Pour eux, grand égale beau. En construisant au cœur de La Nouvelle-Orléans, je voulais lui redonner vie. Les boutiques les plus chic en bas, les appartements les plus chic en haut. Une fois le chantier achevé, je vais réaménager la place d'Armes, installer des parterres de fleurs et une fontaine pour offrir une belle vue à mes

201

locataires. On ne trouve pas l'ombre de ce raffinement au-delà de Canal Street. Pourquoi personne ne s'en rend-il compte ? Pourquoi me mets-je en quatre pour créer des perles que l'on jettera aux pourceaux ? »

Valmont s'agenouilla auprès de son fauteuil. « Chère amie, fit-il doucement, dites-moi en quoi je puis vous être utile. »

Michaela lui caressa la joue. « Je vais me calmer. J'avais besoin de quelqu'un pour faire éclater ma colère. Vous êtes un amour, Val. J'aimerais que vous posiez pour mon petit peintre, Rinck. Cela lui permettra de se faire un nom, et le reste suivra. »

Valmont se leva. « D'accord. Pour vous, j'irai même jusque-là, Michaela. Diantre, comme je regrette maintenant que vous n'ayez pas demandé le cheval ! J'aurai l'air d'un parfait imbécile.

— Certainement pas. Pas vous, mon cher. Vous avez de la classe, du style.

— Je vous ai donné mon accord. Inutile de rajouter de la pommade. »

La baronne lui tendit la main. « Ne boudez pas. Venez. Embrassez-moi et dites-moi que vous me pardonnez. »

Il porta sa main à ses lèvres. « Je ne vous le pardonnerai jamais, mais je vous aimerai jusqu'à la fin de mes jours. »

Pendant qu'ils bavardaient, une petite silhouette se glissa subrepticement jusqu'à la maison, se frayant un chemin à travers la végétation pour passer inaperçue. C'était Jeanne Courtenay. Elle gravit les marches de la galerie au moment même où Valmont faisait en riant sa déclaration fleurie à Michaela.

« Non ! » Jeanne poussa la porte-fenêtre entrouverte avec une telle force que la vitre vola en éclats. « Vous ne pouvez pas l'aimer. » Elle fit irruption dans la pièce, piétinant les débris de verre. « C'est impossible. Elle est vieille et laide. Moi je suis jeune et belle, et je vous aime, Valmont. Il faut que vous m'aimiez, il le faut ! »

« Vous pensez à tout, même au divertissement, observa la baronne, amusée. Cher Valmont, vous êtes un hôte accompli. »

Jeanne serra les poings et se jeta sur elle. La ceinturant parderrière, Valmont la plaqua contre lui malgré ses ruades et ses violents efforts pour se dégager.

Michaela se leva d'un bond. En deux enjambées, elle fut près de Jeanne. Elle attrapa ses poignets. « En voilà assez », dit-elle calmement. Puis, relâchant son emprise, et avant que Jeanne comprît ce qui lui arrivait, elle la gifla. La tête de Jeanne heurta la poitrine de Valmont.

« Lâchez-la, ordonna la baronne. Je m'en charge. » Elle s'exprimait avec tant d'assurance que Valmont ne douta pas un instant de sa capacité à maîtriser la situation.

Jeanne cessa de gigoter et se mit à pleurer. Valmont la relâcha. « Allez-vous-en, Val. Faites atteler mon équipage. Je raccompagne cette jeune personne chez elle. C'est bien Mlle Courtenay, n'est-ce pas ? Allez, Valmont. »

Michaela toisa Jeanne comme si elle avait affaire à un chiot indiscipliné. « Asseyez-vous, mademoiselle. Nous allons boire un café en attendant ma voiture. Val, je vous ai dit de nous laisser. La défaite est amère ; n'ajoutez pas l'humiliation aux tourments de cette jeune fille. »

Jeanne avait enfoui son visage dans ses mains. Elle ne releva la tête qu'en entendant Michaela annoncer : « Il est parti. Voyons maintenant ce qui peut être sauvé. Vous vous êtes ridiculisée, ma petite, et c'est presque toujours fatal. Mais vous l'avez fait avec panache et beaucoup de passion. Valmont n'est insensible ni à l'un ni à l'autre. »

Michaela laissa un message sur la table à côté du service à café. « L'affaire est réglée. Je rends J. et sa monture à son grand-père avec une histoire appropriée, cela afin d'étouffer tout scandale. Dommage. C'est d'un trivial… L'indomptable petite C. est arrivée armée d'un charme vaudou auquel vous n'auriez pas résisté ; vous me devez donc bien plus que vous ne le croyez. Vous vous ferez certainement une joie de vous acquitter au moins en partie de votre dette. Voir au verso. »

Valmont retourna la carte et lut, en caractères d'imprimerie :

ALBERT D. RINCK
PORTRAITS D'APRÈS NATURE
HUILE & AQUARELLE
5 ST PETER ST. NLLE-ORLÉANS LOUISIANE

La bordure de la carte s'ornait des gracieuses arabesques qui composaient la ferronnerie des bâtiments de Michaela. Y compris, au milieu, l'élégant cartouche avec son monogramme. Valmont sourit en voyant son sceau sur la profession de son locataire.

Il rit tout haut en lisant les quelques mots tracés dans un coin. « Connaissez-vous cette délicieuse pièce de théâtre anglaise qui s'appelle *L'École de la médisance*? Avec le vers de mirliton suivant : "A la prude jeunesse de quinze printemps ; à la veuve quinqua-génaire." On ne saurait trouver plus à propos. »

Valmont mit le carton dans sa poche. Lundi matin, après une tournée d'inspection à la sucrerie, il se rendrait en ville chez le peintre en question. Il avait aussi quelqu'un d'autre à voir. La présence inopinée de la baronne lui avait sans doute épargné un scandale qui, à mieux y réfléchir, ne prêtait point à rire.

30

Dire qu'il y a une semaine j'étais si heureuse d'aller travailler que je suis arrivée en avance ! Mary referma la porte de la pension O'Neill. Le soleil était encore bas sur l'horizon, et le ciel était gris. La même grisaille avait envahi son cœur.

Mary releva ses jupes et s'avança bravement dans la boue. Il ne faut pas que je me laisse abattre. J'ai un toit, des amis : bien que je lui aie dit que je ne prendrais plus de panier-repas, Mme O'Neill m'a tout de même préparé quelque chose. Tant pis si ce sont les restes de samedi. Le riz aux haricots rouges est l'un de mes plats préférés. Et nous sommes lundi, non ? Le lundi, tout le monde mange du riz aux haricots rouges.

Midi et soir ? Elle savait qu'elle en aurait une nouvelle portion en rentrant. Mary eut envie de pleurer. Et, en même temps, de rire. Elle choisit de rire. Son pas se raffermit. Il n'y avait pas que Mme Alphande à La Nouvelle-Orléans. Elle finirait sûrement par trouver une meilleure place ; il suffisait d'ouvrir en grand les yeux et les oreilles. En attendant, elle apprenait les mille ficelles du métier. Les astuces pour donner davantage d'allure à une robe, les pièges à éviter. Si jamais elle devait se refaire une robe, elle saurait exactement comment s'y prendre.

Les pensées se bousculaient dans sa tête. Mary marchait rapidement sur la banquette inégale, sans se soucier de la longueur du trajet. De gris, le ciel strié d'or était devenu bleu. Son ombre marchait à côté d'elle. A l'approche de Canal Street et des premières boutiques, elle ralentit le pas. Les passants qui la croisaient virent une jeune fille perdue dans sa contemplation souriante des belles vitrines. Mary, elle, voyait des camisoles, des brassières, des tabliers et des robes moins finis et moins attrayants que ceux qu'elle confectionnait chez Mme Alphande.

Elle trouva l'atelier et les ouvrières aussi froids et déplaisants que d'habitude. Par bonheur, on lui assigna un délicat travail de broderie qui allait durer quatre jours, peut-être plus. C'était un motif composé de volutes amples comme des vagues, au bas d'une robe de bal. Chaque point effectué au fil de soie servait à coudre une minuscule perle irisée, claire et scintillante comme une goutte de rosée. Le tissu de la robe était très agréable au toucher ; c'était du satin moiré dont la teinte chaude et dorée rappelait la tendre chair d'une pêche.

Mary sentait sur elle l'œil torve de Marie Deux ; cette dernière travaillait sur une simple applique de feuilles ornant une cape courte. Son ressentiment lui redonna du cœur à l'ouvrage. Que Dieu me pardonne, pensa Mary, je deviens aussi mesquine qu'elles. Mais le plaisir qu'elle prenait à sa tâche l'emporta sur le remords et, à l'heure de la pause, elle mangea son déjeuner de bon appétit, sans offrir un seul haricot aux autres.

La grille affaissée gémissait à fendre l'âme lorsqu'on la poussait. A moins de la soulever légèrement d'abord. Valmont Saint-Brévin l'ouvrit sans effort ; les gonds étaient bien huilés.

« Bonjour, Majesté, dit-il quand Marie Laveau mère vint à sa rencontre. Nous sommes lundi, et j'espérais me régaler d'un bon plat de riz aux haricots rouges. »

La reine vaudou rit de bon cœur. « Entrez. Marie est en train de faire la cuisine, et moi je m'en vais.

— J'en suis extrêmement fâché. C'est vous que je voulais voir. »

Elle rit de nouveau.

Valmont traversa la maison et pénétra dans la vaste cuisine. Marie lui sourit. Elle était pieds nus ; des bracelets en or tintaient à ses chevilles ; une énorme bague sertie de rubis et de diamants brillait à l'un de ses orteils. Ses cheveux noirs et frisés cascadaient sur ses épaules, dissimulant presque ses pendants d'oreilles formés de diamants. Un collier de rubis accentuait les reflets cuivrés de sa peau. Elle portait un chemisier blanc avec un col en V et une longue jupe évasée en soie rouge coquelicot.

«Vous vous êtes habillée aux couleurs du riz aux haricots? s'enquit Valmont.

— Bien sûr. Vous avez faim?

— Et comment!

— Alors asseyez-vous. C'est prêt. » Marie posa un plateau sur la table devant la fenêtre et commença à y entasser flacons et fioles qui l'encombraient. Valmont voulut l'aider, mais elle lui donna une tape sur la main, et il s'arrêta.

«Qu'avez-vous là-dedans, Marie? Des lézards en poudre, des os de chat noir, de la racine de mandragore?

— Vous moquez pas de mon art, Maît'. » Elle avait parlé en dialecte créole.

«Ça m'intéresse, répondit Valmont. Mais si vous préférez jouer aux devinettes...» Il avait adopté le plus pointu des accents parisiens.

«On ne se débarrasse pas facilement des vieilles habitudes, déclara Marie dans un français irréprochable. Vous ressemblez à tous les autres hommes blancs. A force de ne plus vous voir, j'oublie de quoi vous avez l'air.

— Nous sommes en pleine fabrication du sucre.

— C'est ainsi que vous l'appelez? » Souriante, Marie enleva le plateau et plaça deux lourds bols en terre sur la table. Un fumet alléchant montait du riz aux haricots. «Vous me montrerez le monogramme?» Ses yeux gris pétillants de malice démentaient son air innocent. «On se demande si vous avez été marqué au fer de son balcon ou si on a dû vous tatouer. »

Ainsi qu'elle l'avait prévu, Valmont fut surpris la bouche pleine. Il éclata de rire et aussitôt faillit s'étrangler.

Quand il eut repris son souffle, il saisit la main de Marie et la baisa cérémonieusement. «Votre jalousie m'honore», murmura-t-il, les lèvres sur ses doigts lisses. Il lâcha sa main et entreprit de défaire sa serviette. «Votre curiosité aussi. Je m'en voudrais de ne pas la satisfaire. Cherchez le monogramme vous-même.

— Vous vous flattez comme toujours, rit Marie. Déshabillez-vous entièrement si cela vous chante, mais vous n'entrerez pas dans mon lit. »

Sans un mot, Valmont renoua sa serviette.

Ils mangèrent dans un silence confortable, savourant le riz aux haricots que leur attraction mutuelle pimentait fort agréablement.

Valmont avait peu de chances de se retrouver dans le lit de

Marie. Tous deux le savaient. Elle prenait des amants, mais jamais parmi les Blancs, et seulement des hommes qu'elle pouvait dominer. Valmont n'entrait ni dans l'une ni dans l'autre catégorie.

«Un peu plus? demanda Marie quand son bol fut vide.

— Non, mais une tasse de café, volontiers. C'était exquis.

— Je m'en occupe.» Prestement, Marie ramassa les bols, leur substitua des tasses, sortit du café en grains d'une boîte en fer-blanc et commença à le moudre. Elle tournait le dos à Valmont.

«Quels ingrédients coûteux mettez-vous dans votre élixir d'amour, Marie?» questionna-t-il nonchalamment.

Elle ne répondit pas. Un rire silencieux lui secouait les épaules.

«Bon sang, c'était donc vous!» Il ne badinait plus. «C'est cela, pour vous, l'amitié? Si vous avez besoin d'argent, je vous en donnerai. Inutile de vendre mon avenir à une gamine hystérique. Lâchez ce moulin à café, que diable, et répondez-moi.»

Marie jeta un bref coup d'œil par-dessus son épaule. «Minute. J'aimerais mettre le café en route.

— Je ne veux pas de café; je veux une réponse.

— Peut-être, mais moi je veux du café. N'oubliez pas que vous êtes chez moi, monsieur. Conduisez-vous en gentleman ou sortez d'ici.» Elle s'affaira autour de la cafetière pendant que Valmont fulminait en silence.

Finalement, elle reprit sa place à table. Une lueur de joie maligne dansait dans ses prunelles. «Vous avez perdu votre sens de l'humour, Val. Vous me décevez.

— Il n'y a vraiment pas de quoi rire, Marie. Comment avez-vous pu envoyer Jeanne Courtenay chez moi pour me jeter je ne sais quel sort? Elle a fait une scène grotesque, abominable.»

Marie se pencha en avant, une main sous le menton. «Grotesque, dites-vous? Racontez-moi ça.

— C'était grotesque, un point c'est tout. Pourquoi m'avoir fait cela, Marie? J'ai refusé de croire que c'était vous jusqu'au moment où je vous ai vue suffoquer de rire.

— Allons, Valmont, ne prenez pas cet air offensé! Je n'avais pas l'intention de vous nuire. Cette petite sotte a désobéi aux instructions. Je lui ai donné un truc pour jeunes demoiselles surexcitées. Elle devait le susurrer dans votre oreille alors que vous étiez tous les deux au lit. En général, ce genre de situation se solde par un mariage. Du moins dans votre milieu.

— Vous lui avez dit de coucher avec moi?

— Pas du tout. Je lui ai dit de vous chuchoter la formule magique à l'oreille une fois que vous seriez au lit avec elle. Nuance. »

Valmont contempla le visage placide de Marie et, malgré lui, se mit à rire. « Sorcière !

— Je vous remercie.

— Alors, ce café, il vient ? »

« Cela aurait pu arriver, reconnut-il entre deux gorgées. Elle se serait manifestée à un moment où j'étais soûl, où je me sentais seul, où j'avais envie d'une aventure… Cette petite, c'est la volupté faite femme.

— Il vous faut une femme, mon ami… Non, pas moi. Ni la petite Courtenay. Vous péririez d'ennui en moins d'une semaine.

— Je sais. Malheureusement, quand je suis près d'elle, j'ai tendance à l'oublier. Elle est très belle, Marie, et j'ai un faible pour la beauté.

— Même si elle n'a pas de cervelle ?

— Un homme non plus n'a pas de cervelle dans son pantalon.

— Votre cas est plus grave que je ne le croyais, sourit Marie. Mais je pense avoir une solution à votre problème.

— Une poudre de perlimpinpin ? Je ne tiens pas à devenir eunuque. » Valmont était agacé. D'abord la baronne, maintenant Marie. Tout le monde pensait qu'il avait un problème et se faisait fort de le résoudre.

Marie prononça les seuls mots susceptibles de chasser sa mauvaise humeur. « Cher Valmont, pour rien au monde je ne voudrais vous déposséder de votre virilité. Je suis trop égoïste. » Son regard était une invite, une promesse informulée.

L'espace d'un instant, il eut presque peur. Marie était une amie très chère. Mais une amante… Il réprima un frisson.

« Je vous enverrai un mot, Val. Bientôt. Faites-moi confiance.

— Pas trop tôt. La fabrication du sucre n'est pas encore terminée. Je ne devrais même pas me trouver en ville, mais j'ai promis de rendre service à quelqu'un.

— A la baronne Almonester de Pontalba.

— Si vous voulez tout savoir, oui.

— Mais, mon cher Val, je le savais déjà. Je sais toujours tout. N'oubliez pas que je suis Marie Laveau.

— Si vous savez tout, Marie Laveau, alors pourquoi me

demander si je porte la marque des Pontalba ? Vous connaissez la réponse. »

Marie eut un rire de gorge. « Peut-être parce que j'étais jalouse, comme vous l'avez dit. »

Valmont sourit. Le jeu familier recommençait. Le danger était passé. Il poussa sa tasse dans sa direction pour avoir un autre café.

Le nom de Michaela de Pontalba faisait l'objet de nombreuses spéculations.

Une demi-douzaine de femmes réunies autour d'une tasse de café se demandaient comment la convaincre d'accepter les invitations aux bals qu'elles donneraient en décembre.

Jeanne Courtenay sanglotait comme une petite fille dans les bras de sa mère, après avoir confessé son escapade de la veille. « Comment peut-il aimer cette vieille femme toute ridée, maman ? Comment ai-je pu tout gâcher de la sorte ? Maintenant il ne m'aimera jamais. Autant épouser tout de suite l'Américain de papa. »

Les bras de Berthe se resserrèrent autour de son unique enfant. Elle savait que les pourparlers allaient bon train, entre le notaire de Carlos Courtenay et celui de Will Graham, sur le contrat de mariage et le montant de la dot.

« Un messager vient d'arriver du port, lança Mme Alphande à Mlle Annette sur le pas de la porte. Le bateau de France est là. Envoyez quelqu'un immédiatement chercher les gants de la baronne. Elle les réclame à cor et à cri.

— Marie Quatre, vous avez les meilleures jambes. » Mlle Annette secoua Mary par l'épaule. « Remuez-vous. »

Avant de remettre les gants à une domestique de la baronne, Mary noua autour de la boîte le ruban de soie bleu lavande qu'elle avait emporté. Ce ruban était la marque de fabrique de Mme Alphande, son lagniappe.

J'ai couru jusqu'au port, puis jusqu'ici, pensa-t-elle. Je ne vais pas me presser pour retourner au travail.

Elle jeta un regard dans la boutique voisine des appartements de la baronne. Rien n'avait changé, ni l'intérieur ni la jeune femme qui l'accueillit avec un empressement anxieux.

Mary la gratifia d'un large sourire. C'était peut-être l'occasion qu'elle attendait.

« A mon avis, je peux vous être utile plus que vous ne le serez pour moi. Je travaille pour Mme Alphande. Si vous m'engagez, je vous révélerai tous les secrets qui ont fait sa renommée. » Elle était fière du ton ferme et assuré sur lequel elle avait prononcé sa tirade. Alors que ses jambes flageolaient sous elle.

D'une voix qui tremblait autant que les genoux de Mary, la jeune femme répondit : « Je le voudrais bien, croyez-moi. Seulement, voyez-vous, je n'ai pas d'argent. Les clients n'arrivent pas. Je ne sais pas comment je vais payer mon loyer, et nous sommes presque le premier.

— Je vois, fit Mary doucement. Excusez-moi de vous avoir dérangée. » Elle sortit à reculons et se hâta de regagner la boutique de Mme Alphande, de peur de perdre son emploi.

31

Il me restera presque trois dollars sur la paye de cette semaine. Mary dut se le répéter encore et encore. Car, pour aller au travail à pied, il fallait d'abord vaincre la peur. La nuit tombait de plus en plus tôt, et en dehors du quartier commerçant, les rues n'étaient pas éclairées. Combien de fois s'était-elle réfugiée derrière un arbre ou un arbuste à l'approche d'une joyeuse bande de fêtards ou du pas traînant d'un ivrogne ? De plus, elle avait faim : passé lundi, Mme O'Neill n'avait pas de restes à lui donner.

Les jours se succédaient tant bien que mal. Mary apprenait à vivre dans l'instant. Un pas après l'autre pour arriver chez Mme Alphande. Un point après l'autre, et la journée était terminée. Un pas après l'autre pour rentrer à la maison. La maison où l'attendait un bon repas, une heure de couture au coin du feu pour arranger ses robes d'été, quelques minutes ensuite dans sa chambre glacée pour brosser sa robe d'alpaga, changer le col et les manchettes, se laver les dents, et le bienfaisant oubli au creux de son lit chaud, avant de tout recommencer le lendemain.

Lundi, mardi, mercredi, jeudi… la semaine tirait à sa fin. Les yeux fatigués de Mary contemplèrent les motifs brillants qui ornaient la robe de satin jaune. Elle venait de coudre la dernière perle. La robe était ravissante ; sa broderie la rendait exquise, unique.

Mary était contente d'avoir fini. Un centimètre de plus, et elle eût certainement terminé aveugle.

Elle replia la mousseline blanche qui protégeait le délicat satin jaune et rangea l'aiguille et les ciseaux. Presque trois dollars, se rappela-t-elle. A condition de ne pas prendre le tramway. Elle se sentait trop fatiguée pour affronter les terreurs de la nuit.

«Enfin prête, Marie Quatre?» La voix cinglante de Mlle Annette était chargée de réprobation. «Cette robe devait être livrée dans la matinée. Puisque vous avez pris du retard, vous allez la livrer. Maintenant.»

Mary eut envie de pleurer, de hurler, de tuer Mlle Annette. Au lieu de quoi, elle s'en fut livrer la grande boîte avec son nœud géant de soie lavande.

Sa destination était Rampart Street, à quelques blocs de là. Elle traversa Toulouse Street, trop hébétée pour regarder autour d'elle, bien qu'elle n'eût jamais mis les pieds dans cette partie-là du Quartier français. Les rues n'étaient même pas pavées; elle avançait avec difficulté sur les briques inégales de l'étroite banquette. L'espace d'un terrible instant, elle crut que la boîte allait lui échapper et atterrir dans le caniveau rempli d'immondices. Ayant recouvré son équilibre d'extrême justesse, elle serra la boîte contre elle.

A l'angle de Toulouse et de Rampart, il y avait un café brillamment illuminé. L'odeur de café fraîchement moulu et de friture fut un supplice pour l'estomac vide de Mary. Elle s'arrêta sous ses fenêtres pour relire les indications.

«Mlle Cécile Dulac. Après le café des Améliorations. Maison aux volets bleus.» Il faisait trop noir pour distinguer la couleur des volets, mais il y avait bien une petite maison à côté du café. Mary reprit courage. Elle poussa le portail et s'engagea dans l'allée pavée de briques.

La porte s'ouvrit sans même qu'elle eût besoin de frapper. «C'est toi, Marcel? Tu es en retard... Qui êtes-vous?»

C'était une jeune femme à la voix de velours. La lumière de l'entrée auréolait sa tête et son visage qui demeurait dans l'ombre.

«Je viens de chez Mme Alphande.» Mary lui tendit le paquet. Éblouie par la lumière, elle avait fermé un instant ses yeux fatigués. Soudain elle les rouvrit, surprise.

«Mais je vous connais, disait la jeune femme. Grouillot chez une couturière, voilà ce que vous êtes devenue? J'imagine que Carlos Courtenay a dû vous jeter à la rue, vous aussi. Entrez, je vous offre un verre pour boire à la damnation des Courtenay.» Elle saisit Mary par le poignet et la tira à l'intérieur.

213

La fatigue avait embrumé le cerveau de Mary ; elle crut tout d'abord être en face de Jeanne. Elle se demanda, vaguement perplexe, ce que Jeanne faisait dans cette maison, pourquoi elle était si furieuse contre son père. Puis elle se rendit compte que c'était une Jeanne beaucoup plus belle ; elle se souvint alors de l'incident survenu à Montfleury à la mort d'Hercule. C'était la sylphide qu'elle avait entr'aperçue là-bas, fille illégitime de Carlos Courtenay et demi-sœur de Jeanne.

Pas étonnant que cette Cécile Dulac vouât une haine aussi farouche à Carlos Courtenay.

Néanmoins, Mary refusa de trinquer avec elle. « Je suis lessivée, avoua-t-elle. Si je bois du vin, j'ai peur de m'écrouler.

— Je vous crois. Vous êtes pâle comme la mort. Je vais faire servir du café. Désirez-vous manger quelque chose ? Non ? Au moins un morceau de gâteau. » Cécile actionna une clochette tendue de brocart et donna des ordres à une femme de chambre en uniforme. Quelques minutes plus tard, Mary vit arriver un plateau croulant sous une montagne de canapés et de petits fours.

Il y avait quelque chose de fantastique dans ce contraste : chaleur et lumière après le froid et l'obscurité du dehors ; profondeur moelleuse du fauteuil après le dur tabouret de l'atelier ; mets délicats à profusion après toute une journée de faim ; l'opulence des rideaux de soie, housses de velours, miroirs dorés, lustre en cristal, chandeliers d'argent, air parfumé, ravissante créature assise en face d'elle. Ce ne pouvait être qu'un rêve.

Comme dans un rêve, Mary entendit l'étonnante confession de Cécile Dulac. Persuadée que Mary partageait sa révolte et son désir de vengeance, elle lui narra, de sa voix mélodieuse soigneusement contenue, une histoire qui tenait davantage du cauchemar.

Cécile était le fruit d'une vieille tradition orléanaise appelée « plaçage ». Sa mère faisait partie des « placées », ces femmes entretenues qu'un homme blanc installait dans une maison où elles vivaient uniquement pour son bon plaisir.

Carlos Courtenay avait remarqué la mère de Cécile alors qu'elle avait quinze ans. En tant qu'esclave, elle n'avait pas le droit de se refuser à lui. Mais Carlos se voulait un homme moral ; il ne s'autorisait pas à traiter ses esclaves comme des objets. Toutefois, il ne vit aucun mal à faire de la mère de Cécile sa maîtresse. Il lui fit quitter la plantation et l'installa dans une maison de Rampart Street. Afin d'en faire l'égale des autres placées, il lui offrit sa liberté.

Libre, elle l'était officiellement, mais non de par sa position. Elle était esclave de l'amour. Cécile maudissait ce qu'elle considérait comme la faiblesse de sa mère. «Elle se prénomme Amaranthe, comme la fleur que l'on dit impérissable. Ce nom lui a porté malchance. Car elle a donné son amour impérissable à cet homme. Elle lui a donné un fils parce qu'il en voulait un. Il lui a permis d'avoir un autre enfant parce qu'elle voulait une fille. Quand je suis née, elle était éperdue de reconnaissance. Il n'y a pas eu d'autres enfants. Il n'en voulait pas. A la place, il y a eu les potions préparées par la sorcière vaudou, les douleurs atroces, les fœtus sanguinolents expulsés dans une cuvette qui débordait de son sang. Par amour pour cet homme. Par amour pour lui, elle nous enfermait dans la chambre à côté de la cuisine, afin que nos jeux ou nos pleurs ne le dérangent pas. Sauf si Maît' Carlos exprimait le désir de voir sa progéniture. Alors on nous habillait pour nous exhiber devant lui. Comme nous étions charmants, que de sourires, de révérences, de poèmes récités, de chansons… Nous aurions fait n'importe quoi pour lui plaire car nous comprenions, même très jeunes, combien c'était important pour notre mère.

«Notre mère si belle, si douce, si aimante. Elle était toujours belle. Superbement parée, coiffée, parfumée car Maît' Carlos pouvait surgir à n'importe quelle heure du jour ou de la nuit. Et parce qu'elle vivait dans la crainte qu'il en trouve une autre plus belle, plus jeune, plus désireuse de plaire, et qu'il rejette son impérissable amour.

«Quand, plus âgée, je lui ai demandé comment elle pouvait supporter cette vie, la solitude, la peur, le pire des esclavages, elle m'a giflée parce que j'avais manqué de respect à Maît' Carlos. Il était si généreux, disait-elle, de lui avoir donné sa liberté, deux enfants, des robes et des bijoux pour se faire belle pour lui. Il lui avait aussi donné des esclaves. Pour s'occuper de la maison qu'il avait aménagée selon ses goûts, et pour s'occuper d'elle, l'habiller, la coiffer, préparer les repas qu'il partageait lors de ses visites impromptues.

«Il était si généreux qu'il nous a permis, à mon frère et moi, d'aller à l'école ; puis, quand mon frère a eu dix ans, il l'a expédié en France pour parfaire son éducation et parce qu'en France une goutte de sang noir ne représente pas un obstacle à l'ascension sociale. Quelle magnanimité, arracher un jeune enfant à sa mère ! Tout aussi magnanime, il lui a laissé la jouissance de la

215

maison et s'est arrangé avec sa banque pour que celle-ci lui verse une rente mensuelle. C'était son cadeau d'adieu. Il était venu annoncer que sa femme et sa fille revenaient vivre en ville et, pour ne pas les déshonorer, il ne remettrait plus les pieds dans cette maison.

« Ma mère est morte ce jour-là. Elle lui a dit au revoir, l'a remercié de sa générosité. Plus tard, elle a pris un couteau et l'a enfoncé dans sa poitrine. Elle était déjà morte ; qu'importe qu'elle ait manqué le cœur et survécu à sa blessure. Elle est comme un beau coquillage vide, sans aucune trace de vie à l'intérieur. Carlos Courtenay l'a tuée. »

Cécile considéra Mary avec un mépris mêlé de pitié. « Vous aussi, vous avez l'air d'un cadavre ambulant. Que vous a-t-il fait ? Comment êtes-vous tombée si bas ; comment la jolie jeune Blanche de la plantation s'est-elle transformée en une souillon à demi morte de faim ? »

Mary voulut protester. Elle n'avait rien d'une créature pitoyable ; elle était responsable et autonome. Tout à coup, elle s'aperçut que le plateau en face d'elle était vide. Elle avait tout mangé sans s'en rendre compte.

« Je ne sais pas ce qui m'est arrivé. » En prononçant ces mots pour s'excuser, Mary comprit qu'ils se rapportaient aussi à sa vie. Quelque chose ne tournait pas rond. Elle avait pris une mauvaise direction. Elle qui pensait avoir trouvé le chemin du bonheur répondait parfaitement à la description de Cécile : une souillon à demi morte de faim, trop fatiguée pour se justifier.

« Je ne sais pas ce qui m'est arrivé », répéta-t-elle. Cécile, se rappela-t-elle, lui avait posé une question concernant Carlos Courtenay. « Un soir j'étais dans une loge à l'Opéra, et le lendemain, il m'a annoncé que je n'étais pas digne de tenir compagnie à sa fille. Clémentine m'a fait mal au bras quand elle m'a poussée dans la berline.

— Clémentine ! renifla Cécile, pinçant ses lèvres de déesse. Ma grand-mère chérie. Elle aime les Courtenay plus que sa propre fille. Elle a accouru quand ma mère a été transportée à l'hôpital avec le couteau dans sa poitrine, mais aussitôt le danger passé, elle n'a parlé que de silence, de discrétion, de peur que le scandale n'éclabousse le nom des Courtenay.

— Je suis désolée », murmura Mary. Elle n'avait rien trouvé d'autre à dire, mais elle plaignait de tout cœur cette belle fille possédée par la haine.

216

Cécile éclata de rire. Desserrant les poings, elle se détendit et la contempla à travers le voile soyeux de ses cils.

« Il n'y a pas de quoi, répondit-elle, suave. J'entends mener ma barque beaucoup mieux que ma mère. Je sais comment m'y prendre. Bon nombre d'hommes blancs payeront pour les fautes de Carlos Courtenay. Et peut-être bien Maît' Carlos lui-même. »

Mary frissonna, subjuguée par la force brutale, primitive, dont elle sentait la présence en face d'elle. « J'aurais aimé être comme vous », bredouilla-t-elle. Cécile haussa les sourcils. Son sourire se fit narquois. « Pas aussi belle que vous, persista Mary. Je ne saurais quoi en faire. Non, j'aurais aimé savoir ce que je veux et comment l'obtenir. »

Un coup frappé à la porte l'interrompit. Cécile se hâta d'aller ouvrir, avec cette grâce sinueuse qui avait séduit Mary lors de leur première rencontre. « Tu es en retard, Marcel. Tu l'as ? Donne-le-moi. »

Elle se tourna vers Mary, un petit objet caché dans sa main. « Je dois m'habiller... comment vous appelez-vous ?

— Mary MacAlistair.

— Je dois me préparer pour aller au bal, mademoiselle MacAlistair. Marcel, notre cocher, va vous reconduire chez vous. Où habitez-vous ?

— Adele Street.

— Ciel, dans Irish Channel ! Et Marcel qui est noir comme la suie... Il vous emmènera aussi loin qu'il le peut. Merci de m'avoir apporté ma robe. L'autre sera-t-elle prête à temps ? J'en ai par-dessus la tête d'Alphande et de ses simagrées de dernière minute. »

Cécile avait perdu tout intérêt pour Mary. Une fille résignée, insignifiante, incapable d'éprouver le moindre ressentiment. Une victime-née ; elle méritait sa place de bonniche chargée de porter les paquets des autres.

Quelle ne fut pas sa stupéfaction lorsque Mary s'anima soudain, comme embrasée de l'intérieur. « Attendez une minute. J'ai une question à vous poser. » Son visage amaigri n'était plus blême de fatigue. Ses joues et ses yeux flamboyaient. « Admettons que vous trouviez ailleurs des robes de la même qualité que chez Mme Alphande. Peut-être même de meilleure qualité. Et qui vous seraient livrées dans les délais convenus. Commanderiez-vous vos robes dans cette autre boutique, même si elle était récente, pas encore à la mode ?

— Quelle question ! Bien sûr que oui. Et je ne serais pas la seule. Mais il n'y a personne à La Nouvelle-Orléans pour faire concurrence à Alphande. »

Mary frappa dans ses mains. « Si vous le permettez, mademoiselle, je repasserai vous voir. J'aurai certainement quelque chose qui pourra vous intéresser. Merci de votre hospitalité. Bonsoir. » Elle ouvrit la porte.

« La voiture..., l'interpella Cécile.

— Ce n'est pas la peine. Merci quand même. »

Cécile haussa les épaules. « Étrange créature, murmura-t-elle. J'ai hâte d'entendre ce qu'elle a à me dire. »

32

Il était neuf heures passées quand Mary arriva à la pension O'Neill. Paddy Devlin, qui faisait les cent pas devant la porte, se précipita à sa rencontre. «Où étiez-vous, mademoiselle Mary? J'étais mort d'inquiétude.

— J'avais à faire, monsieur Devlin.» Mary était excitée et très contente d'elle-même.

Paddy se planta devant elle, lui barrant l'entrée. «On n'a pas idée de faire aussi peur aux gens. C'est dangereux de traîner tard le soir dans la rue. Je devrais vous accompagner pour veiller sur vous», maugréait-il.

Agacée, Mary admit malgré elle qu'il avait raison. Elle avait traversé Adele Street aux abords du pub d'où s'échappaient des voix avinées, des cris et le bruit de verres cassés. Elle ne se sentait pas en sécurité; jamais elle ne s'était aventurée aussi tard dans Irish Channel.

Elle posa la main sur le bras de Paddy. «A dire vrai, je n'ai pas vu l'heure. J'étais en train de discuter avec une gentille dame pour travailler dans sa boutique. Je ne suis pas très heureuse chez Mme Alphande. Et je suis fatiguée. Écartez-vous, monsieur Devlin. Je voudrais entrer.»

Paddy lui ouvrit la porte. Il s'était renfrogné, mais Mary s'en moquait. Rien ne pouvait l'atteindre dans son euphorie.

Elle avait à moitié marché, à moitié couru depuis Rampart Street jusqu'à la boutique située sous les appartements de la baronne. «Je vous amènerai des clientes, promit-elle à la jeune femme anxieuse, et vous partagerez les bénéfices avec moi.»

Hannah Rinck conduisit Mary en haut, dans son logement. «Il faudra en parler à mon mari. Nous prenons toutes les décisions ensemble.»

L'enthousiasme et la détermination de Mary convainquirent aisément Albert Rinck. Ils fêtèrent l'événement autour d'un dîner arrosé d'une bouteille de vin. Albert but presque tout le vin lui-même car il avait deux choses à fêter : il venait de recevoir sa première commande.

«Nom d'un chien, Michaela, se plaignit Valmont, ce garçon veut me peindre en pied, grandeur nature.

— Vous n'êtes pas obligé de le trouver bon, mon cher, répondit la baronne. Il suffit de faire semblant.»

La joie manifeste de Mary lui valut l'attention, et donc les persécutions de Mlle Annette. Bombardée de critiques et de sarcasmes, chargée des tâches les plus ingrates, elle baissait la tête sur son ouvrage pour cacher son sourire. La journée du samedi ne fut guère différente. Mais elle aussi prit fin. Mary écouta le sermon sur ses manquements qui accompagnait son enveloppe de paye et promit humblement de mieux faire.

«Beaucoup mieux, espèce de vieille chouette, clama-t-elle tout haut à une distance respectueuse de l'atelier. Mais pas pour toi. Pour moi.» Une femme qui marchait à côté d'elle la fusilla du regard. Absorbée dans ses projets, Mary ne s'en aperçut même pas.

Demain nous serons le 1er décembre, pensait-elle. Cela nous laisse trois mois jusqu'à la fin de la saison. Peut-être même trois et demi. Il faut que je sache quel jour tombent Pâques et le début du Carême l'année prochaine.

Elle s'arrêta net au milieu de la foule pressée de Canal Street. Je pensais aux affaires en oubliant que Pâques est un jour saint. Je faisais des plans pour demain, sans me rappeler que c'est dimanche. Le jour du Seigneur. Je deviens mécréante.

Elle reprit sa marche aussi brusquement qu'elle s'était arrêtée. Elle devait absolument se rendre à Saint-Patrick pour se confesser, demander pardon de ses préoccupations terrestres, et de l'aide pour résister aux tentations de Mammon.

Le prêtre qui recueillit sa confession lui donna sa bénédiction et trois *Pater* à réciter en guise de pénitence.

« J'en disais dix à l'école quand il m'arrivait de penser au petit déjeuner pendant la messe, confia Mary, déconcertée, à Louisa. Je ne comprends pas.

— Vous n'êtes plus au couvent, chère amie, répliqua Louisa impatiemment. Que sont vos péchés dans un lieu où ivrognerie, meurtres et blasphèmes sont monnaie courante ? Moi, si j'avais le courage d'aller me confesser, je ne m'en tirerais sûrement pas à si bon compte. J'ai également l'intention de changer de travail, mais pas dans le sens où vous l'entendez. Je laisse tomber ma place d'accompagnatrice à l'école de M. Bassington pour vivre dans le péché avec lui.

— Vous n'y songez pas, Louisa !

— Pas pour le moment. Il faut que j'attende la prochaine visite de mon frère. Sinon il me battra comme plâtre et tuera sans doute M. Bassington. Après les fêtes de Noël, mon frère part chercher de l'or en Californie. Je serai libre alors de faire ce qui me plaît. »

Mary était certaine que Louisa reprendrait ses esprits bien avant Noël. Elle disait des horreurs parce que c'était samedi et qu'elle n'avait pas d'argent pour se payer une soirée à l'Opéra. Mary eût bien voulu lui donner de l'argent de son enveloppe, mais elle avait besoin du moindre sou pour mettre son plan à exécution.

Dimanche, le ciel était bleu limpide, et il faisait si doux que Mary regretta d'avoir mis sa robe en laine. Elle espérait qu'après la messe, Paddy Devlin ne lui ferait pas remarquer que c'était une journée idéale pour une promenade.

Il ne dit rien de tel ; après l'avoir escortée à l'église, il s'inclina et prit congé d'elle sur le trottoir.

« Boude tant que tu voudras », marmonna Mary en s'éloignant. Puis elle n'y pensa plus. Enfin elle avait repris les rênes de son existence ; elle ne dépendrait plus des caprices du sort ou du bon vouloir des autres. Elle se sentait renaître.

Les premières paroles de Cécile Dulac firent voler en éclats son bel optimisme.

« Vous comptez travailler six jours par semaine pour Alphande et le dimanche et les soirées dans la boutique de cette Mme Rinck ? C'est absurde. »

Mary défendit son point de vue avec fougue. Son plan n'avait rien d'absurde. Elle était jeune et robuste ; elle tiendrait le coup. Hannah Rinck n'avait pas d'argent pour acheter les fournitures, mais les économies de Mary lui permettraient d'honorer la première commande de Cécile. Elle réinvestirait les bénéfices dans la commande suivante, et ainsi de suite. Au bout d'un mois, un mois et demi, si tout allait bien, Mary pourrait quitter Mme Alphande pour travailler à plein temps avec Hannah Rinck.

« Au bout d'un mois, dit Cécile, vous serez morte ou alors tellement épuisée que vous ne serez plus bonne à rien. Voici ce que vous allez faire… »

Deux heures plus tard, Mary prit la direction de la place d'Armes, l'esprit en ébullition. Elle avait deux choses pour Hannah : une bourse en cuir emplie de pièces d'or et l'annonce que la boutique avait maintenant une associée tacite, Cécile Dulac. Mary n'avait plus besoin de retourner chez Mme Alphande.

« Mais qui est-elle ? interrogea Albert Rinck. Quelle sorte de femme est-ce, pour jeter ainsi l'argent par les fenêtres ? » Les pièces d'or s'étalaient sur la table tel un long serpent luisant. Albert et Hannah Rinck les fixaient, comme hypnotisés.

Cette table était le seul meuble de la pièce spacieuse et élégante. Pour masquer sa surface rayée, on l'avait recouverte de velours vert élimé. Dans une tentative de décorer son logis, Hannah avait placé au milieu une coupe de porcelaine remplie de feuilles vertes. Albert avait peint les fûts qui leur servaient de sièges. Ces vaillants efforts ne faisaient que souligner leur pauvreté. Dans ce décor, l'or paraissait magnifiquement incongru.

« Qui est-elle ? » répéta Albert.

Mary cherchait en vain une réponse simple. Il n'y en avait pas. « Je vous l'ai dit, son nom est Cécile Dulac ; c'est une quarteronne. Enfin, pas vraiment, car elle est bien plus qu'à trois quarts blanche, mais c'est ainsi qu'on appelle à La Nouvelle-Orléans toutes les femmes à la peau claire. Nous allons fabriquer ses robes pour les bals des quarteronnes. »

Elle leur expliqua ce qu'elle avait appris par Cécile. En saison, il y avait un bal presque tous les soirs dans une salle voisine du théâtre d'Orléans, l'Opéra de la ville. L'entrée coûtait deux dollars, et seuls les hommes blancs y étaient admis. Les quarteronnes étaient accompagnées de leurs tutrices ou de leurs mères qui veillaient jalousement au respect du protocole. L'homme devait demander l'autorisation d'être présenté à la fille ; si sa demande était rejetée, il n'avait pas d'autre recours. Le règlement était très strict, contrairement aux autres bals fréquentés par des Blanches et dont le prix d'entrée dépassait rarement un dollar.

Les bals des quarteronnes rappelaient davantage les soirées exclusives données par l'aristocratie créole. Les hommes qui y assistaient appartenaient généralement à cette même aristocratie.

Car le but ultime de ces bals était l'établissement de liaisons officielles entre ces hommes et les jeunes et jolies quarteronnes. Les mères négociaient pour placer leurs filles, en faire les maîtresses des hommes blancs. Le bal n'était rien d'autre qu'un marché.

Hannah Rinck fut scandalisée par le récit de Mary. «Je n'ai jamais rien entendu d'aussi immoral», déclara-t-elle.

Mary hocha la tête. «Moi aussi j'ai pensé cela, Hannah. Mais c'est en tout point semblable aux mariages que les familles aristocratiques contractent pour leurs filles, à cette différence près que les quarteronnes ne bénéficient pas des garanties que le mariage offre aux jeunes Blanches. De plus, c'est une vieille tradition qui dure depuis des générations. Ce n'est pas à nous de la changer. Nous, notre tâche est de fabriquer leurs toilettes. Vous comprenez maintenant pourquoi chaque mère veut que sa fille soit la mieux parée. »

Albert entreprit de remettre les pièces dans la bourse. «Vous demandez à ma femme de travailler pour des catins, Mary. Je m'y oppose.

— Mais pas du tout, Albert ! » Mary criait presque. «Ces jeunes filles ne sont pas des catins. Elles reçoivent la meilleure éducation, au couvent de préférence, et on les donne à un homme qui prendra soin d'elles. Exactement comme les jeunes filles blanches de bonne famille. Elles sont fidèles à leur protecteur comme une femme l'est à son mari. Ce sont des jeunes filles vertueuses. »

Hannah retira la bourse à son mari. «Albert, fit-elle calmement, tu es un grand benêt. Même si elles avaient des cornes et des manteaux écarlates, peu m'importerait du moment que ces

223

manteaux viennent de chez nous. Il faut de l'argent pour payer le loyer et tes boîtes de couleurs. »

Elle glissa la bourse sous la ceinture de son tablier et se tourna vers Mary. « Combien de robes de bal Cécile compte-t-elle nous acheter ?

— Aucune. Elle a déjà payé les siennes en nous donnant cet argent. Il nous servira à acheter des patrons, du tissu et des ornements. Notre première création sera pour Cécile. Elle la portera, ce qui nous fera connaître. Les autres quarteronnes suivront. Elles voudront toutes imiter Cécile parce que c'est la plus belle et la plus convoitée d'entre elles.

— Comment le savez-vous ?

— C'est elle qui me l'a dit, et je la crois volontiers. Il est difficile d'imaginer une femme plus belle que Cécile. Jeudi dernier, elle est allée à son premier bal, et sa tutrice a déjà décliné quatre propositions.

— J'aimerais bien la peindre », dit Albert.

Hannah et Mary échangèrent un sourire. Les affaires étaient les affaires.

Cela suffit pour aujourd'hui, se dit Mary. Les autres choses que Cécile lui avait révélées pourraient attendre.

Elle ne savait trop que penser de leur nouvelle associée. Mais une chose était sûre : elle avait là l'occasion de gagner de l'argent, beaucoup d'argent. Son apprentissage de l'indépendance lui avait montré que, sans argent, rien n'était possible dans la vie.

33

En règle générale, la baronne Pontalba ne s'intéressait guère aux femmes. Elle leur préférait les hommes : ils étaient plus instruits, plus larges d'esprit, plus audacieux... du moins le croyait-elle.

Cependant, lorsque la petite boutique située sous ses fenêtres eut subi une transformation spectaculaire, elle se prit d'un soudain intérêt pour Hannah Rinck. Elle avait prévu deux rangées de boutiques de luxe de part et d'autre de la place d'Armes, et voilà que, comme par miracle, l'une d'elles surgissait après un début plutôt laborieux. Elle pourrait peut-être attirer d'autres commerçants et servir ainsi de première étape vers la réalisation de son but. La baronne décida d'encourager Hannah. Les époux Rinck furent conviés à la réception qu'elle donnait le troisième dimanche de décembre.

« Il faut que vous soyez superbe, Hannah, insista Mary. C'est peut-être la manifestation la plus prestigieuse de La Nouvelle-Orléans. Vous y rencontrerez le gratin de la haute société ; cela peut nous amener des dizaines de nouvelles clientes.

— Nous ne pourrons pas satisfaire des dizaines de nouvelles clientes, Mary. Nous n'arrivons même pas à faire face à la demande actuelle. Vous ne pouvez continuer à travailler sept jours sur sept, vingt-quatre heures sur vingt-quatre. Et je ne vous suis d'aucune aide.

— Ce n'est pas vrai, Hannah. Vous travaillez aussi dur que moi. »

Mais en son for intérieur, Mary savait que Hannah avait raison. Mary faisait pratiquement tout à la boutique. Elle avait été stupéfaite d'apprendre que Hannah ne savait pas un mot de français. La boutique se trouvait au cœur du Vieux Carré, où la plupart des gens ne parlaient aucune autre langue.

Hannah avait bien essayé de se mettre à la couture, mais le résultat fut si désastreux que Mary dut tout reprendre derrière elle.

Hannah décora la vitrine, y faisant figurer tous les articles vendus dans la boutique. C'était une abomination visuelle, décréta Albert. A Mary, qui fut de son avis, il expliqua les règles de la composition d'une nature morte. Et il recommanda à Hannah de laisser l'aménagement de la vitrine à Mary.

Il ne restait plus à Hannah qu'à veiller à l'entretien du local, faire les commissions et livrer les commandes. Celles-ci s'accumulaient depuis que Cécile avait paru au bal dans sa robe de satin pêche dorée. Sournoise, elle avait laissé courir le bruit que sa robe venait de chez Rinck. Le lendemain, trois matrones se présentaient à la boutique avec leurs filles pour commander des robes de bal. Mary jubilait à l'idée d'avoir ravi la palme à Mme Alphande. « Je suis vengée, triomphait-elle, même si Mlle Annette ne sait pas que c'est moi. » En travaillant nuit et jour, elle réussit à terminer les trois robes en moins de deux semaines. Elle était fière et abasourdie de son exploit.

Ces robes-là étaient plus jolies encore que les robes de Mme Alphande parce que Albert travaillait avec Mary à la création des modèles. C'était lui, l'auteur de combinaisons insolites de couleurs, d'arrangements picturaux de dentelles, rubans, plumes, fleurs, d'appliques géantes devenues la signature de la maison Rinck.

« Les lignes et les couleurs, disait-il, c'est mon domaine. » Il esquissait les robes en quelques rapides coups de pinceau sur une petite toile carrée que Mary utilisait pour montrer les modèles aux clientes. Cécile avait eu l'idée qui rendit la boutique célèbre presque du jour au lendemain : inclure subrepticement le prix d'un portrait dans le prix de la robe.

« Une fois la robe terminée, M. Rinck pourra rajouter la tête de la cliente à l'esquisse. Le portrait, ce sera le lagniappe. Ne reproduisez jamais un modèle, et incluez cette garantie dans le prix également. »

Les trois premières commandes furent suivies d'une douzaine d'autres. Toutes les belles quarteronnes voulaient se faire immor-

226

taliser sur la toile, parées de soie et de velours. Mary et Hannah mirent une annonce dans les pages françaises et anglaises de *L'Abeille* et embauchèrent deux petites mains pour les travaux courants. Mary se réservait les tâches les plus délicates. Elle continuait à travailler nuit et jour, et Hannah continuait à se faire du souci pour elle.

Elle accepta toutefois de porter la somptueuse toilette qu'Albert avait dessinée et que Mary avait réalisée pour elle. A vingt ans, Hannah n'avait jamais assisté à une réception mondaine.

Quatrième d'une famille de neuf enfants dans une petite ville de l'Ohio où son père tenait une épicerie, elle rencontra Albert Rinck alors qu'il peignait une nouvelle enseigne pour le magasin de son père. L'enseigne terminée, Hannah s'enfuit avec lui. Ils se marièrent avant que son père ne les rattrapât et, depuis, ils avaient vécu pauvres et heureux. Leur installation à La Nouvelle-Orléans menaçait toutefois de tourner au désastre lorsque la fortune leur avait souri de manière si inopinée.

Dépassée par les événements, Hannah ne cherchait pas à comprendre. Elle était trop contente de déléguer les décisions à Albert et à Mary, et de jouir de cette aubaine inespérée.

Elle exposa son point de vue à Michaela de Pontalba qui la trouva extrêmement ennuyeuse. J'aurais dû inviter cette Mary Je-ne-sais-quoi, pensa-t-elle brièvement. La réception battait son plein ; elle s'en fut à la rencontre d'autres invités et oublia jusqu'au nom même de Mary MacAlistair.

Elle l'entendit de nouveau quelques jours plus tard et, cette fois-ci, dressa l'oreille. Son visiteur n'était autre que Valmont Saint-Brévin. La fabrication du sucre était terminée, et il s'était installé en ville pour profiter de la saison.

«Je deviens si vertueux, chère baronne, que j'ai commencé par aller poser pour ce satané portrait. Et qui ai-je vu, sinon l'adroite Mlle MacAlistair ? Savez-vous seulement quelle ingénieuse petite fouine vous hébergez sous votre nouveau toit ? Elle a un don pour tirer son épingle du jeu. Et pour grimper dans l'échelle sociale. D'abord pensionnaire au meilleur bordel de la ville. Puis une sorte de fille honoraire de Berthe Courtenay. Maintenant elle semble diriger une boutique de mode dernier cri. Elle m'impressionne.»

Michaela était impressionnée elle aussi. A présent, elle avait réellement envie de rencontrer cette Mary. Une aventurière, ce n'est jamais ennuyeux.

Au-dessous, Mary s'affairait devant la vitrine. Celle-ci, très dépouillée, était d'une simplicité frappante : un long gant de soie rose aux doigts repliés sur un éventail entrouvert en dentelle noire pailletée. La disposition était parfaite. Il n'y avait rien à changer ; au contraire, ses efforts risquaient de rompre la fragile harmonie de l'ensemble.

Si elle s'attardait devant la vitrine, c'était dans l'espoir d'apercevoir Valmont Saint-Brévin quand il ressortirait. Juste un coup d'œil, elle n'en demandait pas plus.

Ses doigts fuselés tripotaient presque brutalement le satin et la fine dentelle. Mary était en colère. En colère contre elle-même.

Mary MacAlistair, espèce de gourde, comment as-tu pu te conduire de la sorte ? Quand tu es montée dans l'atelier d'Albert et que tu l'as vu là-bas, pourquoi ne t'es-tu pas éclipsée ? Que ne l'as-tu salué comme une personne civilisée, avant de te retirer ? Qu'est-ce qui t'a prise de jacasser comme une pie, de te donner en spectacle, de vouloir l'éblouir avec tes inepties à propos de nouveaux modèles et de commandes à honorer ? Qui voulais-tu imiter ? La baronne ? Mme Alphande ? Ou bien cherchais-tu un prétexte pour rester un peu plus longtemps, pour cueillir son sourire en coin devant ton numéro ?

Arrête. Tu es en train de t'enferrer, de te rendre encore plus ridicule. Laisse cette vitrine tranquille et va vaquer à tes occupations.

Mary renversa le présentoir et le contempla, désespérée.

Je ne peux pas, répondit-elle à elle-même. Ce n'est pas juste ; je ne m'attendais pas à le voir là. Si j'avais su qu'il était ici, mon cœur n'aurait pas bondi ; cette stupide émotion ne m'aurait pas envahie comme avant. Et moi qui croyais être guérie !

C'est encore pire maintenant. Je suis incapable de faire trois malheureux pas pour m'éloigner de cette vitrine. C'est plus fort que moi.

Elle releva le présentoir et tenta de remettre le gant et l'éventail à leur place.

Jamais je n'arriverai à leur donner la même forme.

Elle en eût pleuré de dépit.

Deux femmes d'âge mûr s'arrêtèrent devant la vitrine pour

observer les efforts de Mary. Elles échangèrent quelques mots et entrèrent dans la boutique.

« Combien coûte cet éventail, mademoiselle ? demanda l'une. En avez-vous dans d'autres coloris ?

— Est-ce ici que la femme du peintre fabrique des robes ? s'enquit l'autre. Avez-vous des modèles à nous montrer ? »

Mary leur sourit avec gratitude. Leur venue interrompait la course folle, désordonnée, de ses pensées. Elle pouvait songer à autre chose. Enfin presque. Avec un dernier coup d'œil sur la vitrine, elle se tourna vers l'intérieur de la boutique. La robe de Hannah avait rempli sa mission. Ces deux dames appartenaient sans conteste à la haute société créole. Le nom de Rinck commençait à y être connu.

En quittant les appartements de la baronne, Valmont jeta un regard dans la boutique. Il ne vit pas Mary ; elle avait plongé sous le comptoir à la recherche d'un autre éventail à montrer aux nouvelles clientes. Dix-huit éventails s'étalaient déjà sur le comptoir. Chacun avait été examiné, discuté et écarté.

Valmont pivota sur lui-même et s'éloigna d'un pas léger. Il était ravi d'être en ville. Son sucre était déjà sur le port, attendant d'être chargé à bord. Il trierait les invitations qui s'amoncelaient à son hôtel pour savoir s'il allait passer la soirée dans un bal, un dîner ou une réception. Ou peut-être les trois. Mais le devoir d'abord. Il fallait rendre visite à une bonne douzaine de tantes, d'oncles âgés, de cousins. Ses pieds battaient sur les pavés le tempo animé du quadrille. Oui, un bal, certainement, décida-t-il. Il avait envie de musique, de danse, de champagne. Il voulait respirer l'air de fête du Vieux Carré.

C'était sa troisième saison depuis son retour de France, et il ne cessait de s'étonner de la frénésie avec laquelle La Nouvelle-Orléans s'adonnait à la ronde des plaisirs mondains. Après une ouverture un peu guindée à l'Opéra, les fêtes se succédaient à un rythme effréné. Une accalmie s'instaurait pour célébrer la naissance de l'Enfant Jésus, comme si la ville reprenait son souffle, et le tourbillon des festivités recommençait de plus belle, pour culminer lors de la folle nuit du Mardi gras.

« Certains sont tellement satisfaits de leur propre compagnie que le monde extérieur n'existe plus à leurs yeux. » Valmont tourna la tête. Marie Laveau venait de le croiser, marchant dans la direction opposée. Il la rattrapa.

« Toutes mes excuses, Marie. Je rêvassais.

— Je ne peux pas m'arrêter. Passez votre chemin. Ce soir, rendez-vous au bal des quarteronnes. J'y serai.

— Je ne sais pas... », commença-t-il. Mais Marie ne l'entendit pas. Elle avait disparu par le portail de la maison d'en face.

Debout sur la banquette, Valmont contempla fixement le portail. Il était perplexe. Cela ressemblait si peu à Marie de lui adresser la parole en public. Et encore moins de lui donner des ordres comme à l'un de ses acolytes. Pourquoi précisément le bal des quarteronnes ? Il y avait assisté une fois à son retour de Paris. Il en était parti écœuré. Et Marie le savait.

Il fronça les sourcils et reprit le chemin qui menait à la maison de sa tante. Son pas s'était ralenti. L'étrange comportement de Marie le gênait. Il résolut de passer à Sainte Anne Street dans la semaine. Mais il était hors de question qu'il se rendît au bal des quarteronnes. Reine ou pas, il n'avait pas d'ordres à recevoir d'elle.

34

Ce soir-là, Mary s'attarda dans la boutique. Elle avait promis à Cécile Dulac de terminer sa robe dans la journée, or les dames créoles lui avaient pris presque trois heures de son temps. Sans rien acheter, du reste.

A huit heures moins cinq, elle cousit le dernier pétale de fleur en soie, rangea soigneusement la robe dans une boîte, mit sa capote et s'enveloppa dans un châle. Elle passerait à Rampart Street en rentrant chez elle. Peut-être Cécile lui offrirait-elle quelque chose à manger. Mary était fatiguée et elle avait faim. Elle frotta ses mains l'une contre l'autre pour dégourdir ses doigts.

Au carrefour de Royal et de Toulouse Street, elle entendit de la musique provenant de l'hôtel Saint-Louis. Les musiciens de l'orchestre s'échauffaient pour le bal.

Je ne suis jamais allée au bal... Mary eut l'impression d'être Cendrillon privée de marraine-fée. Pendant les longues heures passées à confectionner les toilettes des autres, jamais elle ne s'était apitoyée sur son sort. Maintenant elle se sentait la plus malheureuse des femmes. Pourquoi cette boîte ne contenait-elle pas une belle robe pour elle-même ; pourquoi ne se rendait-elle pas à un endroit où il y avait de la lumière, de la musique et des rires ; pourquoi ne pouvait-elle monter dans un carrosse chaud et douillet qui l'emporterait à travers les rues boueuses sans qu'elle eût à salir sa robe ?

Que n'était-elle baignée, coiffée, parfumée, habillée... jolie ? Pour valser toute la nuit dans les bras de Valmont Saint-Brévin...

La femme de chambre de Cécile lui prit la boîte. Mlle Cécile était dans son bain. Elle n'offrit pas le moindre rafraîchissement à Mary.

Mary descendit Rampart Street jusqu'à Canal, puis traversa pour prendre le tramway dans Baronne Street. Le tramway n'était pas à l'arrêt. Mue par l'obscur désir de se sentir plus misérable encore, elle poursuivit sa route à pied jusqu'à l'hôtel Saint-Charles, l'équivalent américain de l'hôtel Saint-Louis, situé dans le Quartier français. Là aussi, il y avait de la musique. Mary regarda les équipages déposer à l'entrée des hommes et des femmes en tenue de soirée qui devisaient avec animation.

« Hé, vous là-bas ! Qu'avez-vous à traîner dans les parages ? » Un agent de police empoigna Mary par le bras et la propulsa brutalement vers la chaussée. « Dégagez ou je vous conduis au poste. »

Trop abattue pour protester, Mary s'éloigna d'un pas lourd en direction de l'arrêt du tramway.

D'habitude le voyage en tramway était un plaisir, une petite aventure. De Canal Street, il était tiré par un cheval pendant trois blocs et demi. Ensuite, il fallait changer de voiture ; entraîné par une locomotive à vapeur crachant des étincelles, le tramway zigzaguait le long de Baronne et de Howard Street, via Tivoli Circle, jusqu'à Jackson Avenue au-delà de la périphérie de la ville. Là, Mary prenait à nouveau une voiture hippomobile jusqu'au terminus de la ligne, près de la digue. Il ne restait plus alors que deux rues à traverser jusqu'à Adele Street.

Quand, ce triste soir, le tramway s'engagea dans Jackson Avenue, Mary faillit ne pas descendre. Il y avait seulement deux autres passagers dans la voiture. Soudain elle eut envie de passer la nuit dans ce tramway, d'aller et venir sous les fenêtres illuminées, transparente comme un fantôme aux yeux du monde extérieur.

Néanmoins, elle tira sur la sonnette pour descendre à Jackson et attendre la correspondance.

J'ai le moral à zéro parce que j'ai faim, décida-t-elle. Je vais m'arrêter à l'épicerie pour m'acheter quelque chose ; ça ira mieux après. Elle esquissa une moue désabusée. Même si j'étais invitée à un bal, je ne pourrais pas y aller. Je n'ai rien à me mettre.

Les mêmes récriminations résonnaient dans Esplanade Avenue, la résidence des Courtenay. Jeanne faisait un caprice. Arrachant sa robe de bal des mains de Miranda, elle la jeta à terre.

232

«Celle-là, je l'ai déjà mise deux fois!» hurla-t-elle, piétinant les volants mousseux de la jupe.

Miranda s'en fut à la recherche de Berthe Courtenay. Elle n'en pouvait mais. Depuis l'annonce de son mariage avec l'Américain, Jeanne était déchaînée.

Berthe arriva précipitamment, se tordant les mains et poussant de petits bêlements inquiets. A force d'apitoiement, de suppliques, de concessions et de promesses, elle réussit à amadouer Jeanne et à la convaincre de se préparer pour le bal.

Quand Clémentine monta dans sa chambre pour l'aider à s'habiller, elle trouva sa maîtresse en pleurs.

«J'ai horreur de ces scènes, se lamenta Berthe. Ne peut-on pas vivre tranquilles et heureux, tout simplement?»

Mary se rua dans la chambre de Louisa, claqua la porte et fondit en larmes. «Qu'ont-ils tous à être aussi odieux?» gémit-elle.

Louisa la dévisageait en silence. «Ma pauvre chérie, dit-elle enfin. J'ignorais que vous étiez capable d'éprouver des sentiments, Mary. Ces temps-ci vous ressembliez plus à un automate qu'à un être humain. Qu'y a-t-il? Vos aiguilles sont-elles toutes émoussées?

— Vous ne valez pas mieux que les autres, hoqueta Mary. Je ne comprends pas pourquoi tout le monde m'en veut subitement. Mme O'Neill s'est énervée parce que je n'étais pas là au dîner, et Paddy Devlin m'a fait une peur bleue en surgissant du pub au moment où je passais devant. Louisa, il s'est mis à hurler en pleine rue, pour m'annoncer qu'il était inquiet. Remarquez, cela ne l'a pas empêché de se soûler.

— Peut-être s'est-il soûlé justement parce qu'il était inquiet. Vous le traitez par-dessus la jambe, Mary.

— Moi? Qu'ai-je encore fait? Je me tue au travail, et en plus je dois m'occuper de Paddy Devlin? Il se comporte comme si j'étais sa chose. C'est inouï.

— Il veut vous épouser, Mary.

— Quoi?» La voix de Mary monta jusqu'au cri. «Je n'ai jamais entendu pareille ineptie. Il ne sait même pas lire, voyons. Qu'est-ce qui lui fait croire que j'accepterais de devenir sa femme?

— Ne criez pas si fort. Tout le monde va vous entendre. Ce que vous pouvez être niaise parfois! Ne voyez-vous pas que nous sommes les seules à savoir lire dans cette maison? En ce qui me concerne, d'ailleurs, je lis plus facilement la musique que les textes. »

Mary resta sans voix.

Louisa repoussa sa couverture et grimpa dans son lit. « Il est tard. Allez vous coucher. Je dormirais déjà comme une souche si je ne vous avais pas attendue. J'ai une invitation pour vous. Mon frère est en ville ; demain soir il m'emmène danser. S'il vous reste une once de bon sens, vous laisserez tomber votre boutique et viendrez avec nous. Paddy peut vous servir de cavalier. Vous avez besoin de sortir, de vous amuser, Mary. Vous êtes en train de tourner à la vieille fille aigrie.

— Mais je n'ai rien à me mettre. » Mary fut prise de fou rire. Elle rit longtemps avant de pouvoir s'arrêter.

« Quelquefois, quand j'ai le fou rire, je n'arrive plus à m'arrêter, déclara la jeune fille en rose aux chairs épanouies. Vous avez tant d'esprit, monsieur Saint-Brévin. »

Discrètement, Valmont fouilla la salle du regard pour trouver du secours. Cette fille l'avait coincé dans un coin depuis, semblait-il, une éternité. Elle avait sûrement un frère, un père ou un cousin qui viendrait le délivrer. Il existait un code informel pour les parents des jeunes filles vouées à faire tapisserie dans un bal.

Un jeune homme, la mine résignée, se fraya un chemin dans la foule. « Vous êtes trop aimable, mademoiselle, répondit Valmont avec un sourire. C'est votre indulgence qui rend ma pauvre conversation tant soit peu pétillante. »

La fille en rose se mit à glousser.

Valmont s'inclina cérémonieusement et céda la place à son frère. Ce n'était pas la première fois que sa nature chevaleresque le plaçait dans une posture inconfortable.

Une animation soudaine à l'entrée attira son attention. Jeanne Courtenay venait de paraître au bras de son père ; ses admirateurs se bousculaient pour inscrire leur nom sur son carnet de bal.

Valmont recula d'un pas. Le souvenir de la scène dans sa maison était encore vivant dans sa mémoire. La cohue autour de Jeanne le fit sourire. Il se rappela les paroles qu'un ami parisien avait prononcées dans une circonstance similaire : « Mon ami, la simple courtoisie veut que vous soulagiez cette malheureuse jeune personne de son encombrante virginité. »

Non, pensa-t-il immédiatement, Jeanne valait mieux que cela.

Sa beauté frôlait la perfection. Non, se corrigea-t-il à nouveau. *C'était* la perfection incarnée.

Le regard de Jeanne croisa le sien, l'invitant à la rejoindre. Il s'avança dans sa direction.

Quelqu'un le heurta du coude. «Mille pardons, monsieur», entendit-il. Puis : «Je suis sincèrement désolé, Val. Pour l'amour du ciel, ne me provoquez pas en duel. Je m'ennuie trop pour mourir.» Ce n'était autre que le fils aîné de la baronne, Alfred de Pontalba. Valmont le serra dans ses bras. «Voici des mois que je ne vous ai vu, vieille canaille! Comment allez-vous?

— Aussi bien que possible au milieu de cette bienséance coloniale. J'allais tenter ma chance auprès de la jeune beauté qui vient d'arriver, quand j'ai découvert qu'elle était la sœur de mon hôte. C'est un brave garçon, le connaissez-vous? Philippe Courtenay. Il m'a invité chez lui, au Bayou Teche, pour chasser l'alligator. Voilà au moins une chose que l'on ne trouve pas à Paris.

— Je connais Philippe. Est-il ici?

— Il est ici.» Philippe se matérialisa à côté de Valmont. «Ravi de vous voir, Val, même si j'ai entendu dire que cette année votre rendement a été supérieur au nôtre. Mon oncle s'est usé les chicots à grincer des dents.»

Valmont arrêta un serveur qui passait, et chacun prit une flûte de champagne. «Au sucre, lança-t-il.

— Au sucre», répéta Philippe. Ils vidèrent leurs verres et en reprirent d'autres.

«Voilà qui clôt, j'espère, la question agricole, observa Alfred. Boirons-nous à autre chose ou bien boirons-nous tout court?

— Buvons à la liberté, suggéra Philippe avec un sourire oblique. Mon vénéré père m'a laissé la bride sur le cou. Il pense qu'il n'aura pas besoin de moi pour tenir compagnie à ma petite sœur.»

Les trois hommes jetèrent un coup d'œil sur le cercle bruyant des admirateurs de Jeanne. «Il n'a pas tort, répondit Valmont. Je viens avec vous. Quel est votre programme? Je crois que les combats de coqs viennent juste de commencer du côté de Chartres Street. Ou bien préférez-vous une petite partie de poker chez Curtius?»

Philippe regarda Alfred. «Que diriez-vous de soulager M. Saint-Brévin des bénéfices réalisés par sa plantation? Il doit être insolemment riche.

— Ce serait un service à lui rendre, je vous le concède. Mais le jeu existe partout. Vous m'aviez promis de la couleur locale, une virée dans le demi-monde orléanais.

— En effet. Venez, Val. Nous allons au bal des quarteronnes. »
Valmont secoua la tête. Puis il changea d'avis. Au moins il
saurait pourquoi Marie Laveau tenait à le voir.

La salle d'Orléans n'était pas loin, mais pendant le court trajet, il eut le temps de regretter sa décision. Après qu'on les eut
examinés de la tête aux pieds à l'entrée, il tenta de persuader
Alfred et Philippe de le suivre dans l'une des salles du rez-de-
chaussée pour une partie de baccara. Ils crurent qu'il plaisantait. Le préposé au vestiaire prit leurs chapeaux et leurs pardessus, et ils gravirent l'escalier qui menait à la salle de bal, d'où
s'échappaient la musique et des rires mélodieux.

« Mon Dieu, s'exclama Alfred. Voilà ce que j'appelle un bal ! »
D'énormes lustres en cristal éclaboussaient de lumière les plas-
trons immaculés des hommes et les robes colorées des femmes.
Ils dansaient le quadrille, tournoyaient et changeaient de place
afin que les spectateurs massés au bord de la piste pussent admirer chacune des quarteronnes. Elles étaient belles comme le voulait la tradition ; la différence subtile dans la couleur de leur peau,
du blanc laiteux au miel doré, conférait une note d'exotisme à
leurs appas ; leurs sourires modestes contrastaient avec la sagesse
dissimulée au fond de leurs prunelles et qui en disait long sur leur
savoir-faire en matière de séduction.

Il y avait là une femme différente des autres, une femme qui
défiait au lieu de promettre, une femme dont les mouvements
rappelaient les souples ondulations d'une liane, une femme dont
la beauté rendait plausible la légende d'Hélène de Troie.

Valmont sentit Philippe se figer à ses côtés. Lui-même s'était
raidi sous le choc. Alfred, qui avait suivi leur regard, exhala lentement son souffle. Ils avaient en face d'eux une réplique radieuse,
éblouissante, épurée, de la sœur de Philippe, Jeanne.

« Mon ami, glissa Philippe à Valmont, je ne puis rester ici. Mais
j'ai donné ma parole à Alfred. Promettez-moi que vous resterez
avec lui. Moi, je dois partir.

— Je vous le promets », murmura Valmont.
Aucune force au monde n'eût pu le contraindre à quitter cette
salle.

35

« Je donnerais la moitié de ma fortune pour posséder cette femme », souffla Alfred.

Valmont réprima un mouvement de colère. « Nous ne sommes pas au marché aux esclaves, rétorqua-t-il sèchement. Ces femmes-là sont libres. »

Alfred haussa les sourcils. « N'oubliez pas, Valmont, que je suis seulement de passage dans cette ville, fit-il, conciliant. Comment fait-on pour être présenté quand on est étranger ? »

Valmont lui tapa sur l'épaule. « Il faut comparaître devant le tribunal qui siège là-bas, sur l'estrade. Ce sont les organisateurs du bal. Et les censeurs. Versailles sous les Bourbons n'a pas connu de protocole plus strict. Venez. Je suis pratiquement certain de connaître l'une des déesses de cet aréopage. » Passé le premier choc, son esprit fonctionnait à nouveau normalement. Il croyait savoir pourquoi Marie l'avait convoqué à cette soirée.

Comme il s'y attendait, elle trônait parmi les cinq ou six femmes qui présidaient le bal.

Valmont s'inclina comme il sied devant une tête couronnée. « Je sollicite votre permission de vous présenter mon ami, Alfred de Pontalba. »

Avec une grâce princière, Marie tendit à Alfred sa main à baiser.

Puis, à sa demande, elle fit signe à la créature de rêve, aussitôt le quadrille terminé. « Ma protégée, Cécile Dulac. Cécile, je te présente MM. de Pontalba et Saint-Brévin. M. de Pontalba te prie de lui accorder la prochaine danse. »

Cécile plongea dans une révérence comme dans une mer écumeuse de satin ivoire. Se relevant, elle posa sa main gantée sur le bras d'Alfred. « Vous me faites trop d'honneur, monsieur. » Elle lui sourit.

Valmont vit une secousse convulsive parcourir le corps d'Alfred, qui escorta Cécile sur la piste.

« Eh bien, cher ami, que pensez-vous de ma solution à votre problème ? » La voix de Marie était chaleureuse, tendre, amusée.

« Parlez-moi d'elle.

— Comme vous l'avez remarqué, elle est la fille de Carlos Courtenay. Elle porte le nom de sa mère, Amaranthe, l'"épouse fantôme" de Courtenay. La malheureuse ne s'est toujours pas remise de leur rupture ; je la remplace donc auprès de Cécile à l'occasion de... disons, son "entrée dans le monde".

— Et vous voulez que je devienne son protecteur ?

— Je ne veux rien. Elle est têtue. Il y a déjà eu des offres, excellentes : elle les a toutes repoussées. Quant à vous, mon cher Val, vous êtes le plus imprévisible des hommes. J'avoue ignorer ce que vous recherchez.

— Je cherche une cavalière, rien de plus.

— Cela, je m'en doutais. Pour ne rien vous cacher, je me suis servie de vous. Il y a eu des duels. Dont un mortel. Je compte sur votre réputation pour prévenir ce genre d'incidents, si tout le monde pense que vous vous intéressez à Cécile. Elle est fragile. Et les gens sont jaloux. Elle a reçu des menaces, des grisgris sur le pas de sa porte. Elle monopolise l'attention que les autres filles croient leur revenir de droit.

— N'en rajoutez pas, Marie, rit Valmont. Qui oserait jeter un sort à votre protégée ? »

Elle haussa les épaules. « Il y a des imbéciles partout. »

La musique s'arrêta. A contrecœur Alfred leur ramena Cécile.

« Monsieur de Pontalba, dit Marie, puis-je vous présenter une autre cavalière ? M. Saint-Brévin sollicite Mlle Dulac pour la prochaine danse. » Elle hocha la tête en direction d'une beauté en velours rouge et fit signe aux musiciens.

Valmont offrit son bras à Cécile. L'orchestre entama la plus grisante, la plus magique des danses, la valse.

Il enlaça sa taille fine, prit sa main dans la sienne, et ils rejoignirent du même pas les couples qui tournoyaient déjà sur la piste.

Avant la construction de l'hôtel Saint-Louis, la haute société créole organisait tous ses bals à la salle d'Orléans. Douze ans plus tard, les connaisseurs déploraient toujours ce changement. Car le parquet de cette salle-là était une merveille. Un parquet en cyprès, robuste et indestructible, constitué de trois couches superposées et recouvert de chêne verni, comme du sucre glace sur un millefeuille. Il avait du ressort, une certaine élasticité qui rendait légers et gracieux les plus mauvais danseurs ; les bons danseurs avaient la sensation de flotter au-dessus du sol.

Valmont Saint-Brévin eut l'impression de tenir une apparition entre ses bras. Cécile était légère comme une plume ; ses pas se réglaient sur les siens ; son corps anticipait les mouvements de son partenaire. Il ressentit une pointe d'exaltation ; la perfection s'était faite valse. Ni l'un ni l'autre ne parlaient. Le ravissant visage de Cécile reflétait l'extase ; Valmont sut qu'il en était de même pour lui. Il eût aimé que la musique ne s'arrêtât jamais.

La danse prit fin. « Merci, mademoiselle.

— C'est moi qui vous remercie, répondit Cécile. Voulez-vous m'emmener boire un café ? » Elle s'éloigna, certaine qu'il la suivrait.

L'escalier au fond de la salle débouchait sur une cour dallée, avec de petites tables éparpillées entre les orangers et les arbustes odoriférants. La pierre et la brique diffusaient la chaleur emmagasinée dans la journée tandis que, au-dessus de leurs têtes, les étoiles scintillaient dans le ciel noir.

Les serveurs évoluaient sans bruit entre les tables avec du champagne, de l'absinthe, du cognac, du café, des cigares et des friandises. La musique filtrait de la salle de bal à travers la voûte de feuillages et se mêlait aux conversations feutrées. Ici ou là, on entendait un rire perlé ou des verres en cristal qui tintaient lors d'une secrète célébration.

« Champagne, mademoiselle ?

— Non, merci. Un café serré, s'il vous plaît. »

Valmont chercha quelque chose à dire. Face à lui, Cécile n'était qu'une vision vaporeuse toute d'ivoire et de jais. Elle se taisait, nullement gênée par le silence qui régnait entre eux.

Alors, à son tour, il se laissa envahir par la tiédeur de l'air parfumé, par la paix et la sérénité. Il n'avait pas besoin de parler. Le champagne pétillait dans le verre posé devant lui. Il n'avait pas besoin de boire. Cécile sirotait son café.

La tasse émit un son argentin quand elle la reposa sur la soucoupe. « Voici l'homme à qui j'avais promis la prochaine danse », dit Cécile.

Valmont leva les yeux. Il connaissait cet homme, un courtier en coton réputé pour son tempérament coléreux.

« Il va vouloir me tuer », fit-il à voix basse.

Cécile ne répondit pas.

« Cela vous ferait de la peine s'il me tuait ?

— Non... l'inverse non plus, d'ailleurs. Les hommes sont trop bêtes pour se battre en duel. »

Valmont éclata de rire. « Dans ce cas, mourir n'a aucun intérêt. Vous me surprenez, mademoiselle. Dites-moi, y a-t-il un cœur sous ce ravissant corsage ? »

Cécile sourit. Elle était si belle qu'il en eut le souffle coupé.

« Il paraît que non », répliqua-t-elle.

Le courtier se planta devant Valmont. « Monsieur, vous m'avez offensé. » Sa voix de stentor résonna désagréablement dans la quiétude enchantée de la cour.

Valmont se leva. « Et vous, monsieur, vous offensez l'assistance par votre bruyante conduite. Je suis à votre disposition.

— J'exige une réparation immédiate.

— Soit. Mon témoin est en haut. »

Le petit jardin public derrière la cathédrale était le théâtre privilégié des duels. D'ordinaire, les duellistes s'y retrouvaient à l'aube. Se battre à la lueur des torches représentait une piquante innovation. Valmont fléchit la rapière qu'Alfred était allé chercher chez lui. C'était une très belle lame, forgée pour le maître d'armes qui avait enseigné l'art de l'escrime à Alfred et Valmont, ainsi qu'à la plupart des jeunes gens de l'élite parisienne. Quel dommage de confier sa jumelle aux mains brutales du bruyant courtier. A la pensée de ces mains sur la peau satinée de Cécile Dulac, Valmont eut un haut-le-cœur. Comme une tarentule sur les pétales d'une fleur. Il avait hâte de commencer.

Tout était prêt pour le duel. Les témoins s'étaient écartés du côté du médecin, tiré du lit en pleine nuit. Les adversaires se saluèrent ; les lames brillèrent dans la lumière vacillante. Valmont adressa un salut aux porteurs de torches et aux silhouettes obscures massées sur les balcons de la salle de bal pour assister au combat.

Le courtier attaqua alors qu'il regardait le balcon. L'inattention insultante de Valmont avait décuplé sa fureur. Et, quand celui-ci eut paré le coup avec une aisance nonchalante, sa rage ne connut plus de limites. Son attaque surprit Valmont par sa rapidité, sa violence subite.

240

Il avait affaire à un adversaire de taille.

Valmont s'absorba dans le jeu des lames, stimulé par la difficulté que représentaient les ombres mouvantes et le sol accidenté. Il pensa à Cécile qui l'observait, indifférente, du balcon et rit de son panache puéril, des efforts furieux de son assaillant, flirtant avec la mort, jouant avec le marchand de coton comme un matador avec un taureau enragé.

Ce dernier commençait à se fatiguer. Valmont sentit un changement de rythme dans le tournoiement des lames qui s'entrechoquaient. Dois-je lui donner l'estocade ? Il examina cette pensée avec curiosité. Il avait déjà tué en duel, une fois, dans la fougue de la jeunesse, pour prouver qu'il était un homme. Il s'étonna que l'idée même lui en eût traversé l'esprit.

Il l'écarta. Ce serait trop facile. Il se contenta d'exécuter une fulgurante série de passes culminant par une botte qui expédia la lame du courtier dans les airs. Il posa la pointe de sa rapière sur le cœur de son ennemi. «Avez-vous l'intention de demander grâce ? » La respiration pantelante du courtier soulevait la lame.

L'homme, brusquement, étouffa un sanglot. «Pour l'amour du ciel, saignez-moi, implora-t-il dans un murmure rauque. Vous m'avez battu. Ne me déshonorez pas. »

Les lèvres de Valmont frémirent imperceptiblement. Ce matamore n'était qu'un lâche. S'il avait appelé la mort, Valmont l'eût épargné avec respect. Mais quémander une simple estafilade pour sauver la face était un acte de lâcheté. Cet homme-là l'eût tué sans la moindre hésitation.

La lame de Valmont brilla tel un éclair dans l'obscurité. Elle avait tranché un millimètre de chair dans le lobe de l'oreille du courtier. Déjà Valmont tournait les talons.

Alfred lui apporta son pardessus, prit sa rapière. «Fort divertissant, ce duel. J'espère que son vol, si joli qu'il fût, n'a pas endommagé l'autre lame. Les domestiques sont en train de la chercher. Que fait-on maintenant ? Va-t-on sabler le champagne pour fêter votre victoire ? »

Le sourire de Valmont étincela dans l'ombre. «Pas tout de suite. Je crois que j'ai gagné une danse avec Mlle Dulac. »

«Regrettes-tu qu'il n'ait pas tué ce marchand de coton ? » s'enquit Marie Laveau.

Cécile haussa les épaules. « Je n'avais pas envie de danser avec lui. Maintenant ce n'est plus la peine. Tant mieux.

— Ne joue pas à ce jeu-là avec moi, Cécile. Tu oublies à qui tu parles. Ces duels dont tu es la cause deviennent gênants. Tu es comme un enfant gâté qui casse tous ses jouets.

— Et que suis-je pour ces hommes, madame, sinon un jouet de luxe ? Je les hais tous.

— Même Saint-Brévin ?

— C'est un homme.

— Tu me déçois. Je te croyais plus intelligente. » Cécile recula comme si elle avait reçu une gifle. « Pardonnez-moi, fit-elle après une longue pause. Je vous sais gré de votre bonté pour ma mère et moi. Je ne veux pas vous décevoir... Ce Saint-Brévin, êtes-vous sûre que la fille Courtenay est éprise de lui ?

— Sa pensée l'obsède nuit et jour.

— Moi je penchais plutôt pour le fils Courtenay.

— Impossible, te dis-je. Il est bâtard lui-même. Il n'a pas supporté la vue d'un autre rejeton illégitime de son père, même d'une belle fille comme toi. Et puis, il y a le tabou de l'inceste.

— Dans ce cas, madame Marie, va pour M. Saint-Brévin. Prenez les dispositions nécessaires.

— Il ne sera peut-être pas d'accord. »

Cécile éclata de rire. Un authentique rire juvénile, de pure allégresse. Elle déposa un baiser sur la joue de Marie. « Je ne vous décevrai pas une seconde fois. »

Elle quitta le balcon au moment même où Valmont entrait dans la salle et alla à sa rencontre. « Vous maniez l'épée aussi bien que vous valsez, monsieur. Mes compliments. »

Valmont s'inclina devant elle. « Vous me faites trop d'honneur.

— Je ne le crois pas. »

Il sourit. « Me ferez-vous l'honneur supplémentaire de m'accorder une autre valse ? »

Cécile mit sa main dans la sienne.

Marie les contemplait du balcon. Elle avait les larmes aux yeux. L'espace d'un instant, elle regretta de n'être pas une autre, jeune et belle, de n'avoir pas d'autre pouvoir que celui de séduire et de garder Valmont Saint-Brévin.

Puis elle rit doucement de sa sentimentalité. Sa voie était tracée depuis longtemps ; pour rien au monde, elle n'y renoncerait. Elle était reine.

36

C'était absurde, se dit Mary. Le fait d'aller au bal n'allait pas lui changer la vie. Pourtant, sa mélancolie avait bel et bien fondu comme neige au soleil depuis que Louisa avait parlé d'aller danser. Elle avait bien dormi et s'était réveillée le lendemain matin, le sourire aux lèvres.

La journée fut aussi chargée que d'habitude, mais rien ne pouvait entamer sa belle humeur. Ni les clientes qui réclamaient son attention même si elles étaient là «juste pour regarder», ni les ouvrières arrivées en retard, ni le café que Hannah renversa sur le cerceau de leur meilleure crinoline. Mary avait sorti de la dentelle argentée pour la coudre sur la robe bleue qu'elle avait portée à l'Opéra. Les ornements changeaient tout : de la sage robe de fillette, elle ferait un modèle d'élégance féminine. Et elle achèterait les escarpins argentés entrevus dans une boutique de Chartres Street. Mary n'avait pas encore eu le temps de toucher à sa part des bénéfices ; le seul luxe qu'elle s'était offert jusque-là, c'étaient les voyages en tramway. Elle emporterait aussi suffisamment de ruban argenté pour se coiffer autrement que de l'éternel chignon au bas de la nuque. Peut-être même trouverait-elle un moment pour aller chez le coiffeur. Si seulement elle pouvait tomber sur quelqu'un comme cette femme qui venait chez les Courtenay… Elle avait accompli des miracles avec les cheveux de Mary.

La porte de la boutique s'ouvrit. Mary quitta le coin où elle cousait à l'abri d'un paravent.

«May-rie ? Est-ce vraiment vous ?»

Jeanne Courtenay se précipita sur elle et la serra de toutes ses forces dans ses bras. Par-dessus son épaule, Mary aperçut Berthe, pétrifiée.

Elle n'est pas au courant. C'était Carlos. Il m'a jetée dehors sans prévenir quiconque. Il a dû leur raconter que je m'étais enfuie ou un autre mensonge du même genre. Elle s'efforça de suivre le flot de paroles de Jeanne. Il y était question d'une robe neuve, de la maison Rinck qui faisait tant parler d'elle, d'un bal costumé, et que dirait Mary si elle s'habillait en Juliette, était-elle allée à l'Opéra la semaine dernière, ne trouvait-elle pas la musique de Bellini divinement romantique, et que pensait-elle d'une petite coiffe de perles par-dessus ses cheveux épars, car elle avait une chevelure somptueuse, mais personne ne l'avait jamais vue au naturel, et ainsi de suite, à la manière typique de Jeanne.

Berthe pinça les lèvres. Elle saisit Jeanne par le bras. «Viens, Jeanne, allons chez Mme Alphande. Ce n'est pas une boutique convenable pour une jeune fille.»

Mary sut alors que Carlos Courtenay n'avait pas agi seul. Qu'avait-elle donc fait, quel était son crime pour mériter tant de cruauté? Angoissée, elle ouvrit la bouche, mais Berthe sortait déjà, traînant Jeanne derrière elle.

«Maman, protesta Jeanne, je veux parler à May-rie.»

Mary entendit sa voix s'éloigner au fur et à mesure que Berthe hâtait le pas.

«Qui était-ce, Mary?» Hannah émergea de l'arrière-boutique où elle rangeait un nouvel arrivage de gants.

«Des gens que j'ai connus autrefois. C'est sans importance.» Les larmes empêchaient Mary de parler. Elle avait réussi à oublier l'affront, à l'enfermer dans un coin de sa mémoire avec les autres déceptions, mais la blessure, ravivée, se révélait plus douloureuse encore. Elle se sentait seule et vulnérable face à l'indifférence hostile du monde.

«Je reviens dans deux minutes», lança-t-elle à Hannah.

Et, arrachant son châle de la patère, elle sortit en courant.

Les faux platanes qui bordaient la place d'Armes avaient été taillés. La place, nue et déserte, n'était qu'un carré de terre noire parsemé de touffes d'herbe. Un vent glacial soufflait sous le ciel lourd, tirait sur le châle de Mary, s'insinuait sous le col de sa robe.

Aveuglée par la poussière et les larmes, ses jupes virevoltant autour d'elle, Mary courut se réfugier dans le sanctuaire de la cathédrale.

Après avoir trempé machinalement ses doigts dans le bénitier et esquissé un signe de croix, elle s'agenouilla en pleurant sans bruit. Sainte Mère de Dieu, Seigneur miséricordieux, j'ai peur. Consolez-moi. Ne m'abandonnez pas.

Le sol dur lui rappela les dalles de la chapelle du couvent ; le froid qui régnait sous les hautes voûtes de la cathédrale, l'air des montagnes de Pennsylvanie. L'odeur familière de l'encens et des cierges réconforta son cœur meurtri.

Mary retourna en courant dans la boutique. Elle pensait déjà aux dentelles argentées qu'elle allait coudre sur sa robe. Elle avait résolu de s'amuser. Elle n'était pas seule ; elle avait des amis, des gens qui l'aimaient.

Hannah accepta avec empressement de la remplacer pendant que Mary allait chez le coiffeur. «Si ces dames désirent acheter quelque chose, elles n'ont qu'à pointer le doigt. Je n'ai pas besoin de parler français pour comprendre ça. »

A son retour, Hannah s'extasia sur ses boucles et sur le ruban argenté tressé dans la couronne de ses cheveux. Elle supplia Mary d'emporter un foulard de soie pour protéger sa coiffure du vent, et de rentrer de bonne heure en fiacre.

Louisa était rentrée tôt elle aussi. En pénétrant dans la maison, Mary l'entendit chanter. Une aria, non des gammes.

«Vous avez une très belle voix, Louisa.

— Vous êtes très bien coiffée, Mary. »

Elles se sourirent, heureuses de se sentir à la fête. Prenant Mary par la main, Louisa la fit asseoir sur le lit à côté d'elle.

«J'ai quelques petites choses à vous dire, vite fait, avant l'arrivée de mon frère. Il se prénomme Michael ; tout le monde l'appelle Mike. Mike Kelly. Et moi, il m'appelle Katie. C'est mon vrai nom, Katherine Kelly. J'ai changé de nom quand je suis venue à La Nouvelle-Orléans. A-t-on déjà entendu parler d'une diva nommée Katie Kelly ? C'est pourquoi j'ai choisi de m'appeler Louisa Ferncliff. Pour faire plus prestigieux. Mike est au courant pour Louisa, mais il oublie. Pour lui, je resterai toujours Katie, même si je chante *Lucia di Lammermoor*. Inutile de vous dire qu'il ignore tout, en revanche, de ma relation avec M. Bassington. J'ai mis tous les cadeaux qu'il m'a offerts dans votre chambre. Mike ne risque pas d'y entrer, alors qu'il fera sûrement irruption dans ma chambre aussitôt qu'il mettra les pieds dans cette maison. Je me suis arrangée avec Mme O'Neill pour qu'il dîne avec nous… Allez-vous vous habiller avant ou après le dîner ? »

Elles débattaient toujours de la question lorsque Mike Kelly fit, comme prévu, irruption dans la pièce. C'était un grand gaillard au teint rubicond, avec une moustache rousse et d'épais favoris.

« Bien sûr que je m'souviens de Mlle Mary, rugit-il quand Louisa fit les présentations. Je voyais son joli minois tous les jours sur le pont du *Cairo Queen*. Nous étions tout tristes quand elle nous a quittés pour voyager avec les gens chic.

— Moi aussi », répondit Mary. Si seulement elle n'avait pas suivi Rose Jackson ! Elle fit taire ses regrets et demanda des nouvelles de Joshua.

« Toujours pareil, rit Mike. Il se prend pour Dieu le père, mais personne ne lui en veut. Il est descendu à Baton Rouge pour passer les fêtes avec sa famille. Quant à moi, je fête Noël avec ma petite sœur, et ensuite… cap sur la Californie pour y faire fortune. Katie vous a raconté ?

— Oui. Cela a l'air passionnant.

— Ça le sera plus encore quand je reviendrai avec un sac de pépites grosses comme mon poing, d'ici un an ou deux. Tiens, j'ai entendu un type sur le pont à qui on avait dit… » Et Mike leur conta jusqu'au dîner ses captivantes histoires de chercheurs d'or.

Il continua durant tout le repas, captivant à leur tour Mme O'Neill et les Reilly. Paddy Devlin, lui, était plus fasciné par les boucles de Mary que par les pépites d'or. Il ne la quittait pas des yeux.

« Permettez-moi de vous dire que vous êtes très en beauté ce soir, déclara-t-il lorsque Mary descendit dans sa toilette bleu et argent.

— Je vous le permets », répliqua-t-elle gaiement. Elle se sentait belle avec ses boucles et ses escarpins argentés, se rendant à son premier bal. Elle ne savait trop à quoi s'attendre, mais ce serait sûrement merveilleux.

La salle de bal n'était ni grande ni imposante. Le plancher était brut malgré le polissage, et les fenêtres laissaient passer des courants d'air qui faisaient fumer et vaciller les lampes à pétrole. Mais les murs étaient décorés de rubans de taffetas vert, et il y avait des chaises dorées tout autour de la piste. L'orchestre se composait de trois violons et d'un accordéon. Il jouait des airs guillerets, et ceux qui ne dansaient pas l'accompagnaient en frappant dans les mains.

Tous les âges étaient présents dans la salle. Les vieillards s'asseyaient avec précaution sur les sièges délicats, tandis que les enfants sautillaient dans leur coin ou se poursuivaient entre les danseurs. L'endroit était très bruyant.

« Je ne sais pas danser cela », dit Mary à Paddy qui l'invitait d'un geste sur la piste. Elle n'avait jamais vu cette danse où les partenaires bondissaient énergiquement en esquissant un pas de côté.

Paddy n'avait pas entendu. Il pencha la tête et, une main devant l'oreille, haussa les sourcils.

Mary répéta en criant qu'elle ne savait pas danser.

« Allez, pas de chichis, mademoiselle Mary », hurla Mike. Ses grosses mains se refermèrent sur la taille de Mary. Il la souleva et l'emporta sur la piste en riant à gorge déployée.

Mary se sentit si sotte, suspendue comme une poupée de chiffon, qu'elle rit aussi. Mike la reposa et se mit à danser. Les pas n'étaient pas compliqués, et Mary réussit à le suivre sans grande peine. Bientôt elle tapait du pied, sautait et tournait sur elle-même sans se préoccuper de la fragilité de ses escarpins. Elle s'amusait comme une enfant.

Paddy les regardait danser, debout à côté de Louisa. Mary lui apparaissait telle une déesse descendue parmi les mortels. Sa robe bleu et argent était un modèle de raffinement frivole comparée aux soieries foncées des femmes mûres et aux toilettes tapageuses, en taffetas bon marché, des plus jeunes. Ses joues vermeilles rendaient vulgaires les visages fardés des femmes. Et ses pieds minuscules semblaient à peine frôler le sol, contrairement aux lourds souliers des autres danseuses.

« Ah, ce qu'elle est belle », soupira-t-il.

Amicalement, Louisa lui tapota le bras. « Elle n'est pas de notre milieu, Paddy. Laisse tomber. Tu cours après la lune. »

La mâchoire carrée de Paddy se contracta obstinément. « J'ai donné mon cœur à Mlle Mary. Dès que je gagnerai plus d'argent, j'en ferai ma femme. Je prendrai bien soin d'elle. Elle pourra s'acheter tous les souliers de fée qu'elle voudra, et elle n'aura plus besoin de se ruiner la santé en travaillant.

— Et comment appelles-tu, Paddy Devlin, le fait qu'une femme s'échine à la maison et aux fourneaux toute la sainte journée, avec un gosse dans le ventre neuf mois sur douze ? » cria Louisa.

247

Paddy n'entendit pas ou fit mine de ne pas entendre sa question.

A la fin de la danse, Mike lui ramena Mary. «J'ai une de ces soifs!» déclara-t-il. Son visage luisait de transpiration; une goutte de sueur perlait même sur le bout de son nez.

Louisa la chassa d'une chiquenaude. «Mike chéri, il est trop tôt pour boire. Danse donc avec ta sœur, en gentil grand frère que tu es.»

Mike lui sourit. «On croirait entendre m'man. Très bien, Katie. Allons-y.» Il la saisit par la taille et l'entraîna au milieu des danseurs.

Paddy prit la main de Mary. «Je ne me suis jamais autant amusée», lui cria-t-elle. Et elle se mit à frapper du pied et à taper dans ses mains avec les autres.

Un buffet avait été dressé au fond de la salle. Après avoir dansé presque deux heures, Paddy et Mary s'installèrent pour manger, deux assiettes pleines en face d'eux. Mais à peine eut-il avalé la première bouchée que Paddy bondit sur ses pieds. «Je vais vous chercher du punch. On le prépare spécialement pour les femmes.»

Mary le remercia d'un sourire. Elle avait soif, mais jusqu'à présent, elle n'avait vu que des chopes de bière sur les tables.

Elle regarda Paddy se diriger vers un coin derrière le buffet. Il dut patienter plusieurs minutes avant de pouvoir se servir. Une foule exclusivement masculine se pressait autour de la table avec la bassine de punch. Deux tonnelets de whisky étaient dissimulés sous la table.

Une heure plus tard, ils furent remplacés par deux autres tonnelets, pleins. Cette fois, on ne chercha même pas à les cacher. Ils trônaient sur les tables débarrassées des reliefs du souper.

Les effets du whisky commençaient à se faire sentir. Les danseurs se déchaînaient; certains se mirent à chanter; des femmes pleuraient; un gros homme rougeaud trébucha et roula sur le plancher, entraînant sa cavalière avec lui.

La première bagarre éclata une demi-heure plus tard. En moins d'une minute, la salle résonna de coups, du bruit de verre cassé et de cris joyeux.

Mary se cramponna à Paddy. «Je veux rentrer à la maison, cria-t-elle.

— Ne vous affolez pas, mademoiselle Mary. On en a encore pour des heures à danser.

— Je vous en prie! Je veux rentrer.»

Paddy hocha la tête. «Je ferai tout ce que vous voudrez, mademoiselle Mary. » Il l'entraîna en dansant vers un espace libre près de la porte.

Une demi-douzaine de femmes s'emmitouflaient déjà dans leurs châles. Une autre se joignit à elles, tirant deux enfants récalcitrants par le bras. Louisa accourut à eux.

« Je viens avec vous. » Elle désigna du menton Mike qui, riant aux éclats, faisait tournoyer la carcasse dorée d'une chaise pour repousser quatre assaillants.

Tandis qu'ils quittaient la salle, Mary fut prise de tremblements. Paddy ôta la veste de son habit de location et la drapa autour de ses épaules.

En fait, elle réagissait à la violence plus qu'au froid. Le plus effrayant, c'était que personne ne semblait affecté par la brutalité de la casse. Tout le monde riait, et l'orchestre continuait à jouer, comme si les coups qui pleuvaient étaient une autre forme de divertissement.

Son pied heurta une brique à l'arête pointue. Elle poussa un cri.

« Mais vous êtes en sang », s'exclama Paddy quand elle tourna son pied pour l'examiner. Il la souleva sans effort et l'emporta dans la nuit froide, en manches de chemise.

Mary ne put retenir ses larmes. Elle pleurait non pas à cause de la soirée gâchée ni de son talon endolori, mais parce que Paddy Devlin l'aimait et qu'elle ne pouvait l'aimer en retour.

Une fois à la pension, elle nettoya et pansa l'entaille. Questionnée par Mme O'Neill, elle brandit ses escarpins cassés en affichant son plus beau sourire. « C'était un bal merveilleux. J'ai toujours entendu l'expression ''user ses escarpins'' ; maintenant c'est fait. C'est la preuve, dit-on, d'une soirée particulièrement réussie. »

Louisa eut un sourire en coin. « Dites-le à Mike, Mary. Sa preuve à lui, c'est une bonne migraine qui dure au moins trois jours. Et des poings éraflés. »

Cette nuit-là, Mary eut du mal à trouver le sommeil. Elle cherchait à comprendre les habitants d'Irish Channel. A côté d'eux, elle se sentait pâle et insipide. Ils faisaient tout en grand ; leurs colères, leurs émotions, leurs plaisirs étaient si démesurés qu'elle se faisait l'effet d'une poupée de cire.

Je ne suis pas comme eux.

Voici des semaines qu'elle n'avait plus songé à la cassette qui était son unique héritage. Elle en venait même à penser qu'elle l'avait rêvée.

Mais à des moments comme celui-là, elle se sentait étrangère à Adele Street. Elle se rappelait la cassette et se disait qu'elle appartenait à un monde plus raffiné, un monde de luxe et de beauté.

Lorsqu'elle s'endormit enfin, elle pressait contre elle ses doigts entrelacés, ses doigts anormalement longs que moulaient parfaitement les gants de la cassette.

A quelque distance de là, dans la gracieuse vieille demeure de Royal Street, Céleste Sazerac ferma la porte de sa chambre à clé. Puis elle ouvrit une armoire, elle aussi fermée à clé, et sortit la cassette au couvercle rayé. Le bois luisait, poli amoureusement tous les soirs. Céleste ouvrit la cassette, disposa ses trésors sur une table recouverte de velours, plaça en leur centre un chandelier en argent, alluma les cinq bougies, éteignit la lampe à gaz et s'assit à la table. Tout en astiquant le bois, elle fredonnait une chanson sans paroles.

Les vieux gants retenaient la lueur des flammes captive dans leurs paumes.

37

Le matin suivant le bal des quarteronnes, Valmont Saint-Brévin quitta la ville aux premières lueurs de l'aube. Il cheminait sans hâte, laissant à son cheval le soin de suivre la route bordée de givre. Les pensées, chaotiques, se bousculaient dans sa tête.

Cécile était à lui. S'il le voulait. Or il la désirait plus que n'importe quelle autre femme depuis son retour de Paris.

C'étaient les circonstances qui lui répugnaient. Cette fille était à vendre, non à conquérir.

Il avait largement les moyens de l'entretenir. De lui acheter une maison du côté de Rampart Street, quelques domestiques, un équipage, des meubles, des robes, des bijoux. Elle serait la femme la plus choyée de la ville, sans que sa fortune eût à en pâtir.

Il l'imagina assise en face de lui, les épaules nues, la gorge ceinte d'un collier d'émeraudes. La table croulerait sous les mets les plus exquis, les vins les plus fins...

Le tout moyennant finances. Comme un cheval de course ou un ouvrier saisonnier. Cette créature de rêve n'était qu'une esclave, malgré les papiers qui attestaient de son statut de femme libre.

Elle l'avait choisi, se rétorqua-t-il à lui-même. Belle comme elle l'était, elle eût pu faire un excellent mariage. Rien ne l'obligeait à devenir la maîtresse d'un homme blanc, à paraître à la salle d'Orléans.

Faux, trancha-t-il aussitôt. Cécile était la fille d'une placée, donc une enfant illégitime. Elle ne pouvait prétendre épouser un homme de couleur fortuné qui lui offrirait le train de vie auquel elle était accoutumée. Car la société des gens de couleur obéissait aux règles aussi strictes en matière de rang et de naissance que la société des Blancs.

Les hommes de couleur libres étaient installés à La Nouvelle-Orléans pratiquement depuis sa fondation. Lorsque la colonie française de Saint-Domingue avait été ébranlée par la révolte des esclaves, des milliers de ses habitants aisés cherchèrent refuge à La Nouvelle-Orléans où, avant l'arrivée des Américains, ils constituèrent près de la moitié de la population libre. Ils possédaient un tiers des propriétés foncières, dont des plantations avec des centaines d'esclaves, des loges à l'Opéra, des écoles privées pour leurs enfants qui partaient parfaire leur éducation en France ; on comptait parmi eux des poètes et des vauriens, des médecins et des ivrognes, des joueurs et des philanthropes, des riches et des pauvres, des saints et des libertins... bref, toutes les catégories propres à l'humanité. Chez eux aussi, un bâtard était un bâtard. Fruit des amours illicites.

Jamais Cécile Dulac ne pourrait épouser un homme qui serait son égal en éducation, culture et raffinement. Depuis sa naissance, elle était destinée au plaçage.

Alors autant que ce fût lui. Il la respecterait, la traiterait avec les égards qu'elle ne connaîtrait pas auprès d'un barbare tel que ce marchand de coton.

Et pourtant... Jamais encore il n'avait possédé une femme contre son gré. Pour assouvir ses instincts, il y avait les prostituées. Dans tous les autres cas, il ne concevait pas d'amour sans amour.

Il pourrait certes aimer Cécile. Ménager ses sentiments, veiller à son bien-être. Mais elle, quelle raison avait-elle de l'aimer ? Il n'était rien pour elle. Elle se plierait à ses désirs, irait peut-être même jusqu'à simuler l'extase...

Les mains de Valmont se crispèrent sur les rênes. Son cheval était sur le point de s'égarer.

Soudain il reconnut les jalons le long de la route et lâcha les rênes en riant. Angélus était à moins de deux kilomètres. « Tu sens l'écurie, hein ? » Les oreilles de l'animal frémirent. Valmont lui donna une tape sur le flanc. « Allez, à la maison. Il y aura une bonne bouillie d'avoine pour toi et un bon grog pour moi. »

Il y avait tant à faire à la plantation qu'il n'eut guère le temps de penser à Cécile. On était déjà le 21 décembre ; le 27 il partait faire courir Tempête de Neige et trois autres chevaux à Charleston. Charleston était réputée dans le monde entier pour ses courses ; on y venait de toute l'Amérique, ainsi que de France, d'Angleterre et d'Irlande. Valmont avait déjà assisté aux courses, mais aucun de ses chevaux n'y avait encore jamais participé.

« Les Européens amènent leurs chevaux plusieurs semaines à l'avance pour les acclimater, mais moi, je veux passer Noël à la maison, annonça-t-il à tout le monde. J'emporterai la Louisiane avec moi. Mes chevaux n'auront nul besoin de s'habituer à la Caroline du Sud. Ils s'apercevront à peine du changement. »

Quand l'on apprit ce qu'il avait en tête, on décréta qu'il avait plus d'argent que de bon sens. Valmont avait acheté un paquebot, spécialement construit pour lui en Irlande. Il était à quai depuis près de quatre mois. Presque toute la population masculine de la ville l'avait visité et ne cachait pas sa réprobation quand Valmont avait le dos tourné. Les cabines étaient indécemment larges et luxueuses, disait-on. Tout le monde avait ses propres appartements : Valmont, le capitaine, le jockey, l'entraîneur, même les lads et les palefreniers. Les hommes de l'équipage dormaient seulement à quatre par cabine. Les stalles molletonnées pour les chevaux étaient d'un ridicule ! Plus absurdes encore étaient les cales géantes pour stocker de la nourriture provenant de la plantation, de la paille et des barriques d'eau.

Un vieil Américain qui avait étudié l'histoire romaine marmonna « Caligula ! » des heures durant. Les créoles secouaient la tête : l'équipage recruté en Nouvelle-Angleterre était une aberration. On ne comprenait pas un mot de ce que disait le capitaine.

Mais tous convinrent que Saint-Brévin avait du panache. Et parièrent des sommes folles sur ses chevaux. Gagnants ou perdants, ils montreraient à ces snobs de Charlestoniens de quel bois ils se chauffaient, à La Nouvelle-Orléans.

Le bateau avait également été baptisé *Angélus*. Le jour de Noël, il allait remonter lentement le cours du fleuve libre de tout trafic, sans rencontrer d'obstacles sur sa route.

Valmont passa la fin de la semaine à s'occuper des derniers préparatifs du voyage. Il dut aussi se concerter avec son majordome, Nehemiah, car son absence allait durer plus d'un mois. Ensuite, il fallut féliciter Agnes, la gouvernante, qui avait décoré la maison de lierre, de houx, de gui, de branches de pin, de feuilles de magnolia et de camélias rouges et blancs. Ce qui déboucha sur un long conciliabule avec le jardinier-chef qui reçut sa dose de compliments. Malgré un temps exceptionnellement frais, les jardins étaient fleuris.

Valmont choisit les plus belles fleurs pour les emporter à son retour en ville. Elles fourniraient un bon sujet de conversation aux innombrables tantes et cousines qu'il devait honorer de sa visite le jour de Noël. Le temps de comparer les mérites respectifs de leurs jardiniers, les vingt minutes de visite obligatoire seraient écoulées, et il pourrait poursuivre sa tournée de distribution florale.

Il regrettait à présent d'avoir accepté l'invitation de la baronne à réveillonner avec elle. Sous ses dehors de dandy nonchalant, il était rongé d'anxiété en pensant à l'issue de son périple.

Il en voulait encore plus à Michaela à cause du portrait pour lequel elle l'avait forcé à poser. Il devait se rendre chez Rinck le lundi et y retourner le mardi, la veille de Noël.

Lundi matin, Mary vit Valmont arriver à son rendez-vous avec Albert Rinck. Ce n'était pas un hasard ; Hannah l'avait prévenue.

« Albert est dans tous ses états, Mary ; on dirait qu'il doit peindre le Président en personne. »

Mary lui trouva un air fatigué et maussade. Elle s'éloigna promptement de la vitrine. Elle aussi était fatiguée, mais elle ne pouvait se laisser aller. Elle avait de la couture à faire.

« Vous paraissez las, monsieur Saint-Brévin. Dites-moi quand vous aurez envie de faire une pause. »

La nervosité obséquieuse de Rinck exaspérait Valmont. Il n'avait qu'une envie : en finir au plus vite. Il ouvrit la bouche quand il vit que la main du peintre tremblait sur la palette et que ses yeux brillaient d'un éclat suspect. Bon sang, était-ce là le tempérament d'artiste à la sauce américaine ? Le malheureux allait-il s'effondrer en pleurs ? A ce rythme-là, le portrait ne serait jamais terminé.

Il prit le ton le plus apaisant, celui qu'il employait avec un cheval apeuré. « J'ai plusieurs amis peintres à Paris. Aucun d'eux ne possède un réel talent, mais cela ne m'empêche pas de les admirer quand je vois surgir un arbre ou un visage sous leur pinceau.

A mon avis, le plus difficile des genres, c'est le portrait. Chacun de nous se voit d'une certaine façon qui ne correspond pas forcément au regard des autres. »

Cela devrait suffire, pensa-t-il. Maintenant il sait que je me moque du résultat. Il peut me peindre sous forme d'un ballon avec deux trous à la place des yeux, si ça lui chante.

La main d'Albert traçait des traits sûrs et rapides.

Valmont sourit.

« Désirez-vous être représenté avec un sourire, monsieur ? »

Valmont eut envie de l'envoyer au diable. Au lieu de quoi, il répondit simplement qu'il préférait ne pas sourire.

Albert toussota pour annoncer qu'il allait parler. « Je partage votre avis concernant les portraits. C'est ce qu'il y a de plus difficile. » Il fit une pause, puis se jeta à l'eau. « Je ne suis pas plus doué que vos amis de Paris. En fait, je suis un piètre portraitiste. Mais personne ne payera pour un tableau qui représente une coupe d'oranges. Beaucoup de gens cherchent à satisfaire leur vanité. Ne le prenez pas mal… je sais que c'est une idée de la baronne. Elle vous a forcé la main. Je vous comprends d'autant mieux que je suis passé par là. Un beau jour, elle m'a parlé à Philadelphie et, sans savoir comment, je me suis retrouvé à La Nouvelle-Orléans avec un loyer exorbitant. » Albert eut un grand sourire. « C'est une maîtresse femme. Si je ne meurs pas de faim, je ne regretterai pas de l'avoir connue. »

Valmont décida que Rinck était un brave type. Il commençait à se détendre.

« Vous êtes originaire de Philadelphie ?

— Oh non, je viens d'un trou tellement perdu qu'il n'a même pas de nom. Je faisais mes études à Philadelphie. Hannah et moi avions économisé de quoi me payer quelques mois de cours. J'ai toujours eu envie de mieux faire. J'ai l'œil, voyez-vous, un authentique œil d'artiste, mais je suis incapable de peindre ce que je vois. »

Valmont passa deux heures accoudé à une colonne tronquée qu'Albert avait choisie en guise de décor. Il apprit beaucoup sur les expériences et les aspirations du peintre. Il sut aussi pourquoi celui-ci ne connaîtrait jamais la célébrité.

« Tenez, prenez la jeune fille qui travaille dans la boutique avec Hannah. A première vue, on la dirait tout à fait quelconque. Mais moi, je vois autre chose. Cette fille — elle s'appelle Mary — a les yeux et les cheveux couleur de vin de xérès. Ses yeux sont pailletés d'or, et il y a de l'or dans ses cheveux quand on les regarde à la lumière. J'aurais aimé la peindre assise à une table, avec un éclairage oblique, et sur cette table, il y aurait une carafe de xérès, de la même couleur dorée... Mais je sais que je n'y arriverai pas. Ces nuances-là sont trop subtiles à saisir.

— Ce serait une excellente idée », affirma Valmont. Et plus encore que tu ne l'imagines, ajouta-t-il en son for intérieur. Cette Mary aux yeux d'or, la fille de Rose Jackson, était exactement ce qu'il lui fallait pour chasser l'image obsédante de Cécile Dulac. Il avait décidé de s'offrir une semaine à l'hôtel en compagnie de trois de ces créatures. Mais la fille de Rose, c'était encore mieux. Elle était futée. Son ascension, depuis la maison close jusqu'à la réussite sociale, en passant par une famille respectable, en était la preuve. Il serait amusant de voir combien de temps elle pourrait lui jouer son numéro de sainte-nitouche.

Et, une fois qu'elle aurait jeté le masque, elle se révélerait aussi remarquablement douée que les autres filles de Rose, réputées à juste titre pour être les meilleures professionnelles de tout le Mississippi.

38

«Bonjour, madame Rinck. Mlle MacAlistair est-elle là?»

Mary, qui cousait derrière le paravent, se piqua le doigt en entendant la voix de Valmont.

«Oui, répondit Hannah. Elle arrive tout de suite.»

Mary s'essuya la main sur sa jupe, puis tenta fébrilement d'effacer la tache de sang. Elle avait perdu son aiguille. La tête lui tournait. En se levant, elle fit tomber le col qu'elle était en train de broder.

Mais rien de tout cela n'avait d'importance. Il était là. Il demandait à la voir.

«Bonjour, monsieur.»

La silhouette de Valmont se dessinait à contre-jour dans l'encadrement de la porte. On ne voyait pas son visage, mais Mary n'avait pas besoin de le voir. Elle le connaissait par cœur.

Albert Rinck a vu juste, pensait Valmont. Il y a de minuscules points d'or dans ses prunelles. Comment ne m'en suis-je pas aperçu? Probablement à cause de son rouge à joues. Rose aurait dû lui apprendre à ne pas forcer sur le fard.

Il sourit et s'inclina légèrement. Le cœur de Mary manqua un battement. «Je vais faire un tour sur la digue pour voir un bateau. Voulez-vous m'accompagner, mademoiselle? Nous pourrions prendre un café au marché.»

Mary ne regarda même pas Hannah.

«Je vais chercher ma capote.

— N'oubliez pas votre châle, Mary, s'inquiéta Hannah.

« — Il fait trop beau aujourd'hui pour se couvrir. » Par bonheur, le temps s'était réchauffé dimanche. Mary remercia le ciel ; à cause du soleil, elle avait mis sa plus belle capote. Les doigts gourds, elle noua maladroitement les rubans rayés sous son menton.

« Je suis prête, monsieur Saint-Brévin. »

A la lumière du jour, Valmont découvrit que les joues de Mary étaient naturellement rouges. Ce fut la première surprise.

La deuxième vint quand elle parla. Elle s'exprimait dans un français irréprochable.

« Vous avez l'intention d'aller voir l'*Angélus*, monsieur ? J'en ai entendu parler par des clientes de la boutique. J'aimerais beaucoup le voir, s'il vous plaît.

— Une charmante visiteuse est toujours la bienvenue à bord », répliqua Valmont.

Il s'attendait à la voir minauder, demander combien de visites galantes il avait déjà reçues. En fait, elle parut intriguée. « Pourtant, ne dit-on pas qu'une femme à bord d'un navire porte malheur ? Ou je me trompe ? Je crois l'avoir lu quelque part. »

Valmont fut pris au dépourvu. « Je ne sais pas. » Il scruta le visage de Mary pour voir si elle se moquait de lui, mais les bords de sa capote le lui cachaient. Elle était beaucoup plus petite que dans son souvenir.

S'il avait pu la voir, il eût été encore plus surpris. Elle se mordait la lèvre inférieure en grimaçant. Arrête, cesse de jacasser. Tu vas le soûler. Ne te pose pas de questions ; profite de chaque seconde pour pouvoir t'en souvenir ensuite.

Elle leva les yeux sur Valmont. Son regard était ouvert, curieux, enthousiaste.

Une fois de plus, il fut déconcerté. Elle a l'air aussi innocente qu'une enfant de cinq ans. Je m'étonne que Rose l'ait laissée partir. Ce devait être sa meilleure pensionnaire. L'innocence — qu'il jugeait feinte — de Mary était si convaincante qu'elle frisait la parodie. Il se mit à rire.

Mary cligna les yeux. Et rit aussi. Son rire robuste secoua son corps menu avec une gaieté si contagieuse que les passants se retournèrent en souriant.

Elle s'était abandonnée au bonheur du moment.

«Vous préférez boire un café maintenant ou plus tard? demanda Valmont.

— L'un ou l'autre. Ou les deux. Il n'y a pas d'heure pour le café. Et vous?

— La seconde solution me paraît la meilleure. Je n'ai pas pris de café ce matin. » Ses doigts se refermèrent sur l'avant-bras de Mary. Ils se trouvaient parmi la dense circulation de Levee Street. « Pouvez-vous courir ? »

La chaleur de sa main semblait la brûler à travers l'étoffe de sa manche. Les genoux de Mary menaçaient de fléchir d'un instant à l'autre. Jamais elle n'avait éprouvé une aussi délicieuse faiblesse. « Je peux courir. » Et ils s'élancèrent dans le tourbillon des chariots, des bêtes et des hommes.

Valmont ne put se rappeler par la suite cette demi-heure passée avec Mary. Il se souvenait seulement que tous les marchands paraissaient la connaître par son prénom, qu'il n'avait jamais dégusté un aussi bon café, que le gombo qu'ils avaient mangé ensemble était un pur délice, et l'*Angélus*, de loin le plus beau bateau du Mississippi.

Il avait prévu de lui fixer un rendez-vous dans sa suite d'hôtel. En fait, il l'invita à le suivre dans sa plantation le lendemain, après sa séance de pose, afin de lui montrer Tempête de Neige. Il l'aurait ainsi plus longtemps à sa disposition.

Pour toute réponse, elle battit des mains. Il trouva qu'elle en faisait un peu trop dans son rôle d'ingénue. Elle s'enquit ensuite si elle devait venir accompagnée. Bien sûr, opina-t-il, entrant dans son jeu.

Il la reconduisit à la boutique comme la demoiselle convenable qu'elle prétendait être. Puis il se hâta vers l'hôtel Saint-Louis. En chemin, il pensait à la description que Philippe Courtenay avait faite de Mary : « Elle n'a absolument rien d'une jeune fille. »

Pauvre Philippe. Pas étonnant qu'il eût le béguin pour elle. Mary MacAlistair était une comédienne accomplie. Ni froide ni coquette ; ni trop futile ni trop naïve. En sa compagnie, on oubliait en effet qui elle était. Les pensionnaires de Rose avaient toutes ce don de vous offrir exactement ce qu'il vous fallait.

Derrière son paravent, Mary cousait, bercée par le souvenir des moments passés avec Valmont. Elle avait peine à croire que c'était réellement arrivé. De temps à autre, elle touchait la fleur séchée qu'elle avait rapportée dans sa poche. Le marchand de gombo l'avait donnée à Valmont en guise de lagniappe.

259

En franchissant les portes de l'hôtel Saint-Louis, Valmont pénétrait dans l'espace le plus animé du Quartier français, à l'exception possible du marché. L'hôtel occupait la moitié d'un pâté de maisons. Il avait trois entrées. Celle de Royal Street menait aux chambres, deux cents en tout ; quatre d'entre elles formaient une suite que Valmont louait à l'année. Les deux entrées de Saint-Louis Street conduisaient l'une aux salles de bal, l'autre, plus imposante, à colonnes, dans le hall central. Ce fut cette dernière que Valmont emprunta car il venait pour affaires.

Il traversa la vaste pièce connue sous le nom de Bourse, saluant au passage amis et connaissances. C'était l'une des Bourses de la ville où banquiers, courtiers, agents et armateurs se retrouvaient pour vendre et acheter du sucre, du coton et toutes sortes de cargaisons.

Valmont se dirigea vers la Rotonde, le cœur de l'hôtel qui remplissait aussi les fonctions de salle de vente. La Rotonde, l'une des grandes attractions orléanaises, était célèbre pour sa vaste coupole où dieux, nymphes et animaux mythiques s'ébattaient dans un décor féerique au-dessus de la foule qui arpentait le sol de marbre. Un escalier en colimaçon menait vers une galerie en fer forgé qui faisait le tour de la Rotonde, permettant aux spectateurs d'observer les transactions et d'admirer de près l'exubérance baroque des fresques.

Les ventes avaient lieu tous les jours de la semaine, entre midi et trois heures. Elles portaient sur les biens les plus variés, depuis la plantation de trois cents hectares jusqu'aux meubles, batteries de cuisine, chaussures pour dames, dentelles, parfums, balles de coton, lustres en cristal… toutes les marchandises possibles et imaginables étaient ainsi écoulées après de vives enchères menées simultanément en français, en anglais et en espagnol.

Ce jour-là, l'atmosphère était plutôt calme. Dans un coin, un homme haranguait une trentaine de personnes : « Vous laisseriez partir ce magnifique miroir pour quarante-trois dollars seulement ? Mesdames, messieurs, les glaces du château de Versailles ne sont pas plus authentiques, plus belles… » Deux hommes à côté de lui reprenaient la même tirade, avec les mêmes intonations, l'un en français, l'autre en espagnol.

Valmont s'approcha d'une autre estrade où un homme était en train de monter un podium. « Bonjour, Jean-Pierre. Vous avez quelque chose pour moi, paraît-il. »

Le dénommé Jean-Pierre hocha la tête. « Exactement ce qu'il vous faut, monsieur Saint-Brévin. Si vous voulez bien me suivre... » Il fit signe aux interprètes qui le remplacèrent à la tâche.

Jean-Pierre conduisit Valmont au fond de la Rotonde où des esclaves à vendre étaient parqués derrière une barrière en bois. Trois autres acheteurs étaient déjà en train de les examiner, discutant de leurs mérites et de leurs défauts.

Jean-Pierre était de ces commissionnaires orléanais qui déguisaient les esclaves pour les vendre. Les hommes portaient une queue de pie mal coupée, un gilet rouge et un pantalon moutarde. Les femmes arboraient des robes du soir en taffetas rose bon marché. L'une d'elles, très âgée, avait les mains déformées par l'arthrite et un étroit visage parcheminé. Une autre, une fillette, ne devait avoir guère plus de dix ans. Toutes portaient le tignon de rigueur, en coton rouge et noir, qui contrastait incongrûment avec leurs robes rose bonbon. Les esclaves souriaient, ravis de cet accoutrement.

« Ils viennent de chez Mardsden, au-dessus de Natchez, expliqua le commissionnaire. Mardsden a fini par casser sa pipe, d'avarice sans doute ; il n'avait pas envie de payer un docteur. Ce lot nous est arrivé en guenilles, mais leur condition physique est bonne. Il s'occupait mieux de ses biens que de lui-même. »

L'un des acheteurs demanda soudain au plus costaud des esclaves : « Quel est ton nom ? » En français, naturellement.

L'esclave roula des yeux effarés. Son sourire vacilla.

« Fichtre, ils parlent l'anglais, jura le créole. Je n'ai pas l'intention d'ouvrir une école dans ma plantation. » Et il s'éloigna, s'arrêtant seulement pour prendre une assiette d'huîtres sur le plateau que lui tendait un serveur.

« On dirait que les amateurs sont rares, observa Valmont, faisant signe au serveur. Apportez-moi une bouteille de vin blanc », demanda-t-il, après avoir choisi ses huîtres.

La direction de l'hôtel offrait une restauration gratuite aux clients pour leur permettre de ne pas manquer les enchères.

Jean-Pierre attendit que Valmont eût terminé sa douzaine d'huîtres, bu deux verres de vin blanc et qu'il se fût essuyé les mains sur une serviette apportée par un groom souriant. Alors il s'éclaircit la voix et proposa de commencer les enchères.

« Même pour si peu, cela risque d'être long.

— Pas trop, j'espère, sourit Valmont. Je compte sur vous, Jean-Pierre, pour retenir mon offre. Lesquels font partie de la même famille ?

— Il y a la vieille, malheureusement, soupira Jean-Pierre. Elle ne rapportera pas grand-chose, mais comme elle a été cuisinière, elle peut encore servir. Les deux gaillards sont ses fils. Il y a aussi la belle-fille et la gamine, qui est sa fille. La femme est enceinte, paraît-il, mais je n'y crois pas beaucoup. »

Valmont haussa les sourcils. « Donc, sur dix esclaves, vous voulez que j'en achète cinq ? Pas étonnant que vous m'ayez envoyé un message.

— C'est vous qui préférez les familles, monsieur. Je ne vous force pas. » Saint-Brévin était un sot, pensait le commissionnaire. Certes, en achetant des familles entières, il évitait les fugues et les frais de capture des fugitifs. Tout de même, c'était jeter son argent par les fenêtres. Par chance, il dépensait son argent à la Rotonde. En une année, l'extravagance de Valmont augmenta confortablement les commissions de Jean-Pierre.

Comme une sorte de cadeau de Noël à un bon client, et parce que les enchères traînaient en longueur, Jean-Pierre vendit les cinq esclaves à Valmont pour la somme proposée.

La transaction conclue, Valmont ajouta cent dollars au prix initial. « Soyez gentil, prenez la moitié de cet argent pour les vêtir correctement. Et les chausser tous, même la vieille. Le cordonnier d'Angélus est débordé. L'autre moitié est pour le cadeau susceptible de plaire à votre femme. Grâce à elle, j'ai affaire au plus coopératif des partenaires. J'enverrai chercher les esclaves demain. Cela vous laisse le temps de les laver et les habiller. Je ne veux pas de poux dans ma propriété. »

Les enchères n'avaient duré qu'une demi-heure. Satisfait, Valmont se rendit au grand bar de l'hôtel. Une femme le suivit ouvertement des yeux. Il était très séduisant ; son assurance nonchalante prouvait qu'il le savait et ne s'en souciait guère.

Mary ne résista pas à la tentation. Elle monta dans l'atelier d'Albert Rinck, prétextant qu'elle n'avait pas compris un détail du modèle qu'il avait dessiné pour elle.

Pendant qu'Albert le lui expliquait, elle contempla le portrait de Valmont, même s'il n'y avait rien à voir hormis les contours de sa veste brune et quelques centimètres de cravate noire.

« Avez-vous entendu un mot de ce que j'ai dit, Mary ?

— Oh oui, Albert. Merci infiniment. » Elle reprit l'esquisse et descendit en chantonnant. Elle n'avait pas besoin du portrait ; les traits de Valmont, ses moindres gestes étaient gravés dans sa mémoire.

Qui plus est, elle allait le revoir le lendemain. Hannah avait promis qu'Albert et elle l'accompagneraient à Angélus. Cela ne posait aucun problème. Il était décidé depuis longtemps que la boutique resterait fermée la veille et le jour de Noël.

39

Accoudé à la colonne de faux marbre, Valmont laissait vaga-
bonder ses pensées. Il songeait surtout à son voyage à Charleston, au comportement du bateau, au temps qu'il ferait. Il
entendait à peine la voix d'Albert.

Cependant, quand le peintre se déclara enchanté de pouvoir
visiter sa plantation, Valmont dressa l'oreille. Ainsi donc, cette
petite friponne de Mary MacAlistair s'était arrangée pour se faire
chaperonner ! Cette idée irrita, puis amusa Valmont. Il pensait
voir clair dans son jeu. Joueur lui-même, il était prêt à relever
le défi. Quitte à lui faire la cour comme à l'innocente jeune fille
qu'elle feignait d'être.

La journée était radieuse ; le soleil brillait dans un ciel sans
nuages. Mary et Hannah s'abritaient sous des ombrelles de soie
rose plissée dont les reflets leur rehaussaient avantageusement le
teint. Les hommes ignoraient que Mary avait passé la nuit à habiller de soie les vieilles carcasses de parapluies qu'elle avait déni-
chées chez un chiffonnier.

Hannah et elle étaient assises en face d'Albert et Valmont. A
cause du beau temps, ce dernier avait loué un landau ouvert. Les
deux chevaux de l'attelage filaient à vive allure sur la route qui
longeait le fleuve. Sur leur gauche, deux petits bateaux à roue
faisaient la course. Sur l'ordre de Valmont, le cocher fouetta les
chevaux et, pendant deux ou trois kilomètres, ils prirent part à

la course. La chaussée, trop accidentée, les obligea finalement à ralentir. Hannah s'éventait frénétiquement avec son mouchoir. « Je ne suis pas habituée à tant d'émotions », souffla-t-elle.

Mary avait les joues écarlates ; ses yeux étaient plus que jamais pailletés d'or.

Ils quittèrent la route du fleuve pour s'engager dans la longue traversée des marais. Les hauts cyprès frangés de mousse d'Espagne leur cachaient le soleil. Ses rayons dansaient dans les mares d'une eau noire qui scintillait tel un miroir.

Au bord de la route ombragée, une bûche remua et disparut avec la rapidité d'un éclair dans les profondeurs glauques du marécage.

Hannah poussa un cri d'orfraie. Mary se contorsionna pour tenter d'apercevoir l'alligator à la surface de l'eau. Valmont l'observait avec un léger sourire.

Bientôt, ils débouchèrent sur une large allée plantée de chênes. Une douzaine d'enfants noirs sortirent à leur rencontre et coururent derrière le landau en riant et agitant les bras. Ils étaient arrivés à Angélus.

De près, le manoir se révéla plus majestueux encore que dans l'imagination de Mary. Ses hautes colonnes blanches formaient un portique doublé d'un balcon au premier étage. Le sol de l'entrée était en marbre ; un précieux tapis persan le réchauffait de ses somptueux coloris.

Un majordome vint prendre leurs chapeaux, cannes, ombrelles et demanda à Valmont où il désirait que le café fût servi.

« Dans le patio. Ensuite nous irons aux écuries, avant le déjeuner. Si ces dames sont d'accord. »

Mary et Hannah opinèrent à l'unisson. Une femme de chambre leur demanda si elles souhaitaient se rafraîchir et les conduisit dans un cabinet de toilette où tout était prévu pour leur confort. Hannah resta bouche bée devant les savons parfumés, les brocs d'eau chaude et froide, les lourdes serviettes de lin, les bouteilles d'eau de Cologne, la chaise percée en bois peint et sculpté. « Bonté divine, Mary, on se croirait dans un palais. »

Mary se contenta de sourire. Quoi de plus normal pour un prince que d'habiter un palais ? Elle avait l'impression de vivre un rêve.

Ils prirent le café, accompagné de pâtisseries et de petits fours, autour d'une table dressée sous un magnolia. Mary était assise à côté de Valmont sur un canapé de jardin, si près que le bras de Valmont frôla son épaule quand il leva sa tasse.

Plus tard, pour se rendre aux écuries ils prirent un chemin bordé de camélias en fleur. Valmont la soutint par le coude pour l'aider à marcher entre les racines qui émergeaient de la terre. Il était toujours près, si près d'elle que le cœur de Mary battait la chamade et qu'elle osait à peine respirer.

Lorsqu'un palefrenier sortit l'énorme étalon blanc dans la cour des écuries, Valmont s'écarta d'elle pour examiner les jarrets du cheval. Ce fut à la fois un soulagement et une déchirure. Mary inspira profondément, hypnotisée par le spectacle de sa belle tête brune contre le flanc neigeux de l'animal.

Hannah et Albert étaient en train de parler, mais elle ne les entendait pas. Elle n'entendait que le murmure du vent dans les feuillages et le chant exultant d'un oiseau célébrant la beauté du jour, le miracle de la vie et de l'amour.

Mais comment font-ils pour manger ? Ils mâchent, avalent et discutent comme si de rien n'était. La fourchette de Mary errait distraitement sur son assiette de jambalaya à l'arôme appétissant. Son regard alla de Valmont aux portraits qui ornaient les murs de la salle à manger. Elle enviait ces ancêtres, ces Saint-Brévin d'antan, parce qu'ils partageaient sa vie.

« Vous avez là quelques belles toiles, déclara Albert. J'ai d'autant plus de scrupules à vouloir vous peindre.

— Je vous demande seulement de me donner une mine moins renfrognée, rit Valmont. Avez-vous remarqué que plus le modèle est filou, plus il a l'air pieux sur son portrait ? Les Saint-Brévin ont un long passé de brigands et de pillards, et ce depuis la première croisade. Tous des aventuriers, jusqu'au dernier.

— Et vous, monsieur, êtes-vous aventurier ? » s'enquit Hannah.

L'expression de Valmont redevint un instant sérieuse. Puis il sourit. « Pour certains, oui, madame Rinck. Ils se récrient devant les sommes que j'ai misées sur Tempête de Neige. Je reconnais avoir le goût du risque, mais jusque-là, j'ai toujours eu de la chance. »

Albert, cependant, continuait à trépigner, gémissant sur ses lacunes artistiques. Hannah finit par l'interrompre. « Sois raisonnable, Albert. Les artistes qui ont peint ces tableaux ont sûre-

266

ment ressenti la même chose que toi. Il n'y a aucun Gainsborough sur ces murs, n'est-ce pas, monsieur Saint-Brévin ? Albert ne jure que par Gainsborough.

— Rien qui ressemble de loin à un Gainsborough, madame Rinck. » Valmont sourit à Albert. « Pourquoi ce choix ? Pourquoi pas Romney ? »

Albert parut gêné. « Je n'ai jamais entendu parler de Romney. Mon professeur à Philadelphie possédait une copie de *L'Enfant en bleu* de Gainsborough. C'était sa référence suprême quand il nous parlait de grand art.

— Étudier les vieux maîtres est le meilleur moyen d'apprendre, répondit Valmont précipitamment. Moi-même, je possède un album de copies que j'ai rapporté de Paris. Je vous le montrerai tout à l'heure, si vous le désirez. »

Albert changea d'expression. « Avec grand plaisir. Merci, monsieur. »

D'un geste, Valmont balaya ses remerciements. « Tout le plaisir est pour moi. » Il fit signe d'apporter le plat suivant. Albert l'ennuyait. Il avait hâte de se débarrasser de ses invités. Il regarda Mary. *Si je la vois rire, je lui tords le cou. Ses enjeux sont trop élevés pour moi, si l'ennui doit en faire partie.*

Mary était occupée à le contempler béatement. En croisant son regard, elle détourna vivement la tête.

Parfait, pensa-t-il, *elle n'ose pas me regarder en face. Elle sait qu'elle est allée trop loin... Et cette soudaine rougeur ! Je connais des femmes qui donneraient une fortune pour savoir comment elle s'y prend.*

Après le déjeuner, Valmont invita tout le monde à le suivre dans la bibliothèque. C'était une pièce d'angle avec des portes-fenêtres ouvertes sur la galerie. Il sortit un grand album relié de cuir et le posa sur la table. « Vous trouverez ma collection largement dominée par la présence de Jacques-Louis David. Je nourris un certain penchant pour l'académisme. »

Albert tendit les mains vers l'album comme pour les réchauffer à un feu.

Valmont apporta un siège pour Hannah.

« J'aimerais vous montrer quelque chose au salon, dit-il à Mary. Vous voulez bien venir avec moi ?

— Bien sûr. » Elle fut surprise de s'entendre parler normalement.

Il l'emmena dans une grande pièce dont les fenêtres donnaient sur le fleuve. La maison et les arbres projetaient de longues ombres transparentes sur le velours vert de la pelouse. Exactement comme le jour où elle l'avait vu sur la digue. Et maintenant elle était avec lui.

Valmont vit une veine palpiter à la base de son cou. Il détacha un brin de gui de la couronne qui ornait le manteau de la cheminée. « Une décoration de Noël pour vous. » Et il planta le gui dans la natte au-dessus de son oreille. Il était si proche que Mary sentait la chaleur de son corps. Les mains lui démangeaient de le toucher. Levant les yeux, elle rencontra son regard rieur. Il effleura le brin de gui. « Je crois aux vieilles coutumes. Pas vous ? » Il traça du doigt le contour de son oreille, de sa joue, de sa gorge. Son doigt s'arrêta sous le menton de Mary, le releva tandis qu'il se penchait lentement sur elle.

Le « oh ! » de Mary ne fut qu'un soupir. Sans hésiter une seconde, elle se haussa sur la pointe des pieds pour accueillir son baiser. Elle noua les bras autour de son cou, sentit ses cheveux souples et drus sous ses doigts.

Quand Valmont desserra son étreinte, elle eut l'impression de flotter, de se dissoudre dans l'extase, sourde et aveugle à tout ce qui n'était pas lui.

« Zut, marmonna-t-il. J'entends Rinck qui m'appelle. »

Il embrassa rapidement ses yeux, son nez, ses lèvres. « Je reviendrai de Charleston fin février, Mary MacAlistair. Ne m'oubliez pas d'ici là. » Il la lâcha et sortit à grandes enjambées.

Mary ne bougea pas. Les yeux clos, les lèvres tremblantes, elle attendit longtemps avant de recouvrer l'usage de ses jambes.

Quand elle rentra dans la bibliothèque, personne, à sa stupéfaction, ne parut s'apercevoir qu'elle n'était plus la même. Hannah lui sourit. Valmont aussi, brièvement, avant de reporter son attention sur Albert.

Penché sur l'album, celui-ci bégayait d'excitation. Il ne se doutait même pas que de telles merveilles pussent exister sur terre. Valmont devait absolument lui dire ce qu'il avait ressenti devant les originaux ! Comment était la lumière ? Quelle était leur taille réelle ? Voyait-on les coups de pinceau ? Les questions se bousculaient sur ses lèvres, à peine cohérentes.

Valmont finit par demander grâce en riant. « Cher ami, vous me posez des questions de peintre, alors que je suis un simple amateur. Je regrette de ne pouvoir satisfaire votre curiosité. De plus, le jour baisse. Je vous conseille vivement de ramener ces dames en ville avant la tombée de la nuit. La route n'est pas très sûre dans l'obscurité. »

Albert voulut protester, mais Hannah le fit taire.

Valmont le raccompagna à la porte, le maintenant fermement par les épaules. «A mon retour, promit-il, je parlerai de vous à mon banquier. Son père, dit-on, a rapporté de Paris une très belle collection de tableaux après la prise de la Bastille. Je lui demanderai de vous autoriser à la voir. Sa mère vit en recluse, mais comme il est l'aîné, si quelqu'un peut vous introduire dans la maison, c'est bien lui. »

Il fit signe aux domestiques dans le hall. Une femme de chambre apporta à Mary et Hannah leurs capotes et leurs ombrelles. Le majordome remit son chapeau à Albert. Le landau s'arrêta en bas des marches.

Valmont offrit son bras à Mary. Elle posa sa main sur son poignet. Il l'escorta jusqu'au landau, l'aida à monter et, quand elle se fut installée, lui baisa les doigts. «Au revoir, mademoiselle.

— Au revoir, monsieur. »

Les enfants qui les avaient accueillis à leur arrivée sortirent en courant pour agiter la main en signe d'adieu. Hannah et Mary en firent autant jusqu'à ce qu'elles les eussent perdus de vue. En face, Albert était occupé à se remémorer les toiles de maîtres.

Avec un soupir, Hannah s'enfonça dans le siège en cuir. «Je me demande ce que l'on ressent quand on est aussi riche! Croyez-vous que nous pourrions nous y habituer, vous ou moi? Pour ma part, je ne lèverais plus le petit doigt, soyez-en certaine. Combien d'esclaves possède-t-il, à votre avis? Il y en a une qui doit passer ses journées uniquement à rouler la pâte à gâteaux. Avez-vous goûté ces éclairs? Dommage que je ne sois pas venue en tablier; j'aurais fourré le reste dans mes poches. »

Mary répondait par monosyllabes. Elle n'écoutait pas Hannah. Elle sentait toujours les bras de Valmont autour d'elle, ses lèvres sur les siennes. Fin février. Elle attendrait. Elle pouvait attendre toute la vie.

269

Après leur départ, Valmont sonna pour demander du café avec du cognac. La journée lui avait paru longue, et elle n'était pas finie. Il restait encore le réveillon de Michaela.

Il feuilleta l'album avant de le refermer. C'étaient ses œuvres favorites, reproduites avec goût à plus petite échelle. Il s'arrêta devant le portrait de Mme Récamier par David. Quelle magnifique créature ! Il était difficile de l'imaginer morte, encore moins morte de vieillesse. Pour lui, elle aurait toujours vingt-deux ans, l'âge du portrait.

Cécile Dulac était aussi belle que Juliette Récamier. Et plus jeune, de quatre, peut-être même de cinq ou six ans. Il se la représenta, ravissante dans une robe Empire en tissu diaphane, alanguie sur une méridienne...

Diantre ! Il s'était promis de ne pas penser à Cécile Dulac. La petite MacAlistair était censée lui changer les idées. Du reste, elle y était parvenue ; pendant qu'il la tenait dans ses bras, elle lui avait presque donné l'illusion qu'elle l'aimait.

« Louisa, chuchota Mary, je l'aime tant que mon cœur va exploser.

— Alors qu'il explose une bonne fois pour toutes, et on n'en parlera plus. L'amour ne vous mènera à rien, Mary. A rien de bon. Pensez plutôt à votre boutique ; grâce à elle, vous pourrez devenir quelqu'un. Que vous a-t-il apporté, l'amour ? Une fleur séchée et du gui fané.

— Et le bonheur, Louisa ! Jamais je n'aurais cru que l'on pouvait être aussi heureux.

— Ma foi, Mary, j'espère que vous n'aurez pas l'occasion de découvrir combien on peut être malheureux. Votre Valmont n'est sûrement pas aussi parfait que vous l'imaginez. Cherchez donc ses défauts. »

Cette nuit-là, Mary se réveilla en larmes. Dans son rêve, elle avait vu les enfants noirs courir derrière l'équipage sur le chemin d'Angélus. Mais ils ne riaient pas ; ils gémissaient en tendant leurs petits bras entravés par de lourdes chaînes.

C'étaient des esclaves. La prospérité de Valmont, son existence fastueuse reposaient sur le labeur des esclaves. Mary n'avait jamais réussi à résoudre son dilemme face à l'esclavage chez les Courtenay ; à présent, elle était plus déchirée que jamais.

Valmont était-il capable de mal agir ? Elle se refusait à le croire. Cependant, la voix claire, tranchante, de la mère supérieure résonnait encore à ses oreilles : « Un être humain ne peut en posséder un autre. C'est un crime devant Dieu. »

40

Le réveillon de Michaela fut comme une parcelle de Paris transplantée outre-Atlantique. Elle avait réuni les plus brillants esprits de la société créole ; le menu, les vins, la conversation ne le cédaient en rien aux meilleures tables d'Europe.

Elle leur avait réservé une surprise, le clou de la soirée. Après qu'ils eurent trinqué en l'honneur de Noël, elle fit remplir les verres et déclara en souriant : « Et maintenant, un toast profane. Mesdames et messieurs, je vous offre le Rossignol suédois. Elle arrive en février et logera à la résidence Pontalba !

— Michaela ! Comment avez-vous su… que voulez-vous dire… qui vous a appris… ? » La moitié des convives avaient parlé en même temps.

La baronne sirotait son champagne. Un petit sourire malicieux jouait sur ses lèvres. Bribe par bribe, ils réussirent à lui extorquer l'information.

P. T. Barnum avait amené Jenny Lind en Amérique après que la jeune soprano fut devenue la coqueluche de toute l'Europe. Elle avait déjà triomphé à New York, à Boston, à Philadelphie. En février, elle arrivait à La Nouvelle-Orléans pour le plus long séjour de sa tournée, un mois entier. Michaela entretenait une correspondance avec Barnum depuis le mois de juillet. Elle l'avait convaincu que, fous d'opéra, les Orléanais n'hésiteraient pas à s'offrir les meilleures places pour entendre Jenny Lind. Ses autres arguments convainquirent le Rossignol suédois en personne.

Jenny Lind avait trois passions dans la vie : la musique, la bonne chère et son intimité. « La musique, c'est son domaine, dit Michaela. Pour ce qui est de la cuisine, j'ai engagé Boudro lui-même. Il fermera son restaurant durant son séjour, et je suis en train d'aménager les principaux appartements de ce bâtiment avec tout ce qu'il y a de meilleur à La Nouvelle-Orléans. Elle sera là en tant qu'invitée. Et son intimité sera préservée.

— C'est très généreux à vous, baronne.

— Pensez-vous, chéri ! Grâce à elle, ces appartements deviendront célèbres, comme ils devraient l'être. »

Valmont se leva, brandissant son verre. « A Michaela de Pontalba... à son charme, à son esprit, à son délicieux franc-parler !

— A vous, Michaela », reprirent les invités en chœur.

Lorsque Valmont prit congé, la baronne lui fit promettre de revenir avant le départ de Jenny Lind, fixé au 10 mars.

« Vous avez ma parole. Sauf imprévus. Au fait, le Rossignol suédois parle-t-il français ?

— Quelle importance, mon cher ? Je n'ai pas l'intention de lui parler. J'ai horreur des femmes qui ont du tempérament. »

En arrivant à l'hôtel, Valmont riait encore. Les colères de Michaela étaient célèbres sur deux continents.

Après s'être changé rapidement, il repartit à cheval pour la plantation. Malgré la fatigue, il se sentait d'excellente humeur. L'aventure qui l'attendait, aucun corsaire de ses aïeux n'eût osé s'y lancer.

Le matin de Noël, dans toutes les plantations du Sud, les esclaves endimanchés affluaient devant la maison du maître pour recevoir leurs cadeaux : tabac, friandises, habits, quelquefois du vin ou du whisky. A Angélus comme ailleurs, la tradition était scrupuleusement respectée. Cette année-là, cependant, le maître d'Angélus avait autre chose à leur offrir. La liberté. Le bateau qui allait embarquer Valmont et ses chevaux devait transporter en cachette ses esclaves, ainsi que des fuyards réfugiés sur sa plantation, jusqu'au Canada, terminus du chemin de fer souterrain.

Valmont s'était joint à la lutte contre l'esclavage aussitôt après son retour de France. Après s'être débarrassé de tous ceux qui risquaient de le dénoncer, il fit d'Angélus une étape du chemin de fer souterrain.

Tous les esclaves qui le souhaitaient pouvaient « voyager par le chemin de fer ».

Le résultat se révéla vite décevant. Le chemin de fer souterrain comportait énormément de risques pour des avantages très limités. Des guides téméraires descendaient dans le Sud pour escorter deux ou trois esclaves à la fois d'une étape à l'autre, bravant les rigueurs du climat, les patrouilles, le danger d'être dénoncé et capturé à tout instant.

Le jeu ne valait pas la chandelle. Valmont commença à dessiner les plans d'un bateau. Et à acheter des esclaves.

Personne ne devait remarquer une baisse abrupte dans la population noire d'Angélus. Il fallait que toutes les cases fussent occupées, que la canne à sucre fût semée et récoltée. Tout devait être comme avant.

Le bateau resta à quai suffisamment longtemps pour permettre aux plus méfiants de l'inspecter à loisir. De son côté, Valmont clama haut et fort son intention de gagner les courses de Charleston. Il finit par passer pour un vantard et un farfelu.

Tout était prêt, mais il lui manquait un bon cheval. Un cheval susceptible de gagner, pour justifier les frais de son périple charlestonien. Il lui fallait un champion avant de lever l'ancre. Ce chaînon manquant, ce fut Tempête de Neige. Le jour de Noël, *Angélus* le bateau ferait escale à Angélus la plantation ; les parois coulissantes des cabines s'ouvriraient, révélant des cachettes pour une quarantaine de femmes et d'enfants. Sous le faux plancher des stalles pourraient s'abriter une cinquantaine d'hommes. Le lendemain, à l'aube, les passagers clandestins embarqueraient avec le reste de la cargaison, et le bateau larguerait les amarres ; le jockey et les palefreniers sommeilleraient dans les cabines ; les chevaux seraient solidement attachés dans leurs stalles au plancher recouvert de paille.

Une fois dans le golfe du Mexique, tout le monde pourrait sortir se restaurer, se reposer et respirer l'air de la liberté.

A l'entrée de la baie de Charleston, ils regagneraient leurs cachettes, le temps de débarquer Valmont, ses hommes et ses chevaux. Ensuite le capitaine reprendrait la mer pour une « expédition marchande le long de la côte », tandis que Valmont s'adonnerait aux plaisirs de la saison mondaine à Charleston.

Après avoir laissé les anciens esclaves au Canada, le bateau reviendrait chercher Valmont, à temps pour empêcher la rumeur de s'interroger sur les raisons de sa longue absence.

Tout cela abstraction faite, bien sûr, des obstacles imprévus tels que visite impromptue des gardes-côtes au moment où les fugitifs seraient sur le pont, tempêtes, rencontre avec un récif dans les eaux dangereuses de la Floride et autres épidémies à bord.

S'ils étaient découverts, le prix à payer pouvait aller d'une simple amende à la peine de mort.

Mais, s'il réussissait, il y aurait d'autres courses de chevaux, d'autres «expéditions marchandes» pour l'*Angélus*. Chaque année, des centaines d'hommes, de femmes et d'enfants seraient rendus à la liberté.

Le jour de Noël 1850, à cinq heures du matin, Valmont Saint-Brévin se tenait sur la digue en compagnie de son majordome et allié Nehemiah. Ils portaient tous deux des capes noires pour se protéger tour à tour de la pluie et du clair de lune. Leurs lampes tempête envoyaient de faibles signaux lumineux en direction du fleuve. Ils se taisaient ; les voix portaient loin au-dessus de l'eau.

Nehemiah fut le premier à distinguer le bruit étouffé des rames. Il toucha le bras de Valmont. Ils jetèrent des cordes par-dessus la digue. Quelques instants plus tard, une petite barque surgit des écharpes de brume qui flottaient à la surface de l'eau. Le rameur solitaire attrapa une corde et l'attacha à la proue de son embarcation. Rapide et silencieux, il tendit les rames aux deux hommes avant de leur lancer une petite valise noire. Ensuite, s'aidant de la corde, il grimpa sur la digue, serra la main de Valmont et de Nehemiah et s'écarta tandis qu'ils hissaient la barque pour la dissimuler dans les buissons.

Aucun d'eux n'ouvrit la bouche pendant qu'ils traversaient la pelouse et pénétraient dans la maison. Une fois dans la bibliothèque, Valmont dit : «Joyeux Noël, mon père.

— Il l'est très certainement», répliqua le père Hilaire. Le prêtre était son plus fervent et plus habile associé dans cette entreprise.

Il ôta son manteau, se lava les mains dans la bassine posée sur la table, ouvrit sa valise et en sortit une étole qu'il mit autour de son cou. Il était prêt.

Valmont le mena vers les pièces secrètes du manoir où il cachait les esclaves marrons. Il attendit dehors pendant que le père Hilaire les confessait, administrait les sacrements aux catholiques et priait avec les autres. A chacun, le prêtre donna sa bénédiction et une petite médaille de saint Christophe à emporter en voyage. La quête de la liberté ne connaissait pas le sectarisme.

Le soleil était déjà levé lorsque le père Hilaire acheva sa visite. Ceux des esclaves d'Angélus qui s'apprêtaient à partir se rassemblèrent devant la chapelle de la plantation. Un à un, ils entrèrent dans la chapelle pour se confesser et recevoir la bénédiction. Le reste de la population se joignit à eux, et le père Hilaire célébra une messe de Noël particulièrement joyeuse, pour fêter à la fois la naissance du Christ et leur propre naissance à la liberté.

Après l'office, tout le monde sortit en chantant dans la cour de la chapelle. Les visages étaient baignés de larmes, larmes d'exaltation et de bonheur. Valmont les laissa se dire tout ce que l'on peut se dire au moment des adieux. Les yeux humides, il rentra chez lui, prit un bain, se rasa, se parfuma et s'habilla en parfait dandy, jabot de dentelles, veste et pantalon à soutache. Il eut à peine le temps de boire un café avec le père Hilaire avant de monter dans le cabriolet rempli de fleurs coupées qu'il destinait à ses parents et amis. Toute la ville allait admirer l'élégant et frivole Valmont Saint-Brévin dans ses œuvres.

Voyant son équipage remonter Rampart Street, Cécile Dulac réprima un sourire. Ce n'était pas la route qu'empruntaient généralement les habitants des plantations du delta du Mississippi. Elle avait confiance. Il ne pourrait se passer très longtemps d'elle.

Dans Esplanade Avenue, Jeanne Courtenay jeta un coup d'œil par la fenêtre de sa chambre et fondit en larmes. Berthe la prit dans ses bras et pleura avec elle. Will Graham était invité à déjeuner avec toute la famille. Carlos comptait en profiter pour annoncer leurs fiançailles.

Dans Royal Street, Valmont toucha son castor avec le pommeau d'or de sa canne pour saluer son banquier et ami, Julien Sazerac. Julien s'inclina avec un sourire contraint. Il redoutait le déjeuner familial chez sa mère, ses airs vagues, l'atmosphère sinistre de la maison. Comme tous les ans, ses frères lui demanderaient de s'occuper de la maison qui se détériorait à vue d'œil. Comme tous les ans, sa femme lui reprocherait en rentrant de maintenir la tradition plutôt que d'organiser le repas de Noël chez eux. C'était trop triste, chez sa mère. Et trop effrayant. Sa sœur Céleste était de plus en plus folle.

Valmont déposa des fleurs pour la baronne Pontalba ; le ruban s'ornait du monogramme AP qui décorait ses balcons. Le bouquet laissé sur la grille affaissée de Marie Laveau dissimulait une lettre en son milieu. Dans les bouquets offerts à ses tantes et cousines il avait placé de minuscules crèches en émail. Et dans celui, le plus somptueux, réservé à sa grand-mère maternelle qui régnait sur la famille de son fauteuil roulant habillé de brocart, une grosse boîte de son tabac à priser favori.

La route des équipages luxueux et des hommes élégants ne passait jamais par Irish Channel. Mais Mary MacAlistair voyait Valmont sur le sentier bordé de camélias en fleur. Attablée devant le plantureux déjeuner de Mme O'Neill, elle souriait et hochait la tête, convenant avec les autres que le rôti de poule faisane était le meilleur repas de fête qu'elle eût jamais mangé. Pendant ce temps, son esprit tournait les pages de sa mémoire comme on feuillette un album de souvenirs. Et le brin de gui caché sous son corsage picotait la tendre chair au-dessus de son cœur.

41

Le lendemain matin, Mary quitta la pension à l'aurore et, se frayant un passage dans la boue et les détritus qui jonchaient Adele Street, se dirigea vers la digue. Les longues branches des saules pleureurs ondulaient doucement dans la brume qui montait du fleuve. S'adossant à un tronc, elle attendit le passage de l'*Angélus*. De temps à autre, un rameau vert tendre lui caressait la joue. Elle nageait dans le bonheur.

Mary avait donné son cœur à Valmont. Elle ne doutait pas un instant qu'il lui eût donné le sien. Ne connaissant rien des hommes, elle voyait dans le baiser de Valmont une déclaration d'amour en bonne et due forme.

Quand le bateau passa devant elle, elle agita son mouchoir, plissant les yeux pour tenter d'apercevoir son propriétaire. Mais il longeait un chenal à l'autre bout du grand fleuve, et les silhouettes qui s'affairaient sur le pont étaient trop petites. Aucune importance. Elle remonta la digue en direction de la place d'Armes et de la boutique.

Les semaines qui suivirent furent particulièrement mouvementées. A La Nouvelle-Orléans, on échangeait les présents au moment de l'Épiphanie. Aussitôt après Noël, les magasins furent pris d'assaut par une foule en quête de cadeaux à offrir. Le fait que Hannah ne parlait pas le français n'était plus un obstacle. Les clientes s'arrachaient les éventails, les foulards, les gants, les rubans d'une main, tendant l'argent de l'autre.

Tant de femmes voulaient commander des robes de bal qu'elles furent obligées de refuser deux commandes sur trois, bien qu'elles eussent engagé une troisième ouvrière. Mary restait tard le soir à coudre.

Par-dessus le marché, la baronne choisit ce moment-là pour vouloir faire sa connaissance. Elle invitait Mary à venir prendre le café après sa journée de travail. Aucun refus, bien sûr, n'était toléré.

Quand le valet de la baronne apporta le message à la boutique, Mary y jeta un coup d'œil et le mit de côté. Elle était trop occupée pour y penser. Plus tard, à un moment d'accalmie, elle se demanda tout haut pourquoi la baronne voulait la voir. «Si c'est pour avoir sa pelisse avant la date prévue, c'est non. Elle l'aura dans les délais, comme tout le monde.»

Hannah la supplia de se montrer plus conciliante. La baronne était propriétaire de la boutique, lui rappela-t-elle, et protectrice d'Albert. Sans son aide, ils seraient ruinés. «Acceptez tout, Mary. S'il vous plaît.»

A la fin de la journée, quand elle sonna aux appartements de la baronne, Mary était fatiguée et passablement énervée. Elle détestait se sentir impuissante face aux grands de ce monde. Sa seule consolation, quand elle se heurtait au mépris ou à l'impolitesse des clientes, était de penser aux sommes qui s'accumulaient sur son compte en banque.

L'accueil de Michaela de Pontalba n'était pas fait pour mettre les visiteurs à l'aise. «Ne restez pas plantée là, lança-t-elle quand Mary fut introduite dans le salon. Approchez que je vous voie mieux... Maintenant asseyez-vous dans ce fauteuil.»

Mary perdit son sang-froid. «Chez les roturiers dont je fais partie, rétorqua-t-elle sèchement, il est d'usage de dire bonsoir d'abord.»

Michaela éclata de rire. «Bravo, mademoiselle. Bravo. Bonsoir. Voulez-vous prendre place? Je crois que nous allons nous entendre, or je m'entends avec très peu de gens.»

Ainsi naquit une amitié peu ordinaire. Le rite du café après le travail finit par devenir quotidien.

La baronne admirait le courage et la détermination de Mary. Elle appréciait par-dessus tout le fait que Mary ne se plaignait jamais et ne cherchait jamais à se justifier. En un certain sens, elle se reconnaissait en elle; elle ne pouvait donc que l'estimer.

Mary était également consciente d'une similitude entre leurs deux caractères. Elle respectait d'autant plus la baronne que, contrairement à elle-même qui était obligée de gagner sa vie, Michaela

278

était riche et n'avait pas besoin de grimper elle-même sur les échafaudages ou de planter les piquets pour les futurs jardins de la
place d'Armes.

Elle admirait plus encore sa culture et sa connaissance de la
vie. Les allusions de Michaela aux écrivains, artistes et hommes
politiques qu'elle avait côtoyés à Paris lui faisaient mesurer
l'ampleur de sa propre ignorance.

La baronne accueillit cet aveu sans indulgence. « Vous êtes ignorante, certes, mais point stupide. On peut remédier à l'ignorance,
tandis que la stupidité est incurable. » Elle commença à lui donner des journaux parisiens, après les avoir lus elle-même, et à
lui prêter des livres.

Elle s'impatientait quand Mary ne les lisait pas assez vite.
« Investissez donc dans votre éducation et oubliez un peu votre
compte en banque. Engagez quelqu'un pour ce fastidieux travail de finition qui vous prend tout votre temps. Quel âge avez-
vous, Mary ? Même pas dix-sept ? Les jeunes gens s'imaginent
qu'ils ont l'éternité devant eux, mais ils se leurrent. Si vous continuez ainsi, à vingt-cinq ans vous serez une femme sans intérêt,
ignare, fade, à moitié aveugle, dont l'univers sera limité aux murs
de sa boutique. »

Le jour où Mary lui annonça qu'elle avait débauché Marie
Deux, la meilleure brodeuse de Mme Alphande, elle renvoya le
plateau de café et fit servir du champagne. « C'était facile, déclara
Mary. Tout est une question d'argent.

— Petite sotte, répondit Michaela. L'argent ne résout pas tout,
mais vous l'apprendrez en temps voulu. En attendant, buvons à
votre succès et à votre revanche. L'Alphande doit être folle de rage.

— Je l'espère bien. » Intérieurement, Mary porta un autre
toast. C'était le 4 janvier : six mois exactement qu'elle était arrivée à La Nouvelle-Orléans. Elle avait survécu à l'abandon et à
la trahison, à la misère et au dur labeur. A présent, elle dirigeait une affaire florissante et trinquait au champagne avec une
baronne.

Et elle était amoureuse de l'homme le plus merveilleux de la terre.

Mary pria Mme O'Neill de lui garder son dîner au chaud. Elle
ne savait jamais à l'avance à quelle heure elle allait rentrer, surtout depuis qu'elle fréquentait la baronne. La veuve maugréa,
mais pas trop. Elle était fière de la réussite de Mary.

Mary ne lui parla pas de sa nouvelle amie. Elle percevait mieux le fossé entre les classes et la susceptibilité de ceux qui se trouvaient en bas de l'échelle. Mais comment faire comprendre à Paddy Devlin qu'il avait tort de s'obstiner à lui faire la cour ? Il s'inquiétait perpétuellement de ses retards et voulait même venir la chercher à la boutique, mais Mary s'y opposa. Sans le savoir, elle le confortait dans l'illusion qu'elle avait de l'affection pour lui. Elle était plus gentille, plus attentionnée. Son amour pour Valmont englobait le monde entier.

Même la fille geignarde et acariâtre qui occupait l'ancienne chambre de Louisa. C'était la nièce de Mme O'Neill, venue loger chez sa tante, l'aider à tenir la maison et se chercher un mari.

Louisa et ses gammes manquaient à Mary. Elle habitait maintenant à l'autre bout de la ville, à Carrollton, terminus de la ligne de tramway. Elle avait accompagné Mike au port, regardé son bateau appareiller pour la lointaine Californie, puis elle fit ses bagages, embrassa Mme O'Neill, Mary, Paddy, les deux Reilly et partit sans dire à quiconque, sauf à Mary, où elle allait. Mary avait promis de venir la voir aussitôt que possible.

Seulement elle était débordée.

Le soir de l'Épiphanie, elle dîna chez Albert et Hannah, s'exclama joyeusement devant le parfum qu'ils lui offrirent, pouffa de rire quand Hannah ouvrit son paquet et découvrit le même parfum. Il se vendait moins bien que prévu, et elles en avaient tout un stock.

Ensuite elle rendit visite à Michaela, avec un flacon du même parfum enveloppé de papier brillant. Michaela lui offrit un recueil de pièces de Molière.

Finalement elle rentra chez elle. Avec une petite bouteille de parfum pour Mme O'Neill. Elle arriva juste à temps pour le traditionnel gâteau des Rois.

Un paquet l'attendait sur la table. Un cadeau de Paddy. Mary le remercia avec une ferveur convaincante. C'était un flacon en verre filé rouge et bleu contenant un parfum excessivement gras et lourd. Plus tard dans la soirée, Mary le versa dans une bouteille de lait vide, lava le flacon rouge et bleu et le remplit de son propre parfum. Le lendemain, en allant travailler, elle jeta la bouteille de lait dans le fleuve.

Le 8 janvier fut un jour férié pour toute la ville. C'était l'anniversaire de la bataille de La Nouvelle-Orléans, où le général Andrew Jackson avait mis en déroute la fine fleur de l'armée britannique avec l'aide d'un ramassis de miliciens blancs, de Noirs affranchis, d'Indiens choctaw et de pirates de Jean Lafitte. Deux mille soldats britanniques y avaient trouvé la mort. Jackson, lui, avait perdu sept de ses hommes. Ainsi avait pris fin la guerre de 1812.

Comme tous les commerçants de la ville, Mary et Hannah pavoisèrent leur boutique. La baronne accrocha des draperies de soie rouge, blanche et bleue aux ferronneries de ses bâtiments, de part et d'autre de la place. Il y eut un défilé qui se termina sur la place d'Armes, suivi de discours. Michaela prononça son discours en dernier, à la tombée du crépuscule. Elle faisait don à la ville des jardins qui verraient bientôt le jour sur la place. Et d'une grille en fer forgé pour les clôturer.

Ainsi que d'une statue équestre, en bronze, du général Jackson au centre des jardins.

La place d'Armes, déclara-t-elle, serait désormais connue, avec l'accord enthousiaste des autorités, sous le nom de la place Jackson.

Sa voix puissante résonnait encore quand débuta le feu d'artifice. Il se prolongea tard dans la nuit, pendant que l'orchestre jouait et que les gens dansaient sur la place nouvellement rebaptisée.

La vue des visages illuminés par les fusées multicolores fit frissonner Mary. Ils lui rappelaient son arrivée cauchemardesque à La Nouvelle-Orléans. Puis elle se souvint que Valmont s'était porté à son secours ; gaiement, elle saisit Albert et Hannah par la main et les entraîna dans le cercle des danseurs.

La saison mondaine battait son plein. Pas une journée sans un bal ou une réception ; même le dimanche, les créoles organisaient un goûter dansant à la maison.

La boutique croulait sous les commandes. Au début, Mary craignit de perdre leur réputation si durement acquise. Elles refusaient, semblait-il, beaucoup plus de commandes qu'elles n'en acceptaient.

Puis elle se rendit compte que de toutes les manifestations, les bals masqués étaient les plus courus. Les femmes réclamaient des costumes, non des robes de bal. Ces costumes ne nécessitaient pas de finitions délicates. A condition d'être ingénieux. Mary se précipita chez Albert pour lui faire part de sa découverte. Il s'enflamma à son tour ; une heure plus tard, le plancher de son atelier était jonché d'esquisses plus excentriques les unes que les autres.

A la fin de la semaine, les femmes du monde ne parlaient plus que du délicieux lagniappe offert par la maison Rinck. La vitrine était remplie de masques. Depuis les simples loups de soie jusqu'aux visages entiers sur un bâton doré, les masques étaient le nouveau thème de la boutique ; pour tout achat, Mary et Hannah en glissaient un dans le paquet.

Hannah était aux anges. Enfin elle pouvait se rendre utile. Elle collait faux joyaux, paillettes, dentelles, nœuds, plumes et franges sur les masques bruts que Mary avait trouvés chez un grossiste. Albert peignait ou dorait les visages en papier mâché. La baronne prétendait que l'odeur de la colle pénétrait les murs en brique de ses appartements ; néanmoins, elle félicita Mary de sa trouvaille.

«Permettez-nous de vous en fabriquer un, baronne. Quelque chose de fantastique, d'extraordinaire. Avec un costume assorti. Albert se surpassera, s'il sait que c'est pour vous.

— Merci, Mary. C'est inutile. J'ai refusé toutes les invitations aux bals masqués. Ils me font peur.

— Mais pourquoi ? C'est tellement plus original, plus amusant.

— Non. C'est terrifiant. Les gens ne sont plus les mêmes quand ils se déguisent. Ils sont capables de tout. Surtout ici, à La Nouvelle-Orléans. »

Mary était perplexe. Pourquoi spécialement à La Nouvelle-Orléans ?

Michaela le lui expliqua. Elle parlait lentement, avec moins de force que d'habitude, comme si elle n'était pas vraiment sûre d'elle.

«Cette ville est un lieu à part, et ses habitants sont des êtres à part. Leur existence même est un défi à la mort ; ils vivent à l'ombre de la mort. Regardez donc autour de vous, Mary. Seul un tas de terre retient les eaux tumultueuses du plus grand fleuve du monde. Cette ville est une cuvette qui ne demande qu'à se remplir. Et le fleuve ronge, ronge sans cesse ses minces remparts. En été, il y a les orages, les averses torrentielles. Des cyclones quelquefois, qui retournent les eaux du lac contre nous, arrachent les arbres, les maisons. Et la fièvre qui frappe, fulgurante, imprévisible, tuant des milliers de personnes. C'est cette fièvre qui m'effraie le plus. Mais les créoles, que font-ils ? Ils plaisantent, l'appellent "Jean de bronze", s'accommodent des morts et des funérailles comme s'ils faisaient partie de la vie quotidienne. Ils rient de la mort car ils savent qu'elle est toujours là, à portée de main, comme ces marécages aux portes de la ville, obscurs et silencieux, infestés de serpents venimeux déguisés en lianes et de crocodiles affamés déguisés en troncs d'arbres. Ils en rient pour ne pas hurler de terreur. Et ils s'étourdissent de plaisirs parce que chaque heure pourrait être la dernière. Ils dansent avec la mort. A chaque bal costumé, des hommes se déguisent en camarde. Ce spectacle me glace le sang ; pourtant les jeunes filles leur donnent le bras en riant. J'ai quitté La Nouvelle-Orléans quand j'avais votre âge. Je ne me souvenais que de la gaieté, de la joie de vivre. Maintenant que j'ai vieilli, je vois des ombres partout. J'ai approché la mort ; je sais de quoi je parle. Une irrésistible soif de vivre étreint celui qui se croit menacé. Il oublie les préceptes qu'on lui a enseignés. Le bien, le mal n'existent plus ; on est prêt à n'importe quoi pour une heure, une minute de sursis. Comprenez-vous, Mary ? On ferait n'importe quoi pour se prouver qu'on est en vie. Voilà pourquoi les bals masqués me font peur. La vie est si précaire ici qu'elle engendre une voracité, une boulimie de sensations. Bien sûr, il y a les interdits moraux et religieux. Mais, sous un masque, personne ne peut vous reconnaître, donc vous demander des comptes. Les tabous s'effacent et laissent la place à la voracité, sous toutes ses formes. »

La baronne resserra les pans de son châle autour d'elle. Elle tremblait.

Mary prit la cafetière en argent, versa du café dans la tasse et la tendit à Michaela. « J'ai trop de temps pour réfléchir pendant ces longues soirées d'hiver, observa cette dernière. Je fais surgir les démons. Je serai heureuse de retourner à Paris où mes pensées iront à la littérature et à la politique, non à l'humanité. »

Mary demanda où en était la décoration des appartements de Jenny Lind. La baronne reposa bruyamment sa tasse et fulmina contre l'incompétence des tapissiers qu'elle avait engagés. Mary cacha son sourire dans sa tasse de café. On pouvait faire confiance au tempérament de Michaela. Ses idées noires s'étaient évanouies.

En rentrant chez elle, Mary songeait aux étranges propos de la baronne. Cela n'avait aucun sens, décida-t-elle. Michaela l'avait dit elle-même, les longues soirées d'hiver faisaient surgir les démons. Autant danser toute la nuit. Et quoi de plus distrayant, de plus gai qu'un bal masqué ?

42

Le dimanche, dans le Quartier français, était le jour tradition-nel des emplettes. Les Américains protestants déploraient cette coutume. C'était un sacrilège, disaient-ils, une hérésie papiste. Ils n'en profitaient pas moins pour venir ce jour-là faire leurs courses dans le quartier.

La boutique de Mary et Hannah bénéficiait, de ce point de vue, d'un emplacement idéal. A la sortie de la messe, les gens prenaient un café sur la place, puis allaient voir l'état d'avance-ment des jardins et jeter un œil sur les masques dans la vitrine. Les femmes cédaient généralement à la tentation et entraient, lais-sant leur mari fumer le cigare dehors.

Mary changeait la vitrine tous les dimanches matin, pendant la messe. Elle-même assistait au premier office de la matinée à la cathédrale. Finie la messe à Saint-Patrick en compagnie de Paddy Devlin. De temps à autre, elle soupirait en songeant au luxe que représenterait un jour de congé. D'un commun accord, Hannah et elle avaient décidé d'exploiter la saison au maximum. Toutes deux travaillaient à la boutique sept jours sur sept.

Aussi, quand Albert lui demanda de laisser la boutique un dimanche après-midi, Mary lui rétorqua que c'était impossible. « Vous savez bien que nous sommes débordées. De plus, il faut rattraper la journée d'hier. Il n'y avait pas un chat ; tout le monde a couru voir l'incendie. »

Cette dernière remarque frisait la mesquinerie : Albert faisait partie de ceux qui s'étaient précipités pour assister à la scène.

L'hôtel Saint-Charles, fleuron du secteur américain, avait entiè-rement brûlé dans un incendie spectaculaire qui avait ravagé le voisinage. Les toits et balcons du Quartier français s'étaient emplis de badauds qui virent s'effondrer le célèbre dôme du grand hôtel. Les flammes étaient visibles de toutes parts.

Albert ne releva pas la pique. «Mais j'ai besoin de vous, Mary. Depuis le temps que j'habite ici, dire que je n'étais même pas au courant! C'est un homme que j'ai rencontré hier, pendant l'incendie, qui m'en a parlé. Tous les dimanches après-midi, il y a des danses vaudou dans Congo Square. Imaginez seulement la couleur et les motifs de leurs costumes! Il faudra que je les croque; cela me donnera sûrement des idées pour nos tenues de mascarade. C'est là que j'aurai besoin de votre avis. Vous sau-rez mieux que moi ce qui plairait aux dames désireuses de se déguiser en danseuses vaudou. Nous allons faire un tabac.

— Ma foi... pourquoi pas... c'est une idée, Albert... mais les clientes...»

Ce fut Hannah qui trancha. «Allez-y, Mary. Moi, je n'y tiens pas. J'ai peur du vaudou. Vous veillerez sur Albert pour moi. Je serai folle d'inquiétude s'il y va tout seul.»

Le véritable nom de Congo Square était place du Cirque, mais seuls les cartographes l'employaient encore. Cette place se trou-vait à l'autre bout de Rampart Street, entre Saint-Peter et Saint-Anne. Il fallut dix minutes à Mary et Albert pour s'y rendre à pied.

A deux rues de là, ils entendirent les tambours.

En se rapprochant, ils purent entendre la foule crier, frapper dans les mains et reprendre en chœur : «Badoum... badoum...» Mary eut l'impression que son cœur battait au rythme des tam-bours. C'était grisant.

La place était fermée aux deux tiers par une clôture en bois. Il y avait quatre entrées dans cette clôture, chacune gardée par un policier. «Pourquoi la police? demanda Mary à Albert. Pour les empêcher de sortir ou pour nous empêcher d'entrer?» Les spectateurs, blancs pour la plupart, étaient massés le long de la clôture pour regarder les danseurs. Dans l'espace resté libre, les marchands ambulants avaient installé leurs éventaires pour ven-dre des pralines, du café, des calas, du gombo ou de la bière.

A côté de Mary, un homme maigre, au menton orné d'un bouc,

se racla la gorge et souleva son feutre à large bord. «Mille pardons, mademoiselle. Je n'ai pas pu m'empêcher d'entendre votre question. Si vous le permettez, je serais heureux de vous renseigner sur cet intéressant spectacle. Je suis en train d'écrire un ouvrage sur la survivance des rites africains dans les autres pays. Mon nom est professeur Hezekiah Abernathy. »

Mary sourit au professeur. Elle allait se présenter à son tour quand Albert lui coupa la parole. «Il n'y a rien à voir ici. Les danseurs portent les vieux chiffons des Blancs. Allons-nous-en. »

Mary posa la main sur son bras. «Restons un peu. Je voudrais regarder. » Son pied battait la mesure.

Tout près d'elle, le professeur psalmodiait d'une voix monocorde : «Danseurs et musiciens sont tous des esclaves. D'où le cordon de police. Le règlement de la ville autorise les esclaves à se réunir ici le dimanche après-midi, entre quinze heures quinze et dix-huit heures. Les instruments de musique descendent directement des instruments utilisés par les indigènes, non sans avoir subi quelques transformations... »

Mary s'éclipsa.

Le spectacle était fascinant. Exotique. Barbare. Elle frissonna en regardant les joueurs de tambour. L'air vague, presque en transe, ils produisaient un rythme lancinant en tapant sur des peaux tendues sur un tronc d'arbre évidé. Des os blancs, luisants, leur servaient de baguettes. Seuls instruments de musique, ces tambours accompagnaient une étrange mélopée, mi-chant mi-incantation.

Les danseurs chantaient tous en même temps. Apparemment la même chanson, mais comme si chacun la chantait pour soi. Leurs voix basses, intimes, ressemblaient à un bourdonnement. L'air lui-même semblait vibrer autour d'eux.

Ils dansaient chacun à sa façon, sans se préoccuper des autres.

Les hommes et les femmes, toutefois, n'avaient pas la même manière de danser. Les hommes tournaient, bondissaient, tapaient du pied, formant un bouquet de couleurs changeantes aux quatre coins de la place. Les femmes, elles, bougeaient à peine, fermement campées sur leurs pieds, tandis que leurs corps se tordaient ou ondulaient depuis leur tignon éclatant jusqu'à leurs chevilles.

De temps en temps, Mary saisissait un mot de la chanson dont le refrain était : «Danse, Calinda, badoum, badoum. » Mais les couplets étaient dans un dialecte qu'elle ne connaissait pas. Elle faillit demander la signification des paroles au professeur.

286

Soudain elle eut honte de regarder ces gens qui se livraient corps et âme sur la place publique. Il y avait quelque chose d'infiniment triste dans leurs atours de seconde main, dans l'expression amusée des spectateurs blancs. Elle se détourna, cherchant Albert des yeux.

Quelques mètres plus loin, elle aperçut Jeanne Courtenay avec son père et Philippe. Jeanne la vit aussi. Elle sourit et esquissa un pas vers elle. Mais Carlos Courtenay l'attrapa par le bras et l'entraîna dans la direction opposée. Philippe ébaucha un geste pour toucher le bord de son chapeau et emboîta le pas à son père.

Devant ce camouflet délibéré, Mary sentit son visage s'enflammer. Puis elle sourit. Carlos Courtenay ne pouvait plus lui faire du mal. Quant à Jeanne et Philippe, elle se moquait de perdre leur amitié. Elle était trop heureuse pour se soucier de ces détails. Dans cinq ou six semaines, Valmont serait de retour.

Un murmure parcourut la foule qui cernait l'enclos. A l'intérieur, les tambours se turent ; la danse s'arrêta. Mary se faufila plus près, curieuse de voir la cause de ce changement.

Une femme se dirigeait vers le centre de la place. Les esclaves s'écartaient pour former une haie d'honneur, comme pour un personnage de haut rang. Son port altier, sa démarche lente avaient quelque chose de princier. Ses habits ne provenaient pas de l'ancienne garde-robe d'une maîtresse blanche. Le bruissement de la soie bleue s'entendait dans tout Congo Square. La robe moulait les courbes voluptueuses de son corps comme si elle avait été taillée sur mesure à Paris. Elle était parée comme une souveraine, de rubis et de diamants aux bras, aux oreilles, à tous les doigts.

« C'est Marie Laveau, la reine vaudou », chuchotait-on. Mary toucha son simple chignon. Elle avait peine à imaginer que sa chevelure, si banale, avait été lavée et brossée par une créature aussi fabuleuse.

« Vous venez, Mary ? » Albert était juste derrière elle.

« J'arrive. » Elle s'éloigna de la clôture au moment où les tambours se remettaient à jouer et où la danse reprenait avec une nouvelle ardeur.

Le lendemain matin, Hannah venait à peine d'ouvrir la boutique quand Jeanne y fit irruption. Mary était en train d'ôter les housses en mousseline qui recouvraient les comptoirs. « May-rie, s'exclama Jeanne, je vous aurais parlé hier, mais papa n'a pas voulu. Ce matin, je suis avec Miranda. Elle est censée me conduire chez cette horrible Mme Alphande pour l'essayage de ma robe de mariée, mais elle attendra. Cette robe, May-rie, si seulement vous la voyiez ! Je serai la plus belle mariée du monde. Le voile est en dentelle, naturellement, et la traîne est si longue que la cathédrale ne sera peut-être pas assez grande pour la contenir... »

Elle n'a pas changé, pensa Mary. Toujours aussi bavarde.

Jeanne lui montra sa bague de fiançailles, un saphir gros comme la moitié de son doigt, entouré de diamants ; elle décrivit la parure de saphirs et de diamants, cadeau de mariage de M. Graham.

Il était abominablement vieux, déclara-t-elle joyeusement, mais elle savait déjà qu'elle le mènerait à la baguette. Il avait promis qu'elle ne mettrait pas les pieds au-delà de Canal Street, si elle ne le désirait pas ; il avait acheté une maison dans Esplanade Avenue, à deux pas de la leur. Berthe était en train de la décorer. Et de former les esclaves. Elle était prête à lui offrir Miranda, mais Jeanne avait envie de changer de femme de chambre, d'en prendre une qui ne la gronderait pas comme une enfant lorsqu'elle serait une femme mariée, avec une maison à elle. Et un équipage. Et un cottage au bord du lac. Et une loge à l'Opéra.

Miranda tambourina sur la vitre. Jeanne saisit Mary par la main pour lui avouer la raison de sa visite.

« May-rie, on dit que l'artiste du dessus est en train de peindre le portrait de Valmont. C'est vrai, n'est-ce pas ? Oh, May-rie, je voudrais tant le voir ! Je mourrai si je ne le revois pas au moins une fois avant mon mariage. Et il n'est pas en ville. » Ses beaux yeux implorants s'étaient remplis de larmes. Mary la conduisit à l'atelier.

A son grand soulagement, Albert n'était pas là. « Ceci ne ressemble pas du tout à Valmont », furent les premières paroles de Jeanne. Puis : « Tant pis. Je ferai comme si c'était lui. » Elle suivit du doigt la bouche peinte, pressa ses paumes à l'endroit présumé du cœur.

« May-rie, dit-elle doucement, papa et maman ont commandé notre lit de noces. Il est déjà arrivé ; on l'a installé dans la plus grande chambre d'amis. Connaissez-vous la coutume, May-rie ? Après la cérémonie, nous reviendrons tous à la maison pour une magnifique réception. Il y aura une table somptueuse, un gâteau si haut qu'il pourrait toucher le plafond, les musiciens de l'orchestre de l'Opéra pour le bal. Seulement moi, je ne danserai pas. Maman m'amènera dans cette chambre, me déshabillera, m'aidera à mettre la chemise de nuit qu'elle a fait venir de Paris. Puis elle m'aidera à monter dans ce superbe lit de chez Maillard où j'attendrai M. Graham. Une semaine, May-rie, une semaine entière nous passerons dans cette chambre. Les domestiques déposeront nourriture et boissons devant la porte. Je ne verrai personne en dehors de mon mari. Et lui ne verra personne en dehors de moi. Je ne sais pas comment je ferai pour le supporter. J'ai tant rêvé de cette semaine avec Valmont! De ses baisers, de ses caresses, de ses mains sur moi... Une semaine, cela me paraissait trop court. Maintenant cela me semble une éternité. »

Jeanne regarda Mary. «Pourquoi ne m'aime-t-il pas?» questionna-t-elle d'une petite voix désemparée.

Persuadée de l'amour de Valmont pour elle, Mary sentit son cœur se serrer. Il n'existait pas au monde de douleur plus cruelle que de n'être pas aimée de Valmont. Elle tendit les bras à Jeanne qui se jeta à son cou. Et elles pleurèrent toutes les deux sur les malheurs de Jeanne.

Ce fut là que Miranda les trouva. Elle arracha brutalement Jeanne des bras de Mary, lui essuya le visage et la propulsa vers l'escalier.

Mary se sécha les yeux avec un pan de sa jupe. Sa respiration sortait toujours par sanglots saccadés. Pour se calmer, elle contempla longuement le mauvais portrait de Valmont. Avant de retourner à la boutique, elle embrassa ses doigts et les posa sur les lèvres du portrait. «Quelle chance j'ai, chuchota-t-elle, et comme je vous aime! »

Le mariage de Jeanne eut lieu le lundi suivant. Mary se joignit à la foule rassemblée sur la place pour assister à l'arrivée de la noce. Jeanne était en effet une mariée ravissante. Mary eut le temps de voir, avant que les portes de la cathédrale ne fussent refermées, que sa traîne s'étirait sur presque toute la longueur de la nef.

Elle fut surprise d'apercevoir Cécile Dulac dans la foule. Mary pensait que la quarteronne en colère ne voulait plus entendre parler de Carlos Courtenay. A moins qu'elle n'eût projeté de causer un scandale. Cécile était vêtue d'une robe usée et informe, et d'un tignon terne qui masquait sa beauté. Et elle souriait.

Bizarre. Mais Cécile se comportait bizarrement depuis Noël. Elle avait renvoyé ses comptes à Hannah avec un billet laconique disant qu'elle n'avait plus le temps de s'intéresser aux affaires. En outre, elle n'avait plus commandé une seule robe.

Mary haussa les épaules et retourna au travail, la tête remplie de visions nuptiales dont elle était l'héroïne. N'était-ce pas miraculeux que Valmont l'eût remarquée, elle, alors qu'il y avait tant de femmes plus belles, plus intelligentes, plus séduisantes, issues des meilleures familles ? Ce miracle, Mary ne se l'expliquait pas ; elle se contentait d'être béatement heureuse.

Elle résolut de tout lui raconter sur elle. Elle lui parlerait de son héritage, de la cassette qui faisait d'elle une demi-créole. Depuis sa conversation avec la veuve O'Neill, elle n'en avait parlé à personne. Elle ne souhaitait pas donner l'impression de vouloir se mettre en valeur ou se faire plaindre. L'histoire de son héritage serait son cadeau à Valmont.

Mais ce n'était pas tout. Sa part des bénéfices attendait sur son compte en banque. D'ici la fin de la saison, elle augmenterait considérablement. Mary pourrait alors lui offrir un présent digne de lui. Ou bien lui remettre cet argent en qualité de dot.

Car elle était certaine qu'ils se marieraient. Valmont ne l'avait-il pas embrassée ?

Elle s'était fabriqué un petit calendrier pour rayer les jours qui passaient, compter ceux qui restaient jusqu'à son retour, fin février. Elle gardait son bonheur enfoui au fond d'elle comme un trésor caché.

Un soir, à l'heure du café, la baronne lui reprocha son inattention.

Mary tressaillit et reconnut sa faute. « Je vous prie de m'excuser. Je songeais à l'arrivée du printemps. C'est ma première année à La Nouvelle-Orléans, et j'ai du mal à m'y retrouver. Il fait toujours si beau. Il n'y a pas d'hiver. Cela signifie-t-il qu'il n'y aura pas de printemps ?

— Bien sûr que si, espèce de petite sotte. Mais quelle importance ? Il arrivera quand il doit arriver. »

Mary confessa alors qu'elle était amoureuse et qu'elle avait toujours associé l'amour au printemps.

Michaela rit de si bon cœur que Mary finit par se vexer.

« Pardonnez-moi, déclara finalement son hôtesse. J'avais oublié que vous étiez si jeune. Écoutez-moi, Mary MacAlistair. Vous êtes une personne intelligente. Vous avez du caractère. Vous pouvez devenir quelqu'un. L'amour ne pourra que vous freiner. Je suppose que vous devez en passer par là, une fois, à titre de vaccination. Mais gardez-vous de commettre une bêtise. J'ai essayé l'amour plusieurs fois, et je puis vous assurer que sa réputation est largement surfaite. Je vais vous dire ce qui est réellement grisant. Le pouvoir. C'est l'aventure la plus excitante au monde. Le conquérir. L'exercer. Se savoir le plus fort. Donner des ordres. Punir ses ennemis. Lire la peur dans le regard des autres. Aucun homme n'est capable de vous procurer pareille jouissance. »

Jamais encore Mary n'avait entendu la baronne s'exprimer avec autant de fougue. Au pire de ses colères, Michaela restait parfaitement maîtresse d'elle-même. Il s'agissait d'un effet calculé. Mais en cet instant, elle avait perdu toute sa hautaine froideur. Ses yeux flamboyaient ; sa voix rauque vibrait de passion. C'était un spectacle effrayant et inoubliable à la fois.

43

Février apporta la pluie, et avec la pluie vint le printemps. Presque du jour au lendemain, l'air embauma le jasmin et la fleur d'oranger ; les roses cascadèrent sur les murs qui cachaient les cours aux regards des passants.

Les fêtes se succédaient sans interruption, de plus en plus effrénées. Il arrivait souvent à Mary, quand elle allait travailler, de croiser en chemin rois et reines de France ou sénateurs romains rentrant chez eux après avoir dansé toute la nuit. Des confettis flottaient dans les caniveaux remplis d'eau, des carnets de bal usagés et des programmes de spectacles trempés s'accumulaient dans les flaques aux carrefours. La boue collait aux semelles, souillait les boucles blanches tombées des perruques, recouvrait les masques jetés après une nuit de bombance.

La baronne Pontalba n'avait que faire de la pluie, de la boue, du printemps et des festivités de la saison. Elle apostrophait, menaçait, surveillait, insultait les ouvriers qui terminaient la seconde rangée de bâtiments frappés de son monogramme. Ainsi que les hommes qui installaient les parterres de fleurs dans les jardins de la place Jackson. Et les équipes de nettoyage chargées de préserver la place des déchets frivoles et multicolores qui envahissaient le Quartier. Tout devait être parfait pour l'arrivée de Jenny Lind.

Les réverbères étaient couverts d'affiches annonçant les dates de ses récitals. Les reporters des journaux locaux campaient sur la digue au cas où son bateau arriverait en avance. L'hôtel Saint-

Louis s'était rempli de mélomanes venus de tout le Mississippi ; dans la Rotonde, les places du premier récital s'arrachaient aux enchères pour des sommes allant jusqu'à deux cent quarante dollars. Ses appartements étaient prêts : quatre salons, dix chambres et, sur la porte, une plaque en argent sur laquelle était gravé *Mademoiselle Jenny Lind*.

Le vendredi 7 février, comme prévu, le steamer *Falcon* accosta en face de la place Jackson. Des milliers de gens réunis sur la digue et l'embarcadère l'acclamèrent en agitant des drapeaux. Sur le pont, une petite femme vêtue de noir les salua d'un geste de la main. A côté d'elle, un homme jovial leva les deux bras en signe triomphal de succès. A quarante ans, Phineas Taylor Barnum était le plus grand entrepreneur de spectacles du monde.

Mary n'était pas sur l'embarcadère. En revanche, Albert, Hannah et elle se joignirent, sur la place, à la foule qui applaudit Jenny Lind lorsqu'elle parut sur le balcon en compagnie de la baronne. La clameur s'enfla jusqu'à ce que Jenny revînt. Et ainsi de suite, une bonne trentaine de fois.

Michaela s'était contentée d'une seule apparition. Son but était atteint. La résidence Pontalba serait connue de toute La Nouvelle-Orléans avant que le Rossignol suédois ne s'envole.

Grâce à elle, Mary avait eu deux places pour le sixième récital de Jenny Lind. Le soir de l'arrivée de la cantatrice, elle prit le tramway jusqu'à Carrollton, terminus de la ligne. Le deuxième billet était pour Louisa Ferncliff, née Katie Kelly.

Durant la seconde moitié du trajet, les rails étaient censés traverser les prairies et les champs, mais dans le noir Mary ne put distinguer le paysage. Néanmoins, elle sentit le changement aussitôt qu'ils eurent quitté la ville. Le vent était plus fort, et le parfum des fleurs s'était effacé devant la fraîche et verte odeur des nouvelles pousses. La sensation de liberté, d'espace, contrastait avec le confinement de la vie citadine. Trônant seule à l'impériale, Mary avait l'impression d'être une princesse. La mystérieuse obscurité qui l'enveloppait était comme un royaume invisible ; la locomotive qui crachait des étincelles, un dragon attelé à son char.

Elle eut même un pincement au cœur en apercevant devant elle les lumières de Carrollton.

Ravie de sa visite, Louisa exulta à la vue du billet. « J'avais si peur de manquer Jenny Lind. Maintenant que je ne travaille plus, je n'ai plus d'argent, et le vieux Bassington est pingre comme un rat. Il dit que cette maison et mes leçons de chant vont le ruiner, mais je parie que sa femme et ses horribles rejetons assisteront à l'un des concerts. J'espère que ce ne sera pas le même. Je n'ai aucune envie de le voir plus souvent qu'à mon tour. »

Elle continua à se plaindre de M. Bassington pendant tout le temps qu'elle faisait visiter sa maison. Curieusement conçue, celle-ci se composait de quatre pièces, toutes en enfilade. Pouffant de rire, Louisa voulut montrer à Mary d'où elle tirait son nom. Elle plaça Mary devant la porte du jardin grande ouverte, traversa la chambre, la pièce meublée en tout et pour tout d'un piano, la cuisine et le salon, sortit sur le perron et lui fit face.

« Vous voyez maintenant, cria Louisa, pourquoi on l'appelle ''maison en coup de fusil''. Si vous tirez un coup de feu d'ici, la balle traversera toute la maison et ressortira par la porte de derrière sans rien toucher. C'est drôle, hein ? »

Son visage se décomposa soudain. Elle rentra en courant, claqua la porte et s'assit sur le plancher, dos au mur. « Seigneur, ayez pitié de moi ! Mary, j'attends un enfant. »

Tout en tentant de la réconforter, Mary savait que ses efforts étaient vains. Louisa était perdue ; elle n'avait plus sa place dans la société des honnêtes gens.

Mais Louisa était aussi son amie. Elle avait commis un terrible péché, enfreint l'un des Commandements, non pas une seule, mais de nombreuses fois. Malgré son affection intacte, Mary se demandait si fréquenter une pécheresse telle que Louisa n'était pas déjà un péché en soi.

Son dilemme était si évident qu'à la fin ce fut Louisa qui dut la réconforter.

« Rentrez chez vous, Mary. Vous devez travailler demain. Je vous suis infiniment reconnaissante pour ce billet. Je serai au théâtre à la dernière sonnerie. Et, si jamais vous décidez de ne pas venir, je comprendrai. Mais ne soyez pas gourde ; revendez votre billet si vous ne l'utilisez pas. Vous en tirerez quatre fois son prix. »

La sollicitude désintéressée de son amie toucha Mary. « Je serai là, même si je dois venir à la nage », déclara-t-elle d'une voix ferme.

Louisa la serra dans ses bras. Elle raccompagna Mary à l'arrêt du tramway, devant l'hôtel Carrollton, vaste résidence d'été noyée dans la verdure. Quelques-unes de ses fenêtres étaient éclairées. A l'intérieur, des Noirs aux manches retroussées ciraient le parquet en chantant.

Elles les écoutèrent, enlacées, sous la tiède pluie de printemps. Mary fut reconnaissante à la pluie ; Louisa ne saurait distinguer les gouttes d'eau des larmes sur son visage au moment où le phare du tramway se braquerait sur elles.

Mary était inquiète. Il y a sûrement quelque chose à faire, pensait-elle sur le chemin du retour. Peut-être, si je parlais à un prêtre... Ou bien il faudrait lui trouver une occupation dans la boutique. Elle doit se sentir si seule à Carrollton...

Elle décida d'en discuter avec Hannah.

Mais le lendemain, la journée fut si trépidante qu'elle n'y pensa plus. Nuit et jour, la place Jackson était envahie par une foule qui espérait entrevoir Jenny Lind fût-ce un instant.

Tôt ou tard, les femmes entraient dans la boutique pour demander à Mary ou Hannah quand Jenny allait sortir, rentrer ou s'exercer devant les fenêtres qui donnaient sur la galerie.

Quand vint le moment de fermer, Hannah et Mary étaient épuisées et furieuses.

« Aucune d'elles n'avait l'intention d'acheter... elles ont chassé la clientèle habituelle... elles ont tout mis sens dessus dessous... il y a des marques de doigts sur ce foulard... et la moitié des masques a disparu de la vitrine...

— Il faut faire quelque chose. » Mary tapa du pied.

« Quoi ? » demanda Hannah.

Mary n'en avait pas la moindre idée.

Elle monta rageusement chez Michaela de Pontalba pour se plaindre. A sa surprise, la baronne l'attendait pour le café, comme les autres soirs.

Leur entretien s'acheva dans un grand éclat de rire.

Le lendemain, un portrait encadré de Jenny Lind trônait dans la vitrine. Albert l'avait dessiné durant la nuit. Le comptoir croulait sous des piles de foulards, de rubans et de gants ; au milieu, un carton posé sur un chevalet doré proclamait : « Fournisseur de Jenny Lind. »

« Elle ne verra pas la différence », avait ricané Michaela.

Lorsque Mary confessa la supercherie, elle eût juré que le prêtre riait derrière la grille du confessionnal. En tout cas, il ne lui dit pas d'y mettre fin.

En sortant, elle n'y pensa plus. Elle avait d'autres soucis. A mesure que les jours passaient, elle consultait de plus en plus souvent son petit calendrier en songeant au retour de Valmont.

Elle profitait de la moindre occasion pour se rendre à l'entrepôt sur la digue où elles achetaient leurs articles. Pendant qu'on lui emballait ses paquets, elle restait à la porte, scrutant les bateaux à la recherche de l'*Angélus*.

Le 16 février, Mary retrouva Louisa au théâtre Saint-Charles pour le concert de Jenny Lind. Dès les premières minutes, elle comprit d'où la cantatrice suédoise tenait son surnom de Rossignol. Petite, mince, assez ordinaire, la jeune femme monta sur scène, les mains croisées devant elle. Puis elle ouvrit la bouche, et une mélodie pure, cristalline, sublime s'éleva dans la grande salle. Le public retint son souffle.

Lorsque le rideau retomba pour la seizième fois malgré les rappels obstinés, Louisa embrassa Mary sur la joue. « Je ne trouve pas de mots pour vous remercier. » Sa voix se brisa.

Mary lui rendit son baiser. « Je sais. J'ai ressenti la même chose. J'avais presque oublié l'effet que la musique peut produire sur nous. »

Le sourire de Louisa était empreint d'une profonde tristesse. « J'ignorais ce dont la voix humaine était capable. A partir de maintenant, j'arrête mes leçons. Je ne veux plus jamais entendre les sons qui sortent de ma gorge. »

Mary lui prit le bras. « Ne soyez pas stupide, Louisa. Il n'y a qu'une Jenny Lind. Personne ne chante comme elle. Cela ne vous empêche pas de devenir cantatrice.

— Ne vous inquiétez pas. J'aurais mieux fait de me taire. Je vous demande pardon.

— Louisa !

— Tout va bien, Mary. Je plaisantais. »

Mais Mary n'en était pas vraiment convaincue.

Le lendemain, elle se leva de bonne heure et prit le tramway jusqu'à Carrollton pour s'assurer que Louisa n'était pas trop seule et trop triste.

Ce fut un homme qui lui ouvrit. « Que voulez-vous ? gronda-t-il. Il fait encore nuit.

— Excusez-moi, balbutia Mary. Je me suis trompée de maison. »

Elle s'éloigna en courant, trébucha, tomba, se releva et se hâta vers l'arrêt du tramway.

Le nombre de jours non barrés sur son calendrier diminuait à vue d'œil. Chaque soir, elle prenait plaisir à rogner, d'un net trait de crayon, leur espace. Lorsqu'il n'en resta plus que quatre, elle commença à s'affoler. Le dernier jour de février arriva enfin.

Seule dans la boutique fermée, Mary tremblait comme une feuille. Il y avait tant de dangers à redouter : tempêtes, naufrages, explosion dans la salle des machines, coque endommagée par un écueil…

Qu'était-il advenu de Valmont et de son bateau ?

Le carillon de la cathédrale sonna l'heure. D'ordinaire, la voix des cloches lui réchauffait le cœur. Ce soir-là, elle avait un son creux, métallique, dépourvu de vie.

44

Les cuivres de l'orchestre étincelaient comme de l'or au soleil. La musique résonnait gaiement dans l'air parfumé. Une à une, les brigades de pompiers bénévoles défilaient dans Chartres Street et s'engageaient sur la place Jackson. Leurs engins brillaient comme un sou neuf ; les robes des chevaux qui les tiraient luisaient après des heures de brossage ; leurs crinières et leurs queues tressées étaient décorées de pompons rouges.

Chaque brigade avait son propre emblème peint sur une oriflamme portée par un jeune garçon en uniforme. A mesure que le défilé passait sous le balcon de Jenny Lind, chaque porte-drapeau abaissait son étendard en signe de salut.

« N'est-ce pas merveilleux, Mary ? s'exclama Hannah Rinck. Jamais nous n'aurions vu la parade, si les pompiers n'avaient pas modifié leur trajet à cause de Mlle Lind.

— Oui, c'est merveilleux », acquiesça Mary. Elle faisait de son mieux pour dissimuler son angoisse. Déjà le 4 mars, et Valmont n'était toujours pas revenu. Elle serrait la balustrade du balcon des Rinck si fort que les jointures de ses doigts avaient blanchi.

« C'est bigrement gentil de la part de la ville de m'avoir organisé un tel accueil. »

Tout d'abord, Mary crut à une hallucination. Lentement, elle tourna la tête, craignant de voir le vide.

Debout dans l'embrasure de la fenêtre du salon de Michaela, Valmont fumait un cigare en riant avec Alfred de Pontalba.

Fermant les yeux, Mary appuya la tête contre le froid montant métallique.

Il était là. De retour. Sain et sauf.

La musique éclata en elle comme des bulles de champagne. Elle rouvrit les yeux. Le spectacle bruyant, coloré, qui se déroulait en bas lui parut soudain le plus beau du monde.

« Merveilleux, murmura-t-elle. Merveilleux. »

Les jours qui suivirent furent pareils à un conte de fées. Tous les matins, Valmont venait poser pour le portrait ; ensuite, il descendait dans la boutique et emmenait Mary boire un café au marché.

Le premier jour, ils firent une promenade. La séance de pose l'avait ankylosé, déclara-t-il ; il avait besoin de se dégourdir les jambes.

Mary lui demanda des nouvelles de Charleston et de Tempête de Neige.

L'étalon était arrivé honnête deuxième, répondit-il. Mais il ne désespérait pas. Il avait racheté le cheval qui avait gagné la course.

Mary retint son souffle. L'inviterait-il à Angélus pour le lui montrer ? Mais Valmont changea de sujet. Il devait aller entendre Jenny Lind. Qu'en avait pensé Mary ?

Elle se contenta de répondre qu'il serait surpris. Elle ne voulait pas lui gâcher le plaisir de la découverte.

Peu à peu, tandis qu'ils marchaient, de contrainte, leur conversation devint plus détendue. Valmont était soulagé d'abandonner un instant son personnage de dandy. Mary et lui n'évoluaient pas dans les mêmes sphères ; elle ne risquait pas de confronter ses impressions avec quelqu'un de sa connaissance. Mary ne lui avait pas parlé de son amitié avec la baronne.

Elle lui raconta, en revanche, leur mise en scène à l'intention des admirateurs de Jenny Lind. « Nous les appelons amis des oiseaux. »

Le rire de Valmont la fit rire à son tour. Elle en oublia de se préoccuper de l'effet qu'elle pouvait produire. Elle était follement heureuse. Et, comme avant, Valmont trouva sa félicité contagieuse. Le soleil lui parut plus brillant, le fleuve plus large, le parfum des fleurs plus suave.

Il se mit à attendre ces promenades avec impatience.

Leurs sorties devinrent de plus en plus longues.

Hannah assura Mary qu'une personne dans la boutique suffisait amplement pour vendre des souvenirs aux amis des oiseaux. Elle la pressa donc de rester dehors aussi longtemps qu'elle le désirait.

Mary la remercia. Elle jugea inutile d'ajouter qu'en ce qui la concernait, la boutique, le Rossignol suédois et tous les amis des oiseaux pouvaient sombrer au fond du fleuve. Une minute avec Valmont comptait plus qu'eux tous réunis.

Le soir, néanmoins, elle restait tard pour travailler sur les costumes. Elle ne montait plus boire le café chez Michaela, ayant prétexté l'urgence de son travail. C'était partiellement vrai. La saison tirait à sa fin. Mais Mary n'avait pas envie d'exposer son amour tout neuf au regard cynique de la baronne.

Ou bien ne voulait-elle pas s'entendre poser des questions qu'elle refusait de se poser elle-même ? Pourquoi Valmont n'avait-il jamais dit qu'il l'aimait ? Pourquoi ne l'avait-il plus jamais embrassée ? Pourquoi parlait-il si librement, si gaiement, des bals auxquels il assistait tous les soirs, sans l'inviter une seule fois à l'accompagner ?

Mary ne soupçonnait pas l'influence que ces bals quotidiens exerçaient sur leur relation. Valmont y promenait son personnage de godelureau exclusivement occupé à danser, boire, jouer et courtiser les femmes.

Dans les bals masqués, il s'habillait toujours en courtisan de Versailles, boucles poudrées, mouches et souliers à hauts talons incrustés de pierreries. Ses habits en soie brochée faisaient pâlir d'envie hommes et femmes confondus ; leur provenance parisienne ne faisait aucun doute. Les amples ruchés en dentelle de ses chemises en soie étaient dignes d'un musée. Les jarretières et le fourreau en or ciselé achevaient de le rendre précieux.

Il se sentait parfaitement idiot.

Et il espérait bien passer pour tel. Le voyage à Charleston avait été couronné de succès. Les esclaves avaient débarqué au Canada sans encombre ; l'*Angélus* s'était comporté admirablement. A présent il préparait une nouvelle expédition, plus ambitieuse. Sans les chevaux. Cette fois, les cales seraient entièrement remplies d'esclaves. Il y avait de la place pour plus de deux cents personnes.

Le but avoué de ce voyage serait une affaire de cœur, et aussi d'argent, deux raisons valables pour les créoles. A Charleston, il avait rencontré la fille du propriétaire du cheval gagnant. Elle allait passer l'été dans l'élégante station balnéaire de Newport, à Rhode Island, connue sous le nom de « la Charleston du Nord ».

Pour rendre son histoire plus plausible, il avait réellement courtisé la jeune fille en question. Extrêmement intelligente et cultivée, elle avait pris en grippe le personnage fat et superficiel de Valmont. Il ne risquait rien à la poursuivre jusqu'à Newport : il y serait tout aussi repoussant.

Et Rhode Island était suffisamment loin pour que personne ne fût au courant du détour préalable par le Canada.

A condition qu'il jouât avec conviction son rôle de freluquet.

Il dansait donc jusqu'à l'aube et terminait ses nuits dans les salles de jeux. Puis il regagnait sa suite d'hôtel et donnait libre cours à son dégoût en insultant en quatre langues l'imbécile qu'il voyait dans son miroir.

Dans ce contexte, les promenades avec Mary MacAlistair agissaient sur lui comme un antidote. Avec elle, il n'avait pas besoin de jouer un rôle, de surveiller ses paroles ; il pouvait quitter son masque de mondain blasé et partager sans retenue son amour de la vie.

Elle ressemblait si peu aux femmes qu'il côtoyait le soir que c'en était rafraîchissant. Son teint incarnat était aux antipodes de la pâleur raffinée des beautés créoles. Sans mentionner sa silhouette de garçon manqué et ses gestes brusques. Non, Mary n'avait rien d'une beauté langoureuse.

Elle n'était même pas jolie. Mais ses yeux pailletés d'or le fascinaient, et les reflets changeants dans ses cheveux ne laissaient pas de le surprendre.

Son plus grand attrait, c'était sa curiosité. Elle se passionnait pour les choses les plus banales, les détails les plus insignifiants. Elle voulait savoir le nom de chaque fleur, de chaque arbre, la raison pour laquelle les bateaux à fond plat ne pouvaient pas remonter le courant, contrairement aux bateaux à quille, l'origine des coutumes telles que le lagniappe ou le fait de manger du riz aux haricots rouges le lundi. Il aimait à la voir manger. Elle savourait chaque bouchée et s'empressait de goûter à tout ce qu'il lui proposait.

Il l'emmena en péniche jusqu'au lac, et elle le surprit en s'abîmant dans la contemplation du lac comme si elle voyait l'eau pour la première fois. A son tour, il s'aperçut alors que le lac était immense, si immense que l'on ne distinguait pas la rive d'en face ;

il paraissait aussi vaste que l'Océan. Au fond, Valmont ne l'avait jamais vraiment regardé.

Pas plus que sa ville natale. Le regard que Mary posait sur les maisons, les toits, les portails, les cheminées montra à Valmont que chacun d'eux était unique.

Elle aimait La Nouvelle-Orléans, la Louisiane, si ardemment qu'il eut honte de passer à côté de tant de beauté.

Pendant cinq jours, Valmont et Mary goûtèrent aux plaisirs simples de La Nouvelle-Orléans au printemps. Puis, un beau soir, leur idylle s'arrêta net. Du moins pour Valmont.

Poudré et enrubanné, il dansait consciencieusement le menuet avec l'une des laissées-pour-compte de la saison.

«Irez-vous à la soirée dansante chez les Graham ?» s'enquit sa cousine Judith. Elle rit méchamment. «Aucun de nous n'ira ; je suis sûre que vous vous y ennuieriez. Jeanne Courtenay a épousé un Américain et maintenant elle veut se refaire une place dans la société créole. Elle ferait mieux de se chercher des amis de l'autre côté du terrain neutre. Nous ne voulons pas d'Américains ici.»

Tu ne veux pas de Jeanne Courtenay ici, pensa Valmont, parce que, quand elle est là, tu fais tapisserie.

Cette conversation lui rappela l'entrée de Jeanne dans le monde, la loge à l'Opéra, Mary MacAlistair. Il avait prévenu Carlos Courtenay que Mary, si fraîche, si innocente, était une ancienne prostituée. Mais lui-même l'avait oublié. Il maudit sa distraction, maudit Mary de l'avoir berné.

«Qu'avez-vous, Valmont ? demanda Judith. On dirait un taureau furieux.»

Il eut un rire forcé. «Vous m'avez marché sur le pied.

— Absolument pas.

— Alors je me suis piétiné tout seul. Il faut que j'aille examiner les dégâts.»

De la salle de bal, il descendit directement au bar de l'hôtel Saint-Louis. Il avait l'air si ombrageux qu'aucun homme, si soûl fût-il, ne commit l'erreur de se moquer de sa perruque et de son visage fardé.

Le serveur lui versa du champagne. Valmont le repoussa. «Tafia», ordonna-t-il, laconique.

Interdit, le garçon cligna les yeux. Pourquoi l'élégant M. Saint-Brévin voulait-il du rhum bon marché ? On en trouvait dans les bars à matelots de Gallatin Street, mais certainement pas au Saint-Louis.

« Nous ne servons pas de tafia, monsieur. Du rhum martiniquais, peut-être ?

— Non. Un cognac. »

Pâle et glacé de fureur, il vida d'un trait son verre de fine champagne.

Mary MacAlistair le menait en bateau. Il en était convaincu. Une chose était de faire l'imbécile en société... et Dieu sait que c'était déjà assez pénible. Mais tomber dans le piège tendu par une petite catin sournoise, c'était proprement insupportable.

Il l'avait crue. C'était cela, la pire des offenses. Comparé à l'innocence primesautière de Mary, son numéro de dandy relevait de l'amateurisme.

Comment avait-il pu se laisser abuser de la sorte ? S'en faire une camarade, presque une amie ? Il se sentait tellement à l'aise en sa compagnie qu'il en oubliait presque qu'elle était une femme. En tout cas, il avait complètement oublié qu'il avait affaire à une prostituée.

Parbleu ! Comme elle avait dû rire derrière son dos.

« Un autre », lança-t-il, poussant son verre vide sur le comptoir.

Il avala son cognac et remonta dans la salle de bal pour y continuer son numéro de Saint-Brévin sot et fêtard.

Si au moins une quelconque tête brûlée venait lui chercher noise ! Croiser le fer convenait parfaitement à son humeur. Il en avait assez de ces simagrées. Il détestait passer pour un imbécile.

Mais il ne pouvait faillir à sa résolution. A cinq heures du matin, il arracha le costume abhorré et s'effondra sur son lit. Il était si fatigué que le sommeil le fuyait. Il tournait et retournait dans sa tête l'humiliation que lui avait infligée Mary. Il trouverait bien un moyen pour lui rendre la pareille.

Que cherchait-elle ? Les femmes de son espèce ne consacraient jamais de temps à un homme sans contrepartie, or elle semblait aux anges chaque fois qu'il lui achetait une praline ou un bol de gombo. Elle devait jouer un jeu plus subtil, un jeu qu'il ne comprenait pas.

Au diable la drôlesse ! S'il comprenait une chose, c'était bien la fonction d'une prostituée. Sa dernière séance de pose avait lieu le lendemain. Ensuite, il ne remettrait plus jamais les pieds dans cette satanée boutique. Il en finirait une bonne fois pour toutes avec Mary MacAlistair et ses subterfuges.

Mais, entre-temps, il lui ferait payer ses mensonges. Il verrait si l'ancienne pensionnaire de Rose Jackson était aussi douée dans son véritable rôle que dans son rôle de composition.

45

Le lundi matin, Mary ne tenait pas en place. Ce jour-là, elle en était sûre, Valmont allait se déclarer, lui dire qu'il l'aimait, lui demander sa main.

Certes, il n'en avait rien laissé paraître depuis son retour de Charleston. Mais il fallait qu'ils eussent le temps de se réhabituer l'un à l'autre ; son absence avait duré plus de deux mois.

Néanmoins, Mary ne pouvait s'empêcher d'être inquiète.

Parce qu'il ne l'avait pas invitée à une seule réception.

Parce qu'il n'avait pas exprimé l'intention de la présenter à sa famille.

Elle y pensait surtout le soir. Dans la journée, trop heureuse d'être avec lui, elle oubliait toutes ses angoisses.

Mais, quand Albert mentionna que la séance de lundi serait la dernière, l'inquiétude de Mary se mua en panique. Et si elle ne le revoyait plus jamais ?

Elle se rappela alors les discours de Louisa sur la différence des classes et décida que tout s'éclaircissait. Il ne sait pas que je viens du même milieu, que je suis à moitié créole. Il m'aime, mais il a peur que je ne m'adapte pas. Il a peur de me voir malheureuse.

Sois honnête, Mary, se gourmanda-t-elle. Valmont n'est pas un saint. Il a peur d'être malheureux lui-même, de s'encombrer d'une petite couturière américaine de rien du tout. Tu ne peux pas lui en vouloir. Il ne te viendrait pas à l'idée d'épouser Paddy Devlin.

Mary poussa un soupir de soulagement. Si seulement elle y avait pensé plus tôt, elle se fût épargné bien de mauvais sang. Elle n'avait qu'à lui parler de son héritage. Lui dire qu'elle descendait d'une fille à la cassette. On pouvait difficilement être plus créole que cela.

« Mesdames, bonjour ! » La voix de Valmont avait une étrange inflexion. Il ne paraissait pas dans son assiette. Mary réprima un sourire. Il semblait nerveux, impatient. Mais elle avait trouvé le moyen de le rassurer.

« Quel est ce tohu-bohu sur la place ? demanda-t-il à Hannah.

— Jenny Lind s'en va aujourd'hui. Tant mieux, dirais-je. Ces gens-là attendent pour l'escorter jusqu'au bateau. Ensuite ils rentreront chez eux et j'espère qu'ils n'en bougeront plus. J'en ai assez de vendre les mêmes gants et les mêmes foulards. »

Valmont regarda Mary. « J'espère que vous n'aviez pas l'intention de raccompagner Jenny Lind. J'ai demandé à mon hôtel de préparer un pique-nique. Je me suis dit que nous pourrions retourner au lac.

— Avec plaisir. » Mary attrapa son ombrelle.

« Nous prendrons le train. »

Mary s'en déclara ravie. Elle n'avait jamais pris le train de sa vie.

Et puis, surtout, c'était le moyen de transport le plus rapide. L'allure déterminée de Valmont l'emplissait de crainte et d'espoir. Il allait la demander en mariage, c'était certain. Il n'avait pas l'air très tendre, mais ce devait être l'appréhension. Pourquoi pas ? Elle appréhendait bien ce rendez-vous, elle.

Plongés dans leurs pensées, ils échangèrent à peine quelques mots. Le voyage de huit kilomètres sur une route appelée Champs-Élysées dura vingt-cinq minutes. Les cahots du wagon et le cliquettement des roues empêchaient de s'entendre. Ils renoncèrent donc à parler.

A leur arrivée au lac, la petite station balnéaire de Milneburg semblait dormir. Les volets étaient clos ; il n'y avait pas âme qui vive dehors. La seule animation régnait sur l'embarcadère réservé au chargement des marchandises. Prenant Mary par le bras, Valmont la pilota dans la direction opposée.

S'arrêtant devant un bouquet de saules, il posa le panier en osier, défit les courroies qui maintenaient la natte roulée sur le dessus. Il tendit la natte à Mary. «Dépliez-la. Le sol peut être humide.»

Elle jeta un coup d'œil inquiet sur les nuages qui s'amoncelaient à l'horizon. Si ce n'était pas encore humide, cela le serait bientôt. Pourvu qu'un déluge ne vînt pas gâcher le moment le plus romantique de son existence !

«Valmont, j'ai quelque chose d'important à vous dire, déclara-t-elle en déroulant la natte. Avant même que nous n'ouvrions le panier à pique-nique.

— Vraiment ? Je suis tout ouïe.» Nous y voilà, pensait-il. Que va-t-elle me servir ? Une grand-mère malade qui a besoin d'une opération urgente et coûteuse ? Ou bien la promesse de délices de Capoue si je l'installe dans une maison confortable et la libère de ses corvées chez Rinck ? J'ai hâte de l'entendre.

Il s'allongea sur le côté, appuyé sur un coude. Mary s'assit en face de lui, le visage à l'ombre des feuillages.

«Le jour de mes seize ans, juste avant la fin de mes études, j'ai reçu un cadeau de ma mère. Ma vraie mère, qui était morte, mais je ne l'ai su que plus tard... Mon Dieu, je suis en train de m'embrouiller.

— Pas du tout. C'est passionnant. Continuez.»

Mary était trop émue pour saisir la note sarcastique dans sa voix. «Il s'agit surtout de ce cadeau. C'était un coffret, un très vieux coffret sale et usé.» Elle parlait très vite, pour prendre les nuages de vitesse. «J'ai découvert après ce que c'était. C'était une cassette, Valmont, de celles que le roi de France avait données aux jeunes filles partant pour La Nouvelle-Orléans. Et elle me venait de ma mère. Comprenez-vous ce que cela signifie ? Je suis orléanaise, moi aussi. A demi créole. Faut-il s'étonner que j'aime tant cette ville ?

— Absolument pas. Cela semble parfaitement logique.

— Je savais que vous comprendriez.»

Valmont tendit le bras et attira Mary à lui. Avant qu'elle ne pût proférer un son, sa bouche couvrit la sienne.

Mary noua les bras autour de son cou et lui rendit son baiser avec toute la passion accumulée depuis des mois. Il releva la tête, mais elle ne voulut pas le lâcher. Elle l'eût tenu contre elle jusqu'à la fin de ses jours.

Les premières gouttes de pluie rebondirent sur les feuilles, mais elle s'en moquait. Elle embrassa les coins de sa bouche, son menton, son nez, sa bouche à nouveau.

Une décharge électrique parcourut son corps tel un éclair. Un cri involontaire échappa à Mary. Son corsage était défait ; les mains de Valmont pétrissaient ses seins. Elle s'alanguit sous ses caresses... elle était à lui... non ! Il fallait l'en empêcher. Ils devaient attendre d'être mariés d'abord.

Mary s'arc-bouta contre la poitrine de Valmont, détourna la tête pour échapper à ses baisers. «Non, Valmont, non. Arrêtez. Arrêtez, je vous en supplie.» Elle se débattit, serrant son corsage contre elle, criant «Non !» et «Arrêtez !»

Il se rassit brusquement, l'air furibond. «Comment cela, "arrêtez" ? A quoi jouez-vous ?»

Mary pressait les pans de sa robe contre elle. La pluie ruisselait sur sa tête, ses épaules, sa gorge nue. «Je vous aime, Valmont. Vous le savez. Mais nous ne pouvons faire cela avant notre mariage. Vous le savez aussi.»

Il s'accroupit sur ses talons. Le mariage. C'était donc cela, son jeu. La pluie lui martelait les épaules ; l'eau s'infiltrait sous son col. Il eut envie de la gifler. Elle le prenait vraiment pour le dernier des imbéciles. Le mariage !

Cette fois, vous allez trop loin, mademoiselle. Vous m'avez trop souvent piégé ; vous croyez avoir gagné la partie. Eh bien, c'est ce que l'on verra.

«Vous avez raison», répondit-il. Sa voix s'était faite tendre. «J'ai perdu la tête parce que je vous désire trop, Mary. Je ne supporte pas d'attendre. Nous nous marierons demain. Le jour du Mardi gras. La ville tout entière célébrera notre mariage.» Il la prit dans ses bras, recouvrant la tête mouillée de Mary de sa veste. Elle ne vit pas le rictus cruel, vindicatif, qui tordait sa bouche.

Abandonnant le panier et la natte trempée sur place, ils coururent prendre le train, mais il était déjà parti. Valmont trouva le gérant du dépôt de marchandises et lui loua son cheval et son buggy. Il n'était pas question d'attendre le train suivant. Il devait se débarrasser de Mary avant de perdre son sang-froid et de la frapper, la tuer peut-être.

Elle ressemblait à un rat noyé.

Elle se sentait la plus belle, la plus désirable, la plus comblée des femmes.

«Il vous faut des vêtements secs, lança-t-il tandis qu'ils pénétraient en trombe dans la ville. Où habitez-vous ? » Il fouetta le cheval.

« Je vais retourner à la boutique. J'ai des affaires là-bas. »

Mary n'avait pas d'habits de rechange ; elle en emprunterait à Hannah. Pour se mettre aussitôt au travail. Tout le monde se déguisait pour le Mardi gras, avait dit Valmont. Il lui avait donné la marche à suivre. Elle devait le retrouver au Saint-Louis à six heures. Masquée et costumée. Il aurait pris toutes les dispositions nécessaires. Le bal du Mardi gras leur tiendrait lieu de banquet de noces.

46

Le Mardi gras, dernier jour des festivités avant la longue période d'abstinence et de privations du Carême.

Toute la ville était en fête. Personne ne travaillait ce jour-là. Personne n'avait le droit d'être sérieux ou triste. Même les cieux souriaient ; selon la légende, il ne pleuvait jamais le jour du Mardi gras.

Mary MacAlistair se réveilla avec un sourire. Le soleil était à peine levé, mais déjà les bruits de la fête lui parvenaient de la rue. Pétards qui explosaient, cris joyeux des gamins. Normal, tout le monde devait se réjouir le jour de son mariage.

Sa robe de mariée était accrochée à la porte. Déguisement, avait dit Valmont. Ce fut ainsi qu'elle la présenta à Mme O'Neill. Elle leur annoncerait son mariage quand elle reviendrait chercher ses affaires le lendemain. Elle ne voulait pas gâcher la fête à Paddy Devlin. Ni gâcher la cérémonie par le souvenir d'une scène déplaisante.

Hannah et Albert étaient au courant. La veille, quand Valmont l'avait déposée, elle avait fait irruption dans la boutique, incohérente de bonheur. Hannah l'avait aidée à fabriquer son « costume ». Albert et elle seraient ses témoins. Le soir, ils attendraient Valmont et Mary chez eux. « Nous nous marierons sûrement à la cathédrale, avait déclaré Mary. Nous pourrons donc vous prendre en passant. »

Elle se leva et décrocha sa toilette de mariée de la patère. Pour mieux l'admirer, elle l'étala sur le lit. Il y avait là une paire de bas de soie blancs, des jarretières bleues à fronces, trois jupons de dentelle… ce que leur boutique avait de mieux à offrir. La robe, en soie blanche, était un hybride fabriqué à partir de la plus belle camisole de Hannah à manches longues et d'une jupe ample que Mary avait confectionnée elle-même à l'atelier. Hannah lui avait prêté une épingle en or avec un petit camée au centre pour fermer le col sur sa gorge.

« Quelque chose d'ancien, fit Mary, lissant les manches de la robe. Quelque chose de neuf. » Elle défroissa les plis brillants de la jupe. « Quelque chose d'emprunté. » Le camée était déjà épinglé au col. « Et quelque chose de bleu. » Elle pouffa en dépliant les jarretières.

Puis elle ouvrit le paquet sur la table de toilette et effleura amoureusement son contenu. Une mantille de dentelle arachnéenne en guise de voile et un éventail de dentelle à manche d'ivoire. Si on ne lui avait pas volé son coffret, elle aurait pris l'éventail qui avait appartenu à sa grand-mère ou arrière-grand-mère inconnue.

Son masque reposait sous l'éventail. Hannah avait impitoyablement taillé dans un châle de dentelle pour coller deux médaillons sur un loup de satin blanc.

Mary serait déguisée en Espagnole. Et, en même temps, habillée en mariée.

Elle avait hâte de revêtir cette robe. Mais Valmont avait dit six heures, et elle entendait être une épouse obéissante. Elle attendrait.

Elle enfila sa robe marron et descendit prendre le petit déjeuner.

Quand elle entra dans la cuisine, le jeune Reilly lui lança une poignée de farine. Mary poussa un cri, battit des mains pour dissiper le nuage blanc.

« Ne vous ai-je pas dit de ne pas jeter de la farine dans la maison ! » s'exclama Mme O'Neill, tout en riant elle-même. Il y avait de la farine dans ses cheveux, sur le sol, sur le visage de Paddy Devlin, dans les oreilles et sur les sourcils du père Reilly.

La veuve aida Mary à brosser sa robe maculée de traînées blanches. « Si j'avais un dixième de la farine gaspillée pendant le Mardi gras, j'aurais de quoi faire de la pâtisserie une année entière, grommelait-elle. C'est une coutume barbare, et pas drôle du tout, si vous voulez mon opinion. »

Mary opina de la tête. Mais quand, après le petit déjeuner, elle sortit dans la rue avec Paddy et les Reilly, elle changea d'avis.

310

Une foule bruyante, joyeuse, chamarrée avait envahi la ville : hommes, femmes, enfants, blancs et noirs, certains masqués, d'autres costumés, tous saupoudrés de farine. La plupart d'entre eux s'étaient munis de petits sacs et lançaient la farine par poignées autour d'eux. Tout le monde courait, riait, chahutait avec l'insouciante gaieté de l'enfance.

Bientôt, Mary se retrouva à jeter de la farine sur des personnages habillés en animaux, en diables, en anges, en sorcières, indiens, trappeurs, clowns, rois, généraux, monstres, pirates. Sa robe était toute blanche ; même ses cils avaient blanchi. Elle perdit ses compagnons dans la cohue, mais cela n'avait pas d'importance. A La Nouvelle-Orléans, le jour du carnaval, on ne rencontrait que des amis. Au coin de la rue, un homme travesti en femme achetait des calas pour tous ceux qui passaient par là. Une femme masquée, vêtue d'une culotte et d'un pourpoint, embrassait tout le monde. Un homme perché sur des échasses lançait de la farine de sa hauteur ; sur le mur voisin, les roses se couvrirent de givre. La musique était omniprésente ; elle s'échappait par les portes et les fenêtres, des violons des musiciens ambulants, du clairon d'un pirate qui arborait une boucle d'oreille.

Des défilés s'improvisaient pour se disperser quelques rues plus loin. Les gens marchaient au pas en chantant, soufflaient dans des cors, des sifflets, agitaient des clochettes, jouaient du tambour et du peigne.

Tout n'était que bruit et couleur, ivresse et gaieté. Le Mardi gras.

Mary revint à la pension peu après deux heures, haletante et échevelée. Il allait y avoir une vraie parade, disait-on. Peut-être même avec un char. Une année, il y avait eu un coq géant qui dodelinait de la tête. Les membres du défilé jetaient des bonbons à la foule. C'était follement excitant.

Mais Mary avait d'autres chats à fouetter. Elle allait prendre un bain, se laver les cheveux, s'apprêter pour son mariage.

Elle se drapa dans le couvre-lit pour protéger ses cheveux et sa robe de la farine. Elle voulait paraître fraîche et intacte devant Valmont. Seuls ses escarpins ressemelés blanchirent tandis qu'elle traversait la rue, mais elle n'y pouvait rien.

311

A l'entrée de l'hôtel, elle se débarrassa du couvre-lit et le tendit à un portier en uniforme, médusé. C'était un client déguisé.

«M. Saint-Brévin m'attend, déclara-t-elle au réceptionniste. Veuillez, s'il vous plaît, l'avertir de mon arrivée. »

Comme promis, Valmont avait pris les dispositions nécessaires. Le réceptionniste fit signe à un groom. «Ce garçon va vous conduire auprès de M. Saint-Brévin, mademoiselle. »

Mary suivit le groom sans hésiter une seconde.

«En voilà une qui n'a pas froid aux yeux, commenta le réceptionniste. Imagine, une grue habillée en blanc virginal. Et plate comme une limande, de surcroît. Je n'aurais pas déboursé un sou pour elle.

— Ce Saint-Brévin est un drôle de zèbre, répondit son camarade, avec ses fanfreluches et ses allures de damoiseau. Si je ne l'avais pas vu se battre, je me poserais des questions. »

Valmont ouvrit la porte, sourit à Mary sous son voile blanc. «Entrez, ma chère, nous vous attendions. » Il s'inclina cérémonieusement, la prit par la main et l'introduisit au salon.

Il y avait trois autres hommes dans la pièce. Un Pierrot, un Napoléon et un prêtre. Un autel avait été dressé dans un coin, une table recouverte d'un napperon de dentelle avec deux chandeliers en argent. Deux coussins étaient posés sur le parquet devant la table.

«Valmont, je ne comprends pas...

— Patience, ma colombe, je ne vous ai pas encore présentée. Messieurs, ma fiancée, Mlle MacAlistair. »

Les hommes inclinèrent la tête. Mary sourit et fit une révérence. «Valmont, dit-elle, tirant sur sa manche. Je croyais... la cathédrale... Hannah et Albert attendent... »

Il posa un doigt sur ses lèvres. «Vous vous trompez, ma bien-aimée. Vous ne connaissez pas nos coutumes. Un mariage le jour du Mardi gras, c'est différent. Moins formel. Comme il ne peut y avoir de mariages durant le Carême, le Mardi gras est toujours très chargé... N'est-ce pas, mon père ? »

Le prêtre hocha la tête, marmonna quelque chose d'inintelligible.

Mary ne comprenait rien à ce qui se passait. Valmont était comme un étranger, vêtu d'un habit de satin jaune paille, aux revers et manchettes de velours bleu brodé de fils d'or et de topazes. Sa voix et ses gestes étaient aussi théâtraux que sa tenue, comme s'il jouait un rôle.

Ce doit être à cause de ses deux amis, pensa Mary. Il me l'expliquera plus tard. Voyons, c'est Valmont, je l'aime et j'ai confiance en lui.

Elle se laissa ôter son masque, le suivit dans le coin, s'agenouilla à côté de lui ; elle répéta les paroles que le prêtre lui dit de répéter, tendit la main à Valmont qui glissa un large anneau d'or à son doigt.

Et voilà. Ils étaient mariés. Dans la tradition orléanaise du Mardi gras.

Mary refoula ses larmes. Il n'y avait eu ni communion, ni messe nuptiale, ni enfants de chœur, ni encens, ni sermon, ni bénédiction. Ce n'était pas le mariage de ses rêves.

Valmont prit son visage entre ses mains, l'embrassa, et la brève cérémonie à la sauvette lui parut le plus beau des sacrements. Elle était la femme de l'homme qu'elle aimait.·

Ils se levèrent dans un même élan, main dans la main. Mary sourit, s'adressa au prêtre.

Mais avant qu'elle n'ouvrît la bouche, Valmont la souleva de terre. « Nous allons vous laisser, mes amis. » Et il franchit la porte derrière l'autel, portant Mary dans ses bras.

La porte donnait sur une grande chambre à coucher. Ses deux hautes fenêtres étaient ouvertes. Dehors, le ciel rouge était parcouru de nuages violets. La lumière du couchant teintait de rose l'intérieur de la chambre, éclaboussant de reflets pourpres les tentures bleues de l'immense lit à baldaquin.

Valmont reposa Mary sur ses pieds. Il retira sa mantille qu'il fit choir sur le plancher, déboutonna prestement son corsage et entreprit de la caresser.

Mary voulut le supplier d'attendre, de lui laisser le temps de s'accoutumer à cette chambre, à ce qui lui arrivait, à lui.

Mais elle fut incapable de parler. Les caresses de Valmont la menaient au bord du vertige. Elle ne put que soupirer son nom.

« N'est-ce pas ce que tu avais dit, mon aimée ? Que tu ne voulais pas m'appartenir avant notre mariage ? N'est-ce pas ce que tu voulais ? » Ses lèvres étaient dans son cou, sur sa gorge, contre son oreille. Il fit glisser la robe de ses épaules.

« Fichtre, ces manches sont trop serrées ! Déshabille-toi, Mary, et défais tes cheveux. »

Il s'écarta d'elle, et elle sentit le froid l'envahir. Elle obéit machinalement, avec des gestes mécaniques, scrutant son visage, ses yeux, à la recherche d'un peu de tendresse.

Mais il évitait de la regarder. Le voyant se dévêtir avec rapidité et précision, elle sentit son cœur chavirer. Elle eut envie de presser sa joue contre son torse musclé, de caresser sa peau satinée. Oubliant toute pudeur, elle courut vers lui avec ses cheveux pour seul voile, consumée de passion dévorante, de désir d'être à lui.

Son empressement le fit rire. Le même désir se reflétait dans ses yeux. «Attends-moi.» Il l'allongea sur le lit et s'empara de sa bouche, tout en se débarrassant de son pantalon.

Mary referma les bras autour de lui. Ses doigts explorèrent les muscles qui saillaient sous sa peau, et elle s'émerveilla de sa force. Elle s'arqua sous son poids, impatiente de se fondre en lui, de ne former avec lui qu'un seul corps et un seul cœur.

«Je suis à toi», cria-t-elle.

Soudain un autre cri lui échappa. La douleur l'écartelait, la transperçait comme une lame de poignard. Elle entendit des sanglots et comprit qu'elle pleurait, de douleur, de joie, de bonheur d'offrir enfin à quelqu'un l'amour qu'elle gardait en elle depuis si longtemps.

Elle continua à se cramponner à lui jusqu'à ce qu'il dénouât ses bras. Mary retomba sur les oreillers ; une délicieuse langueur l'envahissait. Il se leva. Les mots étaient trop fades pour exprimer ce qu'elle ressentait ; elle se contenta donc de l'aimer avec les yeux.

Valmont s'éloigna. Elle entendit le clapotis de l'eau et l'imagina en train de se laver. Elle eût voulu le rejoindre, lui prendre le linge de toilette, laver elle-même ce corps superbe. Mais elle avait trop mal. Plus tard, se promit-elle. Ils avaient toute la vie devant eux. Peut-être même apprendrait-elle à le raser et, tous les matins, elle se pencherait sur le visage aimé, l'enduirait de mousse qu'elle enlèverait lentement, avec des baisers savonneux entre deux coups de rasoir. Elle s'humecta les lèvres, savourant leur goût imaginaire.

Valmont s'arrêta au pied du lit. Mary tendit les bras vers lui. Il recula.

Elle s'aperçut alors qu'il était déjà habillé. Il avait troqué son costume de courtisan contre un domino, une cape flottante avec un capuchon et un masque qui lui dissimulait la moitié du visage. Sous son domino, il portait une chemise blanche et un pantalon noir. Il paraissait mystérieux, presque menaçant, dans la pénombre de la chambre. Mary sourit. «Tu as l'air dangereux,

Val. Comme un pirate ou un bandit de grand chemin. Qui aurait un bon tailleur, évidemment. »

Son innocente plaisanterie ne le fit pas rire. Il attacha une épée ordinaire, terrible, à sa ceinture et s'approcha sans hâte du lit. Alors seulement il rit. « Mes compliments, mademoiselle. Vous êtes encore plus douée que je ne le pensais. Je comptais vous payer deux dollars, le prix courant pour une bonne prostituée. Mais j'ai décidé que vous méritiez mieux. » Une pièce d'or luisante tomba sur la poitrine nue de Mary. Le métal était froid.

Elle se redressa, s'assit avec effort. « Ce n'est pas drôle, Val. Si c'est une plaisanterie, elle est méchante.

— Mais cette fois, le dindon de la farce, c'est vous. Aimez-vous les mascarades, mademoiselle ? Le prêtre était excellent, ne trouvez-vous pas ? »

Mary secoua la tête. Ce n'était pas vrai. Il ne pouvait lui faire cela. Elle leva les yeux sur lui, cherchant à se rassurer. Mais le domino cachait tout, hormis sa bouche et son menton. C'était la bouche d'un inconnu, fine et cruelle.

Il sourit et quitta la pièce. Sa voix lui parvint du salon. « J'espère ne pas vous avoir trop fait attendre. Merci, messieurs, de vous être prêtés à cette amusante petite comédie. Permettez-moi en échange de vous inviter à dîner avant le bal.

— A dîner et à boire jusqu'à l'aube, Valmont. Vous avez parlé de cinq minutes, et nous avons attendu presque un quart d'heure. »

Il eut un rire léger. « Elle s'est révélée plus distrayante que je ne le croyais. Je vous la recommanderais bien, mais je ne peux plus attendre. J'ai une faim de loup. »

Mary s'était bouché les oreilles.

Mais elle l'entendit quand même.

47

Une foule plus dense encore envahissait les rues de la ville. Les visages masqués disparaissaient dans l'ombre. La nuit était tombée. Les réverbères largement espacés illuminaient les costumes des personnages qui batifolaient en dessous. Les portes ouvertes des cafés éclairaient les fêtards les plus proches. Entre les deux, l'obscurité grouillait d'une masse humaine invisible et mouvante.

Prise dans le mouvement de la foule, Mary remontait en titubant Royal Street, les bras croisés devant elle pour protéger son corps endolori. A chaque pas, elle se cognait à quelqu'un, grimaçait et poursuivait péniblement sa route. La mantille de dentelle blanche sur la tête, elle évitait les endroits éclairés pour cacher sa honte.

Elle croisait des dominos par douzaines. Chaque fois, elle tressaillait ; ses gémissements étouffés étaient inaudibles dans le vacarme ambiant. Cors et sifflets résonnaient à ses oreilles ; un bouffon agita ses clochettes devant son visage ; pirates et travestis l'empoignaient et l'embrassaient à travers son voile. Mary n'entendait rien, ne voyait personne.

Parvenue aux jardins derrière la cathédrale, elle fit une halte, se tenant des deux mains aux barreaux de la grille pour ne pas être happée par le tourbillon des masques déchaînés.

Trois pages de l'époque Renaissance passèrent, portant des torches vacillantes. Leur clarté incertaine illumina furtivement la forme blanche, recroquevillée, de Mary. Elle détourna la tête.

De l'autre côté de la grille, elle vit deux masques forniquer dans le désordre soyeux de leurs costumes.

Baissant la tête, elle courut, insensible à la douleur et aux obstacles, jusqu'au portail de la cathédrale.

A l'intérieur régnait le silence. Les bruits du carnaval n'étaient plus qu'un vague murmure.

Les cierges répandaient une lumière claire et sereine.

Il n'y avait personne. Mary était seule.

Elle tomba à genoux devant l'autel, puis se prosterna, les bras en croix. Les lèvres sur la pierre froide, elle murmurait des prières, des suppliques incohérentes, implorant pardon et réconfort pour son âme déchirée.

Au bout d'une heure, elle grelottait irrépressiblement. Son corps était glacé jusqu'aux os. Son cœur était lourd de désespoir ; ses cris étaient restés sans réponse.

Les cierges de l'autel vacillèrent et s'éteignirent doucement.

Mary se remit debout en tremblant. « Seule », sanglota-t-elle. Sa voix se perdit sous la hauteur des vieilles voûtes.

Une chaleur subite naquit dans son cœur, parcourut son corps telle une traînée de feu. La rage et la haine consumèrent sa jeunesse, sa foi naïve en Dieu et dans les hommes.

Elle releva la tête, redressa ses maigres épaules, défiant le sort, le malheur, l'injustice. « Ainsi soit-il », cria-t-elle.

Cette fois, l'écho répercuta ses paroles, les multipliant à l'infini dans la cathédrale déserte.

48

Hannah Rinck fit tinter la cuillère contre sa soucoupe pour attirer l'attention de son mari. Albert leva les yeux de son livre.

«Tu m'as parlé, Hannah?

— J'ai dit que je me faisais du souci pour Mary. Elle était
bizarre aujourd'hui. Elle a à peine desserré les dents. Et elle n'est
même pas allée à l'église. Le mercredi des Cendres. Toutes nos
clientes la regardaient de travers parce qu'elle n'avait pas la
marque sur le front.

— Que veux-tu, Hannah? Elle pensait qu'elle allait se marier,
et c'est tombé à l'eau. Il y a de quoi être contrarié. Moi aussi
je le suis, si tu veux tout savoir. A l'attendre ici toute la soirée,
nous avons manqué une bonne partie du carnaval. J'espérais trouver des idées pour un tableau. Peut-être même pour une série.

— A mon avis, Valmont Saint-Brévin est un porc.

— Certainement pas. Mary a mal compris; elle l'a dit elle-
même. Saint-Brévin est notre meilleur ami. N'oublie pas que,
grâce à lui, j'ai reçu deux autres commandes. Et qu'il m'a promis de m'introduire chez les Sazerac pour que je puisse voir leur
collection.

— Il n'a encore rien fait, que je sache.

— C'était le carnaval. Tout le monde était occupé.

— Plus maintenant. La ville est comme un cimetière. Nous
n'avons pas eu plus de cinq clientes aujourd'hui.

— Pas étonnant que tu sois morose.

— Je ne suis pas morose. Je m'inquiète pour Mary.

— Pour l'amour du ciel ! » Albert se replongea ostensiblement dans sa lecture. Hannah le contempla fixement.

Au bout d'une minute, il releva la tête. « N'y pense plus, Hannah. Mary s'en remettra. Elle ne passe pas son temps à se morfondre, hein ? Elle a largement de quoi s'occuper l'esprit. N'est-elle pas chez la baronne en cet instant même ?

— Si. En train de travailler. Elle a besoin de se distraire, Albert, pas de travailler.

— Je ne vois pas ce que je peux y faire, Hannah. Crois-moi, si je le savais, je le ferais.

— Moi aussi. »

Hannah Rinck se trompait. Le travail était pour Mary le meilleur des remèdes. Il accaparait ses pensées, rompant momentanément le cercle infernal de la colère et du remords.

« Quatre paires de lustres en cristal taillé, avez-vous noté ? s'enquit Michaela.

— C'est noté. De même que les quatre paires de l'autre salon. Allez-vous les vendre en un seul lot ?

— Ah non ! Une paire à la fois. J'en tirerai le double de leur prix... Où en étais-je ? Une peinture à l'huile avec un paysage de Louisiane dans un cadre doré... Un grand miroir avec dorures et incrustations d'émail... Deux cordons de sonnette brodés, l'un bleu avec un gland doré, l'autre avec... »

Sous la dictée de Michaela, Mary inscrivait chaque objet sur la liste. Elles faisaient l'inventaire des appartements de Jenny Lind. La baronne vendait tout ce qu'ils contenaient aux enchères pendant que le souvenir du Rossignol suédois était encore frais dans les mémoires. Cette vente, d'après ses calculs, devait lui rapporter le triple de ce qu'elle avait dépensé.

Tout comme Hannah, la baronne trouvait Mary étrangement silencieuse, mais elle ne s'en préoccupa guère. Le travail n'en avancerait que plus vite.

De fait, elles terminèrent avant neuf heures. « Allons souper chez moi, dit Michaela. Mais auparavant, je voudrais que vous choisissiez quelque chose pour vous, Mary. Votre aide m'a été infiniment précieuse. »

Mary voulut protester qu'elle n'avait rien fait pour mériter pareille récompense. Elle s'interrompit au milieu d'une phrase.

«Je prendrai l'ottomane verte qui est dans le boudoir, déclara-t-elle.

— Vous avez du goût. C'est un joli petit meuble.

— C'est là que Jenny Lind se reposait avant ses concerts. Elle rapportera plus que le reste, à l'exception de son lit.

— Bravo, sourit Michaela. Je hais les gens sentimentaux.»

A sa descente du tramway, Mary se dirigea lentement vers Adele Street. Elle redoutait le retour à la maison, la réapparition des rêves qui lui avaient gâché ses quelques brèves heures de sommeil.

Apercevant Paddy Devlin au coin de la rue, elle ralentit encore plus le pas. Elle ne voulait parler à personne.

Mais Paddy la vit aussi et se précipita à sa rencontre. «Vous ne devriez peut-être pas rentrer, mademoiselle Mary. Il y a deux policiers qui vous attendent là-bas. Pas la peine de me dire ce que vous avez fait. Je peux vous emmener ailleurs, dans une autre pension ou alors un hôtel. J'ai un peu d'argent de côté.

— Ne soyez pas ridicule. Je n'ai commis aucun délit. Je n'ai rien à me reprocher. Je vais leur parler.» La voix de Mary était calme, dénuée d'émotion. Mais son cœur battait à tout rompre. Valmont avait-il décidé de la persécuter? Comment? Il pouvait inventer n'importe quoi : elle serait incapable de se défendre.

«Vous vous appelez bien Mary MacAlistair?

— Oui, monsieur l'agent. Que me voulez-vous?

— Connaissez-vous une dénommée Katherine Kelly?»

Mary défaillit de soulagement. «Oui, je la connais.

— Alors ayez l'obligeance de nous suivre, mademoiselle, pour identifier le corps. Elle a mis fin à ses jours.»

Mary s'évanouit.

Louisa Ferncliff avait laissé un mot pour Mary. Elle l'avait signé de son vrai nom et posé soigneusement sur l'oreiller. Puis elle s'était couchée sur des draps frais pour se suicider le jour du Mardi gras.

Pour limiter les dégâts, elle avait placé une bassine sous son bras gauche, avant de l'entailler du coude au poignet avec un couteau aiguisé.

Mais l'artère tranchée pompait trop de sang, et la bassine avait débordé. Quand Mary pénétra dans la chambre, l'odeur du sang lui donna la nausée.

« Vous n'allez pas avoir un nouveau malaise, mademoiselle ? »

Mary déglutit. « Ça ira », mentit-elle.

Le policier leva sa lanterne au-dessus du lit. Le sang ne formait plus qu'une tache noire. J'ai toujours cru que le sang était rouge, pensa Mary, fébrile. Elle ne pouvait regarder Louisa.

« Est-ce bien Katherine Kelly ? » insista le policier.

Mary se força à regarder.

Non, ce n'est pas mon amie, eut-elle envie de crier. Mon amie était pleine de vie. Ce n'est qu'une copie, une figure de cire, une caricature. Ce corps inerte n'avait rien de Louisa. Pourtant, c'était bien elle.

« Est-ce Katherine Kelly ? »

Mary repoussa une mèche indisciplinée du front glacé. « Elle s'appelait Louisa. Louisa Ferncliff. Et elle faisait ses gammes deux heures par jour.

— Vous voulez dire que ce n'est pas Katherine Kelly ?

— Non, monsieur l'agent. Ce n'est pas ce que je veux dire. Il s'agit bien de Katherine Kelly. »

Le policier escorta Mary au salon. « Je vais vous demander une signature, avant de vous donner la lettre qu'elle a laissée pour vous. C'est ce qui nous a permis de vous retrouver. »

Mary griffonna son nom.

Elle garda la lettre de Louisa dans sa main, répugnant à l'ouvrir. Et si Louisa lui reprochait de l'avoir abandonnée, d'être responsable de ce qui était arrivé ?

Tant pis, décida-t-elle. Je ne ressens rien d'autre que la colère. Je n'ai même pas de chagrin. Elle déchira la mince enveloppe.

« Chère Mary,

« Quand j'ai parlé du bébé à M. Bassington, il m'a donné le titre de propriété de la maison et cent dollars pour se débarrasser de moi.

« Soyez gentille d'employer cet argent pour me renvoyer chez moi. Mme O'Neill connaît l'adresse. Je vous laisse la maison. Vous étiez la seule véritable amie que j'aie jamais eue. J'ai essayé de tout remettre en ordre pour vous. Je regrette de causer tout ce dérangement. Je ne regrette pas d'être morte.

«Votre amie,
«Katie Kelly.

«PS — L'argent est dans la boîte de mort-aux-rats. Personne n'aura l'idée de regarder dedans avant vous. C'est une pièce d'or. Ne la mordez pas pour voir si elle est vraie. Ah, ah! Le titre de propriété est là aussi. »

Mary plia la lettre. «Il faut que je trouve le moyen de l'envoyer chez elle. Pouvez-vous m'aider ?

— Je connais un entrepreneur des pompes funèbres qui peut s'en charger.

— Merci. J'aimerais le voir maintenant, s'il n'est pas trop tard. »

Elle couvrit le visage de Louisa avec un mouchoir. Et elle suivit le policier dehors, emportant la boîte de mort-aux-rats.

Le lendemain matin, elle annonça au commissaire-priseur que l'ottomane verte de Jenny Lind n'était pas à vendre.

Le surlendemain était un vendredi. Elle attendit le départ de Paddy Devlin et des Reilly pour informer Mme O'Neill qu'elle déménageait. Elle préférait éviter une pénible scène d'adieux.

«Mais où allez-vous, Mary ? demanda la veuve. Y en a ici que ça pourrait intéresser.

— Dites à M. Devlin de ne pas me chercher. De ne pas venir dans ma boutique ni m'adresser la parole s'il m'aperçoit dans la rue. Dites-lui… dites-lui que je me marie. »

La veuve regarda le visage crispé de Mary et ne posa plus de questions.

Mary se moquait de ce qu'elle pouvait penser. Comme elle se moquait des sentiments de Paddy Devlin. Qu'il souffre ! N'était-il pas un homme ? Il n'avait qu'à payer pour Valmont Saint-Brévin, pour M. Bassington.

Elle eût aimé pouvoir faire payer la terre entière.

Livre Quatre

49

La baronne était satisfaite des résultats de la vente aux enchères. Comme prévu, elle avait réalisé un coquet bénéfice.

Mary était heureuse de n'avoir pas vendu l'ottomane de Jenny Lind. Le vendredi, elle la fit transporter à Carrollton et l'installa dans le salon ; la pièce exiguë se para aussitôt d'une note de raffinement. L'imagination de Mary fit surgir d'autres meubles, des tentures, des tapis. Ce fut le début du dégel, la première brèche dans la muraille de glace qui enserrait son cœur.

La plupart des acheteurs repartirent contents, malgré le prix exorbitant des articles à vendre, soit parce qu'ils emportaient un souvenir de Jenny Lind, soit parce qu'ils avaient acquis un bel objet, tout simplement. Pour son illustre invitée, la baronne n'avait pas lésiné sur la qualité.

Marie Laveau était satisfaite parce que la girandole qu'elle venait d'acheter mettait la touche finale au travail qu'elle avait entrepris à la demande de Valmont. Elle envoya un message à son hôtel. « Quatre heures. Chez moi. Marie. »

« Vous vous êtes mal conduit, Valmont, furent ses premières paroles.

— Que voulez-vous dire ? » répondit-il précipitamment.

Même le réseau de renseignements de Marie ne pouvait avoir eu vent du tour qu'il avait joué à la MacAlistair. Il ne se sentait pas très fier. Certes, elle l'avait mérité, mais il n'aurait pas dû se venger de la sorte. Un faux prêtre, un faux autel, cela tenait du blasphème.

«Vous avez profité, répliqua Marie, de moi et de notre amitié. Vous m'avez laissé une lettre d'instructions comme à une domestique. Puis vous avez disparu pendant deux mois et, à votre retour, vous n'avez même pas pris la peine de passer me voir. J'ai dû vous envoyer un mot.»

En riant, il posa un genou à terre. «Faites de moi ce que vous voudrez. Je plaide coupable.»

Marie haussa les épaules. «Pendant que nous buvons le café, je vous expliquerai ce que j'ai fait pour vous.»

Après avoir servi le café, elle ouvrit la boîte en fer-blanc qui se trouvait sur la table. «Voici le contrat de plaçage de Cécile Dulac, dit-elle, dépliant le document. Les conditions en sont généreuses, mais moins extravagantes que vous ne l'avez suggéré. Il ne reste plus qu'à le signer et à le faire certifier par un notaire; j'ai donné ma parole à Cécile que vous le feriez.»

Elle ouvrait les papiers un à un et les étalait devant lui. «Ceci est l'acte de vente de la maison de Saint-Peter Street, à côté de Rampart. A son nom, comme vous l'avez demandé... Voici le reçu pour les esclaves... le cabriolet... les chevaux... Le détail des sommes dépensées pour l'ameublement et la décoration... Les lettres du marchand parisien et la copie de mes propres lettres... Ceci est la facture réglée du chargement et du transport... Le récépissé des sommes prélevées sur votre compte en banque... Et voici l'autorisation de prélèvement que vous m'avez laissée. Prenez le tout. Je suis fatiguée de m'en occuper. La boîte est offerte par la maison.» Marie rassembla les documents et les fourra en vrac dans la boîte.

Valmont s'empara de sa main pour la baiser. «Mille mercis, ma reine. Vous n'oubliez qu'une chose. Je vous ai demandé de choisir une babiole pour vous-même.» Ses yeux pétillaient de rire. «Ne puis-je même pas la voir?»

Marie dégrafa le col de sa robe en calicot rouge. Dessous elle portait un collier d'émeraudes et de diamants. «Ce marchand parisien a été tout à fait diligent. Méfiez-vous quand vous donnez carte blanche, Valmont, même à une vieille amie.» Elle l'embrassa sur la joue. «Un million de mercis. C'est à peu près ce qu'il a coûté en francs.»

Valmont s'éclaircit la voix. «Dans ces circonstances, je suppose que j'aurai droit à une autre tasse de café.»

Pendant qu'il buvait son café, Marie sortit de la cuisine et revint avec un volumineux paquet enveloppé de papier. «Un garçon de votre plantation l'a apporté juste avant votre arrivée. C'est vous qui lui en avez donné l'ordre, paraît-il.

— Parfait.» Valmont vida sa tasse, prit le paquet et déchira le papier d'emballage. «Ce sont des dessins que j'ai rapportés de Paris. Ingres, Prudhon, David. Surtout David.» Il ouvrit l'album à la page du portrait de Mme Récamier. «Voici comment Cécile doit s'habiller. Il faudra qu'elle trouve une bonne couturière.»

Marie s'écarta de la table. Un pli soucieux lui barrait le front.

«Trop, c'est trop ; je n'aime pas ça. Que signifie ce goût pour le déguisement, Valmont ?

— C'est pourtant facile à comprendre, Marie. Je déteste les corsets et les crinolines. Ils transforment les femmes en potiches. Regardez ces dessins. Il y a cinquante ans à peine — que dis-je, trente — les femmes étaient ravissantes. Voyez comme ce style est à la fois simple et gracieux. On l'appelle Empire ou Directoire. C'est le style des meubles que je vous ai commandés. C'est aussi le style des vêtements que Cécile portera dans ce décor.»

Marie hocha la tête. Elle continuait à froncer les sourcils. «Très bien, Valmont. Le rôle d'une placée est de plaire à son protecteur. Cécile jouera les Joséphine si vous vous prenez pour Napoléon. Mais vous n'avez pas vraiment répondu à ma question. Du moins à la partie qui vous concerne. J'entends toutes sortes de rumeurs. A quoi jouez-vous donc ? Toutes ces dentelles, tous ces paris insensés, ces beuveries, ces mascarades, l'argent jeté par les fenêtres… Ce n'est pas vous. Je vous connais. Pourquoi chercher délibérément à vous couvrir de ridicule ? Quel but caché poursuivez-vous ?»

Valmont était pâle. Des rides profondes creusaient son visage, entre les sourcils et aux coins des lèvres. «En avez-vous parlé à quelqu'un, Marie ?

— Ne sommes-nous pas amis ? Je n'ai rien dit à personne.»

Il la prit par les épaules, plongea son regard dans le sien. «Je jure que, si je le pouvais, je vous expliquerais tout. Mais je ne peux pas. Il y a une partie de ma vie que je ne puis vous dévoiler. Je vous demande seulement de me faire confiance et de garder mon secret. Il est vital pour moi de passer pour le pire des ânes de la Louisiane. Je ne peux pas vous dire pourquoi. Mais je vous supplie de ne pas défendre ma réputation et de me pardonner de la galvauder ainsi.»

Dans les yeux de Valmont, Marie lut sa résolution et la force de sa conviction. Voilà un homme, un vrai, pensa-t-elle. Et elle regretta une fois de plus qu'ils ne fussent pas amants. D'un doigt vigoureux, elle effaça le pli entre ses sourcils. « Nous pouvons nous faire confiance », répondit-elle. C'était un serment.

« May-rie, il faut absolument que je vous parle ! » Jeanne Courtenay, à présent Jeanne Graham, fut la première à pénétrer dans la boutique samedi matin. Mary s'y trouvait seule.

Si elle me parle de Valmont ou de son portrait, je vais hurler. Je hurlerai à n'en plus finir. Trois jours seulement s'étaient écoulés depuis le sordide épisode de son faux mariage.

« Bonjour, Jeanne. Vous êtes resplendissante.

— Oui, oui, je sais. Dites-moi, May-rie. Est-ce bien vrai que vous avez acheté une maison à Carrollton ? »

Mary se raidit. Bien qu'elle y eût dormi une seule nuit, cette maison était son refuge. Elle ne voulait en parler à personne. Seule Hannah était au courant.

« Qui vous a raconté cela, Jeanne ?

— Petite cachottière, rit Jeanne. Serait-ce un secret ? Je serai muette comme une tombe.

— Qui vous en a parlé ?

— Personne. Moi aussi je suis capable de ruser. Je voulais avoir la jolie petite ottomane de Jenny Lind, mais on m'a dit qu'elle n'était pas à vendre. Quand j'ai vu qu'on la chargeait sur une charrette, j'ai envoyé un valet la suivre. J'avais décidé de la racheter à son propriétaire aussitôt que je saurais son nom et son adresse. Imaginez ma surprise quand j'ai appris que c'était vous, May-rie. A Carrollton ! Parlez-moi de votre maison. Est-elle grande ? Depuis combien de temps habitez-vous là-bas ? Avec qui ? »

Mary tenta de changer de conversation. « Elle est petite et très ordinaire, et je n'y suis que depuis vingt-quatre heures. Connaissez-vous la dernière mode parisienne, Jeanne ? Des gants bleus, d'un ravissant bleu clair. Je vais vous montrer la couleur. »

Mais Jeanne ne désarmait pas. « Je veux voir votre maison, May-rie. Pouvez-vous me la faire visiter ?

— Bien sûr, quand elle sera terminée... Tenez, voici Hannah. Vous vous souvenez de Mme Rinck, Jeanne ? » Elle lança un regard éloquent à Hannah. « Avez-vous besoin de moi ? »

demanda-t-elle en anglais, lentement, pour que Jeanne pût comprendre.

Malheureusement, Hannah ne saisit pas le message. «Pas vraiment, répondit-elle gaiement.

— Parfait, déclara Jeanne. J'ai besoin de May-rie, madame Rinck. Vous la laissez partir avec moi ?» Elle se tourna, rayonnante, vers Mary. «Voyez comme je parle bien l'anglais depuis que je suis avec M. Graham.

— Très bien, opina Mary.

— Allons-y. Mon coupé attend dehors.»

Mary capitula. Elle connaissait l'entêtement de Jeanne. Autant en finir tout de suite avec la visite. «Je reviens dans une heure, Hannah.»

Le coupé stationné devant la boutique était vert à liséré d'or. Vêtu d'une livrée vert et or, le cocher, haut perché sur son siège, agitait la cravache pour chasser les mouches autour d'une paire de chevaux pommelés. Quand Jeanne et Mary sortirent, un jeune laquais au teint clair sauta de son marchepied pour leur ouvrir la portière.

Jeanne passa la tête à l'intérieur de la voiture. «File, Milly. Sauve-toi jusqu'à ce que je revienne te chercher.» Une jeune soubrette descendit à la hâte et s'éloigna en direction du marché.

Jeanne sourit à Mary. «J'ai rendu Miranda à maman. Celle-ci aussi se nomme Miranda, mais je l'appelle Milly. Elle est beaucoup mieux que l'autre. Je lui fais peur.» Et elle monta dans le coupé en gloussant de satisfaction. Mary la suivit.

«A Carrollton», ordonna Jeanne. Elle ferma la vitre qui les séparait du cocher. «Il est chic, hein, mon équipage ? En ce moment, j'ai une préférence pour le vert. Vous avez remarqué, May-rie, que ma robe a un galon vert et mes bottines sont vertes aussi ? Dommage que je ne puisse utiliser mon équipage plus souvent. Tout le monde se déplace à pied ici.»

Mary s'enfonça dans le siège, se préparant au torrent habituel de futilités.

A sa stupéfaction, Jeanne lui agrippa le bras avec une force désespérée. «Je suis si malheureuse, May-rie ! Il faut que vous m'aidiez.»

Son mariage, annonça-t-elle, était un désastre. Will Graham ne l'aimait pas. «Je savais que je ne pourrais pas l'aimer, mais je ne m'étais pas posé de questions sur ses sentiments à lui. Avec tous les admirateurs que j'ai eus, je croyais qu'il était du nombre. Mais il ne m'aime pas, May-rie. Pas du tout.»

Mary tenta de l'interrompre, mais Jeanne voulut absolument lui raconter sa vie privée, dans les moindres détails. Leur semaine de lune de miel s'était merveilleusement bien passée. Mais ensuite, tout changea. Graham s'intéressait davantage à ses affaires qu'à sa jeune épouse. Il lui défendait de s'asseoir sur ses genoux, de déboutonner ses habits et autres agaceries amoureuses. Il prit l'habitude de venir dans sa chambre trois fois par semaine, le mardi, le jeudi et le samedi, toujours à la même heure.

«Ce n'est plus de l'amour, c'est une corvée, May-rie! Tout ce qu'il veut, c'est que je lui donne un fils. Bonjour, Jeanne, bonjour et au revoir. Ni baisers ni caresses, pas la moindre mignardise. Rien. C'est insupportable. Qu'il ne compte pas sur moi pour avoir un fils. Marie Laveau, qui continue à me coiffer, me vend des poudres qui empêchent de tomber enceinte. Mais ses gris-gris n'ont aucun effet sur mon mari. Vous me connaissez, May-rie. Toute ma vie, j'ai rêvé d'amour, d'un homme près de moi, entre mes draps. Maintenant que c'est fait, c'est encore pire. J'ai besoin d'amour, May-rie. J'ai besoin d'être aimée. »

Mary prit ses mains dans les siennes. C'était l'unique réconfort qu'elle pouvait apporter à Jeanne, dont les confidences l'embarrassaient. Elle dut faire un effort surhumain pour chasser les visions qu'elles suscitaient en elle et qu'elle n'avait pas la force d'affronter.

Jetant un coup d'œil à l'extérieur, elle aperçut l'hôtel Carrollton. Dieu soit loué! «Taisez-vous maintenant, Jeanne. Nous sommes presque arrivées. Il faut que j'indique le chemin au cocher; vous ne voulez tout de même pas qu'il vous entende. » Avant que Jeanne pût protester, elle ouvrit la vitre.

«Cocher! Cocher, tournez à droite juste avant l'hôtel. Vous continuerez jusqu'au prochain carrefour; je vous dirai ensuite où vous arrêter. »

Elle pressa la main de Jeanne. «Vous verrez, la maison est tout près de l'hôtel. » Sa voix était anormalement forte et enjouée, comme si elle s'adressait à un enfant.

«Mais c'est magnifique, May-rie! » Jeanne courait d'une pièce à l'autre.

«Ce sera bien, opina Mary, contente malgré elle. Il suffit de racheter des meubles, de changer la décoration. A commencer

330

par ces rideaux. Je voudrais quelque chose de plus coloré. J'ai pensé...

— Aucune importance, interrompit Jeanne. Vous avez la jolie ottomane de Jenny Lind et un superbe grand lit. Avec un matelas tout neuf, hein ? » Elle s'assit, rebondit sur le lit.

Mary détourna les yeux. Elle voyait toujours l'ancien matelas avec l'horrible tache sombre qui en recouvrait une bonne partie.

Jeanne s'approcha d'elle, la prit par la taille, l'embrassa sur la joue, une fois, deux fois, trois, quatre. « Vous êtes mon amie, May-rie, ma très bonne, ma meilleure amie. N'est-ce pas ? Peu importe que vous soyez partie de la maison, je vous aime toujours. Vous m'aimez aussi, n'est-ce pas, May-rie ? Vous ne voulez pas me voir malheureuse. Dites-le-moi. » Sa voix s'était faite câline, puérile.

« Bien sûr que non, Jeanne. Je suis très triste de vous savoir malheureuse. »

Une pluie de baisers. « Je savais que vous m'aideriez, s'exclama Jeanne, redevenue elle-même. Cela ne vous coûtera rien, puisque vous êtes absente toute la journée. Je connais un homme, May-rie, beau comme un dieu, et qui me chuchote des choses grisantes à l'oreille quand nous dansons. Je lui ai promis de trouver un lieu pour nous rencontrer sans courir le risque d'être reconnus.

— Non ! » Mary repoussa Jeanne. « Il est hors de question que vous veniez chez moi.

— Mais, May-rie, où irais-je ? Je ne puis m'absenter trop longtemps : les domestiques avertiraient M. Graham. Et c'est lui qui a tout mon argent. Je n'ai pas de quoi m'acheter un petit nid secret comme le vôtre. Il faut que vous m'aidiez, May-rie. Je deviendrai folle si je n'ai pas un homme pour m'aimer. Un homme grand, beau et fort, qui me prendrait dans ses bras, qui me...

— Assez, Jeanne, assez. Non, c'est non.

— Mais vous êtes mon amie. Vous m'aimez.

— Pas à ce point-là. Je ne veux pas que ma maison soit souillée, que mon lit sente l'homme.

— Ah, c'est ça, siffla Jeanne. Vous voulez que tout le monde soit aussi froid que vous. Pas étonnant qu'il n'y ait pas d'odeur d'homme dans votre lit. Vous êtes sèche et dure comme une trique. Quel homme voudrait de vous ? »

Valmont Saint-Brévin, faillit lui crier Mary. L'homme que vous convoitiez en vain. Mais les paroles moururent sur ses lèvres. Jeanne avait raison. Ce n'était pas Mary qu'il avait voulu. Il avait désiré seulement lui faire du mal.

«Partez, Jeanne. Je prendrai le tramway pour retourner en ville. Nous n'avons plus grand-chose à nous dire.

— Vous changerez peut-être d'avis.

— Jamais. Je le jure. Partez. Je ne vous laisserai pas ma maison.

— Vous êtes froide et cruelle, May-rie. Et moi qui vous croyais mon amie… Froide et cruelle. » La porte claqua derrière Jeanne.

Mary se laissa tomber sur le lit, les mains sur la tête. Elle n'avait pas envie de réfléchir à tout ça.

Mais les pensées l'assaillirent, amères, impitoyables.

De quel droit jugeait-elle Jeanne ? N'avait-elle pas la même soif d'amour, les mêmes désirs ? N'avait-elle pas rêvé d'appartenir à Valmont ?   .

Elle avait cru l'aimer ; elle était tombée amoureuse d'une silhouette aux larges épaules devant une romantique maison coloniale. Ce n'était pas de l'amour.

«Non ! » cria-t-elle soudain, se dressant sur le lit.

Ce n'était pas sa faute. Elle n'avait pas cédé à la pulsion charnelle. Elle s'était trompée sur ses sentiments, mais lui l'avait manipulée ; il avait profité de son ignorance pour se moquer d'elle. Méprisable individu ! Elle n'avait pas à avoir honte. Pensant la déshonorer, il s'était déshonoré lui-même.

Elle retomba sur l'oreiller de Louisa.

«Et si j'allais avoir un enfant ? demanda-t-elle tout haut, exprimant sa pire crainte. Que ferais-je alors, Louisa ? Devrais-je laisser cette maison à Jeanne ? »

Elle enfouit son visage dans l'oreiller. «Oh, Louisa, je ne suis pas aussi courageuse que vous. J'ai tellement envie de vivre ! »

Mary trouva Hannah Rinck dans un état d'agitation extrême.

«Je suis contente que vous soyez revenue. Je vous guettais. Vous ne devinerez jamais, Mary, qui nous a rendu visite. Cécile Dulac. Elle est arrivée dix minutes après votre départ. Mary ! Avez-vous remarqué à quel point elle ressemble à votre amie, Jeanne Courtenay ? Croyez-vous… ?

— Je le sais. La mère de Cécile était la maîtresse de Carlos Courtenay.

« — Eh bien ! Mieux vaut ne pas en parler à Albert. Vous savez comment il est.

— Venait-elle réclamer sa part des bénéfices ?

— Au contraire. Elle a commandé une vingtaine de tenues. Pas seulement des robes, mais des mantes, des gilets, des châles et toutes sortes d'accessoires. Elle ne regarde pas à la dépense. Un homme lui donne de l'argent. Elle sera entretenue comme sa mère, j'imagine. Vous vous rendez compte, Mary ? Nous aurons du travail même en dehors de la saison. Vingt tenues complètes. On va rouler sur l'or.

— Parfait. J'ai besoin de meubles.

— C'est un autre style. Nous n'avons pas de modèles, seulement ces dessins. »

Mary reconnut instantanément l'album de Valmont. Elle porta une main à sa bouche pour étouffer une exclamation.

Après tout, cela ne la concernait pas. Cécile savait ce qu'elle faisait. Cécile était trop intelligente pour tomber amoureuse.

50

«Bonsoir, Maît'», dit Cécile.

Valmont se figea dans l'encadrement de la porte.

Cécile reposait sur une méridienne. Son coude gauche s'appuyait sur un petit traversin en velours ; son bras droit suivait la courbe de son corps à demi allongé. Ses pieds étaient nus.

Elle portait une robe de mousseline de soie blanche, à l'échancrure carrée et à la taille haute, qui laissait deviner le galbe de ses seins. La robe avait des manches courtes, légèrement ballonnées, et une traîne qui partait de la taille et retombait en plis gracieux par-dessus sa jambe repliée jusqu'au sol.

Sur un côté de la méridienne, une lampe d'Aladin montée sur un haut trépied de bronze répandait une odeur d'huile parfumée.

La scène reproduisait le portrait de Mme Récamier, par David.

A cette différence près que Cécile était beaucoup plus belle. Sa lourde chevelure de jais cascadait en vagues soyeuses sur ses épaules et dans son dos, jusqu'aux coussins de velours.

«Bonsoir, Cécile. Détendez-vous. Depuis combien de temps gardez-vous cette pose ? »

Cécile s'étira lentement, voluptueusement, comme une chatte. «Depuis trop longtemps. Je suis contente que vous soyez là.

— Moi aussi. »

Il considéra avec approbation la petite pièce blanc, rouge et or, décorée avec goût par Marie Laveau. On se serait cru chez l'impératrice Joséphine, à Malmaison. Même les bouquets de roses disposés ici et là semblaient provenir de ses jardins.

Valmont ôta son pardessus et se laissa tomber dans un profond fauteuil. «Je voudrais une absinthe avec de l'eau fraîche. »

Cécile se leva, drapa sa traîne autour de son bras et se dirigea vers la porte.

«Où allez-vous? Sonnez un domestique. Marie a sûrement pensé aux domestiques.

— Je leur ai dit de nous laisser seuls pour le premier soir. Je vous servirai moi-même.

— Comme vous voulez, sourit-il. Apportez la bouteille et une carafe d'eau. J'ai très soif. »

Cécile revint portant un plateau avec une carafe remplie de liquide vert, un pot en argent, un verre en cristal et un grand bol fumant de riz aux haricots rouges.

«Nous sommes lundi. » Elle sourit, posa le plateau sur une table basse à côté de Valmont et s'agenouilla dans un mouvement fluide. Lorsqu'elle lui tendit son verre, le tenant entre ses mains jointes, ses seins ronds jaillirent à demi de son décolleté.

«Magnifique. » Valmont prit le verre. «Je vais vous expliquer ce que j'attends de vous, Cécile. Prenez un siège confortable et écoutez-moi. Cela risque de vous surprendre.

— Je ne le crois pas, Maît'. On m'a appris à tout connaître des hommes. » En parlant, Cécile le regardait droit dans les yeux. Elle était totalement dépourvue de coquetterie.

Valmont grimaça. «Moi, on ne m'a rien enseigné sur le plaçage. Et je n'ai pas l'intention d'apprendre. Ce que je recherche, Cécile, c'est une tanière, un havre de paix, un endroit où je n'ai pas besoin de parler ni de penser. L'ordre, le calme, la beauté ne sont pas monnaie courante dans la vie, dans ma vie. J'espère les trouver dans cette maison.

— Je comprends, Maît'.

— Pour l'amour du ciel, cessez donc de m'appeler ainsi! Mon nom est Valmont. »

Cécile fut surprise.

Elle le fut davantage quand il prit sa fourchette et demanda où était son propre dîner. «J'ai déjà mangé, répondit-elle.

— Êtes-vous gourmande?

— Pas particulièrement. » Cette question l'étonna.

«Dommage. C'est un grand plaisir que d'aimer la bonne chère. » C'était son cas, manifestement. Le riz aux haricots disparut très vite.

«En voulez-vous encore, Maî... Valmont?

335

— Pas tout de suite. C'était excellent. Est-ce Marie qui l'a préparé ?

— Oui. Je ne sais pas faire la cuisine.

— Je m'en doutais, acquiesça-t-il avec un large sourire. Quelles sont vos occupations, Cécile ? Vos centres d'intérêt ?

— Pourquoi ?

— Nous allons passer pas mal de temps ensemble. J'ai envie de savoir qui vous êtes.

— Je suis une placée, monsieur. Un bel ornement dans votre havre Directoire. Je ferai tout ce qui vous plaira. J'allumerai vos cigares, vous servirai à boire, poserai sur votre canapé, satisferai toutes vos lubies. Mais je n'étalerai pas mes pensées ni mes sentiments pour votre bon plaisir. En ce qui vous concerne, je ne suis qu'un superbe jouet de luxe. »

Le sang-froid de Cécile prit Valmont au dépourvu ; son désintérêt l'offusqua. Si, au début, son allure hautaine l'avait séduit et intrigué, il ne pensait pas que cela durerait après la signature du contrat.

Pensif, il se gratta le menton. Qu'attendait-il, au juste ? Une oasis ? Un simulacre de foyer sans les contraintes du mariage ? Une femme belle, excitante, qui l'adorerait sans demander de l'amour en retour ? Il n'en savait rien. Il s'était arrêté à son idée de placer Cécile dans un cadre qui répondrait à ses aspirations esthétiques. Cette liaison conforterait sa réputation de jouisseur ; la maison de Saint-Peter Street serait un lieu où il n'aurait pas besoin de jouer un rôle.

Il contempla le visage impassible de sa maîtresse. « Eh bien, Cécile, on dirait qu'il va falloir ramer, maintenant qu'on est dans la même galère. »

« Galère » n'était pas vraiment le mot qui convenait à la bonbonnière de Saint-Peter Street. La plupart du temps, Cécile y passait ses journées et ses nuits seule. La saison terminée, Valmont avait regagné sa plantation. Il devait surveiller la récolte de la canne à sucre et préparer son deuxième voyage. Toutes les semaines ou tous les dix jours, il achetait des esclaves qu'il expédiait à Angélus.

Quand il arrivait chez Cécile, son cognac l'attendait déjà, chauffé au préalable. Il l'avalait comme un médicament, pour faire passer le goût amer de ses frasques mondaines. Parfois, il se taisait pendant une heure, après avoir salué Cécile et demandé de ses nouvelles.

S'il avait besoin de calme, Cécile restait assise sans bouger, toujours belle, magnifiquement parée, délicieusement parfumée. Et toujours auprès d'un grand candélabre en argent afin qu'il pût mieux la voir.

Le silence, la solitude ne la dérangeaient guère. Elle avait ses propres pensées, ses propres activités, ses satisfactions personnelles. Jeanne Courtenay Graham était au courant de sa liaison avec Valmont. Marie Laveau lui en avait parlé. Chaque fois qu'elle venait la coiffer, Jeanne la pressait de questions. Marie, « à contrecœur », se laissait extorquer des informations sur l'existence dorée de Cécile et sur la passion torride, largement imaginaire, qu'elle vivait avec Valmont.

Ensuite elle étanchait la soif de vengeance de Cécile en lui rapportant les accès de fureur de Jeanne. Cécile n'avait pas le temps de s'ennuyer.

Quelquefois, elle pensait à Valmont. Sa réserve l'intriguait. Il était une énigme pour elle comme elle était une énigme pour lui.

Ses attentions ne cessaient de l'étonner. Il la prévenait de ses visites au moins douze heures à l'avance. Aussi, contrairement aux autres placées, n'avait-elle pas besoin d'être disponible en permanence.

De temps en temps, il envoyait des fleurs, des friandises ou du gibier à sa mère. Tant de considération dépassait l'entendement de Cécile. Ces présents avaient le pouvoir de tirer sa mère de son abattement l'espace de deux ou trois jours. Pour Cécile, il ne pouvait y avoir de plus beau cadeau. Car elle aimait sa mère plus que tout au monde.

Elle remerciait Valmont à sa manière, en inventant mille façons de lui plaire, d'allumer son désir. Toujours imprévisible, elle était la sensualité faite femme.

Et pourtant... Sous les caresses et les baisers de Cécile, au paroxysme de la volupté, Valmont savait qu'il était le seul à s'embraser, que l'ardeur de Cécile était superbement simulée. Et, au moment suprême, une main glacée lui étreignait le cœur.

Après plusieurs semaines de vague insatisfaction, il comprit que ce qui lui manquait, c'était le bien-être. Aménagée à la perfection, la maison était un véritable musée du genre. Il n'y avait pas de vie, pas de confort, pas de chaleur humaine. Pas même dans le lit de Cécile.

Il rêvait de sérénité partagée, non de silences séparés. Il rêvait de rires, de disputes, de discussions, de découvertes, de confusion, de compréhension. De complicité entre deux êtres. La perfection était terne et froide.

Un soir, Cécile lui servit du gombo. Il pensa au gombo qu'il avait dégusté au marché, le meilleur qu'il eût jamais mangé. Et il se rendit compte qu'il regrettait les bons moments improvisés, désordonnés, passés avec Mary MacAlistair.

Quelle ironie ! Après tant d'efforts laborieux pour la battre à son propre jeu, il était obligé de s'avouer vaincu. Il eût donné n'importe quoi pour échanger la ravissante Cécile, alanguie sur sa méridienne Directoire, contre Mary, simple et curieuse, qui marchait dans une flaque d'eau parce qu'elle avait voulu voir la couleur du ciel.

Quelle bonne blague pour l'élégant et raffiné Valmont Saint-Brévin.

Son sens du ridicule reprit le dessus. Il trouva son personnage de viveur profondément comique ; la cour qu'il faisait à la riche héritière de Charleston, follement amusante. Il rit, et le rire le guérit de son spleen.

51

Pendant que Valmont découvrait l'atmosphère aride de la maison de Saint-Peter Street, la maison de Carrollton devenait un véritable refuge pour Mary.

Jamais encore elle n'avait eu une maison à elle, pas même une chambre qu'elle pût décorer selon ses goûts. Acquis dans des circonstances tragiques, son nouveau foyer fut bientôt pour elle une source de joie. Tout commença avec l'arrivée de l'ottomane de Jenny Lind. Par contraste, les autres meubles de la pièce parurent laids et encombrants. Mary se mit à échafauder des plans pour réaménager son intérieur.

Son intérêt se mua en détermination, puis en passion. De nouveaux horizons s'ouvraient à elle. Elle discutait avec des fabricants de meubles, des antiquaires, des marchands, des tapissiers, posait des questions, nouait des relations.

Il lui arrivait de tomber sur de vieilles connaissances. Chaque jour, elle fouillait dans le bric-à-brac des brocanteurs du marché. Elle était en train de négocier une lampe en cuivre quasi intacte quand elle entendit rire tout bas derrière elle, et une voix familière observa : « S'il ne vous fait pas un prix, dites-lui que vous lui fracasserez le crâne avec cette lampe. »

C'était Joshua, le subrécargue noir qui l'avait aiguillée sur la veuve O'Neill alors qu'elle était à la rue.

Mary faillit lui sauter au cou. « Je suis si contente de vous voir, Joshua ! Comment allez-vous ? Venez, on va prendre un café et bavarder.

« — Voyons, M'zelle, vous savez bien qu'on peut pas s'asseoir à la même table, vous et moi. Allez sur la digue ; je vous apporterai un café là-bas, comme si je vous servais.

— Apportez-en un pour vous aussi.

— Soyez tranquille, j'aurai quelque chose de mieux pour Joshua. »

Ils parlèrent pendant presque une heure. En fait, ce fut surtout Mary qui parla. Tant de choses s'étaient passées depuis que Joshua l'avait confiée à un policier de Canal Street. Elle lui raconta Irish Channel et Mme Alphande, la boutique, Hannah, Albert, la baronne. Elle ne mentionna pas Valmont.

En dernier, elle lui parla de la maison. Et de Louisa.

Les larmes vinrent au beau milieu d'une phrase. Mary leur laissa libre cours.

« M'zelle..., s'alarma Joshua.

— Ce n'est rien, hoqueta-t-elle. Ne vous inquiétez pas. Je n'avais pas encore réussi à pleurer. J'en avais envie, mais je n'y arrivais pas. »

Peu à peu, la maison de Carrollton s'habillait de couleurs, de gaieté, de chaleur. Mary dépensait ses économies en meubles, tapis, tissus. Elle songeait de moins en moins à l'époque où cet argent devait lui servir de dot. Sa nouvelle occupation avait pris le pas sur sa haine pour Valmont et tous ceux qui lui avaient fait du mal. Elle commençait même à ressembler à la Mary d'antan, gaie et enthousiaste. Extérieurement.

A l'intérieur, elle restait prudente, méfiante. Dorénavant, personne ne l'approcherait suffisamment pour la blesser. Jamais plus. Elle se l'était juré. Sa maison et son travail suffisaient à remplir son existence.

La baronne rentra en France au mois d'avril, une fois les jardins de la place Jackson achevés. En partant, elle donna ses livres à Mary. Et lui vendit la bibliothèque en bois de rose qui les contenait.

Après son départ, Mary consacra tout son temps libre à la maison et à son minuscule jardin. Son jour préféré était le mercredi : elle passait ses après-midi à fouiner, à choisir, à comparer. Le soir, elle s'écroulait sur son lit et, la fatigue aidant, s'endormait aussitôt.

Le jour de Pâques, elle travailla dans son jardin le matin, dans la boutique l'après-midi. Le son des cloches éveilla en elle le souvenir du couvent, mais elle le chassa résolument. Il n'y avait plus de place dans sa vie pour la pratique religieuse. Lorsqu'elle avait eu besoin de Dieu, Il n'avait pas répondu à son appel. A présent, elle n'avait plus besoin de Lui.

Elle n'avait besoin de personne.

Quand, finalement, il vint chercher son portrait, Valmont demanda des nouvelles de Mary. Auparavant, Albert avait dû lui envoyer une demi-douzaine de messages.

Mary n'était pas là. Le mercredi après-midi, elle était en congé, expliqua Albert. Valmont fut soulagé et déçu à la fois. Il n'aurait su quoi dire à Mary. Mais il avait envie de la voir.

Albert surveilla le chargement du portrait dans le chariot qui le transporterait à Angélus. Tandis qu'ils se tenaient à côté du chariot, il voulut savoir si Valmont avait demandé à son banquier l'autorisation de lui laisser voir la collection de son père.

« Mon Dieu, j'avais complètement oublié, monsieur Rinck. J'y vais de ce pas avant que cela ne me sorte à nouveau de la tête. Mes hommes savent où déposer le portrait. » Valmont prit la fuite, pressé de quitter ce lieu chargé de souvenirs.

Julien Sazerac l'accueillit à bras ouverts. Il avait un autre cheval à lui vendre. « Une jument, Valmont, d'une lignée de champions. Vous devriez exploiter un étalon comme Tempête de Neige. Élever des vainqueurs au lieu de les acheter. »

Valmont se plongea dans la généalogie de la jument, discuta le prix et finit par l'acheter sans l'avoir vue. Il n'aimait pas Julien, mais il lui faisait confiance. Il ne pensait plus du tout à Albert Rinck. Pour fêter la vente, Julien lui servit à boire en déclarant : « A Angélus et à ses couleurs. » Alors seulement Valmont se rappela sa promesse.

Il ne pouvait pas mieux tomber, répondit Julien après avoir entendu sa requête. En ce moment même, sa mère et sa sœur étaient absentes, en visite chez son frère planteur. Il griffonna un mot à l'intention du majordome. « Vous donnerez ceci à votre ami peintre. Ce billet lui ouvrira les portes de la maison. »

Julien se trompait. Céleste était bien chez son frère, mais à la dernière minute, Anne-Marie Sazerac avait refusé de partir.

341

Même l'idée de voir son fils ne suffisait pas à la sortir de sa réclusion, de la torpeur à demi somnolente que lui procuraient ses doses croissantes de laudanum.

Elle ne comprenait pas ce qu'Albert Rinck venait faire chez elle. Quand il expliqua qu'il désirait voir la collection de toiles de son mari, elle répliqua que son mari était mort, décédé depuis des années.

Bien que bouillant intérieurement, Albert déploya des trésors de patience. Il n'avait qu'une hâte : tirer sur le cordon des doubles rideaux pour mieux voir les rectangles sombres qui ornaient les murs.

A nouveau, il expliqua qui il était, pourquoi il était là, pourquoi son fils avait écrit un mot.

Anne-Marie Sazerac rassembla péniblement ses esprits. Finalement elle comprit. «Ah, vous aimeriez voir les Fragonard. »

Albert en bégaya d'émotion. Il ne s'attendait guère à tomber sur un grand maître. Il hocha la tête avec véhémence.

Mme Sazerac indiqua l'alcôve près de la cheminée. «En voici un. »

Albert tendit la main vers le cordon.

«Non ! La lumière me fait mal aux yeux. »

Albert usa de toute la patience, de toute la persuasion dont il était capable. Il alla même jusqu'à la supplier à genoux. Elle finit par consentir.

L'après-midi tirait à sa fin ; la luminosité était faible. Mme Sazerac cligna les yeux, mais n'eut pas besoin de les protéger.

Albert prit une profonde inspiration et regarda autour de lui.

Le mobilier était vieux. Les dorures et les boiseries étaient patinées par les ans ; les velours et les brocarts usés paraissaient plus doux, plus soyeux à l'œil. Les pendeloques en cristal scintillèrent, comme heureuses de capter la lumière. Les fleurs de la tapisserie d'Aubusson s'épanouirent. Mais Albert n'en vit rien. Bouche bée, il contemplait le chef-d'œuvre absolu qui s'offrait à son regard.

«Je croyais que vous vouliez voir les Fragonard, monsieur. Ceci est un Goya. Il n'était pas à mon mari.

— S'il vous plaît, madame. Laissez-moi regarder. » Il y avait des larmes dans la voix d'Albert.

«Vous avez dit Fragonard. » Elle tira Albert par la manche. «Ils sont par là. Allez les voir et partez, laissez-moi tranquille. »

Albert ne supportait pas l'idée de s'éloigner du tableau. Il voulait s'en imprégner, l'étudier millimètre par millimètre, jusqu'à la moindre nuance, la moindre trace de pinceau. Pour détourner l'attention de Mme Sazerac des Fragonard, il dit la première chose qui lui passait par la tête : «Regardez, madame, les mains du personnage. Ses doigts. Le peintre semble insister délibérément sur eux. A première vue, ils peuvent paraître étranges, presque irréels. Mais je sais qu'on les rencontre dans la nature. La jeune fille qui travaille avec ma femme, son associée en fait, a les mêmes petits doigts démesurément longs.»

Albert était satisfait du résultat. Mme Sazerac avait cessé de tirer sur sa manche. Soudain il sentit son poids, léger comme une plume, s'affaler contre son bras et glisser sur le parquet. Elle s'était évanouie.

«Monstre! Qu'avez-vous fait à Madame?» Le majordome quitta son poste d'observation sur le seuil, se rua dans la pièce. «Michelle! cria-t-il. René! Valentine! Venez vite!»

Albert s'enfuit.

Mary était en train de polir la coupe d'argent qu'elle venait d'acheter lorsqu'on frappa à la porte. Comme elle attendait la livraison de son autre achat, une armoire pour sa chambre, elle alla ouvrir sans demander qui c'était.

Un homme bien habillé, un parfait inconnu, se tenait sur le petit perron. Mary voulut claquer la porte, mais, plus prompt qu'elle, il l'arrêta d'une main. «Je vous en prie, mademoiselle, je ne vous veux aucun mal. J'aimerais seulement vous parler. Je n'entrerai même pas.»

Il était huit heures passées; il faisait déjà nuit. Ce n'était pas l'heure à laquelle une jeune femme seule recevait des étrangers. Mary s'arc-bouta contre le battant.

«Je vous en supplie, mademoiselle. Je sais, c'est inhabituel, mais je vous expliquerai…»

Il n'en eut guère le loisir. Une petite femme en noir surgit de l'obscurité derrière lui. «Laisse-moi regarder», s'écria-t-elle. Elle se faufila sous son bras tendu et se jeta sur Mary. Ses doigts menus palpèrent fébrilement la manche de Mary, son poignet, sa main appuyée sur la porte.

«C'est elle! Je le savais! Notre chère petite Marie.» Elle tenta de serrer Mary dans ses bras, se cramponnant à ses épaules, à son cou.

Elle était terrible et terrifiante, spectre décharné avec des yeux noirs et fixes dans un visage crayeux.

Mary recula. La porte s'ouvrit en grand.

« Maman, maman, arrêtez. » L'homme retint la femme par la taille. « Vite, mademoiselle, je vous en conjure. Dites à ma mère qu'elle se trompe.

— Vous vous trompez, madame, fit Mary rapidement. Croyez-moi. Vous n'êtes pas à la bonne adresse. Je ne vous connais pas. Ni vous ni votre fils.

— Le nom, gémit la femme. Le nom est correct.

— C'est un nom courant, maman. Écoutez-moi. Pouvez-vous m'écouter ? Concentrez-vous, maman. Je vais interroger la jeune fille. Écoutez bien ce qu'elle dit. »

Mary vit qu'il avait les larmes aux yeux. « Quel est votre nom, mademoiselle ? Est-ce MacAlistair ?

— Oui, pourquoi ?

— Pardonnez-moi. C'est à cause de ma mère. Elle vous prend pour quelqu'un d'autre. Voulez-vous lui dire, je vous prie, que votre mère est toujours en vie ? »

Mary sentit un picotement dans la nuque. « Ma mère est morte, monsieur. Je ne l'ai pas connue. Elle est morte en me mettant au monde.

— Marie », souffla la femme, retenue par son fils. Elle tendit les bras vers Mary.

L'homme resserra son étreinte. « Une dernière question, mademoiselle. Le nom de jeune fille de votre mère.

— Je ne le connais pas. C'est affreux, monsieur. » Mary se sentait faible. Les mots se bousculaient sur ses lèvres. « Je peux peut-être vous aider. Vous désirez savoir qui je suis. Moi aussi. Ma mère m'a laissé un héritage, un coffret en bois. A l'intérieur, il y avait un nom, Marie Duclos, et une adresse, couvent des ursulines, La Nouvelle-Orléans.

— Doux Jésus, murmura l'homme. C'est donc vrai. » Il dévisagea Mary avec stupeur.

Sa mère avait cessé de trépigner. « Je te l'avais dit, Julien. Je te l'avais dit. Vois où ton entêtement t'a mené. Tu as effrayé Marie. »

Elle sourit, et son visage hagard de bacchante se métamorphosa. Elle était presque belle. « Ma très chère enfant, dit-elle avec douceur. Je suis ta grand-mère. Je te cherche depuis des années.

— Entrez, je vous en prie », répondit Mary.

52

«Je peux vous offrir du café», proposa Mary, après avoir installé sa grand-mère sur l'ottomane de Jenny Lind. Julien, attentif, s'assit à côté.

«Non, merci, ma chère. Marie a de belles manières, n'est-ce pas, Julien? Et comme elle parle bien le français! Tu as de très belles manières, Marie. Je voudrais un verre d'eau.»

Mary regarda Julien. «Monsieur?

— Comment? Oh... oui, oui, merci, un verre d'eau.»

Mary alla dans sa petite cuisine pour laver ses mains noircies par le produit de polissage. Puis elle versa de l'eau pour ses invités. Ses premiers invités dans sa maison.

Quand elle revint au salon, elle posa le verre d'eau sur une table à côté de sa grand-mère, et une tasse devant Julien. «Je n'ai qu'un verre. Je vis seule.

— Un verre, répéta sa grand-mère. Pauvre biquette.»

Mary se raidit. Elle n'éprouvait nul besoin de se justifier. Elle n'avait pas invité ces gens-là. Et elle ne ressentait pas la moindre affection à leur égard. Ils arrivaient trop tard.

«Je suppose qu'il faut commencer par le commencement, dit Julien. Je ne me suis même pas présenté. Je suis Julien Sazerac, Marie. Votre oncle Julien.»

Sazerac. Mary ouvrit la bouche pour parler, se ravisa et rétorqua seulement: «Je m'appelle Mary, monsieur, pas Marie.

— Mais si, intervint Anne-Marie Sazerac. La fille aînée est toujours Marie. Ta mère s'appelait Marie-Christine. Tu auras sa chambre. La chambre de Marie. Il y aura de la joie dans la maison, comme avant. Viens, Marie. Rentrons chez nous. » Elle tendit la main à Mary.

Mary ne bougea pas. «Puis-je vous poser une question, madame ?

— Mais bien sûr, Marie.

— Avez-vous une parente, une femme entre deux âges, qui se nomme Céleste Sazerac ?

— Naturellement. C'est ma fille, ta tante. Tu la connais donc ? »

Mary avait soupçonné Céleste dès l'instant où Julien s'était présenté. Le choc n'en fut pas moins brutal. Elle avait peine à croire qu'elle avait été trahie par la propre sœur de sa mère. La trahison de Céleste était la pire de toutes.

Mary serra les poings. La fureur rendit sa voix stridente.

«Je vais vous raconter, madame, comment j'ai connu votre fille. C'est une longue et sordide histoire. Quand j'aurai terminé, vous comprendrez pourquoi il m'est impossible de venir habiter chez vous. »

Elle commença par le début, par la cassette qu'elle avait reçue au couvent. Sans émotion, elle parla de la mort de son père, de la découverte que sa prétendue mère était en réalité sa belle-mère, de sa conviction que la cassette la conduirait auprès de sa famille à La Nouvelle-Orléans.

Dans sa naïveté, poursuivit-elle, elle avait fait confiance à Rose Jackson et elle avait cher payé son erreur. «Inutile de vous décrire la peur et le dégoût que j'ai éprouvés alors. Sachez seulement que j'ai réussi à m'échapper de cet horrible endroit. »

Elle raconta la bonté des religieuses, l'apparente bonté de la femme rencontrée au couvent. «Elle a offert de m'aider, de récupérer mes bagages et mon argent. J'étais éperdue de reconnaissance. Même quand elle m'a dit qu'elle n'avait pas pu reprendre mes affaires, j'étais reconnaissante car elle a promis de m'aider à retrouver ma famille. Cette femme s'appelait Céleste Sazerac. »

Julien bondit de l'ottomane. La tasse et la soucoupe volèrent en éclats.

Anne-Marie secoua la tête. «Je ne comprends pas. Ce ne pouvait pas être Céleste. Elle t'aurait reconnue tout de suite, Marie. Elle aimait à me voir ouvrir la cassette, à m'entendre raconter l'histoire des Marie à qui elle avait appartenu. »

Julien se tourna vers Mary, l'implorant du regard d'être patiente et compréhensive envers sa mère.

346

«Tout cela est parfaitement clair, maman, fit-il lentement. Céleste savait. Concentrez-vous et vous comprendrez. Céleste savait. Elle a délibérément éloigné Marie de nous.»

A nouveau, il regarda Mary. «Sa conduite est impardonnable, mademoiselle. Me permettrez-vous d'essayer de vous en dédommager? Je ferai tout ce qui est en mon pouvoir, tout ce que vous me demanderez.» Supplier, à l'évidence, était si peu dans la nature de Julien que Mary frissonna de plaisir. Qu'il s'abaisse à mendier son pardon! Il méritait d'être puni parce qu'il était le frère de Céleste.

«J'implore votre indulgence, mademoiselle MacAlistair. Regardez ma mère. Autrefois, c'était une femme active, heureuse, aimante. Une mère merveilleuse. Ces dix dernières années de son veuvage ont été un cauchemar. Pendant dix ans, nous l'avons regardée sombrer peu à peu dans les ténèbres que les meilleurs médecins n'ont pas réussi à percer. Son seul désir dans la vie était de vous retrouver. Depuis des années, elle refusait de quitter sa maison. Et ce soir, elle est venue me trouver, seule, à pied, pour que je la conduise auprès de vous. Vous pouvez l'aider à remonter vers la lumière. Vous pouvez la rendre à la vie. Je vous demande de venir avec nous, chez vous, dans votre maison, pour y vivre dans votre famille. Si vous ne pouvez aimer votre grand-mère, ayez au moins pitié d'elle.»

Anne-Marie Sazerac continuait à secouer la tête. «Je ne comprends pas», répétait-elle, encore et encore.

Mary regarda cette femme qui était sa grand-mère. Elle n'éprouvait ni amour ni compassion. Trop tard, se disait-elle. J'aurais pu l'aimer. Au début. Si Céleste m'avait menée auprès d'elle. Mais j'ai vécu trop de choses. J'ai changé. Je ne veux pas renoncer à ce que j'ai acquis. Ma maison, la boutique, ma tranquillité. Ce n'est pas à moi de rendre Mme Sazerac heureuse. Je dois songer à mon propre bonheur.

«Céleste payera pour ce qu'elle a fait, affirma Julien. Je vous en donne ma parole.»

Le même frisson de joie parcourut Mary.

«Je viendrai avec vous, monsieur. Mais je ne vous promets pas de rester.

— Merci, mademoiselle... Maman, maman, êtes-vous prête à partir? Marie vient avec nous.»

Mme Sazerac sourit, tendit à nouveau la main. Cette fois, Mary la prit.

Sur le chemin du retour, Anne-Marie Sazerac s'endormit dans la voiture, sans lâcher la main de Mary. Sa tête roula sur l'épaule de Mary. Elle ronflait doucement, le sourire aux lèvres.

Julien transporta sa mère dans la maison. «Jacques, ordonna-t-il au majordome, dis aux domestiques de préparer la chambre de Mlle Marie. Elle est revenue parmi nous. Et fais allumer toutes les chandelles. Il ne fera plus jamais sombre dans cette maison.»

Il considéra Mary d'un air solennel. «Merci. Je vais emmener maman dans sa chambre. Si vous voulez bien venir avec moi, nous irons ensuite chercher votre héritage.»

La porte de la chambre de Céleste était fermée à clé. Julien lâcha un juron, recula et l'enfonça d'un violent coup de pied. Mary poussa un long soupir de satisfaction. Le saccage et la destruction traduisaient parfaitement son état d'esprit !

La chambre était à l'image du cerveau malade de Céleste. Placards, tiroirs, armoires, tout était fermé à clé. Julien s'empara du tisonnier et fracassa la porte d'un placard. «Jetez un coup d'œil à l'intérieur pendant que j'ouvre le suivant.» Il pantelait, le visage cramoisi.

«Donnez-moi le tisonnier, demanda Mary. Je veux le faire moi-même.» Elle s'attaqua à une armoire en bois de rose ouvragé. Son bras vacilla. L'armoire était superbe. Mais le désir de nuire à Céleste l'emporta. Elle rit quand la porte s'ouvrit.

Julien leva une lampe par-dessus son épaule. La cassette était là. Mary fut transportée de joie. Et déçue de devoir cesser le massacre. Elle prit le coffret dans ses mains, retrouvant les sensations du passé.

L'espace d'un éclair, elle redevint la Mary d'autrefois, celle qui rêvait d'affection, de chaleur familiale.

«Voulez-vous l'ouvrir ? s'enquit Julien. Je me retournerai.

— Ce n'est pas la peine, monsieur. Il n'y a rien là-dedans que vous ne puissiez voir.» Mary posa le coffret sur un bureau, souleva le couvercle. «Tout est là», annonça-t-elle. Julien avait le dos tourné.

Il lui demanda si elle voulait bien descendre pour parler. Mary accepta. Ils avaient beaucoup de choses à se dire.

Quatre heures et trois pots de café plus tard, ils se souhaitèrent une bonne nuit. Mary avait la liste de ses parents les plus
proches : oncles, tantes et cousins germains. Ainsi que la liste des
domestiques : majordome, cuisinière, jardinier, cocher, valets,
femmes de chambre. Un dîner de famille était prévu pour le lendemain.

Il fut convenu qu'elle appellerait ses oncles et tantes par leur
prénom, et qu'on l'appellerait Marie.

Elle apprit par Julien que sa grand-mère prenait régulièrement
une solution opiacée, le laudanum, et promit de faire de son mieux
pour l'en déshabituer. Elle promit également de l'appeler
«Mémère», diminutif créole pour «grand-mère».

Elle n'avait pas promis de s'installer dans la maison Sazerac
à demeure. Tout dépendrait de la suite des événements.

Julien escorta Mary dans sa chambre. «Verrouillez votre porte,
lui recommanda-t-il. Céleste ne rentre que demain, mais avec
elle, on ne sait jamais. Je resterai ici jusqu'à son arrivée. Vous
n'avez même pas besoin d'assister à notre entrevue.

— Mais si», répondit Mary. Elle y tenait. Elle ferma la porte
et poussa le verrou.

Des douzaines de chandelles illuminaient brillamment la pièce.
C'était une chambre tout en rubans, fleurs et dentelles, une
chambre de jeune fille.

La chambre de ma mère, pensa Mary. Et, pour la première
fois, elle crut à ce qui lui arrivait. Elle était dans une famille, sa
famille. Elle ouvrit la cassette et, une à une, disposa les reliques
sur le lit. L'éventail, le médaillon, la pointe de flèche dans la
bourse en cuir élimé, le filament de mousse d'Espagne dans un
carré de dentelle, les gants.

Elle prit les gants, glissa ses mains à l'intérieur. Sa famille.

Lequel de ces trésors sa mère avait-elle mis dans la cassette ?
Comment était-elle ?

Mémère pourrait lui répondre.

Soudain elle s'aperçut qu'elle avait hâte d'être au lendemain.

53

«Bonjour, Mémère, je vous apporte le café.» Mary s'avança avec précaution. Les rideaux de la chambre étaient tirés, et elle ne distinguait que des formes obscures. La cuisinière avait-elle réellement entendu la sonnette de sa grand-mère?

La voix qui s'éleva dans l'obscurité la rassura. «Marie? Marie, est-ce vraiment toi? J'avais peur de t'avoir rêvée.» La diction d'Anne-Marie Sazerac était nettement plus intelligible que la veille. «Approche, mon ange, que je t'embrasse.

— J'arrive. Je ne vois pas très clair.» Le genou de Mary heurta le pied d'une table. Elle posa son plateau. «Je vais ouvrir les rideaux, Mémère. Ainsi je vous trouverai plus facilement.

— Non! Je ne supporte pas la lumière… Oui, ouvre-les à moitié. Je veux te regarder.»

Mary se dirigea à tâtons vers la fenêtre. Inutilisés depuis longtemps, les cordons étaient devenus rigides. Elle tira, et les rideaux s'ouvrirent en grand. Le cordon était resté dans sa main.

«Je suis navrée…», commença-t-elle. Sa grand-mère l'interrompit.

«Aucune importance, mon enfant. Viens.» Elle était assise, adossée à une demi-douzaine d'oreillers. Elle paraissait frêle et menue dans son bonnet de dentelle et sa chemise au grand col. Ses bras étaient tendus. Ses manches amples ressemblaient à des ailes.

Mary s'approcha, se pencha sur elle. Ce matin-là, nota-t-elle, sa grand-mère avait le regard net et limpide.

350

« Tu es si maigre, chère Marie. Manges-tu à ta faim ? Ta mère ne mangeait jamais assez, malgré tous mes efforts. Où est le plateau ? Y a-t-il du pain et du beurre ? Je veux que tu manges tout, jusqu'à la dernière miette. Et la confiture aussi. Sucre bien ton café.

— Mais c'est votre plateau, Mémère. J'ai déjà pris mon petit déjeuner.

— Quelle importance ? Tu en prendras un deuxième, et je sonnerai pour qu'on monte un autre plateau. Mange, ma colombe. Fais-moi plaisir. »

Mary ne se fit pas prier. Elle était debout depuis des heures, et la brioche était un délice.

Elle voulait, en outre, poser des questions sur sa mère. Elle avait inspecté sa chambre à coucher sans découvrir le moindre indice, le moindre objet personnel, pas même un livre.

« Est-ce que je ressemble à ma mère ? Parlez-moi d'elle, Mémère. »

Les yeux de sa grand-mère s'embuèrent. « Elle m'a tant manqué, fit-elle dans un murmure. Elle était ma préférée. Marie-Christine. » Elle leva le regard sur son ciel de lit en soie fleurie. « C'était le plus ravissant bébé du monde. Mon Dieu, j'étais si heureuse quand elle est née ! J'avais cinq garçons, tu sais. Cinq enfants, tous des garçons. Mon mari était content, mais moi, je priais pour avoir une fille. Même quand j'ai perdu deux des garçons. Et mes prières ont été exaucées. J'ai eu ma belle Marie-Christine. »

La voix de Mme Sazerac mourut. Elle semblait perdue dans ses souvenirs. « Comment était-elle ? » questionna Mary, la ramenant à elle.

Sa grand-mère eut un petit rire. « Espiègle. Intrépide. Elle n'avait peur de rien. Elle suivait les garçons partout. Mais personne ne pouvait lui en vouloir. Elle était toujours gaie, rieuse, câline. Elle faisait fondre les cœurs les plus endurcis. Jusqu'à… jusqu'à… » Les larmes glissèrent lentement sur les joues de Mémère. On eût dit des perles translucides. Sa main fouilla dans le fatras qui encombrait sa table de chevet. « C'est l'heure de mon médicament. Sonne Valentine, Marie. C'est elle qui prépare mon médicament. »

Mary retint sa main. « Valentine va arriver dans une minute, Mémère. En attendant, parlez-moi encore de ma mère. Était-elle jolie ? Comment a-t-elle rencontré mon père ? Étaient-ils très amoureux l'un de l'autre ? »

Anne-Marie Sazerac détourna la tête. Ses épaules étaient secouées de sanglots. « Je ne peux pas, je ne peux plus. Il y a trop de lumière, j'ai mal aux yeux. Valentine ! Ferme les rideaux. J'ai mal à la tête, Valentine. Donne-moi mon médicament. » Mary laissa retomber la main de sa grand-mère, tira brusquement sur le cordon de la sonnette et sortit.

Elle trouva Julien dans la bibliothèque où ils avaient causé la veille.

« Je ne peux pas rester, annonça-t-elle. C'est inutile. J'ai fait comme vous m'avez dit, monsieur. Je lui ai monté son plateau, je l'ai appelée Mémère, je l'ai même embrassée. Et elle est là-haut, en train de réclamer son laudanum. Je refuse de jouer les gardes-malades auprès d'une opiomane. Je retourne travailler comme les autres jours, et ensuite, je rentrerai chez moi. Dans ma maison. »

Julien la supplia de s'asseoir, de réfléchir calmement. « Elle ne peut être guérie en un jour, Marie. Dites-moi, vous a-t-elle reconnue ?

— Oui, et je crois qu'elle a été heureuse de me voir. Elle m'a dit de manger son petit déjeuner parce que j'étais trop maigre. Je lui ai posé des questions sur ma mère ; elle a parlé pendant une minute, puis soudain, elle s'est mise à chercher son médicament en criant : ''Ferme les rideaux, j'ai mal aux yeux.'' Elle m'a prise pour sa femme de chambre. »

Julien effleura le bras de Mary.

« Vous voulez dire que les rideaux étaient ouverts ?

— C'est moi qui les ai ouverts.

— Et elle l'a permis ?

— Bien sûr. On n'y voyait rien, dans cette chambre. »

Julien Sazerac pressa ses mains contre sa poitrine. « Ma chère enfant, c'est un miracle. Ces rideaux étaient tirés depuis six ans. Vous ne vous rendez pas compte. Vous n'imaginez pas ce que cela représente. »

Mary poussa un soupir. « Vous essayez de m'enjôler. Écoutez, monsieur, je ne suis pas un monstre. Tant mieux si elle m'a laissée ouvrir ces malheureux rideaux. Mais il faut que je pense à moi d'abord. Je serai plus heureuse chez moi.

— Je vous en prie, Marie… Mary. Je ne vais pas parlementer avec vous. Laissez-moi seulement vous parler de votre mère. Vous voulez bien ?

— Évidemment !

— Eh bien, sachez que Marie-Christine était la créature la plus exquise et la plus insupportable de la terre. Elle n'était pas belle, à proprement parler. Elle ressemblait aux autres jeunes filles créoles à la peau blanche et aux yeux noirs. Ce qui faisait son charme, c'était son esprit. Elle était curieuse comme une fouine, toujours à l'affût, toujours passionnée par quelque chose. Elle voulait tout connaître, tout essayer. Elle grimpait sur un arbre, tombait et éclatait de rire devant nos mines affolées. Quand elle était punie pour avoir bravé un interdit, elle embrassait celui ou celle qui avait administré la punition, déclarant que la rétribution lui semblait juste, et continuait à n'en faire qu'à sa tête. Elle était incorrigible, irrésistible. Maman la gâtait outrageusement, et même papa se laissait fléchir, alors qu'il était très sévère avec nous, ses autres enfants. Venez avec moi, Mary. Je veux vous montrer quel genre d'homme était mon père. S'il vous plaît. Il y en a pour une minute. »

Julien la précéda au salon. Il ouvrit les rideaux, dévoilant les dorures, le cristal, les riches brocarts. Mary étouffa une exclamation.

« Voici l'univers de mon père : la France d'avant la Révolution. Il est le seul à s'être échappé : toute sa famille a péri sur l'échafaud. Cette pièce était son Versailles ; d'ici il régnait sur la maisonnée à l'instar du Roi-Soleil. Sa parole avait force de loi. Personne n'osait l'enfreindre. A l'exception de Marie-Christine. Je la revois encore : elle se faufilait sur la pointe des pieds par la porte que vous voyez là. Mon père était assis dans ce fauteuil. Elle plaquait ses mains sur ses yeux, exigeant qu'il devine qui c'était. Mon père était un vieil homme très digne. Il n'a jamais renoncé au port de la culotte et de l'habit à longues basques. Il avait plus de soixante ans quand Marie-Christine est née. Mais elle jouait avec lui. "Je suis Mme de Pompadour, gloussait-elle, et vous m'aimez plus que n'importe qui d'autre en France." Il l'aimait sans doute plus que tout au monde. C'est pourquoi, je pense, il s'est montré si dur quand elle lui a brisé le cœur.

« Il lui avait trouvé un brillant parti, un Français jeune et beau, Gilles, vicomte d'Olivet. Ses parents avaient également fui la Révolution, mais ils ont eu moins de chance que papa. Ils étaient ruinés. C'est Gilles qui a fait fortune. A vingt ans, il possédait une plantation de quatre cents hectares. A trente ans, il en avait quatre mille. C'est alors que mon père lui a accordé la main de Marie-Christine. Avec une dot princière.

« La veille de son mariage, Mary, votre mère s'est enfuie avec un homme qu'elle avait rencontré le jour même. Votre père. Papa était comme fou. Il a découpé son nom sur la tapisserie qui figure l'arbre généalogique des Sazerac depuis le dixième siècle ; il a brûlé tous les vêtements, les livres et les bibelots dans sa chambre. Il nous a été défendu de prononcer son nom. Elle a écrit des lettres. Il les a renvoyées. Personne n'avait le droit de correspondre avec elle. Quand nous avons reçu la lettre de votre père, il l'a renvoyée également. Je me rappelle ce jour-là avec horreur. Marie-Christine était morte, et il ne nous était pas permis de porter son deuil. Maman lui a baisé les bottes, le suppliant d'autoriser le retour de Marie-Christine afin qu'elle puisse reposer dans le caveau familial. Il a refusé. Vous comprenez, Mary, pourquoi maman ne peut parler de votre mère sans recourir à l'opium ? »

Mary écoutait, les yeux agrandis. « Quelle histoire horrible ! Votre pauvre mère ! Au moins, ce n'est pas elle qui s'est montrée cruelle. C'est votre père. »

Les épaules de Julien s'affaissèrent. « Maman a aidé Marie-Christine à s'enfuir. Elle a toujours satisfait ses moindres caprices. »

Il se redressa, s'éclaircit la voix. « Parlons de choses plus gaies, voulez-vous ? Il y a dans cette pièce un objet que papa n'a pas rapporté de France. Regardez sur votre gauche, près de la fenêtre. C'est le portrait de Marie-Hélène Vejerano, la grand-mère de votre grand-mère. C'est elle qui nous a permis de vous retrouver. Regardez ses mains. »

Mary retint sa respiration. C'étaient ses mains. Et elles tenaient l'éventail qu'elle avait reçu en héritage.

« Vous resterez, Marie ? demanda Julien.

— Oui. »

Mary se rendit à la boutique pour parler à Hannah et Albert. Ils se réjouirent de sa bonne fortune.

« Bonne ou mauvaise, je n'en sais rien encore, répondit-elle. J'ai promis de rester une année. Mais j'ai dit à mon oncle — quel mot bizarre ! — que je travaillerais le temps de trouver et de former ma remplaçante. Son salaire vous coûtera sûrement moins cher que ma part de bénéfices. »

Albert et Hannah échangèrent un regard contrit. « Nous aussi, nous avons une nouvelle à vous annoncer, Mary, dit Hannah.

Nous avons décidé de partir pour l'étranger. Depuis qu'Albert a vu ce Goya chez votre grand-mère, il pense qu'il doit étudier en Europe.

— La technique, renchérit Albert. Tout est une question de technique. Ce qu'il me faut, c'est un bon professeur qui connaît les vieux maîtres. Et qui pourra m'enseigner leur technique.

— Nous avons économisé de quoi vivre au moins un an en Espagne. Ou à Londres, ajouta Hannah dans un souffle. Jamais nous n'apprendrons à parler espagnol.

— Quand pensez-vous partir ? »

Le plus tôt possible, répondit Hannah. Leur loyer était payé jusqu'à fin mai. Ils avaient trois semaines pour tout régler, vendre leur fonds de commerce et faire les comptes avec Cécile. Hannah s'occuperait de tout. Mary n'avait pas besoin d'aller voir leur associée dans sa nouvelle maison de Saint Peter Street.

Mary n'eut pas de mots pour lui exprimer sa gratitude.

Quand elle regagna la maison de Royal Street, Julien Sazerac faisait les cent pas dans le vaste hall. «Tout s'est bien passé ? demanda-t-il. Pourrez-vous cesser bientôt vos activités dans la boutique ?

— Plus tôt que je ne le pensais. C'est fini. Terminé. » Mary se sentait abattue. La boutique comptait beaucoup pour elle.

«Voilà une excellente nouvelle ! » Julien battit presque des mains. «Moi aussi, j'ai une bonne nouvelle pour vous. Céleste est rentrée en votre absence. Par bonheur, maman dormait et n'a pas entendu la déplorable scène. Céleste ne reviendra plus, Marie. Je l'ai fait emmener. Il y a un établissement près de Natchez pour ce genre de maladies. »

Mary préférait ne pas imaginer ce que Julien avait qualifié de «scène». Des éclats de glace brillaient encore sur le parquet, et un grand carré sombre se profilait sur le mur, à l'emplacement du miroir. Les meubles et les tapis de l'entrée avaient disparu. Julien avait changé de tenue. Une manche de son habit était enflée comme s'il avait un épais bandage à l'avant-bras.

«Les Rinck partent. Céleste est partie. Que d'ordre soudain dans ma vie ! Merci, Julien. » Mary ne fit aucun effort pour déguiser l'intonation sarcastique de sa voix.

54

En prenant congé, Julien rappela à Mary que ce soir-là, la famille se réunissait pour le dîner. Les domestiques se chargeaient de tout, l'assura-t-il. Elle n'avait pas de souci à se faire.

La maison était plongée dans le silence.

« Pas de souci à se faire. » Rien à faire eût été plus approprié. Mary ne se souvenait pas d'avoir jamais été aussi oisive. Elle monta dans sa chambre afin de choisir une robe pour la soirée. La robe aurait sûrement besoin de repassage ; elle avait fait sa valise à la hâte.

Elle trouva ses quatre robes déjà lavées et repassées. Elles paraissaient perdues dans l'immense armoire.

Elle décida alors de se laver les cheveux. En les rinçant une ou deux fois de plus, elle réussirait bien à gagner une dizaine de minutes.

Elle allait descendre se faire chauffer de l'eau dans la cuisine quand elle s'arrêta. Elle n'était plus dans Irish Channel ni à Carrollton.

Elle sonna la femme de chambre.

« Jamais je ne m'y ferai », grommela-t-elle tout haut. Elle regrettait Carrollton. Le jardin avait besoin d'être désherbé.

La femme de Julien parla, ses frères parlèrent, les gens parlèrent entre eux. Pendant que Mary MacAlistair se lavait les cheveux, la société créole commentait l'incroyable découverte de la petite-fille Sazerac dans une maisonnette de Carrollton.

« Vendeuse dans une boutique, vous vous rendez compte ! Je me souviens parfaitement d'elle. Elle avait une allure trop aristocratique pour une simple vendeuse.

— La fille de Marie-Christine, imaginez-vous ! Croyez-vous qu'elle est aussi jolie que sa mère ? Aussi fofolle ?

— Il paraît que Céleste Sazerac est entrée au couvent parce que ses prières ont été entendues.

— Il paraît que les rideaux d'Anne-Marie Sazerac sont ouverts.

— Il paraît que Julien Sazerac lui a donné un million de dollars.

— Il paraît qu'Anne-Marie veut en faire son héritière. »

Carlos Courtenay fit aussitôt mander Philippe en ville. Parmi les futurs prétendants, son fils adoptif avait toutes ses chances. N'avait-il pas traité la petite avec gentillesse à l'époque où elle n'était rien du tout ?

Jeanne Courtenay Graham attrapa une crampe au poignet en rédigeant des invitations pour une soirée dansante. May-rie était son amie. Quelle gifle pour les autres si Jeanne était la première à la recevoir !

L'ami de Valmont Saint-Brévin, le faux prêtre, s'embarqua sur le premier bateau en partance pour l'Europe.

Valmont verrouilla les portes de sa suite au Saint-Louis et s'affala sur une chaise, les yeux rivés sur le mur. Il avait honte. Quand elle avait essayé de lui parler, il l'avait prise pour une menteuse. Il avait choisi de croire à sa propre version des faits. A cause de cela, il avait abusé d'elle. Comment obtenir son pardon ? Jamais elle ne voudrait entendre ses explications. Pourquoi l'écouterait-elle, alors qu'il ne l'avait pas écoutée ?

La veuve O'Neill ne fit aucun commentaire sur Mary. Pas plus que Paddy Devlin ou les Reilly. Les rumeurs de la société créole n'atteignaient pas Irish Channel. Une autre nièce de la veuve occupait à présent l'ancienne chambre de Mary. C'était une brave fille à la poitrine opulente, aux cheveux flamboyants et aux yeux verts qui, de l'avis de Paddy, étaient plus beaux que les collines d'Irlande.

Mary se sécha les cheveux en plein soleil au milieu de la cour. Au bout d'une demi-heure, sa grand-mère la rappela à l'intérieur. Mme Sazerac était vêtue de noir comme à l'accoutumée, mais un fichu de dentelle blanche lui recouvrait les épaules. Elle paraissait vive et alerte.

« Marie chérie, tu vas t'abîmer la peau en restant au soleil. Viens t'asseoir à mes pieds ; je te brosserai les cheveux et nous causerons de nos projets. »

Avant même que ses cheveux ne fussent complètement secs, Mary comprit qu'elle n'aurait aucune difficulté à remplir son temps. Anne-Marie parla Opéra, spectacles, visites, réceptions, nouvelle garde-robe pour l'une et l'autre, essayages, couturiers, bottiers, cousins au deuxième et troisième degré que Mary allait rencontrer en ville et dans leurs plantations. Tout cela en même temps, jusqu'à ce que la ville se soit vidée pour l'été. « Mémère est si heureuse, si fière de sa chère Marie qu'elle veut la présenter à tout le monde », roucoulait-elle, embrassant Mary sur la tête entre deux coups de brosse.

En fin de journée, Julien arriva plus tôt que les autres. « Comment va maman ? demanda-t-il à Mary.

— Je pense que vous serez surpris. » Et elle lui raconta leur après-midi. « Après la séance de brossage, elle s'est plainte d'une douleur au bras et a pris du laudanum. Mais elle ne s'est pas endormie. Elle est un peu vague, mais elle tient bon. Quand je suis descendue, elle réprimandait Valentine parce qu'elle ne trouvait pas ses boucles d'oreilles. »

Julien serra les mains sur sa poitrine, sa façon à lui d'être ému. « Je ne saurai jamais vous remercier, Marie. »

Mary le considéra posément. « Ne vous montez pas la tête, Julien. Cet après-midi pourrait n'être qu'un feu de paille. Dans le cas contraire, je tiens à vous préciser un certain nombre de conditions.

— Tout ce que vous voudrez, Marie. »

Mary sentit la nuque lui picoter. Elle la frotta pour chasser cette sensation. « Il est inutile, Julien, que j'essaie de me mettre dans la peau d'une demoiselle créole. J'ai vécu trop longtemps seule ; les restrictions me rendraient folle. J'ai l'intention d'aller où je veux, de parler à qui bon me semble. J'ai quelques relations intéressantes parmi les commerçants et les artisans de cette ville. Je tiens aussi à garder ma maison à Carrollton. Je ferai mon possible pour me sentir chez moi ici, mais je veux pouvoir m'échapper si j'en éprouve le besoin. »

Bien que contrarié, Julien acquiesça à toutes les conditions de Mary sans barguigner.

Plus tard, quand toute la famille se trouva réunie, Mary comprit combien cette acceptation avait dû lui coûter. Tout le monde, sauf Mémère, le traitait avec la déférence due au chef de famille. Son autorité était incontestée.

Mais pas pour moi, songea Mary. Il est prêt à faire tout ce que je lui demanderai. Cette fois, elle reconnut cette sensation de picotement dans la nuque : c'était l'exaltation que procure le pouvoir. La baronne avait raison. C'est mieux que l'amour. L'amour ne m'a apporté que douleur et impuissance. Maintenant c'est moi qui dicte la loi. C'est infiniment mieux.

Elle fut charmante et polie avec les autres membres de la famille, même si, au fond d'elle, elle ne se souciait guère de leur plaire. Elle avait retenu tous les noms et parvint même à identifier chaque enfant, bien qu'ils fussent nombreux. Les Sazerac étaient une famille typiquement créole.

L'épouse de Julien, Éléonore, était une jolie femme d'une trentaine d'années, visiblement enceinte et très fière des cinq petits garçons et deux petites filles qu'elle présenta à la «cousine Marie».

Roland, le deuxième frère, était père de quatre enfants. Diane, sa femme, l'avait épousé en secondes noces, alors qu'elle avait déjà deux enfants d'un premier lit.

Bertrand, le plus jeune, était toujours célibataire à trente-six ans passés. Avec lui, Mary se sentit d'emblée à l'aise. Après les présentations, il lui baisa la main qu'il retint prisonnière au creux de son bras. «Ne fais pas cette tête, Julien, rit-il. Je vais faire un tour avec ma nièce pour mieux faire sa connaissance.» Il adressa un clin d'œil à Mary. «La carafe de whisky est sur le buffet de la salle à manger.»

Tandis qu'ils déambulaient bras dessus, bras dessous, il déclara : «Dommage que nous soyons proches parents. Le bruit court que vous êtes l'héritière du siècle. Je vous aurais bien courtisée ; Julien est plutôt grippe-sou côté rente. Hélas ! Tous les célibataires de La Nouvelle-Orléans vont se précipiter sur vous, sauf moi. Et comment ferai-je pour me divertir sans mes amis ? N'écoutez pas tout ce qu'on raconte sur moi, Marie. Je ne suis pas un mauvais diable. Il se trouve que j'aime m'amuser et je n'apprécie pas beaucoup les enfants. Je passe donc pour une brebis galeuse au sein de la famille. Mais, à l'extérieur, on me considère plutôt comme un brave type. J'espère que vous aussi serez de cet avis.

— Assurément», opina Mary.

A dire vrai, elle n'avait guère le temps de se pencher sur la question.

Dans les jours et les semaines qui suivirent, Mary eut maintes occasions de goûter aux délices du pouvoir. Elle emmena Mémère chez Mme Alphande et sirota le café dans le salon privé tandis que Mme Alphande leur vantait les mérites de la maison. Mary ne disait mot. «Pourquoi cette femme était-elle aussi agitée, Marie? demanda Anne-Marie Sazerac en sortant.

— Je n'en sais rien, Mémère.» Mary imaginait facilement le désespoir de Mme Alphande à la vue de tous ces milliers de dollars potentiels entrant dans son salon pour en ressortir aussitôt.

Attendez un peu, promit-elle silencieusement à son ancienne patronne. Vous en verrez d'autres avant que j'en aie fini avec vous.

Quelques jours plus tard, elle assista du trottoir d'en face à l'arrestation de Rose Jackson. Les policiers placardèrent une affiche sur la porte de la luxueuse demeure qui abritait son établissement. «A vendre par adjudication, y lisait-on. S'adresser à la mairie.»

A sa demande, Julien avait touché deux mots à qui de droit. Il eût fait n'importe quoi pour Mary. La joie qu'il manifestait devant les moindres progrès de sa mère l'attendrissait presque.

Chaque jour, Mémère passait moins de temps au paradis artificiel du laudanum et plus de temps avec Mary. Elle était très à cheval sur l'étiquette. «Puisque tu n'as pas encore été reçue dans le monde, chère Marie, nous devons décliner toutes les invitations qui ne viennent pas de la famille. Elles attendront l'automne, le début officiel de ta saison.» Le cercle familial, cependant, comprenait des centaines de cousins, d'oncles et de tantes plus ou moins éloignés. Dans la société créole, presque tout le monde était parent de tout le monde. Mémère elle-même venait d'une famille de neuf enfants; ses frères et sœurs avaient eu chacun entre quatre et douze enfants; elle avait plus de cinquante neveux et nièces. La plupart d'entre eux avaient également une famille nombreuse. Mary renonça à les répertorier tous. Il suffisait d'appeler tout le monde «cousin» ou «cousine»; c'était le plus sûr moyen de ne pas se tromper.

Tu voulais une famille, se rappela-t-elle. Ne te plains pas si elle s'est révélée beaucoup plus grande que tu ne l'imaginais. Les visites quotidiennes chez les cousines Une Telle et Une Telle eussent été moins éprouvantes si tous les après-midi, cinq ou six autres cousines n'étaient pas venues boire le café chez Mémère.

Heureusement, juin n'était pas loin. L'été, la plupart des cousins partaient pour la campagne.

Heureusement aussi, les amis célibataires de Bertrand ne la poursuivraient pas de leurs assiduités avant ses débuts officiels en société. Mary n'était pas encore prête pour cela. Le serait-elle seulement un jour?

Elle reçut trois lettres de Valmont, qu'elle lui retourna sans les décacheter. Elle essaya de ne pas trop penser à leur contenu.

Elle ne savait pas encore quelle serait sa vengeance. Il fut facile de condamner, donc de punir, des gens comme Rose Jackson ou Mme Alphande. Mais la rage et la haine qu'elle éprouvait vis-à-vis de Valmont Saint-Brévin exigeaient un châtiment plus terrible. Qu'elle lui infligerait personnellement.

Mary songeait souvent à Michaela de Pontalba durant les premières semaines de sa nouvelle existence d'héritière des Sazerac. Il lui arrivait de sentir des regards scandalisés alors qu'elle sortait sans chaperon ou bien parlait et riait avec les marchands et les brocanteurs de rue. La baronne elle aussi avait scandalisé La Nouvelle-Orléans. Et elle s'en était délectée, presque autant que Mary.

Dès les premiers jours de juin, le Vieux Carré se vida. Dans l'entrée de la maison, le plateau d'argent se remplit de cartes sur lesquelles on pouvait lire, en caractères pointus : P.P.C., «Pour Prendre Congé», formule officielle d'adieux.

«Pourquoi n'iriez-vous pas au lac avec maman? suggéra Julien. Notre famille y possède un charmant hôtel. Vous aurez les meilleures chambres, et tous les autres clients sont des connaissances.»

Mary réprima un frisson. Elle avait eu son content de cousines. «Peut-être plus tard, Julien. Mémère veut redécorer la maison avant l'automne. Elle a l'intention de recevoir pendant la saison. Je crois que toutes deux, nous préférons le choix des rideaux et des peintures à des vacances au bord du lac.»

Julien hésita. «Évidemment, si cela fait plaisir à maman... mais je me sens responsable de vous, Marie. Il y a toujours un risque de fièvre en été.

— Ne vous inquiétez pas, Julien. J'ai déjà eu la fièvre jaune. Elle ne m'a pas beaucoup gênée.» Julien ne valait guère mieux que Berthe Courtenay. Qu'avaient-ils donc tous à s'affoler pour un petit mal passager ? Ils devaient probablement défaillir au simple mot de «rougeole».

Mary se demanda un instant comment Berthe réagissait au scandale autour de Jeanne. On murmurait beaucoup dans les salons, derrière les éventails, en haussant les sourcils. Le nom de Jeanne était lié à celui d'un libertin notoire. Sa conduite à la soirée dansante avait été outrageusement indiscrète. Invitée ce soir-là chez une cousine plus proche, Mary n'en avait rien vu.

Elle plaignait sincèrement Berthe. Jeanne était toute sa vie. Et elle plaignait Jeanne. Si elle continuait de la sorte, toutes les portes se fermeraient devant elle. Malgré leur dispute dans la maison de Carrollton, Mary restait fidèle à Jeanne. A sa manière d'enfant gâtée, Jeanne avait été son amie.

Elle ne ressentait aucune pitié pour Carlos. C'était un ennemi. L'ayant croisé à une soirée, elle avait délibérément ignoré son salut. L'embarras qui s'était peint sur sa figure l'avait largement récompensée.

Le 5 juin, Mary fêta ses dix-sept printemps. A cette occasion, elle demanda une faveur à sa grand-mère. Ni réception ni famille : rien qu'elles deux pour célébrer son anniversaire. Mémère pleura de joie et de chagrin.

«Tu es un amour de vouloir rester avec moi, Marie. Surtout le jour de tes dix-sept ans. Ta mère ne les avait pas encore quand elle m'a quittée. »

Mary l'embrassa. «Je suis là, Mémère. Reposez-vous bien cet après-midi. Ce soir, nous mettrons nos belles robes et boirons du champagne. »

Au cours de l'après-midi, Mary fit une longue promenade. Elle avait besoin d'être seule. Était-ce possible qu'un an auparavant, elle se trouvât au couvent dans les montagnes de Pennsylvanie ? Que de chemin parcouru depuis ! Qui était cette écolière Mary, qu'était-elle devenue, où allait-elle ?

En sortant de la maison, Mary se dirigea vers la résidence Pontalba. Leur boutique était à présent occupée par une modiste. Les nouveaux locataires de l'appartement des Rinck étaient en train de déjeuner sur le balcon ombragé. Le murmure de leurs voix parvint jusqu'à Mary. Cinq nouvelles boutiques avaient ouvert leurs portes au rez-de-chaussée. De l'autre côté de la place, Mary aperçut des tables sur la galerie du second bâtiment. La résidence se peuplait peu à peu. Tant mieux pour la baronne.

La vue des jardins fleuris lui rappela le carré de terre et de boue qu'avait été la place d'Armes.

Dans Canal Street, où régnait l'animation coutumière, elle dut contourner une poignée d'hommes à la peau tannée, qui parlaient fort en brandissant des sacoches en cuir. « Ils doivent rentrer de Californie, entendit-elle. Les tripots seront pleins ce soir. A La Nouvelle-Orléans, on trouve tout ce que son cœur désire. »

En effet, pensa Mary. Au carrefour suivant, elle tourna à droite. Inutile de prendre le tramway jusqu'à Carrollton, de retourner en pèlerinage dans Irish Channel, comme elle l'avait prévu. Cette phrase saisie au vol dans la foule résumait parfaitement la situation. La Nouvelle-Orléans lui avait donné tout ce que son cœur pouvait désirer. Elle était venue à la recherche d'une famille, de chaleur, d'affection. Et elle avait reçu bien davantage. Elle avait appris à mener sa vie, à gérer une affaire florissante, à survivre à la perte de l'innocence, à grandir. Et, en prime, à parler le français aussi bien que n'importe qui d'autre outre-Atlantique. Mary MacAlistair, dix-sept ans en ce 5 juin 1851, était une jeune femme comblée.

Elle s'engagea dans Royal Street. Elle rentrait chez elle.

Tout lui semblait différent. Tout était différent. La banque n'était plus seulement un imposant édifice à colonnes. C'était la banque de son oncle Julien. Le magasin de bougies n'était pas une simple échoppe. Au-dessus, dans un appartement délicieusement vieillot, habitait son cousin Narcisse, fils d'une sœur de Mémère, décédée depuis des lustres. Le jour de la Toussaint, Mary irait déposer des chrysanthèmes sur sa tombe, à côté de la gerbe du cousin Narcisse. Ces rues pavées, ces maisons aux façades en stuc rose, jaune et bleu, ces grilles en fer forgé, ces arbres, ces fleurs, ces fontaines, ces cours dérobées et tous les fantômes du passé, toute La Nouvelle-Orléans était à elle.

Mary pressa le pas. Elle voulait dire à Mémère qu'elle était heureuse d'être sa petite-fille. Et qu'elle l'aimait.

Une soudaine ondée, typique de l'été orléanais, la surprit en chemin. Elle se réfugia sous un balcon qui formait une profonde saillie au-dessus du trottoir.

« A La Nouvelle-Orléans, on trouve tout ce que son cœur désire, déclara-t-elle à la femme noire qui s'y tenait également. Même des abris pour se protéger de la pluie. »

La femme considéra l'averse d'un œil expert. « Y en a pour

363

un moment.» Elle s'installa sur les marches du perron pour attendre.

Mary s'assit à côté d'elle. «J'aime cette vieille étuve.

— Tout ce qui marche et qui parle aime La Nouvelle-Orléans», opina la femme en souriant.

55

« Sache, Marie, dit Mémère, que nous célébrons les fêtes, jour du saint dont nous portons le nom, avec plus de pompe que les anniversaires. Nous donnerons une splendide réception en août, pour la fête des Marie.

— A mon avis, la splendide réception, c'est ce soir. » Elles étaient en train de dîner sur le balcon, sur une table recouverte de dentelle, à la lueur des chandelles. Mary avait tout organisé avec les domestiques en rentrant de sa promenade.

« J'ai mes raisons pour dîner avec vous ici, Mémère. Quand je suis arrivée à La Nouvelle-Orléans, il faisait nuit. J'ai levé la tête et j'ai vu, sur un balcon, une jeune fille de mon âge attablée avec ses parents. J'aurais donné n'importe quoi pour être à sa place. Et voilà, j'y suis. Et en plus j'ai la chance de vous avoir, Mémère. Je vous aime énormément.

— Ma chère enfant... » Mémère pleurait.

Mary prit sa main. « On n'a pas le droit de pleurer à mon anniversaire. On ne peut que sourire. »

Anne-Marie Sazerac porta la main de Mary à sa joue humide. Son sourire était plus beau que jamais.

Le café fut servi au salon. Un écrin de velours attendait sur le plateau.

« Un cadeau pour toi, Marie. » Mémère l'ouvrit.

Dedans, il y avait deux larges bracelets en or constellés de cabochons d'émeraudes. «Marie-Hélène les portait en permanence. Elle aimait à mettre en valeur ses mains extraordinaires. »

Mary regarda le portrait de son aïeule. Les bracelets étaient là. Tout comme l'éventail de la cassette. Elle eut l'impression que le portrait allait s'animer d'un instant à l'autre.

«Comment était-elle, Mémère ? L'avez-vous connue ?

— Je me souviens fort bien d'elle. J'avais douze ans quand elle est morte. Toutes mes amies du couvent des ursulines m'enviaient mon admirable grand-mère. Elle avait voyagé dans le monde entier ; elle parlait des langues dont personne ne soupçonnait l'existence. Elle est allée à Saint-Pétersbourg, São Paulo, Alexandrie, Delhi, Constantinople, partout. Son voyage de noces a duré cinq ans. Mon grand-père et elle sont rentrés à La Nouvelle-Orléans avec trois enfants. Lui aussi était un homme remarquable, mais nous le voyions très peu. Comme il était conseiller privé du roi d'Espagne, il partait en mission pendant de longs mois.

— Pourquoi le roi d'Espagne, Mémère ? Pourquoi pas le roi de France ?

— Parce qu'il était espagnol, Marie. Il n'avait rien à voir avec le roi de France.

— Mais alors, que faisait-il à La Nouvelle-Orléans ? Cela me semble un curieux endroit pour un conseiller du roi d'Espagne.

— Ne sais-tu pas, Marie, que La Nouvelle-Orléans a appartenu à l'Espagne bien plus longtemps qu'à la France ?

— Je n'arrive pas à le croire. Pourquoi les gens d'ici ne parlent-ils pas l'espagnol, alors ?

— Parce que le français est une bien meilleure langue. Les Espagnols ont été absorbés par les Français. Veux-tu en savoir plus sur mon grand-père espagnol, oui ou non ?

— S'il vous plaît, Mémère.

— Très bien. José Luis était son nom. Il est arrivé à La Nouvelle-Orléans avec l'armée espagnole, en 1769. Il racontait qu'il avait vu Marie-Hélène du pont du bateau, à travers une longue-vue, et qu'il lui avait envoyé un baiser avant même de descendre à terre. Nous, les filles, trouvions cela très romanesque. Ce n'était pas vrai, bien sûr. L'armée espagnole n'était guère d'humeur à envoyer des baisers. Les Français s'étaient soulevés contre l'Espagne et avaient chassé le gouverneur espagnol. Le roi Charles a envoyé un nouveau gouverneur, un mercenaire irlandais nommé Alessandro O'Reilly. Il a débarqué avec une armada et deux mille soldats, exécuté les chefs de la rébellion et obligé tous les Orléanais à prêter serment à la couronne d'Espagne. A la suite de cela, les parents de Marie-Hélène ont décidé de marier leur fille à un Espagnol. »

Mary hocha la tête. « Je crois que je préfère encore l'histoire du baiser.

— C'est une jolie histoire, sourit sa grand-mère. J'ai moi-même entendu José Luis la raconter. Mais tu dois retenir les deux, Marie. La légende et la réalité. Un jour, tu auras des enfants ; l'histoire des femmes qui ont possédé la cassette est leur héritage commun, même si les reliques reviennent à la fille aînée. »

Mary contempla à nouveau le portrait. « Racontez-moi les autres histoires, Mémère. La relique de Marie-Hélène, c'est l'éventail. A qui sont les gants, le médaillon ?

— Pas ce soir, ma chère. Ma tête me fait mal. Sonne Valentine. Il est temps que j'aille me coucher. »

Mary resta au salon avec le portrait de Marie-Hélène. Elle mit les bracelets, appliqua ses mains sur les mains peintes. Elles étaient presque identiques.

« Merci pour les bracelets, dit-elle à son arrière-arrière-grand-mère. Oh non, je n'ai même pas remercié Mémère. Demain, à la première heure ! »

Elle demeura longtemps assise dans un fauteuil face au portrait. De temps à autre, elle baissait les yeux sur ses mains. Plus jamais elle n'aurait honte de ses doigts d'araignée.

Bientôt, la chaleur accablante s'abattit sur la ville. Les nuages bas et lourds rendaient l'atmosphère plus irrespirable encore, sans même procurer le bref soulagement d'une pluie passagère.

Mary avait oublié à quel point ce climat chaud et humide pouvait être pénible. Elle regrettait à présent de s'être lancée dans les travaux de décoration en plein été. Et elle s'inquiétait pour Mémère, qui passait de plus en plus de temps dans sa chambre aux rideaux tirés, un linge mouillé sur le front et son médicament à portée de main.

Valentine expliqua à Mary que sa grand-mère supportait mal l'été. Seul le laudanum l'aidait à respirer sans trop de difficulté l'air aux relents putrides.

Mary alla voir Julien sur-le-champ. « Vous devriez l'emmener à la campagne avant qu'elle ne sombre à nouveau, lui dit-elle. Je peux encore la convaincre de partir, je pense. Mais d'ici une semaine, je ne réponds de rien.

— Éléonore et les enfants sont dans notre maison du Golfe. Demain nous y conduirons maman.

— Allez-y avec Valentine, Julien. Moi, je dois rester en ville. Les travaux sont trop avancés ; il faut quelqu'un pour les superviser. » Julien protesta, mais Mary ne voulut rien entendre. Une fois qu'elle avait entrepris quelque chose, elle avait coutume de le mener à terme. Ils finirent par parvenir à un compromis. Son oncle Bertrand viendrait s'installer dans la maison pour veiller sur elle et lui tenir compagnie.

Mary était pratiquement sûre que la présence de Bertrand serait trop sporadique pour gêner les décorateurs.

Le lendemain, elle embrassa sa grand-mère hébétée par la drogue et promit de la rejoindre dès la fin des travaux.

Puis elle rentra dans la maison pour revoir son emploi du temps. Maintenant qu'il n'était plus nécessaire de respecter l'heure de la sieste de Mémère, les choses avanceraient plus vite. Elle était dans son élément.

Bertrand Sazerac passait plus de temps à la maison que Mary ne s'y était attendue. Il ne semblait nullement gêné par les déplacements chaotiques des meubles, les fenêtres sans rideaux et les échafaudages qui se dressaient sur son chemin. Mary s'excusa de ce dérangement, mais il se contenta de rire. « Chacun s'amuse comme il peut, ma chère. Votre marotte à vous, les dames, ce sont les chiffons et les rideaux. »

Lui, en bon créole, partageait ses journées entre les palabres autour d'un café, les leçons d'escrime, les combats de chiens et de coqs et les clubs privés.

Le soir, il dînait avec Mary dans la cour, le portail grand ouvert à toutes les brises de passage.

Un jour ils virent paraître Philippe Courtenay.

« Je croyais que nous devions nous retrouver au Hewlett pour une partie de poker, observa Bertrand. Asseyez-vous. Un café ? »

Philippe s'inclina devant Mary. « Bonsoir, mademoiselle. »

Mary lui tendit la main. « Ravie de vous revoir, Philippe. Pourquoi tant de manières ? Asseyez-vous. Et appelez-moi Mary, comme avant. »

Philippe serra vigoureusement sa main. « Moi aussi, je suis content de vous voir, Mary.

— J'ignorais que vous étiez amis, fit Bertrand. Une idylle serait-elle en train de naître ?

— Pas du tout », répondit Mary.

Philippe baissa le nez sur ses chaussures.

Bertrand étouffa un rire. « Je monte chercher mes cigares dans ma chambre. » Et il disparut avant que Mary ne pût protester.

« Désolée, Philippe. Bertrand est très taquin. J'espère qu'il ne vous a pas froissé. Croyez-moi, pas un instant je n'ai pensé que vous étiez là pour me conter fleurette.

— C'est pourtant vrai », marmonna Philippe. Il prit une profonde inspiration et poursuivit d'une voix raffermie : « Écoutez, Mary, il faut que je le dise vite sinon je n'y arriverai pas. Alors taisez-vous et ne m'interrompez pas. Nous nous sommes bien entendus l'été dernier. Je pense que nous pourrions continuer à nous entendre. Maintenant que vous êtes une Sazerac, je peux vous épouser. Qu'en dites-vous ? »

Mary scruta le visage écarlate de Philippe. Résistant à grand-peine à la tentation de le taquiner, elle répliqua : « Non.

— En quoi vous ai-je déplu ? Vous êtes censée dire oui.

— En général, Philippe, on commence par parler d'amour.

— Fichtre, je vous aime bien, Mary. Voilà qui est mieux... pardonnez mon langage.

— Moi aussi, je vous aime bien. Mais je n'ai pas envie de vous épouser. Un point, c'est tout. Racontez-moi plutôt ce que vous devenez. Êtes-vous toujours à la plantation de votre oncle ?

— Minute, Mary. Ce n'est pas tout. Laissez-moi vous dire une bonne chose. Dès que tout le monde a su que vous étiez une Sazerac, mon père m'a dit de courir demander votre main avant qu'il ne soit trop tard. Parce que vous êtes riche. Je l'ai envoyé au diable. Mais il m'a mis cette idée en tête, et je ne peux plus m'en débarrasser. Vous me connaissez, Mary. Les femmes m'agacent par leurs simagrées. Sauf vous. Je n'ai jamais songé à vous épouser parce que je ne suis pas assez riche pour prendre une femme sans dot. En outre, étant bâtard moi-même, je ne peux pas me marier avec n'importe qui. Maintenant que vous êtes quelqu'un et que vous êtes riche, je voudrais vous épouser. Pas parce que vous êtes riche. Parce que c'est vous. Les autres hommes ne verront en vous que l'héritière des Sazerac. Ils n'auront que faire de vous. Par conséquent, vous feriez mieux de m'épouser, moi. Réfléchissez-y. » Il se carra sur son siège, croisa les bras sur la poitrine et attendit.

Mary réfléchit. Puis : « Non. Vous avez certainement raison. Mais c'est toujours non, merci.

— Ne soyez pas bornée, Mary. Qu'y a-t-il ? Auriez-vous jeté votre dévolu sur quelqu'un d'autre ?

— Non, répondit-elle précipitamment. Simplement, je ne suis pas mûre pour le mariage. Peut-être ne le serai-je jamais.

— Quand vous serez mûre, m'épouserez-vous ?

— Je ne sais pas. Ne me bousculez pas, Philippe.

— Nous en reparlerons.

— Attendez le début de la saison. Mémère est très vieux jeu.

— Très bien. Je vous verrai à l'Opéra. Où est Bertrand ? Nous avions rendez-vous ce soir. » Il se dirigea vers la maison en appelant son ami.

Restée seule, Mary rit doucement. Les fleurs d'oranger embaumaient l'air de leur fragrance. Les fragments argentés de la lune se reflétaient dans la fontaine. Au loin, quelqu'un chantait une ballade en s'accompagnant à la guitare.

Autant pour la romance, pensa-t-elle.

Mais elle n'avait pas oublié les paroles de Philippe.

Quelques jours plus tard, elle était en train d'examiner de la passementerie pour les rideaux de la salle à manger, quand elle entendit l'interpellation familière.

« May-rie ! »

Elle se retourna juste à temps pour recevoir Jeanne dans ses bras.

« Oh, May-rie, est-ce vrai que vous allez épouser Philippe ? Je suis si contente ! Nous serons réellement sœurs alors.

— Non, Jeanne, non. Ce n'est pas vrai. »

Jeanne esquissa une moue boudeuse. « Vous n'êtes qu'une cachottière, May-rie, je le sais très bien. Maman m'a dit qu'il a demandé votre main. Je suis sûre que vous avez accepté. Il est tellement beau ; vous étiez tellement éprise de lui à Montfleury. Je sais que vous l'aimez.

— Jeanne, je ne vais pas épouser Philippe. Je n'ai même pas fait mon entrée dans le monde. Je ne peux épouser personne. »

370

Mary avait parlé fermement, et en termes que Jeanne pouvait comprendre, afin de la faire taire.

« Évidemment ! Vous voulez avoir des admirateurs d'abord. Je serai sage, May-rie. Muette comme une carpe. »

Le stratagème avait réussi. Mary sourit. « Comment vous portez-vous, Jeanne ?

— A merveille. Comme vous le voyez, je suis en train de refaire mon boudoir. Toutes ces dentelles, j'ai un mal fou à choisir. » Elle saisit Mary par le bras. « Venez chez moi, May-rie, dans ma maison. Vous êtes si intelligente, vous me conseillerez. Nous prendrons le café et bavarderons longuement, comme dans le temps. »

Il y avait quelque chose d'urgent dans les yeux de Jeanne, dans la pression de sa main. Mary la suivit dehors.

56

Mary avait oublié l'étonnante faculté de Jeanne de jacasser presque sans reprendre haleine. Tout au long du trajet jusqu'à sa grande maison d'Esplanade Avenue, Jeanne parla de la soirée qu'elle avait donnée en l'honneur de Mary. Une soirée magnifique … quel dommage que Mary n'ait pas pu venir… il y avait Untel… Il avait dansé avec…

Elle continua ainsi jusque dans sa chambre à coucher. Là, elle ferma la porte et poussa le verrou. « May-rie, j'ai tant de choses à vous dire ! »

Mary ôta sa capote, ses gants, et s'assit.

Jeanne avait en effet beaucoup à lui dire. En l'écoutant, Mary sentit son sang se glacer.

Jeanne était complètement envoûtée par Marie Laveau. Elle se faisait coiffer tous les jours, pour voir la reine vaudou et causer avec elle. Elle avait même prétexté un besoin urgent de redécorer ses appartements afin de rester en ville pendant que les autres partaient pour la campagne. Elle ne supportait pas d'être séparée de Marie.

Outre les contraceptifs, Marie lui fournissait d'autres produits. Des baumes et des onguents pour lui conserver sa beauté. Des poudres à mettre dans son vin pour la faire dormir. Des gris-gris contre le chagrin, la maladie, les ennemis, le vieillissement.

En échange, Jeanne lui donnait ses bijoux.

Mary tenta de l'interrompre, de la raisonner. Jeanne n'avait pas besoin de tout cela. Elle était jeune et belle, elle n'avait pas d'ennemis, pas de raisons d'avoir du chagrin ou des insomnies.

Jeanne ne l'entendait même pas. Elle poursuivait son récit avec une exaltation croissante. Marie Laveau lui avait accordé une faveur spéciale. Elle pouvait assister aux cérémonies vaudou qui se déroulaient au domicile de Marie. Elle faisait partie des initiés. C'était l'expérience la plus extraordinaire de sa vie.

« Il faut que vous veniez la prochaine fois, May-rie. Vous êtes riche maintenant ; vous pouvez vous le permettre. N'ayez pas peur : il y a beaucoup de Blanches là-bas. J'en parlerai à Marie. Vous verrez, May-rie, il n'y a rien de plus fabuleux. »

Mary se leva. « Il n'y a rien de plus horrible. Vous devriez arrêter, Jeanne. Vous êtes en train de vous détruire. Vous perdez la tête. Marie Laveau n'est qu'une coiffeuse, pas une magicienne. Et tout ce charabia vaudou n'est qu'un piège à nigauds. Voyons, soyez raisonnable. Vous n'êtes pas une esclave ignorante, de celles qui dansent à Congo Square. »

Les yeux de Jeanne s'étrécirent. « Vous êtes bien une Américaine, vous ne savez rien. Marie, elle, sait tout. Elle lit dans mon avenir. Elle m'a mise en garde. Une sorcière m'a volé mon image ; je l'ai vue ; Marie m'a donné son adresse. J'ai frappé à sa porte, un gris-gris à la main. Elle m'a ouvert, et j'ai eu l'impression d'être en face de moi-même ! »

Oh, mon Dieu, pensa Mary. Cécile Dulac. Jeanne ne doit pas savoir qu'elle est sa sœur. Elle se prépara à entendre la suite.

« La sorcière a pris ma forme pour me voler Valmont Saint-Brévin. Elle est sa maîtresse. »

Ce nom cingla Mary comme un coup de fouet. Elle savait depuis longtemps que Cécile était sa placée. Mais elle avait réussi à l'occulter.

Elle se laissa tomber dans le fauteuil, maudissant sa faiblesse.

« Vous voyez ! triompha Jeanne. J'ai raison d'écouter Marie. Elle sait tout.

— Il ne faut pas, Jeanne. C'est dangereux.

— Je n'ai pas peur. J'ai des gris-gris et je peux en avoir d'autres. Je ne risque rien. »

Mary fut prise de nausée.

« Marie est plus forte que la sorcière. Elle m'a donné un talisman contre elle. Ça marche, May-rie. Elle est en train de perdre Valmont. Il va épouser une riche Charlestonienne. C'est Philippe qui me l'a dit. Au mois de juillet, il part la rejoindre sur son grand bateau. »

« Je m'en vais le mois prochain, Cécile. » Valmont étendit ses longues jambes et se versa un autre cognac.

« Je sais. » Cécile sirotait son café. « Bon vent. »

Valmont contint son mouvement d'humeur. La tranquille indifférence de Cécile l'exaspérait de plus en plus. Elle n'ouvrait jamais la bouche sauf quand il s'adressait à elle. Il en savait autant sur elle que sur le vent qui poussait les nuages. Néanmoins, il se sentait responsable d'elle.

« Pourquoi ne m'autorisez-vous pas à vous envoyer en France, Cécile ? J'ai des amis là-bas qui s'occuperaient de vous. Votre frère est là-bas. Vous pourriez faire un bon mariage, fonder un foyer, une famille.

— Nous en avons déjà parlé, Valmont. Je n'ai pas envie d'aller en France. »

Il hésita. Il pouvait emmener Cécile au Canada. Son bateau était ancré dans un petit bayou à proximité de la plantation. Tout était prêt pour le voyage. Les esclaves fugitifs attendaient, cachés à Angélus. Il en était venu de partout, beaucoup plus qu'il n'avait prévu. La nouvelle de sa première expédition s'était propagée tout le long du chemin de fer souterrain.

Peut-être ce qu'elle désirait réellement, c'était la liberté parmi les siens. Il n'en savait rien. La connaissant si peu, il ne pouvait lui faire confiance. Trop de vies étaient entre ses mains.

Il but son cognac en silence.

Le silence ne manquait pas dans la maison de Saint Peter Street.

Quand il eut vidé son verre, Valmont se leva et sortit sans un mot.

Cécile sourit, s'étira comme un chat. Le jour qu'elle attendait était presque arrivé.

Valmont galopa jusqu'à la plantation à bride abattue. A l'arrivée, son cheval écumait et lui-même était couvert de sueur. « Sèche-le », dit-il à un garçon d'écurie, lui remettant les rênes. Il donna une tape sur la croupe de l'animal. « Désolé, vieux frère. J'avais hâte de quitter les miasmes de la ville. »

Il plongea la tête dans l'abreuvoir à côté des écuries et se sentit beaucoup mieux. Il sifflotait en se dirigeant vers la maison.

Son majordome, Nehemiah, vint à sa rencontre. A la vue de son expression, Valmont cessa de siffloter.

« Des ennuis, fit-il. Quel genre ?

— Deux fugitifs de plus, Maître. Un homme et un jeune garçon. Ils sont arrivés il y a deux jours dans un canoë. »

Valmont tapa Nehemiah sur l'épaule. «Tu m'as fait peur. D'après ta figure, j'ai cru à la descente d'une patrouille. Nous trouverons bien de la place pour deux passagers de plus.

— Le garçon est tombé malade. Je l'ai mis à l'hôpital.

— Est-ce grave?

— On dirait la fièvre. »

Valmont rebroussa aussitôt chemin et prit la direction de la petite bâtisse à côté de la chapelle, que les Noirs avaient baptisée l'hôpital. Si ce garçon avait la fièvre, le bateau ne pourrait pas lever l'ancre. N'importe qui pouvait avoir contracté la maladie et, une fois à bord, il serait impossible d'échapper à la contagion.

Il entendit les lamentations de loin. Massés devant l'hôpital, hommes et femmes l'attendaient en priant, chantant, gémissant.

Une femme se précipita vers lui. «Il est mort, Maît'. Il y a deux minutes à peine. Il a vomi du noir, et il est mort. »

Les vomissements noirs et sanguinolents constituaient le stade final de la fièvre jaune.

Valmont bondit sur un large tronc d'arbre. «Allez chercher du savon liquide à l'entrepôt pour nettoyer vos cases. Jean de Bronze n'entrera pas à Angélus. Le bateau partira. Plus tard que prévu, mais il partira, je vous le promets. »

57

Comme la semaine précédente, Mary et Bertrand dînaient dans la cour. Les flammes des bougies vacillaient au-dessus de la table. Et, comme la semaine précédente, Philippe Courtenay gravit le portail sans y avoir été invité. Mary l'apostropha sèchement, mais il lui coupa la parole.

« N'avez-vous pas vu Jeanne, Mary ? » Il avait l'air désemparé. « Sa femme de chambre ignore où elle est. Personne ne le sait. Milly est venue la chercher à la maison.

— Calmez-vous, Philippe. Jeanne n'est plus une enfant. Elle doit être chez une amie. » Mary s'efforça de prendre un ton convaincant. Elle songeait aux rumeurs qui couraient sur Jeanne, à la scène à Carrollton. Se pouvait-il qu'elle fût avec son amant ?

Philippe prit le siège que Bertrand lui avançait, le remerciant d'un hochement de tête. Mais il s'adressait à Mary, comme s'il avait lu dans ses pensées. « J'ai secoué Milly comme un prunier. Je suis sûr qu'elle dit la vérité. Jeanne n'est pas allée à un rendez-vous galant. Aucune de ses toilettes ne manque ; sa coiffeuse n'est même pas venue aujourd'hui. Milly a avoué que les frasques de ma sœur obéissaient à une certaine routine. Dieu merci, Berthe n'est pas là. J'ai assez à faire avec papa. J'ai eu toutes les peines du monde à l'empêcher de tuer Milly. »

Bertrand lui servit un verre de vin. « Buvez ceci. Elle va réapparaître. Mary a raison. Elle doit être en train de bavarder avec une amie. De se plaindre de son mari, comme elles le font toutes. Suivez mon exemple, Philippe, ne vous mariez pas. Si charmante que soit la tentation. » Il leva son verre pour saluer Mary.

« C'est plutôt son mari qui se plaint de Jeanne, gémit Philippe. Graham était parti à Baton Rouge pour affaires. Il est attendu à la maison d'un moment à l'autre. Que dira-t-il si, en rentrant, il découvre l'absence de sa femme ? Il n'est pas aveugle. Déjà il a laissé entendre à papa qu'il pourrait rendre Jeanne et sa dot et obtenir le divorce. »

Bertrand raffolait des cancans. « Et que dit Carlos ?

— Il a menacé de fouetter Graham. Il refuse de prêter attention aux racontars. Il veut continuer à croire sa petite fille parfaite. Le contraire l'anéantirait. »

Mary se demandait si elle devait révéler ce qu'elle savait. Elle finit par se jeter à l'eau. « Jeanne pourrait être chez sa coiffeuse, Philippe. Ce ne serait pas la première fois. Il s'agit d'une dénommée Marie Laveau qui organise, paraît-il, des cérémonies vaudou.

— Marie Laveau ! » s'exclamèrent les deux hommes à l'unisson. Bertrand se signa.

« Vous la connaissez ?

— Bertrand, s'écria Philippe, savez-vous quel jour nous sommes ? Le 23 juin.

— La nuit de la Saint-Jean. » Bertrand se leva si précipitamment qu'il renversa sa chaise. « Je monte me préparer.

— De quoi parlez-vous ? questionna Mary. Où allez-vous ? Qu'est-ce que la nuit de la Saint-Jean ? »

La nuit de la Saint-Jean, expliqua Philippe, était la grande fête des adeptes du culte vaudou. Tous les ans, ils se réunissaient dans un lieu secret sur les bords du lac Pontchartrain. Chaque année dans un lieu différent. Toujours isolé. Chaque année, des curieux partaient à sa recherche, mais peu réussissaient à le trouver. Les cérémonies étaient si abominables que même ceux qui les avaient vues refusaient d'en parler.

« Nous allons tenter notre chance. Il faut absolument retrouver Jeanne.

— Je viens avec vous, déclara Mary.

— Certainement pas. » Bertrand était de retour.

Ils perdirent du temps à parlementer pour savoir si Mary aurait plus d'influence sur Jeanne qu'eux. Pendant qu'ils discutaient, Carlos Courtenay vint chercher Philippe. Apprenant de quoi il retournait, il trancha le débat. « Peu importe qui fait quoi du moment que nous la retrouvons ! Philippe, va faire seller les chevaux. Nous te suivrons. »

Mary avait oublié son aversion pour les chevaux, ses piètres dons de cavalière. Elle dut rassembler tout son courage, toute sa volonté pour se maintenir en selle sans perdre de vue ses compagnons. Elle n'avait pas le temps de songer à l'aspect fantomatique de la route blanche illuminée par la torche de Carlos. Il allait trop vite ! Dans sa colère, elle ne pensa même plus à ses anciens griefs à son égard.

Aux abords du lac, ils ralentirent l'allure pour s'engager dans les bois marécageux. Cette fois, elle avait largement le temps d'avoir peur. La torche faisait jaillir des oiseaux endormis, des bêtes nocturnes qui détalaient brusquement dans les fourrés. Les feuillages invisibles frôlaient le visage de Mary, manquant lui arracher des hurlements. Le paysage était sombre, hostile, menaçant.

Personne ne parlait. Chacun tendait l'oreille, guettant les bruits qui pourraient les guider. Mary eut l'impression d'être égarée dans la forêt impénétrable des contes de son enfance. Comme dans l'enfance, la terreur montait au moindre bruissement, au moindre frôlement.

Ils errèrent parmi les arbres pendant ce qui lui parut une éternité. Finalement ils débouchèrent dans une clairière. A la vue de l'espace, des étoiles au-dessus de sa tête, Mary réprima un sanglot de soulagement.

« C'est inutile, décréta Bertrand. Nous pourrions continuer ainsi pendant des heures sans rien trouver. Il nous faut une barque. La cérémonie doit se dérouler à la lumière. Nous pouvons l'apercevoir de l'eau. Suivez-moi. » Il se tourna dans la direction du lac et s'enfonça à nouveau dans les bois.

« Il y a une piste », cria-t-il au bout d'une minute.

Elle conduisait vers une jetée. A l'extrémité de la jetée, ils virent une barque.

Philippe attacha les chevaux aux arbres pendant que Carlos plantait sa torche dans la glaise pour leur permettre de retrouver leur chemin au retour.

« Dieu merci, dit Bertrand. J'ai trouvé les rames. »

Ils fendirent l'incommensurable étendue d'eau calme et tiède. Bertrand ramait.

Lorsqu'il fut fatigué, Carlos prit le relais.

Puis Philippe.

Puis à nouveau Bertrand.

La barque glissait doucement, sans bruit, le long de la berge obscure ; on n'entendait qu'un léger clapotis lorsque les rames plongeaient dans l'eau.

Tout à coup, ils sentirent plus qu'ils n'entendirent le lointain roulement des tambours.

Il pénétra dans leurs veines, se mêla aux battements des rames, au rythme de leur respiration.

La berge s'incurva ; ils contournaient un promontoire. Devant eux, des flammes géantes s'élevaient jusqu'aux cieux, embrasant l'eau noire, rendant l'obscurité plus épaisse encore. Le battement des tambours se fit plus distinct : badoum, badoum, badoum. Ininterrompu. Insidieux. Hypnotique.

Bertrand appuya fortement sur une rame. « Nous devrions accoster et passer à travers le bois. » Il avait parlé calmement, sur le ton de la conversation, mais ses paroles coïncidèrent avec le rythme des tambours.

Les feux de joie marquaient les angles d'une vaste clairière. Un plus petit feu brûlait au centre. Une énorme marmite en fonte était suspendue au-dessus du brasier. Une estrade basse se dressait entre la marmite et la berge, avec une table sur laquelle était posée une caisse en bois.

La clairière tout entière vibrait au son des tambours. Badoum, badoum, badoum, badoum.

Elle était vide, comme figée dans une attente. A la lisière, des silhouettes noires, indistinctes, étaient tapies dans l'ombre, prêtes à jaillir.

Mary se cramponna au bras de Philippe. Elle avait besoin de quelque chose de tangible, de connu, d'humain, pour se forcer à avancer vers la clarté qui illuminait ce lieu désert.

Bertrand se retourna, les mains levées. « Attendons de voir ces gens-là. Jeanne n'est peut-être pas parmi eux. » Et il désigna à chacun un poste d'observation derrière les arbres qui bordaient la clairière.

Mary entoura l'épais tronc de ses bras, pressa la joue contre l'écorce rugueuse. Elle eût préféré ne pas rester seule. Le roulement des tambours montait à travers les semelles de ses souliers, à travers l'arbre, à travers l'air qu'elle respirait. Badoum, badoum, badoum... doum... doum... doum...

Les battements s'accélérèrent, se firent plus insistants. Elle plaqua ses mains sur ses oreilles, en vain. Les vibrations lui transperçaient la peau, lui martelaient le crâne. La terre même semblait trembler sous ses pieds. Elle se raccrocha convulsivement au tronc de l'arbre.

Un autre son se joignit aux tambours, plus faible mais perçant, aigu, irréel.

Soudain l'obscurité explosa. Des hommes à la peau foncée et luisante bondirent de toutes parts dans la clairière. Ils étaient nus, à l'exception d'un pagne rouge et de clochettes attachées à leurs chevilles. Leurs pieds nus foulaient l'herbe aplatie tandis qu'ils sautaient et tournoyaient au son des tambours et des clochettes. Ils étaient des dizaines, des centaines, toupies bondissantes, yeux et dents éclatants de blancheur.

Des femmes surgirent de l'obscurité pour s'élancer dans la danse. Elles étaient vêtues de fines chemises de coton qui épousaient étroitement les courbes de leur corps. L'une d'elles se précipita vers la marmite, brandissant un poulet qui battait des ailes. Poussant un cri, elle le plongea dans le liquide bouillant. D'autres lui succédèrent, avec toutes sortes de créatures vivantes, grenouilles, oiseaux, escargots, qu'elles jetaient dans la marmite, tournant et bondissant après chaque offrande.

Incapable de détourner les yeux, Mary s'agrippait à son arbre.

Subitement, la danse cessa. Les tambours se turent. Le silence était plus terrifiant encore que le spectacle des sacrifices.

Une femme s'avança dans la clairière. Des bracelets en or s'entrechoquaient à ses poignets ; dans le calme soudain, ce bruit parut anormalement fort. Elle portait une tenue vaporeuse, fabriquée à partir de foulards rouges noués ensemble et maintenue à la taille par une cordelière bleue. Ses cheveux noirs cascadaient sur ses épaules et dans son dos. De larges anneaux d'or brillaient à travers ses boucles.

Elle monta sur l'estrade et fit face aux danseurs silencieux. Le reflet des flammes illumina son altier profil de bronze.

Mary retint son souffle. C'était Marie Laveau.

Levant les bras, la reine vaudou parla doucement, presque dans un murmure, mais sa voix se répercuta dans tous les recoins de la clairière.

« L'Appé vini... »

Badoum, badoum. Les tambours se remirent à gronder. Mary tenta de distinguer les paroles, mais ce n'était pas vraiment du français.

« L'Appé vini, le Grand Zombi. » Badoum, badoum, badoum, badoum, badoum.

L'Appé vini, le Grand Zombi,
L'Appé vini, pou fé gris-gris !

Les hommes et les femmes dans la clairière se balancèrent en cadence, scandant avec Marie :

« L'Appé vini, le Grand Zombi... » Badoum, badoum. « L'Appé vini, pou fé gris-gris !

— Le Grand Zombi, Zombi, Zombi ! » Le chant s'enfla, le battement des tambours s'accentua.

Un homme sortit en courant de l'ombre. Dans ses bras tendus, il tenait une chevrette. Les bêlements aigrelets de l'animal excitèrent la foule qui se mit à taper du pied. « Zombi, Zombi, Zombi ! » Les cris couvrirent le rythme régulier des tambours.

Un éclair étincela dans la main de Marie Laveau. Elle prit la chevrette et plongea le couteau dans sa gorge. Le sang gicla, lui inondant les épaules et la poitrine. Elle étendit les bras ; l'homme qui se tenait au pied de l'estrade recueillit le sang dans une coupe. La foule oscillait dans un même mouvement. Tous les regards étaient fixés sur la reine.

Mary chercha Jeanne, mais la lueur des flammes faisait de la foule mouvante une masse informe et confuse.

Un long cri animal s'éleva des centaines de gosiers.

La reine vaudou buvait dans la coupe.

Ensuite, tout s'enchaîna très vite. D'un geste, Marie Laveau posa la coupe sur la table, ouvrit la caisse en bois et saisit l'énorme serpent qui s'y trouvait enfermé.

« Zombi ! Zombi ! Zombi ! » Les cris devenaient assourdissants.

Marie leva le visage. Sa bouche était maculée de sang. Son corps se tordait, ondulait, imitant les mouvements sinueux du serpent qui s'enroulait lentement autour d'elle. Il glissa sur ses épaules, approchant sa tête triangulaire de son visage. Sa langue jaillit en direction de la joue de Marie, de son menton, de ses lèvres, jusqu'à ce qu'il eût cueilli la dernière goutte de sang.

« Aïe ! Aïe ! Vaudou Magnian ! » cria Marie. Elle se tortilla avec plus de frénésie, accompagnée par les tambours, caressant le serpent, pressant sa tête sur sa gorge, sur ses seins, tandis que les anneaux du reptile géant lui encerclaient les jambes.

Eh ! Eh ! Bomba hé ! hé !
Canga bafie té
Danga moune de té
Canga do ki li !
Canga li ! Canga li ! Canga li !

La foule reprit avec la même ardeur : « Eh ! Eh ! Bomba hé ! hé ! »
La coupe de sang circula de main en main. Marie Laveau se pencha
vers les bras qui se tendaient vers elle. Son corps était agité de
soubresauts. Le battement des tambours était à son paroxysme.

Elle saisit la main la plus proche. L'homme qu'elle avait touché fit un bond, poussant un cri de douleur et de ravissement.
A son tour, il toucha les mains de ses voisins. Une femme cria.

Par l'intermédiaire de sa reine, le dieu-serpent Zombi trans-
mettait son pouvoir à son peuple. De la main à la main, dans
une débauche de cris, de sauts, de convulsions. Jusqu'à ce que
le délire s'emparât de toute la clairière.

Un homme s'écroula, puis une femme, une autre femme. La
foule de danseurs les piétina.

Recroquevillée sous son arbre, Mary tremblait de peur.

Elle chercha ses compagnons des yeux, mais ils étaient invisibles comme elle.

Soudain elle aperçut Jeanne.

Sa chemise était déchirée ; il y avait du sang sur sa poitrine
et à la commissure de ses lèvres. Elle virevoltait sous les arbres,
et Mary entendit son rire, un rire inhumain, semblable au gro-
gnement d'une bête.

Des branches craquèrent. Carlos Courtenay plongea en avant
et tomba sous le poids de son fils. « Non, papa ! Ils vont vous
mettre en pièces.

— Jeanne ! » cria Carlos. Une main étouffa sa voix.

Mary distingua un bruit de lutte parmi les tambours et les cris
sauvages des danseurs. Bertrand et Philippe traînèrent Carlos à
l'abri. « Ne regardez pas », imploraient-ils.

Ne regarde pas, se dit Mary. Mais elle était incapable de déta-
cher les yeux de la clairière.

« Je ne peux pas », gémit Carlos.

Marie Laveau dansait seule. Le dieu-serpent avait réintégré
sa cage décorée de signes cabalistiques. Elle était devenue Zombi,
avec les mêmes pouvoirs, les mêmes contorsions surnaturelles.
Ses mains glissaient sur son corps, arrachant les foulards, les jetant

dans les flammes jusqu'à ce qu'elle se trouvât nue, belle, luisante de sueur. «Canga li! cria-t-elle. Canga li!»

«Canga li!» Le cri fut repris par tous. Un, deux, trois, dix, quarante pagnes volèrent dans le brasier; les hommes nus, noirs ou café au lait, bondissaient dans les airs au son des clochettes, s'emparaient des silhouettes féminines qui tournoyaient autour d'eux et les jetaient à terre.

«Canga li!» En un éclair, la danse se changea en une scène d'horreur orgiaque. Femmes et hommes nus rampaient, hurlaient, grognaient, déchiraient les vêtements, s'étreignaient, empoignaient le premier venu, sans distinction d'âge, de couleur ou de sexe. Mary reconnut Mme Alphande, Mlle Annette, la matrone créole qui habitait en face de sa grand-mère...

Le rire de Jeanne tinta à proximité. Elle passa en courant, trébucha sur un tas de corps sombres et s'enfouit en leur milieu, criant: «Moi, moi, moi!»

Un rire différent se fit entendre derrière Mary. Gracieuse, Cécile Dulac contourna sa cachette. «Vous vous amusez bien, Maît' Carlos? J'ai amené M. Graham pour vous tenir compagnie.»

58

Mary garda la chambre pendant deux jours après les horreurs de la nuit de la Saint-Jean. Elle ne voulait voir personne, ni homme ni femme, ni Blanc ni Noir.

Tu ne peux pas te terrer éternellement, se dit-elle au bout de quarante-huit heures. Tu dois affronter la vie.

Non, se répondit-elle à elle-même. Je veux prendre la fuite. Du moins pour quelque temps.

Elle glissa la dernière lettre de sa grand-mère dans son réticule et s'en fut voir Julien à son bureau.

Le lendemain, elle prenait le bateau pour se rendre à sa résidence d'été. « Mémère me réclame, avait-elle dit à Julien. Je pense pouvoir me libérer pour une semaine. »

Julien l'avait encouragée à partir. Il savait par Bertrand ce qui s'était passé la nuit de la Saint-Jean. Et le visage crispé de Mary en disait long sur les effets de cette expédition nocturne.

Mary n'avait jamais rien vu d'aussi beau que les eaux turquoise du golfe du Mexique. « J'ai l'impression de rêver !

— C'est moi qui crois rêver, Marie, en te voyant près de moi. Tu m'as manqué.

— Vous aussi, vous m'avez manqué, Mémère. » A sa surprise, Mary s'aperçut que sa réponse machinale n'était pas loin de la vérité. Quand elle n'était pas droguée, Anne-Marie Sazerac se révélait d'une excellente compagnie. Mary ne se lassait pas de l'entendre raconter des anecdotes tirées de l'enfance de sa mère ou de la vie de leurs innombrables cousins.

C'était sa grand-mère, constata-t-elle, qui faisait tourner la grande maison de Royal Street ; même lorsqu'elle était aux prises avec l'opium, l'affection et la loyauté des esclaves se traduisaient par l'ordre et l'efficacité. En l'absence de Mémère, les dissensions et rivalités internes, mêlées au désir de mettre Mary à l'épreuve, lui amenaient les serviteurs les uns après les autres ; chacun sollicitait son avis, son approbation, son indulgence. Mary se sentait mal à l'aise avec les domestiques. Leur simple présence lui inspirait un sentiment de culpabilité, tant elle avait horreur de l'esclavage.

Elle attendait avec impatience la fin de l'été et le retour de sa grand-mère en ville.

« Je pense que vous serez contente du résultat des travaux, Mémère. La décoration est presque terminée. J'ai trouvé quelqu'un pour restaurer les dorures à la feuille des rosaces du plafond... »

Durant les longs après-midi de farniente, elles se balançaient dans les grands rocking-chairs sur la terrasse qui donnait sur la mer. Elles lisaient, parlaient ou se taisaient, perdues dans leurs pensées. Mémère avait annexé la terrasse ; l'après-midi lui appartenait. « J'adore mes petits-enfants, disait-elle, mais pas toute la journée. »

Mary partageait son point de vue. Les enfants de Julien et Éléonore allaient de Paul, quatorze ans, à Auguste, deux ans. Bien qu'elle eût seulement trois ans de plus que Paul, une matinée avec les enfants l'avait épuisée. Elle était heureuse de profiter de ces moments de sérénité avec sa grand-mère.

Un après-midi, elles reparlèrent des trésors de la cassette. Mary demanda si les gants avaient appartenu à sa mère.

« Oh non, ma chère. Ta mère avait des doigts normaux, comme tout le monde. C'est pourquoi tes mains m'ont tant frappée. J'étais sûre que ce trait familial avait disparu avec ma propre mère. Toutes les Marie l'ont eu avant moi. Ce doit être la raison pour laquelle la première Marie que nous connaissons est venue à La Nouvelle-Orléans. Elle était certainement pauvre, et une fille sans dot ne pouvait pas se marier. Mais je préfère la légende familiale selon laquelle ses doigts trop longs lui ont valu une réputation de sorcière. A cette époque-là, on croyait encore aux sorcières. »

385

Certains y croient toujours, se dit Mary en repensant à Jeanne. « Donc Marie Duclos est arrivée en Amérique. Que s'est-il passé ensuite ? » Elle chassa l'image de Jeanne de son esprit.

« Elle a épousé un soldat du roi, un simple fantassin du nom d'André Villandry. Ils ont eu quatorze enfants, dont cinq ont survécu jusqu'à l'âge adulte. »

Mary était atterrée. « Ils ont perdu neuf enfants ? Mais c'est affreux ! Pourquoi ?

— Les enfants meurent souvent, Marie, et c'est toujours affreux. Ils meurent à la naissance, de maladies, dans des accidents, pour un tas de raisons indéfinies. La Marie des gants était la troisième du nom. Les deux premières sont mortes en bas âge. Notre Marie se prénommait Jeanne-Marie. Elle est née en 1732. La Nouvelle-Orléans avait quatorze ans à peine. Ses rues n'étaient qu'un vaste bourbier. Les piétons circulaient sur des planches en bois, les premières banquettes. La ville ne comptait guère plus de cinq cents habitants, enfants et esclaves compris, et une centaine de maisons. En fait de maisons, c'étaient plutôt des huttes.

« Mais la place d'Armes y était déjà. Ainsi qu'une église et le couvent des ursulines. Les sœurs ont civilisé la Louisiane. Elles étaient infirmières, enseignantes, et surtout optimistes. Imagine-toi qu'au milieu de la boue, des pluies, des inondations, des cyclones, elles cultivaient des mûres avec leurs plantes médicinales. Elles se sont mises ensuite à l'élevage des vers à soie et ont appris aux jeunes filles à récolter la soie et à la filer pour en faire des étoffes. Mais je m'égare. Nous parlions des gants de Jeanne-Marie. Elle devait avoir dix ans quand un nouveau gouverneur, le marquis de Vaudreuil, un personnage étonnant, est arrivé de France. Il était accompagné de sa femme et de toute une flopée de courtisans. Comme si la maison du gouverneur, en boue séchée, avait été le château de Versailles, ils ont fait venir des meubles, de l'argenterie, des tapis, des habits, des perruques, même un carrosse avec son attelage de quatre chevaux blancs. Quand il n'y avait pas trop de boue, la marquise et sa suivante sortaient en carrosse, saluant gracieusement les femmes du peuple qui travaillaient dans leur potager devant la maison.

« Naturellement, toutes les jeunes filles rêvaient de ressembler à la marquise. Jeanne-Marie n'a pas dû être très contente quand son père l'a fiancée à un tanneur. Gilles Chalon était pourtant un beau parti. C'était un bon tanneur, et la demande ne manquait pas pour le cuir. Malheureusement, il avait perdu un œil

386

dans la guerre contre les Indiens. Et, bien sûr, rien n'empeste autant qu'une tannerie. Quoi qu'il en soit, elle a épousé Gilles et lui a donné dix enfants, cinq garçons et cinq filles. Pour lui faire plaisir, il a installé la tannerie loin de leur maison et lui a fabriqué une paire de gants digne d'une marquise.

— Je trouve cette histoire charmante, Mémère.

— Toutes les femmes de notre famille ont eu du charme, Marie. N'oublie pas que Jeanne-Marie Chalon était la mère de Marie-Hélène, dont le portrait se trouve au salon. Elle a dû être ravie de savoir que sa fille avait surpassé en élégance la marquise de Vaudreuil. »

Mary demeura sans voix. Elle n'avait pas fait le rapprochement. La femme du portrait, pensait-elle, ne pouvait avoir été qu'une grande dame.

« Est-ce que Marie-Hélène les regardait de haut, ses parents ? »

Mémère rit. « Mon enfant, tu as encore beaucoup à apprendre sur la famille. Le père de Marie-Hélène a été nommé fournisseur général de l'armée espagnole en Louisiane. Il a fait fortune sans toucher à une seule peau d'animal. C'est lui qui a construit la grande maison où habite mon cousin Christophe. Christophe est le fils de mon grand-oncle Laurent, frère aîné de Marie-Hélène. C'était un haut fonctionnaire. Ses autres frères ont également occupé des postes importants. »

Mary leva les mains. « Arrêtez, Mémère. Je me perds lamentablement parmi tous ces oncles et cousins.

— Tu t'y retrouveras, Marie. Il faut du temps. »

« Je ne retiendrai jamais qui est qui », gémit Mary. Le 4 juillet, jour de fête, Julien les avait rejoints au bord de la mer. Dix-sept cousins plus ou moins proches l'accompagnaient. Sous l'œil inquiet et admiratif de Mary, Éléonore organisa calmement l'accueil et le couchage de ces invités impromptus. Lits de camp, hamacs, berceaux, matelas, oreillers furent réquisitionnés ; les enfants changèrent de chambre, et chacun se vit octroyer une place et la permission de rester autant qu'il le désirait.

Julien avait apporté un feu d'artifice. Au coucher de soleil, petits et grands dégustèrent de la pastèque au bord de l'eau, puis s'exclamèrent bruyamment devant les gerbes multicolores qui explosaient dans le ciel sombre. D'autres feux d'artifice furent tirés tout le long du rivage ; la célébration dura plus d'une heure.

Mary songea au 4 juillet de l'année précédente. Seule, terrifiée, au milieu d'une foule déchaînée, aurait-elle alors imaginé qu'elle fêterait ce jour-là dans sa famille?

Un éclair rouge illumina brièvement la tête bouclée d'un cousin, et elle revit Valmont Saint-Brévin, volant à son secours comme un preux chevalier de légende. Qui eût soupçonné la noirceur de son âme? Mary s'absorba dans la contemplation du spectacle pour échapper à la vague de haine qui montait en elle.

Le lendemain matin, Julien l'invita à faire un tour sur la plage. «Je voulais vous parler avant de prendre une décision, Mary. J'ai reçu une lettre de la maison de repos où se trouve Céleste. Le directeur de cet établissement estime qu'un séjour dans sa famille pourrait l'aider à récupérer ses facultés mentales. Éléonore est prête à la recevoir ici. Naturellement, elle sera accompagnée d'une garde-malade. Mais je n'autoriserai pas cette visite si vous vous y opposez. Céleste vous a causé un tort irréparable, et je ne l'ai pas oublié. »

Mary lui sourit. «Ne vous inquiétez pas, Julien. Faites pour le mieux. De toute façon, j'ai prévu de rentrer à La Nouvelle-Orléans dimanche avec vous. J'ai hâte de voir les nouveaux rideaux du salon de Mémère. Et puis, il n'y a pas de journaux ici. J'avoue que les aventures d'Ange Pitou dans *L'Abeille* me manquent. Ce pauvre docteur était en bien mauvaise posture quand je l'ai quitté. »

Bertrand accueillit Mary à bras ouverts. «Ma chère nièce, déclara-t-il solennellement, j'ai failli mettre le feu à cette maison une bonne dizaine de fois. Les peintres que vous avez engagés me guettent littéralement derrière ma porte. Pour commencer, ils provoquent un terrible tintamarre quand ils installent leurs échelles. Et, quand j'ouvre la porte pour clamer mon indignation, ils essaient de me barbouiller avec une peinture verdâtre fort peu ragoûtante.

— Navrée de vous avoir abandonné, Bertrand. J'avais besoin de m'éloigner du lac Pontchartrain. Quelle soirée cauchemardesque!

— Vous l'avez dit. Jamais nous n'aurions dû vous emmener. » Ses yeux brillaient de joie à l'idée de lui répéter les derniers potins. «Le mariage Courtenay-Graham va être annulé. Dieu seul sait ce qu'il en coûte au pauvre Carlos. On ne le voit plus, d'ailleurs.

Il paraît que c'est un homme brisé. Berthe a conduit Jeanne dans un couvent au bord du Mississippi. J'espère qu'elle s'est assurée d'abord que les murs étaient suffisamment hauts.»

A la vue du visage de Mary, il s'interrompit. «Pardon, ma chère. J'oubliais qu'elle était votre amie. Pour parler de choses plus gaies, je vous ai gardé tous les exemplaires de *L'Abeille*. Vous pourrez vous plonger dans les chapitres qui vous manquent.»

Le personnage d'Alexandre Dumas n'était pas au bout de ses peines. Depuis le chapitre cinquante-quatre, il accumulait déboire sur déboire. Mary prenait un plaisir croissant à suivre les tribulations du brave docteur au petit déjeuner, avant d'aller affronter les peintres pour les convaincre d'ajouter un peu plus de bleu dans la peinture verte des boiseries du premier étage.

Le 16 juillet, les ennuis du docteur imaginaire furent relégués au second plan. Le gros titre de *L'Abeille* ne comportait qu'un seul mot : ÉPIDÉMIE.

Durant la semaine écoulée, la fièvre jaune avait emporté deux cents personnes.

59

Deux... cents... personnes.

Mary n'en croyait pas ses yeux. Elle avait déjà eu la fièvre. C'était déplaisant, mais sûrement pas mortel. Alors pourquoi tant de morts ?

Il devait s'agir de nourrissons ou de petits enfants. Comme les frères et sœurs de Jeanne. Petits enfants.

Elle relut l'article, plus lentement. Il était question de « personnes », non d'« enfants ». Elle tourna la page, lut l'article en anglais. « Personnes. »

A cet instant, elle entendit la voix de Bertrand dans le couloir ; il parlait à un serviteur. Elle lui versa du café. Il saurait lui expliquer.

« Bonjour, Marie. Est-ce pour moi, ce café ? Vous êtes un ange.

— Bonjour, Bertrand. *L'Abeille* vient de publier une chose étonnante. Je voulais avoir votre opinion là-dessus.

— Vous parlez de la fièvre ? Je suis au courant. Jacques est venu me réveiller ce matin. Il est en train de préparer mes bagages. Combien de temps vous faut-il pour être prête ?

— Prête ? Mais je n'ai pas l'intention de partir.

— Ne soyez pas ridicule, Marie. Nous devons partir, c'est clair. Si le journal mentionne l'épidémie, cela veut dire que les gens en meurent depuis des semaines. Ils attendent toujours le dernier moment pour en parler. Tous ceux qui en ont la possibilité vont quitter la ville. Il faut partir maintenant, tant qu'il est possible de trouver un moyen de transport. »

Mary reconnaissait à peine le désinvolte, l'insouciant Bertrand. Sa main tremblait lorsqu'il reposa la tasse dans la soucoupe ; un tic nerveux agitait un coin de sa bouche. Il était mort de peur.

« Ne me regardez pas comme ça, s'écria-t-il. Vous ne savez pas ce que c'est. Une épidémie n'est pas la vague de fièvre ordinaire qui tue une petite centaine d'immigrants. Une épidémie, tout le monde y passe. Je me souviens de la dernière, en 1832. J'avais dix-huit ans, et j'ai dû aider papa. Julien et Roland aussi. Nous écumions la ville pour ramasser les gens tombés en pleine rue et les transporter soit à l'hôpital, soit au cimetière. Et ils étaient légion. Horriblement malades ou raides morts, leur langue noire pendant hors de la bouche. Cela a duré des mois. La crasse, la puanteur, la putréfaction… l'enfer. Il faut partir pendant qu'il est encore temps. Allez préparer vos affaires. Ou venez les mains vides, je m'en moque. Mais partons.

— Pour aller où, Bertrand ?

— Au bord du lac. Dans notre hôtel. Ils seront bien obligés de nous donner des chambres. Mais il faut faire vite. Les gens vont s'arracher ces chambres-là. » Ses yeux bougeaient comme s'il cherchait une issue pour échapper à l'atmosphère paisible de la cour.

« Là ! Vous entendez ? » Bertrand se précipita vers le portail. « J'en étais sûr ! Voyez vous-même. »

Mary se joignit à lui. Une berline passait dans la rue.

« Dépêchons-nous. » Il la secoua par le bras. « Qu'attendez-vous pour aller vous préparer ? »

Tout était redevenu calme.

« Je ne pars pas avec vous, Bertrand. J'ai déjà eu la fièvre. Elle ne m'effraie pas. Et j'ai encore beaucoup à faire dans la maison. »

Jacques sortit, portant deux valises. « Vos bagages, Maître Bertrand. »

Bertrand lut la détermination sur le visage de Mary et se détourna. « Porte-les à la gare, Jacques. En arrivant au lac, je trouverai bien un bateau qui me conduira jusqu'à l'hôtel. A condition de ne pas traîner. »

Mary vit son sémillant dandy d'oncle s'éloigner à la hâte, les épaules rentrées comme pour se protéger des coups ; il semblait presque fuir.

Elle retourna à sa place pour lire la suite du feuilleton de Dumas. Mais elle s'aperçut bientôt qu'elle ne savait absolument pas ce qu'elle lisait. Bertrand n'était pas un lâche. La nuit de la Saint-Jean, il avait fait preuve d'un sang-froid remarquable. Si le mot « épidémie » produisait un tel effet sur lui, c'était peut-être réellement terrible. Et si elle avait eu tort de rester ?

L'arrivée des peintres lui fit oublier la fièvre jaune. S'ils n'obtenaient pas la bonne couleur ce jour-là, elle leur dirait de peindre les boiseries en bleu tout court. Mais dans ce cas, les rideaux... Elle plia le journal et s'en fut rejoindre les ouvriers.

A midi, il se mit à pleuvoir. La rafraîchissante ondée était la bienvenue. Car même toutes fenêtres ouvertes, la maison était devenue une fournaise qui empestait la peinture.

Une heure plus tard, le ciel était toujours gris et la pluie continuait de tomber à verse. Mary congédia les peintres. Par un temps pareil, la peinture n'avait aucune chance de sécher. « Soyez là demain à la première heure, leur dit-elle. Maintenant que nous tenons enfin la bonne couleur, je veux que les choses avancent vite. »

Ils promirent de revenir de bonne heure.

Mary emporta sa tasse de café vers la fenêtre donnant sur le balcon. Le balcon était son endroit favori. Elle s'y sentait comme dans une loge d'Opéra ; la rue était sa scène ; les marchands ambulants, ses chanteurs.

Mais ce jour-là, il pleuvait trop fort. On n'entendait que les cloches qui carillonnaient et le grincement des roues sur les pavés. Ainsi que la pluie.

Mary pensait à la pluie et à la peinture humide dans l'entrée quand elle se rendit compte que les cloches sonnaient toujours. Elle posa sa tasse et sortit sur le balcon.

En quelques secondes, elle fut trempée des pieds à la tête, mais elle ne le sentit même pas. Elle contemplait, incrédule, le spectacle qui se déroulait sous ses yeux. Calèches, fourgons, carrioles remplissaient la rue à perte de vue. Ils formaient une procession lente et disciplinée, s'arrêtaient aux carrefours, puis reprenaient dignement leur exode. Pendant que les églises de la ville sonnaient le glas.

Pour la première fois, Mary donna raison à Bertrand. Tout le monde semblait vouloir suivre son exemple.

Son cœur bondit dans sa poitrine. Ils savent quelque chose que j'ignore. Je serai la seule à rester à La Nouvelle-Orléans. Dans un mouvement de panique, elle claqua la fenêtre et s'appuya contre elle comme pour éloigner la menace.

Tout à coup, elle eut honte. Tu n'es qu'une dinde, Mary

MacAlistair. Et tu as dégouliné sur le plus beau tapis de Mémère. Combien sont-ils ? Quarante, cinquante équipages ? Une centaine de personnes tout au plus. Cent personnes sur cent cinquante mille habitants.

Elle courut se changer et chercher un chiffon pour éponger le tapis.

Cette nuit-là, couchée dans son lit, elle entendait toujours le cliquetis des roues sur les pavés mouillés. Mais l'exquise fraîcheur de l'air et le murmure apaisant de la pluie la plongèrent bientôt dans un profond sommeil.

Le lendemain, *L'Abeille* ne fit aucune allusion à la fièvre.

Mais les cloches sonnèrent toute la journée.

Et la pluie tomba sans discontinuer.

Mary alla à la cuisine pour parler aux serviteurs. « Vous avez tous entendu parler de l'épidémie. Si certains d'entre vous souhaitent quitter la ville, je pourrai sûrement m'arranger avec M. Julien. »

Mais ils déclinèrent son offre. « Les Noirs attrapent rarement la fièvre, M'zelle Marie, expliqua Jacques, et nous sommes tous citadins. »

Moi aussi je suis citadine, pensa Mary. La tranquille assurance des domestiques la rasséréna. Tout ira bien, se dit-elle. Si seulement cette pluie cessait, pour que je puisse reprendre les travaux.

Deux jours plus tard, l'une des bonnes, Michelle, revint du marché avec un panier de provisions pour la journée. Elle riait en secouant les lourdes gouttes d'eau de son parapluie quand, soudain, elle prit un air étonné et s'écroula.

Le bruit de la chute fit accourir Mary. Le contenu du panier s'était éparpillé sur le sol de la cuisine. Des œufs blancs, cassés, dont les jaunes commençaient à se répandre. De la verdure en éventail. Deux poulets vivants, pattes liées, qui battaient des ailes.

Une grenade roulait encore, zigzaguant paresseusement, vers les pieds de la cuisinière et du jardinier qui se cramponnaient l'un à l'autre, dangereusement proches du feu qui brûlait dans le grand âtre.

Mary s'agenouilla près de Michelle.

La bonne avait les yeux révulsés. Ils étaient jaunes.

Un filet de sang coulait de ses narines et de sa bouche ouverte. Sa langue était noire.

« Aidez-moi à la mettre au lit. Elle a la fièvre. »

Les deux domestiques la fixaient sans bouger.

« Aidez-moi, j'ai dit. » Mary passa un bras sous les épaules de Michelle, s'efforçant de la soulever.

« Je vais vous aider, M'zelle. » Jacques entra dans la cuisine, écarta doucement Mary et souleva la malade.

« Je vais chercher le docteur », lança Mary.

Et elle sortit en courant dans la rue, sans chapeau ni parapluie.

Royal Street était déserte. Les cloches continuaient à carillonner à travers le rideau de pluie.

Le docteur habitait deux rues plus loin. Jamais Mary n'avait couru aussi vite, bondissant entre les flaques d'eau, trébuchant sur les briques inégales.

Elle tambourina sur la porte avec le lourd heurtoir de bronze en forme de dauphin. Une bonne en uniforme lui ouvrit. Mary bredouilla sa requête en anglais, se reprit et la répéta plus lentement en français.

« Le docteur vient juste de partir. » La bonne désigna la calèche qui tournait à l'angle.

Mary s'élança à sa poursuite. Elle la rattrapa deux carrefours plus loin et courut à côté, martelant la portière avec ses poings.

La calèche ralentit, s'arrêta.

« Que voulez-vous, jeune fille ? »

Hors d'haleine, Mary parvenait à peine à parler.

Lorsqu'elle réussit enfin à articuler deux mots, le médecin ouvrit la portière et l'aida à monter.

« La maison Sazerac », dit-il au cocher.

Mary se blottit dans un coin, essayant de reprendre son souffle.

Le Dr Brissac lui fit un sermon en règle sur la négligence criminelle dont elle faisait preuve vis-à-vis d'elle-même. Trempée, gelée, épuisée, elle serait la prochaine victime de la fièvre.

Mary l'assura qu'elle se portait comme un charme. Tout en le disant, elle claquait des dents.

« Vous auriez dû quitter la ville.

— Je vais le faire, docteur. Aussitôt que Michelle sera rétablie, je partirai et emmènerai les domestiques.

— C'est trop tard, mademoiselle. Actuellement, nous avons une centaine de morts par jour. Morts officiellement recensés. Les bateaux ne circulent plus car ils ont l'interdiction d'accoster ailleurs. Et les seuls chevaux qui restent sont à nous, les médecins. Ainsi qu'aux croque-morts. Pour vous, il est trop tard. »

Il était aussi trop tard pour Michelle. Quand ils arrivèrent, elle était morte.

Le Dr Brissac s'adressa à Jacques. « Allez aux pompes funèbres Glampion ; il doit leur rester quelques cercueils. Mais dépêchez-vous. »

Il prit la main de Mary. « Vous avez fait votre possible, mademoiselle. Remerciez la Providence : elle est partie vite. Certains malades souffrent des heures, voire des jours durant. Et nous ne pouvons pas grand-chose pour les soulager. Si quelqu'un d'autre tombe malade chez vous, tâchez de le faire transporter à l'hôpital de la Charité. Tous les médecins sont là-bas ; nous ne pouvons nous rendre à chaque appel. Je dois vous laisser maintenant. J'allais justement à l'hôpital quand vous m'avez intercepté. »

Mary voulut le remercier, mais il la fit taire d'un geste.

L'après-midi, malgré les protestations de Jacques, elle insista pour aller à l'enterrement de Michelle. L'honorable majordome marchait derrière elle, la mine outragée. Il jugeait la conduite de Mary inconvenante pour une jeune personne en général, et une Sazerac en particulier.

Mary se moquait de la susceptibilité froissée de Jacques. Quelqu'un devait accompagner Michelle dans son dernier voyage. Serrant les roses qu'elle avait cueillies au jardin, Mary avançait péniblement sous la pluie, pataugeant dans les ornières tracées par le fourgon mortuaire. Le trajet jusqu'à l'église espagnole de Notre-Dame-de-la-Guadeloupe lui parut interminable. Elle fulminait contre les autorités ecclésiastiques qui avaient érigé cette église vingt ans plus tôt pour pouvoir interdire les cérémonies funèbres à la cathédrale. Si Dieu existait, il était impensable qu'Il pût refuser l'accès de l'une de Ses maisons à un défunt.

Le fourgon qui bringuebalait en gémissant devant eux s'immobilisa brutalement. Mary tituba dans la boue pour interpeller le cocher, mais la voix lui manqua.

Un convoi de charrettes, de carrioles et de berlines les précédait en direction de Rampart Street, avec son lot pitoyable de victimes récentes. Le bois, le cuir et le métal peint luisaient d'humidité ; les chevaux s'ébrouaient, aveuglés par la pluie battante ; le bourbier qu'était devenue la chaussée était jonché de fleurs flétries.

Mary leva le visage, et l'eau du ciel se mêla à ses larmes. Elle avait envie de hurler son chagrin, sa colère et sa peur pour couvrir l'appel monotone des cloches.

Le service funèbre de Michelle consista en une prière marmonnée à la hâte, une bénédiction et quelques gouttes d'eau bénite répandues sur son cercueil. Puis le vieux prêtre harassé fit signe au cocher de poursuivre son chemin et à la voiture suivante d'avancer.

Le cimetière, tout proche, était celui où Mary s'était rendue avec les Courtenay le jour de la Toussaint. A l'époque, les tombes fraîchement blanchies étincelaient au soleil, et le parfum des chrysanthèmes emplissait l'air.

A présent, tout n'était que boue et putréfaction. Un Blanc en ciré noir questionna le cocher sur la nature de sa charge. «Les esclaves par là, déclara-t-il, pointant son pouce par-dessus son épaule. Vous ne pouvez pas y aller avec le fourgon. Je peux vous avoir des porteurs, pour dix dollars par personne. »

Mary n'avait emporté que cinq dollars, pour les cierges et l'offrande, croyait-elle.

«Nous la porterons nous-mêmes», dit-elle à Jacques, le foudroyant du regard pour couper court à ses objections.

Ils vacillèrent sous le fardeau ; leurs bottes s'enfonçaient dans la fange épaisse et visqueuse ; la boue alourdissait la jupe de Mary. Mais ils ne lâchèrent pas le cercueil.

Le glas ininterrompu vrillait les oreilles de Mary. Quand ils s'approchèrent du lieu de la sépulture, la puanteur des cadavres en décomposition devint si forte qu'elle eut un haut-le-cœur. Une femme vint à sa rencontre. Elle portait un seau de vinaigre et une corbeille remplie de chiffons. Au milieu des effluves de la mort, l'âcre odeur du vinaigre sembla sainement vivifiante.

«Un dollar pour un chiffon imbibé, mademoiselle. Protection garantie contre la fièvre.

— Donnez-m'en deux», répondit Mary. La femme trempa deux chiffons dans le seau, les essora et les posa sur le cercueil.

«Je n'ai pas les mains libres, dit Mary. Prenez l'argent dans ma poche et mettez-y la monnaie, s'il vous plaît. »

La femme sortit la pièce d'or, la mordit, révélant dans un grand sourire ses chicots noircis. Puis elle ramassa ses jupes et s'enfuit par-dessus une flaque d'eau boueuse.

Mary ne s'en formalisa guère. L'odeur du vinaigre valait tout l'or du monde. Quand deux fossoyeurs leur prirent le cercueil, elle saisit le chiffon et le pressa contre son nez et sa bouche. Le majordome l'imita. Sa peau noire avait une teinte grisâtre.

Les fossoyeurs hissèrent le cercueil sur une pile branlante d'autres caisses en bois. «Que faites-vous ? cria Mary. Nous voulons l'ensevelir.

— Cette pile ira sous terre aussitôt que nous en aurons fini avec l'autre », répliqua l'un des hommes.

Mary serra son chiffon. A quelques mètres d'eux, six hommes jetaient les cercueils dans une tranchée pleine d'eau, rajoutant du gravier par-dessus pour les empêcher de remonter à la surface. Plus loin, d'autres hommes creusaient une seconde tranchée.

Elle ouvrit la bouche pour protester. Jacques la saisit par le bras et l'entraîna à l'écart.

« Lâchez-moi, Jacques. C'est indécent. Pas de tombe. Pas de plaque. Je trouve cela inhumain. Simplement parce que ce sont des esclaves. Je ne le tolérerai pas.

— Calmez-vous, M'zelle Marie. Regardez. » Il la fit pivoter sur elle-même. De l'autre côté de la barrière, des hommes empilaient les cercueils avec la même précipitation barbare. « Là, ce sont des Blancs », dit Jacques.

Lorsqu'elle fut loin du cimetière, Mary rangea le chiffon vinaigré dans la poche de son manteau. L'air humide de la rue lui parut délicieusement frais.

Elle était seule. Jacques était rentré à la maison, après avoir protesté contre l'inconvenance de se promener en ville sans être accompagnée d'une servante. Sa réprobation perpétuelle irritait Mary, mais elle était touchée par sa loyauté envers la famille. Elle se rendait à la banque de Julien pour lui demander de trouver un moyen d'évacuer les domestiques. Traumatisés par la mort de Michelle, ils s'étaient finalement décidés à partir.

Tous sauf Jacques. « Je ne peux pas laisser la maison de Madame Anne-Marie sans surveillance. Quelqu'un pourrait la cambrioler. »

Pendant que Mary se frayait un passage dans le marécage de Dauphine Street, il cessa de pleuvoir. Levant la tête, elle aperçut une trouée de ciel bleu qui s'élargissait à vue d'œil.

Immédiatement, elle se ragaillardit. Le soleil allait chasser les nuages, et tout redeviendrait comme avant. L'épidémie serait bientôt terminée.

Mary se trompait gravement. L'épidémie avait à peine commencé.

60

Julien consentit sans peine à emmener les serviteurs hors de la ville. «J'allais venir vous voir après avoir fini de mettre de l'ordre dans mes affaires. J'ai mon équipage et un fourgon pour les esclaves. Nous partirons tous ensemble. Je passerai vous prendre, vous et vos domestiques, disons vers sept heures. Dieu merci, les journées sont longues. Nous irons à la plantation de nos cousins à Saint-Francisville. A tout hasard, emportez la literie et le stock de nourriture que vous avez à la maison. On ne sait pas combien de réfugiés ils hébergent chez eux; cela pourrait être utile.»

Mary le remercia et partit. Deux hommes commençaient à clouer des planches sur les fenêtres de la banque. Le bruit des marteaux la poursuivit tandis qu'elle s'éloignait, alternant avec le son des cloches.

Mary poussa un grand soupir. Aussitôt, elle eut l'impression qu'il résonnait à l'autre bout de la rue. Interloquée, elle s'arrêta et regarda autour d'elle. La rue était déserte. Il n'y avait pas un signe de vie dehors, pas un chien, pas un chat.

Elle frissonna. C'était comme si les Orléanais avaient abandonné leur ville. Ou comme s'ils étaient tous morts.

Elle se trouvait dans Bourbon Street, une rue bordée d'imposantes demeures avec, au milieu, une mare de boue noire et brillante.

Seule, en dehors de la bousculade et de l'agitation coutumière, Mary vit d'un autre œil la beauté qui l'environnait. Même la boue semblait belle à sa façon. Sa surface houleuse rappelait une pièce de satin noir négligemment jetée en pleine rue.

Le soleil tremblotant baignait les vieilles briques d'une douce clarté rose. Les façades de stuc mêlaient leurs bleus, leurs ocres et leurs gris en une symphonie de tons pastel.

Sans hâte, Mary reprit son chemin, admirant l'envolée aérienne des balcons, les délicates arabesques de la ferronnerie, l'harmonie ininterrompue née de leur diversité.

Les rues vides avaient perdu leur aspect lugubre pour s'offrir à son regard ébloui. Mary en oubliait presque que, dans quelques heures, elle devrait les quitter.

Sur l'unique marche du perron, quelqu'un avait posé une assiette de nourriture entourée de pièces d'argent. Mary avait déjà remarqué des arrangements semblables sur d'autres pas de porte. Il s'agissait sans doute d'une aumône à l'intention des pauvres victimes de la fièvre. Elle se demanda lequel des serviteurs pouvait en être l'auteur. Jacques n'eût sûrement pas pris le risque de briser une belle assiette en porcelaine française de Mémère. Mary ne voulait pas se montrer peu charitable, mais elle souhaitait encore moins assister à une nouvelle crise domestique.

Elle ramassa les pièces, prit l'assiette et traversa la cour. René, le jardinier, était occupé à redresser les tiges des rosiers qui avaient souffert de la pluie. A la vue de Mary, il tomba à genoux et se couvrit la tête de ses mains. « Non, M'zelle, non ! gémit-il. On aura de gros ennuis si vous enlevez l'offrande au Grand Zombi. Remettez-la en place. »

Le sang de Mary ne fit qu'un tour. Les horreurs de la nuit de la Saint-Jean ressurgirent dans sa mémoire avec une force nouvelle. Et René qui cherchait à introduire le vaudou dans la maison ! Elle vida le contenu de l'assiette sur sa tête et lui jeta les pièces au visage.

Puis elle emporta l'assiette dans la cuisine. « Lavez-moi ça et rangez-la avec précaution, ordonna-t-elle à la cuisinière. Ensuite rassemblez tous les serviteurs et dites-leur de se préparer au départ. Qu'ils emportent leurs matelas et leurs draps, ainsi que toute la nourriture disponible. Dites à René de se laver la tête ; peut-être que le savon la lui nettoiera aussi de l'intérieur. Vous n'avez qu'une heure, alors mettez-vous au travail. »

Il n'était que cinq heures passées, mais Mary connaissait la proverbiale lenteur de la cuisinière.

Elle transmit les instructions de Julien à Jacques. «Êtes-vous certain de ne pas vouloir venir avec nous, Jacques?

— Absolument certain, M'zelle Marie... Si je puis me permettre, il y a ici une personne qui désire vous voir. Je l'ai fait patienter dans l'entrée.

— Seigneur, il n'y a même pas de place pour s'asseoir. Et je n'ai guère le temps de recevoir des visites. Qui est-ce?»

Mais Jacques se contenta de répéter : «Une personne.»

Mary hâta le pas, s'interrogeant sur l'identité du visiteur. Un autre candidat au départ, sans doute.

Elle ne s'attendait aucunement à voir Cécile Dulac.

Cécile ne perdit pas de temps en urbanités. «Il faut que vous veniez avec moi, Mary. Valmont a besoin de vous.»

Mary se retint à la rampe de l'escalier. «Il n'y a rien que je puisse faire pour M. Saint-Brévin. Ni que j'aie envie de faire, d'ailleurs.»

Cécile ignora son ton sec, la dureté de sa réponse.

«Valmont a la fièvre, Mary. Dans son délire, il ne cesse de vous appeler. Vous n'êtes pas obligée de venir, bien sûr. Mais cela l'apaiserait et rendrait sa mort plus douce.

— Sa mort? Il est mourant?

— Il est peut-être déjà mort. Voici près de trois heures que je vous attends.»

Mary pivota sur ses talons. «Jacques, cria-t-elle. Jacques!» Il vint à sa rencontre dans le couloir.

«Jacques, dites à M. Julien que je ne pars pas avec lui. Préparez les domestiques. Je dois sortir; je ne sais pas quand je rentrerai.»

Dans son imagination, elle s'était vue tuer Valmont Saint-Brévin des centaines de fois.

Mais l'idée de sa mort lui était insupportable.

61

Cécile conduisit Mary jusqu'à la grille affaissée de la maison de Saint-Anne Street. Mary ne connaissait pas cette maison, mais elle devina qu'elle ne pouvait appartenir à la délicate Cécile.

«Pourquoi sommes-nous ici? demanda-t-elle.

— Valmont est à l'intérieur. Quand il s'est écroulé, ses amis l'ont apporté chez moi. Et moi je l'ai fait transporter ici. Je ne veux pas de maladie dans ma maison.»

Mary la regarda comme si elle s'était trouvée face à un serpent. Cécile ne broncha pas. «Allez-y, dit-elle. On vous attend.

— Vous ne venez pas?

— Non.» Cécile s'éloigna, avançant avec précaution pour ne pas salir le bas de sa robe.

Mary poussa la grille, traversa le jardin envahi par la végétation. La porte de la maison était entrebâillée. Elle entra et s'arrêta, pour laisser à ses yeux le temps de s'accoutumer à la pénombre.

Quand elle put voir distinctement, elle reconnut la femme qui se tenait dans l'encadrement de la porte à l'autre bout de la pièce. Mary eut un mouvement de recul.

«Par ici», dit la reine vaudou en tournant les talons.

Mary la suivit.

Valmont gisait dans un immense lit aux montants sculptés, aussi épais qu'un tronc d'arbre. Le lit se trouvait au milieu d'une petite chambre. Des lampes à huile brûlaient alentour sur des pieds métalliques, répandant une clarté plus vive que la lumière du jour.

Valmont était nu, à l'exception d'un morceau d'étoffe bleue autour des reins et d'un linge blanc sur les yeux. La teinte jaune de sa peau ressortait sur la blancheur du drap. Il bougeait sans cesse ; ses membres étaient agités de tremblements ; ses lèvres craquelées laissaient échapper un gémissement bas et lancinant.

Il était vivant. Mary n'en demandait pas davantage. Elle se posta à la tête du lit, désireuse de repousser ses cheveux humides de son front, d'humecter ses lèvres sèches, de le soulager d'une quelconque façon. La douleur qu'il lui avait causée, la laideur et la cruauté n'avaient plus de sens. Il souffrait, et sa souffrance lui brisait le cœur.

« Je l'emmène à l'hôpital, décida-t-elle. Mon oncle a un équipage ; je vais le chercher.

— Certainement pas, rétorqua Marie. Les médecins le tueront avec leurs purges et leurs saignées. Je connais un meilleur remède. Si seulement il pouvait se reposer, ses propres forces le tireraient d'affaire. Mais même les soporifiques n'arrivent pas à le calmer. C'est pourquoi j'ai envoyé Cécile vous chercher... Parlez-lui. Dites-lui que vous êtes là. »

Mary serra les poings. « Il lui faut un docteur, pas vos singeries de barbare. Laissez-moi passer. Je vais chercher la voiture. » Elle se jeta sur Marie.

Celle-ci s'écarta, et Mary trébucha contre le mur. Marie lui saisit les poignets et l'immobilisa, dos au mur. « Doucement, espèce d'idiote, lui siffla-t-elle à l'oreille. Il est assez perturbé sans que vous fassiez des scènes. Écoutez-moi bien. Cet homme est mon ami. Je l'aime. Si quelqu'un peut le guérir, ce sera moi. Restez ou partez, mais vous ne priverez pas Valmont de sa seule chance de survie. Je vous tuerai avant. Vous pouvez me croire. »

Mary sentait le souffle chaud de Marie Laveau sur sa joue. Elle se demandait comment se libérer de son emprise quand elle entendit la voix de Valmont. Une voix à peine audible. « Mary... Mary... »

Elle se dégagea d'un bond. Ou Marie la lâcha.

« Valmont, je suis là. » En un éclair, elle fut près de lui.

« Mary... » Ses mains remuaient sur sa poitrine ; il était trop faible pour les lui tendre. « Mary... »

Elle prit ses mains brûlantes dans les siennes.

« Mary... je... regrette... pardonnez... moi...

— Je vous pardonne, Val. » Elle porta ses mains à ses lèvres, les couvrit de baisers. Elle pleurait. Elle pressa les paumes de Valmont contre ses joues pour les rafraîchir de ses larmes. « Je vous pardonne. Ce que vous voudrez. Tout. Seulement ne mourez pas, mon amour. Seulement vivez. »

Il poussa un long soupir. Son corps se détendit ; ses jambes cessèrent de tressauter. Ses mains, devenues trop lourdes, échappèrent à Mary et retombèrent sur le lit.

« Valmont ! »

Un sourire fugace apparut sur ses lèvres. Soudain, un flot de sang rouge vif jaillit de ses narines, lui inondant la bouche, le menton et le cou.

Mary poussa un cri. « Il est mort ! » Elle tenta d'arrêter le sang avec ses mains, mais il lui coula entre les doigts.

Marie Laveau l'écarta du lit et posa ses mains vigoureuses sur la gorge de Valmont. « Taisez-vous, imbécile. » Son murmure était aussi brutal qu'un cri. « Il dort, d'un vrai sommeil. » Elle prit un linge dans la bassine d'eau sur la table de chevet, l'essora et épongea le sang sur le visage de Valmont. Puis elle pressa le linge mouillé contre ses narines jusqu'à ce que l'hémorragie cessât.

« Il a surtout besoin de repos, dit-elle à Mary. C'est bien que vous soyez venue. Maintenant lavons-le pour le rafraîchir. »

Mary essora un autre linge et se mit au travail. La maison était calme et silencieuse. Dehors, il avait recommencé à pleuvoir.

Dans la chambre brillamment éclairée, le jour et la nuit n'existaient plus ; le temps semblait suspendu au chevet du malade. Quand il s'endormait, Mary s'installait dans un coin sur un tabouret bas. Quelquefois, elle s'assoupissait, la tête contre le mur, jusqu'à ce qu'un mouvement ou un gémissement provenant du lit l'alertât. Une fois, elle se réveilla en sursaut et se précipita vers Valmont. Mais il dormait paisiblement, et elle se rendit compte que son repos avait été troublé par le soudain silence. Les cloches avaient cessé de carillonner. Soulagée, elle retourna dans son coin.

Marie Laveau entrait et sortait sans bruit. Par moments, elle s'asseyait à côté de Mary, et une conversation étrange et décousue s'engageait à voix basse entre elles, entrecoupée de longues pauses. Mary apprit que Valmont était venu en ville à la recherche d'un médecin pour ses esclaves malades, car son docteur habituel avait refusé de revenir à Angélus. La fièvre l'avait terrassé à la Rotonde, à l'hôtel.

Elle entendit aussi parler de la correspondance que Marie avait entretenue avec lui. La jalousie qu'elle éprouva alors lui fit mesurer la profondeur de son sentiment pour Valmont. Elle l'aimait, envers et contre tout.

L'amour de Marie, sentit-elle, était aussi fort, bien que différent. Et une indéfinissable affection naquit entre elles, tandis qu'elles luttaient ensemble pour sauver la vie de l'homme qu'elles aimaient.

Elles baignaient son corps brûlant pour apaiser son agitation fébrile, épongeaient le sang qui coulait de son nez et de ses oreilles. Mary le maintenait par les épaules pendant que Marie lui faisait ingurgiter un remède ou un peu de bouillon. Elles accouraient pour le soutenir tandis qu'il était secoué de spasmes violents : son estomac malade rejetait les liquides. «Quelques gouttes sont restées à l'intérieur, disait Marie. Cela lui fera du bien.» Ensemble, elles le tournaient et le retournaient pour changer les draps du grand lit.

Jamais Mary ne questionna Marie sur les potions qu'elle administrait à Valmont. Elles le soulageaient, et cela lui suffisait. Elle eût pactisé avec le diable lui-même pour le sauver. Elle entendait des pas dans la maison, des voix blanches et noires qui demandaient, en anglais ou en français, un remède, un gris-gris, un charme contre la fièvre.

Quand elle sortait dans la cour pour se rafraîchir sous la pluie, elle apercevait du couloir la pièce qui abritait l'autel vaudou. Des cierges noirs brûlaient dans des coupelles emplies de poudres colorées. Une statue chamarrée de la Vierge et un crucifix en bois foncé encadraient un coffre de bronze aux parois grillagées. A l'intérieur, on entendait le bruissement continu des serpents entrelacés.

Elle s'en moquait. Quand les potions et les talismans de Marie ne suffisaient plus à calmer Valmont, la voix de Mary, le contact de sa main lui apportaient le repos. Il avait besoin d'elle. D'elle seule.

Des heures, des jours peut-être après que les cloches se turent, Mary entendit une sourde explosion. Le bol d'eau qu'elle tenait à la main tomba et se cassa. «Qu'est-ce que c'est? chuchota-t-elle.

— Le canon, répliqua Marie. Ils ont placé un canon dans la rue pour tirer sur les nuages. Ils s'imaginent que cela va disperser les miasmes porteurs de fièvre. » Sa voix était lourde de mépris. « Ensuite ils vont se mettre à brûler du goudron. Dieu sait pourquoi. Cela n'a jamais donné aucun résultat. Ils mentiront, comme toujours ; ils diront aux gens que cela va faire reculer la fièvre. Hypocrites ! Ils ont cessé de sonner les cloches, comme si cela pouvait faire oublier le nombre de morts. Il y en a deux cents par jour, à présent. »

Ce chiffre dépassait l'entendement de Mary. « Mais pas Valmont, dit-elle.

— Pas Valmont », acquiesça Marie.

A un moment, il reprit connaissance. Marie était en train de le nourrir ; elle avait approché un bol de ses lèvres tandis que Mary le maintenait par-derrière. Valmont grogna et tendit les mains vers le bol pour le pencher davantage. « J'ai faim », fit-il distinctement. Il but à grandes goulées avides.

Puis les vomissements recommencèrent, et il sombra à nouveau dans l'inconscience.

« Il s'en sortira, déclara Marie. Il en a gardé la moitié. Il a surtout besoin de nourriture, bien plus que de médicaments. »

Plus tard ce jour-là, ou était-ce le lendemain, Valmont gémit bruyamment. Mary et Marie bondirent de leurs tabourets. Les gémissements devenaient de plus en plus forts, pressants, douloureux. Marie tâta les joues du malade, le pouls dans son cou crispé. « C'est la crise », annonça-t-elle, une pointe d'inquiétude dans la voix.

Son abdomen se souleva ; les muscles contractés formaient des nœuds saillants. Marie chuchotait des prières. Mary joignit ses vœux muets aux siens. Brusquement, un torrent de matière noire et nauséabonde inonda les draps entre les jambes de Valmont. Mary recula, le cœur au bord des lèvres.

« Il vivra ! exulta Marie. Il n'a pas vomi. Son corps a gagné. Il vivra. » Elle saisit tous les linges à la fois et entreprit de nettoyer frénétiquement le corps de Valmont. En quelques secondes, ils furent sales. Marie les jeta sur le lit. « Vite ! Allez en chercher d'autres dans la cuisine. Il ne va pas tarder à se réveiller. Il faut qu'il soit propre. »

Mary s'exécuta à la hâte. Elle fourragea dans les placards et les tiroirs à la recherche de torchons ou de serviettes. Soudain elle entendit la voix de Valmont. Une voix faible mais claire.

« D'où diantre vient cette horrible puanteur ? »

La voix de Marie était calme, chaleureuse. « Cette puanteur, c'est vous, monsieur Saint-Brévin.

— Qui est là ? Ôtez ce chiffon de mes yeux. Marie, est-ce vous ?

— C'est moi.

— Cette maison est la vôtre ? Pourquoi suis-je ici ? Je ne me souviens de rien.

— Vous avez attrapé la fièvre. Maintenant vous êtes guéri.

— Aidez-moi à me lever. J'ai besoin d'un bon bain. Et je meurs de faim. »

Dans son impatience, Mary renversa des tiroirs sur le sol. Il était conscient. Elle voulait le voir.

Elle entendit Marie rire. « Vous êtes nu et dans mon lit, Valmont. Pourquoi cette précipitation ? Vous êtes là où vous rêviez d'être depuis des années. »

Le rire bas de Valmont était tendre, complice. Mary se figea. « Il faut que je me lève. Mon bateau m'attend. » Il ne riait plus. « Je dois partir, Marie. Je dois… » Il hésita. « Je dois aller épouser ma riche et belle Charlestonienne. »

Mary ploya comme si elle avait reçu un coup de poing à l'estomac. Elle se glissa hors de la cuisine et se dirigea sans bruit vers la porte d'entrée battue par la pluie.

Le ciel était sombre et bas ; la lumière, grisâtre. Elle ne savait si c'était la nuit ou le jour car un énorme tonneau de poix flambait au coin de la rue. Il illuminait l'espace avoisinant tandis qu'une épaisse fumée noire obscurcissait le paysage. Il y avait un tonneau semblable à chaque carrefour. Les coups de canon, irréguliers mais constants, résonnaient sourdement au loin.

Mary marcha à l'aveuglette à travers les rues désertes, asphyxiée par la fumée, se bouchant les oreilles, jusqu'à ce qu'elle trébuchât et faillît tomber. Après cela, elle longea les murs. Elle pleurait. Était-ce la fumée âcre ou la douleur qui lui transperçait le cœur, elle n'aurait su le dire.

Un grincement de roues mal graissées l'arrêta au carrefour suivant. Elle se frotta les yeux avec ses doigts noirs de suie et scruta les volutes de fumée pour voir ce qui arrivait. La pluie avait redoublé de violence. Mary ne vit la voiture que lorsqu'elle la frôla presque. C'était une vieille carriole en bois chargée de cadavres putréfiés. Leurs bras se balançaient mollement par-dessus les bords.

Mary s'affaissa sur la banquette et se couvrit les yeux. L'humidité s'insinuait sous ses jupes. Elle entendait sa propre respiration saccadée et ses dents qui claquaient d'horreur. La carriole passa en cahotant. Le cri du cocher retentit plus loin.

«Sortez vos morts!»

Elle l'entendit de nouveau, plus faiblement, puis elle ne distingua plus que le «boum» étouffé du canon et le martèlement de la pluie sur les pavés.

Mary se releva et se mit à courir. Elle glissa, tomba dans la boue, rampa sur la chaussée jusqu'au trottoir le plus proche. Les tonneaux de poix étaient comme des torches sur son chemin. Leur fumée était un supplice.

Une créature trempée, noircie, sanglotante s'échoua sur le seuil de la maison Sazerac. Elle tambourina sur la porte que Jacques finit par entrouvrir.

«Jacques, Jacques, pour l'amour de Dieu, laissez-moi entrer. C'est moi, Mary MacAlistair.»

L'athlétique majordome s'agenouilla, lanterne dans une main, pistolet dans l'autre. A travers la fente étroite, il vit les yeux désespérés de Mary.

«Seigneur Jésus, souffla-t-il. Je vous croyais morte.» Il posa la lanterne et le pistolet, ouvrit la porte en grand. «Entrez, mon enfant. Vous êtes enfin chez vous.»

62

Mary tenta de fuir l'horreur en s'enfermant entre quatre murs. Elle prit même du laudanum pour chercher refuge dans le sommeil. Mais les visions cauchemardesques qui vinrent la hanter pendant qu'elle dormait étaient plus terrifiantes que la réalité. Plus douloureux encore que ces rêves fut, à son réveil, le souvenir de Valmont.

Il faut que je m'occupe, se dit-elle. Elle trouva le billet que le Dr Brissac avait remis à Jacques en son absence. « Si vous avez le cœur bien accroché, avait-il écrit, nous avons besoin de vous. Nous manquons de bras pour soigner les malades à l'hôpital. Aidez-nous. »

Mary s'enveloppa dans un châle et partit affronter la fumée asphyxiante et la pluie. Tandis qu'elle s'éloignait, Jacques traça un signe de croix dans son dos.

De tous les cauchemars, l'hôpital fut le pire. Les lits étaient pleins, les matelas entre les lits et dans les couloirs aussi. Les malades et les agonisants étaient étendus dans les coins, dans l'entrée, sur les marches de l'entrée. Le tout baigné des effluves de sang, de vomi et de mort.

Une éponge imbibée de vinaigre maintenue par un bandage sous le nez, Mary portait le linge sale à laver, aidait à faire la toilette des malades, à draper les morts dans un linceul. Les soins étaient dispensés par les ursulines. Leurs traits tirés et leurs yeux cernés témoignaient de leur discret et inlassable dévouement.

Il y avait d'autres bénévoles en dehors de Mary. Elle aperçut son ancienne logeuse, Mme O'Neill, mais elle n'eut guère le temps de lui parler. Elle devait faire figure d'un ange de passage, pensa Mary, avec son accent chantant et ses souvenirs d'Irlande. Bon nombre de malades étaient irlandais. Les immigrants étaient toujours le plus durement touchés, lui avait dit une sœur.

Le Dr Brissac repéra Mary en entrant dans la grande salle avec deux autres médecins. « Venez m'aider, mademoiselle, cria-t-il. J'ai besoin de quelqu'un qui parle français, et je ne veux pas déranger les religieuses dans leur mission. » Mary se hâta de le rejoindre.

Marie Laveau avait raison. Le traitement de la maladie eût achevé n'importe qui, hormis les plus robustes. « Donnez-moi une cuvette et une lancette, ordonna le docteur. Je vais saigner cette femme.

— Mais, docteur, elle saigne déjà. Regardez son nez.

— Donnez-moi la lancette, mademoiselle. Et la cuvette. Quand vous serez homme et médecin, vous pourrez discuter du traitement avec moi. »

Mary prit les instruments dans la sacoche qu'il avait posée sur le sol. Ils étaient maculés de sang séché. Elle voulut les essuyer sur son tablier. Il lui semblait indécent de les utiliser ainsi, comme offrir de la nourriture sur une assiette sale.

« Dépêchez-vous donc ! Ne voyez-vous pas que d'autres attendent ? » Le docteur les lui arracha des mains. Il approcha la lame du bras de la patiente et, d'un geste expert, lui ouvrit la veine. Bien qu'inconsciente, elle poussa un cri de douleur.

Lorsque la cuvette fut pleine, le docteur la remit à Mary. « Jetez-moi ça et venez la tenir pendant que je lui administre le médicament. »

La femme se débattit, mais Mary la maintint fermement par les épaules. Le Dr Brissac desserra ses mâchoires et lui versa un liquide épais et brunâtre dans la gorge.

Il passa à la malade suivante, allongée sur le sol. « La lancette et la cuvette, mademoiselle, vite.

— Ne me coupez pas, docteur, glapit la femme. Seigneur Jésus, ayez pitié de moi. Je ne veux pas qu'il me coupe.

— Aidez-moi à l'immobiliser, mademoiselle. »

Mary obtempéra. Elle tenta de rassurer la malheureuse, mais la femme terrifiée s'agrippa à elle de toute la force de ses mains jaunes, bafouillant fébrilement : « Je ne veux pas qu'il me coupe, je ne veux pas, je ne veux pas. » Le hurlement qu'elle poussa quand la lancette entra dans sa veine fut horrible.

D'autres cris retentirent, tandis que les médecins passaient rapidement d'un malade à l'autre, administrant le meilleur traitement qu'ils connaissaient.

Mary était écœurée. Par ce spectacle et par l'attitude cynique vis-à-vis des morts. Les cadavres étaient empilés comme des bûches dans un coin de la salle.

Une religieuse surprit le regard de Mary. « C'est terrible, mais nous ne pouvons pas faire plus. Nous avons un décès toutes les cinq minutes. Un prêtre viendra les bénir avant qu'on ne les emporte. »

A la fin de la dixième heure, Mary n'en pouvait plus. « Je m'en vais, ma sœur. » Elle ôta le tablier souillé et le jeta sur la montagne de linge sale.

« Dieu vous bénisse pour votre aide, mademoiselle. » Et la religieuse retourna auprès de ses malades, prodiguer le réconfort de son visage las et serein et du familier habit sombre.

Mary ne remit plus les pieds à l'hôpital.

Le lendemain, elle prépara un panier avec du savon, du vinaigre et une demi-douzaine de draps. Un second panier contenait des pots de bouillon de poule que Jacques l'avait aidée à mitonner dans la nuit.

Je n'ai pas les décoctions de Marie Laveau, pensait-elle, mais selon elle, le plus important, c'était la nourriture. Je peux toujours essayer.

Elle suivit la digue déserte en direction d'Irish Channel. Il n'y avait pas un seul bateau au port, pas même les barques à fond plat qui, d'ordinaire, formaient un archipel flottant. Laissée à l'abandon, la marchandise était en train de pourrir sous la pluie. Un rat fila à l'approche de Mary. Elle sursauta.

Non loin d'Adele Street, elle vit deux enfants nus qui jouaient dans le caniveau. Elle avança vers eux en souriant. « Bonjour. »

Ils pataugèrent à sa rencontre.

Ils avaient faim, mais leur mère ne pouvait pas leur donner à manger. Elle leur avait dit de partir parce qu'elle était malade.

« Montrez-moi où vous habitez, demanda Mary. Je peux peut-être aider votre mère. »

410

La mère était inconsciente, jaune, couverte de sang et de vomissure, brûlante de fièvre.

Ce ne sera pas pire que Valmont, pensa Mary en se mettant au travail. Elle lava la malade, changea ses draps, puis entreprit de nettoyer la maison. Elle trouva des brosses et un seau dans la cuisine. Ainsi que des pommes de terre et un morceau de bœuf salé pour les enfants. Elle remercia intérieurement Mme O'Neill de l'avoir initiée aux tâches ménagères et de lui avoir appris qu'avec de l'eau bouillante, on pouvait faire cuire n'importe quoi.

Une fois les enfants habillés et nourris, et la mère installée le plus confortablement possible, Mary se rendit au cottage voisin. Puis au suivant, et au suivant encore, avec ses paniers, sa force et sa conviction que la fièvre pouvait être guérie.

Avant la fin de cette longue et pluvieuse journée, elle trouva un homme et une femme qui acceptèrent de l'aider. Elle leur enseigna le peu qu'elle savait, mais, surtout, elle les libéra de la certitude que l'épidémie allait tout ravager.

Ils promirent de rendre visite aux malades durant la nuit, de les nourrir, de faire leur toilette. Mary promit de revenir le lendemain avec de nouvelles provisions. Leurs patients étaient au nombre de dix.

Dix seulement, pensa-t-elle avec amertume. J'ai pu aider seulement dix personnes, et les aider si peu...

Quand elle eut laissé Irish Channel derrière elle, elle donna libre cours à ses larmes. Puis elle releva la tête et s'en fut rapidement sous la pluie à la recherche de la carriole des morts. Elle avait découvert treize cadavres décomposés et les avait enroulés dans un drap pour les ensevelir.

Jour après jour, Mary retourna dans le quartier des immigrants pour les aider dans la mesure de ses moyens. Elle finit par s'habituer à l'horreur. Dans une maisonnette de deux pièces, elle trouva vingt-six corps boursouflés. Dans une autre, un nourrisson tétait le sein de sa mère morte. Elle convoyait les enfants dans les orphelinats les plus proches, ajoutait à ses provisions du matin des sacs de nourriture pour les orphelins.

Ses mains étaient rouges et gercées à force d'astiquer les cottages au savon. Mais en toute circonstance, malgré la fatigue et le découragement, elle gardait la tête haute, une apparence soignée et le sourire aux lèvres. Sa confiance en leurs chances de guérison était le plus grand service qu'elle pouvait rendre aux malades et aux désespérés.

Un après-midi, alors qu'elle faisait la toilette d'un vieillard, elle entendit toussoter derrière elle. Mary jeta un coup d'œil par-dessus son épaule. A la vue de Mme O'Neill, un sourire spontané illumina son visage.

« C'est donc bien vous, Mary MacAlistair, déclara la veuve. J'ai entendu des rumeurs, mais je n'ai pas voulu les croire. Quand vous en aurez terminé avec Michael O'Roarke, lequel devrait être mort et enterré depuis dix ans et plus, venez prendre le petit déjeuner à la maison. J'aurai mille questions à vous poser. »

« Ma parole, s'exclama Mme O'Neill quand Mary eut fini de parler, jamais je n'aurais cru que je pourrais être d'accord avec une idolâtre vaudou. Mais j'ai vu, de mes yeux vu, un pauvre diable à peine malade si ce n'est qu'il était tout jaune, mourir après avoir perdu tout son sang sous le couteau des médecins. Ce que vous faites ici, dans le Channel, Mary, n'est pas passé inaperçu. Je connais mes voisins : il y en a qui restent à se tourner les pouces alors qu'ils pourraient s'occuper des malades. Demain je les mettrai au travail. On peut être trop sensible pour laver une figure jaunie, mais on n'est jamais trop délicat pour balayer un plancher. Venez me voir demain, ma fille, et je vous montrerai les fruits de vos bonnes actions. Ne vous encombrez pas de provisions. Vous pouvez aider les orphelins, et moi je préparerai la soupe pour les pauvres jaunes souffreteux. Quelques feuilles de chou, cela devrait lui donner du goût, hein ? »

Au bout de deux jours, Mary n'eut plus rien à faire dans Irish Channel.

Lentement, elle reprit le chemin de la maison, consciente enfin de sa fatigue. Elle devait être reconnaissante à la veuve O'Neill d'avoir repris le flambeau. Les malades étaient de plus en plus nombreux à recevoir des soins, et la solidarité née dans le voisinage réconfortait à la fois les malades et les bien-portants.

Mary s'en réjouissait.

Mais elle se sentait de trop, inutile. Et seule.

Tu as besoin de sommeil, Mary MacAlistair, se dit-elle. Quand tu auras dormi, tu cesseras peut-être de pleurnicher.

Mais elle n'alla pas se coucher tout de suite. Quand elle arriva à la maison, la porte s'ouvrit à la volée. Debout sur le seuil,

412

Mémère lui tendait les bras. «Marie, je te guettais, ma chérie. Viens embrasser ta vieille grand-mère à qui tu as tant manqué.»

Mary respira son doux parfum de lavande, sentit sa joue parcheminée contre la sienne, et son sentiment d'accablement disparut. «Vous n'auriez pas dû rentrer, Mémère, mais je suis très heureuse de vous voir.

— Voyons, Marie, il fallait que je rentre. Notre fête a lieu dans deux jours, et nous allons la célébrer dignement.»

Une fête parmi la désolation et la mort; le talc à la lavande de Mémère dans la puanteur de la poix allumée; sa voix flûtée contre les lugubres coups de canon. «Vous êtes bien une créole, très chère Mémère», répondit Mary. Et, pour la première fois depuis une éternité, elle éclata de rire.

Le refus de Mémère de reconnaître la tragédie qui frappait la ville transforma la maison comme par enchantement. Le lendemain matin, Mary fut réveillée par un délicieux arôme de beignets et de café au lait. Valentine, la femme de chambre de Mémère, lui apporta son petit déjeuner. Fragile porcelaine à fleurs, napperon brodé, petit vase en argent avec des roses fraîchement coupées. De toute sa vie, pensa Mary, elle n'avait jamais rien vu d'aussi joli.

Lorsqu'elle descendit, il y avait des fleurs sur les tables cirées, et une odeur de citronnelle flottait dans l'air. Assise sur un pouf, Mémère regardait les dessins étalés en demi-cercle devant elle.

«Bonjour, ma mie. Une excellente surprise m'attendait dans mon courrier. Viens voir la mode parisienne. Il faut songer à commander la robe pour ton entrée dans le monde. Ainsi qu'une douzaine d'autres toilettes. Tu dois être parée pour la saison. La Nouvelle-Orléans n'a pas de maison de couture qui puisse rivaliser avec Paris, quoi qu'on dise. Regarde, Marie, ce qu'on fait maintenant. Plus de jupons superposés, mais une sorte d'armature métallique pour rendre les jupes encore plus évasées. Moi aussi, je compte m'en commander une.»

Ses instincts de couturière reprenant le dessus, Mary s'accroupit pour examiner les croquis.

Plus tard, sa grand-mère insista pour aller au marché avec elle. «Mets un voile noir, chérie. Ainsi, si la fumée te salit le visage, personne ne le remarquera.

— Il n'y aura personne pour nous voir, Mémère, répondit Mary avec douceur.

— Balivernes. Les marchands sont toujours là, et c'est la saison des fraises. J'ai envie de fraises aujourd'hui. »

Elle avait raison. Il y avait, au marché, des Noires qui proposaient des fraises joliment présentées en barquettes. Ainsi que des légumes, des fleurs, des écrevisses batailleuses, des huîtres opalescentes. Les marchands étaient peu nombreux, et les prix dix fois plus élevés que d'habitude, mais le choix restait toujours aussi varié. Mme Sazerac sélectionna ses denrées avec soin, marchanda avec animation pour obtenir un rabais ou un plus beau lagniappe. Les marchands, ravis, se disputaient bruyamment son attention. Quand elle repartit, tout le monde arborait un large sourire.

« Il faut trouver des rubans pour décorer la salle à manger pour notre fête, Marie. Et un plat spécial pour le gâteau. Le fait que nous soyons deux, au lieu des nombreuses Marie qui assistent habituellement à la fête familiale, ne doit pas nous empêcher de suivre la tradition. »

Mary fit de son mieux pour participer aux préparatifs de la fête. Mais la pensée de Valmont l'obsédait. Si elle était restée chez Marie Laveau, s'il l'avait vue ce jour-là, aurait-il renoncé à sa riche Charlestonienne ? Pourquoi l'avait-il réclamée, elle, Mary ? Simplement pour lui demander pardon ? Pourquoi s'en serait-il soucié, s'il ne tenait pas à elle ?

Le soir, après le dîner, elle sollicita l'aide de Mémère. Indirectement, sans lui révéler son dilemme. « Que dois-je savoir au sujet de l'amour, Mémère ? »

Anne-Marie Sazerac posa sur elle son regard de vieille femme. Elle prit la main de Mary, caressa ses longs doigts. « Tu veux parler de l'amour entre un homme et une femme ? J'en sais plus sur cet amour-là que tu ne l'imagines, Marie. J'avais l'intention de t'en parler avant la fin de l'été ; je suppose que c'est le moment. Va chercher ta cassette, mon enfant. Il y a là-dedans quelque chose que je dois tenir dans la main quand je parle d'amour. »

63

Mémère suivit du doigt l'angle noirci de la cassette. «C'est arrivé l'année de ma naissance, en 1788. Le grand incendie. Presque toute la ville fut détruite, y compris notre maison. Ma mère adorait raconter cette histoire. Elle était enceinte de moi et, comme tous les premiers-nés, je tardais à venir au monde. Elle s'était précipitée dans la maison en flammes pour sauver la cassette, et c'est là qu'elle ressentit les premières douleurs. Je suis née au couvent des ursulines, le seul bâtiment ou presque à avoir échappé au feu. Maman m'avait surnommée ''Brandon''.»

Mary était ravie. «Moi aussi, je vais vous appeler ainsi. Quel nom délicieux, Mémère Brandon!

— J'imagine la tête de Jacques», rit sa grand-mère. Elle effleura à nouveau le bois calciné. «J'ai toujours eu des doutes sur la mémoire de maman. Mon plus jeune frère, Alessandro, naquit l'année de l'autre grand incendie. Il a six ans de moins que moi. Il affirme que cette histoire concerne en réalité sa naissance et non la mienne.

— Votre maison avait-elle brûlé à nouveau?

— Oh oui! Je me souviens, nous avons vécu plusieurs mois sous une tente. Sur la digue. Toutes mes amies étaient là aussi. C'était comme un gigantesque pique-nique. Bien sûr, nous ne nous préoccupions guère de ce que pouvaient ressentir nos parents. Après ce deuxième incendie, mon père décida de devenir planteur. Vivre en ville était trop risqué. C'est la seule fois où je l'ai entendu parler de risque. Mon père était le plus grand joueur de toute La Nouvelle-Orléans.

— Et que faisait-il avant de devenir planteur ? »

Les yeux de Mémère s'agrandirent. « Comme c'est curieux... je n'en sais trop rien. Ce devait être un oisif, comme Bertrand. Riche et séduisant. Riche, il l'était certainement, sinon mes grands-parents ne lui auraient pas donné leur fille. Et je me souviens qu'il était très séduisant. Je l'adorais. Maman aussi. Leur mariage était un vrai mariage d'amour, une idylle. »

Mary rapprocha son tabouret du fauteuil de sa grand-mère. « Racontez-moi, Mémère. »

Anne-Marie Sazerac lui caressa les cheveux en soupirant. « C'est une histoire qui devrait commencer par : "Il était une fois..." Ma mère s'appelait Isabella-Maria et elle était belle comme une princesse de légende. Quand Marie-Hélène fut présentée au roi d'Espagne, ses enfants assistèrent à l'événement. Regarde le portrait de Marie-Hélène, Marie. C'était une très jolie femme. Imagine maintenant que dans l'immense salle du trône, tous les regards étaient rivés sur Isabella-Maria dans sa simple robe de jeune fille, et non sur sa mère en grande tenue d'apparat. Cela te donnera une idée de sa beauté. Mon grand-père fut assailli par les grands d'Espagne désireux d'obtenir la main de sa fille. Mais Isabella-Maria ne voulut pas en entendre parler. Ses parents n'insistèrent pas. Ils s'apprêtaient à rentrer à La Nouvelle-Orléans et n'avaient pas envie de se séparer de leur fille. A leur retour, une réception princière fut donnée en leur honneur dans la résidence du gouverneur. Isabella-Maria y fit la connaissance d'Antoine Ferrand. Ils dansèrent ensemble, les yeux dans les yeux, et à la fin de la soirée, Isabella-Maria annonça à son père qu'elle avait rencontré l'homme de sa vie.

— On dirait un conte de fées, soupira Mary.

— Attends, ce n'est que le début, rit Mémère. Le conte de fées, ce fut leur cérémonie de noces. Les Orléanais en parlent encore. Mon grand-père habitait un somptueux manoir en dehors de la ville, dans l'actuel secteur américain. La ville se résumait alors au Quartier français. Une longue allée de chênes menait vers la maison. Quelques semaines avant le mariage, il envoya ses esclaves chercher des araignées dans les bois pour les relâcher dans ces chênes. Les araignées tissèrent leur toile tout autour des arbres, formant une voûte aérienne au-dessus de l'allée. Le matin du mariage, Marie-Hélène et ses enfants soufflèrent de la poussière d'or sur les toiles d'araignées. Les serviteurs recouvrirent l'allée de tapis venus de Perse. Les invités arrivèrent au mariage d'Isabella-Maria par une belle journée de mai ; le soleil brillait à travers la plus fine des dentelles en or, rehaussant les magnifiques couleurs des tapis dans l'allée. Et, sous son voile blanc, les cheveux noirs de la mariée étaient pailletés d'or.

— Féerique, fit Mary dans un souffle. Ils vécurent heureux et ils eurent beaucoup d'enfants.

— Heureux, oui. Au détriment de tous les autres. La petite bourse avec une pierre est-elle toujours dans la cassette ? »

Mary ouvrit le couvercle, sortit la bourse et la mit dans la main de sa grand-mère. L'expression de Mémère s'était durcie. Elle soupesa le petit sac de cuir dans sa paume. « Légère comme elle l'est, elle nous a coûté deux fortunes. » Elle fit tomber la pointe de flèche sur la table.

« C'était le porte-bonheur de mon père. Cette pierre est un aimant naturel. Et la bourse est en peau de chat noir. Un puissant gris-gris. En échange, il donna à la sorcière vaudou le voile de mariée de ma mère. C'était après qu'il eut perdu la moitié de son argent au jeu. Avec ça, il en était sûr, sa chance allait tourner. Elle tourna tant et si bien qu'il joua et perdit l'autre moitié. Il dut vendre les bijoux de ma mère, puis les terres dont elle avait hérité à la mort de ses parents. Les frères de ma mère leur avaient donné de l'argent pour vivre : il le perdit également. Son dernier pari porta sur le jour où il allait geler. Il perdit sa récolte de canne à sucre ; il eût perdu la plantation hypothéquée et jusqu'à son honneur, car il était criblé de dettes. Mais il lui restait un dernier bien à vendre. Mon mari régla toutes ses dettes, y compris l'hypothèque. C'était son cadeau de mariage : mon père lui avait accordé ma main. J'avais déjà seize ans au moment de nos fiançailles. La cassette m'appartenait. Ma mère me demanda de remplacer son trésor — un peu de toile d'araignée dorée — par cette pierre. Me voyant si malheureuse, mon père y avait renoncé. Il jura à ma mère qu'il ne jouerait jamais plus. Naturellement, elle le crut. Elle l'aimait. Pour elle, tout était la faute de la pierre. Deux mois après mon mariage, il perdit la plantation aux cartes. Il sortit de la maison de jeux et se tira une balle dans la tête. Je ne l'ai su que des années après. Ses amis s'étaient cotisés pour racheter la plantation et ils firent croire à tout le monde qu'il avait été tué en duel par un Américain qui avait manqué de respect à ma mère. Elle ne sut jamais la vérité. Elle vécut encore quinze ans, heureuse d'avoir connu un si grand amour. L'or de la toile d'araignée avait suffi pour payer les obsèques de mon père. »

Mary prit la main de sa grand-mère. «Quelle tragique histoire, Mémère. Je suis désolée.»

Anne-Marie étreignit ses doigts. «Mais tellement romanesque, ma chère. Reconnaissons-le. J'enviais mes parents; je voulais vivre une histoire d'amour semblable à la leur. J'épousai Jules Sazerac à contrecœur. J'étais jeune, et Jules était vieux, de trente-trois ans mon aîné. J'étais plutôt évaporée, et Jules aristocratiquement austère. Il avait fui la Révolution française et soutenait la restauration de la monarchie. Moi, je me liai avec les bonapartistes orléanais. J'allai jusqu'à mettre en gage les bracelets de Marie-Hélène pour contribuer à armer le navire qui ramènerait l'Empereur de Sainte-Hélène.» Le regard de Mémère s'illumina.

«Tout cela, je l'avoue, était très exaltant. Il y avait, dans ma jeunesse, des pirates célèbres. Jean Lafitte avait bâti un véritable royaume sur une île dans l'un des bayous. Son lieutenant, Dominique You, devait prendre le commandement du navire. Navire que nous avions luxueusement décoré, ainsi que la maison à l'angle de Chartres et de Saint-Louis Street qui devait accueillir Napoléon.»

Mémère s'esclaffa comme une jeune fille. «Je me souviens, il y avait de petites abeilles partout. Sur les tissus, l'argenterie, la porcelaine. Les murs mêmes semblaient suinter le miel. Nous ne sûmes que faire de toutes ces abeilles quand le message arriva, trois jours avant le départ du navire : l'Empereur était mort, et sa disparition marquait la fin de notre petite aventure. Le médaillon que j'ai mis dans la cassette est frappé d'une minuscule abeille. Le plus grisant, dans cette histoire, c'était cette atmosphère de secret, de conspiration... Passe-le-moi. Le ressort est caché.»

Mémère appuya à côté du monogramme incrusté de pierres, et le médaillon s'ouvrit. Quelque chose tomba sur ses genoux. Elle poussa un petit cri de surprise. Doucement, avec précaution, elle ramassa l'objet et le montra à Mary. C'était une mèche de cheveux flétrie couleur de sable.

«Je te l'ai dit, Marie, j'en sais plus sur l'amour que tu ne le crois. Voici le souvenir de mon grand amour. Il s'appelait Tom.» Sa voix se fit caresse. «Tom. Un nom étranger, tellement américain. Tom Miller. C'était un soldat américain, un simple fantassin, mais pour moi, il était un héros. Je le vis pour la première fois quand les Américains vinrent prendre possession de La Nouvelle-Orléans. Nous haïssions ces nouveaux maîtres. La Nouvelle-Orléans était française et entendait le rester. Lorsque l'Espagne avait rendu notre ville à la France, les réjouissances

418

durèrent pendant plus d'une semaine. Mais, à l'heure même où nous dansions, Napoléon était en train de nous vendre à Thomas Jefferson. Le drapeau tricolore flotta sur la place d'Armes seulement trois semaines. Puis il fut remplacé par la bannière étoilée. Tout le monde était réuni sur la place d'Armes quand les Américains entrèrent dans la ville. C'était à une semaine de Noël. J'avais quinze ans, et je leur en voulais particulièrement car, à cause d'eux, les festivités habituelles avaient été supprimées. Je fusillais du regard l'armée de l'envahisseur.

« L'un des soldats m'aperçut et m'adressa une grimace tellement hideuse, tellement puérile que je ne pus m'empêcher de rire. Il rit aussi. Et je tombai follement amoureuse de lui. Il avait les yeux bleus comme un ciel d'été et des cheveux couleur de miel. Il ne ressemblait en rien aux jeunes créoles de mon milieu. Par je ne sais quel hasard, il découvrit qui j'étais et, le lendemain, se présenta à notre plantation pour me voir. J'étais en train de couper des branchages pour décorer la maison. Il sauta par-dessus les parterres de fleurs, me cueillit dans ses bras avec mon bouquet de verdure et m'embrassa sur la bouche. Jamais je n'avais été aussi choquée — ni aussi ravie — de ma vie.

« Papa était sur la galerie. En un éclair, il fut près de nous. Il empoigna mon soldat par le col, moi par le bras et pffuitt... je volai en direction de la maison tandis que Tom était chassé du domaine à coups de pied. Ce fut ainsi que j'appris son nom. "Je suis Tom Miller, cria-t-il à tue-tête. Ne m'oublie pas."

« Je ne l'oubliai pas. Quand je le revis, à nouveau peu avant Noël, j'étais mariée depuis dix ans et j'avais déjà enterré deux de mes cinq enfants. Tom revint à La Nouvelle-Orléans avec le général Andy Jackson pour combattre les Anglais. L'Angleterre et l'Amérique étaient en guerre, et la flotte britannique s'apprêtait à s'emparer de La Nouvelle-Orléans.

« Nous étions terrorisés. Il y avait bien notre fringante milice, mais ses membres n'avaient jamais pris part à une bataille, et ils étaient tout juste assez nombreux pour remplir la liste d'invités pour un bal. L'armée du général Jackson ne nous rassura guère plus. Elle se composait tout au plus de deux cents hommes. Mais un seul parmi eux comptait à mes yeux. J'étais d'une impudence absolue. Je mis un voile noir et me rendis à la caserne pour voir Tom. Je me souviens d'une foule de prostituées qui battaient le pavé en vantant tout haut leurs mérites. La moitié des choses qu'elles proposaient m'étaient totalement inconnues. Mais je fis le pied de grue avec elles, après avoir envoyé un message à Tom. Quand il sortit, je repoussai mon voile et l'embrassai au vu et au su de tout le monde.

« Tom se montra bien plus raisonnable que moi. Il rabattit mon voile et m'entraîna dans un coin désert sur la digue où il me fit tout un sermon sur la bienséance, le sens des responsabilités et les liens sacrés du mariage, car il était marié aussi. Mais, tout en parlant, il me couvrait de baisers à me donner le vertige. Nous décidâmes de fuir ensemble aussitôt après la bataille.

« Tu as sûrement entendu parler de la bataille de Chalmette, Marie. Toute la ville célèbre son anniversaire le 8 janvier. Les Britanniques avaient cinquante navires de guerre et dix mille de leurs meilleurs soldats. Jackson avait deux petites goélettes et une armée de fortune composée de soldats, d'Indiens, de miliciens, de pirates, de pionniers et de volontaires orléanais, Blancs et Noirs confondus. On dit qu'ils étaient moins de quatre mille. La bataille débuta avant l'aube et dura environ vingt-cinq minutes. A l'issue du combat, plus de deux mille Britanniques étaient morts, et leurs blessés se comptaient par milliers. Les Américains avaient perdu huit de leurs hommes. Sept plus Tom Miller.

« Je savais qu'il était mort. Nous entendions les coups de feu de chez nous. Lorsqu'ils se turent, nous attendîmes, apeurés. Puis un messager arriva pour annoncer la victoire, et toute la ville se réjouit. Sauf moi. J'empruntai un cheval — le volai, en fait — et me rendis à Chalmette. Le corps de Tom reposait sous un chêne. Je posai sa tête sur mes genoux et lui parlai jusqu'à ce que le général Jackson me renvoyât chez moi avec une escorte. C'est lui qui coupa une mèche de cheveux de Tom pour me la donner. C'était un brave homme. J'étais contente quand il devint président des États-Unis. »

Mémère avait parlé d'une voix douce et égale. Soudain elle se mit à pleurer sans bruit. Elle poursuivit avec effort :

« A cause de Tom Miller, Marie, j'ai brisé la vie de ta mère. Je voulais qu'elle connaisse ce que je n'avais jamais connu et dont j'avais rêvé toute ma vie. Je pensais que ton père était son Tom Miller. J'ai eu tort de l'encourager. L'amour passion, l'amour romantique, n'est pas un gage de bonheur. J'étais aveuglée par l'exemple de mes parents. Je croyais que la vie conjugale n'était que baisers et serments d'amour.

« Après la mort de ta mère, je sombrai dans une profonde mélancolie. Mon mari m'emmena en Europe. Une fois sur le bateau, il me parla comme il ne m'avait jamais parlé en trente ans de mariage. C'était un homme sévère mais, avec moi, il s'était toujours montré indulgent. Parce qu'il m'aimait et parce que j'étais beaucoup plus jeune que lui. Il avait toujours rattrapé mes bêtises. Il avait racheté les bracelets de Marie-Hélène que j'avais mis au clou. Il avait tué en duel le seul homme qui avait osé mentionner ma présence sur le champ de bataille à Chalmette. Il avait aussi payé mes dettes de jeu, car j'aimais à miser gros au whist.

«Sur le bateau, il me dit que j'avais épuisé son amour et son indulgence. J'étais allée trop loin. Il n'avait pas supporté de perdre ta mère. Je crois qu'il l'aimait, si pareille chose est possible, encore plus que moi. Il ne me pardonnait pas de l'avoir aidée à s'enfuir. ''Anne-Marie, me dit-il, je n'ai plus que quelques années à vivre. J'aimerais que ces dernières années de ma vie soient exemptes de chagrin, or en trente ans de vie commune, vous ne m'avez apporté que du chagrin. Vous n'avez jamais pensé à moi, mais seulement qu'à vous-même et à vos lubies.'' Il m'annonça qu'il avait l'intention de rester en France pour mourir au pays de ses ancêtres. Il allait me renvoyer, seule, à La Nouvelle-Orléans. Il allait pourvoir à mes besoins et à ceux des enfants par l'intermédiaire de ses banquiers. Mais il ne voulait plus de moi.

«Le bateau est l'endroit idéal pour sonder son cœur, Marie. Il n'y a pas de distractions, rien que l'immensité de la mer et du ciel. Là, je compris enfin ce que j'avais fait à cet homme bon et attentionné. Je ne lui avais rien donné. J'avais conçu ses enfants dans le dégoût et comploté avec eux contre lui. Trop absorbée par mon infortune, je ne m'étais pas préoccupée de savoir s'il était heureux. Je me rappelai toutes les bontés qu'il avait eues à mon égard durant ces années, sans être payé de retour. Le remords me consumait. Je me confiai à lui, et son cœur noble et généreux m'accorda le pardon. Jules vécut encore six ans. Six années de bonheur, à la fois douces et amères car elles ne pouvaient effacer les trente années qui les avaient précédées.

«Tu vois, chère Marie, ta Mémère a beaucoup réfléchi et beaucoup appris sur l'amour. Pour durer, l'amour doit se construire et non flamber. C'est le temps qui le consolide, non les étreintes et les baisers. Ta mère a chèrement payé mes erreurs. J'espère que, toi, tu profiteras de l'enseignement que j'en ai tiré. Tombe amoureuse, si cela te chante. Les bals et les beaux cavaliers sont faits pour cela. Un certain bras autour de ta taille pendant la valse, un certain nom sur le bouquet de fleurs feront battre ton cœur et t'étourdiront de joie. Mais quand tes oncles et moi-même t'aurons choisi un époux, jette les carnets de bal et les fleurs séchées. Chéris ton mari : c'est sur ses fondations-là que le véritable amour s'épanouira. »

Relevant le menton de Mary, Mémère l'embrassa sur les deux joues. Mary pleurait doucement, touchée par l'émotion de sa grand-mère.

« Il est tard, dit Mémère, et nous devons être fraîches pour demain. C'est notre jour de fête, la fête des Marie ; tout le monde doit être gai ce jour-là. Je vais me coucher maintenant. Ne reste pas à veiller trop longtemps.

— Promis. » Mary s'agenouilla, serra sa grand-mère dans ses bras. « Merci pour ce soir.

— Je t'aime, Marie chérie.

— Je vous aime, Mémère. »

Malgré sa promesse, Mary n'était pas pressée de monter dans sa chambre. Pensive, elle étala les trésors de la cassette sur le tapis. Elle connaissait maintenant l'histoire de chaque objet, à l'exception de la mousse d'Espagne dans le mouchoir de dentelle. C'était sûrement sa mère qui l'avait glissée dans le coffret, en souvenir de La Nouvelle-Orléans, de son foyer, de sa famille.

Lui avaient-ils manqué ? Avait-elle pensé à la cour ensoleillée et aux orangers en fleur en regardant tomber la première neige en Pennsylvanie ? Avait-elle regretté sa décision ?

Mary porta la mousse sèche et râpeuse à sa bouche pour étouffer ses pleurs. Comme elle avait dû se sentir seule et désemparée loin des siens. De son père et sa mère qui l'adoraient, de ses frères et de ses cousins. Loin de La Nouvelle-Orléans.

Savait-elle qu'elle allait mourir lorsque commencèrent les premières douleurs de l'enfantement ?

Mary se traîna jusqu'au petit autel dressé dans un coin de la pièce. « Pardonnez-moi, sanglota-t-elle, mon orgueil et mon manque de foi. Je vous en supplie, Seigneur, pardonnez-moi. Gardez ma mère auprès de Vous, dans la paix et la béatitude de Votre paradis. »

Son souffle fit vaciller la flamme de la chandelle votive dont la lueur dorée baignait le doux visage et les bras tendus de la Vierge d'ivoire.

« Sainte Mère de Jésus, chuchota Mary, aidez-moi à oublier Valmont. »

64

Le lendemain matin, Mémère dormit si tard que Mary finit par s'alarmer. Valentine la rassura. « Hier soir, Madame a pris son médicament, voilà tout. Ça non plus, il ne faut pas que ça vous inquiète, M'zelle. Depuis que vous êtes là, elle en prend de moins en moins. Quelque chose a dû la contrarier hier soir ; elle avait peur de ne pas s'endormir. »

Elle suggéra à Mary de faire une surprise à sa grand-mère afin qu'à son réveil elle trouvât la maison décorée pour la fête.

Les grands rubans de soie bleue sortaient du repassage. Mary et Valentine attachèrent la plus grosse rosette au lustre de la salle à manger et fixèrent ses longues extrémités aux quatre coins de la table. Des rosettes plus petites ornèrent le buffet, le manteau de la cheminée et les miroirs au cadre doré. En leur centre, Valentine planta de minuscules bouquets de boutons de roses. Des gerbes de roses fleurirent sur le buffet et sur la cheminée, et une couronne de roses au feuillage argenté fut placée au milieu de la table.

« Le gâteau ira dans la couronne, fit Valentine. Il ne reste plus que les chaises, et tout sera prêt. » Elle noua un ruban bleu autour de la chaise de Mary, pendant que Mary en faisait autant avec la chaise de Mémère. La boîte de rubans était encore à demi pleine.

« Je vais la ranger dans un coin, dit la femme de chambre. On ne peut jamais savoir qui viendra déjeuner. »

Il n'y avait personne en ville, objecta Mary. A cause de la

fièvre. Le canon tonnait toujours ; la poix flambait aux carrefours ; la carriole des morts bringuebalait dans les rues boueuses. Et il n'avait pas cessé de pleuvoir.

On ne sait jamais, répéta Valentine. « Avez-vous un cadeau pour votre Mémère ? J'ai du papier spécial pour l'emballer. »

Le cadeau de Mary n'était pas aussi beau qu'elle l'eût voulu, juste quelques mouchoirs bordés de dentelle qu'elle avait achetés autrefois et dont elle ne s'était jamais servie. Mais toutes les boutiques avaient fermé leurs portes. Elle enveloppa les mouchoirs dans le papier bleu de Valentine et noua un ruban de soie blanche autour du paquet.

Lorsque le cadeau fut posé devant le couvert de Mémère entouré d'une poignée de feuilles argentées, Valentine recula d'un pas pour admirer leur travail. « Parfait, déclara-t-elle. C'est un vrai jour de fête.

— C'est ravissant, ajouta Mémère du pas de la porte. Quelle charmante surprise ! Merci. » Elle les embrassa toutes les deux. Mary eut droit à un baiser supplémentaire. « Bonne fête, Marie. »

Mémère était habillée pour sortir : capote, gants et parapluie sous le bras. « Dépêche-toi, va chercher tes affaires. Il ne faut pas arriver en retard à la messe. J'aime particulièrement la décoration florale de l'autel pour la fête du 15 août. » Une rose fraîche était épinglée sur sa capote.

Leur petit cortège ne manquait pas de pittoresque : Jacques tenait le grand parapluie au-dessus de Mémère et de Mary, tandis que Valentine, qui fermait la marche, tenait un parapluie au-dessus de Jacques et un autre au-dessus de sa propre tête. Quand ils arrivèrent à la cathédrale, tout le monde était d'humeur joyeuse et passablement folâtre.

L'assistance était plus nombreuse que Mary ne s'y attendait. Elle croyait la ville déserte. La cathédrale était loin d'être pleine, mais il y avait là une bonne centaine de femmes parées de leurs plus beaux, quoique humides, atours. « Marie est un prénom extrêmement courant », chuchota Mémère en ouvrant son missel.

Mary ouvrit le sien. Elle était heureuse et soulagée de s'être réconciliée avec l'Église qui avait joué un si grand rôle dans son existence. Surtout pour la fête de l'Assomption, l'une des plus belles fêtes du calendrier liturgique.

Le sermon la conforta dans son contentement. Même si le terrible fléau n'était toujours pas vaincu, déclara le prêtre, les raisons de rendre grâces existaient aussi. Le nombre de victimes baissait de jour en jour, et même le déluge sans précédent était une bénédiction. Les incendies étaient nombreux ; la pluie empêchait le feu de se propager à toute la ville.

En ce jour de fête, la municipalité avait accordé une permission spéciale à la cathédrale. A la sortie de la messe, les cloches sonneraient un hymne de louange et d'allégresse.

Souriants sous leurs parapluies, les paroissiens s'attardaient comme toujours sur la large banquette. Le carillon leur apportait une note de réconfort et d'espoir. Même la marchande de café était là, avec son réchaud et son breuvage aromatique, à l'abri d'une tente rayée.

Mémère se précipitait d'une amie à l'autre, suivie de Jacques qui maniait habilement le parapluie au-dessus de sa tête. Mary et Valentine riaient en les regardant.

Quand elle les rejoignit, Mémère rit avec elles. « Je te l'avais dit, Marie : c'est un jour de joie pour nous. Viens, allons chercher le gâteau. »

Mary cessa de sourire. « Mais toutes les boutiques sont fermées, Mémère.

— Sottises. Vincent ne rate jamais la fête du 15 août. »

Elle avait raison. La pâtisserie en face de l'Opéra brillait comme un sou neuf ; sa porte était entrouverte. « Le plus léger de vos massepains, ordonna Mémère. Attendez. Tout compte fait, donnez-m'en deux. J'ai beaucoup de monde à déjeuner.

— On ne peut jamais savoir », glissa Valentine à Mary.

Le massepain était un gâteau spécialement conçu pour l'occasion. Le voyant trôner sur son plat en argent au milieu de la table, Mary comprit le pourquoi du rituel qui présidait à la décoration. Sur sa surface blanche glacée, on lisait *Bonne Fête* en lettres bleues avec force fioritures. Au centre, il y avait une rose avec des feuilles argentées.

Pendant que Mémère choisissait un endroit pour la pelle à gâteau ornée d'un ruban bleu, Valentine fixait des nœuds supplémentaires sur les chaises. Mary ne fut pas surprise de voir Jacques apporter deux chaises hautes : le prénom de Marie se déclinait dans toutes les tailles.

« Je vais ouvrir mon cadeau, annonça Mémère, et je voudrais que tu ouvres le tien, Marie. »

A la vue des mouchoirs, elle frappa dans ses mains. Son dernier mouchoir était en lambeaux, jura-t-elle, et elle avait justement l'intention de s'en acheter.

Mary ne répondit pas. Elle restait sans voix devant la fragile beauté de la chemise de nuit et du peignoir de lin blanc, doux comme de la soie, brodés de papillons blancs et de délicates fleurs des bois.

«Je les avais faits moi-même pour ta mère, dit Mémère. Et je les ai sauvés du massacre. Avec cela, tu peux commencer ton trousseau.

— C'est vraiment magnifique, Mémère. Je ne sais comment vous remercier.

— L'expression de ton visage parle pour toi, mon enfant. Je suis si heureuse de t'avoir... La porte ! Vite, va ranger nos cadeaux avant que les invitées n'arrivent. Le papier et les rubans aussi. »

Mary gravit les marches quatre à quatre.

Elle redescendit par l'escalier de service. Un gazouillis de voix féminines lui parvint de l'entrée. «Elles sont là, cria-t-elle en direction de la cuisine.

— Je ne suis pas encore sourd», grommela Jacques.

Le repas de fête leur réservait deux surprises de taille. La première vint des deux petites Marie : elles se tinrent tranquilles pendant tout le déjeuner. La seconde, ce fut le menu : du riz aux haricots rouges.

«Je sais que nous ne sommes pas lundi, rit Mémère. Je ne suis pas complètement gâteuse. Mais il se trouve que ma Marie raffole du riz aux haricots. J'ai voulu lui offrir ce plaisir le jour de sa première fête. Les autres pourront se rattraper sur le massepain. »

Mary se sentit devenir écarlate. Elle n'en fit pas moins honneur au riz aux haricots. Ainsi qu'au massepain.

Tout le monde mangea de bon appétit.

Peut-être le grondement du canon leur rappela-t-il que la pièce enrubannée était un îlot de bien-être dans l'océan chaotique de la tragédie et du désespoir ; peut-être se réjouissaient-elles de voir Mémère enfin heureuse. Quoi qu'il en fût, le repas se déroula dans une atmosphère singulièrement intime et chaleureuse. Ces femmes férues de mondanités parlèrent simplement, à cœur ouvert. De leurs craintes, de leurs espoirs, de leurs joies et de leurs peines.

Mémère fut la dernière à prendre la parole. Elle remercia ses proches de leur loyauté, intacte malgré ses dix longues années de réclusion. Elle avait eu tort de se retirer du monde, confessa-t-elle. Le fait d'avoir retrouvé sa Marie l'avait ramenée à la vie. Et elle entendait ne plus la quitter. C'était plus qu'une promesse. C'était un vœu solennel.

« La saison prochaine, ma Marie fera son entrée dans le monde. Je vous ferai toutes pâlir d'envie avec le faste de mes réceptions. Et, quand Marie se mariera, son mariage fera oublier les toiles d'araignées dorées de ma mère. Ensuite j'irai me reposer en France. Mais je reviendrai. J'aime trop mon foyer et mes amis pour rester longtemps loin d'eux. »

Les adieux émus se prolongèrent sans fin. Sous la pluie de baisers qui s'était abattue sur elles, les deux petites filles poussèrent des hurlements de protestation. Quelques dernières bruyantes exclamations, et la maison se vida.

« Le bruit du canon va nous sembler bien paisible, sourit Mémère. C'est tellement plus calme quand les hommes sont là. » Elle embrassa Mary. « Bonne fête, Marie.

— Ce fut une très bonne fête, Mémère.

— Oui. Fatigante aussi. Je monte me reposer dans ma chambre. Rassure-toi, mon enfant. Je n'ai pas besoin de médicaments.

— A tout à l'heure, Mémère. Reposez-vous bien. »

Mary retourna dans la salle à manger. Pendant que Valentine aidait sa grand-mère à se déshabiller, elle pourrait commencer à ôter les rubans. Elle était perchée sur l'escabeau de la bibliothèque quand Jacques entra dans la pièce et l'interpella.

« Je vais acheter une clochette, Jacques, et vous la mettre autour du cou. Vous ne faites aucun bruit en marchant. J'ai failli tomber de l'escabeau en entendant votre voix.

— Il y a quelqu'un qui demande à vous voir, M'zelle.

— Très bien. J'arrive. Qui est-ce ?

— Je ne le connais pas, M'zelle. Un homme de couleur. Il est dans la cour.

— Sous la pluie ? C'est inhumain. » Il s'agissait sans doute de l'un des peintres ou des tapissiers. Maintenant que la fin de l'épidémie était proche, elle parviendrait peut-être à terminer les travaux dans la maison.

Quelle ne fut pas sa stupéfaction lorsqu'elle reconnut son vieil ami Joshua !

« Entrez vite. » Elle rit et répéta la même phrase en anglais.

«Pardon, Joshua. A force de parler français, j'oublie qu'il existe d'autres langues.»

Joshua s'arrêta, ruisselant, dans l'entrée sous l'œil réprobateur de Jacques.

«Votre majordome comprend-il l'anglais, M'zelle?

— Possible. Il sait tout.

— Alors, s'il vous plaît, venez avec moi dehors. Il faut que je vous parle.» Pour la première fois depuis que Mary avait rencontré Joshua, il ne souriait pas. Elle prit deux parapluies dans le seau et lui en tendit un.

«Je sors prendre l'air, lança-t-elle en français, et je ne veux pas qu'on me dérange.» Elle traversa précipitamment la cour et fit halte à l'autre bout.

«Qu'y a-t-il, Joshua? Comment puis-je vous aider? Je ferai tout ce que je peux pour vous.

— Je prends un énorme risque en venant vous voir, M'zelle Mary. J'espère que je peux vous faire confiance. Ne me décevez pas.

— Vous pouvez me faire confiance, Joshua. Je vous en donne ma parole.

— Avez-vous entendu parler du chemin de fer souterrain?»

Le cœur de Mary manqua un battement. Les religieuses du couvent lui avaient révélé l'existence de ce réseau clandestin avec ses périls. «Avez-vous des ennuis avec une patrouille, Joshua? Cachez-vous un fuyard? Cette maison n'est pas un lieu sûr. Laissez-moi réfléchir à une autre cachette.

— Non. Ce n'est pas moi.» Il approcha sa bouche de l'oreille de Mary. La voix étouffée par la pluie et les coups de canon, il lui parla du bateau de Valmont. Le nombre d'esclaves inconnus à l'hôpital d'Angélus avait éveillé les soupçons du médecin local, expliqua-t-il. Ce dernier avait averti les autorités Par crainte de la contagion, celles-ci n'avaient pas bougé. Jusqu'à ce jour. La nouvelle s'était répandue dans tout le réseau qu'une patrouille allait se rendre à Angélus. Joshua s'était précipité pour prévenir Valmont. Mais il était trop tard.

«M. Valmont avait déjà levé l'ancre. Mais ce n'est pas fini. Il paraît qu'ils vont l'intercepter sur le fleuve, avec son grand bateau rempli de nègres.

— Mais que puis-je faire, moi? Pourquoi êtes-vous venu me voir, Joshua?

— Il est peut-être encore temps de le rattraper avant que le

428

bateau de la patrouille ne l'arrête. Les clandestins peuvent sauter par-dessus bord et se sauver à la nage. Autrement, ce sera la prison pour eux, et encore pire pour lui. L'ennui, c'est qu'il ne me connaît pas. Je suis un simple membre du réseau. Jamais il ne s'arrêtera pour moi. Il faut que vous veniez avec moi, M'zelle. L'homme de confiance de M. Valmont, Nehemiah, pense que vous êtes la seule à pouvoir nous aider. »

Jamais l'esprit de Mary n'avait fonctionné aussi vite. « Il faut que j'emporte quelques affaires, répliqua-t-elle. J'en ai pour cinq minutes, peut-être moins.

— Vous venez ?

— Bien sûr. »

Tout en courant vers la maison, Mary s'exhortait à la raison. Elle allait au-devant d'une déconvenue. Une fois de plus. Elle s'exposait à des conséquences insoupçonnées, en plus de celles qu'elle connaissait déjà : le rejet, l'humiliation, le mépris, le ridicule.

Elle accéléra le pas. Valmont avait besoin d'elle.

Elle se rua dans sa chambre, attrapa le nécessaire dans son armoire. Puis elle griffonna un mot pour sa grand-mère.

« Très chère Mémère,

« Je suis en train de commettre une bêtise. J'espère que vous me pardonnerez. Je crois tout ce que vous avez dit sur le seul, le véritable amour. Néanmoins, je cours après Valmont Saint-Brévin parce que je l'aime trop pour être raisonnable. Si vous n'avez pas de mes nouvelles demain, cela voudra dire que je suis avec lui, sur son bateau, en haute mer. Je reviendrai, je ne sais pas quand, mais je reviendrai parce que je vous aime.

« Mary. »

Pendant que l'encre séchait, Mary changea de tenue. Ensuite, elle plia le billet et courut le glisser sous la porte de Mémère. La mine renfrognée, Jacques se tenait devant la porte d'entrée.

« Je sors, lui annonça Mary. J'ai laissé un mot pour Mémère. » Elle ouvrit son parapluie et s'éloigna sous la pluie.

Joshua avait dissimulé une barque entre les balles de coton détrempé qui s'entassaient sur la digue. A leur approche, les hommes qui la gardaient s'évanouirent entre les montagnes de marchandise abandonnée. Elle glissa facilement par-dessus la bourbe dans le fleuve qui était en crue à cause des pluies abondantes.

Vêtue de sa vieille robe marron, Mary portait un parapluie noir. La chemise sombre et le pantalon de Joshua, mouillés, étaient presque aussi noirs que sa peau. La barque, invisible, se fondit dans la pluie et la fumée.

Tous deux se taisaient, et les rames étaient enveloppées de chiffons. Ils avançaient rapidement, sans bruit, portés par le fort courant du Mississippi. Dieu merci, la fièvre avait interrompu le trafic fluvial. Bien qu'il fût à peine quatre heures de l'après-midi, la pluie et la fumée obscurcissaient l'air. S'il y avait eu d'autres bateaux sur le fleuve, ils en auraient immanquablement heurté un.

A la sortie de la ville, la fumée se dissipa. A chaque coup de rame, Joshua tournait la tête, mais tout autour d'eux, il n'y avait que de l'eau.

« Faudrait écoper, fit-il doucement. La barque commence à se remplir. »

Mary trouva la grosse pelle en bois attachée à la toletière et se mit à écoper en cadence avec les rames, jusqu'à ce que son bras s'engourdît.

Et toujours pas de bateau en vue.

Il est passé au travers, pensa-t-elle. Merci, mon Dieu.

Quelques minutes plus tard, elle entendit Joshua gémir à voix basse. « Ils l'ont eu. Il est juste devant nous, bloqué. Je vais vous ramener chez vous. »

Mais avant qu'il ne fît demi-tour, Mary chuchota sur un ton pressant : « Non, Joshua. J'y ai pensé. Il nous reste encore une chance. » Elle lui confia son plan pendant qu'ils approchaient lentement de l'*Angélus*. Des éclats de voix leur parvinrent du bateau.

Sans bruit, Joshua positionna la barque le long de la poupe. Mary l'y maintint tandis qu'il grimpait sur le pont. Il lui jeta une corde et se laissa glisser en bas avec une rapidité silencieuse.

« Vous êtes sûre ? » murmura-t-il.

Mary hocha la tête. Elle referma son parapluie, le laissa tomber dans l'eau qui barbotait au fond de la barque, empoigna la corde et prit une profonde inspiration.

« Allons-y. »

Joshua lui fit la courte échelle. Elle s'accrocha à la corde et, lorsqu'il la lâcha, elle crut que ses bras allaient se déboîter sous le poids de son corps.

Je n'y arriverai jamais, gémit-elle intérieurement.

Tout à coup, elle entendit une voix goguenarde, la voix d'un Américain : «Vous voulez nous faire avaler que vous avez levé l'ancre par ce temps qui bouche la vue à votre pilote, et en pleine saison des tempêtes, simplement pour courir le guilledou ? Allons, monsieur Saint-Brévin, vous pouvez trouver mieux que ça. »

Mary tira sur la corde de toutes ses forces ; son pied prit appui sur la coque sculptée de l'*Angélus*. Un, deux, trois... et elle put enjamber la rambarde.

«Ça y est, appela-t-elle doucement. Partez maintenant. » Tandis qu'elle sautait sur le pont, elle entendit le clapotis étouffé des rames de Joshua.

Mary courut s'abriter sous la dunette, tout en déboutonnant fébrilement sa robe. Vite, vite, elle tira sur les manches. Valmont protestait en criant, invoquait l'offense et l'abus de pouvoir. Elle fit glisser la robe sur ses hanches, se débarrassa de ses chaussures. Sous la robe, elle portait la chemise de nuit et le peignoir, cadeau de Mémère.

De sa place, elle pouvait voir la cabine du pilote. Il était en train de charger un fusil, à l'abri de la table de guidage. Elle tira les épingles de son chignon, se passa les mains dans les cheveux et s'avança en rasant le mur de la cabine.

A l'angle, elle bondit sur sa gauche et s'arrêta juste devant la porte. Vas-y, Mary MacAlistair, et sois crédible. Elle fit un pas en avant.

«Val, s'écria-t-elle d'une voix geignarde et querelleuse. As-tu l'intention de passer la journée à discuter avec tes amis ? » Elle s'exprimait en anglais.

Sur le visage de Valmont, la stupeur le céda à une compréhension ébahie. «Mary, je t'avais dit de rester en bas, répondit-il distinctement.

— Je voulais savoir pourquoi nous nous sommes arrêtés. J'avais peur qu'oncle Julien Sazerac ne nous ait rattrapés. Qui sont ces gens ? Si c'est ça, ton idée de fuir ensemble, en invitant une flopée de gens... »

L'admiration dans les yeux de Valmont fit danser son cœur. L'amusement qu'elle y lut lui fit détourner la tête pour ne pas céder à l'envie de rire. Les gardes-côtes de la patrouille étaient rouges d'embarras. Et de nervosité. Julien Sazerac était un homme influent. S'il apprenait qu'ils avaient vu sa nièce en déshabillé trempé qui ne dissimulait rien de sa nudité...

«C'est ma faute, monsieur Saint-Brévin, commença leur capitaine. Je ne savais pas. Jamais je n'aurais pensé... »

Valmont l'interrompit d'une tape amicale sur l'épaule. «Comment auriez-vous pu ? Nous avons été très malins. Oublions cet épisode, voulez-vous ? Car si jamais j'entends la moindre rumeur au sujet de ma femme, j'exigerai une réparation immédiate sur le champ d'honneur. »

Mary plongea dans la cabine.

«Auriez-vous la gentillesse de me prêter votre veste ? » demanda-t-elle au pilote médusé.

«Mary, vous avez été magnifique, déclara Valmont du pont.

— Ils sont partis ?

— Le dernier est en bas de l'échelle. Je vais pouvoir la remonter et nous reprendrons notre route. »

Mary resserra les pans de la veste du pilote autour d'elle. Elle tremblait sous l'effet du contrecoup.

Quand Valmont entra dans la cabine, elle se mit à balbutier : «Joshua... c'est un ami... m'a dit que Nehemiah l'avait envoyé chercher de l'aide... je n'ai pas eu le temps de réfléchir, alors j'ai dit oui... je ne savais pas si ça allait marcher, mais je n'avais pas d'autre idée et... et... je suis tellement gênée que je ne sais plus où me mettre.

— Mary, arrêtez ! Vous venez de sauver deux cents hommes, femmes et enfants de l'esclavage. Et vous m'avez sauvé la vie. Votre courage n'a d'égal que votre présence d'esprit. Vous devriez être fière, et non gênée.

— Merci, Valmont. » Ne sachant quelle attitude adopter, elle regarda piteusement ses pieds nus. Valmont fit un pas vers elle. «J'ai tant de choses à vous dire, Mary. » Sa voix s'était enrouée. «J'ai été le dernier des imbéciles. Diable... je ne sais pas par où commencer. »

Un espoir germa dans le cœur de Mary, espoir depuis si longtemps caressé qu'elle n'osait y croire. Elle leva les yeux. C'était vrai. Il l'aimait. Son expression douloureuse témoignait de la douleur qu'il lui avait causée. La flamme qui brûlait dans ses yeux reflétait celle qui la consumait.

«Valmont... » Elle lui tendit la main.

L'instant d'après, elle fut dans ses bras, et elle ne grelottait plus.

Plus tard… quand l'histoire de l'héritière charlestonienne fut éclaircie… la méprise concernant « la fille de Rose Jackson » pardonnée… Marie Laveau copieusement insultée pour n'avoir pas dit à Valmont que Mary s'était rendue à son chevet… ils interrompirent leur conversation par un baiser. Car les mots ne suffisaient plus à exprimer ce qu'ils ressentaient.

Ce fut un long baiser, à la fois tendre et passionné.

Prenant le visage de Mary dans ses mains, Valmont la contempla avec émerveillement.

« Vous êtes, au-delà de toute imagination, la perfection totale, absolue. Ma très chère, ma bien-aimée Mary, vous avez le même goût que mon plat préféré, le riz aux haricots rouges. »

LAGNIAPPE

Riz aux haricots rouges (six personnes)

1 livre de haricots rouges secs
2 litres d'eau froide
1 jambon à l'os ou une épaisse tranche de jambon cru, coupé en dés
1/2 livre de saucisson épicé, coupé en grosses tranches
1 tresse d'échalotes, y compris les germes
1 poivron vert
2 pieds de céleri
3 oignons de taille moyenne
1 grosse pincée de thym pilé
4 feuilles de laurier
Piment de Cayenne ou sauce Tabasco
Sel
Poivre
Riz blanc

1. Rincer les haricots deux fois. Retirer tous ceux qui semblent abîmés. Verser les haricots dans un grand fait-tout (contenance : trois litres minimum. Quatre litres, c'est mieux).
2. Ajouter l'eau, le jambon et le saucisson. Faire cuire à feu moyen sans couvrir. Pendant que l'eau se réchauffe, hacher et ajouter les échalotes, le poivron, le céleri et les oignons. Puis ajouter le thym et les feuilles de laurier.
3. Porter à ébullition, réduire le feu et couvrir. Remuer toutes les 20-30 minutes pendant trois heures. Ensuite, à l'aide d'une cuillère en bois, écraser environ un quart des haricots contre les parois du fait-tout. S'ils ne s'écrasent pas facilement, renouveler l'opération une demi-heure après.
4. Quarante minutes après avoir écrasé les haricots, goûter et assaisonner avec du piment de Cayenne ou du Tabasco. (Mettez-en très peu ; c'est censé être

435

exquis, mais délicatement parfumé.) Laisser mijoter une demi-heure de plus, le temps de préparer le riz.

5. Verser le mélange et la sauce sur le riz et servir.

C'est difficile à croire, mais la cuisson réduit les légumes à pas grand-chose. Les haricots écrasés épaississent la sauce et lui donnent une consistance crémeuse. C'est encore plus savoureux réchauffé, après une nuit au réfrigérateur.

L'auteur présente ses excuses aux historiens et aux amoureux de La Nouvelle-Orléans pour avoir rajouté l'épidémie de fièvre jaune de 1851 à celles qui ont dévasté la ville en 1832 et 1853.

Cet ouvrage, composé par
Charente-Photogravure à l'Isle-d'Espagnac,
a été achevé d'imprimer
en septembre 1993 sur les presses de la S.E.P.C.
à Saint-Amand Montrond

– N° d'édit. : 3102. – N° d'imp. : 2424. –
Dépôt légal : septembre 1993.

Imprimé en France